Anna Jacobs

Töchter der Insel -
In der Weite das Glück

Weitere Titel der Autorin:

Träume im Glanz der Morgenröte: Töchter des Horizonts
Sehnsucht unter weitem Himmel: Töchter des Horizonts
Goldene Stunde in der Ferne: Töchter des Horizonts
Hoffnung unter dem Südstern: Töchter des Horizonts
Silberstreif des Glücks: Töchter des Horizonts

Die Australien-Töchter: Wo die Hoffnung dich findet
Die Australien-Töchter: Wo das Glück erstrahlt
Die Australien-Töchter: Wo die Liebe dich erwartet

Die Töchter der Insel: In der Ferne die Hoffnung

Über die Autorin

Anna Jacobs hat bereits über siebzig Bücher verfasst. Sie wurde in Lancashire geboren und wanderte 1970 nach Australien aus. Sie hat zwei erwachsene Töchter und wohnt mit ihrem Mann in einem Haus am Meer.

Anna Jacobs

Töchter der Insel –
In der Weite das Glück

Aus dem Englischen von
Freya Rall

Lübbe

Die Bastei Lübbe AG verfolgt eine nachhaltige Buchproduktion. Wir verwenden Papiere aus nachhaltiger Forstwirtschaft und verzichten darauf, Bücher einzeln in Folie zu verpacken. Wir stellen unsere Bücher in Deutschland und Europa (EU) her und arbeiten mit den Druckereien kontinuierlich an einer positiven Ökobilanz.

NACHHALTIG PRODUZIERT

MIX
Papier | Fördert
gute Waldnutzung
FSC® C014496

Vollständige Taschenbuchausgabe
der bei Bastei Lübbe erschienenen E-Book-Ausgabe

Copyright © 2004 by Anna Jacobs
Titel der Originalausgabe: »Twopenny Rainbows«
Originalverlag: Hodder & Stoughton, Hachette UK

Für die deutschsprachige Ausgabe:
Copyright © 2023 by
Bastei Lübbe AG, Schanzenstraße 6 – 20, 51063 Köln, Deutschland
Bei Fragen zur Produktsicherheit wenden Sie sich bitte an:
produktsicherheit@bastei-luebbe.de

Vervielfältigungen dieses Werkes für das Text- und Data-Mining bleiben vorbehalten.
Die Verwendung des Werkes oder Teilen davon zum Training künstlicher Intelligenz-Technologien oder -Systeme ist untersagt.

Umschlaggestaltung: Guter Punkt, München
Umschlagmotiv: © ChristianB/ iStock / Getty Images Plus
© mg7/ iStock / Getty Images Plus
© Annartlab/ iStock / Getty Images Plus
Satz: 3w+p GmbH, Rimpar
Gesetzt aus der Minion
Druck und Verarbeitung: GGP Media GmbH, Pößneck

Printed in Germany
ISBN 978-3-404-18982-3

5 4 3

Sie finden uns im Internet unter luebbe.de
Bitte beachten Sie auch: lesejury.de

1

Juli 1863

Irland

Die Männer mussten die zwei Mädchen gewaltsam in den Zug schleifen. Die Ältere wehrte sich lauthals protestierend mit Händen und Füßen, während die Jüngere – kleiner und damit leichter zu überwältigen – bitterlich weinte.

Ismay Michaels sah, wie ein oder zwei Umstehende sich unsicher in ihre Richtung bewegten, und wäre nicht ein Priester beteiligt gewesen, hätten sie ihr womöglich sogar geholfen – doch der Talar war unverkennbar, und so unternahm niemand etwas.

Schwer atmend stießen die Männer die Schwestern in ein Abteil.

»Diese Widerspenstigkeit wird euch nicht weiterbringen«, mahnte Vater Cornelius.

Als der Zug abfuhr, richtete Ismay ihre Kleider und half ihrer Schwester Mara, dasselbe zu tun, ehe sie sich so weit entfernt wie möglich von ihrem Dorfpriester und seinem Helfer niederließen. »Sie haben kein Recht zu alledem! Kein Recht. Wir würden auch allein zurechtkommen.«

Seufzend wiederholte der Priester, was er schon mehrfach erklärt hatte: »Du bist eben erst fünfzehn geworden und deine Schwester ist elf. Ihr könntet unmöglich allein euren Lebensunterhalt verdienen und ein Dach über eurem Kopf bezahlen, nun, da eure Eltern tot sind. Das weißt du.«

»Keara hat versprochen, dass sie nach Irland zurückkommt und wir uns alle drei zusammen durchschlagen.«

»Nun, eure Schwester wird in England gebraucht, um ihre Herrin zu unterstützen, die ein Kind erwartet. Deshalb kann sie nicht herkommen und ...«

»Ich werde ihr nie verzeihen, dass sie uns im Stich lässt, niemals!« Ismay legte einen Arm um Maras Schultern. »Keine von uns.«

»Keara handelt nur zu eurem Besten. Immerhin hat Mr Mullane persönlich die Überfahrt nach Australien in der Obhut der guten Schwestern von St. Martha und St. Zita arrangiert. Dort werdet ihr euch ein weitaus besseres Leben aufbauen können als daheim in Ballymullan.«

»Ich glaube Ihnen nicht. Außerdem wollen wir nicht aus Irland fort.«

Beim Aussteigen setzte Ismay sich wieder zur Wehr, schon aus Prinzip, doch sobald die schwere Tür des Konvents hinter ihnen ins Schloss fiel, gab sie ihren Kampf auf. Was hätte es jetzt noch gebracht? Ihr wurde bewusst, dass Maras Hand zitternd die ihre umklammerte, und als sie das tränenüberströmte schmale Gesicht ihrer kleinen Schwester sah, legte sie ihr einen Arm um die Schultern. Sie selbst wagte ihren Tränen nicht nachzugeben, denn sie musste jetzt stark sein. Also konzentrierte sie sich auf ihre Wut, während sie sich im Konvent umsah. Alles hier war aus Stein – große Quader, die einen zu erdrücken schienen –, und die Kühle dieses Orts ließ sie erschauern. Vielleicht war es aber auch die Angst, was nun aus ihnen werden würde.

Zwei aufgeräumte junge Nonnen in schwarzen Gewändern und weißen Schleiern betraten den Raum.

»Diese Männer haben uns entführt!«, verkündete Ismay sofort.

Nach einem erschrockenen Blick zu dem Priester sagte die größere Nonne ruhig: »Danke, Vater. Wir kümmern uns von nun an um sie.« Als die zwei Männer gegangen waren, erklärte sie: »Ich bin Schwester Catherine und werde mit euch nach Australien reisen. Wenn ihr mich in die Küche begleitet, besorgen wir euch etwas zu essen. Alle anderen sind schon zu Bett gegangen, aber wir haben auf euch gewartet.«

Schweigend folgten sie der Nonne. Ismay hielt ihre kleine Schwester noch immer fest im Arm.

Als Schwester Catherine ihnen etwas Kuchen vorsetzte, flüsterte Mara: »Essen wir das, Ismay?«

»Es wird wohl nicht schaden.«

Nachdem sie den Kuchen aufgegessen und jede ein großes Glas Milch getrunken hatten, folgten sie den Nonnen in einen langen, schmalen Raum, an dessen Wänden sich Regale voller ordentlich gefalteter Kleiderstapel reihten.

»Also, wie groß seid ihr?«, sagte die Größere mehr zu sich selbst und schüttelte einen Rock aus. »Ich denke, der sollte dir passen, Ismay. Probierst du ihn einmal für mich an?«

Das Mädchen schüttelte den Kopf. »Wir wollen Ihre schäbigen Kleider nicht. Wir wollen einfach nur nach Hause.«

Die Stimme der Nonne bekam einen stählernen Unterton. »Entweder du ziehst augenblicklich deine Sachen aus und probierst diesen Rock an, oder wir müssen Gewalt anwenden.«

Einen Moment lang starrte Ismay sie noch trotzig an, dann sackten ihre Schultern herab und sie blinzelte heftig. »Ich hab was im Auge«, murmelte sie, als sie Schwester Catherine besorgt herüberschauen sah. So langsam wie nur irgend möglich legte sie ihre eigenen Kleider ab und probierte an, was man ihr reichte, ehe sie auch diese Sachen wieder auszog und das schlichte weiße Nachthemd überstreifte, das ihr die Nonne gab. Mit Mühe gelang es ihr, zu verbergen, wie überwältigt sie von ihren nagelneuen Kleidern war – sogar ein langes Kleid nur zum Schlafen war dabei! Auch die Schuhe machten sie sprachlos: zwei Paar für jede von ihnen, und dazu noch Hausschuhe. Wozu brauchte man denn zwei Paar Schuhe? Man hatte doch nur ein Paar Füße!

Schwester Catherine und die zweite Nonne stellten ihnen beiden einen Stapel mit weiteren Kleidern in ihrer jeweiligen Größe zusammen. »Also gut. Ihr zwei könnt die Schuhe tragen, wir bringen euch nun in euer Zimmer.«

Der Raum war sehr einfach eingerichtet und makellos sauber. Selbst das Holz der Bettgestelle war poliert. Ismay musterte die zwei schmalen Betten und vergaß sich für einen Augenblick so weit, dass sie hinging und die weichen Decken und Laken befühlte. Neben den Betten gab es noch zwei Stühle, einen kleinen Waschtisch mit Krug und Schüssel sowie zwei saubere, ordentlich gefaltete Handtücher. Die Betten waren hoch genug, um den schlichten weißen Nachttopf hervorblitzen zu lassen, der unter einem davon bereitstand. Am Fußende wartete jeweils eine robuste Metalltruhe mit aufgeklapptem Deckel.

Die Nonnen packten den Großteil der neuen Kleider in die Truhen und ließen nur Röcke, Blusen und Unterwäsche für den nächsten Tag draußen liegen.

Schließlich trat Schwester Catherine zurück und nickte zufrieden. »So, nun habt ihr alles, was ihr für die Überfahrt brauchen werdet. Ihr könnt nun zu Bett gehen. Die anderen schlafen schon seit einer ganzen Weile.«

»Die anderen?«, hakte Ismay nach.

»Die anderen Waisenmädchen. Wir bringen eine zehnköpfige Gruppe nach Australien.« Nach einem Zögern fügte sie leise hinzu: »So schlimm wird es nicht. Wir werden uns gut um euch kümmern.«

»Man sollte uns erst gar nicht nach Australien schicken! Wir haben eine Schwester, die in England für die Mullanes arbeitet. Zu der sollte man uns bringen.«

»Sie muss ihre Erlaubnis für eure Umsiedlung erteilt haben, sonst wärt ihr nicht hier.« Doch da Schwester Catherine sah, wie furchtbar unglücklich die beiden waren, setzte sie hinzu: »Keine von uns hat es sich ausgesucht, nach Australien zu gehen.« Auf die überraschten Blicke der beiden hin erklärte sie: »Ich möchte Irland auch nicht unbedingt den Rücken kehren, wisst ihr?«

An dieser Stelle räusperte sich die andere Nonne und bedachte ihre Ordensschwester mit einem strafenden Blick, und so schluckte Catherine hinunter, was sie noch hatte sagen wollen, und verabschiedete sich stattdessen. »Schlaft gut, Mädchen.«

Die zwei Frauen verließen den Raum ebenso leise, wie sie auch alles andere zu tun schienen. Die Kerze nahmen sie mit und verriegelten hinter sich die Tür.

Augenblicklich erhob Ismay sich wieder, setzte sich kerzengerade auf die Bettkante und schwang ein Bein vor und zurück. Mara zauderte, blieb jedoch schließlich, wo sie war. Müde seufzend zog sie die Decke hoch. »Wollen wir nicht schlafen?«

»Noch nicht, nein.« Als ihre Augen sich ans Dunkel gewöhnt hatten, stellte Ismay fest, dass das Mondlicht für sie ausreichte, um auch den restlichen Inhalt der Truhen zu begutachten. Unter den Kleidern befand sich noch alles Mögliche: ein Gebetbuch, Nähwerkzeug, Schreibutensilien.

Erst als sie begann, die Kleider zurück in die Truhen zu räumen, kam ihr die Idee. »Denen zeige ich, was ich von ihren schäbigen Sachen halte!«, zischte sie und holte die Schere aus dem Nähmäppchen. Die Idee war so monströs, dass sie noch einen Moment zögerte, doch dann hob sie das Kinn und machte sich daran, die neuen Kleider zu zerschneiden.

»Ismay! Ismay, was machst du denn da? Nicht!«, flüsterte Mara entsetzt.

»Warum nicht? Siehst du nicht, was sie *uns* antun? Leg du dich nur schlafen. Ich werde hier noch eine Weile brauchen.«

Beinahe zwei Stunden dauerte es, bis sie mit ihrem Werk

zufrieden war – bis dahin hatte sie Blasen an den Händen. Als ihre kleine Schwester irgendwann eingeschlafen war, hatte auch Ismay die Tränen nicht länger zurückgehalten, sodass der Lumpenhaufen vor ihr am Ende gut gewässert war.

* * *

Am Morgen wurden sie von Glockengeläut geweckt. Kurze Zeit später kam Schwester Catherine herein, den Mund bereits geöffnet, um etwas zu sagen – doch als sie die Berge aus Stofffetzen neben den Truhen erblickte, stockte sie. Auf ihrer Miene wandelte sich Schock zu Entsetzen. »Was hast du getan, Kind?«

»Nichts Schlimmeres, als Sie uns antun«, gab Ismay zurück und wappnete sich für eine Ohrfeige. Erstaunt stellte sie jedoch fest, dass die Nonne sie stattdessen voller Mitgefühl ansah.

»Das werde ich der Mutter Oberin sagen müssen. Sie wird furchtbar wütend sein. Ach, Ismay, kannst du nicht einfach akzeptieren, was nun mit euch geschehen soll?«

»Nein, das kann und werde ich niemals!«

Die von Schwester Catherine herbeigeholte Mutter Oberin starrte auf den Lumpenhaufen, zu dem das neue Mädchen ihre gesamte Ausstattung reduziert hatte, und betete leise um Geduld. Als sie schließlich das Wort ergriff, war ihr anzuhören, wie schwer es ihr fiel, ruhig und ausdruckslos zu sagen: »Wenn du das noch einmal tust, Ismay Michaels, werde ich euch beide trennen. Dauerhaft. Eine geht nach Australien, die andere bleibt hier.«

Mara heulte auf und warf die Arme um ihre Schwester.

Empört starrte Ismay die streng dreinblickende alte Nonne an. »Dazu haben Sie kein Recht.«

»Wir haben jedes Recht dazu. Ihr solltet dankbar sein, dass euer Grundherr eure Überfahrt nach Australien bezahlt. Dort drüben werdet ihr weit größere Chancen haben, euch ein gutes Leben aufzubauen. Es wird händeringend nach anständigen jungen Frauen gesucht, sowohl als Personal als auch als Ehefrauen.«

»Wir sind aber keine …«

Warnend hob die Mutter Oberin einen Finger. »Schweig! Denkt nur an meine Worte, wenn ihr zusammenbleiben wollt!«

Ismay wusste nicht, was sie tun würde, sollte man sie von Mara trennen. Mühsam schluckte sie ein wütendes Schluchzen hinunter und starrte in das harte, unnachgiebige Gesicht empor, das mit der gütigen Miene von Schwester Catherine so gar nichts gemein hatte. »Ich hasse Sie!«, spie sie der Mutter Oberin entgegen.

Es wurden neue Kleider für sie zusammengesucht. Als die Mädchen wieder allein waren, selbst am Tage in ihrem Zimmer eingeschlossen, setzten sie sich eng aneinandergeschmiegt auf eines der Betten.

Aus Maras Kehle drang ein trauriger Laut, und sie wischte sich mit einem Zipfel der neuen weißen Schürze eine Träne fort. »Meinst du, Keara weiß vielleicht gar nichts von alledem?«

»Natürlich weiß sie davon. Wie könnte sie das nicht? Hat Vater Cornelius nicht einen Brief erhalten, in dem stand, sie wollte, dass wir nach Australien gehen? Sie konnte es uns ja nicht einmal ins Gesicht sagen oder …« Einen Moment lang versagte ihr die Stimme. »Oder nach Ballymullan kommen, um sich zu verabschieden. Was mich betrifft, ist sie nicht länger unsere Schwester, und ich hoffe, ich sehe sie nie wieder, solange ich lebe. Und wenn doch, dann spucke ich ihr ins Gesicht, das sage ich dir.«

Mara schluchzte nur weiter leise vor sich hin.

Auch Ismay entwischten ein paar Tränen, doch sie machte keine Anstalten, sie fortzuwischen. Lieber hielt sie ihre

Schwester fest im Arm. Sie war die Ältere und musste sich nun um Mara kümmern. Sollten sie durch irgendetwas getrennt werden, würde der Kummer sie umbringen, davon war sie überzeugt.

* * *

Lancashire

Malachi Firth schlich auf Zehenspitzen ins Haus. Er hatte gehofft, seine Familie läge längst im Bett, doch in der Küche brannte noch Licht. Vor der Tür war das kleine Penninendorf in so dichten Nebel gehüllt, dass er selbst auf den wenigen hundert Metern vom Pub bis hierher Mühe gehabt hatte, den Heimweg zu finden. Verfluchter Nebel und Regen! Seit Wochen hatten sie nichts anderes gesehen. Manchmal verzehrte er sich nach einem Sonnentag.

Als er die Hintertür schloss, sah er seinen Vater vom anderen Ende des geschrubbten Holztischs aufstehen, wie üblich mit finsterer Miene. Malachi rutschte das Herz in die Hose.

»Du warst wieder mit diesen Lumpen zusammen! Was denkst du dir, so lange auszubleiben, wo doch morgen ein langer Arbeitstag auf dich wartet?«

Malachi starrte seinen Vater ebenso finster an. Er war weder betrunken noch auch nur angesäuselt – das konnte er sich gar nicht leisten bei dem mageren Lohn, den sein Vater ihm zahlte. »Das sind anständige Kerle und ich hatte bloß ein oder zwei Glas Ale! Was schadet denn das?«

»Taugenichtse sind das. Mit solchen Leuten solltest du dich nicht abgeben. Dein Bruder wählt seine Freunde mit weit mehr Bedacht, und im Pub verschwendet unser Lemuel auch nicht seine Zeit.«

Das lag nur daran, dass Lemuel ohne die Erlaubnis seiner Frau kaum atmen durfte, geschweige denn einen Pub besuchen, doch Malachi würde sich hüten, seine Schwägerin seinem Vater gegenüber zu kritisieren. Immerhin hatte sie ihm vor Kurzem seinen ersten Enkel geschenkt, der den Familiennamen weitertragen würde. »Ich leiste hier meine Arbeit, da steht es mir wohl zu, in meiner Freizeit etwas Spaß zu haben.« Außerdem war heute der Musikabend gewesen, und Malachi mit seinem wohlklingenden Bariton liebte es, zu singen. Fünf Schilling hatte er gewonnen, weil er mit großer Mehrheit zum besten Sänger des Abends gekürt worden war, doch in den Augen seines Vaters war es unter der Würde eines Firth und Böttchermeistersohns, in der Öffentlichkeit zu singen. Malachi zog den Kopf ein, als sein Vater mit dröhnender Stimme seiner Verachtung Luft machte.

»Spaß! Was spielt denn Spaß für eine Rolle, wenn du ein Handwerk zu erlernen hast? Du solltest dein Geld lieber sparen, statt es für Bier zum Fenster hinauszuwerfen. Wie willst du deine eigene Böttcherei eröffnen, wenn die Zeit gekommen ist, wenn du deine Pennys nicht sparst? Aye, selbst die Farthings solltest du hüten!« Er gestikulierte um sich herum. »Dieser Besitz muss an den Ältesten gehen, und glaube ja nicht, dass ich ihn zwischen euch aufteile.«

Plötzlich barst aus Malachi hervor, was er schon lange zurückhielt: »Die Böttcherei ist ein sterbendes Gewerbe, Dad, und das wissen wir alle, selbst wenn du es dir nicht eingestehen willst!«

»Die Leute werden immer Wagenräder brauchen.«

»Ich sehe nicht ein, warum ich mich durch eine Lehre quälen soll, wenn es ohnehin nicht genug Arbeit für uns alle gibt.« Für gewöhnlich behielt Malachi seine Gedanken für sich, doch er stimmte mit jenen überein, die sagten, ein verzinkter Blecheimer sei besser als einer aus Holz, und leichter noch dazu. Selbst bevor die Baumwollhungersnot so viele Menschen in Lancashire in die Armut getrieben hatte, war den Böttchern die Kundschaft zu den maschinell gefertigten

Fabrikaten abgewandert. Doch diese Diskussion wollte er nicht von Neuem beginnen.

Schon jetzt drangen angesichts dieser Ketzerei erstickte Zorneslaute aus der Kehle seines Vaters.

Malachi hatte die ewige Nörgelei satt und wandte sich zur Treppe, nur um erschrocken herumzufahren, als hinter ihm ein Poltern die Dielen erbeben ließ. John Firth lag lang hingestreckt auf dem Flickenteppich und zeigte bis auf einen zuckenden Fuß keine Regung. Angsterfüllt rief Malachi nach seiner Mutter.

Doch auch sie konnte nichts tun – ebenso wenig wie der Arzt, als er endlich eintraf.

Zwei lange Tage und Nächte lag sein Vater noch bewegungsunfähig im Bett, ehe er abrupt an einem weiteren Anfall starb.

Danach baute Malachis großer Bruder sich in der Küche vor ihm auf. »Ich hoffe, du kannst noch in den Spiegel blicken!«

»Was meinst du damit?«

»Du hast Vater vor seiner Zeit ins Grab gebracht mit all seinen Sorgen wegen deiner Trinkerei – und weil du dich nicht anständig in die Ausbildung gestürzt hast, wie du es hättest tun sollen. Ich sage es dir geradeheraus: Bei mir wirst du deine Lehre nicht fortsetzen, du undankbarer Lump! Du kannst hier ausziehen und dir eine andere Arbeit suchen – wenn du kannst. Was kümmert es mich, was aus dir wird.«

Schierer Trotz verleitete Malachi, zu brüllen: »Ich wollte ohnehin fortgehen. Glaubst du, mit dir würde ich arbeiten wollen?« Finster starrte er seinen größeren, stärkeren Bruder an, der nie davor zurückgeschreckt war, seine körperliche Überlegenheit einzusetzen, um zu bekommen, was er wollte. Lemuel kam nach ihrem Vater, in dessen Familie die Männer kräftig und muskelbepackt waren, während Malachi ihrer Mutter ähnelte – schmal und dunkelhaarig, voller nervöser

Energie und mit einem Verstand, der nie stillstehen konnte und ewig staunend die Welt um sich herum erforschen musste.

In diesem Moment trat Hannah Firth leise in die Küche und tadelte ihre Söhne: »Schande über euch, dass ihr so miteinander zankt, während euer Vater noch unbegraben über euren Köpfen liegt!«

Lemuel verschränkte mit verbitterter Miene die Arme. »Ich habe es ernst gemeint, Mam. Er wird nicht hier wohnen bleiben, wenn Patty und ich einziehen, und seine Lehre übernehme ich auch nicht.«

Sie blickte von einem zum anderen und seufzte. »Nein, das würde nicht funktionieren. Dazu seid ihr zwei zu verschieden.« Sie hatten sich schon immer in den Haaren gelegen, schon als kleine Jungen – zu Hannahs großem Kummer. »Aber ich wäre euch dankbar, wenn ihr wenigstens bis nach der Beerdigung den Frieden wahrt. Dann können wir als Familie gemeinsam entscheiden, wie es für Malachi weitergehen soll.« Eindringlich sah sie beide junge Männer an, als sie mit Nachdruck hinzufügte: »Und du wirst ihn nicht aus dem Haus werfen, Lemuel, denn wenn du das tust, wirfst du auch mich hinaus. Der Bruder hat dasselbe Recht auf einen ordentlichen Start ins Leben wie du, und dies ist auch sein Zuhause.«

Lemuel scharrte ein wenig mit den Füßen, zuckte dann jedoch die Achseln und nahm ihre Anordnung hin.

* * *

An jenem Abend hatte Malachi seine Mutter noch für eine Stunde für sich allein, nachdem Lemuel und Patty heimgegangen waren. Alles war bereit für die Beerdigung. Und danach – nun, danach würde sich alles ändern.

»Ich mache mir Sorgen um dich«, sagte er ohne Einleitung.

»Um mich? Weshalb?«

»Wegen Vaters Testament. Er hätte dir auch etwas hinterlassen sollen.«

»Er hat darauf vertraut, dass Lemuel für mich sorgen wird.«

»Bei Lemuel mag er da vielleicht recht gehabt haben, aber nicht bei diesem boshaften Miststück, das er geheiratet hat.«

Hannah Firth seufzte. »Dein Vater war nun einmal, wie er war. Als ich ihn geheiratet habe, hätte ich ihn schon längst nicht mehr ändern können. Niemals hätte er das Haus oder gar den Betrieb einer Frau hinterlassen.«

»Warum hast du ihn überhaupt geh…« Er verstummte. Er wusste, dass es ihm nicht zustand, das zu fragen – schon gar nicht jetzt, da es gleich doppelt illoyal gegenüber jener leblosen Gestalt im Obergeschoss erschien.

Abermals seufzte seine Mutter. »Ich hatte meine Gründe. Eine Liebesheirat war es nicht, aber er war auf seine eigene Weise wirklich gut zu mir.«

»Und was willst du jetzt tun? Wenn Patty hier das Ruder übernimmt, wirst du niemals froh werden.«

Hannah schenkte ihm ein trauriges Lächeln. »Was bleibt mir schon für eine Wahl?«

»Du bist doch jung genug, um noch etwas anderes mit deinem Leben anzufangen. Schau nur, du hast noch kaum eine graue Strähne, außerdem bist du so rege wie eine weit Jüngere. Du könntest sogar noch einmal heiraten.«

Sie legte ihm einen Finger auf die Lippen. »Schhh. Dies ist nicht der Moment, so etwas zu bereden.«

Doch später, als Malachi im Bett lag, zerbrach er sich den Kopf ihretwegen. Schon jetzt reckte seine Schwägerin die Nase in die Luft und sah sich mit einem besitzergreifenden Ausdruck im Haus um. Lemuel würde sich ihr nicht in den Weg stellen. Der wagte ja kaum Luft zu holen ohne ihre Erlaubnis.

Als sich am folgenden Tag die letzten Trauergäste verabschiedet hatten, saß Patty mit ihrem kleinen Sohn an der Brust in der Küche, während Hannah Firth ihre Söhne in die Stube bat. »Es ist an der Zeit, dass wir uns unterhalten«, erklärte sie knapp und drängte ihren Kummer zurück. »Hast du schon eine Idee, was du nun unternehmen möchtest, Malachi?«

Er zögerte, denn er wusste, dass er ihr wehtun würde, doch dann sprudelte er hastig heraus: »Nach Australien auswandern.« Ein Blick aus dem Fenster zeigte denselben Regen, der schon den ganzen Tag über fiel. »Ich habe den grauen Himmel und die feuchte Luft satt. Es heißt, in Australien scheint die Sonne das ganze Jahr über.«

Lemuel schnaubte abfällig. »Die Sonne scheint nirgends das ganze Jahr, du Narr! Und was willst du in Australien machen, was du nicht genauso gut hier tun könntest?«

»Das weiß ich noch nicht. Vielleicht irgendetwas verkaufen.« Der Umgang mit Kunden, selbst wenn es nur ein junges Paar war, das einen Eimer kaufte, war der einzige Aspekt am Dasein als Böttcher, den Malachi mochte – und er war gut darin. Still um Verständnis flehend sah er seine Mutter an. »Ich denke schon eine ganze Weile darüber nach, war aber der Ansicht, ich könnte auch erst einmal meine Lehre zu Ende bringen. Jetzt wiederum ...« Er zuckte die Achseln. Trotz ihres Nickens war die Traurigkeit in den Augen seiner Mutter unübersehbar, doch er hatte keine Möglichkeit, ihr zu helfen.

»Ich weiß, dass du schon lange rastlos bist, mein Sohn. Aber du wirst das mit Bedacht angehen, deshalb wirst du hierbleiben, bis wir alles genau ausgetüftelt haben. Ich werde dich nicht mittellos in die Welt hinausschicken – und wenn ich meinen Ehering verkaufen muss, um dir ein Grundkapital mitzugeben.« Bei den letzten Worten sah sie Lemuel an, der wieder einmal nur mit den Füßen scharrte und ihrem Blick auswich.

In diesem Moment erschien Patty an der Stubentür, das

Baby auf dem Arm und einen finsteren Ausdruck im Gesicht. »Das finde ich nicht gerecht, Mutter Firth. Dein Mann hat Lemuel das Geschäft hinterlassen, nicht Malachi. Er hat kein Anrecht auf das Geld daraus.«

»Was denkst du darüber, Lemuel? Fändest du es gerecht, dass Malachi gar nichts bekommt, nicht einmal eine Starthilfe für ein eigenes Leben?« Eindringlich starrte Hannah ihren Sohn an. Sie wusste, auch wenn er unter dem Pantoffel seiner Frau stand – und das schon lange vor der Hochzeit der beiden im vergangenen Jahr –, war er eine treue Seele. Mehr konnte ein Sohn seinem Vater kaum gleichen. Schon mit seinen zweiundzwanzig Jahren war er längst in seinen Ansichten festgefahren, während die drei Jahre jüngere Patty sich anschickte, ein echter Drachen zu werden. Hannah graute davor, mit den beiden zusammenzuleben. Doch damit würde sie Malachi nicht belasten. Wenigstens er sollte ein freies Leben genießen.

Lemuel sah von einem zum anderen, ehe er murmelte: »Eine kleine Starthilfe kann er meinetwegen haben, aber ich werde mein Kind nicht seines Erbes berauben. Hätte Dad Malachi überhaupt etwas geben wollen, hätte er ihm mehr hinterlassen als bloß seine Taschenuhr.«

Hannah sagte nichts dazu, dass das Erbe nicht so groß gewesen war, wie John gehofft hatte, da es mit dem Böttchergewerbe schon vor diesen schweren Zeiten bergab gegangen war. Sie sah Patty die Nase rümpfen und zurück in die Küche stapfen. »Morgen beginnen wir mit der Planung«, teilte sie ihren Söhnen mit und ging dann ebenfalls in die Küche, um ihrer Schwiegertochter beim Aufräumen zu helfen. Sie musste sich auf die Zunge beißen, als ihr scharfe Befehle um die Ohren flogen, als wüsste sie ihren eigenen Haushalt nicht zu führen. Patty riss schon jetzt die Macht an sich, noch ehe sie überhaupt eingezogen war.

Erst als Hannah in jener Nacht im Bett lag, zum letzten Mal in dem großen Elternschlafzimmer, gab sie sich ihrem

Kummer hin – und wenn sie statt des Todes ihres Gatten den Verlust ihres jüngeren Sohnes beweinte, würde das an ihren geröteten Augen niemand ablesen können.

Wenn morgen Lemuel und Patty einzögen, würde sie das kleine Zimmer hinter der Küche bekommen, in dem ihre eigene Mutter ihren Lebensabend zugebracht hatte. Im Haus einer anderen Frau zu leben erfüllte sie so gar nicht mit Vorfreude, doch so geschah es nun einmal, wenn der Ehemann starb und es nicht genug Geld gab, der Witwe ein eigenes Heim zu stellen.

Fast wünschte sie, sie könnte Malachi nach Australien begleiten. Schließlich war sie erst zweiundvierzig, weder äußerlich noch innerlich alt. Doch diesen Vorschlag wagte sie nicht zu machen, denn sie wusste, sollte sie es versuchen, würde Lemuel sich furchtbar aufregen und sich weigern, auch nur einem von ihnen die Überfahrt zu bezahlen. Um ihres jüngeren Sohnes willen musste sie ihre neue Rolle hinnehmen und dankbar sein, dass sie überhaupt noch ein Dach über dem Kopf hatte.

Trotzdem würde es hart werden, mit Patty zusammenzuleben. Eins der schwierigsten Dinge, die sie je getan hatte.

* * *

Einige Tage später brachten die Nonnen die Waisenmädchen zum Hafen und eskortierten sie zu dem Dampfer, der sie alle nach Liverpool beförderte, wo sie in einem anderen Konvent einquartiert wurden. Um bei der Bewachung der zwei Aufrührerinnen zu helfen, begleitete sie eigens der Pförtner des ersten Konvents.

Als England am Horizont erschien, verspürte Ismay keine Aufregung – nur Enttäuschung, dass es ihnen nicht gelungen war, zu fliehen. Hier waren sie, näher an Keara, als sie es je wieder sein würden, und Ismay hatte keine Möglichkeit, ihre große Schwester zu finden.

Als sie wieder ein paar Tage später zu dem weit größeren Schiff geführt wurden, das sie nach Australien bringen würde, hielt die streng dreinblickende Nonne, die in Australien die Mutter Oberin des dortigen Konvents werden würde, Maras Arm in festem Klammergriff. Der Pförtner aus dem irischen Konvent drückte Ismays Arm sogar noch fester.

Schwester Catherine, die mit den restlichen Waisen hinter ihnen ging, fühlte mit den Michaels-Schwestern. Die meisten anderen Mädchen, die von den Nonnen nach Australien verschifft wurden, freuten sich über diese Gelegenheit. Sie sandte ein rasches Gebet gen Himmel, dass die zwei Rebellinnen in ihrem neuen Leben Glück finden würden. Dann wandte sie sich wieder ihren eigenen Schützlingen zu und verteilte sie auf die winzigen Vier-Kojen-Kabinen, während die Mutter Oberin und die Oberin des Ledigenquartiers der Damen die Michaels-Schwestern hinter Schloss und Riegel brachten.

Erst als das Schiff abgelegt hatte, ließ man Ismay und Mara aus der winzigen Endkabine, in der von nun an die zwei Nonnen wohnen würden – es war eine der wenigen mit einer richtigen Tür statt eines provisorisch aufgehängten Lakens vor dem Eingang.

An Deck gesellten sich die Schwestern zu den anderen Waisen, unschwer zu erkennen an ihrer dunklen Kleidung. Einige der Mädchen weinten, als das Schiff sich langsam von der Küste entfernte. Mit leisen Trostworten ging Schwester Catherine von einer zur anderen, doch auch ihren Blick zog es immer wieder zurück gen Horizont.

Ismay ging mit Mara zur Reling und sah zu, wie England zu einem nebligen Umriss verblasste. Durch ihren Tränenschleier erkannte sie ohnehin bloß bedeutungslose Farbkleckse. Der unermüdlich in ihrem Inneren summende Zorn gab ihr die Kraft, sich weiter um Mara zu kümmern und das Beste aus ihrer Situation zu machen. Wenigstens eine Schwester hatte sie noch. Das war das Wichtigste.

Unverhofft teilten sich die Wolken und ließen helle Lichtfinger herabstrahlen. Aus den Reihen der Passagiere erhob sich ein »Ooooh«, als ein Regenbogen den Himmel überspannte, perfekt bis ins kleinste schimmernde Detail.

Verzaubert starrte Mara hinauf.

»Ein Regenbogen steht für Hoffnung«, sagte Ismay rasch. »Das ist ein Zeichen, ganz bestimmt.«

»Glaubst du das wirklich?«

»Ich bin fest davon überzeugt.«

»Weißt du noch, wie Mam uns immer gesagt hat, dass in der Ferne die Hoffnung liegt? Gleich hinterm Regenbogen … Und wir sollen ihr Sonnenschein für einen Penny mitbringen, wenn wir zum Laden gehen?«, erinnerte Mara sich wehmütig.

»Dieser Regenbogen ist mehr wert als einen Penny«, verkündete Ismay. »Das ist ein Zwei-Penny-Regenbogen, eindeutig. Ach, Mara, Liebes – wir schaffen das schon, ganz bestimmt. Und von jetzt an werden wir jedes Mal, wenn wir einen Regenbogen sehen, an Mam denken. Und an die Hoffnung glauben.«

Lächelnd lehnte Mara den Kopf an die Schulter ihrer Schwester. Ihr war dieser Gedanke ein Trost, doch Ismay brachte keine fröhliche Miene zustande. Die Farben des Regenbogens schienen zu zerlaufen, als ihr abermals Tränen in die Augen stiegen. Sie musste erst ihren Zorn wieder anstacheln, um sie zurückhalten zu können, und selbst so war sie überzeugt, dass Schwester Catherine wusste, wie kurz sie davorgestanden hatte, laut aufzuschluchzen.

* * *

Malachi arbeitete weiter mit seinem Bruder in der Werkstatt, sodass ihm niemand würde vorwerfen können, er käme nicht für seinen Lebensunterhalt auf, doch die Atmosphäre im Haus war angespannt.

Am meisten störte es ihn, wie Patty seine Mutter behandelte, die bislang Herrin dieses Hauses gewesen war und nun von ihrer scharfzüngigen Schwiegertochter herumgescheucht wurde wie eine Dienstmagd – und zwar eine recht begriffsstutzige.

»Warum lässt du dir das gefallen, Mam?«, fragte er.

Seine Mutter hob die Schultern. »Was bleibt mir denn anderes übrig, mein Schatz? Als Witwe ist man nun einmal von seinen Kindern abhängig.«

»Vielleicht solltest du dann mit mir nach Australien kommen? Ich würde niemals so mit dir umspringen.«

»Sei nicht albern. Für so etwas bin ich viel zu alt. Und hier habe ich mein eigenes Zimmer mit meinen liebsten Sachen. Das ist mir ein großer Trost.«

Einen Teil des letzten Abends verbrachte er – zu Lemuels lauthals zum Ausdruck gebrachtem Missfallen – mit seinen Freunden im Pub. Doch was spielte die Meinung seines Bruders schon noch für eine Rolle? Nach dem morgigen Vormittag würde er Lemuel nie wiedersehen, und vermissen würde er ihn sicher nicht.

Alle paar Minuten kam jemand im Pub vorbei, um Malachi alles Gute zu wünschen. Eine Stunde nach seiner Ankunft begannen seine engsten Freunde, einander mehr oder weniger unauffällig anzustoßen, bis John Dean ins Hinterzimmer verschwand.

In seiner Abwesenheit bugsierten die anderen Malachi auf einen Stuhl und legten ihm unter großem Gelächter eine Augenbinde an. Angestrengt lauschend saß er da und fragte sich, was sie vorhatten, bis ein Raunen Johns Rückkehr ankündigte.

»Streck die Arme aus, Junge«, erklang die tiefe Stimme seines Freundes vor ihm. »Wir haben dir was besorgt, was dich an uns erinnern soll.«

In Erwartung irgendeiner Art von Streich streckte Malachi schicksalsergeben die Arme aus und spürte plötzlich etwas unerwartet Großes darauf ruhen. Als sie ihm die Augenbinde abnahmen, starrte er hinunter auf ... Er musste sich täuschen, es konnte nicht sein ... Aber doch, es war eine Gitarre in einer robusten Segeltuchhülle.

»Die lag bei meinem Onkel seit Jahren auf dem Speicher herum«, erklärte John grinsend. »Da haben wir sie ihm abgekauft, als Abschiedsgeschenk für dich.«

Einen Moment lang verschlug es Malachi die Sprache. John wusste genau, wie sehr er sich nach einem eigenen Instrument gesehnt hatte, ganz gleich welcher Art – doch so etwas wäre John Firth natürlich nicht ins Haus gekommen. »Ach, Jungs.« Vor Rührung war seine Stimme so belegt, dass er kurz innehalten und schwer schlucken musste, ehe er hervorbrachte: »Ich weiß nicht, wie ich euch dafür je danken soll.«

Er öffnete die Schnallen der Hülle und holte die Gitarre hervor. Jemand hatte das Holz poliert – er roch noch das Bienenwachs.

»Mein Onkel hat eigens neue Saiten aufziehen lassen«, sagte John. »Und wir haben dir noch Ersatz dazugelegt.«

Behutsam ließ Malachi die Finger darübergleiten. Hell und weich stieg der Klang empor.

»Und dann bekommst du noch das hier.« John hielt ihm ein kleines Büchlein entgegen. »Da drin steht, wie man spielt.«

Malachi senkte den Kopf und stieß heiser hervor: »Ach, Jungs, ihr werdet mir so furchtbar fehlen!«

»Dann bleib hier!«, rief jemand von hinten. »Wer soll denn jetzt für uns singen?«

Er hob den Kopf und wusste, dass die anderen seine Tränen sehen mussten. Doch zum Teufel damit! »Ich werde jedes Mal an euch denken, wenn ich die hier spiele.«

Viel länger blieb er nicht, denn er wollte noch ein ruhiges Stündchen mit seiner Mutter verbringen.

Patty und Lemuel jedoch blieben lange über ihre übliche Zeit hinaus auf, und Patty ließ es sich nicht nehmen, immer wieder zu sticheln, hoffentlich würde er nicht bereuen, was er vorhatte – wo Malachi doch genau wusste, dass sie ihn in Australien scheitern sehen wollte.

Schließlich sagte Hannah leise: »Wenn ihr zwei heute lange aufbleiben möchtet, können Malachi und ich uns auch in meinem Zimmer noch ein wenig unterhalten.«

»Wir sind wohl nicht gut genug, um mit euch den Abend zu verbringen«, zischte Patty.

Doch Lemuel bedeutete ihr, still zu sein, und schob sie in Richtung Treppe. An seinen Bruder gewandt zauderte er einen Moment, ehe er sagte: »Ich wünsche dir alles Gute da drüben, auch wenn ich bezweifle, dass du Erfolg haben wirst. Du bist nicht beständig genug, dich auf eine Arbeit festzulegen. Aber von mir brauchst du dann keine Hilfe zu erwarten. Patty ist wieder guter Hoffnung, und ich muss an meine eigene Familie denken.« Nach einem weiteren kurzen Zögern streckte er die Hand aus.

Malachi atmete tief durch, verärgert über die Worte seines Bruders, schüttelte jedoch die dargebotene Hand und beließ es bei einem: »Eines Tages werde ich dir das Gegenteil beweisen.«

Daraufhin richtete Lemuel das Wort an seine Mutter. »Malachi war schon immer dein Liebling, aber ich hoffe, von jetzt an wirst du daran denken, dass ich der Herr des Hauses bin und für dich sorge, nicht er!«

Als Lemuel seiner Frau nach oben gefolgt war, breitete Malachi die Arme aus. »Komm her und lass dich drücken, Mam. So richtig fest. Damit werden wir für lange Zeit auskommen müssen.« Er spürte, wie sie bebte unter der Anstrengung versuchten, ihre Tränen zurückzuhalten. Nun, auch er hätte heulen mögen wie ein Baby, so wahr ihm Gott helfe.

Sie dachten nicht einmal daran, zu Bett zu gehen – keiner von ihnen wollte auch nur eine der verbleibenden Minuten auf Schlaf verschwenden. Manchmal redeten sie, bisweilen saßen sie auch nur schweigend beisammen. Die meiste Zeit über hielt Hannah seine Hand, und einmal döste sie für eine Weile, den Kopf an seine Schulter gelehnt.

Als er auf ihr dunkles Haar hinunterblickte, stellte er aufs Neue erstaunt fest, wie wenige Silberfäden erst darin zu sehen waren. Er war froh, dass sie jünger aussah, als sie war – hoffentlich jung genug, um noch einmal zu heiraten und Patty zu entkommen. Nun blinzelte er selbst angestrengt gegen die Tränen an. Teufel, er hatte nicht damit gerechnet, dass es ihn so schmerzen würde, sie zurückzulassen.

Als er am Morgen über ihnen seinen Bruder aufstehen hörte, rüttelte Malachi sie wach und erklärte eindringlich: »Eines muss ich dir noch sagen, Mam: Falls du je zu mir nach Australien kommen willst, bist du mir mehr als willkommen. Für dich würde ich durchs Feuer gehen, vergiss das niemals.«

»Dann vergiss du nicht, mir zu schreiben und mir deine Adresse zu geben«, erinnerte sie ihn zum zwanzigsten Mal.

»Als könnte ich das je vergessen.« Dabei musste er sie einfach noch einmal umarmen.

2

August 1863

Mit Beginn der Überfahrt verkündete der Schiffsarzt ein Programm verschiedenster Aktivitäten und Unterhaltung für die Passagiere. An zwei oder drei Abenden die Woche würde es Tanzmusik von der sogenannten Schiffskapelle geben – auch wenn diese Kapelle aus nur drei Männern bestand, die mit einer Fiedel, einer Konzertina und einer Blechflöte ein eher dünnes Gefiepe zustande brachten.

Am ersten Tanzabend stand Ismay mit den anderen Zwischendeckspassagieren an Deck und wippte munter im Takt der Musik, während sie die Tanzenden beobachtete. »Ich wünschte, die Nonnen würden uns mittanzen lassen«, flüsterte sie ihrer kleinen Schwester zu. »Es ist, als würden sie niemandem auch nur das kleinste bisschen Spaß gönnen.«

»Die Mutter Oberin hat gesagt, wir sollen die Überfahrt dazu nutzen, uns weiterzubilden.«

»Und wir sitzen jeden Tag in ihrem Leseunterricht, oder etwa nicht? Und lernen Arithmetik von Schwester Catherine?« Ismay stieß einen verächtlichen Laut aus. »Ach, diese alte Mutter Oberin will bloß alle dazu bringen, Nonnen zu werden wie sie.«

»Es muss ein herrlich friedliches Leben sein«, merkte Mara sehnsuchtsvoll an. »Und ich wette, die müssen nie hungern.«

Überrascht sah Ismay zu ihr hinüber. »Wir haben schon eine ganze Weile nicht mehr gehungert. Hast du … davor immer noch Angst?«

Mara nickte. »Ja, jeden Tag. Erst als Mara die Arbeit im

Herrenhaus angenommen hat, war genug Essen für uns alle da. Aber jetzt, wo wir sie nicht mehr haben, mache ich mir Sorgen, wie es uns in Australien ergehen wird.«

»Ich habe dir wieder und wieder gesagt, du sollst nicht von ihr reden!« Doch als sie sah, wie Mara Tränen in die Augen schossen, drängte Ismay ihre Wut zurück und drückte die Hand ihrer kleinen Schwester. »Verzeih. Ich wollte nicht mit dir schimpfen.« Mit einem Blick hinab auf ihre zweckmäßigen dunklen Kleider seufzte sie: »Aber was soll's – wer würde schon mit uns tanzen wollen? In dem Zeug müssen wir aussehen wie zwei hässliche alte Krähen!« Mit ihren fünfzehn Jahren störte es sie durchaus, dass ihr dunkelblauer Rock aufs Sparsamste zusammengeschnitten war – und aus einer groben, steifen Wolle, die für das wärmer werdende Wetter völlig ungeeignet war. Zudem waren die Röcke allesamt mit tiefen Säumen ausgestattet, damit man sie noch auslassen konnte, sollten die Mädchen wachsen, wodurch sie noch unschöner fielen. Dazu gehörten graue Blusen aus zweckmäßigem Baumwolltwill und enge dunkle Jacken aus demselben Stoff wie die Röcke, auch wenn die Mutter Oberin ihnen aufgrund der Wärme wenigstens erlaubt hatte, die Jacken wegzulassen. Allerdings wohl weniger aus Sorge um ihr Wohlergehen als in der Befürchtung, ihr Achselschweiß könne unschöne Flecken hinterlassen.

Der alten Nonne schien die Temperatur nichts auszumachen. Sie bewegte sich mit einer stoischen Miene durchs Leben, der nur im Umgang mit ihren Schützlingen ab und an ein Hauch von Irritation anzumerken war, der rasch wieder verbannt wurde. Schwester Catherine hingegen wirkte bisweilen äußerst erhitzt, und als ihr eines Tages beim Anblick einiger fliegender Fische ein freudiger Ausruf entfuhr, erntete sie dafür sogleich einen strafenden Blick von ihrer Vorgesetzten. Bei den Mädchen war Schwester Catherine allseits beliebt, während sie die Mutter Oberin fürchteten.

Ismay sah einen lächelnden Dr. Greenham auf sie zukommen.

»Mutter Oberin, warum sind Ihre Mädchen nicht auf der Tanzfläche?«

Missbilligend blickte die alte Nonne ihm entgegen. »Weil ich es nicht für angebracht halte, sie mit Fremden tanzen zu lassen. Das führt nur zu Schwierigkeiten.«

»Unsinn! Erst wenn man jungen Mädchen regelmäßige körperliche Betätigung verwehrt, die sie müde macht, bringen sie sich in Schwierigkeiten. Das habe ich auf diesen langen Überfahrten schon allzu oft gesehen. Außerdem wird es auf diesem Schiff ohnehin keine Fremden mehr geben, noch ehe die Reise halb vorüber ist.«

»Trotzdem werden sie von mir nicht die Erlaubnis zum Tanzen erhalten.« Ihre Lippen bildeten einen schmalen Strich, und ihre Augen glänzten hart wie Kieselsteine, während sie dem Arzt unerbittlich die Stirn bot.

Er senkte die Stimme. »Es tut mir leid, Ihnen da widersprechen zu müssen, meine sehr verehrte Dame, doch wenn es um das Wohlergehen unserer Passagiere geht, habe ich das Sagen – ohne Ausnahme.«

Nach dem ersten Schock ob dieser Anmaßung holte sie tief Luft und fixierte den Arzt mit einem Blick, vor dem für gewöhnlich selbst das rebellischste Mädchen den Kopf einzog.

Doch zu Ismays Entzücken wirkte er nicht im Geringsten eingeschüchtert. Seine Antwort war so leise, dass nur sie und Schwester Catherine nahe genug standen, um sie mitzuhören.

»Wenn es sein muss, Ehrwürdige Mutter, werde ich den Kapitän ersuchen, meine Anordnung durchzusetzen. Als Schiffsarzt bestehe ich darauf, dass sämtliche Passagiere sich regelmäßig körperlich ertüchtigen. Auch Sie sollten sich angewöhnen, täglich auf Deck spazieren zu gehen.«

Schwester Catherine schaltete sich ein: »Was kann es denn

schaden, wenn die Mädchen hier unter aller Augen ein wenig tanzen, Ehrwürdige Mutter?«

Ismay sah, wie der jüngeren Nonne die Röte in die Wangen schoss, als ihr klarwurde, dass sie ihre Gedanken laut ausgesprochen hatte, und auch der wütende Blick der Mutter Oberin entging Ismay nicht.

»Worte einer Frau mit Verstand«, pflichtete der Arzt ihr gut gelaunt bei. »Und nun lassen Sie uns nach Partnern für die älteren Mädchen suchen.« Er wandte sich an Ismay. »Miss Michaels, Sie würden doch sicher gern tanzen, nicht?«

Ismay ignorierte die finstere Miene der Mutter Oberin und lächelte den grauhaarigen Mann an. »Aber natürlich – mit Freuden, Herr Doktor.«

»Dann warten Sie hier, bis ich jemanden für Sie gefunden habe.«

* * *

Malachi stand an der Reling, den Blick auf die ruhige, im Mondlicht schimmernde See gerichtet. Hinter ihm arbeiteten die drei Musiker sich ab und produzierten ein wohl rhythmisches, aber wenig melodisches Getöse, das an seinen Nerven zerrte. Ignorieren konnte er es jedoch nicht, denn die Planken unter seinen Füßen bebten mehr oder weniger im Takt unter den Schritten der Tänzer.

»Mr Firth …«

Er fuhr herum und fand sich dem Schiffsarzt gegenüber wieder.

»… Sie tanzen ja gar nicht?«

»Ich habe mich am Mondschein auf dem Wasser erfreut.«

»Nun, davon werden Sie auf dieser Überfahrt noch reichlich sehen. Im Augenblick wartet dort drüben allerdings eine junge Dame auf einen Partner. Erlauben Sie mir, Sie vorzustellen.«

»Ich würde heute Abend lieber nicht tanzen, wenn es Ihnen nichts ausmacht.«

»Wir legen Wert darauf, unseren Passagieren etwas Bewegung zu verschaffen.«

Auch wenn der Arzt mit milder Stimme gesprochen hatte, lag doch ein unbeugsamer Unterton in seinen Worten, den mittlerweile alle Passagiere kannten. Dr. Greenham war äußerst auf Reinlichkeit, frische Luft und Bewegung bedacht und nahm seine Aufgabe, über ihre Gesundheit zu wachen, sehr ernst. Er rühmte sich gar damit, dass viele von ihnen das Schiff in besserer Verfassung verlassen würden, als sie es betreten hatten.

»Wer ist es?«, fragte Malachi schicksalsergeben.

»Ismay Michaels. Sie gehört zu den Schützlingen der Nonnen.«

»Ich dachte, deren Mädchen dürfen nicht tanzen. Die alte Krähe erlaubt ihnen ja kaum das Atmen.«

Mit strenger Miene erklärte der Arzt: »Da sie allerdings ebenso auf ein gesundes Maß an körperlicher Ertüchtigung angewiesen sind wie jeder andere Mensch – Sie eingeschlossen –, habe ich beschlossen, einzugreifen.«

»Und welche ist Ismay?«

»Die Dunkelhaarige ganz links.«

Malachi sah hinüber und erblickte ein schmales Mädchen, dessen Haar ebenso dunkel war wie das seine, auch wenn ihres sich sanft um ihr Gesicht lockte, während seines glatt war. »Das ist doch noch ein Kind!«

»Fünfzehn. Im einen Moment eine Frau, im nächsten wieder ein Kind, aber definitiv alt genug, um mit einem jungen Mann von neunzehn Jahren zu tanzen. Ich verlange ja nicht von Ihnen, sie zu heiraten«, besänftigte der Arzt ihn leise lachend, ehe er mit gesenkter Stimme hinzufügte: »Wir können doch diesen Nonnen nicht erlauben, die armen Mädchen zu erdrücken mit ihrer Moralversessenheit. Deshalb wäre ich Ihnen wirklich sehr verbunden für Ihre Unterstützung, Mr Firth.«

Was sollte er darauf entgegnen? Also folgte Malachi dem Mann über das Deck und hoffte, seine Partnerin würde sich als nicht allzu nichtssagend erweisen. Einmal mussten sie kurz stehenbleiben, um ein paar Kinder vorbeizulassen, die hüpfend und wirbelnd die Erwachsenen nachzuahmen versuchten, und er konnte nicht umhin, über das Schauspiel zu schmunzeln.

* * *

Ismay war das Widerstreben auf der Miene des jungen Mannes nicht entgangen, und war peinlich berührt von der Vorstellung, mit jemandem zu tanzen, der dazu gezwungen worden war. Wäre es nicht eine Gelegenheit gewesen, etwas gegen den Willen der Oberin zu tun, hätte sie ihn wieder fortgeschickt. So aber reichte sie ihm die Hand, als der Arzt sie einander vorstellte, und ließ sich von ihm ans Ende der Gasse führen, die sich bereits für den nächsten Tanz zusammenfand.

Als die Musik aufs Neue anhob, verzog er das Gesicht und sie konnte ein Lächeln nicht unterdrücken. »Besonders gut sind sie nicht, was?«

»Überhaupt nicht gut«, stimmte er ihr zu. »Sie haben also ein Ohr für Musik, Miss Michaels?«

»Ich singe gern, aber vom Spielen weiß ich nicht viel.«

»Sie sollten sich dem Schiffschor anschließen.«

»Das hat Mutter Bernadette uns verboten.« Sie seufzte. »Ohne den Arzt würde ich jetzt auch nicht tanzen.«

»Ich auch nicht – was nichts mit Ihnen zu tun hat, sondern allein mit der Tatsache, dass ich froh war, mich einmal mit niemandem unterhalten zu müssen.«

»Auf einem Schiff hat man nirgends seine Ruhe, nicht?«

Es freute ihn, wie schnell sie erkannt hatte, worauf er hinauswollte. »Ja, aber wie man hört, ist es immer noch besser als in den Anfangszeiten. Damals hat man die Leute einfach eingepfercht, ohne sich um ihr Wohlergehen zu scheren. Auf dem Weg nach Australien sind schon viele Leute gestorben, vor allem auf schlecht geführten Schiffen. Heutzutage gibt es gesetzliche Vorschriften, wie die Passagiere unterzubringen sind.« Seine Mutter hatte ihn angehalten, so viel wie nur irgend möglich über die lange Reise nach Australien in Erfahrung zu bringen – und auch wenn es ihm gegen den Strich gegangen war, länger als unbedingt nötig in dem Haus zu bleiben, das nun Lemuels war, und sich ständig auf die Zunge beißen zu müssen, ganz gleich, wie sehr man ihn provozierte: Er hatte durchaus eingesehen, dass das sinnvoll wäre.

Darüber hinaus hatte seine Mutter nicht nur seinen Bruder dazu gebracht, ihm die Überfahrt zu bezahlen, sondern auch dafür gesorgt, dass er ihm ein kleines Startkapital mitgegeben hatte – und ihm dann selbst noch etwas Geld zugesteckt. Sie waren gemeinsam mit dem Zug nach Manchester gefahren und hatten einen Tag lang Waren ausgewählt, die er in Australien würde weiterverkaufen können: Haarnadeln, Kämme, Küchenmesser, Scheren. So etwas brauchten die Leute immer. Dabei hatten sie die Augen nach guten Angeboten offengehalten und sich ausschließlich für Dinge entschieden, denen Meerwasser und mehrmaliges Verladen nichts würden anhaben können.

Einige Liederbücher mit Gitarrenakkorden hatte er ebenfalls entdeckt und gekauft – ein kleiner Luxus, der sich nun bezahlt machte, da das Üben dieser Melodien ein angenehmer Zeitvertreib war. Zudem lernte er dadurch, sich nicht stören zu lassen von dem Publikum, das sich unweigerlich um ihn versammelte, wenn er an Deck übte.

Malachi verbannte jegliche Gedanken an seine Mutter, die ihm sehr fehlte. »Sie und Ihre Schwestern sind Waisen, wenn ich richtig informiert bin?« Es war eher höfliche Konversation als echtes Interesse.

»Ja.«

Auf ihrer Miene war eine solche Pein abzulesen, dass er beinahe mitten im Tanz stehengeblieben wäre. Was war geschehen, das sie so verletzt hatte?

Der Tanz führte sie voneinander fort und er fand sich einer anderen Partnerin gegenüber wieder, dann einer weiteren: freundlich lächelnde Frauen jeden Alters. Er mühte sich redlich, sich mit einer jeden zu unterhalten, wünschte jedoch, er hätte bei seiner ersten Partnerin bleiben und weiter mit ihr reden können.

Doch kaum hatten sie wieder zueinandergefunden, endete der Tanz, und er musste Miss Michaels zurück zu der mürrisch starrenden alten Nonne bringen. Aus reinem Mutwillen flüsterte er: »Soll ich Ihre kleine Schwester als Nächste zum Tanz bitten?«

Das strahlende Lächeln, das sie ihm daraufhin schenkte, machte ihm erst bewusst, wie hübsch sie wäre, hätte sie vernünftige Kleider und wäre glücklich – auch wenn sie im Augenblick etwas zu dünn wirkte, als hätte sie in letzter Zeit nicht genug zu essen bekommen.

»Oh, Mr Firth, das wäre fantastisch. Mara würde sich unheimlich freuen.«

Und so wandte er sich dem schmalen Kind zu, das seiner Schwester so ähnlich sah, nur kleiner und noch zierlicher, und bat um das Vergnügen des nächsten Tanzes. Seine Belohnung war ein schüchternes Lächeln, während sie vortrat, um seinen Arm zu ergreifen.

Schwester Catherine trat neben Ismay und sah mit ihr zu, wie der junge Mann Mara die Schritte beibrachte. »Ein angenehmer junger Mann, wie mir scheint. Hast du den Tanz genossen?«

»Ja, sehr.«

»Ich habe früher auch gern getanzt.«

Verblüfft starrte Ismay sie an. »Wirklich?«

Schwester Catherine lachte auf. »Ich war nicht immer Nonne, weißt du?« Dann wurde ihr bewusst, dass sie wieder gelacht hatte, was ihr einen weiteren Tadel einbringen würde. Die Ehrwürdige Mutter hatte sie schon reichlich getadelt, seit sie an Bord gekommen waren. Streng war sie schon immer gewesen, jedoch nie so übellaunig. Tatsächlich wirkte sie angeschlagen, ihre Gesichtsfarbe war teigig und ihre Augen wie von Schmerzen verschattet. Vielleicht rührte daher ihre schlechte Laune.

Was es auch sein mochte, es machte das Zusammenleben mit ihr sehr schwer.

* * *

Jene Worte, die sie so achtlos zu Ismay gesagt hatte, hallten später in ihrer Koje noch lange in Schwester Catherines Kopf nach. Schlaflos lag sie auf der schmalen Pritsche über ihrer schnarchenden Mutter Oberin, während ihr Magen knurrte.

Ich war nicht immer Nonne.

Geboren war sie als Eleanor Caldwell, und ihrer Sprache war noch immer eine Spur der Wurzeln anzuhören, die sie mit dem jungen Mr Firth und einigen anderen Passagieren aus Lancashire teilte. Manchmal fehlte ihr Lancashire furchtbar, selbst jetzt noch. Besonders ihr Heimatdorf – die langsame Sprechweise der Bewohner, die ordentlichen kleinen Häuser aus goldgelbem Sandstein, die wogenden Hochmoore und ihr Vater, allem voran ihr Vater, der teuerste Freund und Gefährte, den ein Mädchen sich nur wünschen konnte. Sie hatte Heiratsanträge abgelehnt, weil sie ihn nicht hatte verlassen wollen – für so etwas bliebe später noch genug Zeit, hatte sie geglaubt. Es war sein plötzlicher Tod, der sie ins Kloster hatte flüchten lassen – aus den falschen Gründen, wie sie nun wusste. Doch sie arbeitete hart daran, die Verpflichtungen zu erfüllen, die sie eingegangen war, indem sie sich dem Leben im Glauben verschrieben hatte. Noch stand ihr finales Gelübde aus, und die Mutter Oberin daheim in Irland hatte ein ernstes Gespräch darüber mit ihr geführt, ehe sie Catherine nach Australien geschickt hatte.

»Bisweilen macht es den Eindruck, als seien Sie nicht ganz ... überzeugt«, hatte sie gesagt.

»Oh, aber das bin ich!«, hatte Catherine protestiert.

»Nun, auf der langen Reise werden Sie sich gründlich damit auseinandersetzen können, wie Ihre Zukunft aussehen soll. Sollten Sie auch nur den geringsten Zweifel haben – egal wie klein –, warten Sie noch etwas ab, ehe Sie endgültig die Profess ablegen.«

Dieser Rat war ein Fehler, den nur eine Frau hatte begehen können, die noch nie eine so lange Reise erlebt hatte. Schon nach wenigen Tagen an Bord, umgeben von Menschen, die zum Großteil nicht einmal katholisch waren, hatten sich rebellische Gedanken in Catherines Kopf geschlichen. Tausende kleine Dinge erinnerten sie an das Leben, das sie hinter sich gelassen hatte, zudem gab es kleine Kinder und Babys. Sie hatte vergessen, wie entzückend Kinder waren, und ertappte sich immer wieder dabei, wie sie verstohlen hinübersah und sich danach sehnte, mit ihnen zu schmusen, wie sie einst mit den Kindern ihrer Cousine geschmust hatte.

Reglos lag sie da, doch in ihrem Kopf herrschte ein Chaos von Gedanken und Erinnerungen. In Irland hatte ihre vertraute tägliche Routine sie gefordert, ihr jedoch auch Frieden geschenkt. Diese Überfahrt zu dem Konvent in Australien hatte schon jetzt ihr hart erarbeitetes inneres Gleichgewicht erschüttert, und langsam wurde ihr klar, dass die Ruhe, die sie mit solchem Stolz erfüllt hatte, nur ein Triumph des Willens über ihr Temperament war, doch kein Zeichen wahren inneren Friedens.

Hätte sie nur nicht ausgerechnet mit Mutter Bernadette reisen müssen! Von allen uneinsichtigen Menschen war ihre derzeitige Vorgesetzte die schlimmste: engstirnig, altmodisch und absolut überzeugt, sie allein wüsste am besten, was ihr strenger Gott von ihr und ihren Schützlingen erwartete. Und sollte Catherine ihr finales Gelübde ablegen, wäre es Mutter Bernadette, der sie in Australien unterstehen würde – bis zu dem Tag, an dem eine von ihnen starb.

Für eine Nonne sollte das keine Rolle spielen – doch für sie tat es das immer mehr.

Schon nach wenigen Wochen in dieser winzigen Kabine gerieten sie ständig aneinander. Die frische Seeluft war herrlich, das Essen an Bord einfach, aber reichhaltig. Doch als Catherine nach den vielen Stunden an Deck einen größeren Appetit entwickelt hatte, war die ehrwürdige Mutter empört über ihre angebliche Völlerei gewesen und hatte sie angewiesen, weniger zu essen.

Catherines Protest hatte ihr einen direkten Befehl eingebracht, eine Woche lang auf das Abendessen zu verzichten – als Buße für ihre »Widerspenstigkeit und Gier«.

War es nun schon eine Sünde, sich satt zu essen? Das mochte Catherine nicht glauben, obgleich sie ihrer Vorgesetzten selbstverständlich gehorcht hatte. Wieder knurrte ihr Magen, als sie in der schmalen Koje eine bequemere Position zu finden versuchte. Seufzend sagte sie in Gedanken eine Reihe von Gebeten auf – ein vergeblicher Versuch, sich von ihrem Hunger abzulenken.

Es funktionierte einfach nicht. Sie konnte noch immer nicht schlafen.

* * *

Hinter seiner gut gelaunten Fassade war der Schiffsarzt ein aufmerksamer Menschenkenner und sorgte sich um diese

Waisenmädchen, seit er sie zum ersten Mal zu Gesicht bekommen hatte. Als er erfahren hatte, dass zwei von ihnen gegen ihren Willen an Bord gebracht und eingeschlossen worden waren, bis das Schiff abgelegt hatte, war ihm das sauer aufgestoßen. Wäre es nach ihm gegangen, hätte er das niemals zugelassen.

Je länger Arthur Greenham das Grüppchen beobachtete, desto größer wurde seine Sorge. Die meisten der Mädchen wirkten völlig verschüchtert, und die Mutter Oberin war eine selbstgerechte Tyrannin, Nonne hin oder her. Bevor er in dieser Angelegenheit etwas unternahm, hatte er allerdings erst einmal für geregelte Abläufe auf dem Schiff sorgen wollen, was reichlich Aktivitäten und Unterrichtsangebote für die Zwischendeckspassagiere beinhaltete. Dann hatte es eine schwierige Geburt gegeben, die er – wenn er sich einmal selbst loben durfte – gut gehändelt hatte, sodass sowohl Mutter als auch Kind nun wohlauf waren.

Endlich hatte er in einem ersten Schritt die Schwestern dazu bewegt, die Mädchen an den Tanzabenden teilhaben zu lassen, die bei gutem Wetter dreimal wöchentlich stattfanden. Am Ende des Abends hatte er mit Befriedigung festgestellt, dass die Mädchen ausnahmsweise etwas Farbe in den Wangen hatten. Er wünschte nur, er könnte dasselbe auch von der Jüngeren der Nonnen sagen, die deutlich angespannt wirkte.

Am folgenden Abend begab er sich auf eine seiner Inspektionsrunden ins Zwischendeck, um das Essen zu begutachten und sich zu vergewissern, dass die Messkapitäne es gerecht verteilt hatten. Als er an dem langen Tisch im Ledigenquartier der Frauen vorbeikam, sah er die jüngere Nonne ohne Teller dasitzen und hielt inne. Warum aß sie nichts? Brütete sie etwas aus? Ein wenig blass sah sie heute aus, mit dunklen Schatten unter den Augen. Auf See musste man jegliche Anzeichen einer möglichen Erkrankung mit Argusaugen beobachten.

Als die junge Frau, die den Nachtisch austeilte, der Nonne

eine Portion anbot, ging die verdammte alte Krähe dazwischen.

»Schwester Catherine isst heute Abend nichts.«

»Gestern Abend haben Sie auch schon nichts gegessen. Geht es Ihnen nicht gut?«, erkundigte das Mädchen sich in aller Unschuld.

»Kümmern Sie sich um Ihre eigenen Angelegenheiten und teilen Sie Ihr Essen woanders aus!«, fuhr die Mutter Oberin sie an.

Arthur wartete, bis das Mahl vorüber war, dann ließ er die jüngere Nonne zu sich rufen. Die Ältere begleitete sie – verflucht sollte sie sein.

»Soweit ich mich entsinne, habe ich nur Ihre Kollegin um ein Gespräch gebeten, nicht Sie«, sagte er verärgert.

»Das wäre unangebracht. Sie sind ein Mann.«

»Vor allem aber bin ich Arzt und werde wohl kaum in Hörweite von vierhundert Menschen über meine Patientinnen herfallen!«

Der Alten stieg die Röte ins Gesicht, doch sie sagte nichts. Irgendwann wich das Blut wieder aus ihren Wangen, die Nonne allerdings blieb.

Er wandte sich der Jüngeren zu. »Ich habe mit Sorge beobachtet, dass Sie heute Abend nichts gegessen haben, Schwester. Geht es Ihnen nicht gut?«

»Schwester Catherine kasteit sich diese Woche und nimmt deshalb am Abendessen nicht teil«, erklärte die Mutter Oberin. »Wir pflegen nicht der Völlerei zu frönen.«

Mit verengten Augen musterte er ihre selbstgerechte Miene. »Schließt das auch Wasser mit ein?«

»Ja, natürlich.«

»Ich fürchte, dem muss ich einen Riegel vorschieben.«

Sie richtete sich auf. »Das geht Sie nicht das Geringste an.«

»Und ob es mich etwas angeht. Ich bin verantwortlich für das Wohlergehen sämtlicher Passagiere, Sie und Schwester

Catherine eingeschlossen. In derart warmen Gefilden ist es gefährlich, nicht ausreichend Wasser zu trinken, und unsere mitgeführten Vorräte sind noch frisch und rein.« Er hatte persönlich die Auswahl der Fässer und deren Befüllung überwacht und hielt zudem die Besatzung stets an, Regenwasser aufzufangen, wann immer es möglich war.

»Mir geht es gut, Doktor, wirklich«, sagte Catherine hastig, um nicht noch weiter in diese Auseinandersetzung zwischen zwei Erzfeinden hineinzugeraten. Heute hatten sie alle unter der Laune der Mutter Oberin gelitten – vermutlich weil der Arzt gestern ihr Tanzverbot für nichtig erklärt hatte.

»Unsere religiösen Praktiken sind allein unsere Angelegenheit, Doktor«, zischte die Alte und erhob sich. »Und ich wäre Ihnen sehr verbunden, wenn Sie uns nicht noch einmal grundlos hierher zitieren.«

Arthur sprach noch einmal die jüngere Nonne an. »Wenn Sie weiterhin nichts zu sich nehmen, werde ich Sie auf die Krankenstation bringen lassen, bis Sie wieder essen.« Was seine Autorität ein wenig überstieg, doch schließlich diente es einer guten Sache.

Die Alte holte scharf Luft, behielt ihren Zorn jedoch für sich.

Als er sie nun ansah, bemerkte er besorgt ihre ungesund gelblich-weiße Gesichtsfarbe, auch wenn ihre Wangen im Augenblick dunkelrot überhaucht waren. »Ehrwürdige Mutter, das Leben auf See unterscheidet sich sehr vom Leben an Land, und ich kann nicht zulassen, dass unsere Passagiere durch gefährliche Praktiken ihre Gesundheit aufs Spiel setzen. Auf einer langen Seereise gilt es, bei Kräften zu bleiben, statt sich auszulaugen, denn es gibt schon genug andere Gefahren.«

Herausfordernd starrten sie einander an, bis sie nach langem Ringen den Blick senkte. »Dann werde ich eine andere Möglichkeit zur Sühne für meine Schwester finden.«

»Was hat sie denn getan, dass Sie sie bestrafen müssen?«

»Sie war ungehorsam. Das sollte selbst für Sie nachvollziehbar sein.«

»Bitte lassen Sie die Angelegenheit jetzt ruhen, Dr. Greenham«, murmelte Catherine. »Ich muss meiner Mutter Oberin Folge leisten.«

»Solange Sie vernünftig essen und trinken, ist alles andere Ihnen überlassen«, antwortete er sanft. »Aber das Wohlergehen jedes einzelnen meiner Passagiere liegt mir sehr am Herzen, deshalb werde ich auch Ihre Gesundheit nach bestem Wissen und Gewissen im Auge behalten.«

»Wenn Sie dann fertig sind, Doktor?«, ging die Mutter Oberin dazwischen. Als er nickte, verließ sie mit unheilverkündender Miene als Erste den Raum. Sobald sie außer Hörweite waren, blaffte sie Catherine an. »Haben Sie ihm gegenüber irgendetwas von der Buße erwähnt, die ich Ihnen auferlegt habe?«

»Natürlich nicht.«

»Nun, Sie nehmen wohl besser wieder am Abendessen teil, aber nur, um seiner dienstfeifrigen Einmischung ein Ende zu machen. Stattdessen können Sie jeden Abend einen vollen Rosenkranz beten.«

Catherine bemühte sich, diese Anweisung in ihrem Herzen zu akzeptieren, doch es wollte ihr nicht gelingen, denn die Strafe würde ermüdend sein und erschien ihr noch immer überzogen. Da sie jedoch Gehorsam gelobt hatte, folgte sie der eckigen Gestalt ihrer Mutter Oberin zurück auf den Teil des Decks, den ihre kleine Gruppe sich auserkoren hatte. Wieder einmal fragte sie sich, wie sie das Leben in Australien unter dem Befehl dieser Frau ertragen sollte.

3

Oktober – November 1863

Auch wenn die Nonnen einander beim Umziehen nicht ansehen sollten, konnte Catherine einige Tage nach dem Gespräch mit dem Arzt nicht umhin, zu bemerken, dass die Mutter Oberin am Morgen Mühe hatte, aus dem Bett zu kommen. Als die ältere Nonne stöhnend in ihre Koje zurücksackte, ging Catherine neben ihr auf die Knie. »Stimmt etwas nicht?«

»Geht mir … nich' gut. Kümmern Sie … Frühstück. Passen Sie auf … Mädchen … b'nehmen.«

Die Ehrwürdige Mutter hatte einen Arm über ihr Gesicht gelegt, doch ihr Mundwinkel wirkte verzerrt. Hatte sie Schmerzen oder steckte etwas anderes dahinter? Selbst ihre Stimme klang verändert, verwaschen und kein Vergleich zu ihrem gewohnten scharfen Ton. Doch Catherine würde sich hüten, sie bemuttern zu wollen.

Nach dem Frühstück brachte sie die Mädchen an Deck und wies eine von ihnen an, der Gruppe vorzulesen, ehe sie nach der Mutter Oberin sah. Diesmal schien die Ältere sie kaum wahrzunehmen und reagierte auf ihre Fragen bloß mit einer langsamen Handbewegung, wie um Catherine fortzuschicken.

Nun ernsthaft besorgt, machte Catherine sich auf die Suche nach dem Arzt.

Er kam sofort und untersuchte Mutter Bernadette, ohne auf ihren zusammenhanglosen Protest einzugehen. Anschließend bedeutete er Catherine, ihm aus der Kabine zu folgen, und erklärte leise: »Sie hat einen Schlaganfall erlitten – einen vergleichsweise leichten, aber ein oder zwei Tage wird sie noch etwas desorientiert sein. Können Sie sie hier versorgen, oder sollen wir sie auf die Krankenstation verlegen?«

»Sie würde mit Sicherheit lieber hierbleiben und ich schaffe das schon, aber – gibt es vielleicht eine ältere Dame an Bord, die für mich die Mädchen beaufsichtigen könnte? Wir würden auch ein kleines Entgelt dafür zahlen.«

»Ich mache eine geeignete Dame für Sie ausfindig.«

Nach und nach erlangte Mutter Bernadette über die folgenden Tage die Kontrolle über ihren Körper zurück, obgleich sie ein leichtes Hinken zurückbehielt und nur langsam vorankam.

»Lassen Sie sich das eine Warnung sein«, mahnte Dr. Greenham, der sich nicht davon abbringen ließ, jeden Tag ihre Fortschritte zu begutachten. »Sie sollten sich von nun an wirklich schonen.«

»Ich werde weiter meine Pflicht tun, wie ich es immer getan habe, bis der Herr mich zu sich ruft.«

* * *

Ismay konnte mitverfolgen, wie Schwester Catherine mit jedem Tag erschöpfter wurde, während sie die Kranke pflegte. Die Mutter Oberin, die sie als die Hauptschuldige ihrer gewaltsamen Verschiffung betrachtete, war ihr gleichgültig, aber die jüngere Nonne war stets freundlich und vernünftig. Es tat Ismay wirklich leid, dass sie nun diese grässliche alte Krähe versorgen musste.

Um ihnen eine Beschäftigung zu verschaffen, erlaubte Schwester Catherine ihnen, sich dem Chor anzuschließen – allerdings sangen nur drei von ihnen gut genug, um dort auch aufgenommen zu werden. Unter den Fittichen des enthusiastischen Laien-Chorleiters lernten Ismay, Mara und Jane mit Begeisterung, wie sie ihre Stimmen noch besser einsetzen konnten, und prägten sich bei den täglichen Proben Texte und Melodien mehrerer neuer Stücke ein.

Für Ismay war jedoch das Beste daran, dass sie Mr Firths Gesang lauschen konnte. Er hatte einen wunderbaren Bariton, und als sie für das wöchentliche Samstagskonzert als seine Duettpartnerin ausgewählt wurde, war sie so verzückt, dass ihr für einen Moment die Worte fehlten.

Am Abend des Konzerts kam Mutter Bernadette zum ersten Mal seit ihrem Schlaganfall wieder an Deck, schwer auf einen Gehstock gestützt, den der Arzt ihr besorgt hatte. Ihr Gesicht wirkte auf einer Seite etwas schlaff, davon abgesehen hatte sie sich aber nicht groß verändert.

Als die drei Mädchen nach vorn gingen, um sich den restlichen Sängern anzuschließen, drehte die Ältere sich zu Catherine um. »Was haben diese Mädchen im Chor zu suchen?«

»Ich habe es ihnen erlaubt, weil ich es für besser hielt, sie beschäftigt und unter Aufsicht zu wissen, während ich mich um Sie gekümmert habe.«

»Dann können sie den Chor ja nun, da es mir besser geht, wieder verlassen. Ich lasse mir diese Mädchen nicht durch Müßiggang oder irgendwelche methodistischen Hymnen verderben.«

Schwester Catherine biss sich auf die Lippe und starrte auf ihre Hände hinunter. Erst da bemerkte sie, dass sie sie zu Fäusten geballt hatte, die zu öffnen ihr nur mit Mühe gelang. Seit ihrem Schlaganfall war die Ehrwürdige Mutter extrem verstockt geworden, weit schlimmer als zuvor. Sie kritisierte jeden Handschlag, jede Entscheidung von Catherine und fuhr die Mädchen ständig scharf an – und manchmal sogar andere Passagiere, die es wagten, ihre Hoffnung zum Ausdruck zu bringen, es ginge der Mutter Oberin schon etwas besser.

Nach einigen Liedern des gesamten Chors – mit tosendem Applaus belohnt, obgleich das Publikum sie schon unzählige Male in den Proben gehört hatte – traten Ismay und Mr Firth vor und sangen »Des Sommers letzte Rose«. Catherine hatte nie einen schöneren Vortrag des Lieds gehört und sah nicht wenige Tränen auf den Wangen des Publikums. Es überraschte sie, was für eine liebliche Singstimme Ismay hatte.

Doch als das Konzert vorüber war und die Sänger zu ihren jeweiligen Grüppchen zurückgekehrt waren, bereitete Mutter Bernadette den Lobeshymnen ein rasches Ende und teilte den drei Mädchen mit, dass sie nicht länger im Chor würden singen dürfen.

Schockiert starrten sie die Mutter Oberin an, doch nur Ismay wagte zu fragen: »Warum nicht?«

»Weil ich es sage.«

»Das ist keine Begründung.«

»Für mich schon.«

Ismay fuhr auf dem Absatz herum und floh ins Dunkel, verzweifelt auf der Suche nach einem Fleckchen, an dem sie allein sein konnte. Am Ende musste sie sich damit begnügen, der Menge den Rücken zu kehren und sich an die Reling zu stellen, um ihren Tränen freien Lauf zu lassen.

»Was ist denn, Ismay?«, ertönte hinter ihr Malachis sanfte Stimme.

»Sie – die Ehrwürdige Mutter – hat gesagt, ich darf nicht mehr im Chor singen.«

»Warum denn das nicht?«

»Die Mutter Oberin nennt keine Gründe, sie erteilt nur Befehle.« Als ihr ein Schluchzen entwischte, trat er vor und legte die Hände auf ihre Schultern, um sie von den anderen Passagieren abzuschirmen.

»Ihr werdet nicht ewig unter ihrer Fuchtel stehen.«

»Wenn Mara nicht wäre, würde ich fortlaufen, sobald wir in Australien ankommen.« Ihre Stimme bebte, und sie musste kurz innehalten, ehe sie weitersprechen konnte. »Aber auch wenn ich alt genug bin, den Konvent zu verlassen und als Dienstmädchen zu arbeiten, wird meine Schwester noch bleiben müssen. Sie ist vier Jahre jünger als ich und ich muss mich um sie kümmern.« Sie hob eine Hand vor den Mund, wie um der Verzweiflung Einhalt zu gebieten. »Aber ich weiß nicht, wie ich das noch über Jahre ertragen soll.«

Hinter ihnen ertönte Schwester Catherines Stimme: »Mr Firth, es wird wohl besser sein, wenn ich mich nun um Ismay kümmere.« Sie blickte ihm nach, wie er davonging: die Hände in die Taschen geschoben und förmlich bebend vor Zorn. Dann wandte sie sich dem Mädchen zu. »Die Ehrwürdige Mutter hat mich geschickt, nach dir zu suchen. Ich glaube, es wäre das Klügste, wenn du dich wieder zur Gruppe gesellst.«

»Ich hasse sie!«

»Hass bringt gar nichts.«

»Doch, tut er. Genau wie Zorn. Beides gibt mir die Kraft, weiterzumachen.«

Catherine seufzte. Was sollte sie sagen? Auch sie fand die Entscheidung ungerecht und hätte dem Mädchen gern den Trost einer Umarmung geschenkt, doch die Regeln ihres Ordens untersagten ihr die Berührung anderer. Wann immer sie das vergaß und jemandem tröstend den Arm tätschelte, geriet sie in Schwierigkeiten. Die Nähe zu anderen Menschen fehlte ihr furchtbar, schon seit ihrem ersten Tag als Novizin.

Als Dr. Greenham Einspruch gegen das Gesangsverbot der Mädchen erhob, wandte die Mutter Oberin sich an den Kapitän persönlich, der nur achselzuckend erklärte, solange es nicht um Gesundheitsfragen ginge, müsse sie tun, was sie für das Beste für ihre Schützlinge hielt.

Also lauschte Ismay den Chorproben jeden Tag mit steinerner Miene, während Mara manchmal Tränen in die Augen stiegen, wenn die Gruppe sich versammelte. Das dritte ehemalige Chormitglied hielt den Blick gesenkt, biss sich auf die Lippe und sagte nichts.

Je länger sie die Michaels-Schwestern beobachtete, desto besorgter machte es Catherine, wie abhängig Mara von ihrer großen Schwester war. Das Kind lachte und plapperte nicht wie die anderen Mädchen, sondern saß die meiste Zeit mit ernster Miene da und hörte zu, statt zu reden. Nur wenn sie mit Ismay zusammen war, die sehr in der Rolle ihrer Beschützerin aufging, erwachte sie zum Leben. Was würden die beiden tun, wenn man für die Ältere eine Anstellung fand und Mara allein im Waisenhaus zurückbleiben müsste? Es brannte Catherine auf der Seele, die Schwestern davor zu warnen, doch sie wusste, dass es ihr nicht zustand. Außerdem – warum sollte sie sie früher als notwendig unglücklich machen?

Als Ismay die Hände in den Schoß sinken ließ, um der Probe zuzuhören, fuhr Mutter Bernadette sie an, sie solle sich um ihre Näharbeit kümmern. Voller Verachtung und Abscheu starrte das Mädchen sie an. »Sie können mich daran hindern, laut zu singen, aber die Musik in meinem Kopf werden Sie niemals zum Schweigen bringen. Jedes Lied, das sie singen, lerne ich mit.«

Wie erstarrt vor Entsetzen angesichts dieser Aufmüpfigkeit hielten nun auch die anderen Mädchen in ihrer Arbeit inne.

»Wenn du noch einmal solche Widerworte gibst, schicke ich dich für den Rest des Tages unter Deck.«

»Da unten kann ich sie auch singen hören.« Der Blick, mit dem Ismay das sagte, war eine Unverschämtheit für sich, doch dann beugte das Mädchen den Kopf und nähte weiter. Wenig später begann sie sich im Takt der Musik zu wiegen.

»Hör auf, so mit dem Kopf zu wackeln, Ismay Michaels.«

»Wie denn? Ich habe gar nicht gewusst, dass ich ihn überhaupt bewege. Wie soll ich mit etwas aufhören, dessen ich mir nicht einmal bewusst bin?«

Mara verfolgte das alles mit großen Augen und erlaubte sich von da an ebenfalls bisweilen, im Takt zu nicken. Sie wünschte, sie wäre ebenso mutig wie ihre Schwester, doch irgendwie brachte sie es nicht fertig, der Mutter Oberin die Stirn zu bieten. Sie wollte ja, und oft antwortete sie auch in ihrem Kopf, doch nie brachte sie ein echtes Widerwort über die Lippen.

Manchmal, wenn sie an Deck saß, starrte sie aufs Meer hinaus und dachte an ihre Schwester Keara. Warum hatte sie sie nach Australien geschickt? Das sah ihr so gar nicht ähnlich. Maras Erinnerungen an die große Schwester, die mehr eine Mutter für sie gewesen war, versetzten sie zurück in eine goldene Zeit. Ismay gegenüber erwähnte sie davon nichts, denn die wurde furchtbar wütend, sobald sie auch nur Kearas Namen hörte, doch Mara konnte sich einfach nicht vorstellen, dass ihre große Schwester sie so weit fort schicken würde.

Doch wenn sie es nicht gewesen war, wer dann? Und wieso?

* * *

Als auf halber Strecke nach Australien das Gepäck aus dem Frachtraum heraufgebracht wurde, war es wie ein Festtag – eine Abwechslung von der eintönigen Routine an Bord. Manche Passagiere hatten mehrere Gepäckstücke dabei, eines für jeden Reiseabschnitt, doch die Waisenmädchen hatten nur jeweils eine Truhe, aus der sie nun saubere Kleider und neue Lektüre hervorholten. Die schmutzigen Sachen wanderten wieder unter Deck, um nach ihrer Ankunft gewaschen zu werden.

Malachi packte auch einige seiner Handelsgüter aus und verkaufte hier und da etwas an Mitreisende – alles mit gutem Gewinn, aber ohne den Leuten das Geld aus der Tasche zu ziehen. Es erschien ihm als wenig geschäftsfördernd, einen Kunden zu verärgern, denn man konnte nie wissen, wann dieser Mensch womöglich wieder etwas von einem kaufen wollte.

Nachdem das Gepäck wieder in den Frachtraum gebracht worden war, verweilte Malachi wie so oft als Letzter noch an Deck. Er starrte viel in die Ferne und dachte über seine Zukunft nach. Mit seinem Warenbestand würde er sich ein kleines Startkapital erwirtschaften können, doch das würde er in irgendeine Art von Geschäft stecken müssen. Er war zu dem Schluss gekommen, dass Erfolg in einem fremden Land nur schwer zu meistern sein konnte, wenn man nicht wusste, wie die Dinge funktionierten. Deshalb hatte er beschlossen, sich erst einmal eine Anstellung zu suchen – eine, in der er so viel wie nur irgend möglich über das Führen eines Ladens lernen konnte, ehe er sich selbstständig machte.

Er hob das Gesicht in die Sonne und genoss die Wärme auf seiner Haut. Dank Dr. Greenham durften einige der unverheirateten Männer hier oben an Deck schlafen, seit es so warm war. Es war schiere Glückseligkeit, auf seiner schmalen Strohmatratze zu liegen und in einen hell funkelnden Sternenhimmel emporzublicken – auch wenn man äußerst früh aufstehen musste, um seine Matratze wieder unter Deck zu bringen.

Doch nach einer Weile kühlte das Wetter wieder ab, und sie mussten unter Deck schlafen, bisweilen konnten sie nicht einmal tagsüber nach oben. Einmal waren in der Ferne Eisberge zu sehen und es wurde so kalt, dass Malachi nachts noch seinen Mantel über die Decken breitete, um sich zu wärmen. Dr. Greenham hatte ihm von Großkreisen und Orthodromen erzählt, die den kürzesten Weg nach Australien beschrieben. Das bedeutete, dass man der Krümmung der Erdoberfläche folgte, statt eine fixe Kompassrichtung beizubehalten. Aufgrund dieser Tatsache führte ihre Route sie weit in den Süden, ehe sie wieder Land sehen würden, und auf dieser Seite des Erdballs wurde es kälter, je südlicher man kam. Es war alles sehr verwirrend für einen Burschen, der bis dahin nicht über die Grenzen von Lancashire hinausgekommen war, doch mittlerweile glaubte er es verstanden zu haben.

Wäre seine Mutter bei ihm gewesen, hätten sie über all diese neuen Erfahrungen diskutiert und dem Arzt vielleicht noch einige weitere Fragen gestellt. Malachi und sie waren sich so ähnlich, dass er sich oft fragte, wie sie es all die Jahre mit seinem Vater ausgehalten hatte – auch wenn John Firth mit ihr niemals so streng gewesen war wie mit seinen Söhnen. Ob sie mit Lemuel unter einem Dach glücklich werden würde, bereitete ihm allerdings Sorge, denn sein Bruder war ein schwerfälliger Kerl, der nicht groß über die Welt um ihn herum staunte und nicht einmal in seinem eigenen Haus das Heft in der Hand hatte. Patty hingegen war ein Drachen. Anders konnte man es nicht ausdrücken.

Ach, er würde froh sein, wenn diese Reise überstanden war. Ihm war nicht klar gewesen, wie lang drei Monate werden konnten, wenn man kein anderes Ziel im Leben hatte, als die Zeit herumzubringen. Selbst das Üben mit seiner Gitarre langweilte ihn irgendwann. Den ganzen Tag lang konnte man das auch nicht machen. Und obgleich die meisten Mitreisenden durchaus angenehme Zeitgenossen waren und Dr. Greenham peinlich darauf achtete, dass das Schiff sauber gehalten wurde, behagte Malachi das Leben auf so engem Raum nicht.

Außerdem machte es ihn wütend, mitansehen zu müssen, wie die Waisen – besonders Ismay, die ein nettes Mädchen war – von dieser alten Schreckschraube terrorisiert wurden. Er hatte Dr. Greenham gefragt, warum die Mutter Oberin so übellaunig war, und der Arzt hatte gesagt, dass nach einem Schlaganfall des Öfteren Wesensveränderungen auftraten – meistens zum Schlechten.

Das war ja schön und gut, wenn man ein gewöhnlicher Mensch war, dachte Malachi, aber diese Frau hatte Macht über eine ganze Gruppe anderer Menschen. Wie zum Teufel sollte es irgendjemandem schaden, wenn ein Mädchen mit einer liebreizenden Stimme sich dem Chor anschloss, um Himmels willen? Und obgleich die Mädchen nun zwar an den Tanzabenden teilnehmen durften, mussten sie nach jedem Tanz ohne Umwege zu den Nonnen zurückgehen. Nicht einmal mit den anderen Frauen und Mädchen an Bord durften sie sich unterhalten.

* * *

Kurz bevor das Schiff Melbourne erreichte, wurde abermals ihr Gepäck an Deck gebracht, damit die Leute die sauberen Kleider hervorholen konnten, die die meisten von ihnen sich für die Ankunft aufgehoben hatten. Mit großer Aufregung wurde allseits spekuliert, an welchem Tag sie Land sichten würden.

Letztlich dauerte die Reise achtundsiebzig Tage. Den Seeleuten zufolge war das ein gutes Tempo. Und es hatte nur einen Todesfall gegeben, ein Baby, das unterwegs zur Welt gekommen und von Beginn an kränklich gewesen war. Ach, es war traurig gewesen, zu sehen, wie der kleine Körper an die See übergeben worden war. Malachi hatte einen Kloß im Hals gehabt, und viele andere hatten unverhohlen geweint.

Als das Schiff anlegte, drängte er sich mit den anderen an die Reling und verfolgte fasziniert das Chaos unter ihnen.

Zuallererst kam der Hafenarzt an Bord und beriet sich mit dem Kapitän und dem Schiffsarzt. Kurze Zeit später begleitete ihn Dr. Greenham zurück zu dem Durchlass in der Reling. Beide lächelten über irgendetwas.

Beinahe sofort danach schwärmten Hafenarbeiter an Bord und begannen, das Gepäck aus dem Frachtraum zu holen, um es völlig willkürlich überall auf dem Landungssteg abzuladen. Die Passagiere begannen zu nörgeln, dass man sie an Bord festhielt, während sie endlich wieder festen Boden unter den Füßen spüren wollten, und wurden wütend über den groben Umgang der Hafenarbeiter mit ihren Sachen. Einige hatten bereits Verwandte entdeckt, die gekommen waren, um sie in Empfang zu nehmen, und winkten und riefen fröhlich. Malachi wünschte, auf ihn würde auch jemand warten.

Als ihm ein wenig abseits des Gedränges ein Pferdekarren und eine Wagonette ins Auge fielen, vor denen still eine Nonne stand, war er froh, dass für die Mädchen gesorgt war.

Was ihn betraf, hatte er mit einigen anderen jungen Männern aus dem Ledigenquartier abgemacht, dass sie fürs Erste zusammenbleiben würden, damit niemand aus ihrer Unwissenheit über die Gegebenheiten hier Kapital schlagen konnte. Zu mehreren waren sie bestimmt sicherer.

Als sie endlich von Bord gehen durften, verließen als Erste die Kabinenpassagiere das Schiff und ließen sich ihr Hab und Gut von diensteifrigen Trägern hinterherschleppen. Die Zwischendeckspassagiere hingegen stolperten danach schwer beladen mit Taschen und Bündeln über die Gangway, um dann hastig auf dem Landungssteg ihr Frachtgepäck einzusammeln und einen Wagen zu suchen, der sie in die Stadt bringen würde.

Wie vereinbart war einer von Malachis Truppe unter den Ersten an Land und rannte über den Anleger, um ihnen eins der wartenden Gefährte zu sichern, während die anderen sein Kabinengepäck trugen. Die Strategie machte sich bezahlt, und so gehörten sie zu den Ersten, die ihre Sachen auf den Wagen stapeln und den Anleger hinter sich lassen konnten.

Als Malachi den Kopf drehte, um noch einmal zum Schiff zu blicken, sah er die Waisen in sittsamer Ruhe zu der wartenden Nonne hinübergehen. Still wünschte er ihnen allen Glück, doch es war Ismays Gesicht, das er dabei vor sich sah. Ach, das arme Mädchen tat ihm schrecklich leid!

* * *

»Wie ich sehe, hat man uns jemanden geschickt«, bemerkte Mutter Bernadette an der Reling. »Wir warten noch, bis wir ohne dieses unsägliche Gedränge von Bord gehen können.«

Doch selbst dann musste Schwester Catherine ihre Begleiterin noch stützen, als ein Mann sie anstieß und die Ältere ins Wanken brachte. Sobald sie sich sicher war, dass die Ehrwürdige Mutter wieder fest auf beiden Beinen stand, ließ sie los, war jedoch schockiert, wie dünn der Arm der Frau sich unter ihrer Hand angefühlt hatte. Als wäre kaum noch Fleisch daran.

Lächelnd kam die unbekannte Nonne ihnen entgegen. »Willkommen in Australien, Ehrwürdige Mutter. Ich bin Schwester Hilda und habe den Konvent geleitet, während wir auf eine Nachfolgerin für Mutter Emmanuelle gewartet haben. Ich hoffe, Sie hatten eine angenehme Überfahrt?«

»Das können wir später besprechen«, blaffte Mutter Bernadette. »Im Augenblick ist es wichtiger, die Mädchen auf die Wagen zu bekommen und in den Konvent zu bringen.«

Einen Moment lang flackerte auf den Zügen der molligen Schwester Überraschung ob dieser knappen, undankbaren Antwort, dann senkte sie den Blick und antwortete: »Natürlich, Ehrwürdige Mutter. Sie und ich können, wenn Sie möchten, in der Wagonette mit den Mädchen vorausfahren – Mr Davies wird den Wagen lenken. Mr Powell kümmert sich dann um Ihr Gepäck und wird es mit dem Pferdekarren zum Konvent bringen. Er ist unser Hausmeister und Gärtner und absolut vertrauenswürdig.«

Es entstand eine unbehagliche Pause. Stocksteif stand die Mutter Oberin da, als hätte sie das Gesagte mit keinem Wort vernommen, bis Catherine schließlich leise fragte: »Soll ich mit Mr Powell hierbleiben, um ihm unser Gepäck zu zeigen?« Es war schon mehrmals vorgekommen, dass Mutter Bernadette erst auf einen Impuls von Catherine hin zur Tat geschritten war. Mittlerweile hegte sie den Verdacht, dass der Schlaganfall die Ältere schlimmer getroffen hatte, als diese eingestehen wollte.

»Also gut. Aber kein müßiges Geschnatter.«

Langsam ging Mutter Bernadette zu der Wagonette hinüber, dicht gefolgt von dem Grüppchen dunkel gekleideter Mädchen, die mit offenem Mund umherblickten und einander mit dem Finger auf dies und das aufmerksam machten. Mara und Ismay bildeten das Schlusslicht, wie immer Seite an Seite. Die Ältere hielt ihre kleine Schwester bei der Hand und sprach leise auf sie ein.

Schwitzend in ihren Wollsachen zwängten sie sich alle zusammen auf die Sitzbänke der Wagonette.

»Glaubst du, hier ist es immer so heiß?«, flüsterte Mara und fächelte sich mit einer Hand Luft zu.

Schwester Hilda wandte sich ihr zu und erklärte lächelnd: »Dies sind die heißesten Wochen des Sommers. Im Winter kann es dagegen recht kalt werden, auch wenn wir hier keinen Schnee bekommen.«

»Schweigt, Mädchen!«, blaffte die Mutter Oberin.

Ismay bemerkte einen weiteren erstaunten Seitenblick von Schwester Hilda. *Warten Sie's ab*, dachte sie, *die Alte wird Ihnen das Leben noch genauso schwer machen wie uns.* Dann versuchte sie, all die neuen Eindrücke in sich aufzunehmen, während sie langsam über die Straßen holperten. Nicht einmal in Irland hatte sie je eine Stadt besucht. Es war überwältigend, wie viele Menschen und Gefährte es hier gab – und wie laut alles war. Der Konvent, so erfuhr sie aus den leisen Antworten von Schwester Hilda auf die sporadischen Fragen der Mutter Oberin, lag ein wenig nördlich kurz außerhalb der Stadtgrenzen. Allerdings wurde hier so schnell gebaut, dass sich zu einer Seite bereits eine komplette Nachbarschaft gebildet hatte, wo noch vor fünf Jahren nur Ackerland gewesen war.

Als die Wagonette zum Stehen kam, verstummten alle Gespräche.

»Das ist unser Konvent«, sagte Schwester Hilda.

Das Gebäude bestand nicht aus Stein wie das in Irland, nicht einmal aus Ziegeln. Es war nichts weiter als ein großes zweistöckiges Wohnhaus, dessen Außenwände aus quer an die Balken genagelten Holzlatten bestanden. Und es war mit einem Blechdach gedeckt, nicht mit Schindeln. An den Stellen, wo es festgenagelt war, bildete sich bereits Rost. Es gab eine umlaufende Veranda und einen Laubengang in derselben Breite um das Obergeschoss. Zur Rechten lag ein Anbau, der wohl nachträglich hinzugefügt worden war, doch selbst der wirkte erschöpft und windschief, als warte er nur darauf, von der nächsten kräftigen Bö davongetragen zu werden. Der gesamte Bau sah aus, als könnte er etwas Zuwendung vertragen, und das Holz schrie förmlich nach einem Anstrich.

Das Grundstück des Konvents umfasste etwa einen Morgen Land, an dessen hinterem Ende Ismay das Dach eines kleinen Häuschens erspähte. Im Vorgarten standen einige Sträucher, die sichtlich mit der Hitze zu kämpfen hatten, und mitten darunter eine kleine steinerne Statue der Muttergottes – mit dem Rücken zum Konvent und den Blick auf die Straße gerichtet, als hätte sie nicht das geringste Interesse an den Menschen, die in dem Gebäude hinter ihr lebten.

Mara lehnte sich zu Ismay herüber und flüsterte: »Ich mag das Haus nicht.«

»Schhh, Liebes. Wir müssen das Beste daraus machen.«

Die Mädchen zauderten, die Wagonette zu verlassen, denn sie hatten bereits gelernt, dass es Mutter Bernadette missfiel, wenn sie irgendetwas ohne explizite Anweisung taten. Schließlich ließ die alte Nonne sich als Erste von Schwester Hilda und dem Fahrer hinunterhelfen, taumelte kurz und richtete sich dann kerzengerade auf. Ärgerlich starrte sie die Mädchen an.

»Na los, hinunter mit euch und reiht euch vor der Tür auf. Worauf wartet ihr?«

Stumm gehorchten sie. Mutter Bernadette sah erschöpft aus mit ihrer gelblich-weißen Gesichtsfarbe, und sie wussten aus Erfahrung, dass sie noch reizbarer war als ohnehin schon, wenn sie müde war.

Zwei Nonnen, die zu ihrer Begrüßung aus dem Haus gekommen waren, wurden als Schwester Elizabeth und Schwester Veronica vorgestellt.

Einen Moment lang herrschte Schweigen, während die alte Frau sich stirnrunzelnd umblickte, als gefiele ihr gar nicht, was sie sah.

»Soll ich die Mädchen hinauf in den Schlafsaal bringen, Ehrwürdige Mutter?«, schlug Schwester Victoria vor, als die Stille sich zu sehr dehnte.

»Ja. Und sagen Sie ihnen, sie sollen stillsitzen, bis sie gerufen werden. Schwester Hilda, bitte zeigen Sie mir die Kapelle.« Ohne auf eine Antwort zu warten marschierte sie davon.

Ismay hatte die Nonnen aufmerksam beobachtet und sah ihnen an, dass die scharfen Befehle und die mangelnde Begrüßung sie überraschten, doch abgesehen von kurzen erstaunten Blickwechseln taten sie wie geheißen. Erneut nahm sie Mara bei der Hand und folgte den anderen hinein und ins obere Stockwerk. Zwar roch es etwas muffig, aber Gott sei Dank war es angenehm kühl, selbst an einem heißen Tag wie diesem.

»Die älteren Mädchen schlafen dort«, erklärte Schwester Veronica mit einem Lächeln und deutete auf ein großes Zimmer am hinteren Ende des Flurs, »und die jüngeren hier.« Beide Schlafsäle hatten einen nackten, ordentlich geschrubbten Dielenboden, und in jedem standen etwa ein Dutzend schmale Betten, getrennt durch jeweils eine kleine Kommode. »Jede von euch bekommt ein eigenes Bett, auf dem ihr tagsüber nicht sitzen sollt. Und keine steigt zu einer anderen ins Bett.«

»Entschuldigen Sie, aber Mara ist meine Schwester und wir schlafen schon immer zusammen«, meldete Ismay sich zu Wort.

»Tut mir leid. Hier schläft niemand mit jemand anderem unter einer Decke. So sind die Regeln.«

»Könnten wir dann bitte zwei Betten nebeneinander bekommen? Bis man uns auf das Schiff gebracht hat, haben wir unser Leben lang keine Nacht getrennt verbracht.«

Abermals schüttelte die Nonne den Kopf. »Nein, Liebes.«

»Aber ...«

»Ihr müsst lernen, die Regeln zu akzeptieren und nicht zu hinterfragen. Die jüngeren Mädchen schlafen in ihrem eigenen Schlafsaal, daran wird nicht gerüttelt.«

Ismay presste die Lippen aufeinander. Es begann schon so schlimm wie befürchtet. Nach den engen Kojen auf dem Schiff hatte sie sich darauf gefreut, wieder mit Mara zusammen zu schlafen, mit ihr zu kuscheln und im Dunkeln zu flüstern, wie sie es immer getan hatten. Schon sah sie die Schultern ihrer kleinen Schwester herabsinken, erkannte den verängstigten Blick in ihren Augen.

»Nun denn, teilen wir euch eure Betten zu, und dann knien wir uns gemeinsam hin und danken dem Herrn für eure wohlbehaltene Ankunft bei uns.«

Folgsam ging Ismay kurz darauf auf die Knie, dachte jedoch nicht daran, irgendjemandem zu danken – wofür denn? In letzter Zeit fiel es ihr allgemein schwer, zu beten, denn wenn es tatsächlich der Herr war, der sie an diesen Ort gebracht hatte, konnten sie ihm unmöglich am Herzen liegen.

Kurze Zeit später erklang von unten eine Glocke. »Das ist der Ruf zum Abendessen«, erklärte Schwester Veronica. »Auspacken könnt ihr, wenn eure Sachen eingetroffen sind, und morgen machen wir einen großen Waschtag.«

Im Speisesaal warteten ein warmes Mahl und einige andere Mädchen auf die Neuankömmlinge. Die vier Nonnen aßen gemeinsam an einem Tisch und die Waisen an zwei langen Tafeln, die im rechten Winkel dazu aufgestellt waren. Auch hier saßen die älteren Mädchen am einen, die jüngeren am anderen Tisch. Wieder trennte man die Schwestern voneinander.

Nach dem schlichten, aber reichlichen Essen schickte man sie ins Schulzimmer, um das Eintreffen ihrer Sachen abzuwarten, und Ismay wurde angewiesen, den anderen vorzulesen. Nach all dem Unterricht an Bord war sie mittlerweile die Beste darin. Als sie das Buch zur Hand nahm und den Titel las, unterdrückte sie ein Stöhnen. Eine weitere Abhandlung über Heilige und Märtyrer.

Sie waren alle froh, als sie draußen den Pferdekarren vorfahren hörten. Ismay ließ das Buch sinken und blickte um Erlaubnis heischend zu der Nonne, die sie beaufsichtigte. Doch Schwester Veronica schüttelte knapp den Kopf, und so las Ismay mit ausdrucksloser Stimme weiter, verhaspelte sich absichtlich und verdrehte einige Sätze zu völligem Unsinn.

* * *

Als die Wagonette vom Hafen abfuhr, wandte Mr Powell sich lächelnd an Schwester Catherine. »Wir werden eine ganze Weile länger brauchen als die, bis wir wieder heim sind. Den Karren und die Pferde hab ich von einem Nachbarn ausgeborgt, und die armen Tiere sind nicht mehr die Jüngsten, die können nur noch gemütlich vor sich hin trotten.«

»Verstehe.«

»Sieht recht streng aus, diese neue Mutter Oberin. Mutter Emmanuelle war eine gütige, freundliche Frau. Hat uns allen sehr leidgetan, als sie gestorben ist.«

Catherine konnte ein Seufzen nicht unterdrücken, enthielt sich jedoch jeden Kommentars.

»Ich bin der Handwerker und Gärtner. Meine Frau hilft mit der Wäsche und allem, was sonst so anfällt. Bringt richtig Stand in Ihre Schleier, meine Gwynneth, oh ja. Wir wohnen in einem kleinen Häuschen ganz hinten im Konventsgarten.«

Sie nickte – einerseits bemüht, ihn nicht zum Plaudern anzuregen, andererseits natürlich neugierig, so viel wie möglich über ihr neues Leben in Erfahrung zu bringen.

Bis zu ihrer Ankunft am Konvent wusste Catherine, dass Schwester Hilda und Schwester Elizabeth langsam alt wurden und an manch kühlem Wintermorgen doch recht steif in den Gliedern waren, während Schwester Veronica zwar etwas, aber auch nicht viel jünger war.

»Jetzt werden Sie die Jüngste sein«, schloss Mr Powell zufrieden. »Zum Glück, möcht ich sagen. Diese Mädchen brauchen jemanden um sich, der nicht ganz so viel älter ist als sie.«

Höflich neigte sie den Kopf.

»Da ist es!« Er deutete nach vorn.

Bestürzt stellte sie fest, dass es ein sehr schäbig aussehendes Haus war, das für einen Konvent zudem recht klein wirkte. Dann tadelte sie sich stumm, dass sie dem Bedeutung beimaß.

»Vater Henson sollte dringend ein paar Reparaturen anstoßen«, bemerkte Mr Powell, als hätte er ihre Gedanken gelesen. »Aber dem ist seine Kirche wichtiger als unser Konvent. Die lecken Stellen im Dach wird er allerdings bald angehen müssen, sonst schlafen Sie im nächsten Winter in feuchten Betten.«

Als er vor dem Haus hielt, schlurfte ein Jugendlicher aus dem Garten heran und blieb wartend stehen.

»Das ist mein Barney«, vertraute Mr Powell ihr an. »Der arme Junge ist nicht ganz richtig im Kopf. Etwas begriffsstutzig, aber ein kräftiger Bursche. Könnte keiner Fliege was zuleide tun, aber er kann's gar nicht leiden, wenn man ihn anschreit. Reden Sie sanft mit ihm, und er tut alles für Sie. Wenn Sie mir sagen, welche Truhen Ihnen und der Mutter Oberin gehören, trage ich die als Erste hoch, dann stell ich die anderen da drüben in die Zimmer der Mädchen.« Er deutete auf den Seitenflügel des Hauses. »Gut, dass sie letzten Monat ein paar von den Älteren aufs Land geschickt haben, sonst hätten wir nicht genug Platz.«

»Aufs Land geschickt?« Bislang hatte sie nichts von weiteren Konventen ihres Ordens in Australien gehört.

»Die Schwestern bilden sie zu Hausmädchen aus – die sind dieser Tage schwer zu finden, wissen Sie – und schicken sie dann zum Arbeiten aufs Land.«

Catherine stieg ohne seine Hilfe ab und ging zur Eingangstür. Die Bretterveranda knarrte unter ihren Füßen, und beim Eintreten überlief sie ein Schauer. Das Haus fühlte sich … abweisend an. Wieder schalt sie sich für ihre törichten Gedanken, begrüßte noch einmal Schwester Hilda und machte sich daran, sich zurechtzufinden.

4

November 1863 – Januar 1864

Am Morgen nach ihrer Ankunft wurden die älteren Mädchen um sechs Uhr geweckt und angewiesen, sich zügig anzuziehen und ihr Morgengebet zu sprechen. Nach dem Frühstück sollten sie sich gleich nützlich machen, indem sie den Speisesaal und das Schulzimmer putzten. Ismay machte die Arbeit nichts aus, denn so verging die Zeit schneller. Da sie sich zudem ein wenig mit Hausarbeit auskannte, nachdem sie schon einige Male im Herrenhaus auf Ballymullan ausgeholfen hatte, war sie es am Ende, die sich um die Aufgabenverteilung kümmerte. Als Schwester Veronica die Mädchen anschließend nach ihrer bisherigen Arbeitserfahrung befragte, stellte sich heraus, dass Ismay die Einzige war, die bereits als Hausmädchen gearbeitet hatte.

»Dann werden wir dich schon bald vermitteln können«, sagte die Nonne lächelnd zu ihr. »Hausmädchen werden hier händeringend gesucht, und unsere Mädchen finden immer eine Anstellung.«

Ismay ging davon aus, dass sie wie daheim in Irland täglich von hier aus zur Arbeit gehen würde, und nickte. Es war furchtbar, Mara so lange nicht gesehen zu haben, und auch mittags beim Betreten des Speisesaals konnten sie nur verstohlen ein paar Worte miteinander wechseln.

»Hast du gut geschlafen?«

Mara hob nur kurz die Schultern und wandte den Blick ab, daher vermutete Ismay, dass ihre kleine Schwester lange wach gelegen hatte. Nun, ihr war es nicht anders ergangen. Die Betten waren hart, die anderen Mädchen raschelten und murmelten des Nachts, und auch das baufällige alte Haus gab immer wieder Geräusche von sich, die sie nicht ganz einordnen konnte.

Auch über die folgenden Tage hielten die Nonnen die Mädchen so auf Trab, dass kaum Zeit für Gespräche oder Spiele blieb, selbst für die Jüngsten. Am Samstagabend wies man sie an, sich überall gründlich zu waschen und am nächsten Morgen für die Frühmesse eine saubere Bluse anzuziehen. Selbst dieser Gottesdienst kam Ismay fremd vor, denn auch wenn das Gotteshaus, zu dem man sie im Gänsemarsch führte, aus Ziegelsteinen errichtet war, war es doch sehr klein und neu. Es fühlte sich einfach nicht wie eine richtige Kirche an.

Wieder gelang es ihr nicht, zu beten.

Am Sonntagnachmittag wurden den Mädchen zwei Stunden zur freien Verfügung gewährt – die einzige Freizeit der gesamten Woche –, jedoch unter der Bedingung, sich im Garten oder auf der hinteren Veranda aufzuhalten.

Ismay wusste, dass Mara unter ihrer Trennung litt, ihr wollte jedoch keine Möglichkeit einfallen, sie aufzumuntern. Gemeinsam setzten sie sich auf eine Bank abseits von den anderen und unterhielten sich leise über ihre Woche.

»Ich mag diesen Ort nicht«, flüsterte Mara.

»Ich auch nicht.« Verzweifelt suchte Ismay nach einem Lichtblick, auf den sie hinweisen könnte, doch schließlich reichte es nur für: »Immerhin bekommen wir genug zu essen.«

Maras Unterlippe zitterte, als sie sich vergeblich bemühte, ihre Tränen hinunterzuschlucken. »Ich w-will wieder nach Hause.«

»Das geht nicht.« Auch Ismay stiegen Tränen in die Augen, als sie in den Garten hinaussah. Das Unglück ihrer kleinen Schwester war noch schwerer zu ertragen als ihr eigenes. »Wir müssen es einfach …« Unvermittelt fiel ihr ein Wort aus den unzähligen Märtyrergeschichten ein: »... erdulden. Aber eines Tages gehen wir fort von hier, das verspreche ich dir. Wenn wir erst einundzwanzig sind, können wir tun und lassen, was wir wollen, und dann suchen wir uns beide Arbeit und ein gemeinsames Zuhause, wie wir es von Anfang an vorhatten.«

Darüber dachte Mara einen Augenblick nach, ehe ihr ein lautes Schluchzen entwich. »Bis dahin sind es noch fast zehn Jahre.«

»Schhh, leise! Schhh! Die werden wütend, wenn sie dich weinen sehen.«

Kurz darauf mussten sie sich wieder ihren Altersgruppen anschließen, um sich abermals mit den endlosen Näh- und Reparaturarbeiten an den abgewetzten Kleidern abzumühen, die von der Gemeinde für die Armen gespendet worden waren. Es fiel Ismay schwer, ihre Wut über das Leid ihrer kleinen Schwester im Zaum zu halten. Es war so ungerecht. Warum sollte irgendjemand das Recht haben, sie zu entführen? Dies war kein besseres Leben, nicht einmal ansatzweise. Es war ein liebloses Dasein ohne jegliches Lachen oder Vergnügen. Lieber würde sie hungern und dafür von Menschen umgeben sein, denen sie etwas bedeutete.

In jener Nacht weinte sie hilflos in ihr Kissen. Es gab nichts, womit sie Mara hätte helfen können, nicht einmal sich selbst konnte sie helfen. *Ich hasse dich, Keara*, dachte sie, während die Verbitterung wie Säure in ihr emporstieg. *Das ist alles deine Schuld.*

* * *

Malachi fand eine Unterkunft, vereinbarte mit seinem Wirt, dass er seine Warenkisten im Keller unterstellen durfte, und verbrachte die ersten Tage damit, ziellos durch die Stadt zu streifen, um sich einen Eindruck davon zu verschaffen. Das warme Wetter war herrlich und er konnte kaum glauben, dass es Tag für Tag so sonnig sein konnte. Von Zeit zu Zeit hielt er inne und hob einfach das Gesicht in die Sonne, um die Wärme auf seiner Haut zu genießen. Hier waren nur reiche Damen im ständigen Schutz ihrer Sonnenschirme wirklich hellhäutig.

Im Stadtzentrum bewunderte er die prunkvollen Bauten und dachte bei sich, dass hier offenbar viel Geld zu machen war, wenn die Banken sich derart imposante Gebäude mit Marmorsäulen und hochaufragenden Fassaden leisten konnten. Auf der Collins Street spähte er durch die Ladenfenster und Türen auf kostspielige Waren. Einzutreten wagte er nicht zwischen all den eleganten Damen, die in ihren riesigen Reifröcken dahinzuschweben schienen, und belächelte sich dafür, dass er das überhaupt wollte. Schließlich plante er nicht, Luxusgüter an die Reichen zu verscherbeln, sondern wollte Dinge des täglichen Bedarfs an ganz normale Menschen verkaufen, mit denen man ein oder zwei fröhliche Worte wechseln konnte, um sich den Tag zu versüßen.

Im Zentrum fand er sich gut zurecht, weil es in einem Rasterprinzip angelegt war, doch je weiter es ihn in die Vorstädte verschlug, desto öfter musste er nach dem Weg fragen. Er sah einige edle Villen, aber auch mehr Baracken, als er in diesem gelobten Land erwartet hatte. In manchen dieser Hütten hätte er nicht einmal ein Pferd untergestellt, doch aus den Türen starrten ihm barfüßige Kinder mit dreckigen Gesichtern entgegen. Zerlumpte Frauen hinter ihnen, die aussahen wie Hundertjährige und in deren Augen jegliche Hoffnung erloschen war, verschwendeten kaum einen Blick an ihn.

Nun, so wie sie gedachte er nicht zu enden. Er würde es Lemuel schon zeigen! Und ganz sicher würde er es nicht so machen wie sein Bruder: jung heiraten und sich gleich Kinder ans Bein binden. Die Ehe würde er erst eingehen, wenn er genug Geld verdiente, um einer Familie ein behagliches Leben zu ermöglichen.

An einem Tag fuhr er mit der neuen Eisenbahn nach Sandhurst hinaus. In den Kolonien war das Transportmittel noch etwas Besonderes, auch wenn es in England längst zum Alltag gehörte. Nachdem er eine Weile durch das Städtchen spaziert war, kam er zu dem Schluss, dass ihm kleinere Orte wie dieser besser gefielen als Melbourne. Viele Bahnlinien gab es in Victoria allerdings noch nicht, deshalb würde es nicht leicht sein, seine neue Heimat zu erkunden. Zurück in Melbourne studierte er eine frisch erstandene Landkarte und grübelte aufs Neue, wo und wie er hier seinen Platz finden würde.

Nach einigen Tagen beschloss er, dass es Zeit wurde, sich eine Arbeit zu suchen, denn seit dem Ausschiffen hatte er nichts getan außer Geld auszugeben. Allerdings war es keineswegs verschwendete Zeit gewesen. In zahlreichen Gesprächen mit Zufallsbegegnungen auf der Straße hatte er eine Menge gelernt. Stundenlang in einem stickigen Laden zu arbeiten, um jemand anderen reich zu machen, reizte ihn wenig, und so schlenderte er an jenem Abend über einen kleinen Markt in der Nähe seiner Unterkunft. Vielleicht würde er hier fürs Erste eine Anstellung finden.

Als am Haushaltswarenstand eines alten Mannes zwei Burschen versuchten, ein paar Scheren mitgehen zu lassen, überlegte Malachi nicht lang, sondern packte den Näheren der beiden beim Kragen und schüttelte ihn grob, ehe er ihn zu dem Alten zurückschleifte und ihn zwang, sein Diebesgut herauszugeben.

»Vielen Dank, mein Freund. Leider bin ich nicht mehr so flink, wie ich mal war.« Der Standbesitzer drückte eine Hand an seine Brust und ließ sich auf einen Hocker sinken. »Puh, das war ein Schreck.« Er starrte den Burschen an, der sich unbehaglich in Malachis Griff wand. »Ach, lass ihn laufen. Der ist doch noch ein Kind.«

»Sind Sie sicher?«

»Ja.« Der alte Mann fixierte den Jungen mit einem strengen Blick. »Aber wenn ich dich oder deinen Kumpanen noch einmal auch nur in der Nähe von meinem Stand sehe, schlage ich Alarm – ganz gleich, ob ihr was geklaut habt oder nicht.«

Malachi gab dem Burschen noch eine Ohrfeige mit auf den Weg, dann bückte er sich, um die heruntergeworfenen Waren aufzuheben. »Brauchen Sie Hilfe, Großvater? Sie sehen nicht gut aus.«

Nachdenklich musterte ihn der Alte. »Du kommst aus Nordengland, was?«

»Aye. So wie Sie, vermute ich. Ich stamme aus der Nähe von Bolton.« Ihm war bereits aufgefallen, dass andere Engländer ihn an seinem Akzent erkannten, während die gebürtigen Australier ihn kaum je erwähnten.

»Tja, ich komm ursprünglich aus Preston, also sind wir beide Nordmänner. Und du hast recht, ich könnte wirklich etwas Hilfe gebrauchen. Fünf Kröten, wenn du für den Rest des Tages hierbleibst und beim Verkauf hilfst – und mir danach die Sachen wieder auf den Karren lädst.«

»Einverstanden. Ich bin übrigens Malachi Firth.« Er streckte die Hand aus, und sie besiegelten die Abmachung per Handschlag.

»Dan Reddings. Kannst mich Dan nennen.«

Die Hand, die kurz die seine umfasste, fühlte sich knorrig an, die Gelenke geschwollen, und mit einem Anflug von Mitleid blickte Malachi kurz darauf hinunter. Er mochte alte Kerle wie diesen, hatte mit so manch einem im Pub beisammengesessen und wusste von den täglichen Wehwehchen, mit denen ihre alternden Körper oft geschlagen waren.

Mit verärgerter Miene zog Dan seine Hand zurück. »Noch bin ich kein Tattergreis, und meine Finger sind auch noch nicht zu steif, um das Wechselgeld richtig abzuzählen. Außerdem find ich, ich bin ein Glückspilz, dass ich's fast bis zur

Siebzig geschafft hab. Gibt nicht viele, die so alt werden. Aber ich sag's dir geradeheraus: Mich hamse für Diebstahl nach Australien deportiert, also wenn du mit 'nem Ex-Sträfling nichts zu tun haben willst, sag's lieber gleich.«

»Für mich sieht es so aus, als gingen Sie hier einer ehrlichen Arbeit nach«, antwortete Malachi milde.

»Tu ich auch. Wirst im ganzen Land keinen finden, der behaupten kann, ich hätt ihn über'n Tisch gezogen.«

»Nun, wir alle machen Fehler.«

»Du bist wohl noch 'n bisschen jung, um allzu viele gemacht zu haben.«

Malachi schmunzelte. »Ich gebe mir Mühe.«

Die Arbeit an Dans Stand gefiel ihm und er bekam rasch einen Überblick über das angebotene Sortiment: ein ähnliches Sammelsurium wie seine eigenen mitgebrachten Waren, sowohl neu als auch gebraucht, alles von Nähutensilien und Garn bis hin zu Besteck und Schürhaken. Schon bald rief er die Vorübergehenden heran und überzeugte sie, einen Blick auf das Angebot zu werfen. Nach einem Verkauf an eine Frau, die nur zufällig vorbeigekommen war und gar nichts gesucht hatte, zwinkerte er Dan zu, der ihm anerkennend zunickte.

Gegen zehn Uhr abends hatte sich das Publikum ausgedünnt und die Standbesitzer machten sich daran, ihre Waren abzuräumen. Auch Malachi packte zügig die Sachen des Alten zusammen und stapelte die Kisten auf einen Handkarren. »Wenn Sie wollen, kann ich Ihnen den auch noch heimschieben?«

»Mehr als die fünf Schilling kann ich dir aber nicht zahlen.«

»Das erwarte ich auch gar nicht.«

Malachi passte seine Geschwindigkeit an seinen Begleiter an, und wie sie so dahintrotteten, fragte Dan unvermittelt: »Du suchst 'ne Arbeit, oder?«

»Aye. Als Startkapital habe ich ein paar Sachen aus England mitgebracht, ganz ähnlich wie Ihre Waren, aber ich bin mir noch nicht sicher, wo ich sie am besten verkaufen kann oder was ich danach machen soll.«

»Hmm.« Schweigend stapfte Dan ein oder zwei Minuten neben ihm einher, ehe er brüsk sagte: »Lass uns zusammen einen Happen essen. Hätte da 'nen Vorschlag, der dir gefallen könnte.«

»Gern.«

Malachi half Dan, die Kisten an einer Wand seines chaotischen Zimmers aufzureihen, dann gingen sie gemeinsam zu einem Speisehaus, das speziell für die Marktbeschicker länger geöffnet hatte. Während des Essens überließ er seinem Begleiter das Gespräch, dann stellte er die Ellbogen auf den Tisch und stützte das Kinn auf seine verschränkten Hände. »Raus mit der Sprache.«

»Also gut. Wie würd's dir gefallen, mir mit 'nem fahrenden Laden zu helfen?«

»Ich bin mir nicht ganz sicher, was Sie damit meinen.«

»Wir kaufen einen Wagen und fahren unsere Waren raus aufs Land. Es wird noch 'ne Weile dauern, bis die Eisenbahn all die kleinen Städtchen erreicht, und bis dahin kann man da draußen gutes Geld machen. Diese Leute schaffen es nicht oft in die Stadt, aber Haushaltswaren brauchen sie trotzdem. Später, wenn dann die Züge kommen, wird's Zeit sein, 'nen Laden zu kaufen und sich niederzulassen.« Sein schmunzelnder Blick schien in die Vergangenheit zu gehen. »Hätt' ich selbst machen sollen, bevor ich zu alt geworden bin, aber mir hat das Reisen zu gut gefallen. Da gibt's immer was Neues zu entdecken. Als ich dann krank geworden bin, konnt' ich die Pferde und die schweren Kisten nicht mehr händeln, und jetzt bin ich auf diesen verfluchten Markstand zurückgeworfen.«

»Haben Sie denn keine Familie?«

»Nee, ich nicht. In England hatte ich eine Frau, aber als sie mich hierhergeschickt haben, hatte sich das erledigt. Sie hat mir gesagt, sie wär fertig mit mir. Nachdem ich meine Zeit abgesessen hatte, wollte ich auf keinen Fall noch mal ins Gefängnis, also hab ich hart geschuftet – verflucht hart. Hat 'ne Weile gedauert, bis ich mir einen eigenen Wagen zusammengespart hatte. Am Anfang bin ich noch zu Fuß mit dem Handkarren durch die Gegend getingelt.« Er blickte für einen Moment in die Ferne, ehe er die Erinnerungen abschüttelte. »Mir bleiben nur noch 'n paar Jahre, das weiß ich, aber wenn du die Schlepperei übernehmen kannst und mich nicht hängenlässt, wenn ich krank werde ... Also, dann kann ich dir zeigen, wie's geht, und dir helfen, ein paar Kröten zu machen. So hätten wir beide was davon.«

Stirnrunzelnd saß Malachi da. In seinen Ohren klang ein fahrender Händler kaum besser als ein Hausierer. Nichts, worüber man stolz in seinen Briefen nach England berichten würde.

»Ich hab genug Geld, um 'nen Wagen und meinen Anteil am Grundstock zu kaufen, aber wenn du mich fragst, wär's nur gerecht, wenn du die Pferde kaufst. Falls du also nichts in die Angelegenheit reinstecken kannst, sag's lieber gleich.«

Schon sah Malachi den Hoffnungsschimmer auf den Zügen des alten Mannes verblassen, und plötzlich drängte ihn eine Stimme in seinem Inneren, es zu wagen. »Ein bisschen Geld habe ich – für zwei Pferde sollte es wohl reichen –, und ein paar Haushaltswaren aus England noch dazu. Wir müssten allerdings gut aufpassen – viel Spiel ist da nicht. Aber was wäre das Leben, wenn man nicht ab und zu etwas riskiert, nicht wahr?«

Dan holte ein Taschentuch hervor und schnäuzte sich laut – ein wenig erfolgreicher Versuch, die Tränen in seinen Augen zu überspielen. Auch er hatte ein bisschen Geld zurückgelegt, wollte aber auch etwas auf der hohen Kante behalten, nur für den Notfall. In seinem Alter wusste man nie, was kam. Außerdem war es nur gerecht, wenn beide Partner etwas zum Unternehmen beitragen würden. »Also gut. Aber nur, wenn du auch ›Du‹ zu mir sagst. Morgen suchen wir uns die ersten Sachen zusammen. Ich weiß, wo es einen guten Wagen gibt, auch wenn wir den erst ein bisschen flottmachen müssen. Aber bei den Pferden müssen wir aufpassen. Für den Winter brauchen wir kräftige Biester, die mit all dem Schlamm zurechtkommen.«

»Mit Pferden kenne ich mich ein wenig aus. Und mit Holz auch. Ich war Böttcherlehrling, bevor ich aus England weggegangen bin.«

»War das einer deiner Fehler?«

Malachi schüttelte den Kopf. »Nein, der geht auf das Konto meines Vaters. Er war der Böttcher, aber ich wollte diese Arbeit nie machen und hatte ihm das auch immer gesagt. Allerdings hat er mir keine Wahl gelassen, ich musste ihm gehorchen. Du weißt ja, wie das ist. Als er gestorben ist, hat mein Bruder das Geschäft bekommen. Wir zwei verstehen uns nicht besonders gut, also bin ich gegangen. Lemuel fehlt mir nicht, aber meine Mutter dafür umso mehr – und ich mache mir Sorgen, weil sie jetzt von ihm abhängig ist. Seine Frau ist ein richtig bösartiger Drachen.« Plötzlich ging Malachi auf, dass er seiner Mutter anbieten könnte, nach Australien zu kommen und bei ihm zu leben, wenn er genug verdiente – die Überfahrt könnte er bezahlen. Ein weiterer Grund, mit einer Heirat noch einige Jahre zu warten.

Dan grinste ihn an. »Und du bist nicht bösartig?«

Malachi erwiderte das Lächeln. »Nur wenn mich jemand über den Tisch zu ziehen versucht. Meistens bin ich gelassener, als gut für mich ist. Ich benutze lieber das hier«, er tippte sich an die Stirn, »als die hier.« Er schüttelte die Fäuste. Als er sich umblickte, sah er, dass das Speisehaus so gut wie leer war. »Zeit, dass wir dich nach Hause bringen, alter Knabe.« Er half Dan auf die Beine und begleitete ihn zurück zu seiner Unterkunft. »Ich komme gleich morgen früh wieder, dann schreiben wir alles auf und rechnen das anständig durch.«

Gedankenverloren schritt Malachi durch die jetzt leeren Straßen. Als er hinter sich Schritte zu hören glaubte, rannte er los und erreichte seine Pension außer Atem, aber wohlbehalten. Plötzlich musste er über seine Angst lachen. Für einen Feigling hielt er sich nicht und wusste sich zu verteidigen, wenn es drauf ankam, doch auch ein Raufbold war er noch nie gewesen. Einer Prügelei würde er nach Möglichkeit immer ausweichen.

* * *

Am folgenden Morgen erwachte Malachi voller Elan und Tatendrang. Gleich nach dem Frühstück mit den anderen Pensionsgästen eilte er zu Dan hinüber, der sich etwas missmutig über sein »Gliederreißen« beschwerte. Doch sobald Malachi ihm eine Tasse Tee und ein Marmeladenbrot gemacht hatte, besserte sich die Laune des Alten spürbar.

Gemeinsam gingen sie den zum Verkauf stehenden Wagen begutachten, der sich als zwar etwas überholungsbedürftig, aber im Grunde robust erwies. Malachi schätzte seine Fähigkeiten als ausreichend ein, die nötigen Reparaturen selbst vorzunehmen.

»Überlass das Feilschen mir«, flüsterte Dan ihm zu. Also hielt Malachi sich im Hintergrund und unterdrückte ein Schmunzeln, als Dan nackte Armut beklagte, das Gegenangebot des Verkäufers mit einem Stöhnen quittierte und nach und nach den Preis erheblich drückte. Als er sich schließlich grummelnd auf den Kauf einließ, schaltete Malachi sich ein und erklärte, in dem Zustand könnten sie den Wagen auf keinen Fall mitnehmen. »Können wir ihn noch ein oder zwei Wochen hier unterstellen, bis ich das Nötigste repariert habe?«

Der Eigentümer verdrehte die Augen. »Aber höchstens zwei Wochen.«

Sobald das Geschäft des Sattlers außer Sichtweite war, blieb Malachi stehen und reichte Dan die Hand. »Du bist ein zäher Verhandlungsgegner, alter Mann!«

Dan lächelte selbstgefällig. »Hab dir ja gesagt, dass es sich lohnen wird, mit mir zusammenzuarbeiten, selbst wenn ich nicht mehr der Stärkste bin. Du hast dich aber auch nicht übel geschlagen. Was die Pferde angeht, hab ich da 'nen guten Freund, an den wir uns wenden können, wenn's so weit ist, aber mir reicht's für heute.« Er klopfte sich auf die Brust.

Besorgt sah Malachi ihn an, denn das Gesicht seines Begleiters wirkte bleich und er hatte Mühe, mit Malachi Schritt zu halten. »Ich bringe dich noch heim und besorge dir etwas Anständiges zu essen. Allein mit Marmeladenbrot wirst du nicht wieder zu Kräften kommen.«

Während Dan sich erholte, ging Malachi zu einem nahegelegenen Pub und ließ sich ein Stück Roastbeef zwischen zwei dicken, knusprig gebackenen Brotscheiben mitgeben. Auf dem Rückweg kaufte er noch ein paar Äpfel von einem Straßenhändler. Mit Argusaugen wachte er darüber, dass Dan zumindest die Hälfte des Sandwichs aß, und schlug den Rest für den nächsten Morgen in ein Wachstuch ein. »Meine Mutter ist der Ansicht, dass gutes Essen die beste Medizin ist, deshalb musst du auch noch einen Apfel für mich essen, bevor du dich hinlegst.«

»Dass der Doktor auf Abstand bleibt, was?«, scherzte Dan. »Na, die langfingrigen Bastarde können mir aber wirklich gestohlen bleiben. Ziehen einem nur das Geld aus der Tasche, wenn man nicht ganz bei sich ist. Haben mich ordentlich in die Mangel genommen, als ich krank war.«

»Was haben sie denn gesagt?«

»Ich soll's ruhig angehen lassen.« Er spie aus, um seiner Verachtung für diesen Ratschlag Nachdruck zu verleihen.

»Lieber geb ich hier und jetzt den Löffel ab, als den lieben langen Tag nur rumzusitzen und Däumchen zu drehen.«

Malachi ließ seine Worte unkommentiert, bis sich eine etwas friedlichere Stille um sie gebreitet hatte. Dann warf er einen Blick auf die lange Ofengabel und lächelte. »Damit könnte man einen Apfel rösten. Geröstet sind sie süßer und auch leichter zu kauen.« Ehe er aufbrach, sah er sich noch einmal in dem kleinen, vollgestellten Raum um. »Wir werden zusätzlichen Lagerraum für unsere Waren brauchen, bis wir aufbrechen.«

»Ich hab da einen Freund, der mir sein Hinterzimmer vermietet, wenn mein Kram hier nicht mehr reinpasst. Kostet mich fünf Kröten die Woche.«

»Klingt gut. Dann bringen wir meine Sachen morgen gleich dorthin, und du kannst mir sagen, was du davon hältst.«

Als letzte Aufgabe erstanden sie zwei robuste junge Pferde – als Mischlinge waren beide keine Schönheiten, aber dafür kerngesund.

Schließlich verließen sie Melbourne mit einem voll ausgestatteten Wagen, mit dem sie jederzeit unterwegs ihr Lager würden aufschlagen können. Ein Planendach über der Ladefläche bot ihnen und ihren Waren Schutz vor der Witterung. Die vielen kleinen Dinge, die sie eingekauft hatten, summierten sich zu einer schweren Ladung, und so ging Malachi neben dem Wagen, um es den Pferden leichter zu machen. Im Kopf ging er noch einmal ihr Sortiment durch und hoffte, sie hatten nichts Grundlegendes vergessen.

An den Seiten des Planwagens baumelten Blecheimer, dazu ein paar Waschzuber. Teekessel, Bratpfannen und Töpfe untermalten daneben mit ihrem Scheppern das Rumpeln des Wagens – alle mit Draht in den Grifflöchern gesichert, damit kein Dieb sie mitgehen lassen konnte. Auf der Ladefläche stapelten sich Kisten mit Lampen und dazugehörigen Ersatzteilen wie Glaszylindern und Brennern, die Dan zufolge stetig nachgefragt wurden. Vor allem die Glaswaren hatten sie sorgfältig mit Stroh ausgepolstert. Es gab alles, was in der Waschküche benötigt wurde: Waschglocken, Bügeleisen, sogar eine moderne Mangel. In anderen Kisten lagerten Küchenutensilien, die Malachi teilweise schon aus England mitgebracht hatte: Hackbeile mit Holzgriff, verzinkte Reiben, Schneebesen, Siebe, Durchschläge, Ofengabeln und Küchenmesser. Für die Damen gab es reichlich Nähzubehör: Garn, Baumwolle und Stickseide, Nadeln, Maßbänder und Scheren. Zudem führten sie Haarnadeln, Bürsten und Kämme, kleine Handspiegel und sogar das ein oder andere Fläschchen Lavendelwasser.

Sobald sie die Stadt hinter sich ließen, hatte Malachi das Gefühl, endlich wieder atmen zu können. Befreit legte er den Kopf in den Nacken und sang aus voller Kehle.

Als er nach einer Weile wieder verstummte, sah Dan ihn nachdenklich an. »Diese Stimme ist bares Geld wert, mein Junge.«

»Was?«

»Spielst du deine Gitarre genauso gut, wie du singst?«

Malachi zuckte mit den Schultern. »Nicht ganz so gut, aber schon recht ordentlich.«

»Dann könnten wir kleine Auftritte anbieten. Dafür würden die Leute bezahlen. Du hast wirklich 'ne Engelsstimme, mein Junge.«

Was für eine merkwürdige Vorstellung, dass irgendjemand gutes Geld ausgeben könnte, um Malachi singen zu hören – wo er doch von seinem Vater sein Leben lang nur Klagen über sein sogenanntes Vogelgezwitscher gehört hatte!

* * *

Weihnachten wurde auf diesem Kontinent nur als rein religiöses Fest begangen. Der einzige Versuch, den Mädchen den

Tag etwas zu versüßen, war ein Stück Pflaumenkuchen nach dem Abendessen.

Einen Monat später, an einem sonnigen Januartag, wurde Ismay ins Büro der Mutter Oberin gerufen – etwas, worauf sie hätte verzichten können. Schwester Veronica eskortierte sie hinein und begab sich zu einem Stuhl seitlich des Mahagonischreibtischs, wo sie zuerst die Arme verschränkte und ihre Hände in die Ärmel ihres Gewands schob, ehe sie sich mit gesenktem Blick setzte.

Ismay, nun allein vor dem Schreibtisch, stand hoch erhobenen Hauptes. Vor dieser verhassten Frau würde sie keinerlei Schwäche zeigen.

»Da du bereits als Hausmädchen gearbeitet hast, haben wir eine Anstellung für dich gefunden. Du wirst heute Nachmittag deine Sachen packen und morgen aufbrechen.«

»Meine Sachen packen?«, fragte Ismay verwirrt.

»Die Stelle ist auf dem Land, etwa hundert Meilen von Melbourne entfernt.«

Eine eisige Kälte machte sich in Ismay breit, und entsetzt starrte sie Mutter Bernadettes faltiges Gesicht an. »Bitte, Ehrwürdige Mutter, können Sie nicht eine andere Anstellung für mich finden, die in der Nähe ist? Ich will Mara nicht allein lassen.«

Verärgert starrte die alte Nonne sie an. »Mara ist bei uns in besten Händen.«

»Aber so könnten wir uns nicht sehen. Sie ist alles, was ich noch habe.«

»Wenn der Herr dich auf einen anderen Weg führt, wirst du ihn auch gehen.«

Nach einem Moment des Schweigens, in dem nur das ungeduldige Fingertippen der Mutter Oberin auf dem Schreibtisch zu hören war, sah Ismay sie geradeheraus an und erklärte: »Das mache ich nicht mit.«

»Was hast du gesagt?«

»Ich habe gesagt: Das mache ich nicht mit.«

»Du wirst tun, was man dir sagt, junge Dame.«

»Und wie wollen Sie mich dazu zwingen?«

»Wenn nötig können wir uns auf das Gesetz berufen, da du uns noch das Geld für deine Überfahrt hierher schuldig bist. Solltest du dich weigern, arbeiten zu gehen und damit deine Schuld abzutragen, können wir dich festnehmen lassen.«

»Das glaube ich Ihnen nicht!« Doch die Miene der Mutter Oberin war so selbstsicher und gelassen, dass Ismay etwas in sich zusammenfallen spürte. Trotzdem trieb ihr Trotz sie dazu, auf ihrem Standpunkt zu beharren: »Ich gehe nicht weg von Mara.«

»Ich habe Besseres zu tun als mich mit dir sinnlos zu streiten. Geh nach oben und denke gründlich nach.« Mutter Bernadette blickte auf die Uhr. »Ich gebe dir eine Stunde, um dir zu überlegen, wo du deiner Schwester nützlicher bist: in Anstellung oder im Gefängnis.«

Schwester Veronica erhob sich und stieß Ismay an, damit sie zur Tür ginge. Draußen auf dem Flur blieb Ismay stehen und wiederholte: »Ich gehe nicht aufs Land.«

»Darüber solltest du gut nachdenken, Ismay.«

»Das muss ich nicht. Wie kann sie von mir verlangen, Mara im Stich zu lassen?«

»Die Ehrwürdige Mutter weiß, was für uns alle am besten ist.«

»Ihr ist doch völlig gleich, was mit uns geschieht!«

»Gott hat uns in ihre Obhut gegeben, also müssen wir gehorchen.« Schwester Veronica seufzte. »Geh nach oben in den Schlafsaal, Kind. Um diese Tageszeit wird dort niemand sein. Denk über alles nach und rufe den Herrn um die Demut an, hinzunehmen, was dir bestimmt ist. Ich bezweifle, dass die Ehrwürdige Mutter sich wird umstimmen lassen.«

Ohne ein weiteres Wort erklomm Ismay die Treppe. Im

Schlafsaal wagte sie das Undenkbare und setzte sich auf ihr Bett, ohne sich darum zu scheren, ob sie damit die Bettwäsche zerknitterte. Sie bemühte sich, nicht zu weinen, doch immer wieder entwischten ihr einige Tränen. Als sie Schritte die Treppe hinauf und über den Flur herankommen hörte, wischte sie sich hastig die Wangen und wandte sich mit finsterer Miene der Tür zu.

Herein kam Schwester Catherine, den gestreckten Zeigefinger vor die Lippen gelegt. »Ich dürfte nicht hier sein«, erklärte sie mit gesenkter Stimme, »aber ich wollte mit dir sprechen.« Wenn das Mädchen fort war, würde sie ihre Sünde einem Priester beichten, doch die Entscheidung der Mutter Oberin erschien ihr grausam, und so wollte sie versuchen, zu helfen.

»Wie kann diese Frau von mir verlangen, Mara im Stich zu lassen?« Ismay brach die Stimme, und abermals rollten die verräterischen Tränen.

»Sie hat die Leitung des Konvents inne und handelt nach eigenem Ermessen.«

»Sie hat gesagt, wenn ich diese Stelle nicht annehme, lässt sie mich ins Gefängnis werfen – weil ich dem Orden Geld schulde für die Überfahrt. Wie kann denn das sein, wo wir doch niemals herkommen wollten?«

Angesichts dieser Neuigkeit sog Catherine scharf die Luft ein, angewidert von den Methoden ihrer Mutter Oberin. Dann wurde ihr bewusst, dass sie nun nicht nur ungehorsam war, sondern auch noch über ihre Vorgesetzte urteilte, und bemühte sich um eine folgsamere Geisteshaltung. Doch es wollte ihr nicht gelingen. Ihrer Ansicht nach zeigte Mutter Bernadette sich unbestreitbar herzlos. Tatsächlich war ihr Handeln schon seit dem Schlaganfall bisweilen äußerst seltsam. Es war nichts, was Catherine hätte beweisen können, doch sie konnte nicht umhin, sich zu fragen, ob das Gehirn ihrer Vorgesetzten dauerhaft Schaden genommen hatte.

Streng und freudlos war die alte Nonne schon immer gewesen, doch nie zuvor so absichtlich erbarmungslos.

»Ismay, du hast keine Wahl. Wenn du diese Stellung annimmst, wirst du wenigstens etwas von deinem Verdienst zur Seite legen können, sodass ihr einen Neuanfang machen könnt, wenn Mara alt genug ist. Und immerhin bekommst du zwei Wochen Urlaub im Jahr, in denen du sie hier besuchen kannst.«

»Ein Jahr soll ich sie nicht sehen?«, heulte Ismay auf und warf sich bitterlich weinend in die Arme der jungen Nonne.

Catherine konnte sie nicht zurückweisen, auch wenn dies einen weiteren Punkt auf der Liste ihrer Sünden hinzufügte. Eine Weile ließ sie das Mädchen sich ausweinen, tätschelte ihr die Schulter und machte tröstende Laute, dann hielt sie sie auf Armeslänge von sich. »Du wirst gehorchen müssen, Ismay.«

Nach sichtlichem innerem Kampf verstummte das Schluchzen des Mädchens, und tief seufzend sah sie Catherine an. »Danke, dass Sie hergekommen sind.«

Catherine hob die Schultern. »Helfen kann ich dir nicht wirklich.«

»Aber Sie waren gut zu mir. Das war schon seit langer Zeit niemand mehr – zuletzt Mr Firth auf dem Schiff.«

»Ich gehe jetzt besser.«

»Wird es Sie in Schwierigkeiten bringen, dass Sie zu mir gekommen sind?«

»Ein wenig. Aber das spielt keine Rolle.«

* * *

Als Catherine die letzte Treppenstufe nahm, trat gerade die Ehrwürdige Mutter aus ihrem Büro. Sie sah die junge Nonne an. »Wo waren Sie?«

»Ich habe mit Ismay geredet. Ich denke, ich habe sie überzeugen können, sich Ihrem Willen zu beugen.«

»Das habe ich Ihnen nicht erlaubt.«

»Ich habe nicht nachgedacht … Ich wollte nur helfen.«

»Sie wird tun, was wir von ihr verlangen?«

»Ja, Ehrwürdige Mutter.«

»Als Buße für Ihren Regelbruch werden Sie zehn Ave-Maria aufsagen.«

Folgsam senkte Schwester Catherine den Kopf.

»Und Sie werden nicht noch einmal mit ihr sprechen.«

»Jawohl, Ehrwürdige Mutter.«

∗ ∗ ∗

Als Schwester Veronica heraufkam, um sie zu holen, saß Ismay noch immer auf dem Bett und starrte auf ihre verschränkten Hände hinunter.

»Hast du dich entschieden, der Ehrwürdigen Mutter zu gehorchen?«

»Ja. Aber nur, wenn ich mich anständig von meiner Schwester verabschieden darf.«

Darauf wusste Schwester Veronica im ersten Moment nichts zu erwidern. Sie hegte den Verdacht, dass ihre Vorgesetzte dem Mädchen nicht einmal diesen Wunsch gewähren würde, so nachvollziehbar er auch sein mochte. Tatsächlich wühlte es auch sie selbst innerlich auf, dass Ismay so weit von ihrer Schwester fortgeschickt werden sollte, obwohl es doch in den nahen Vorstädten reichlich Arbeit für sie gegeben hätte. Irgendeinen Grund hatte Mutter Bernadette sicherlich für diese Entscheidung, doch Schwester Veronica wollte er sich einfach nicht erschließen.

Spontan traf sie eine Entscheidung, die sie später würde beichten müssen. »Ich sorge dafür, dass ihr nach dem Abendessen etwas Zeit miteinander verbringen könnt. Und jetzt mach dich besser ans Packen. Folge mir auf den Speicher, damit wir deine Truhe hinunterholen können.«

Vom Abendessen bekam Ismay keinen Bissen hinunter, und so schob sie die Speisen nur auf ihrem Teller herum und tat so, als ob. Wie gewöhnlich saß sie so, dass sie Mara sehen konnte, und fragte sich, was ihre kleine Schwester sagen würde, wenn sie erführe, dass Ismay fortgehen musste. Allein beim Gedanken daran kamen ihr abermals die Tränen.

»Was hast du denn?«, fragte das Mädchen neben ihr.

»Sie schicken mich fort.«

»Ich wünschte, sie würden *mich* fortschicken. Ich hasse diesen Ort.«

Nach dem Essen forderte Schwester Veronica sie auf, ihr zum Abstellraum zu folgen und beim Ordnen des Nähzeugs zu helfen. Ismay tat wie geheißen, und als sie das Zimmer erreichten, erklärte die Nonne leise: »Mara wartet draußen auf dich, auf der Veranda hinter dem Haus. Sprecht leise.«

Als Ismay ihrer Schwester eröffnete, dass sie fortgehen musste und keine andere Wahl hatte, als zu gehorchen, erstarrte die Jüngere. Mit riesigen angsterfüllten Augen starrte sie Ismay an.

»Aber dann können wir uns gar nicht mehr sehen!«, flüsterte sie schließlich.

»Ich will nicht fort von dir, das weißt du. Aber sie hat gesagt, sie lässt mich ins Gefängnis werfen, wenn ich mich nicht füge.« Ismay drückte ihre kleine Schwester an sich und drängte ihre Tränen zurück, um den Abschied für Mara so erträglich wie möglich zu machen. »Hör zu, ich habe mir etwas überlegt: Ich werde jeden Penny von meinem Lohn zur Seite legen, und sobald ich ein paar Pfund zusammenhabe, laufen wir gemeinsam fort. Höchstens zwei Jahre noch, versprochen.«

»Das ist immer noch eine lange Zeit.«

»Aber ich werde dir ganz oft schreiben, das verspreche ich dir. Komm, lass uns noch eine Weile hier sitzen.«

Und so saßen sie da, blickten in den Garten hinaus und

sprachen nur wenig, wollten einfach nur die Nähe genießen. Als ein Schauer nachließ und hinter einer Wolke die Sonne hervorblitzte, erstreckte sich plötzlich ein Regenbogen über den Himmel, schimmernd und wunderschön.

»Ein Zwei-Penny-Regenbogen«, sagte Mara leise. »Jedes Mal, wenn ich einen Regenbogen sehe, werde ich an dich denken, Ismay – selbst wenn es nur einer für einen Penny ist. Dann stelle ich mir vor, dass ich am einen Ende bin und du am anderen, verbunden durch den Regenbogen.«

»Ja.« Mehr brachte Ismay nicht heraus, sonst wäre sie in Tränen ausgebrochen. Hier saß sie und versuchte, ihre kleine Schwester zu trösten, doch nun hatte Mara einen Trost für *sie* gefunden.

Als Schwester Veronica sie holen kam, sahen sie in stummem Elend zu ihr auf und umarmten sich noch einmal. Dann ging Mara langsam davon.

»So schlimm wird es nicht werden«, sagte die Nonne sanft.

»Doch, wird es. Jede Minute, die ich von meiner Schwester getrennt bin, wird sich furchtbar falsch anfühlen. So weit voneinander entfernt waren wir in unserem ganzen Leben noch nicht.« Hoffnungslos starrte Ismay noch einmal in den Garten hinaus. »Ich weiß nicht, wie Sie alle noch in den Spiegel blicken können nach dem, was Sie uns antun.«

* * *

Am Morgen brach Ismay die Regeln, indem sie in den Schlafsaal der Jüngeren stürmte und noch einmal die Arme um ihre Schwester warf. Schluchzend standen sie so da, bis Schwester Hilda sie trennte und Ismay streng in ihren eigenen Schlafsaal zurückschickte.

Sie weigerte sich, zum Frühstück hinunterzugehen, und als sie ihre letzten Sachen gepackt hatte, saß sie weinend auf dem Bett, bis die anderen Mädchen im Unterricht oder bei der

Hausarbeit waren. Als Schwester Veronica zu ihr kam, um sie zu holen, versuchte sie erst gar nicht, die Tränen zu verbergen, die ihr über das Gesicht strömten.

Vor dem Konvent wartete Vater Henson auf dem Bock seines kleinen Einspänners. Ismays Truhe hatte man bereits auf der Gepäckablage festgezurrt.

»Vater Henson hat die Güte, dich zu deinen Arbeitgebern zu bringen, die nur noch auf dich warten, um zur Heimfahrt aufzubrechen«, erklärte Schwester Veronica.

Ismay antwortete nicht, warf ihr nur einen stechenden Blick zu und stieg neben dem Priester auf den Kutschbock.

Nach einigen Minuten Fahrt ergriff er das Wort: »Die Mutter Oberin hat berichtet, dass du dich sträubst, für Mr und Mrs Berlow zu arbeiten.«

»Das hat nichts mit den beiden zu tun. Ich will nur meine kleine Schwester nicht allein zurücklassen. Es muss doch auch in der Stadt Arbeit geben?«

Er bedachte sie mit einem strengen Blick. »Wir ziehen es vor, unsere Mädchen aufs Land zu schicken, weil wir glauben, dass sie dort sicherer sind. In der Stadt gibt es Versuchungen und skrupellose Menschen. Du solltest dankbar sein, dass man sich so um dich sorgt.«

Voller Verachtung sah sie zu ihm auf. »Weder jetzt noch sonst irgendwann werde ich dankbar sein, dass man mich von meiner Schwester trennt. Ich weiß nicht einmal mehr, ob ich noch an diesen Gott glauben soll, den Sie immer beschwören. Wenn wir dem auch nur das Geringste bedeuten würden, dann würde er Mara und mir das nicht antun.«

Entgeistert ob dieser Blasphemie brachte er für einen Moment keinen Ton heraus. »Wie kannst du es wagen, so etwas zu sagen?«

»Warum sollte ich nicht? Etwas Schlimmeres als das hier können Sie mir nicht antun.« Kurz fragte sie sich, ob sie gleich der Blitz treffen würde, weil sie so mit einem Priester sprach, doch nichts geschah – für sie ein weiteres Zeichen, dass sie im Recht war.

»Angesichts deiner Trauer ob der Trennung von deiner Schwester werde ich Nachsicht walten lassen und schlicht beten, dass du zur Einsicht kommst. Von jetzt an wirst du jeden Abend darum beten, den Willen des Herrn hinzunehmen.«

Müde entgegnete Ismay: »Ich kann nicht mehr beten – nicht nach dem, was diese Nonnen uns angetan haben. Schon seit sie uns aus Irland verschleppt haben, bin ich nicht mehr dazu fähig.« Ohne seinem entsetzten Zischen Beachtung zu schenken, verschränkte sie die Hände im Schoß und blickte stur nach vorn.

Aus unerfindlichen Gründen brachte er es nicht fertig, sie angemessen zurechtzuweisen, und betrachtete die Situation nicht zum ersten Mal selbst mit Verwunderung. Letztlich hatte das Mädchen recht. Es gab reichlich Arbeit überall um sie herum, und es war wahrlich traurig, zwei so junge Schwestern auseinanderzureißen. Doch die Mutter Oberin hatte gesagt, Ismay habe einen schlechten Einfluss auf ihre Schwester Mara, und wenn sie tatsächlich vom Glauben abgefallen war, musste man auch an das Wohl des jüngeren Kindes denken.

* * *

In Melbourne hielt Vater Henson vor einem kleinen Familienhotel. Der Stallknecht half ihm beim Abladen der Truhe, ehe er den Einspänner zu den Stallungen hinters Haus brachte.

»Warte hier auf dem Korridor. Ich will mich kurz mit Mr und Mrs Berlow besprechen.«

Wenige Minuten später öffnete er die Tür des Gästesalons und bedeutete Ismay, hereinzukommen.

Sie musterte Mrs Berlow ebenso offen, wie diese sie musterte: mittleren Alters und hochgewachsen, durchaus wohlgenährt, aber ohne jede Spur von Weichheit – weder am Körper noch im Gesicht. Sie wirkte, als führe sie ein hartes Leben. Der dünne Mr Berlow war etwas kleiner als sie und verlor bereits seine Haare, zwinkerte Ismay jedoch beim Handschlag zu. Sie versuchte, die freundliche Geste mit einem dankbaren Lächeln zu erwidern, war jedoch nicht dazu imstande.

»Ich hoffe, du bist ein anständiges Mädchen und arbeitest hart?« Dabei runzelte Mrs Berlow die Stirn, als bezweifle sie das.

Ismay zuckte mit den Schultern.

Mrs Berlow presste die Lippen aufeinander.

»Wie bereits erwähnt hat die Trennung von ihrer Schwester sie etwas aufgewühlt«, warf der Priester rasch ein.

»Ich bin *sehr* aufgewühlt«, berichtigte Ismay ihn. »Was man uns hier antut, ist unmenschlich.«

»Nun, von mir aus kannst du so aufgewühlt sein, wie du willst, solange das keinen Einfluss auf deine Arbeit hat«, blaffte Mrs Berlow.

Bei der Abfahrt saß Ismay mit leerem Blick auf der Ladefläche des Karrens der Berlows. Nachdem sie in der zurückliegenden Nacht kaum ein Auge zugetan hatte, gab sie nun ihrer Müdigkeit nach. Als der Wagen hielt, schrak sie abrupt hoch und konnte einen Augenblick lang nicht einordnen, wo sie sich befand.

»Wir haben angehalten, um etwas zu essen«, rief Mr Berlow. »Setz dich zu uns, Ismay.«

Sie stieg vom Wagen und nahm eine Tasse kalten Tees aus der großen Flasche entgegen, die Mrs Berlow aus dem Picknickkorb zog. Das angebotene Sandwich bekam sie nur hinunter, weil sie seit dem Mittag des Vortags nichts gegessen hatte und ihr der Magen knurrte.

»Erzähle uns mehr von deiner Erfahrung als Dienstmagd«, befahl Mrs Berlow, als sie ihr Mahl beendet hatten.

Ismay begann, von ihrer Arbeit am Herrenhaus auf Ballymullan zu berichten, doch das trieb ihr die Tränen in die Augen und schnürte ihr die Kehle zu, bis sie kein Wort mehr herausbrachte.

»Das Kind ist noch ganz aufgelöst, Peggy. Lass sie in Frieden, bis sie sich etwas an uns gewöhnt hat«, sagte Mr Berlow.

Seine Frau hob nur die Schultern. »Solange sie ordentlich mit anpackt.«

»Ich arbeite hart, solange man mich fair behandelt«, entgegnete Ismay warnend.

Sie sah Mr Berlow den Kopf schütteln, um seine Frau von einer scharfen Zurechtweisung für diese Unverfrorenheit abzuhalten, doch Ismay war es gleich. Nichts schien für sie mehr von Bedeutung zu sein. Sie sah immer nur Maras Gesicht vor sich und wollte weinen – nur mit großer Anstrengung gelang es ihr, sich zusammenzureißen.

5

Januar – Februar 1864

Als Mara das Pferd des Priesters davontrotten hörte, wusste sie, dass ihre Schwester nun wirklich fort war, und begann zu weinen. Je eindringlicher Schwester Hilda sie zum Schweigen zu bringen versuchte, desto haltloser schluchzte sie. Am Ende brachte man sie nach oben in den Schlafsaal und ließ sie allein in ihr Kissen weinen.

»Ich wünschte, ich könnte sie einfach fest in den Arm nehmen«, murmelte Schwester Catherine, als die beiden Nonnen das geräumige Zimmer verließen.

»Sie wissen doch, dass das verboten ist!«, stieß Schwester Hilda entsetzt hervor.

»Ja, das weiß ich. Aber was dieses Mädchen jetzt wirklich braucht, ist eine Umarmung.« Sie ging davon, ehe sie ihre Ordensschwester mit weiteren unbedachten Worten in Aufruhr versetzen konnte.

Allein in dem großen, hallenden Schlafsaal weinte Mara, bis keine Tränen mehr kommen wollten. Dann lag sie reglos da, einen Arm über die Augen gebreitet, elend und erschöpft.

Als Schwester Hilda eine Weile später hinaufkam und sie anwies, sich das Gesicht zu waschen, gehorchte sie. Doch weder beim Mittagessen noch am Nachmittag bekam sie einen Bissen hinunter. Gegen Abend war sie so blass, dass Schwester Catherine sich an die Mutter Oberin wandte.

»Ich mache mir Sorgen um Mara Michaels.«

»Was ist denn mit dem Mädchen?«

»Sie steht völlig neben sich, seit ihre Schwester abgereist ist.«

»Ist das alles? Nun, Hunger ist der beste Koch. Ihr Frühstück wird sie wohl kaum noch verweigern.«

Schwankend folgte Mara den anderen Mädchen hinauf in den Schlafsaal. Die Mutter Oberin hatte allen befohlen, ihr keine Beachtung zu schenken, bis sie sich wieder fing. Mittlerweile war sie wie benebelt, und obgleich sie mit den anderen auf die Knie ging, um zu beten, wollten ihr keine Worte einfallen. Als sie im Bett lag, kam es ihr vor, als würde ihr Geist über ihrem Körper schweben.

Es war keine bewusste Entscheidung, kein Frühstück zu essen, doch sie brachte einfach nicht mehr als ein paar Schlucke Milch hinunter. Als sie im Unterricht an der Reihe war, aufzustehen und vorzulesen, schnappte sie nach Luft und sackte ohnmächtig zusammen.

»Schwester, sie hat sich den Kopf aufgeschlagen!«

»Sehen Sie nur, wie bleich sie ist, Schwester!«

»Lasst mich durch.« Schwester Veronica schnalzte verärgert mit der Zunge und hob Mara auf, um sie wieder hinzusetzen, sodass sie schlaff an ihre Nachbarin Janey gelehnt auf der Bank hing. »Haltet sie fest – und eine von euch soll Schwester Catherine holen. Die kann gut mit Kranken umgehen.«

Schweigend beobachteten die Mädchen, wie die zwei Nonnen einen besorgten Blick tauschten, ehe Schwester Catherine erklärte: »Ich nehme Mara mit nach draußen und schaue einmal, ob ich sie zum Essen bewegen kann.« Sie blickte in die Runde. »Wenn sie sich etwas erholt hat, tut es ihr sicher gut, wenn ihr besonders freundlich zu ihr seid. Ismays Weggang hat sie sehr mitgenommen.«

»Aber die Ehrwürdige Mutter hat gesagt ...«

Das Mädchen neben der Sprecherin stieß ihre Nachbarin

mit dem Ellbogen an, doch als sich im selben Augenblick Mara regte, richtete sich alle Aufmerksamkeit auf sie.

Catherine wandte sich an die fast gleichaltrige Janey. »Hilfst du mir bitte, sie nach draußen zu bringen?«

Auf der Veranda ließ sie Mara vorsichtig auf einen Stuhl gleiten und wandte sich dann abermals an Janey. »Was hat die Ehrwürdige Mutter gesagt?«

Das Mädchen wich ihrem Blick aus.

»Heraus damit.«

»Sie hat gesagt, es wäre töricht von Mara, sich so im Selbstmitleid zu suhlen, und wir sollten diesen Unsinn ignorieren.«

Dieses jüngste Beispiel der Gehässigkeit ihrer Vorgesetzten gegenüber den Michaels-Schwestern bereitete Catherine Übelkeit, doch sie enthielt sich jeden Kommentars. Sie bat Janey, über Mara zu wachen, ehe sie in die Küche ging, wo Schwester Hilda mithilfe zweier älterer Mädchen das Mittagessen zubereitete.

Als sie mit einem gut gefüllten Tablett zurückkehrte, fand sie Mara wach, doch mit leerem Blick vor. Das Mädchen wandte nicht einmal den Kopf, um zu sehen, wer da kam.

»Danke, Janey. Du kannst jetzt zurück in den Unterricht gehen.« Catherine stellte das Tablett auf einem kleinen Beistelltisch ab und setzte sich zu Mara. »Du musst etwas essen, damit du bei Kräften bleibst, Kind.«

»Es ist einfach zu lange.«

»Was denn?«

»Die Zeit, bis wir zusammen fortlaufen können – das sind noch Jahre.«

Schockiert und voller Mitgefühl sah Schwester Catherine das Mädchen an. Die beiden hatten also Pläne geschmiedet, was? Nun, sie konnte es ihnen nicht verdenken. »Davon darfst du niemandem erzählen. Arbeite nur recht fleißig und verinnerliche alles, was wir dich lehren können«, riet sie Mara und fuhr mit sanfterer Stimme fort: »Dann werdet ihr eines Tages wieder zusammenfinden, das verspreche ich dir.«

Mara starrte sie an. »Sie will uns für immer voneinander trennen, das weiß ich einfach. Sie hasst Ismay.«

Catherine musste nicht fragen, von wem das Kind sprach. Ihre nächsten Worte wählte sie mit Bedacht. »Niemand kann dir deine Erinnerungen wegnehmen. Du wirst immer wissen, wer deine Schwester ist.« Sie tippte sich an die Schläfe. »Das wird immer in deinem Kopf bleiben. Ich hatte nie eine Schwester und beneide dich sehr darum. Ich weiß, im Augenblick bist du unglücklich, und dagegen kann ich leider nichts unternehmen, aber du kannst doch nicht einfach aufgeben, oder? Ismay tut das sicher nicht.«

Für einen Moment herrschte Schweigen, dann fragte Mara überraschend: »Glauben Sie, unsere andere Schwester hat uns hierhergeschickt? Keara war immer so liebevoll, dass ich … Also, ich kann mir einfach nicht vorstellen, dass sie so etwas tun würde. Ismay sagt, sie hasst sie, aber dass Keara uns fortgeschickt hat, glaube ich erst, wenn sie es mir von Angesicht zu Angesicht bestätigt.«

»Wenn sie euch beiden auch nur im Entferntesten ähnelt, würde ich das genauso wenig glauben wie du.«

Dankbar blickte Mara zu ihr herüber, ehe sie ihre Schürze glattstrich und bedächtig die gesäumte Kante nachfuhr. »Ich wünschte, ich könnte ihr einen Brief schreiben. Wenn ich ihn an das Herrenhaus auf Ballymullan schicke, senden sie ihn ihr bestimmt nach England hinterher. Da wohnen Mr und Mrs Mullane die meiste Zeit. Keara musste mitgehen, weil die Herrin nicht auf sie als Zofe verzichten wollte.«

»Ich fürchte, das würde die Ehrwürdige Mutter nicht erlauben. Sie ist der Ansicht, dass es besser für euch wäre, euch hier ein ganz neues Leben aufzubauen.«

Nach einem weiteren nachdenklichen Schweigen sah Mara

zu ihr empor. »Ich dachte, *Sie* könnten vielleicht … für mich einen Brief zur Post geben?«

»Damit würde ich gegen mein Gelübde verstoßen.« Davon abgesehen besaß sie kein Geld, mit dem sie das beachtliche Porto nach England hätte zahlen können.

Mara seufzte. »Ich will es versuchen – tapfer zu sein, meine ich. Denn wenn ich es nicht bin, hat sie gewonnen, nicht wahr?«

»Das ist sicher das Richtige. Und nun iss das bitte, ehe du zurück in den Unterricht gehst.«

Als sie das Mädchen einige Zeit später langsam davongehen sah, sprach Kummer aus jeder Kontur des schmächtigen Kinderleibs. Catherine schüttelte den Kopf. Niemals würde sie akzeptieren können, es wäre richtig, zwei so in Liebe verbundene Schwestern zu trennen. Und plötzlich stand die Entscheidung, die sie in wenigen Wochen würde treffen müssen, glasklar fest. Sie straffte die Schultern und ging zurück an die Arbeit. Noch würde sie zu niemandem etwas sagen.

Sie hatte das Mädchen ermuntert, tapfer zu sein, und nun konnte sie nichts anderes tun, als dem, was ihr bevorstand, ebenfalls mit Würde und Mut entgegenzublicken.

* * *

Je länger die Reise sich hinzog, desto grauenvoller wurde Ismay klar, wie weit der Hof der Berlows von Melbourne entfernt war. In Meilen ausgedrückt mochte es nach wenig klingen, erst recht, wenn es eine Eisenbahnverbindung gab. Doch in dem schwer beladenen Pferdewagen brauchten sie ganze sechs Tage für die Fahrt.

Die Nächte verbrachten sie bei den Familien der Höfe an der Strecke, denn hier draußen im Busch schien es sich von selbst zu verstehen, dass jedem Vorüberziehenden Gastfreundschaft gewährt wurde. Doch am letzten Abend der Reise war weit und breit kein Hof in Sicht, und so schliefen sie zu dritt unter dem Wagen. In der Enge klang Mrs Berlows schnaufender Atem noch lauter als sonst.

»Wie oft fahren Sie nach Melbourne?«, erkundigte Ismay sich am nächsten Morgen bei Mr Berlow.

»Ich selbst mache die Reise zweimal im Jahr, einmal davon begleitet mich Mrs Berlow.«

»Für gewöhnlich lassen wir unsere Dienstmagd daheim, aber dieses Jahr hat sie darauf bestanden, zu ihrer Mutter zurückzugehen. Das Leben im Busch wäre nichts für sie, hat sie gesagt.« Mrs Berlow warf Ismay einen besitzergreifenden Blick zu. »Für dich wird das allerdings nicht infrage kommen, da die Mutter Oberin dich an uns überschrieben hat, bis du einundzwanzig bist. Solltest du vorher versuchen, dich davonzumachen, zeige ich dich beim Friedensrichter an und lasse dich wieder einfangen. Auf eigene Faust würdest du ohnehin nicht weit kommen. Wir würden dich mühelos aufspüren.«

Schockiert starrte Ismay sie an. »Bis ich einundzwanzig bin? Was soll das heißen?«

»Bis dahin stehst du unter der Vormundschaft der Nonnen.«

»Es sei denn, du heiratest«, warf Mr Berlow ein.

»Was wir zu verhindern wissen werden«, blaffte seine Frau. »Außerdem – wer sollte dich da draußen in Upley schon heiraten, wo es bloß ein halbes Dutzend Höfe gibt?«

Ismay war, als drehe sich alles. »So etwas Grausames kann sie doch sicher nicht tun?«

Überrascht sah Mrs Berlow sie an. »Ich dachte, das wüsstest du?«

»Nun, bis eben nicht. Gar nichts haben sie mir gesagt. Und dort im Konvent ist noch meine kleine Schwester. Die muss ich doch wenigstens ab und an besuchen. Sie ist alles, was ich noch habe auf der Welt.«

Mr Berlow hob eine Hand, um seine Frau zum Schweigen zu bringen. »Die Nonnen haben dir wirklich nichts gesagt?«

»Nein.«

Er sah seine Frau an. »Das war nicht richtig, Peggy.«

Mrs Berlow zuckte nur mit den Schultern. »Ob richtig oder nicht, jetzt ist sie an uns gebunden.«

»Ich wollte meine Schwester nicht allein zurücklassen, aber sie haben gesagt ...« Ismay entwich ein Schluchzen. »Nein, Schwester Catherine hat gesagt, ich könnte sie wenigstens in meinem Urlaub besuchen. Zwei Wochen im Jahr, hat sie gesagt.«

Mrs Berlow rümpfte die Nase. »In der Zeit würdest du es gerade einmal nach Melbourne und wieder zurück schaffen bei diesen Straßen«, erklärte sie mit einer Geste auf die ausgefahrenen Wagenspuren, und wie um ihre Worte zu unterstreichen, holperte der Wagen über die Kante einer weiteren Senke und dann hinunter in die Vertiefung. »Und wir werden auch nicht eigens für dich dorthin fahren oder dir mehr als zwei Wochen Urlaub geben, deshalb finde dich besser damit ab: Für die nächsten sechs Jahre bist du von Rechts wegen an uns gebunden, und damit hat sich die Sache.«

Ismay senkte den Kopf und konnte ihre Tränen nicht länger zurückhalten. Keiner ihrer Arbeitgeber sagte ein Wort.

Als sie das nächste Mal hielten, brachte Mr Berlow ihr etwas zu essen, doch sie schüttelte den Kopf.

»Du musst essen, Kind«, sagte er leise. »Du tust dir keinen Gefallen, wenn du dich so quälst.«

»Ich wünschte, ich wäre tot!«, brach es schluchzend aus ihr hervor. »Was ist, wenn sie Mara auch fortschicken und ich sie nie wiedersehe?«

»Vielleicht kann sie ja auch bei uns arbeiten, wenn sie erst alt genug ist«, schlug er vor.

»Aber sie ist erst elf.«

»Nun, dann könnte sie in drei Jahren ...«

»Drei Jahre! Dabei haben wir unser Leben lang zusammen im selben Bett geschlafen, bis diese Nonnen uns nach Australien entführt haben.«

»So wirst du nicht von diesen anständigen, gottesfürchtigen Frauen sprechen, junge Dame!«, schimpfte Mrs Berlow.

»Reiß dich am Riemen, Peggy!«, fuhr ihr Mann sie an. »Hast du denn gar kein Herz?«

Das trieb ihr die Schamesröte ins Gesicht. Trotzdem murmelte sie: »Wir haben diesen Nonnen einen ganzen Jahreslohn im Voraus gezahlt, und dafür will ich bekommen, was uns zusteht.«

Verwirrt hob Ismay den Kopf. »Den Nonnen einen Jahreslohn gezahlt? Das verstehe ich nicht. Das ist doch *mein* Lohn?«

»Du schuldest dem Orden Geld für deine Überfahrt hierher«, erinnerte Mrs Berlow sie. »Bis du das abgearbeitet hast, wird es noch drei Jahre dauern. Danach gehört dein Lohn dir, aber an uns gebunden wirst du trotzdem noch sein.«

Dieser Schock verschlug Ismay für einige Augenblicke die Sprache, ehe sie verbittert hervorstieß: »Selbst Sklaven werden besser behandelt, als die es mit mir machen.«

Von diesem Moment an wusste sie, dass sie keine Sekunde länger bei den Berlows bleiben würde, als sie musste. Sie würde nach Melbourne fliehen, und wenn sie bei dem Versuch ums Leben käme, dann sollte es eben so sein. Sie konnte nicht fassen, wie die Nonnen sie getäuscht hatten.

Hatte Schwester Catherine davon gewusst? Sie dachte an den offenen Blick der Nonne zurück und schüttelte den Kopf. Sicher nicht. Mutter Bernadette allerdings hatte das Ganze arrangiert.

Von jetzt an gab es zwei Menschen auf dieser Welt, die sie hasste – aus tiefstem Herzen hasste: ihre Schwester Keara und die Mutter Oberin. Dieser Hass war es, der ihr half, irgendwie weiterzumachen. Von jetzt an würden ihre einzigen Gebete sich darum drehen, dass diese beiden bekamen, was sie verdienten.

Sie nahm den Teller auf, den Mr Berlow neben ihr abgestellt hatte, und zwang sich, das Essen hinunterzuwürgen. Sie musste bei Kräften bleiben und so viel wie möglich über das Leben in diesem Teil des Landes lernen – um sich bereitzumachen für den Tag, an dem sie fortlaufen würde.

* * *

Im März rief die Mutter Oberin Schwester Catherine nach dem Frühstück zu sich ins Büro. »Es naht die Zeit Ihrer Profess.«

Die jüngere Nonne holte tief Luft und starrte einen Moment auf ihre Hände in ihrem Schoß hinunter. Dieses Gespräch hatte sie erwartet und versucht, sich darauf vorzubereiten, doch nun drehte sich ihr der Magen um vor Nervosität – den letzten Schwur, der sie endgültig an das Leben als Nonne binden würde, *nicht* zu leisten, war quasi beispiellos. Schließlich hob sie den Blick und erklärte leise: »Ich kann nicht. Ich bin zu dem Schluss gekommen, dass ich für ein Leben als Nonne nicht geeignet bin.«

Das Gesicht der Ehrwürdigen Mutter nahm einen dunklen Rotton an, und einen Augenblick lang fürchtete Catherine, die alte Frau würde einen erneuten Schlaganfall erleiden. Sie sah zu, wie Mutter Bernadette um Beherrschung rang, ihre Wut zügelte und tief durchatmete.

»Warum?«

»Mir ist klar geworden, dass ich dem Konvent beigetreten bin, weil ich in meiner Trauer um meinen Vater nicht imstande war, mich einem Leben ohne ihn zu stellen. Das Ordensleben allerdings erfüllt mich in vielerlei Hinsicht mit Unmut. Ich bin einfach nicht imstande, fraglos Befehle zu befolgen, und es ist eine Qual für mich, niemanden berühren zu dürfen.

Deshalb wird es besser sein, wenn ich einen Neuanfang wage – außerhalb des Ordens.«

»Das ist doch nur eine törichte Laune.«

»Nein, das ist es definitiv nicht. Ich habe lange und gründlich darüber nachgedacht.«

Über eine Stunde lang drang die alte Nonne auf sie ein, brachte jedes nur erdenkliche Argument vor, um sie zum Einlenken zu bewegen. Schwester Catherine wurde ganz zittrig zumute, als die Ehrwürdige Mutter ihr zuerst den gesunden Menschenverstand absprechen wollte und sie schalt, diesen Irrsinn nicht schon früher angesprochen zu haben, um ihr dann zu drohen, dass jeder anständige Katholik sie für einen solchen Schritt mit Verachtung strafen würde.

Als sämtliche anderen Argumente versagt hatten, erklärte Mutter Bernadette: »Sie sind es dem Orden schuldig, uns die Treue zu halten. Wir kümmern uns seit Jahren um Sie.«

Das war der Punkt, an dem Catherine sich gezwungen fühlte, nicht nur die Stimme zu erheben, sondern gar zu schreien, weil die Ehrwürdige Mutter sie nicht einmal einen Satz beenden lassen wollte – geschweige denn, dass sie Catherines Erklärungsversuchen Gehör schenkte. »Ich habe eine reiche Mitgift mitgebracht! Wenn ich Sie verlasse, wird der Orden mir etwas schulden, nicht andersherum.«

Endlich erhob sich Mutter Bernadette und deutete mit bebendem Finger zur Tür. »Gehen Sie auf der Stelle auf Ihr Zimmer und bleiben Sie dort, um den Herrn zu bitten, Sie zurück auf den rechten Weg zu führen. Ich werde Vater Henson rufen lassen, vielleicht kann der Sie wieder zu Verstand bringen. Und zu niemandem ein Wort von dieser absurden Laune. Nein, ich verbiete Ihnen, mit überhaupt jemandem zu sprechen!«

Mit gesenktem Kopf verließ Catherine das Zimmer und ging still die Treppe hinauf. Die winzigen Einzelzellen der Nonnen hatte man mithilfe von eingezogenen Trennwänden geschaffen, indem man aus einem großen Zimmer vier gemacht hatte – hier hatte ihr schon immer die Luft zum Atmen gefehlt. Einen Moment lang lehnte sie mit dem Rücken an der Tür und holte tief Luft, fand es in dieser Enge jedoch stickiger denn je. Dann kniete sie sich ans Fußende ihres Betts, um zu beten. Doch es wollte ihr nicht gelingen. Stattdessen zogen Bilder der vergangenen Monate vor ihrem inneren Auge vorbei: die Puzzleteile, aus denen sich langsam die Erkenntnis ergeben hatte, dass sie für das Ordensleben nicht geeignet war. Erst recht nicht in einem Konvent unter der Herrschaft einer solchen Frau.

Irgendwann spürte sie ihre Glieder steif werden, und als ihr die Knie zu sehr schmerzten, um noch unten zu bleiben, stand sie auf. Als sie ans Fenster trat und über den Vorgarten schaute, fuhr Vater Hensons Einspänner vor. Sie beobachtete, wie Mr Powell erschien und Pferd samt Wagen hinters Haus führte, während er in seiner freundlichen Art auf das Tier einredete. Catherine lächelte. Sie mochte Mr Powell und seine Frau, und auch der Umgang mit Barney fiel ihr leicht. Solange der Junge die gestellte Aufgabe kannte und man sanft mit ihm sprach, arbeitete er fleißig. Doch Mutter Bernadette mied er, wo immer er konnte – manchmal versteckte er sich gar vor ihr.

Catherine stand noch immer am Fenster, als Schwester Hilda anklopfte.

»Sie sollen in die Kapelle kommen. Vater Henson möchte mit Ihnen sprechen.«

Plötzlich kochte abermals die Rebellion in ihr hoch. »Er ist hier, weil ich meine Profess nicht ablegen werde.«

Schwester Hilda fiel die Kinnlade herunter.

»Vermutlich hat die Ehrwürdige Mutter Sie angewiesen, nicht mit mir zu sprechen, und mir hat sie befohlen, niemandem davon zu erzählen, aber ich möchte Ihnen – und allen anderen – nachdrücklich versichern, dass ich sehr gründlich über diese Entscheidung nachgedacht und den Herrn viele Male um Rat angerufen habe. Diese Entscheidung ist nicht leichten Herzens gefallen, das verspreche ich Ihnen.«

Kurz hob Schwester Hilda verstohlen den Blick und nickte knapp, sagte jedoch nichts weiter. Seufzend trat Catherine vor. »Dann gehe ich nun hinunter.«

In dem kleinen Andachtsraum, den sie Kapelle nannten, wartete Vater Henson bereits auf sie. Nach einem Moment des Innehaltens trat sie auf ihn zu, hocherhobenen Hauptes und mit den Händen in den langen Ärmeln, die für den heißen australischen Sommer so ungeeignet waren. Sie hatte mit Wut gerechnet, doch er sprach ganz sanft.

»Lassen Sie uns hier vor dem Altar Platz nehmen und uns unterhalten. Doch zuerst sprechen wir ein Bittgebet um Hilfe in dieser schweren Zeit.«

Im Anschluss führte sie ein weiteres Mal ihre Gründe auf und schloss mit den Worten: »Es wäre falsch von mir, die Profess abzulegen, das weiß ich tief in meinem Inneren.«

»Ihre Mutter Oberin ist sehr – aufgewühlt.«

»Ja.«

Sie diskutierten noch eine ganze Weile über das Ganze, bis der Priester schließlich seufzte und sagte: »Ich sehe, Sie haben diese Entscheidung nicht leichtfertig getroffen, aber Ihr Orden ist klein und wir haben keine Möglichkeit, das hier in Australien abzuwickeln. Ich werde mit dem Bischof sprechen, aber ich denke, er wird meiner Empfehlung beipflichten, Sie zurück nach Irland zu schicken. Wenn Sie erst einmal dort sind, wird man Ihnen angemessen helfen können.«

Mit gesenktem Kopf saß sie da und war dankbar, dass er sie nicht zu einer Antwort drängte. Sie hatte bereits darüber nachgedacht, was sie im Anschluss tun wollte – natürlich hatte sie das. Und sie hatte gewusst, dass es der Kirche nicht gefallen würde, doch da sie fast dreißig war und keinerlei weltliche Gesetze brach, würde man sie nicht daran hindern können. Ungebeten holte sie die Erinnerung an Ismays Elend ein und sie musste daran denken, wie still Mara geworden war. Sie hob den Blick. »Vielen Dank für Ihre Geduld, Vater. Ich weiß, das ist für uns alle nicht leicht, aber ich fürchte, ich möchte nicht zurück nach Irland. Um genau zu sein, werde ich mich weigern, zurückzugehen.«

»Ah. Das verkompliziert das Ganze natürlich.«

»Kann die Kirche mir nicht etwas Geld vorstrecken – nur ein kleines bisschen –, damit ich über die Runden komme, bis ich eine Anstellung gefunden habe und mir meine Mitgift vom Orden zurückholen kann?«

»Diese Entscheidung liegt bei Ihrer Mutter Oberin.«

»Sie wissen genau, dass sie das niemals tun wird. Sie trifft insgesamt nicht immer die rationalsten Entscheidungen. Ich fürchte, der Anfall auf der Überfahrt nach Australien hat ihren Geist beeinträchtigt und ...«

»Anfall? Wovon sprechen Sie? Mir gegenüber hat sie nie einen Anfall erwähnt.«

»Dem Schiffsarzt zufolge war es ein relativ leichter Schlaganfall, doch ihre Persönlichkeit scheint dadurch merklich gelitten zu haben. Ich kann mich in dieser Angelegenheit nicht ihrem Willen ausliefern. Es geht einfach nicht!«

Nun war er an der Reihe, nachdenklich den Kopf zu senken. Als er schließlich aufblickte, fragte er: »Könnten Sie noch eine Woche darüber nachdenken – in Klausur gehen und den Herrn um Rat anrufen?«

Sie nickte. So viel zumindest konnte sie der Kirche zugestehen, obgleich sie wusste, dass es keinen Unterschied machen würde. In letzter Zeit hatte sie kaum etwas anderes getan, als über ihre Zukunft nachzudenken.

»Dann teile ich Mutter Bernadette diese Entscheidung mit und spreche in der Zwischenzeit mit dem Bischof.« Er erhob sich, und sie tat es ihm gleich.

Am nächsten Tag wurde Mara beim Verlassen des Speisesaals von Schwester Victoria aufgehalten. »Die Ehrwürdige Mutter möchte dich sprechen.«

Schockiert starrte Mara sie an. Allein die Vorstellung, in dieses große, düstere Büro zu gehen und angeschrien zu werden, erfüllte sie mit Entsetzen. So ging es ihnen allen. »Kommen Sie mit?«

»Nein. Sie will dich allein sprechen. Na los, fort mit dir.«

Doch Mara konnte sich nicht rühren. Sie schüttelte den Kopf und wich zurück. »Ich will nicht. Die Mutter Oberin macht mir Angst.«

»Da sie hier das Sagen hat, bleibt dir keine Wahl, mein Kind.«

»Was ist, wenn sie mich fortschickt wie Ismay?«

»Um Himmels willen, du bist noch lange nicht alt genug, um in Anstellung gegeben zu werden. Du bist doch noch ein Schulmädchen.«

»Ich will mit Schwester Catherine reden.«

»Du weißt doch, dass sie in Klausur ist. Diese Woche redet sie mit niemandem.« Stirnrunzelnd sah sie das Mädchen an. »Nun komm schon. Sei nicht töricht.«

Schlurfend folgte Mara der Nonne zu dem großen Büro im jüngsten Flügel des Hauses und verharrte dicht vor der Tür, als sie zu ihrer Überraschung einen Mann und eine Frau vor der Ehrwürdigen Mutter sitzen sah.

Mutter Bernadette winkte sie herein, und widerstrebend trat Mara in den Raum. »Das sind Mr und Mrs Hannon.«

Mara nickte zum Gruß, und die beiden starrten sie an.

»Sie ist sehr hübsch«, sagte die Dame. »Und sie hat dunkles Haar, wie unsere Briony es hatte.«

Rasch blickte der Mann zu seiner Frau hinüber. »Aber sie *ist* nicht unsere Briony.«

»Das weiß ich.«

Mara war erstaunt, als der Dame Tränen in die Augen traten.

Mutter Bernadette erklärte: »Mr und Mrs Hannon würden gern den Garten und die Kapelle besichtigen. Ich habe ihnen gesagt, du kannst ihnen alles zeigen.«

Verwirrt fing Mara ein Lächeln von der fremden Dame auf, ehe sie sich erhob. Wie befohlen führte Mara die beiden nach draußen und zeigte ihnen den Nutzgarten, wo Mr Powell Gemüse zog und einen Rosenstrauch für seine Frau pflegte, und dann den Vorgarten mit der Statue der Muttergottes.

»Setzen wir uns doch hier auf diese hübsche Bank und unterhalten uns ein wenig«, schlug Mrs Hannon vor, nahm Mara bei der Hand und zog sie neben sich auf die Sitzfläche.

Mr Hannon hingegen setzte sich mit verschränkten Armen ans andere Ende der Bank. Er hatte noch kaum ein Wort zu Mara gesagt und wirkte wütend.

»Erzähl mir von dir, Liebes«, bat Mrs Hannon mit ihrer sanften Stimme. »Wir haben gehört, dass du erst vor wenigen Monaten in Australien angekommen bist. Wie gefällt dir das Leben hier?«

Unsicher starrte Mara auf ihre Schuhe hinab und wusste nicht, was sie antworten sollte.

»Also?«, bohrte der Mann merklich ungeduldig nach.

Und so erzählte sie den beiden, wie man sie und Ismay zur Überfahrt gezwungen hatte und wie sehr ihre große Schwester ihr fehlte. Als sie zum Ende kam, lag sie schluchzend in den Armen der Dame.

Als sie sich beruhigt hatte, stand Mrs Hannon auf und sah ihren Gatten an. »Ich würde mich gern mit dir über Mara unterhalten, Charles.«

»Ich bin mir bei der Sache immer noch nicht sicher, Barbara.«

»Nun, ich schon. Ich glaube, es ist eine Fügung des Schicksals.« Abermals ergriff sie Maras Hand und ging mit ihr zurück zum Haus. »Würdest du bitte in der Kapelle auf uns warten, Liebes?«

Verwundert trat Mara in den kleinen Andachtsraum und setzte sich auf eine der hinteren Bänke, war aber dankbar, etwas Zeit für sich zu haben. Sie wünschte, Ismay wäre bei ihr. Seufzend gab sie·sich der Erinnerung an ihre Schwestern hin.

»Da bist du ja, Mara! Ich rufe dich schon die ganze Zeit.«

Erschrocken sprang sie auf. »Entschuldigen Sie, Schwester Hilda. Ich hab Sie nicht gehört.«

»Die Ehrwürdige Mutter möchte dich noch einmal in ihrem Büro sprechen.« Als sie die Angst auf dem Gesicht des Kindes sah, setzte sie ermutigend hinzu: »Es gibt gute Neuigkeiten.«

»Kommt Ismay zurück?«

»Nein, natürlich nicht. Andere gute Neuigkeiten.«

Seufzend folgte Mara der Nonne zurück zum Büro. Wenn es nach ihr ging, gab es keine andere Neuigkeit, die man als gut bezeichnen könnte.

Streng blickte Mutter Bernadette über ihren Schreibtisch hinweg auf Mara hinunter. »Du kannst dich sehr glücklich schätzen, Mara. Von jetzt an wirst du bei Mr und Mrs Hannon leben. Geh und pack deine Sachen. Ich lasse Mr Powell deine Truhe vom Dachboden holen.«

Erstaunt starrte Mara sie an.

»Was ist denn? Tu, was man dir sagt.«

An dieser Stelle erhob sich Mrs Hannon. »Ich helfe dir, Liebes, ja?«

Verzweifelt blickte Mara zwischen den Frauen hin und her. »Verzeihen Sie, Mrs Hannon. Sie sind sehr gütig, aber ich kann hier nicht fortgehen, sonst weiß Ismay doch nicht, wo sie mich finden kann.«

»Die Nonnen werden ihr ausrichten können, wo wir wohnen.«

Abermals schaute Mara zu der missgünstig dreinblickenden Mutter Oberin und schüttelte den Kopf. Auf die Hilfe dieser Frau würde sie niemals vertrauen. »Nein. Ich wage mich nicht hier fort. Ich muss sicher sein, dass Ismay mich finden kann.«

Ungeduldig sah der Mann seine Gattin an. »Siehst du? Sie ist schon zu alt, hat zu viele Erinnerungen.«

Mrs Hannon erwiderte seinen Blick. »Charles, meine Entscheidung steht fest.« Dann wandte sie sich an die alte Nonne. »Kann das Kind nicht einen Brief an ihre Schwester schreiben und bei Ihnen hinterlegen? Wenn Ismay dann herkommt, wird sie daraus erfahren, wo sie uns findet.«

Einen Moment schürzte Mutter Bernadette die Lippen, ehe sie widerstrebend nickte.

Mrs Hannon nahm Maras Hand. »Siehst du. Wir sorgen dafür, dass deine Schwester dich finden kann. Alles Weitere erkläre ich dir, während wir packen.«

Schüchtern lächelte Mara sie an. »Danke.«

Als die beiden fort waren, sah die Mutter Oberin Mr Hannon an und schüttelte den Kopf. »Mara ist noch jung genug, um sie umzuerziehen, aber ihre Schwester war ein ungehorsames und starrsinniges Mädchen, kein guter Einfluss. Es ist besser, die beiden voneinander fernzuhalten. Dauerhaft.«

»Hmm.« Er blickte zur Tür, dann zurück zu ihr.

»Und es muss klar sein: Wenn Sie Mara erst einmal mitgenommen haben, können Sie sie nicht zurückbringen. Das bringt die Mädchen aus dem Gleichgewicht, danach fügen sie sich nirgends mehr ein.«

Das entlockte ihm ein Stirnrunzeln. »Es muss doch möglich sein, eine Probezeit zu vereinbaren?«

»Nein. Um des Kindes willen müssen Sie sich Ihrer Sache absolut sicher sein.« Sie hielt inne und neigte den Kopf zur Seite. »Wollen Sie sie denn gar nicht adoptieren?«

Er hob die Schultern. »Mir ist es gleich, um die Wahrheit

zu sagen. Aber nach dem Tod unserer Tochter dachte ich, meine Frau würde Kummers sterben. Erst als unser Priester den Vorschlag machte, ein Kind zu adoptieren – Barbara kann selbst keine weiteren bekommen, verstehen Sie –, begann sie sich langsam zu erholen. Ich dachte, wir würden eher ein jüngeres Kind suchen, aber unsere Tochter war im selben Alter wie Mara, und wenn Barbara sie will, werde ich mich nicht gegen sie stellen.«

Beinahe zu sich selbst fügte er hinzu: »Barbara kann gut mit Kindern umgehen. Sie wird dem Mädchen helfen, sich einzuleben.« Seine Stimme wurde härter. »Aber ich werde dafür sorgen, dass das Kind nicht verwöhnt wird, das versichere ich Ihnen.«

»Eine weise Entscheidung, Mr Hannon.«

* * *

Als die drei fort waren, legte die Mutter Oberin den Brief des Kindes an seine Schwester in ihre unterste Schreibtischschublade. Wenn es wieder kälter wurde und in diesem Zimmer ein Feuer brannte, würde sie den Brief hineinwerfen.

»Ich werde absolut sichergehen, dass Dein Wille geschehe«, sagte sie zu dem Kruzifix über dem Kamin.

Sie war überzeugt, Ihn anerkennend nicken zu sehen, als sie ein weiteres Blatt Papier nahm und sich daranmachte, ihren Brief an den Bischof zu verfassen. Darin würde sie empfehlen, Schwester Catherine die Erlaubnis zum Verlassen des Ordens zu verweigern und sie hier in Australien zu behalten, bis sie zu Verstand käme.

6

März – Juli 1864

Sobald sie Melbourne hinter sich gelassen hatten, besserte sich Dans Stimmung merklich. Die frische Luft schien ihm gutzutun. Bisweilen allerdings übermannte ihn ohne erkennbaren Grund eine bleierne Müdigkeit und sein Gesicht wurde aschfahl. In diesen Momenten sah er aus, als könne er sich kaum aufrecht halten, und ließ sich ohne Widerrede von seinem jungen Begleiter umsorgen.

Des Morgens stand Malachi früh auf und entfachte ein kleines Feuer, setzte den Teekessel auf und betrachtete, wie das Licht durchs Geäst der Eukalyptusbäume fiel, während er wartete, dass das Wasser kochte. Als dabei eines Tages ein Känguru in sein Blickfeld hoppelte – samt Jungtier im Beutel –, griff er automatisch nach der Flinte, die sie stets bereithielten. Dann hielt er inne und legte sie schließlich zurück. Frisches Fleisch wäre eine schöne Abwechslung, doch wenn er das Muttertier tötete, würde auch das Junge sterben.

»Du mit deinem weichen Herzen«, erklang Dans Stimme aus seinem Deckennest unter dem Wagen.

Als das Känguru davonhüpfte, wandte Malachi sich lächelnd seinem Partner zu. »Ach, warum zwei umbringen, wenn man nur eins braucht?«

»Die sind nichts weiter als Ungeziefer.« Behäbig wickelte Dan sich aus seinen Decken und humpelte davon, um sich zu erleichtern.

Malachi überkam Mitleid bei dieser neuerlichen Erinnerung daran, wie steif der alte Mann war und wie sehr ihn sein

Gliederreißen vor allem morgens schmerzte, doch Dan beklagte sich mit keinem Wort.

Als er zurückkehrte und sich umständlich auf einem Holzscheit niederließ, hatte Malachi bereits dampfenden Tee in ihre Blechtassen geschenkt und röstete etwas altes Brot über dem Feuer. Von der Marmeladendose, die sie vor einigen Tagen geöffnet hatten, war noch immer etwas übrig, weil Malachi die süße Konserve stets in ein Schraubglas kratzte, damit die Ameisen nicht herankämen. Manchmal musste er selbst darüber lächeln, was für ein penibler Hausmann er geworden war. Seine Mutter wäre stolz auf ihn.

Als sie mit dem Frühstück fertig waren, verkündete Dan: »Gestern Abend war ich zu müde, um den nächsten Streckenabschnitt zu erklären, aber in ein, zwei Meilen kommt ein kleines Gehöft – zumindest war da mal eins; man kann sich nie ganz sicher sein, wer es schafft und wer scheitert – und ein Stück weiter eine neue Siedlung. Ist kein schlechter Boden hier, ein paar sind sicher geblieben. Als ich das letzte Mal hier durchgekommen bin, gab's noch keinen Laden, aber wenn sie jetzt einen haben, fahren wir gleich weiter. Gibt immer ein neues Plätzchen noch weiter draußen im Busch, wo sich jemand niederlässt. Ein, zwei Jahre drehen wir so unsere Runden mit dem Wagen, bis wir genug haben, um einen Laden aufzumachen, und dann suchen wir uns ein Fleckchen dafür.«

Malachi nickte geduldig. Der Alte betonte gern ihre gemeinsame Zukunft, auch wenn er sich dabei recht oft wiederholte. Doch Dan lehrte ihn viel und war ein angenehmer Begleiter mit einer Fülle von Geschichten, die er freudig zum Besten gab – warum also sollte Malachi nicht bei ihm bleiben? Keiner von ihnen hatte sonst jemanden in Australien. Außerdem gefiel Malachi dieses Leben sehr, und er verspürte keinen Drang, so bald sesshaft zu werden.

Heute nahm er die Zügel in die Hand und genoss den Ausblick vom Kutschbock. In manchen Gegenden war Victoria bereits bezähmt und erinnerte beinahe an die Landschaften Englands – jedenfalls wenn man die Augen etwas zusammenkniff und den Grauschimmer des Eukalyptuslaubs ignorierte. Wenn sie an einer Herde weidender Kühe vorbeikamen, verspürte er bisweilen einen Stich Heimweh, doch das verging stets schnell. Eigentlich fehlte ihm nur seine Mutter. Hoffentlich würde bei seiner Rückkehr nach Melbourne ein Brief von ihr auf ihn warten. Er hatte ihr vor dem Aufbruch geschrieben und ihr von seinen Plänen berichtet.

Ihm sprang ein roter Farbtupfer ins Auge, dann ein weiterer. Rosellasittiche. Noch immer erfüllte es ihn mit Staunen, dass Papageien hier in Australien zu den gewöhnlichen Wildvögeln gehörten.

»Wenn wir heute kein Brot bekommen, müssen wir nachher ein Damperbrot backen«, bemerkte er etwas später. Während Dan nur wenig aß, bescherte das Leben unter freiem Himmel Malachi einen gesunden Appetit.

»Ach, in der Siedlung wird es welches geben. Da könnten wir es heute Abend auch mal mit deiner Singerei versuchen.«

Malachi errötete. »Mir kommt das eher wie Bettelei vor.«

»Nee. Wenn du arbeitest, um andere zu unterhalten, ist es nur gerecht, wenn sie dich dafür auch bezahlen. Den Teil kannst du mir überlassen. Deine Gitarre ist nett anzuhören. Angenehmer fürs Ohr als eine Fiedel.«

Und tatsächlich nutzten die Siedler die Gelegenheit zu einem spontanen Fest und sammelten bereitwillig Geld, um Malachi für sein Wirken zu bezahlen.

Als sie am nächsten Morgen weiterfuhren, stellte Dan grinsend fest: »Hab ich's doch gesagt, die Leute mögen deinen Gesang! Und legen Geld dafür auf den Tisch.«

Malachi erwiderte sein Lächeln. »Ein wenig nervös war ich schon, aber es ist gut gelaufen, nicht wahr? Wenn ich meiner Mutter das nächste Mal schreibe, sage ich ihr, sie soll den

Jungs ausrichten, was für ein gutes Geschenk sie mir da gemacht haben.«

* * *

Die Woche des Rückzugs, des Gebets und der Meditation hatte Catherines Erkenntnis, dass sie für das Leben als Nonne nicht taugte, nur noch weiter gefestigt, und das teilte sie der Ehrwürdigen Mutter am Ende klipp und klar mit.

Die Alte bedachte sie mit einem unheilverkündenden Blick. »Nun, von hier aus kann ich in dieser Angelegenheit nichts unternehmen. Dafür werden Sie nach Irland zurückkehren müssen, und da wir hier ohne Sie nicht auskommen, können Sie erst abreisen, wenn wir einen Ersatz für Sie haben. Ich werde es in meinem nächsten Brief in die Heimat erwähnen. Von morgen an können Sie sich wieder in den gewohnten Ordensalltag einfügen.«

Catherine sparte sich eine Diskussion, doch als sie in ihre Zelle zurückkehrte, um ihre dunkle Arbeitsschürze zu holen, starrte sie aus dem Fenster und konnte ein Gefühl des Grolls und der Rebellion nicht unterdrücken. Sie gehörte nicht mehr hierher, ganz gleich, was andere sagten.

Sie sah Mr Powell mit seinem Sohn im Garten arbeiten. Voller echter Liebe lächelte er den kleinen Jungen an, der im Körper eines hünenhaften Mannes gefangen war. Stets begegnete er Barney mit Engelsgeduld, selbst wenn der arme Kerl Fehler machte. Wenn sie nicht allzu lang wartete, würde sie selbst noch heiraten und Kinder bekommen können. Bei diesem Gedanken durchfuhr sie leuchtende Glückseligkeit, dann runzelte sie die Stirn. Bis ein Ersatz für sie einträfe und sie wieder in Irland wäre, würde mindestens ein Jahr vergehen, wenn nicht zwei. Und es erschien ihr so absurd, noch einmal dorthin zu reisen, wo sie doch gar nicht zurückkehren wollte.

Doch wenn sie den Orden einfach verließe, wäre sie selbst

von den wenigen Menschen, die sie in Australien kannte, abgeschnitten. Alle wären entsetzt angesichts ihrer Entscheidung. Vermutlich würde auch die örtliche Gemeinde sie meiden, deshalb wäre es wohl klüger, von hier fortzuziehen, wenn sie die Angelegenheit tatsächlich selbst in die Hände nähme. Ob sie ihre Mitgift zurückbekäme – oder zumindest einen Teil davon –, wusste sie nicht. Versuchen würde sie es natürlich, denn es war eine beträchtliche Summe gewesen und wäre eine große Beruhigung, Rücklagen zu haben. Bis dahin gedachte sie sich eine Anstellung zu suchen, ganz gleich, was für niedere Tätigkeiten sie ausüben müsste.

Doch wie sollte sie es anstellen? Es mangelte ihr nicht nur an Geld, sondern selbst an gewöhnlichen Kleidern. Zudem war gemäß den Ordensregeln ihr Kopf kahlgeschoren.

Erst am folgenden Tag erfuhr sie, dass Mara nicht mehr hier war. Keine der anderen Nonnen wusste, wohin genau sie verschwunden war – nur dass vor einigen Tagen ein Ehepaar den Konvent besucht und ihn mit dem Mädchen wieder verlassen hatte.

»Wer waren denn diese Leute? Hat die Ehr... äh, hat man Mara gezwungen, mit ihnen zu gehen?«

»Nein, sie ist aus freien Stücken mitgegangen«, beharrte Schwester Hilda. »Aber den Namen der Leute haben wir nicht erfahren.«

Catherine ging zur Ehrwürdigen Mutter. »Würden Sie mir bitte sagen, wohin Mara gegangen ist? Das Kind ist mir ans Herz gewachsen, ich möchte um Erlaubnis bitten, ihr zu schreiben.«

Ihre Vorgesetzte hob eine Augenbraue. »Sie erfahren schon, was Sie wissen müssen, und da Sie noch immer Nonne sind, werden Sie niemandem schreiben.«

»Bloß bin ich nicht mehr wirklich Nonne.«

»Was mich betrifft, schon.«

Doch Catherine würde sich nicht abspeisen lassen. »Wie

soll denn Ismay ihre Schwester wiederfinden, wenn niemand weiß, wo Mara ist?«

»*Ich* weiß es, und ich habe mich vergewissert, dass sie in guten Händen ist. Ismay hatte einen schlechten Einfluss auf das Kind. Ohne sie ist Mara weit besser dran.«

»Da war kein schlechter Einfluss. Ismay und Mara lieben einander.«

»Wie können Sie es wagen, mir zu widersprechen?« Plötzlich lief Mutter Bernadette dunkelrot an und schien Schwierigkeiten mit dem Atmen zu bekommen. Alarmiert rief Catherine ihre Ordensschwestern zu Hilfe, und gemeinsam überzeugten sie die alte Nonne, sich auszuruhen.

An jenem Abend wanderte Catherine wütend und aufgewühlt im Garten auf und ab. Weiter nach Maras Verbleib zu bohren wagte sie nicht, weil sie einen neuerlichen Schlaganfall der Mutter Oberin fürchtete, doch ihr blutete das Herz. Erst recht, wenn sie daran dachte, wie Ismay von alledem erfahren würde.

Ihr Seelenzustand war ihr ein weiterer Beweis für ihre Fehlbesetzung als Nonne. Stück für Stück löste die Disziplin, die sie für tief eingebläut gehalten hatte, sich in Luft auf, und sie wurde wieder zu der Frau, die sie vor dem Tod ihres Vaters gewesen war. Lebhaft. Sie war definitiv lebhaft gewesen. Und umgeben von Liebe – nicht nur vonseiten ihres Vaters, sondern durch das Gesinde, das sie jahrelang begleitet hatte, und selbst einige Nachbarn. Letztere hatten sogar versucht, sie davon abzubringen, dem Orden beizutreten. Zu all diesen Menschen hatte sie große Zuneigung empfunden und vermisste sie – genau wie ihr altes Leben – noch immer furchtbar. Alles, woran es ihr damals gefehlt hatte, war eine Mutter. Doch da die ihre bei ihrer Geburt gestorben war, war es kein großer Schmerz gewesen. Vor allem, weil sie einen so wundervollen Vater gehabt hatte.

»Ich gehe nicht zurück nach Irland«, schwor sie sich laut. »Niemals.«

»Ist alles in Ordnung, Schwester?«

Als sie herumfuhr, erblickte sie Mr Powell. Schon wollte sie ihn beruhigen, doch dann überlegte sie es sich anders. »Nein, es ist nicht alles in Ordnung. Ich habe beschlossen, das Leben als Nonne aufzugeben. Es war keine leichte Entscheidung, mein letztes Gelübde nicht abzulegen, aber ich bin mir sicher, dass es für mich die einzig Richtige ist.«

Ernst sah er sie an, und aus seinen Augen leuchtete die vertraute schlichte Güte. »Sie haben auf mich nie wie die anderen gewirkt.«

»Und ich fühle mich auch immer weniger so. Ähm – Sie wissen nicht zufällig, wohin es Mara verschlagen hat, oder, Mr Powell? Sie müssten doch das Gespann des Ehepaars versorgt haben, während die beiden bei der Ehrwürdigen Mutter waren.«

Er schüttelte den Kopf. »Das hat keiner der beiden erwähnt. Immerhin hat der Mann mir ein gutes Trinkgeld gegeben, arm sind sie also nicht. Er war …« Es dauerte etwas, bis Mr Powell das richtige Wort fand. »… angespannt. Die Frau hatte ein freundliches Gesicht, und man konnte sehen, dass die Kleine sie mochte. Oh, und ich glaube, der Mann hat sie Barbara genannt.« Stirnrunzelnd versuchte er sich zurückzuerinnern und nickte dann. »Ja, Barbara. Definitiv.«

Catherine spürte ein wenig Erleichterung. Wenigstens würde jemand gut zu dem Kind sein. »Danke, dass Sie mir von den beiden erzählt haben.« Sie blieb stehen, denn sie genoss es immer, sich mit Mr Powell zu unterhalten. Warum sollte eine so simple Freude verboten sein – erst recht jetzt?

»Also verlassen Sie uns? Sie werden meiner Frau fehlen – und den Mädchen auch. Wissen Sie schon, wohin es geht?«

Sie schüttelte den Kopf. »Nein. Der Orden will mich zurück nach Irland schicken, aber ich möchte lieber in Australien bleiben.«

Mit einem Blick in die Runde vergewisserte er sich, dass niemand in der Nähe war. »Nun, wenn wir Ihnen irgendwie helfen können, wissen Sie, wo Sie uns finden.« Er nickte ihr zu und machte sich wieder an die Arbeit, während Catherine zum Abendessen ins Haus ging.

Zu ihrer Erleichterung war Mutter Bernadette nicht im Speisesaal. Den Blicken der anderen drei Nonnen war anzumerken, dass sie Catherine nun mit Argwohn begegneten. Schweigend stocherte sie in ihrem Essen herum. Sie hatte keinen Appetit, war wie betäubt, stand neben sich. *Desorientiert* – das war das richtige Wort.

Dieses Gefühl der Fremdheit wollte nicht verblassen. Über einen Ordensaustritt nachzudenken war eine Sache, doch es in direktem Widerspruch zu den Anweisungen der Ehrwürdigen Mutter und des Bischofs zu tun, war eine ganz andere. Sie war sich nicht sicher, ob sie zu einem so eklatanten Ungehorsam fähig war.

* * *

Ismay arbeitete hart. Nicht weil Peggy Barlow ihr im Nacken saß, sondern weil es nicht in ihrer Natur lag, nachlässig oder faul zu sein.

Eines Tages bemerkte ihre Herrin: »Diese Nonnen haben dich gut ausgebildet, das muss ich ihnen lassen. Und harte Arbeit scheust du auch nicht.«

»Die haben mich nicht ausgebildet. Ich habe schon als Dienstmädchen im Herrenhaus daheim auf Ballymullan gearbeitet, als man mich entführt hat.« Sie musste einen Moment innehalten, um die Woge des Kummers hinunterzuschlucken, die plötzlich in ihr emporwallte, als sie an ihr Dorf und ihre Heimat dachte.

»Nun, Hut ab vor deinen Lehrmeistern, wer immer es auch war. Aber von Entführung möchte ich bitte nichts mehr hören.«

»Es tut mir leid, aber wir sind nun einmal entführt worden, und etwas anderes wird mir nie über die Lippen kommen.«

Auch wenn ihre Herrin weniger missmutig geworden war, je mehr Ismay sich als fähige Arbeitskraft erwiesen hatte, und jetzt sogar bei der Arbeit mit ihr plauderte, änderte das nichts an Ismays Vorhaben, fortzulaufen. Nur das Wie stellte sie vor Schwierigkeiten. Das Einzige, was ihr einfiel, war, bis zum nächsten Jahr zu warten, wenn ihre Arbeitgeber auf ihrem jährlichen Ausflug nach Melbourne waren. Bis dahin würde sie den Argwohn der beiden einschläfern können.

Doch es fiel ihr schwer, ihre fröhliche Miene beizubehalten, als der erste Zahltag kam und die beiden Hofknechte ihren Lohn erhielten, während sie leer ausging.

Mr Berlow musste die Tränen in ihren Augen bemerkt haben, denn etwas später am Nachmittag steckte er ihr etwas Kleingeld zu. »Gar nichts sollst du auch nicht bekommen für all die harte Arbeit, Kind, das wäre nicht recht. Hier. Damit kannst du dir eine Kleinigkeit kaufen, wenn das nächste Mal ein fahrender Händler vorbeikommt.«

Sie blickte hinunter und sah fünf glänzende Schillinge in ihrer Hand. »Vielen Dank.« Weit würde sie damit nicht kommen, wenn sie fortliefe, doch wenigstens war es ein Anfang. Noch am selben Abend nähte sie die Münzen in ihren Unterrock ein.

Sie brauchte keine Kinkerlitzchen vom Händler, sie brauchte ihre Schwester.

Ein paar Tage später ergab sich eine weitere Gelegenheit, etwas dazuzuverdienen, als einer der Knechte einen Brief an seine Mutter schicken wollte. Ismay bot ihm an, für einen Penny würde sie den Brief für ihn niederschreiben, und ergänzte, dass sie gegen Bezahlung auch seine Kleider reparieren könnte. Auf diese Weise verdiente sie sich noch einige Pennys dazu – nicht viel, aber jedes bisschen zählte.

Der andere Knecht starrte sie lüstern an und deutete eine weit höhere Bezahlung an, wenn sie ihn in ihr Bett ließe. Dafür gab sie ihm eine Ohrfeige und erzählte Mrs Berlow, was er gesagt hatte. Doch das brachte sie nur in Schwierigkeiten wegen des Geldes.

»Ich kümmere mich darum, dass er dir nicht noch einmal so ein Angebot macht«, erklärte ihre Herrin grimmig. »Aber das verdiente Geld werde ich für dich verwahren. Du läufst mir nicht davon.«

»Das gebe ich Ihnen nicht«, entgegnete Ismay auf der Stelle. »Mein anderes Geld haben mir diese Nonnen gestohlen, aber das hier gehört mir, und das behalte ich.«

»Diese Unverfrorenheit!«

Erst Mr Berlows Eingreifen beruhigte die Lage. »Was soll sie mit ein paar Pennys schon anfangen, Peggy?«

Seine Frau fuhr zu ihm herum. »Du weißt, wie schwierig es ist, hier eine anständige Dienstmagd zu bekommen. Willst du sie etwa gleich wieder verlieren?«

»Wenn sie fortläuft, bin ich der Erste, der sich auf die Suche nach ihr macht«, erklärte er leise und bedachte Ismay dabei mit einem durchdringenden Blick. »Dessen kannst du dir sicher sein, Kind.«

»Um fortzulaufen, bräuchte ich erst einmal einen Ort, wohin ich mich wenden könnte«, warf sie ihm mit brechender Stimme an den Kopf. »Hier in Australien kenne ich keine Menschenseele außer Ihnen und den Nonnen, ich sitze also hier fest! Aber eines Tages werde ich frei sein, und dann werde ich jeden Penny brauchen, den ich kriegen kann. Dieses Geld zu haben ist mir ein Trost, auch wenn es nicht viel ist, und das gebe ich weder Ihnen noch sonst irgendwem.«

»Aber deine Zunge wirst du zu hüten lernen, Fräulein!«
war alles, was Mrs Berlow darauf noch erwiderte.

Mit großer Überwindung brachte Ismay eine Entschuldigung für ihren Ton hervor, auch wenn sie an den Worten zu ersticken meinte.

Aber man ließ ihr das Geld, nur darauf kam es an. Und es sah aus, als hätten sie ihr geglaubt, als sie gesagt hatte, dass sie sich nirgendwohin wenden könnte. Dabei hatte sie natürlich ein Ziel: Sie würde zum Konvent gehen, um Mara zu holen, und dann würden sie gemeinsam so viel Entfernung zwischen sich und jenen Ort bringen wie nur möglich.

* * *

Mara gab sich redliche Mühe, aufzupassen, wohin die Hannons sie brachten, sodass sie den Weg zurück zum Konvent finden könnte, falls nötig. Doch schon bald verlor sie den Überblick über all die Windungen und Abzweigungen der Straße. Schließlich schlief sie mit dem Kopf in Barbara Hannons Schoß ein.

Charles sah seine Frau voller Zuneigung auf das Mädchen hinablächeln. »Häng dein Herz nicht zu sehr an sie, ehe wir wissen, wie sie wirklich ist.«

»Ich weiß, wie sie wirklich ist. Sie ist ein kleines Mädchen, das seine Familie verloren hat, genau wie wir Briony verloren haben. Dass wir Mara gefunden haben, ist eine Fügung des Schicksals. Außerdem hat die Mutter Oberin uns doch gesagt, dass wir sie nicht zurückbringen können. Von jetzt an gehört sie zu uns, und ich bin froh darüber.«

Es freute ihn, wieder etwas Farbe in ihren Wangen und ein Lächeln auf ihren Lippen zu sehen, doch für eine Fremde konnte er unmöglich dasselbe empfinden wie für seine Tochter. Barbara allerdings sagte er das nicht. Er hatte diese Adoption allein ihr zuliebe auf sich genommen, nicht um des Kindes willen.

Als sie ihr Heim erreichten, weckte Barbara die Kleine sanft. »Wir sind da.«

Mara rieb sich die Augen und reckte sich, ehe sie sich aufsetzte. »Habe ich lange geschlafen?«

»Nur ein, zwei Stunden.«

»Ich wollte doch den Weg sehen.«

»Warum?«, schaltete Charles sich barsch ein. »Der Konvent liegt hinter dir, dahin gehst du nicht zurück. Dein Zuhause ist jetzt hier.«

Doch Barbara stieß ihn an und schüttelte warnend den Kopf. »Komm erst einmal herein, Liebes.«

»Ein schönes Haus haben Sie«, bemerkte Mara. »Unseres daheim war nicht so groß.«

Barbara legte ihr einen Arm um die Schultern. »Komm mit hinein, dann kann ich dir dein Zimmer zeigen. Vor dem Zubettgehen nimmst du noch ein schönes Bad und kannst dir ein paar schönere Kleider aussuchen als diese hässlichen düsteren Sachen.«

Mara sah an sich hinunter, und für einen Augenblick zitterte ihre Unterlippe. »Ismay fand die auch immer furchtbar.«

Charles presste die Lippen aufeinander. Nach dem, was Mutter Bernadette ihnen berichtet hatte, würde er die ständigen Erwähnungen dieser Schwester bald unterbinden.

Als Mara sich an jenem Abend in das weiche Bett kuschelte, das einmal einem anderen kleinen Mädchen gehört hatte, rollten ihr einige Tränen über die Wangen. Dann fiel ihr der Brief wieder ein, den sie für Ismay im Konvent zurückgelassen hatte, und ihre Laune hob sich. Ihre Schwester würde erfahren, wo sie war, und sie besuchen kommen, davon war sie überzeugt. Oder ihr wenigstens schreiben.

Hätten die Hannons doch bloß zwei Mädchen gesucht statt nur einem, dann hätten Ismay und sie zusammenbleiben können. So allein fühlte sie sich immer noch seltsam. Sie mochte Mrs Hannon, doch bei Mr Hannon war sie sich nicht so sicher, so scharf, wie er mit ihr sprach und sie manchmal ansah. Würde er sie schlagen, wenn sie etwas anstellte, das ihm missfiel, so wie ihr Vater es getan hatte? Hoffentlich nicht. Sie hasste Streit und erhobene Stimmen und wenn Menschen unfreundlich zueinander waren.

Am Morgen weckte Mrs Hannon sie und sagte ihr, sie solle sich waschen und dann das hübscheste Kleid anziehen, das Mara je gesehen hatte.

»Einfach so für einen ganz normalen Tag?«, flüsterte sie. »Dafür ist das doch viel zu fein.«

Barbara hielt es ihr an und seufzte. »Im Grunde hast du wohl recht. Ich habe es immer gemocht, Briony in hübschen Sachen zu sehen.«

Ohne nachzudenken antwortete Mara: »Aber ich bin nicht Briony.«

Die Frau blinzelte und bemühte sich sichtlich, nicht zu weinen, doch dann rollte ihr eine Träne über die Wange, gefolgt von einer weiteren.

Sofort schloss Mara sie in die Arme und wiegte sie – überrascht, wie dünn Mrs Hannon war. »Schhh, ist schon gut. Zurückholen kann ich Ihre Tochter nicht, aber wenn Sie möchten, könnten wir über sie reden. Und ich leiste Ihnen Gesellschaft, dann fehlt sie Ihnen vielleicht nicht ganz so sehr.«

Die Frau sah sie an und brachte ein kleines Lächeln zustande. »Du hast ein gutes Herz, das gefällt mir. Und du hast recht: Ich darf nicht versuchen, so zu tun, als wärst du Briony. Niemand wird je ihren Platz einnehmen können. Aber ich hätte gern eine weitere Tochter. Selbst kann ich keine Kinder mehr bekommen, deshalb haben wir nach jemandem wie dir gesucht und dich zu uns geholt. Bleibst du bei uns? Erlaubst du mir, dich zu lieben? Du musst mich nicht Mutter nennen, aber wie wäre es mit Barbara?«

Traurig sah Mara sie an. »Ich bleibe, bis Ismay mich holen kommt. Sie fehlt mir furchtbar, und sie hat immer für mich gesorgt und war für mich da. Eine bessere Schwester als Ismay kann man sich nicht wünschen. Aber die Mutter Oberin hat sie gehasst und fortgeschickt. Sie ist schrecklich laut und übellaunig.« Beinahe wie einen nachträglichen Einfall setzte sie hinzu: »Aber eines Tages wird Ismay mich holen kommen. Das weiß ich ganz sicher, sie hat es versprochen. Deshalb musste ich den Brief für sie im Konvent zurücklassen.« Ihre Miene hellte sich auf. »Vielleicht könnte sie ja auch hier wohnen – oder eine Anstellung in der Nähe finden. Dann könnten wir alle zusammen ein glückliches Leben führen.«

Diesen Wunschtraum würde Barbara ihr jetzt nicht zerstören. Wenn Charles aus dem Laden heimkäme, würde sie ihn bitten, Nachforschungen anzustellen, wo Maras Schwester steckte. Dann könnten sie sich erkundigen, ob Ismay wirklich so schlimm war, wie die alte Nonne sie dargestellt hatte – und vielleicht könnten sie Mara sogar erlauben, ihr zu schreiben.

In der Zwischenzeit würde sie ihr Möglichstes tun, damit das Mädchen hier glücklich wäre. Schon jetzt fühlte sie sich zu dem Kind mit seinen klaren Augen und dem sanften Gemüt hingezogen.

Auch ihrem Mann würde Mara noch ans Herz wachsen, da war Barbara sich sicher. Schon jetzt war sie selbst fröhlicher, weil sie echte Gesellschaft um sich hatte und nicht nur Dienstboten. Je besser das Geschäft lief, so schien es, desto weniger Zeit hatte Charles für sie.

7

Oktober 1864 – Januar 1865

Catherine blickte aus dem Fenster und seufzte. Bald würde es Sommer werden, und noch immer gab es keine Anzeichen, dass sich bezüglich ihres Ausscheidens aus dem Orden etwas tat. Es fiel ihr weiterhin schwer, in Erwägung zu ziehen, ihren Austritt in die eigenen Hände zu nehmen. Doch so konnte sie auch nicht weitermachen – es ging einfach nicht. Mutter Bernadette schikanierte sie, teilte ihr die niedersten Aufgaben zu, ließ ständige Spitzen in ihre Richtung fallen und weigerte sich rundheraus, Catherines Zukunft mit auch nur einem Wort zu erwähnen. Das Einzige, was die Mutter Oberin dazu sagte, war, dass sie dem Mutterhaus geschrieben hatte und sie nun alle auf eine Entscheidung und die Entsendung eines Ersatzes warten müssten.

Die anderen Nonnen beobachteten Catherine mittlerweile misstrauisch, als wäre sie in ihren Augen keine mehr von ihnen. Und tatsächlich fühlte sie sich von Tag zu Tag unwohler in den langen, wallenden Gewändern und der Haube – als wären sie bei ihr fehl am Platz, als hätte sie kein Recht, sich diese Aufmachung auch nur zu borgen.

Doch es gab logistische Feinheiten, die ihr den Ausbruch erschwerten. Sie besaß weder Geld noch gewöhnliche Kleidung, hatte keinen Anlaufpunkt und keinerlei Erfahrung mit dem Leben in Australien außerhalb der Mauern des Konvents, wenn man von einigen Einkaufsgängen und den Erzählungen der Mädchen einmal absah. Zumindest hatte sie aufgehört, sich den Kopf zu rasieren, denn kahl wollte sie der Welt nicht gegenübertreten. Zum Glück reichte ihr der Schleier bis tief in die Stirn, sodass der sprießende Flaum nicht zu sehen war.

Das Wichtigste war, dass sie eine Anstellung fände, und so beschloss sie nach ernsthafter Überlegung, wenigstens in dieser Richtung Nachforschungen anzustellen. Eines Tages schlich sie sich in den Garten, obwohl sie eigentlich den Andachtsraum putzen sollte, und wie erwartet kniete Mr Powell in seinem Gemüsegarten und summte vor sich hin. Sie trat zu ihm und hoffte, er würde nicht bemerken, dass sie dabei einen hochgewachsenen Strauch als Deckung gegenüber den rückwärtigen Fenstern des Konvents benutzte.

»Ich frage mich schon länger … Lesen Sie ab und an die Zeitung, Mr Powell?«

Mit leicht verwirrter Miene erhob er sich und wischte sich die Erde von den Händen. »In der Tat, Schwester.«

Sie zauderte, ehe sie herausplatzte: »Könnte ich mir dann vielleicht ab und an eine Ausgabe borgen? Ich soll noch ein Jahr oder sogar länger warten, ehe ich aus dem Orden austrete, und dazu wollen sie mich noch nach Irland zurückschicken. Das will ich aber nicht, deshalb habe ich mir gedacht, ich schaue einmal, was für Arbeit angeboten wird und worauf ich mich einstellen müsste, sollte ich einfach … gehen.« Ihr schoss die Röte ins Gesicht, als sie seinem Blick begegnete und verzweifelt hoffte, dass er Verständnis zeigen würde. Sein sanftes Lächeln beruhigte sie.

»Ich könnte meine Zeitung im Schuppen auf dem Regal links von der Tür liegen lassen, dann könnten sie bei passender Gelegenheit herauskommen und einen Blick darauf werfen. Es werden ständig Dienstmädchen gesucht; das weiß ich, weil eine Freundin meiner Frau eine Anstellung hingeworfen hat, die ihr nicht gefiel, und sofort eine neue gefunden hat. Aber Sie sind vielleicht auf der Suche nach etwas Besserem – Gouvernante oder etwas in der Art?«

»Ich würde jede Stelle annehmen, solange es sich um ehrliche Arbeit handelt.« Ihr entfuhr ein Seufzen. »Sie müssen mich für töricht halten.«

»Nein.« Nun war er an der Reihe, sich umzuschauen, um sicherzugehen, dass niemand sie belauschte. »Ich glaube, Sie tun das Richtige. Ich hoffe, Sie verzeihen mir, wenn ich sage, dass Sie zu jung und hübsch sind, um der Welt den Rücken zu kehren.«

Catherine schluckte schwer gegen Tränen der Rührung an – dies war die einzige Ermutigung, die sie bislang erfahren hatte. »Ich danke Ihnen. Es tut so gut, jemandem zu begegnen, der meine Entscheidung für richtig hält. Aber jetzt mache ich mich besser wieder an die Arbeit.«

Erst später wurde ihr bewusst, dass er sie als hübsch bezeichnet hatte. Eigentlich hätte das nicht von Bedeutung sein sollen, doch das war es. So kam also eine weitere Sünde wieder zum Vorschein – Eitelkeit.

* * *

Über die folgenden zwei Monate hinweg erfuhr Catherine viel über die am häufigsten gesuchten Fähigkeiten und beschloss, dass sie es zuerst als Dienstmädchen versuchen würde, denn Damen auf der Suche nach Gouvernanten verlangten stets »exzellente Referenzen«. Bei der Vorstellung der einstigen Miss Caldwell von Netherbeck House konnte sie ein schiefes Lächeln nicht unterdrücken, doch was blieb ihr schon für eine Wahl? Vermutlich würde der Orden ihr irgendwann ihre Mitgift zurückzahlen – oder zumindest einen Teil davon –, doch bis dahin scheute sie keine Hilfsarbeiten. Dessen vergewisserte man sich im Orden stets, ehe eine Novizin überhaupt aufgenommen wurde.

Doch auch hier konnte sie keinerlei Zeugnisse vorweisen und fürchtete, wenn sie potenziellen Arbeitgebern ihren wahren Hintergrund beichtete, wären diese womöglich weniger bereit, sie anzustellen. Nach einiger Zeit kam ihr die Idee, dass sie vorgeben könnte, Witwe zu sein. Von einer kürzlich verwitweten Frau würde doch sicher niemand Referenzen erwarten? Erst recht, wenn sie vom Land nach Melbourne gekommen war.

Sie presste die Hände an die Wangen, als ihr eine heiße Röte ins Gesicht stieg. Nun plante sie schon glatte Lügen. Als sie die Hände wieder sinken ließ und darauf hinunterblickte, runzelte sie die Stirn. Als Witwe würde sie einen Ehering brauchen. Wie sollte sie sich ohne Geld einen beschaffen? In ihrem Orden gehörte es nicht zu den Traditionen, den Nonnen einen Ehering zu geben.

Bei ihrer nächsten Beichte würde sie eine letzte Anstrengung unternehmen, den Priester dazu zu bewegen, ihr zu helfen, in Australien zu bleiben – dann wären all diese Überlegungen hinfällig. Allerdings hatte sie ihn darum schon öfter gebeten und die Antwort erhalten, der Bischof zöge es vor, wenn sie wartete und »es anständig machte«. Als sie nach einer persönlichen Audienz mit dem Bischof gefragt hatte, war ihr beschieden worden, eine solche müsste sie über die Ehrwürdige Mutter beantragen, die sich natürlich geweigert hatte. Stattdessen hatte sie zum wiederholten Male darauf beharrt, Catherine würde bloß eine Phase durchmachen und sicher bald wieder zur Vernunft kommen.

Unterdessen schienen die Tage sich endlos hinzuziehen, während sie in einer Art irdischem Limbus gefangen war.

Und dann stand – gefühlt urplötzlich – schon Weihnachten vor der Tür, mit all seinen Gottesdiensten und Ritualen, und auch Catherine konnte sich der festlichen Stimmung nicht ganz entziehen. Dies war für sie die schönste Zeit im Jahr, auch wenn es sich merkwürdig anfühlte, das Fest im Hochsommer zu begehen.

Ich warte noch bis nach Weihnachten, beschloss Catherine, während sie den Mädchen beim Aufstellen der Krippe half und sich daran freute, mit welcher Begeisterung sie die Figuren bis ins kleinste Detail arrangierten. Und sie sprach ein Gebet eigens für die Mädchen, die den Konvent kürzlich verlassen hatten, damit auch sie ein frohes Fest hätten – vor allem Mara und Ismay.

* * *

Die Berlows wollten zu Weihnachten allen einen Ruhetag gönnen und das Fest mit einem frisch geschlachteten Lamm und einem großen Früchtebrot begehen. Bei der Planung wagte Ismay, ein weiteres Mal zu fragen, ob sie einen Brief an Mara schicken dürfe, wenn Mr Berlow zur Poststelle führe.

»Warum willst du denn nicht einsehen, dass es keinen Zweck hat?«, fragte Mrs Berlow gereizt. »Die Mutter Oberin hat erklärt, dass sie deiner Schwester keinerlei Nachrichten von dir weitergeben wird, das habe ich dir nun schon ein paarmal gesagt.«

Ismay ließ den Kopf sinken und brach in Tränen aus. Das nahende Weihnachtsfest ließ ihre Verzweiflung besonders schmerzen. »Wie kann diese Frau sich als Nonne bezeichnen und mir so etwas antun?«

In ihrer Verärgerung enthüllte Peggy etwas, wovor Fred sie gewarnt hatte. »Weil du einen schlechten Einfluss auf das Kind hast und die Nonnen sie zu einem glücklicheren und gehorsameren Menschen heranziehen wollen als dich.«

Schockiert starrte Ismay ihre Herrin an. »Einen schlechten Einfluss? Wo hatte ich denn einen schlechten Einfluss auf sie? Ihr Leben lang haben Keara und ich sie versorgt, schon von Geburt an, weil Mam immer krank war und Dad zu nichts zu gebrauchen. Ich liebe Mara, und ohne sie ist es, als hätte man etwas von mir abgeschnitten!«

Fred stand an der Tür und schüttelte angesichts dieser Worte den Kopf. Er mochte nicht glauben, dass eine Nonne je lügen würde, doch weder er noch seine Frau hatten auch nur die kleinste Spur von Hinterlist oder Verschlagenheit an dem Mädchen feststellen können – geschweige denn Faulheit. All das war ihr jedoch nachgesagt worden, und sie hatten geglaubt, das sei der Grund, warum ihre Dienste so günstig zu haben waren. Stattdessen hatte er ein arbeitsames Mädchen kennengelernt, dessen Augen bisweilen vom Weinen geschwollen waren, und das ließ ihm keine Ruhe. Er war immer stolz darauf gewesen, sich einen guten Arbeitgeber nennen zu können, und es gefiel ihm gar nicht, jemanden unter seiner Obhut so unglücklich zu erleben.

»Manche Dinge muss man einfach hinnehmen, Ismay«, sagte er behutsam.

Entrüstet fuhr sie zu ihm herum und schrie: »Wo hatte ich einen schlechten Einfluss? Sagen Sie's mir! Ich liebe sie mehr als irgendjemand sonst auf der Welt! Jede Stunde eines jeden Tages denke ich an sie, mache mir Sorgen, frage mich, ob sie glücklich ist!«

»Wir können uns nicht den Anweisungen der Mutter Oberin widersetzen.«

»Warum nicht? Sie ist bloß ein boshaftes altes Weib, das Freude daran hat, anderen das Leben schwerzumachen. Selbst den Chor hat sie mir auf dem Schiff verboten, obwohl es ein absolut achtbares Unterfangen war und nicht nur der Kapitän, sondern selbst der Schiffsarzt dahinterstanden. Zu Schwester Catherine war sie auch nichts als unfreundlich. Sie ist ein furchtbarer Mensch!«

»Schäm dich! So über eine gottesfürchtige Nonne zu sprechen!«, rief Peggy schockiert aus.

Darauf brachte Ismay nur einen erstickten Wutlaut heraus, sprang auf und stieß Mr Berlow zur Seite, um aus dem Haus zu laufen. Sie rannte über die Weide bis in die Senke des Billabongs am anderen Ende. Den Winter über hatte der schmale Kanal Wasser geführt, doch jetzt war er so gut wie ausgetrocknet, sodass sie sich hierher zurückziehen konnte, wenn sie manchmal von allem fort musste.

Weinend sank sie zu Boden und blieb im Staub liegen, bis keine Tränen mehr kamen, und dann noch etwas länger. Untätig harrte sie aus und nahm nichts wahr außer dem überwältigenden Kummer, der so tief in ihrem Herzen saß. Irgendwann hörte sie Schritte näherkommen, und als sie aufblickte, sah sie Mr Berlow zaudernd neben ihr stehenbleiben.

»Komm zurück, Ismay. Hier zu liegen hilft weder Mara noch dir.«

Sie rappelte sich auf und bedachte ihn mit einem verbitterten Blick. »Ich weiß nicht, wie Sie es mit Ihrem Gewissen vereinbaren können, mich hier gefangen zu halten und mir den Kontakt zu dem einzigen Menschen auf dieser Welt zu verweigern, der mir noch bleibt.«

Darauf wusste er nichts zu erwidern, denn ihn plagten tatsächlich Schuldgefühle – erst recht, wenn er sie so aufgewühlt erlebte. Und Peggy ging es ebenso.

Mit hängenden Schultern schlurfte Ismay neben ihm her zurück zum Haus. Nach ihrer Rückkehr bemühte Peggy sich, besonders freundlich zu ihr zu sein, doch das fiel dem Mädchen gar nicht auf. Teilnahmslos verrichtete sie ihre Arbeit.

Von da an vernahmen sie keinen Gesang mehr von ihr, nicht einmal ein kleines Summen, wenn sie die Wäsche aufhängte. Fred ertappte sich dabei, wie er nach ihrer melodiösen Stimme lauschte und sie vermisste. Selbst Peggy machte sich langsam Sorgen um das Mädchen.

* * *

Am ersten Weihnachtsfeiertag legte Ismay sich nach ihren morgendlichen Aufgaben gleich wieder ins Bett und weigerte sich, in irgendeiner Weise am Fest teilzunehmen. »Wenn es für uns ein freier Tag ist, kann ich tun, was ich will.«

»Du kannst doch Weihnachten nicht so verbringen, Kind«, sagte Fred, der in ihrer Zimmertür stand.

Schon klang ihre Stimme wieder tränenerstickt. »Warum nicht?«

Als er in die Küche zurückkehrte, machte er seiner Sorge Luft. »Das Mädchen wird von Tag zu Tag dünner.«

Peggy schüttelte den Kopf. »Sie macht ihre Arbeit, aber es ist, als hätte sie aller Mut verlassen. Kann es sein ... Hältst du es für möglich, dass diese Nonne uns wirklich belogen hat?«

Ratlos sahen sie einander an. Das Wissen, dass gleich neben der Küche jemand weinend im Bett lag, versetzte dem Fest einen spürbaren Dämpfer, und selbst die beiden Knechte blickten immer wieder verstohlen in die Richtung von Ismays Zimmer.

Als der Ältere hinausging, um nach dem Vieh zu sehen, sagte er unverblümt: »Das ist das unglücklichste Mädchen, das ich je gesehen habe, Missus.«

Einige Tage später erklärte Fred unvermittelt: »Ich glaube, ich sollte früher als sonst nach Melbourne fahren, Peggy. Ich will noch einmal mit dieser Mutter Oberin sprechen und um Belege für ihre Behauptungen über Ismay bitten.«

»Ja, tu das, aber ich werde sie gut im Auge behalten, solange du unterwegs bist. Nicht, dass sie mir fortläuft.«

»Kannst du sie nicht überreden, ein wenig mehr zu essen? Sie verliert noch immer Gewicht.«

»Ich habe es doch versucht. Niemand kann behaupten, ich würde kein anständiges Essen auf den Tisch bringen, und das Gesinde bekommt dasselbe wie wir.« Sie seufzte. »Ich glaube, sie merkt es nicht einmal, wenn man versucht, gut zu ihr zu sein.«

Als sie Ismay eröffneten, dass Fred nach Melbourne fahren würde, sah sie ihn bittend an. »Nehmen Sie mich mit, ich flehe Sie an. Wenn ich Mara nicht bald wiedersehe, stirbt etwas in mir, das spüre ich.«

»Nun übertreib aber nicht! Ich werde deiner Schwester einen Besuch abstatten und mich vergewissern, dass es ihr gut geht. Du kannst ihr einen Brief schreiben, den ich ihr persönlich geben werde – ganz gleich, was diese Nonne dazu sagt. Peggy ist ja bei dir, und die Harpers werden auch vorbeikommen, um etwas auszuhelfen. Ein wenig Gesellschaft wird dir guttun.«

»Sie sind genauso grausam wie die Nonnen.« Abermals rollte ihr eine Träne über die Wange, und still weinte sie vor sich hin, während sie weiter ihre Arbeit verrichtete.

An jenem Abend lag Fred grübelnd im Bett. »Sollen wir lieber beide fahren und sie mitnehmen? Sie wird noch ganz krank vor Kummer.«

»Nein. Bring du erst einmal in Erfahrung, wie die Dinge wirklich liegen. Falsche Hoffnungen zu wecken wäre das grausamste, was wir tun könnten.«

* * *

Es war eine drückend heiße Nacht – der frühe Januar hatte einen glühenden Sommer mit sich gebracht. Schweißgebadet unter ihrem dicken Nachthemd lag Catherine in ihrer winzigen Zelle. Irgendwann stand sie auf und trat ans Fenster, in der Hoffnung auf einen kühlenden Luftzug. Doch die Brise draußen fühlte sich genauso heiß an wie die stehende Luft in ihrem Zimmer. Unter sich sah sie Licht aus dem Büro der Ehrwürdigen Mutter kommen, das die Sträucher und die staubige Erde vor dem Fenster enthüllte. Sie fragte sich, was die alte Nonne um diese Zeit noch trieb.

Nach einer Weile legte sie sich wieder ins Bett, kam jedoch noch immer nicht zur Ruhe. Sie beneidete die anderen Nonnen um ihren stets bleiernen Schlaf. Schwester Hildas Schnarchen war so durchdringend, dass selbst die Mädchen kichernd darüber tuschelten.

* * *

Unter ihr saß Mutter Bernadette in ihrem Büro und kümmerte sich um die Buchführung, das Drahtgestell ihrer Brille weit vorn auf der knochigen Nasenspitze. So sparsam sie auch waren, schien das Geld doch nie auszureichen, und sie wollte Vater Henson nicht schon wieder um zusätzliche Unterstützung bitten. Sie würde einen Weg finden müssen, die Kosten zu verringern. Dazu blätterte sie einige Monate zurück und besah sich die Ausgaben. Diese Mädchen fraßen wie die Heuschrecken! Je eher sie die Älteren in Anstellung schickten, desto besser für die Ordenskasse.

Als die Lampe flackerte, sah sie auf und schnalzte angesichts der kümmerlichen Flamme verärgert mit der Zunge. Ein Blick auf den kunstvoll verzierten gläsernen Tank zeigte, dass das Petroleum beinahe aufgebraucht war. Schatten jagten einander über die Wände, und als sie zur Uhr schaute, stellte sie erstaunt fest, dass sie bereits seit drei Stunden hier saß. Für heute sollte sie die Sache ruhen lassen und zu Bett gehen.

Bloß spürte sie nicht die geringste Müdigkeit, und am Tage fiel es ihr schwer, sich zu konzentrieren, wenn sie ständig gestört wurde und so viele Pflichten zu erfüllen waren. Nein, sie würde eine Kerze entzünden und die Lampe selbst auffüllen, statt darauf zu warten, dass Mr Powell das am Morgen übernehmen würde. Also nahm sie den Glaszylinder von der Lampe, hielt einen Fidibus in die Flamme und entzündete damit eine Kerze, ehe sie die Lampe ausblies. Dann begab sie sich in die Küche, wo das Lampenöl in einem großen, würfelförmigen Kanister unter einem schmalen Tisch lagerte, der allein der rußigen, stinkenden Aufgabe vorbehalten war, täglich die Lampen des Haushalts zu reinigen und neu zu befüllen.

Sie zögerte. Sollte sie die Lampe besser herholen, um sie hier aufzufüllen? Nein, das schwache Licht der einen Kerze reichte dafür nicht aus – je älter man wurde, desto mehr Licht schienen die Augen zu benötigen. In ihrem Büro stand ein dreiarmiger Kandelaber. Wenn sie den entzündete, würde sie besser sehen können. Schließlich befüllte sie schon seit Jahren Petroleumlampen und wusste mit der gebotenen Umsicht vorzugehen.

Sie war fest entschlossen, ihre Bücher auf den neuesten Stand zu bringen und Möglichkeiten zu ergründen, die Ausgaben zu kürzen.

Vorsichtig befüllte sie die von Mr Powell dafür vorgesehene Kanne zur Hälfte aus dem Kanister, ehe sie sie langsam in ihr Büro trug. Dort holte sie den Kerzenständer vom Kaminsims und entzündete alle drei Kerzen. Ah, das war besser! Nun konnte sie vernünftig sehen. Doch als sie nach der Ölkanne mit ihrem langen Schnabel griff, stach ihr ein so grausamer Schmerz durch den Kopf, dass sie aufschrie. Abermals spürte sie diesen Stich und sackte auf ihrem Stuhl zusammen, jenseits von Schmerzenslauten oder sonst irgendetwas in diesem Leben.

Als sie nach vorn kippte, fiel die Kanne aus ihrer Hand, und das Petroleum ergoss sich über die Unterlagen auf dem Schreibtisch, tropfte über den Rand der Platte und tränkte den Teppich. Ihr Kopf schlug auf das aufgeschlagene Kontenbuch, und der Kandelaber wankte für einen Moment, dann fiel er um. Eine der Kerzen erlosch sofort, doch die anderen zwei brannten weiter. In Sekundenschnelle fing auch das petroleumgetränkte Papier Feuer, und Flammen leckten über den Schreibtisch.

Die Tote spürte nichts, während der Brand rapide von einem Möbelstück auf das nächste übergriff, bis der gesamte Raum loderte.

Catherine döste nur, und das Geräusch der Flammen weckte sie, noch ehe sie den Rauch roch: ein lautes Knacken und Knistern, furchtbar fehl am Platz in einer dunklen Sommernacht. Als sie sich im Bett aufsetzte, sah sie durch das Fenster ein Glühen heraufscheinen und stürzte hin, um zu sehen, was die Ursache war. Mit einem schockierten Keuchen erkannte sie, dass das Flackern unter ihr nur ein Feuer sein konnte.

Vor ihren Augen platzte das Bürofenster der Ehrwürdigen Mutter nach draußen und die hungrigen Flammen folgten den Scherben auf die Veranda.

Sie schrie aus vollem Hals nach den anderen Nonnen und den Mädchen, sie sollten sofort aufwachen. Dann schob sie hastig ihre nackten Füße in die Schuhe, griff sich ihren Morgenmantel und rannte aus der Zelle, noch immer schreiend.

Als Erste kam Schwester Hilda aus ihrem Zimmer gestolpert, noch halb im Schlaf. »Was ist denn?«

»Es brennt im Büro der Mutter Oberin! Schafft alle aus dem Haus, so schnell es geht.« Ein Holzbau wie dieser würde in Windeseile den Flammen zum Opfer fallen, da war Catherine sich sicher – erst recht, wenn er so alt war und das Holz von Jahren heißer Sommer ausgedörrt. Sie warf sich den Morgenmantel über und rannte nach unten in Richtung Büro, ohne sich darum zu scheren, dass alle ihr nachwachsendes Haar würden sehen können. Doch durch die halb offene Tür loderte ihr ein solches Inferno entgegen, dass sie wusste, es würde sie das Leben kosten, sollte sie sich dort hineinwagen. Inmitten der Flammen erspähte sie eine schwarze Gestalt, die reglos zusammengesunken über einem brennenden Schreibtisch hockte.

Gerade als sie die ersten Mädchen herabkommen hörte, barst ein Feuerball zur Bürotür heraus, und in Sekundenschnelle stand auch der Korridor in Flammen.

Polternd rannten die Kinder herab, die Gesichter vom flackernden Licht zu grotesken Grimassen verzerrt, ihre Schatten wild an den Wänden tanzend. Einige weinten, andere starrten stumm und ein Mädchen kreischte panisch, bis Schwester Hilda ihr eine Ohrfeige gab.

Catherine konnte nicht fassen, wie schnell das Feuer sich ausbreitete!

Jemand zupfte sie am Ärmel, dann hörte sie Schwester Veronica fragen: »Wo ist die Ehrwürdige Mutter?«

»Ehe ich vor den Flammen zurückweichen musste, habe ich in ihrem Büro einen Leichnam gesehen. Das muss sie gewesen sein.«

Schwester Veronica bekreuzigte sich und murmelte etwas Unverständliches, doch Catherine zog sie in Richtung Haustür. »Kommen Sie! Sie können hier nicht stehen bleiben.«

»Wir sollten in die Kapelle laufen, um zu retten, was wir können.«

Doch mit einem erneuten Brausen fraßen die Flammen sich bis zum Fuß der Treppe vor, und es war keine weitere Diskussion nötig, um zu wissen, dass sie aus diesem Haus nichts mehr retten würden und lieber schleunigst das Weite suchen sollten.

Mr Powell stieß zu ihnen, als gerade der Laubengang um das Obergeschoss Feuer fing.

»Da kann man nichts machen, meine Damen«, brummte er. »Haben Sie die Mädchen gezählt?«

Schwester Hilda nickte. »Ja. Nur die Ehrwürdige Mutter fehlt. Schwester Catherine glaubt, in den Flammen ihren Leichnam gesehen zu haben.«

Er machte das Kreuzzeichen und senkte für einen Moment den Kopf, dann sah er sich um. »Kommen Sie besser alle mit zu uns hinüber. Dort sollten Sie in Sicherheit sein. Gwynneth und Barney füllen schon Eimer und den Badezuber, damit wir gerüstet sind, falls es auch unser Dach erwischt.« Er blickte gen Himmel. »Allerdings glaube ich das nicht, es sei denn, der Wind schlägt um.«

Catherine blieb jedoch beim Haupthaus und behielt das Feuer im Auge, und dann kamen die ersten Nachbarn, denen sie alles erklären musste. Ihr war bewusst, dass alle ihr kurzes Haar anstarrten, das mittlerweile auf etwa zwei Zentimeter gesprosst war und noch immer sein hübsches Hellbraun besaß. In jüngeren Jahren war sie stolz auf ihr schönes Haar gewesen und spürte diesen Stolz wieder erwachen, seit sie im Spiegel der Mädchen ab und an einen Blick darauf stahl.

Irgendjemand hatte die freiwillige Feuerwehr alarmiert, doch als der Karren mit der Pumpe vor dem Haus zum Stehen kam, war schon nichts mehr zu retten.

Kurz darauf traf auch Vater Henson ein, der Catherine ebenfalls anstarrte. »Sollten Sie nicht bei den anderen Nonnen sein, Schwester?«, fragte er spitz. »Und warum ist Ihr Kopf nicht geschoren? Sie sollten sich bedecken, den Anstand wahren.«

»Ich gehe gleich zu den anderen hinüber. Und ich habe nichts, womit ich mich bedecken könnte.«

»Begeben Sie sich bitte *auf der Stelle* hinüber.«

Sie holte tief Luft, brachte es jedoch fertig, ihn nicht anzuschreien, dass sie es satthatte, sich herumkommandieren zu lassen.

»Wo sollen wir nur hin, Vater?«, fragte Schwester Hilda, als der Priester zum Haus der Powells kam.

»Ins Gemeindehaus. Es ist zwar nur klein, aber wir können Matratzen und Bettzeug von den Gemeindemitgliedern borgen. Mehr kann ich Ihnen auch noch nicht sagen. Als Älteste übernehmen Sie die Verantwortung, Schwester Hilda.« Er betrachtete das Grüppchen. »Als Erstes brauchen wir anständige Kleidung für Sie alle.«

In diesem Moment kam Mrs Powell zu ihnen. »Ich habe eben die Sachen durchgesehen, die wir immer für die Armen bereithalten. Was für ein Glück, dass wir die im Schuppen aufbewahren! Für die Schwestern habe ich ein paar Kleider und Sonnenhauben gefunden – nur, bis wir etwas Angemesseneres bekommen können –, und dann schauen wir einmal, was wir für die Mädchen gebrauchen können.«

Catherine bekam einen fadenscheinigen Unterrock, einen verschossenen blauen Rock und eine weiße Bluse sowie eine altmodische Haube, unter der sie ihr Haar verschwinden lassen konnte. Es fühlte sich merkwürdig an, wieder normale Kleidung zu tragen, und sie konnte sich nicht verkneifen, mit den Fingern über den Rock zu streichen, dessen Farbe noch immer hübsch war. So war die Sommerhitze weit besser zu ertragen, und plötzlich lehnte sich alles in ihr dagegen auf, noch einmal den schweren schwarzen Habit überzuziehen.

Zu Fuß machten sie sich auf den Weg zum Gemeindehaus und erreichten es mit Anbruch der Morgendämmerung. Es war wirklich nur ein kleines Gebäude, erst kürzlich von Freiwilligen errichtet, doch immerhin gab es einen abgetrennten Raum, in dem die Nonnen würden schlafen können, während die Mädchen im Gemeindesaal unterkommen würden. Es trafen bereits die ersten Gemeindemitglieder mit Decken und Essen für sie ein.

Es war ein kümmerlicher Haufen, der da vor ihnen stand – mit rußverschmierten Gesichtern und schmutzigen Händen. Die Mädchen drängten sich im Gemeindesaal aneinander und blickten ratsuchend zu den Nonnen.

»Sobald genug Bettzeug da ist, müsst ihr versuchen, etwas Schlaf nachzuholen«, wies Schwester Hilda sie an.

Eines der Mädchen übermannten die Tränen, und Catherine brachte es nicht übers Herz, tatenlos zuzusehen. Sie ging zu der Kleinen und nahm sie in die Arme, murmelte besänftigende Laute und wiegte sie behutsam.

»Schwester Catherine! Sie vergessen sich.«

Sie blickte zu Schwester Hilda. »Das Mädchen braucht Trost.«

»Nicht von Ihnen!«

Widerstrebend überließ sie ihren Platz zwei der älteren Mädchen.

Es dauerte zwei Stunden, bis ausreichend Bettzeug zusammengekommen war. Bis dahin war es draußen endgültig hell geworden. Erschöpft kauerten die Mädchen sich auf den herbeigeschleppten Matratzen aneinander, während die Nonnen sich in die klaustrophobisch kleine Kammer zwängten, die einmal eine Küche beherbergen sollte, bislang jedoch leer stand.

»Die schlafen doch niemals ein«, murmelte Catherine, die noch an der Tür stand und die flüsternden Kinder betrachtete. »Und ich glaube, ich ebenso wenig.«

»Dann legen Sie sich einfach hin und lassen den Rest von uns schlafen«, zischte Schwester Hilda. »Die Mädchen werden bleiben, wo sie sind, bis wir ihnen sagen, sie sollen aufstehen.«

Seufzend ließ Catherine sich auf ihrem provisorischen Lager nieder. Schon bald hörte sie Schwester Hilda schnarchen und die beiden anderen Nonnen tief atmen.

Was nun?, fragte sie sich. Wohin würde man sie schicken? Und würde dies ihren Austritt aus dem Orden beschleunigen?

Irgendwie glaubte sie das nicht. Mittlerweile war ihr klar, dass die Kirchenobersten es als Schande betrachteten, wenn eine Nonne ihre Profess verweigerte.

Nein, es war an ihr, etwas zu unternehmen, und nun hatte sie keine Ausrede mehr, es vor sich herzuschieben.

8

Januar – Februar 1865

Zwei Tage nach dem Brand brachte Vater Henson den vier Nonnen Gewänder in das Gemeindehaus – nicht ganz ihrem traditionellen Habit entsprechend, aber ausreichend ähnlich.

»Was für eine Erleichterung!«, stieß Schwester Hilda in ihrem gemächlichen Tonfall hervor. »In diesen weltlichen Kleidern habe ich mich furchtbar unwohl gefühlt.«

Catherine sah auf ihren Rock hinunter. »Ich trage sie gern. Sie haben mir in Erinnerung gerufen, was mir noch alles fehlt.« Sie blickte den ältlichen Priester an. »Ich denke, ich werde dabei bleiben. Auf einen Habit habe ich keinen Anspruch mehr, ich fühle mich nicht länger als Nonne.«

Schockiert starrten die drei anderen Frauen sie an. »Das geht doch nicht!«, keuchte Schwester Hilda. »Ich verbiete es Ihnen!«

»Was wollen Sie denn tun? Mich mit Gewalt in den Habit zwängen?«

»Wenn es sein muss«, entgegnete Schwester Hilda. Auf ihren bleichen Wangen leuchteten zwei hochrote Flecken.

Catherine verschränkte die Arme und starrte die Nonnen nieder, auch wenn ihr das Herz in der Brust hämmerte. Es fiel ihr noch immer äußerst schwer, sich direkten Anordnungen zu widersetzen, und war mit großen Selbstzweifeln verbunden.

»Schwester Catherine, ich möchte Sie daran erinnern, dass Sie gelobt haben, sich den heiligen Regeln zu beugen.«

»Von jetzt an heiße ich Catherine.« Immerhin war es ihr

zweiter Taufname, und mittlerweile fühlte sie sich eher als Catherine denn als Eleanor. In dieser Angelegenheit würde sie nicht nachgeben, denn es war mehr als an der Zeit, den Weg in eine andere Zukunft anzutreten. »Ich habe bereits vor Monaten darum gebeten, von meinen Gelübden entbunden zu werden. Da Mutter Bernadette sich geweigert hat, zügig die entsprechenden Schritte einzuleiten, habe ich um eine Audienz mit dem Bischof ersucht, doch auch dafür hat sie mir die Erlaubnis verwehrt. Daraufhin habe ich Sie persönlich angefleht, den Bischof zu bitten, mich trotzdem zu empfangen, Vater, doch dazu waren Sie nicht bereit. Somit lassen Sie mir keine andere Wahl, als meine Zukunft selbst in die Hand zu nehmen.«

»Ich werde sehen, was ich beim Bischof erreichen kann«, murmelte er eilig, »wenn Sie mir nur Ihr Wort geben, dass Sie hierbleiben und keine Torheiten unternehmen werden.«

»Ich werde hierbleiben, bis ich wieder von Ihnen höre, aber den Habit werde ich nicht wieder anlegen. Nie wieder.«

Von da an sprachen die anderen Nonnen nur noch mit ihr, wenn es sich nicht umgehen ließ, und die Mädchen starrten sie in schockierter Faszination tuschelnd an. In diesen beengten Verhältnissen war nur allzu schnell nach außen gedrungen, dass sie den Orden verlassen würde.

* * *

Zwei Tage später kehrte Vater Henson zurück und bat um ein Gespräch unter vier Augen mit Catherine. »Ich habe mit dem Bischof gesprochen. Ihr Verhalten missfällt ihm – und zwar sehr – und er hat Anordnung erteilt, dass Sie sich in den Konvent der Kleinen Grauen Schwestern begeben, wo Sie in Klausur verweilen sollen, bis wir Nachricht von Ihrem Mutterhaus in Irland haben. Er macht sich Sorgen um Ihre Sicherheit und Ihren Geisteszustand – ebenso wie ich.«

Da ihm seine echte Besorgnis anzusehen war, verzichtete sie darauf, mit ihm zu diskutieren. Vermutlich hatte auch der Bischof nur ihr Bestes im Sinn. Doch was man von ihr verlangte, wäre für sie die Hölle. Sie hatte sich bereits ausgiebig mit ihren Zweifeln auseinandergesetzt und mit wehem Herzen ihre Entscheidung getroffen. Noch mehr Lebenszeit würde sie darauf nicht verwenden. »Wann soll ich abreisen?«

»Sie sollen mich gleich jetzt auf meinem Rückweg begleiten.«

Schockiert starrte sie ihn an, ehe sie den Blick senkte, um den auflodernden Zorn zu verbergen. »Dann muss ich meine Sachen packen.«

»Tun Sie das. Ich warte hier auf Sie.« Ermutigend lächelte er sie an. »Es ist das Beste so, Schwester Catherine. In einer so umwälzenden Angelegenheit müssen Sie wirklich auf die Erfahrung anderer vertrauen, die weiser sind als Sie.«

Auf die Erfahrung anderer vertrauen – von wegen! Die wollten sie einfach bloß umstimmen, nichts anderes. Nun, das würde sie nicht mit sich machen lassen! Sie ging in das beengte Zimmer der Nonnen und schlängelte sich zwischen den am Boden liegenden Matratzen hindurch zu ihrem Lager am hinteren Ende des Raums. Nachdem sie sich kurz vergewissert hatte, dass ihre Sonnenhaube fest zugebunden war und ihr kurzes Haar vollständig verdeckte, stopfte sie ihre wenigen Habseligkeiten in Ermangelung einer Tasche in einen Kopfkissenbezug, ehe sie – so viel Nonne steckte doch noch in ihr – den Kopf senkte und um Vergebung bat für das, was sie nun tun würde.

Mit gesenktem Kopf, als würde sie sich schämen, begleitete sie den Priester aus dem Gemeindehaus, doch ihr Zorn loderte nur noch höher beim Anblick seiner selbstgefälligen Miene. Er wusste also, was das Beste für sie wäre, was? Sie sollte also monate-, wenn nicht jahrelang auf eine Entscheidung warten, was? Das würde sich noch zeigen.

Erst als er sein Pferd angespannt hatte, um es zusammen mit dem Karren zurück auf die Straße zu bugsieren, setzte sie ihren Plan in die Tat um und rannte durch den schmalen Gang neben dem Gemeindehaus davon, wo er ihr mit dem Gefährt nicht folgen konnte. Seine Rufe, sie solle zurückkommen, ignorierte sie. Es war Jahre her, dass sie irgendwohin gelaufen war, und schon bald war sie außer Atem, doch zugleich flatterte etwas Wildes in ihr, etwas Freudiges, Hoffnungsvolles, das jetzt gierig nach Freiheit strebte.

Als sie einen kurzen Blick über die Schulter riskierte, stand der Priester noch immer mit der Hand am Zaumzeug des Pferdes da und starrte ihr mit offenem Mund nach. Um ihn herum hatten sich bereits einige Nonnen und Mädchen gesammelt, die wild gestikulierten. Niemand machte Anstalten, sie zu verfolgen – Gott sei Dank! Nachdem sie jahrelang nicht einmal Eile gezeigt hatte, glaubte sie nicht, dass sie den kräftigeren unter den Mädchen hätte davonlaufen können.

Sie fegte um die Ecke und bremste sofort ihren Schritt, um nicht allzu sehr aufzufallen. Sie besaß keinen Penny, kaum Habseligkeiten und wusste nicht, wo sie die Nacht verbringen würde, und doch hatte sie sich seit Jahren nicht so glücklich, so übermütig gefühlt.

Es war, als wäre sie endlich wieder ganz zum Leben erwacht. Ihren Vater hätte das sehr gefreut, da war sie sich sicher.

* * *

Nach Fred Berlows Abreise wartete Ismay noch zwei Tage, ehe sie ihren Plan in die Tat umsetzte. Sobald alles schlief, schlich sie sich aus dem Haus. Da es beinahe Vollmond war, wollte sie die Nacht hindurch marschieren und sich bei Tage verstecken. Mitgenommen hatte sie etwas Brot und Bratenreste sowie eine blecherne Feldflasche mit Wasser, alles am Vortag zusammengepackt. Wenn man sie dafür des Diebstahls bezichtigen wollte, nur zu. Sie war hier ohnehin eine Gefangene, da konnte man sie genauso gut in ein echtes Gefängnis stecken.

Mitten im Sommer würden viele Bäche kein Wasser führen, doch irgendwo war immer etwas zu finden, das wusste sie aus den Erzählungen der Männer. Und wenn die sich auf den Weg machen und hier und da zur Arbeit verdingen konnten, warum dann nicht auch sie? Mittlerweile war sie sechzehn Jahre alt, kräftig genug, um fast jede Arbeit einer Frau leisten zu können.

Es war eine fremdartige Welt, in die sie ausschritt, und zu Beginn zuckte sie noch zusammen, wann immer ein Schatten über ihren Weg huschte oder ein Geräusch sie erschreckte. Immer wieder rief sie sich ins Gedächtnis, dass sie nun endlich Mara auf der Spur war und tapfer sein musste, um den Mut zu finden, weiterzugehen.

Sobald der Himmel heller wurde, verließ sie die staubige Straße, wobei sie sorgfältig ihre Spuren verwischte, jedoch ihren Weg durchs Unterholz mit kleinen, unauffälligen Zeichen markierte, die andere hoffentlich nicht bemerken würden. Als sie über eine kleine Quelle stolperte, kamen ihr vor Erleichterung die Tränen. Rasch füllte sie ihre Feldflasche auf und entfernte sich wieder.

Schließlich kauerte sie sich in das Wurzelwerk eines Baums und war schon bald eingeschlafen.

Als sie erwachte, blickte sie schockiert um sich, ehe ihr wieder einfiel, wo sie war. Sie aß einen Teil ihres Proviants und wünschte, sie hätte mehr mitnehmen können – sie hatte einen Bärenhunger. Dann folgte sie ihren kleinen Markierungen zurück zur Straße, ehe es ganz dunkel wurde, und stöhnte erleichtert auf, als sie sie erreicht hatte. Sich im Busch zu verlaufen war ihre größte Angst. Immer wieder hörte man grausige Geschichten von verirrten Reisenden, die tagelang umherstreiften und schließlich wenige hundert Meter von einer rettenden Siedlung entfernt starben.

Wieder wanderte sie die ganze Nacht, auch wenn sie spürbar erschöpft war und mittlerweile eine Blase am Fuß hatte, die sie zu ignorieren versuchte. Sie wusste, sie würde noch mehrere Nächte so weitermachen müssen, ehe sie es wagen konnte, bei einem vorbeifahrenden Wagen um Mitnahme zu bitten, und so marschierte sie tapfer weiter, bis abermals die Dämmerung anbrach. Ihre Vorräte reichten nur noch für eine einzige kärgliche Mahlzeit, und sie wusste, dass es von da an schwieriger werden würde – mit leerem Magen war nicht gut wandern. Doch sie würde es schaffen. Um Mara wiederzufinden, würde sie alles tun.

Als sie diesmal die Straße verließ, fand sie keine Wasserstelle und musste zu ihrem Entsetzen auch noch feststellen, dass sie sich ganz in der Nähe eines Gehöfts befand. Zwar versteckte sie sich auf dem ungerodeten Gelände etwas weiter entfernt, doch trotz ihrer Müdigkeit dauerte es lange, bis sie in ihrer Kuhle zwischen ein paar Bäumen in den Schlaf fand.

Einige Stunden später schrak sie hoch, als jemand an ihrer Schulter rüttelte, und sah empor in die Augen ihres Nachbarn Alan Harper. Enttäuschung traf sie wie ein Hammerschlag.

»Es war ein Leichtes, dich zu finden, Ismay«, erklärte er leise und deutete auf den eingeborenen Spurensucher schräg hinter ihm. »Du hast dich ganz umsonst in Gefahr gebracht. Na komm, du kannst bei mir hinter dem Sattel mitreiten. In ein paar Stunden sind wir zurück bei den Berlows.«

Sie brach in Tränen aus und flehte ihn an, sie laufen zu lassen. Verzweifelt versuchte sie, ihm klarzumachen, dass sie den Verstand verlieren würde, wenn sie ihre Schwester nicht wiederfände.

»Es ist eine unglückliche Situation«, stimmte er ihr zu, »aber du bist den Berlows vertraglich überschrieben, bis du einundzwanzig bist, und wenn du zu fliehen versuchst, wird dich die ganze Härte des Gesetzes treffen.«

Stur weigerte sie sich, mitzugehen, sodass die Männer sie zum Pferd tragen und schließlich sogar an Mr Harper festbinden mussten, weil sie sich hinabzuwerfen versuchte, ganz gleich, ob sie sich damit verletzte.

Das machte den Nachbarn wütend, und als sie losritten, blaffte er: »Was soll diese Aufmüpfigkeit bringen?«

»Was soll es bringen, mich hier gefangenzuhalten? Ich habe niemals einem Anstellungsverhältnis mit den Berlows zugestimmt, man hat mich in die Sklaverei gezwungen. Und ich werde einen anderen Weg zur Flucht finden, warten Sie's nur ab.«

Als sie den Hof der Berlows erreichten, half ihr der Eingeborene vom Pferd, doch zum Haus mussten die Männer sie schleifen. Die Situation erinnerte sie an damals in Irland, als der Priester dasselbe mit Mara und ihr getan hatte. Sie hasste Männer, hasste es, wie viel stärker sie waren als sie.

Mrs Berlow wartete an der Tür auf sie, die Fäuste in die Hüften gestemmt und mit grimmiger Miene. Sie packte Ismay beim Arm, als die Männer sie zu ihr stießen, und schüttelte sie, während sie schimpfte: »Was hast du dir dabei gedacht, junge Frau?«

Düster starrte Ismay sie an. »Sie wissen, was ich mir dabei gedacht habe. Und ich verspreche Ihnen hier und jetzt: Ich werde hier fortkommen oder beim Versuch sterben.«

Die Entschlossenheit in den Augen des Mädchens sandte Peggy einen Schauer über den Rücken und der Kummer dahinter tat ihr in der Seele weh, auch wenn sie sich dagegen wehrte.

»Sie hätten uns beide haben können«, sagte Ismay. »Mara und ich hätten bereitwillig für Sie gearbeitet. Aber diese Mutter Oberin wollte uns trennen und hat Ihnen Lügen über mich erzählt. Sie ist ein bösartiges Weib, Nonne hin oder her. Man hat mir nicht einmal gesagt, dass die Stelle so weit entfernt sein würde – oder dass ich keinen Lohn bekomme und hierbleiben muss, bis ich einundzwanzig bin. Finden Sie das gerecht, hm?«

Erschrocken sah der Nachbar Peggy an. »Stimmt das? Hat sie wirklich nicht gewusst, wie der Vertrag aussieht?«

»Jedenfalls behauptet sie das steif und fest.«

»Es stimmt«, erklärte Ismay leise. »Ich schwöre es.«

Er starrte auf seine Füße hinunter. »Nun, wenn das so ist, hole ich sie nicht noch einmal zurück, Peggy. Hier in den britischen Kolonien ist Sklaverei verboten.«

»Sie ist noch minderjährig. Die Nonnen hatten die Vormundschaft über sie.«

»Solche Vormunde sind schlimmer als keiner.« Jetzt sah er Ismay an. »Aber du solltest daran denken, wie gefährlich es auf den Straßen für ein allein reisendes Mädchen sein kann. Wir sind hier nicht in Irland. Dies ist ein ungezähmtes Land.«

»Ich muss eines Tages meine Schwester wiederfinden«, beharrte sie, »oder beim Versuch sterben.«

Kopfschüttelnd schob Peggy das Kind ins Haus.

Von da an erledigte Ismay nur noch, was man ihr direkt auftrug, tat keinen Handschlag aus eigenem Antrieb und arbeitete stets langsamer als nötig.

Doch dass das Mädchen wahrhaft besiegt war, erkannte Peggy daran, wie sie in ihrem Essen herumstocherte und ins Leere blickte, als wäre sie gar nicht richtig da. Sie wollte nicht die Verantwortung dafür tragen, dass irgendjemand an einem gebrochenen Herzen starb. Wenn Fred heimkäme, würden sie eine Lösung finden müssen. Vielleicht könnte Mara wirklich herkommen und ebenfalls bei ihnen arbeiten, wenn sie aus dem Schulalter heraus wäre? Warum nicht? Damit wären alle Probleme gelöst. Ismay gegenüber erwähnte sie davon jedoch nichts. Vorher musste sie mit ihrem Mann sprechen, und sie würden sicherstellen müssen, dass die alte Nonne sie nicht daran hindern konnte, die zwei Schwestern wieder miteinander zu vereinen.

* * *

Fred Berlows Fahrt nach Melbourne verlief ohne besondere Vorkommnisse. Er war unentschlossen, ob er zuerst den Nonnen einen Besuch abstatten oder lieber vorher die benötigten Einkäufe machen sollte. Am Ende entschied er sich, es hinter sich zu bringen und gleich zum Konvent zu fahren, auch wenn er der Begegnung mit dieser Mutter Oberin wahrlich nicht mit Freuden entgegensah.

Als er auf die Straße einbog, runzelte er die Stirn. Irgendetwas war anders, auch wenn er nicht ganz bestimmen konnte, was es war. Die Bäume verdeckten das Desaster, bis er schon fast direkt vor dem Grundstück war, auf dem einmal der Konvent gestanden hatte.

»Grundgütiger!«, murmelte er und zügelte die Pferde. »Wie ist das denn passiert?« Zu seiner Erleichterung entdeckte er am hinteren Ende des Grundstücks das unversehrte Dach des Hausmeisterhauses. Er ließ die Pferde mit Futtersäcken geduldig vor dem Grundstück stehen und marschierte zu dem Haus, um an die Tür zu hämmern.

»Was ist mit dem Konvent geschehen?«, platzte er hervor, sobald Mrs Powell ihm die Tür öffnete.

»Der ist vor zwei Wochen abgebrannt.« Sie trat nach draußen und deutete mit bemehlter Hand in den Garten. »Mein Mann ist dort drüben. Der kann Ihnen erzählen, was passiert ist – ich knete gerade mein Brot.«

Owen Powell berichtete, dass niemand wusste, wie das Gebäude in Brand geraten war. »Das Feuer hat so schnell um sich gegriffen, dass wir nichts mehr tun konnten. Zum Glück war Schwester Catherine noch wach und hat es rechtzeitig bemerkt.«

»Und wo sind jetzt alle? Die Schwestern und die Waisen, meine ich. Ich muss die Mutter Oberin sprechen.«

»Im Augenblick sind sie im Gemeindehaus einquartiert. Mutter Bernadette ist allerdings leider im Feuer umgekommen, Gott hab sie gnädig. Wir vermuten, dass sie eine Lampe umgestoßen haben könnte – jedenfalls haben wir eine neben dem Schreibtisch gefunden, bei ihrem verkohlten Leichnam.«

»Und wer hat jetzt das Sagen?«

»Schwester Hilda – und Vater Henson.«

»Dann wende ich mich wohl besser an die.«

Fred nahm den Pferden die Futtersäcke ab und gab ihnen etwas Wasser, dann machte er sich erneut auf den Weg. Er schüttelte noch immer verblüfft den Kopf über diese Tragödie.

Das Gemeindehaus war schnell gefunden und man brachte ihn sofort zu Schwester Hilda. Ohne sich groß mit Höflichkeiten aufzuhalten, erklärte er geradeheraus: »Ismay Michaels arbeitet für uns und macht sich große Sorgen um ihre Schwester. Ich habe einen Brief von ihr für Mara bei mir.« Schon hatte er das Schreiben halb aus der Tasche gezogen, hielt jedoch inne, als er den gepeinigten Gesichtsausdruck der Nonne sah. »Was ist denn?«

»Leider wissen wir nicht, wo Mara ist. All unsere Unterlagen sind bei dem Brand vernichtet worden. Vielleicht kann Vater Henson oder der Bischof Ihnen weiterhelfen.«

Doch auch die beiden kannten keinerlei Einzelheiten über Mara Michaels' Adoption – die Mutter Oberin musste sie ganz allein arrangiert haben. Beide Männer wirkten sichtlich verärgert darüber, doch jetzt konnte niemand mehr etwas unternehmen.

»Wie soll ich das nur Ismay beibringen?«, fragte Fred den Priester, als sie die Residenz des Bischofs wieder verließen.

Dazu wusste Vater Henson auch nichts zu sagen.

»Das Mädchen sehnt sich so verzweifelt nach ihrer

Schwester, dass sie förmlich dahinschwindet.« Fred schluckte schwer und setzte hinzu: »Es war falsch, die beiden zu trennen, furchtbar falsch. Sind Sie sich sicher, dass es niemand aus dieser Gemeinde war, der das Mädchen adoptiert hat?«

»Absolut. Die Nonnen haben viele Kontakte auf dem Land. So bringen sie auch die älteren Mädchen in Anstellung. Aber die Akten sind alle verbrannt.«

Fred war das Herz schwer, während er die Einkäufe tätigte, die seine Frau ihm aufgelistet hatte, und sich dann auf den Heimweg machte. Auch vorher hatte Ismay ihm schon leidgetan, doch jetzt fühlte er umso mehr mit ihr und hatte trotzdem keinen Schimmer, wie er das wiedergutmachen sollte.

* * *

Catherine versteckte sich in einem Garten, bis es dunkel wurde, ehe sie sich auf den Weg zu dem abgebrannten Konvent machte.

Als Mr Powell ihr öffnete, sah er sie einen Moment lang stumm an, ehe er ihr mit einer Geste bedeutete, hereinzukommen.

Doch noch rührte sie sich nicht, sondern musterte ihn, um seine Stimmung abzuschätzen und im Zweifelsfall erneut die Flucht zu ergreifen. »Sie haben einmal gesagt, Sie würden mir helfen, wenn Sie es könnten, Mr Powell. Jetzt brauche ich Hilfe. Sie wollen mich in einen anderen Konvent schicken, und wenn es so weit kommt, wird es Jahre dauern, ehe ich den Orden verlassen kann. Deshalb ...« Sie musste tief Luft holen, ehe sie es laut aussprechen konnte: »... werde ich davonlaufen. Damit breche ich nicht das Gesetz, nur die Regeln der Kirche. Aber ich habe kein Geld und nur die Kleider, die ich am Leibe trage. Deshalb habe ich mich gefragt ... Sie haben gesagt, Sie würden mir helfen. Gibt es noch mehr abgelegte Kleider in der Almosenkiste? Und ... könnten Sie mir etwas

Geld leihen, nur ein bisschen, bis ich Arbeit gefunden habe? Sie können sich darauf verlassen, dass ich es Ihnen zurückzahle.«

Ihre Worte schienen in ihren Ohren widerzuhallen, während sie ihn ansah und auf seine Antwort wartete, der Verzweiflung nahe.

Stattdessen ertönte die Antwort von hinter ihm.

»Natürlich helfen wir Ihnen.« Gwynneth Powell trat aus der Tür und legte ihr einen Arm um die Schultern. »Mein Owen hat mir von Ihnen und Ihrer Zwickmühle erzählt, und ich habe mit eigenen Augen gesehen, wie wenig Sie dort hineinpassen. Sie haben ständig gelächelt, haben die Mädchen unbedacht berührt und dann schuldbewusst dreingeblickt. Und diese letzte Mutter Oberin war ein verbiesterter, bösartiger Mensch. Unseren Barney hat sie behandelt wie ein Tier, dabei ist er auf seine eigene Weise so lammfromm und hilfsbereit, wie man sich nur vorstellen kann.«

Zutiefst erleichtert schloss Catherine die Augen, und als sie sie wieder öffnete, brachte sie ein zittriges Lächeln zustande. »Ich weiß nicht, wie ich Ihnen danken soll.«

»Helfen Sie selbst eines Tages jemandem, der in Schwierigkeiten steckt. Meine Mam hat immer gesagt, Güte soll man weitergeben. Ach, weinen Sie doch nicht, *cariad*. Kommen Sie herein, dann sehen wir uns an, was Sie brauchen.« Mrs Powell wandte sich ihrem Gatten zu. »Owen, du wirst niemandem verraten, dass sie hier ist.«

»Als ob ich das je tun würde!«

Es war der Arm um ihre Schultern, der Catherine endgültig aus der Fassung brachte – die Berührung eines anderen Menschen. Sie brach in Tränen aus und weinte lange an Gwynneths weicher Schulter, während Mr Powell und Barney sie in Ruhe ließen.

* * *

Mara saß still auf der Veranda hinter dem Haus und hörte zu, wie die Hannons sich stritten. Die beiden stritten oft, doch wenigstens schlug Mr Hannon seine Frau nicht, wie Maras Vater es mit ihrer Mutter getan hatte. Als Barbara – »Mutter« würde Mara sie nie nennen können – zu schluchzen begann, traten auch dem Mädchen Tränen in die Augen. Es war alles ihre Schuld. Sie war beim Spielen im Garten zu laut gewesen, und Mr Hannon sagte, das brächte sie bei den Nachbarn in Verruf.

Als er türenknallend aus dem Haus stürmte, zögerte Mara einen Moment, ehe sie hineinging und in den Salon spähte. Sofort winkte Barbara sie zu sich und versuchte, ihre Tränen zu verbergen, doch Mara sah deutlich die Spuren auf ihren Wangen.

Anfangs zauderte sie noch, doch dann stellte sie die Frage, die ihr schon seit einer Weile auf der Seele lag: »Warum mag er mich nicht?«

Abermals stiegen Barbara Tränen in die Augen. »Ach, Mara!« Doch sie leugnete es nicht.

»Du solltest mich zurück zu den Nonnen schicken. Es geht dir nicht gut und diese Streitereien machen dich unglücklich.«

»Willst du denn dorthin zurück?«

»Ich würde gern bei dir bleiben, aber …« Sie verstummte. Nun, da Ismay nicht mehr im Konvent wohnte, gab es dort für Mara nichts mehr.

»Ich möchte dich bei mir behalten, Liebes. Deine Gesellschaft tut mir wirklich gut. Charles ist im Augenblick gereizt, weil er geschäftliche Probleme hat. Der Besitzer eines Ladens in seiner Nähe macht Schwierigkeiten. Wenn das alles geklärt ist, wird er sicher wieder umgänglicher. Früher ist er nie so gewesen.«

»Es würde mir nichts ausmachen, allein in der Küche zu essen«, bot Mara an.

Wieder flossen Tränen. »Aber ich möchte, dass wir wieder eine richtige Familie werden.«

Das Mädchen sagte nicht, dass Mr Hannon für sie nie und nimmer ein Familienmitglied werden würde, doch sie sah Barbara an, dass sie das auch nicht musste. Sie wussten es beide.

»Also gut, dann iss für eine Weile in der Küche. Ich habe mit der Köchin gesprochen, die hat auch nichts dagegen.«

Mara verschwieg, dass die Köchin ihrem Herrn nach dem Mund redete und genauso abfällig mit ihr umging wie Mr Hannon, wenn Barbara nicht in der Nähe war.

»Wir werden dich bald in die Schule schicken müssen. Eigentlich hätten wir das längst tun sollen.«

»Ich war noch nie in einer richtigen Schule.«

»Wirklich nicht, Liebes? Wo hast du denn dann Lesen und Schreiben gelernt?«

»Vater Cornelius hat den Kindern bei uns im Dorf manchmal Unterricht gegeben. Und Ismay hat mir beim Üben geholfen, nachdem Arla – die den Dorfladen hatte – es ihr beigebracht hatte. Dann haben wir auf der Überfahrt und im Konvent von den Nonnen noch etwas mehr gelernt. Lesen macht mir Spaß, aber im Rechnen bin ich nicht so gut.«

»Du bist ein kluges Mädchen und liest wirklich gut.« Barbaras Miene hellte sich auf. »Lass uns heute ein schönes Buch für dich kaufen, dann kann ich dir helfen, die Geschichten zu lesen.«

Doch der Ausflug kostete Barbara viel Kraft, sodass sie sich bei der Heimkehr ins Bett legen musste, um sich zu erholen. Mara setzte sich still mit dem neuen Buch in den Garten und blieb dort, bis das Dienstmädchen zur Küchentür kam, um sie zum Abendessen zu rufen.

Am folgenden Tag besuchte der Arzt Mrs Hannon und verbrachte anschließend lange Zeit mit ihrem Gatten. Als er das Haus verließ, war seine Miene so ernst, dass Mara Angst bekam. Genauso hatte der Arzt in Ballymullan ausgesehen, als er ihre Mutter kurz vor ihrem Tod besucht hatte.

Beim Abendessen hörte sie die Köchin und das Dienstmädchen tuscheln und gab vor, das Gesagte dränge nicht bis an ihre Ohren – was es natürlich doch tat. »Hat nicht mehr lang, die arme Seele«, flüsterte die Köchin.

An diesem Abend weinte Mara in ihr Kissen, voller Trauer um ihre Wohltäterin – eine Frau, die sie so bereitwillig liebte und die auch Mara ans Herz gewachsen war. Sie wollte nicht, dass ein so herzensguter Mensch sterben musste, und konnte zugleich nicht umhin, sich zu fragen, was dann mit ihr geschehen würde.

Zwei Tage später reiste Mr Hannon nach Melbourne und erklärte, er würde nur für eine Nacht fortbleiben und der Herrin des Hauses dürfe nicht erlaubt werden, auch nur einen Handschlag zu tun.

»Du wirst ihre Handlangerin sein«, wies er Mara an. »Das ist das Mindeste, was du tun kannst.«

Als wüsste sie das nicht selbst.

Doch Barbara starrte die meiste Zeit nur ins Leere. Für gewöhnlich unterhielt sie sich gern, wenn sie unter sich waren, doch diesmal sprach sie kaum ein Wort.

* * *

Charles Hannon fluchte in sich hinein, als er sein Pferd zügelte und sah, dass der verdammte Konvent abgebrannt war. Er stieg vom Wagen und band das Tier an einem Stück Zaun an, das den Brand wie durch ein Wunder überlebt hatte, ehe er sich in den Garten hinter der Brandruine begab, wo das Haus des Hausmeisters stand.

»Was ist passiert?«

Und abermals musste Owen Powell erklären, was vorgefallen war – diesmal einem finster dreinblickenden Fremden, der sich weigerte, seinen Namen zu nennen.

»Sind die Waisen noch immer in der Obhut der Nonnen?«, fragte Charles.

»Ich habe gehört, dass einige der Kinder zu einem anderen Orden geschickt wurden und man versucht, die Älteren in Anstellung zu bringen. Mich haben sie bei gekürztem Lohn behalten, damit ich hier ein Auge auf alles habe, bis der Bischof entschieden hat, was mit dem Grundstück geschehen soll.«

Charles grollte verärgert und steckte dem Mann einen Schilling zu.

»Möchten Sie mit den Nonnen sprechen, Sir? Schwester Hilda hat jetzt die Leitung. Sie finden sie im Gemeindehaus, da sind sie für den Moment untergebracht.«

Charles schüttelte den Kopf. Im Angesicht ihrer rapide schwindenden Gesundheit hätte Barbara sich vielleicht noch einverstanden erklärt, das Mädchen zu den Nonnen zurückzuschicken, wäre hier alles in Ordnung gewesen – doch so würde sie das auf keinen Fall zulassen. Doch was zum Teufel sollte er mit der Göre anstellen, wenn seine Frau gestorben war? Er wollte verdammt sein, wenn er Mara behielte – von Anfang an war er gegen diesen Unfug gewesen und hatte sich nur auf Barbaras Bitten hin darauf eingelassen.

Keine würde je den Platz seiner Tochter einnehmen können.

Noch den seiner Frau.

Er ging zurück zu seinem Einspänner und stieg auf den Kutschbock, fuhr jedoch nicht los. Lange saß er da und starrte finster ins Leere, während er sich eine Zukunft ohne Barbara vorzustellen versuchte. Warum machte er sich überhaupt Gedanken über das Gör? Wenn seine Frau nicht mehr da war, um Mara zu verteidigen, konnte er mit ihr verfahren, wie er wollte – ob er sie zu den Nonnen zurückschickte oder irgendwo in Anstellung gab. Letzteres erschien ihm am verlockendsten. Er würde sie loswerden und nie wiedersehen müssen, nie daran erinnert werden, wie sehr seine Frau ihr Herz an ein dummes irisches Balg gehängt hatte.

Draußen im Busch scherte es die Leute nicht groß, wie alt ein Mädchen war, wenn sie eine Dienstmagd suchten. Er würde einfach jemanden finden, der sie nehmen wollte, und sie dorthin übergeben.

Bis dahin konnte sie sich nützlich machen und Barbara zur Hand gehen.

* * *

Es war ein heißer Februartag, an dem Fred Berlow aus Melbourne heimkehrte. Ausnahmsweise überließ er es einem der Knechte, die Pferde abzuspannen und ihnen das mehr als verdiente Futter und Wasser zu geben, und marschierte geradewegs zum Haus. Abermals ging ihm durch den Kopf: *Bring es lieber schnell hinter dich.*

Noch ehe er die Tür erreichte, flog sie auf und Ismay stand vor ihm, einen feuchten Lappen an die Brust gedrückt. »Haben Sie sie gesehen? Geht es ihr gut?«

Er seufzte. »Lass uns hineingehen, Mädchen.« Über ihre Schulter sah er den ebenfalls besorgt fragenden Blick seiner Frau.

»Sagen Sie's mir!« Ismay rührte sich nicht.

Sanft, aber unnachgiebig schob er sie ins Haus. »Im Konvent hat es gebrannt.« Als er das Entsetzen auf ihren Zügen sah, setzte er hastig hinzu: »Erst nach Maras Abreise, ihr ist also nichts geschehen.«

»Abreise? Wohin ist sie denn gereist?«

Peggy zog sie auf einen Stuhl am Küchentisch und setzte sich neben sie. »Lass ihn erst einmal ausreden, ehe du in Panik verfällst.«

»Anscheinend hat Mara den Konvent schon kurz nach dir verlassen. Da war ein Ehepaar auf der Suche nach einer Adoptivtochter. Die beiden hatten ihre leibliche Tochter verloren, weißt du, und …«

»Grundgütiger, sie ist glatt in Ohnmacht gefallen.« Peggy hielt Ismay gerade noch fest, ehe sie vom Stuhl rutschen konnte.

»Es kommt noch schlimmer«, gestand Fred mit rauer Stimme. »Die Mutter Oberin, die Maras Adoption arrangiert hat, ist bei dem Brand ums Leben gekommen, die Nonnen haben sämtliche Akten verloren und niemand weiß, wo das Mädchen jetzt ist. Es waren Leute von außerhalb, mehr konnte der Priester mir nicht sagen.«

Gemeinsam weckten sie Ismay auf und erklärten ihr, wie die Dinge standen.

»Sie ist am Leben«, wiederholte Peggy immer wieder. »Daran musst du dich festhalten, Mädchen. Deine Schwester ist irgendwo gesund und wohlbehalten, das ist das Wichtigste.«

»Wenn wir das nächste Mal nach Melbourne fahren, um unsere Vorräte aufzustocken, nehmen wir dich mit«, bot Fred an. »Bis dahin hat der Priester vielleicht jemanden aufgetrieben, der weiß, wo Mara steckt. Vater Henson hat mir versprochen, dass er Augen und Ohren offen hält.«

Nach einem Moment des Schweigens sagte Ismay leise: »Das einzig Gute ist, dass diese Frau tot ist und nie wieder jemandem solches Leid zufügen kann wie uns.«

Darin widersprach auch Peggy ihr nicht, obgleich sie nie geglaubt hätte, sie könne etwas Schlechtes über eine Nonne denken.

Am folgenden Morgen stand Ismay wie gewöhnlich auf und verrichtete ihre Arbeit, auch wenn es ein drückender Tag war. Die Luft war so regenschwer, dass ihnen der Schweiß auf die Stirn trat, wann immer sie sich rührten. Ismay sagte kaum ein Wort und musste zum Essen gezwungen werden.

Am Nachmittag brach unvermittelt ein Unwetter los und Peggy stieß laut hervor: »Dem Himmel sei Dank!«

Es goss in Strömen, wie eine Wand hüllte das Wasser das Haus ein.

»Lasst uns auf die Veranda gehen und uns das Schauspiel ansehen«, beschloss Peggy. »Du auch, Ismay.«

Es regnete noch einige Minuten weiter, ehe es genauso plötzlich aufhörte, wie es begonnen hatte. Und während sie so dastanden und die abgekühlte Luft genossen, erstrahlte über der unteren Weide plötzlich ein Regenbogen.

Ismay starrte das schimmernde Naturwunder an, und ihr traten Tränen in die Augen. Es war ein leuchtender, himmelweiter Bogen, ein echter Zwei-Penny-Regenbogen. Das musste doch bedeuten, dass sie Mara eines Tages wiederfinden würde? Es musste einfach so sein.

9

Februar – März 1865

Keara und Theo standen an der Reling des Küstendampfers. Auf ihrer zweiwöchigen Reise von Westaustralien nach Melbourne hatte sich die Stelle rasch zu ihrem Lieblingsplatz für vertraute Zwiegespräche entwickelt. Hinter ihnen saß ihre Freundin Maggie neben dem Körbchen, in dem ihre vier Monate alte Tochter lag, und beide wirkten schläfrig und zufrieden.

»Für eine Frau, die behauptet, kein Talent im Umgang mit Babys zu haben, hat Maggie ein gutes Händchen für Nell«, raunte Keara lächelnd. Sie selbst hatte keinen Bedarf nach einem Kindermädchen gehabt – in ihrem Heimatdorf in Irland hatte niemand sich einen solchen Luxus leisten können –, doch ihr Geliebter war ein Edelmann und hatte darauf bestanden. Ebenso ging er ganz selbstverständlich davon aus, dass sie Bedienstete haben würden, wenn sie sich schließlich irgendwo dauerhaft niederließen. Auf Kearas Protest hin hatte er erwidert, er wolle sie auch ab und an ganz für sich haben, doch Keara sorgte sich noch immer, wie sie, die selbst einst Hausmädchen gewesen war, mit dem Gesinde umgehen sollte. Zum Glück hatten sie daheim bislang nur eine junge Eingeborene als Aushilfe, denn Bedienstete waren nicht leicht zu bekommen. Alle anständigen Hausmädchen schienen binnen weniger Monate zu heiraten, manchmal gar innerhalb von Tagen nach ihrer Ankunft in Australien.

»Ich glaube, Mrs Jenner gibt Maggie Unterricht«, antwortete Theo und blickte mit einem ebenso zärtlichen Lächeln hinter sich. So lange hatte er sich nach einem gesunden Kind gesehnt. Das einzige Baby, das seine Frau Lavinia hatte austragen können, hatte nur wenige Monate überlebt – und über die gesamte Zeit hatte der arme kleine Richard sich schwergetan. Schon vor Jahren war Theo bitter zu Bewusstsein gekommen, dass sich mit all dem Geld, das Lavinia ihm eingebracht hatte, weder Gesundheit, Erben noch Glück kaufen ließen, und ebenso lange bereute er diese Verbindung, die sein Vater ihm aufgezwungen hatte. Nach dem Tod des kleinen Richards hatte er es so eingerichtet, dass er und seine Frau nun getrennt voneinander lebten, und hoffte, er würde sie nie wiedersehen müssen.

Doch seine uneheliche Tochter Nell wuchs und gedieh, ebenso wie die strahlende, umwerfende Frau an seiner Seite. Es verging kein Tag, an dem er nicht wünschte, er könnte Keara – das Mädchen, das einst die Zofe seiner Frau gewesen war – heiraten, doch es war unmöglich.

Nun blickte sie zur Seite und stieß ihn an. Er folgte ihrem Blick und hörte sie seufzen. »Der arme Mark wirkt so einsam. Wie oft steht er allein da und starrt aufs Wasser hinaus. Sieh doch nur, wie traurig er dreinblickt.«

»Wenn er mit seiner Tochter zusammen ist, hebt sich seine Laune«, erinnerte Theo sie.

Keara lächelte. »Oh ja. Er ist beinahe so vernarrt in Amy wie du in Nell.« Dann verblasste ihr Lächeln, und sie seufzte erneut.

Theo legte einen Arm um sie, als er erkannte, was der Ausdruck auf ihrem Gesicht bedeutete. Mark Gibson war nicht der Einzige, den ein tiefer Kummer nicht losließ. »Wir finden deine Schwestern, das verspreche ich dir, Liebste.« Seine verfluchte Ehefrau war es, die alle drei Michaels-Schwestern gegen ihren Willen nach Australien hatte verschiffen lassen – Keara allein an die Westküste eines Kontinents, der so riesig war, dass es zwei Wochen dauerte, mit dem Küstendampfer zur Ostküste zu gelangen, wo ihre Schwestern waren. Selbst wenn er sich nicht um Kearas willen auf die Suche nach den Mädchen gemacht hätte, wäre es ihm ein Anliegen gewesen, sich von ihrem Wohlergehen zu überzeugen. Allein um das Unheil wiedergutzumachen, das Lavinia aus reiner Boshaftigkeit angerichtet hatte. »Ismay und Mara können sich nicht in Luft aufgelöst haben«, setzte er hinzu, als Kearas Miene traurig blieb.

Sie nickte. Das sagten sie einander immer wieder, und wenn irgendjemand ihre Schwestern aufspüren konnte, dann Theo, dessen war sie sich sicher. Wenn er etwas wollte, war er äußerst entschlossen – aus diesem Grund war sie nun auch mit ihm zusammen. Sie hatte sich gegen ein Leben in Sünde gesträubt, hatte gewusst, dass ihre Mutter entsetzt gewesen wäre, denn trotz ihrer Armut waren sie immer eine achtbare Familie gewesen. Doch nachdem Lavinia und ihr altes Kindermädchen sie hatten entführen lassen, war Theo ihr bis nach Australien gefolgt. Er vergötterte ihre kleine Tochter, und das Zusammensein mit ihm fühlte sich einfach so richtig an. Sie wusste, dass er sie ebenso sehr liebte wie sie ihn. »Ich bin froh, wenn wir erst in Melbourne sind. So schön die Reise auch ist ...«

»... machst du dir doch Sorgen um deine Schwestern, nicht wahr?«

Sie nickte. Die beiden mussten glauben, dass ihre große Schwester es gewusst und unterstützt hatte, dass man sie ans andere Ende der Welt verbannte, während in Wahrheit Lavinia hinter allem steckte. Diese Frau hatte so viel Leid verursacht. Die Vorstellung, ihre Schwestern könnten Keara die Schuld an ihrer Misere geben oder sie gar dafür hassen, verfolgte sie bis in ihre Träume und ließ sie bisweilen mit tränennassen Wangen hochschrecken.

Doch wenigstens waren Theo und sie nun unterwegs, um Mara und Ismay wiederzufinden.

Mark betrachtete seine Freunde noch eine Weile, ehe er sich wieder dem Wasser zuwandte. Er fragte sich, warum er nie jemanden so geliebt hatte, wie Theo Keara liebte. Seine Frau war ihm ans Herz gewachsen, natürlich war sie das, doch verglichen mit der glühenden Liebe, die diese zwei verband, war seine Ehe eine blasse Angelegenheit gewesen. Manchmal kam ihm der Gedanke, dass er Patience aus schierer Einsamkeit heraus geheiratet hatte. Seit seiner Ankunft in Australien vermisste er seine Familie so furchtbar.

Als Patience im Kindbett gestorben war, hatte ihr Vater mit seinen Versuchen begonnen, das Kind an sich zu reißen. Da Alex Jenner ein religiöser Fanatiker gewesen war, der seiner Familie das Leben zur Hölle gemacht hatte, war Mark fest entschlossen gewesen, ihn von Amy fernzuhalten. Schließlich hatte er lieber gemeinsam mit seiner Tochter die Flucht nach Westaustralien ergriffen, als sich dem Mann zu stellen. Dort hatten Keara und Maggie für ihn gearbeitet, bis Theo aufgetaucht war, um seine Geliebte zurückzuerobern.

Mark musste sich eingestehen, dass er gut darin war, fortzulaufen. Auch aus England war er geflohen, statt die Frau zu heiraten, die er geschwängert hatte. Doch von nun an würde er nie wieder davonlaufen, das hatte er sich geschworen. Nun reiste er nicht bloß zurück nach Victoria, sondern nach Rossall Springs, wo er für kurze Zeit glücklich gewesen war. Dort würde er hoffentlich alle alten Dämonen austreiben können, ehe er in eine andere Kleinstadt weiterzog, die noch kein Speisehaus hatte, und dort eines eröffnete. Damit immerhin kannte er sich aus: Menschen eine anständige Mahlzeit vorzusetzen. Und seiner Schwiegermutter Nan war es gleich, wo sie lebten, nun, da ihr Gatte tot war – Hauptsache, sie konnte sich um ihre geliebte Enkelin kümmern.

Bisweilen hatte Mark das Gefühl, dass er erst dreißig hatte werden müssen, ehe er wirklich erwachsen geworden war. Wenn er es denn nun war. Zumindest hoffte er es.

Lächelnd wandte er sich um, als Nan zu ihm trat, Amys Geschirr fest im Griff, wie es an Bord eines Schiffes geboten war. Mit ihren zwei Jahren war seine Tochter ein richtiger kleiner Wildfang. »Na, ist sie aufgewacht?«

»Ja. Und hat reichlich Wasser getrunken.« Nan lächelte zu ihm empor und tätschelte seinen Arm. »Geht es dir gut, mein Junge? Du siehst etwas traurig aus.«

Er zuckte mit den Schultern. »Ich habe nur daran zurückgedacht, was uns hierhergeführt hat.«

»Du vergräbst dich zu sehr in der Vergangenheit, Mark. Die Zukunft ist es, die zählt. Die Toten können wir nicht zurückholen – dafür kannst du deiner Tochter ein glückliches Leben bereiten.«

»Und versuchen, meine Schwiegermutter im Zaum zu halten«, neckte er Nan.

Sie gab ihm einen spielerischen Klaps. »Werd nicht frech.«

Unvermittelt umarmte er sie. »Du bist wundervoll, Nan. Du schaffst es immer, mich aufzumuntern.«

»Ach Mark, mein Junge, du munterst mich auch auf.«

* * *

Nach ihrer Ankunft in Melbourne hatte Theo sie im Handumdrehen in einem guten Hotel einquartiert. Eigentlich hatte Mark seine Schwiegermutter und Tochter in einem etwas bescheideneren Etablissement unterbringen wollen, doch Theo bestand darauf, sie alle einzuladen, da er sich in Melbourne nicht auskannte und auf Marks Hilfe angewiesen war. Schließlich hatten sie ein paar Nonnen zu finden.

Gleich am nächsten Tag bestellte Theo für Mark und sich eine Kutsche, die sie zum Konvent bringen sollte. Keara stand mit ihm gemeinsam auf, doch erst als er sie nach ihrem Hut greifen sah, begriff er, dass sie mitzukommen gedachte.

»Meinst du nicht, es wäre besser, wenn du hierbleibst und mich …«

»Nein. Aus dieser Angelegenheit hältst du mich nicht heraus.« Wenn sie großes Glück hatten, würden sie heute ihre Schwestern wiederfinden, und wenn das geschah, wollte sie dabei sein.

Doch ein solches Glück blieb ihnen verwehrt. Stattdessen saß Keara schockiert in der Kutsche und starrte das ausgebrannte Gebäude an, während Theo und Mark mit dem Hausmeister sprachen. Dann wurde sie wütend auf sich selbst, dass sie sich von der Verwüstung so aus der Bahn werfen ließ, und sprang leichtfüßig aus dem Gefährt, um zu den Männern zu gehen.

Nachdem Mr Powell erklärt hatte, was geschehen war, stellte sie ihm selbst eine Frage: »Haben Sie meine Schwestern Ismay und Mara gesehen?«

»Jawohl, das habe ich. Prachtmädchen, sage ich Ihnen, ganz eng verbunden.«

Keara taumelte unerwartet, und Theo legte einen Arm um sie.

»Entschuldigen Sie.« Sie blinzelte eine Träne fort. »Es ist nur so eine Erleichterung, zu hören, dass es ihnen gut geht.«

»Als Nächstes suchen« wir den Priester auf«, entschied Theo.

Zu ihrem Entsetzen wusste niemand, wohin es Mara verschlagen hatte, doch wenigstens konnte der Priester ihnen mitteilen, wo Ismay angestellt war. Erst vor zwei Wochen hatte er ihren Arbeitgeber gesprochen. »Sie war voller Sorge um ihre Schwester, aber davon abgesehen wohlauf.«

»Wie schnell können wir dorthin aufbrechen, Theo?«, wollte Keara auf dem Weg zurück in die Stadt wissen.

Doch Theo kaute auf seiner Unterlippe herum, wie er es immer dann tat, wenn ihn ein Problem beschäftigte.

»Theo?«

»Ich möchte mich allein auf die Suche nach den beiden machen, Keara.«

»Niemals!«

»Sei doch vernünftig, Liebes. Zu Pferd bin ich viel schneller.«

»Ich komme mit. Wenn du versuchst, mich hier zurückzulassen, werde ich dir folgen.«

Doch als sie am nächsten Morgen aufwachte, musste sie sich übergeben, und damit war die Katze aus dem Sack. Niemals würde Theo zulassen, dass sie sich und ihr ungeborenes Kind mit einem Parforce-Ritt durch den Busch in Gefahr brachte. Zudem holte er sich Mark als Verstärkung, und da ihr Freund so viel mehr über die rauen Bedingungen im Busch wusste, musste sie sich schließlich geschlagen geben.

Was sie jedoch am Ende überzeugte, war die Einsicht, wie viel schneller die beiden Männer zu Pferd zu diesem Hof gelangen würden, auf dem Ismay angestellt war – und natürlich hätte es ihr sehr widerstrebt, Nell irgendeinem Risiko auszusetzen. Um ihre eigene Sicherheit machte Keara sich keine großen Sorgen. Sie war eine starke Frau und hatte ihr erstes Kind abgesehen von einer leichten Übelkeit in den ersten Wochen ohne größere Beschwerden ausgetragen. Hoffentlich würde ihr Geliebter sich nicht in den Kopf setzen, diesmal ein Aufhebens um sie zu machen – sonst würden sie bald aneinandergeraten.

»Du bleibst also im Hotel und benimmst dich, ja, Liebste?«, drängte Theo.

»Mir scheint, mir bleibt keine andere Wahl.«

Doch dann wurde Nell krank und die Abreise der Männer verzögerte sich um einige Tage, während Theo vor Sorge um seine kleine Tochter verging.

»Es ist nur ein bisschen Durchfall«, versuchte Keara ihn zu beruhigen.

Doch erst als es dem Baby wieder gut ging, wagte er den Aufbruch.

* * *

Ismay war die Erste, die den riesigen Wagen über den Pfad zum Gehöft rumpeln sah. Sofort lief sie zu Peggy, um ihr davon zu erzählen, denn Besuch kam so selten, dass es ein regelrechtes Ereignis war. Selbst Ismay riss es aus ihrem Kummer.

Als die Besucher auf den Hof fuhren, hatte Fred den Mann neben dem Fahrer bereits erkannt. »Das ist Dan Reddings! Ich dachte, der alte Teufel wäre gestorben. Hab ihn bestimmt schon zwei, drei Jahre nicht gesehen.« Strahlend ging er den Neuankömmlingen entgegen.

Ismay auf ihrem Posten auf der Veranda schnappte nach Luft, als der Fahrer die Pferde zügelte und vom Bock sprang. »Das ist doch Malachi Firth!«

Peggy warf ihr einen Blick zu. »Du kennst den Burschen?«

»Er ist mit demselben Schiff herübergekommen.«

»Nun, dann setzen wir wohl besser Wasser auf. Dan ist ein großer Teefreund, und ich wette, dein junger Freund wird auch nicht Nein dazu sagen.«

»Wozu haben sie denn all das Zeug dabei?«, fragte Ismay mit einer Geste zu dem Wagen, dessen Silhouette unter all den daran baumelnden Gegenständen kaum auszumachen war.

»Zum Verkauf. Dan ist ein fahrender Händler. Da werde ich einiges kaufen können, was ich brauche. Es ist wirklich eine Schande, dass es keinen einzigen Laden in der Gegend gibt.«

Malachi wandte sich um, um auch Dan bei seinem deutlich langsameren Abstieg zu helfen. Der alte Mann humpelte steifbeinig zur Veranda und ließ sich mit einem zufriedenen

Seufzen an dem dort aufgestellten Tisch nieder, während Malachi die Pferde versorgte.

Erst als die beiden Frauen mit voll beladenen Tabletts wieder aus dem Haus kamen, erkannte Malachi, wer die jüngere war. Auch wenn er zweimal hinsehen musste, so sehr hatte sie sich verändert. »Ismay«, sagte er und trat einen Schritt vor. »Bist du es wirklich?«

Sie nickte.

Er ging ihr entgegen, um ihr das schwere Tablett abzunehmen, und stellte es achtlos nur halb auf dem Tisch ab, sodass Dan ihm einen kleinen Schubs geben musste, um es in Sicherheit zu bringen. Zugleich beobachtete er die beiden jungen Leute, die sich ihrer Gesellschaft überhaupt nicht mehr bewusst zu sein schienen, mit derselben Aufmerksamkeit wie die Berlows.

»Du bist so dünn geworden. Bist du krank?«, erkundigte Malachi sich vorsichtig.

Ihr traten Tränen in die Augen. »Nein. Bloß ... unglücklich.«

Er blickte sich um. »Wo ist Mara?«

»Sie haben uns getrennt.«

Plötzlich lag sie schluchzend in seinen Armen, und instinktiv hielt er sie fest. Mit einem misstrauischen Blick in Richtung seiner Gastgeber führte er sie ein Stück fort von den anderen. »Erzähl mir alles.«

Es überraschte ihn, mit welcher Wut es ihn erfüllte, wie man mit den Mädchen umgesprungen war. Ismay so blass und mutlos zu sehen ließ etwas in seinem Inneren verkrampfen und weckte den Drang, ihr zu helfen. »Immerhin weißt du, dass sie nicht tot ist«, tröstete er sie leise.

»Das versuche ich mir auch immer wieder zu sagen.« Ismay starrte auf die Weide, und auf ihrem Gesicht zeigten sich bittere Falten, die ahnen ließen, wie sie als weit ältere Frau aussehen würde. »Aber eines Tages werde ich sie wiederfinden, das schwöre ich.«

»Was ist denn mit dem Mädchen los?«, verlangte Dan zu erfahren, als die jungen Leute außer Hörweite waren. »Die Arme sieht ja am Boden zerstört aus.«

Peggy stieß einen verärgerten Laut aus und überließ die Erklärung ihrem Ehemann.

»Eine Schande ist das«, sagte Dan. »Ach, zwei Schwestern ohne jeden Grund so auseinanderzureißen. Mag man sich gar nicht vorstellen.« Auch ihn hatte man mit der Deportation von seiner Familie fortgerissen, und er hatte sie nie wiedergesehen. Natürlich hatte er ihnen geschrieben, doch seine Frau hatte nie geantwortet und auch von seiner Schwester hatte er nur einmal gehört, als ihre Mutter gestorben war. Ihn hatte man für einen Diebstahl bestraft, doch was konnte ein so junges Mädchen verbrochen haben?

Später verbrachte Peggy ein, zwei Stunden damit, unter Malachis aufmerksamer Begleitung genüsslich die mitgebrachten Waren zu begutachten. Sie kaufte einiges – mehr, als sie geplant hatte. Doch Malachi hatte recht: Auch in Melbourne würde sie keine bessere Qualität finden, und die Auswahl war wirklich breit. Sie bot auch Ismay an, sich umzusehen, denn sie wusste, dass das Mädchen etwas Geld zurückgelegt hatte.

»Nein, danke. Ich komme aus mit dem, was ich habe. Mein Geld könnte ich noch brauchen, man kann nie wissen.«

»Versuch nicht noch einmal, davonzulaufen, junge Dame.«

Darauf antwortete Ismay nur mit einem bösen Blick.

Malachi sah von einer zur anderen, sagte jedoch nichts.

Es war eine Selbstverständlichkeit, dass die beiden Männer über Nacht bleiben und mit dem Haushalt zu Abend essen würden, und als es so weit war, versuchte Malachi von seinem Platz Ismay gegenüber, sie aufzuheitern. Und tatsächlich gelang es ihm mit seinen Erzählungen von ihrer Reise, sie ein wenig aus ihrer Lethargie zu wecken.

»Du hast schon viel von Victoria gesehen. Eines Tages möchte ich auch reisen und ...« Doch als sie ihre eigenen Worte hörte, verstummte sie und konnte nicht weitersprechen. Einen Moment lang starrte sie ihn an, ehe sie niedergeschlagen endete: »... mehr von Australien sehen.«

Nach dem Essen bat Dan: »Hol deine Gitarre, Junge, und spiel uns ein Lied.«

»Die hast du noch?«, fragte Ismay. »Ach, ich weiß noch so gut, wie du sie auf dem Schiff immer gespielt hast.«

»Woran ich mich erinnere, ist, wie diese boshafte Alte dir das Singen verboten hat.« Er wandte sich an ihre Gastgeber. »Ismay hat eine wirklich wundervolle Stimme, aber die Mutter Oberin hat ihr verboten, den Chor zu besuchen.«

»Das alte Weib scheint mir ein rechter Drachen gewesen zu sein, Nonne hin oder her«, bemerkte Dan. »Was kann es denn schaden, im Chor zu singen?«

Malachi holte die Gitarre, und Ismay strich mit den Fingerspitzen über das polierte Holz. Als sie die Saiten berührte, schwebte ein weicher Akkord durch den Raum. »Ich wünschte, ich könnte Gitarre spielen.«

Nach einigen schlichten Volksliedern wandte Malachi sich Ismay zu. »Hast du noch ›Des Sommers letzte Rose‹ im Kopf?«

Sie spürte ihre Wangen warm werden. »Ja, aber ich bin aus der Übung.«

»Bei einer so bezaubernden Stimme wie deiner spielt das keine Rolle.«

Also sangen sie es gemeinsam, und als der letzte Ton verklang, wischte Dan sich eine Träne aus dem Augenwinkel, und Peggy starrte Ismay erstaunt an.

»Warum hast du denn nie erzählt, dass du so singen kannst? Sicher, hier und da habe ich dich bei der Arbeit summen hören, aber nie hast du so …« Sie wedelte mit den Armen, während sie nach den richtigen Worten suchte, und endete schließlich lahm: »… schön gesungen.«

Ismay zuckte mit den Schultern. »Mir war nicht nach Singen zumute. Dazu war ich viel zu unglücklich.«

»Lass uns noch eins versuchen«, warf Malachi rasch ein, als er ihre Schultern wieder unter dem verhassten Kummer zusammensinken sah.

»Ich fürchte, ich kann nicht«, stieß sie erstickt hervor und stürzte davon in ihr Zimmer.

Als er seine Gastgeber anblickte, hoben sie nur die Schultern und sagten nichts. Kurz darauf murmelte Dan etwas von Nachtruhe, und Malachi packte seine Gitarre ein, ehe er sein Bettzeug zur hinteren Veranda brachte, wo die Gäste schlafen würden.

Peggy machte sich ans Aufräumen, ohne sich die Mühe zu machen, Ismay zu rufen.

Mit erhobener Augenbraue fixierte Dan seinen Gastgeber. »Wollt ihr das Mädchen hier wirklich gefangenhalten?«

Fred schüttelte hilflos den Kopf. »Was sollen wir denn sonst tun? Wir haben keinen Schimmer, wo wir mit der Suche nach ihrer Schwester anfangen könnten. Außerdem ist Ismay vertraglich an uns gebunden, bis sie einundzwanzig ist.«

»Und was hat sie verbrochen, womit sie das verdient hätte?«

Darauf konnte Fred nur seufzen.

Als Dan neben Malachi auf der Veranda lag, brummte er: »Ich weiß, dass du noch wach bist.«

»Und?«

»Wir können das Mädchen nicht so todunglücklich hier zurücklassen.«

»Genauso wenig haben wir irgendein Recht, sie mitzunehmen, Dan. Die würden sie nur zurückholen, und das Gesetz wäre auf ihrer Seite.«

Kurze Zeit später kam Ismay über die Veranda zu ihnen geschlichen wie eine Geistergestalt. »Kann ich mit dir reden, Malachi?«

Er setzte sich auf und Dan drehte sich auf die Seite, um die beiden zu betrachten. Im Mondschein sah sie wunderschön aus. Sanft lockte sich ihr dunkles Haar um ihre Schultern in dem schlichten weißen Nachthemd, über das sie ein verblasstes Schultertuch geworfen hatte.

»Du solltest nicht in diesem Aufzug hier draußen sein.«

Sie sah an sich hinunter und verdrehte die Augen. »Was spielt denn das für eine Rolle? Malachi, nehmt ihr mich mit, wenn ihr morgen weiterzieht? Wenn ihr mir sagt, in welche Richtung ihr fahrt, könnte ich mich nach Anbruch der Dunkelheit aus dem Haus schleichen und euch noch vor der Morgendämmerung einholen.«

Und so wiederholte er, was er schon zu Dan gesagt hatte. »Ismay, das würde nichts bringen. Sie würden dich nur wieder zurückholen. Du bist vertraglich an die Berlows gebunden, bis du einundzwanzig bist.«

Vergeblich versuchte sie, ein Schluchzen zu unterdrücken. »Ich bleibe aber nicht hier, nie und nimmer! Ich werde immer wieder davonlaufen, bis sie aufhören, mir nachzujagen. Letztes Mal haben sie einen Nachbarn mit einem eingeborenen Fährtensucher nach mir ausgeschickt, aber als der erfahren hat, dass ich gegen meinen Willen hergebracht wurde, hat er auch gesagt, dass das nicht recht ist und er mich nicht noch einmal zurückholen würde. Diesmal würde ich bestimmt davonkommen, wenn ich mich an euch halte.«

Dan blickte von einem zum anderen, sagte jedoch nichts. Er selbst hätte das Mädchen sofort mitgenommen, doch sein Partner war übervorsichtig und wollte stets alles richtig machen – und das Gesetz achten.

Sie wartete, doch Malachi schwieg stur. »Oh, bitte, nehmt mich mit! Ich will auch fleißig arbeiten, euch helfen; ich tue alles, was ihr wollt. Vorhin ist mir klargeworden, dass ich mit euch viel herumkommen würde – das ist meine beste Chance, Mara wiederzufinden. Ich verspreche, ihr würdet es nicht bereuen, wenn ihr mich mitnehmt.«

Als all ihre Worte keine Wirkung zeigten, machte sie sich daran, ihr Nachthemd aufzuknöpfen.

»Was zum Teufel machst du da?«, stieß Malachi hervor, warf seine Decke von sich und sprang auf.

Dan verbarg ein Grinsen und hielt sich da raus.

»Ich würde mich dir hingeben, wenn du mich nur mitkommen lässt«, flüsterte sie. »Du kannst mit mir machen, was du willst. Bitte, Malachi.«

Schockiert über die Reaktion seines Körpers auf ihren schönen, schlanken Leib streckte er die Hände aus und zog ihr Nachthemd mit einer wütenden Geste wieder zusammen. »Mach das sofort wieder zu! Ich will deinen Körper nicht. Für wen hältst du mich?« Als ihr abermals Tränen in die Augen traten, setzte er verzweifelt hinzu: »Ismay, wir können dich nicht mitnehmen, aber ich werde die Augen nach Mara offenhalten, das verspreche ich, und ...«

Doch da war sie schon aufschluchzend davongestürzt.

»Du hättest ihr sagen sollen, dass du sie mitnimmst«, ertönte Dans Stimme hinter ihm im Dunkeln.

Malachi fuhr herum. »Wie könnte ich?«

»Ganz einfach: Wenn du sie heiratest, kann niemand mehr etwas dagegen sagen.«

»Sie heiraten! Du musst den Verstand verloren haben! Sie ist erst sechzehn Jahre alt und ich gerade einmal einundzwanzig.«

»Alt genug zum Heiraten. Und ein hübsches Ding ist sie noch dazu – zumindest wär sie's, wenn sie nicht so unglücklich wäre.«

»Du hast doch nicht an unseren Rumvorräten genippt, oder?«

»Nein. Und du bist es, der verrückt ist, wenn du nicht ernsthaft über das nachdenkst, was ich eben gesagt habe. Hier in Australien sind anständige Frauen Mangelware. So hübsche mit einer solchen Stimme noch viel mehr. Überleg doch mal, was die Leute zahlen würden, um euch zwei singen zu hören. Wir würden unsere Einnahmen glatt verdoppeln.«

»Als würde ich sie aus solchen Beweggründen heiraten!«

»Du hast auch noch andere. Du kannst nicht abstreiten, dass sie dir am Herzen liegt. Ich hab gesehen, wie du mit ihr umgehst, und du hast mir selbst gesagt, was für Sorgen es dir macht, wie dünn sie geworden ist.« Nach einer kurzen Pause setzte er listig hinzu: »Aus welchen Beweggründen würdest du sie denn nehmen?«

»Aus gar keinem! Es – es geht einfach nicht. Heiraten ist das Letzte, was ich im Augenblick vorhabe. Mit einer Ehefrau ist man wie angebunden, und dann kommen die ersten Kinder und es wird noch schlimmer. Ich heirate niemanden, solange ich nicht das Geld habe, eine Familie anständig zu versorgen.«

»Selbst schuld. Ich hab ein gutes Mädchen geheiratet und bereue bis heute, wie schlecht ich sie behandelt hab. Ich hab sie im Stich gelassen. Lass du Ismay nicht im Stich.« Er spielte seinen letzten Trumpf aus. »Wenn ihr nicht bald jemand hilft, wird sie vor Sorge vergehen.«

Doch Malachi schüttelte beharrlich den Kopf. So sehr er Ismay auch helfen wollte, er musste vernünftig bleiben.

10

März 1865

Catherine blickte auf den Ring an ihrem Finger hinunter – kein Gold, sondern eine billige Imitation. Der Welt gegenüber zeichnete er sie als verheiratete Frau aus – nun verwitwet –, doch in ihren Augen brandmarkte er sie als Lügnerin. Doch was blieb ihr für eine Wahl? Sie starrte auf ihr Abbild in der unregelmäßigen Scherbe, die der einzige Spiegel der Powells war. Ein ernstes Gesicht blickte ihr entgegen, mit besorgten blaugrauen Augen und ein paar kurzen rötlich-braunen Haarsträhnen, die unter der Haube hervorlugten. Nach all den Jahren ohne Spiegel kam es ihr fremd vor, so sehr hatte es sich verändert. Es war nicht nur älter, sondern auch trauriger geworden.

Eine weitere Lüge würde sowohl ihr kurzes Haar als auch den Tod ihres Gatten erklären. Gemeinsam mit Mrs Powell hatte sie sich alles zurechtgelegt. Ein Fieber hatte ihren Mann getötet und auch sie fast das Leben gekostet, sodass der Arzt ihr das Haar geschoren hatte, damit es ihr nicht länger die Kräfte raubte. Sie bekreuzigte sich und bat um Vergebung angesichts dieser weiteren Unwahrheit, dann wurde sie wütend auf sich. Sie musste aufhören, sich ständig zu bekreuzigen. Nur in der Kirche sollte sie das tun – und vermutlich nicht einmal dort, denn sie glaubte nicht, dass sie es wagen konnte, ein katholisches Gotteshaus aufzusuchen. Was, wenn sie jemand erkannte?

Sie wandte sich um und breitete die Arme aus, als Gwynneth Powell wieder hereinkam. »Wie sehe ich aus?«

»Achtbar, aber arm – genau das, was wir wollen. Sind Sie bereit?«

»Ja.« Sie straffte die Schultern und folgte Mrs Powell nach draußen. Sie mussten nur ein paar Straßen gehen, doch die Furcht, erkannt zu werden, versetzte Catherine in konstante Anspannung.

Ihr Ziel war ein gut gepflegtes Haus, wenn auch nicht größer als die benachbarten Gebäude, und als Mrs Powell an die Eingangstür klopfte, öffnete die Hausherrin persönlich und strahlte beim Anblick ihrer Freundin.

»Nesta, Liebes, ich habe eine Haushilfe für deine Schwester gefunden.« Mrs Powell senkte die Stimme. »Können wir uns dazu kurz unter vier Augen unterhalten?«

Die beiden ließen Catherine auf der vorderen Veranda zurück, während Gwynneth erklärte, ihre »Cousine zweiten Grades« sei verwitwet und dann auch noch selbst krank geworden, sodass »das arme Ding« nun nahezu mittellos sei, weil sie so gut wie alles hatte verkaufen müssen, um sich etwas zu essen leisten zu können.

»Wirklich eine Schande, findest du nicht?«, sagte Nesta. »Aber für unsere Olwen wird es ein Segen sein. Es geht ihr schon das ganze Jahr nicht gut, und ich glaube nicht, dass ihr zweiter Ehemann begreift, wie schwer es für eine Frau in diesem Alter sein kann. Ich bin ohnehin nicht besonders von ihm angetan, aber nun lässt es sich nicht mehr ändern. Deine Cousine wird aber hart arbeiten müssen.«

»Ist ein fleißiges Bienchen, unsere Katie. Und dazu noch gebildeter als der gesamte Rest der Familie – ihre Mutter war Gouvernante, weißt du?«

»Und sie ist sich trotzdem nicht zu fein für niedere Arbeiten?«, kam die scharfe Nachfrage.

»Das Einzige, wofür sie zu stolz ist, sind Almosen.«

»Das würde mir genauso gehen. Lass mich noch kurz mit

ihr sprechen, auch wenn es mir im Grunde schon reicht, dass sie mit dir verwandt ist.«

»Bedenke, dass sie fürs Erste nur drei Monate zusagen will, mit einem halben freien Tag jede Woche. Sie will erst einmal wieder auf die Beine kommen, ehe sie sich dauerhaft bindet.«

»Nicht einmal ein Jahr?«

»Nein, tut mir leid. Aber wenn sie zufrieden ist, bleibt sie vielleicht etwas länger.«

Diese flüchtige Unterredung mündete in den Plan, dass »Katie« sich in einigen Tagen zu der kleinen Siedlung aufmachen würde, in der Nestas Schwester lebte, etwa fünfzehn Meilen entfernt von einer Stadt namens Rossall Springs. Dort in Welbin würde sie als Mädchen für alles für Olwen Bevan arbeiten.

Am Abend vor ihrer Abreise dankte Catherine den Powells mit Tränen in den Augen. »Ich kann nicht in Worte fassen, wie dankbar ich Ihnen für all Ihre Hilfe bin. Seien Sie gewiss, dass ich Sie von nun an jeden Abend in meine Gebete einschließen und Ihnen eines Tages alles zurückzahlen werde. Das verspreche ich Ihnen.« Sie wusste, wie wenig Geld die beiden durch Mr Powells gekürzten Lohn nur noch zur Verfügung hatten, und trotzdem hatten sie es bewerkstelligt, ihr noch etwas abzugeben.

Mrs Powell winkte ab. »Wir wollen kein Geld von Ihnen. Wir haben gut vorgesorgt, um uns müssen Sie sich keine Sorgen machen.« Nach kurzem Zögern zog sie Catherine in eine bärenstarke Umarmung. »Denken Sie dran, wenn die Stelle nichts für Sie ist, können Sie immer zu uns zurückkommen! Nestas Schwester habe ich kennengelernt – eine nette Frau, wenn auch nicht besonders kräftig –, aber ihrem zweiten Mann bin ich noch nicht begegnet. Der erste ist vor zwei Jahren gestorben und sie hat recht schnell wieder geheiratet. Nun, wenn man einen Hof hat, braucht man einen Mann, um ihn zu bewirtschaften, nicht wahr? Also, falls irgendetwas nicht passt, behalten Sie im Hinterkopf, dass Sie sich nicht länger als drei Monate verpflichtet haben. Und sehen Sie zu, dass Sie Ihre Rechte einfordern. Manche Leute versuchen, ihr Gesinde rund um die Uhr auszubeuten, aber das gehört sich nicht.«

Catherine nickte, wusste jedoch, dass sie nur in absoluter Verzweiflung hierher zurückkehren würde. Von nun an gedachte sie allein zurechtzukommen und sich in jedweder Hinsicht in »Katie« zu verwandeln. Sie würde hart arbeiten und ihren Lohn beiseitelegen. Und auf dem Land würde sie doch sicher niemandem aus ihrem alten Leben begegnen? Auch wenn Gwynneth Powell steif und fest behauptete, ohne ihren Habit würde sie ohnehin niemand erkennen – erst recht, wenn ihre Haare endgültig herausgewachsen waren.

* * *

Kurz nach dem Morgengrauen waren Malachi und Dan bereit zum Aufbruch. Ismay trat auf die Veranda und bekniete sie mit stummen Blicken, sie mitzunehmen.

So sehr Malachi sich auch bemühte, sie zu ignorieren, packten ihn doch schnell Schuldgefühle, und so ging er kurz vor der Abfahrt noch einmal zu ihr, um leise zu sagen: »Es würde nicht funktionieren, dich mit auf Reisen zu nehmen, aber ich werde die Augen nach Mara offenhalten, das verspreche ich dir. In ein paar Monaten kommen Dan und ich wieder vorbei, also pass bis dahin gut auf dich auf. Es hat niemand etwas davon – am allerwenigsten Mara –, wenn du vor Kummer vergehst.«

Sie fuhr herum und marschierte ins Haus, wo sie das Frühstück verweigerte. Als Peggy auf sie eindrang, sie möge Vernunft annehmen, brach sie in Tränen aus.

»Was sollen wir nur mit dir machen, Kind? So kann es nicht weitergehen.«

»Mich gehen lassen, das sollten Sie.« Ihr Schluchzen wurde lauter.

»Die Suche nach deiner Schwester wäre doch wie nach einer Nadel im Heuhaufen. Du wüsstest doch gar nicht, wo du anfangen sollst. Außerdem wirst du hier gebraucht.«

Doch es lag nicht dieselbe Überzeugungskraft in Peggys Worten wie zuvor. Wie könnte sie auch, wo sie das Mädchen doch Tag um Tag so kreuzunglücklich sah? Sie war kein grausamer Mensch, und hätte auch nur die kleinste Chance bestanden, die andere Schwester aufzuspüren, hätte sie das Mädchen nicht bloß gehen lassen, sondern sogar Fred mit ihr losgeschickt, damit er sicherstellte, dass ihr nichts zustieß. Es war eine harte Welt da draußen, wie Peggy selbst in jungen Jahren hatte erfahren müssen. Es war ein großes Glück, dass sie einen Mann wie Fred gefunden hatte, und ein solches Glück brauchte auch dieses Mädchen. Da Ismay ihre gesamte Familie verloren hatte, brauchte sie einen Ehemann, der für sie sorgte. Jemanden, der zu ihr gehörte und ihr über ihren Verlust hinweghalf.

Peggy wurde nachdenklich. Dieser Malachi wäre für jedes Mädchen ein guter Fang – arbeitsam und klug. Zudem schien er Ismay zu mögen. Ein Lächeln breitete sich auf ihren rundlichen Zügen aus. Wenn er in ein paar Monaten wiederkäme, wäre es gar nicht verkehrt, den beiden einen kleinen Stups in die richtige Richtung zu geben. Manche Leute wussten nicht, was gut für sie war, bis man sie mit der Nase darauf stieß – vor allem junge Männer im heiratsfähigen Alter.

* * *

Nach einer Weile bemerkte Dan über das Rumpeln des Wagens hinweg laut: »Also, manchmal habt ihr jungen Burschen wirklich ein Brett vor dem Kopf.«

»Kümmere dich um deinen eigenen Kram, alter Mann.«

»Wie könnte ich, wenn ich jemanden so unglücklich sehe wie dieses Mädchen? Es wär ein Leichtes gewesen, sie mitzunehmen. Hätte gut zu uns gepasst.«

»Hör zu, es ist nicht meine Schuld, dass sie unglücklich ist – und was hätte sie denn davon, mit uns durch die Gegend zu fahren? Mittlerweile könnte Mara überall sein – selbst in Sydney oder Perth.«

»Schon die Suche würde Ismay Hoffnung geben. Und die braucht sie, sonst wird sie dahinsiechen und sterben. Sie muss diese Schwester wirklich geliebt haben.«

Malachi dachte an die beiden zurück, und seine Stimme wurde sanfter. »Aye, das hat sie. Schon auf dem Schiff haben die Leute bemerkt, wie eng die beiden miteinander verbunden waren. Es wurde einem richtig warm ums Herz, wenn man sie zusammen gesehen hat.«

»Na siehst du.«

»Trotzdem liegt ihr Schicksal nicht in unserer Verantwortung.« Doch als er sich an die Pein auf Ismays Zügen erinnerte, fuhren ihm die Schuldgefühle wie ein Dolchstoß in die Brust. Rasch schob er das Bild beiseite. Er würde sich von Dan kein schlechtes Gewissen einreden lassen. Es gab nichts, wofür er sich schämen müsste. Schließlich war es nicht er gewesen, der so grausam zu ihr gewesen war.

Schweigend fuhren sie dahin – ausnahmsweise einmal hatte Dan nichts zu sagen. Aber so sehr Malachi sich auch mühte, sich mit anderen Dingen zu beschäftigen, kehrten seine Gedanken doch immer wieder zu Ismay zurück. Er fragte sich, wie es mit ihr weitergehen würde. Definitiv würde er die Augen nach Mara offenhalten, sich nach ihr erkundigen. Zumindest das konnte er tun.

Allerdings bezweifelte er, dass er sie finden würde. Es war ein riesiges Land, selbst nach acht Jahren der Besiedlung noch größtenteils unkartiert. Hier verschwanden ständig Menschen.

Sobald die anderen zu Bett gegangen waren, stahl Ismay sich aus dem Haus und machte sich auf den Weg, mit bitter entschlossener Miene dem Wagen hinterher. Für die ersten ein, zwei Meilen leuchtete ihr noch der Halbmond den Weg, ehe er unterging, doch zu diesem Zeitpunkt hatten ihre Augen sich ans Dunkle gewöhnt, und so marschierte sie weiter. Und fiel auch gar nicht so oft hin.

Nur wenn sie sie in Ketten legten, könnten sie sie davon abhalten, wieder und wieder fortzulaufen, das hatte Ismay sich geschworen. Wenn dieser Versuch fehlschlug, würde sie es erneut versuchen, und dann noch einmal – bis es ihr gelang. Und eines Tages würde sie Mara finden. Daran musste sie glauben.

Die Nacht erschien ihr unendlich lang, und sie wünschte, sie hätte etwas zu essen und zu trinken mitgenommen. Doch sie hatte furchtbare Angst gehabt, in der Küche Lärm zu machen, und so war sie stattdessen aus ihrem Zimmerfenster auf die Veranda geklettert und hatte sich davongeschlichen.

Jetzt war das Wichtigste, dass sie Malachi und Dan einholte, ehe sie am Morgen weiterfuhren. Mitten im Busch würden die beiden sich doch sicher nicht weigern, sie mitzunehmen? Dan war auf ihrer Seite, das hatte sie ihm angesehen. Doch selbst wenn sie den Wagen nicht einholte, würde sie irgendwie weitermachen. Das musste sie.

Würde doch nur ihr Kopf nicht so schmerzen. Sie hätte das Mittag- und Abendessen nicht ausschlagen sollen. Von nun an würde sie gründlicher nachdenken müssen, pragmatischer werden. Weinen würde sie nicht weiterbringen. Jetzt waren Taten gefragt. Sie drohte in Selbstmitleid zu versinken, und das kam nicht infrage.

* * *

Mit Anbruch der Dämmerung stand Malachi auf und streckte

sich. Gähnend und ächzend machte er sich bereit für sein Tagewerk. Er blies die Reste des Lagerfeuers an und steckte ein paar Zweige und trockenes Laub in die Glut. Für gewöhnlich konnte man es so recht leicht wieder anfachen, und eine Tasse Tee war ein guter Start in den Tag.

Er warf einen Blick zu den Pferden hinüber, sah, dass alles in Ordnung war, und ging in ein kleines Baumgrüppchen, um sich zu erleichtern. Doch als er Wasser für die Pferde holen wollte, sah er gleich hinter den Tieren eine reglose Gestalt am Boden liegen. Er erstarrte, erkannte, dass es sich um eine Frau handelte, und stürzte zu ihr.

Es war Ismay! Himmel, sie musste die ganze Nacht marschiert sein. Warum zum Teufel hatte sie sie bei ihrer Ankunft nicht geweckt? Warum hatte sie sich einfach so dort auf den feuchten Boden gelegt? Wenn sie zu solchen Maßnahmen bereit war, um ihre Schwester zu suchen, würde sie am Ende noch in echte Schwierigkeiten geraten – er mochte es sich gar nicht vorstellen. Nun lag es nicht mehr in seiner Hand: Sie würden sie mitnehmen müssen.

Er kniete sich zu ihr und rüttelte an ihrer Schulter, um ihr zu sagen, dass sie gewonnen hatte, doch es gelang ihm nicht, sie zu wecken. Sie stöhnte nur und murmelte etwas in sich hinein. Da er sie nicht verstand, schüttelte er sie abermals, doch sie öffnete noch immer nicht die Augen. Nun fiel ihm auf, dass sie erhitzt wirkte, und als er eine Hand an ihre Stirn legte, fühlte sie sich glühend heiß an.

Hastig hob er sie auf seine Arme – erstaunt, wie leicht wie war –, trug sie zum Wagen und rief: »Wach auf, alter Mann. Wach auf, verflucht! Ich brauche Hilfe.«

Dan kroch unter seinen Decken hervor, schockiert blinzelnd angesichts dieses rüden Weckrufs. Doch als er die schlaffe Gestalt in Malachis Armen sah und begriff, dass Ismay nicht schlief, sondern bewusstlos war, begann auch er sich zu sorgen. »Wickle sie in eine Decke, Junge. Sie zittert ja am ganzen Leib, wir müssen sie aufwärmen.«

»Eben war sie noch glühend heiß.«

»Dann ist es ein Fieber!« Behutsam strich Dan ihr das Haar aus dem Gesicht. »Ach, sieh dir nur an, wie dünn ihr Arm ist. Das Mädchen hat schon lange nicht mehr vernünftig gegessen, sage ich dir. Wir werden sie ordentlich aufpäppeln müssen.« Er riskierte einen raschen Seitenblick, ehe er hinzusetzte: »Tapferes Mädchen, was?«

»Stur wie ein Esel, würde ich eher sagen.«

»Aber zurückschicken wirst du sie nicht?«

Keine Antwort.

Verstohlen grinsend machte Dan sich daran, den Tee aufzusetzen. Er holte einen Becher vom Wagen und dachte bei sich: *Das wird von nun an ihrer sein.*

Doch obgleich Ismay für einen Moment weit genug zu sich kam, um Malachi zu erkennen und ein »Gott sei Dank!« zu murmeln, brachte sie keinen weiteren sinnvollen Satz heraus und schloss schon bald wieder die Augen.

»Gefällt mir gar nicht, wie sie aussieht«, erklärte Dan unverblümt. »Dem Mädchen geht es überhaupt nicht gut.«

Gemeinsam richteten sie ihr ein provisorisches Lager auf dem Wagen her. Als sie zu schwitzen begann und bisweilen »so heiß« murmelte, versuchten sie, ihr Wasser in den Mund zu träufeln, und strichen ihr mit einem feuchten Lappen über das Gesicht.

Doch nichts schien zu helfen. Im einen Moment war sie im Delirium, warf die Decken von sich und brabbelte Kauderwelsch, aus dem nur das Wort »Mara« zu erkennen war, im nächsten kauerte sie sich bibbernd unter den Decken zusammen und stöhnte.

»Was sollen wir nur tun?«, flüsterte Malachi, als nach einer Stunde noch immer nichts Wirkung zeigte. Er blickte auf sie hinunter: Ihr Haar war schweißnass, ihre Haut gerötet und ihr Leib so ausgemergelt, dass man unter ihrer zarten Haut die Knochen zählen konnte. »Woher hat sie nur die Kraft genommen, uns einzuholen?«, fragte er sich ein weiteres Mal. »Sie muss ja die ganze Nacht hindurch marschiert sein.«

»Schiere Verzweiflung.«

Dan ging zurück zum Feuer, starrte eine Weile hinein und blickte schließlich seitwärts zu Malachi. »Ich kenn da jemanden, der hier in der Gegend wohnt – na ja, jedenfalls wenn er noch am Leben ist. Jack ist zur Hälfte Eingeborener und heißt eigentlich anders, aber das kann ich nicht aussprechen. Mag ein bisschen dunkle Haut haben, aber ein anständiger Kerl ist das. Seine Frau ist auch eine Eingeborene, und zwar eine Heilerin. Wilya nennen sie sie. Hat mich mal verarztet, als keiner mehr mit mir gerechnet hat – und mir das Leben gerettet, so wahr ich hier stehe. Meistens fahre ich bei den beiden vorbei und lasse ihnen ein paar Sachen da – nun ja, wenn ich allein bin. Aber die beiden bleiben gern unter sich und ich dachte, du würdest nichts mit ihnen zu tun haben wollen. Aber jetzt … Vielleicht kann die Frau Ismay ja helfen.«

»Warum sollte ich nichts mit ihnen zu tun haben wollen, wenn es Freunde von dir sind?«

»Hab ich dir doch gesagt: Sie sind schwarz. Manche Leute wollen mit den Eingeborenen nichts zu schaffen haben, aber so, wie ich das sehe, sind das Menschen wie du und ich.« Abermals zögerte er. »Wenn ich dich da mit hinnehme, musst du versprechen, dass du niemandem verrätst, wo die beiden wohnen.«

»Ist das wirklich nötig?«

»Ja, ist es. Manch ein Schuft macht sich einen Spaß draus, Schwarze umzubringen.« Er spie aus, um keinen Zweifel daran zu lassen, was er davon hielt. »Die gleiche Sorte Halunken, die auch gern Sträflinge foltert, schätze ich – und wie sich das anfühlt, weiß ich nur zu gut.«

»Nun, so einer bin ich nicht, und wenn du denkst, dass

diese Frau Ismay wirklich helfen kann ...« Abermals blickte Malachi angstvoll zu ihr hinüber.

»Wenn irgendwer ihr helfen kann, dann Wilya. Aber wir werden unsere Spuren verwischen müssen, wenn wir von der Straße abfahren. Nicht dass irgendwer vorbeikommt und meinen Freunden das bisschen wegnimmt, was sie besitzen.« Grinsend setzte er hinzu: »Außerdem ist es mein Land und meine Hütte, in der sie wohnen – ein weiterer Grund, es zu beschützen.«

»Dein Land?«

»Aye. Als sie mir meine Bewährungspapiere gegeben haben, hab ich ordentlich geackert und kurze Zeit später etwas Glück gehabt, sodass ich einem Kerl, der zurück nach England wollte, sein Grundstück abkaufen konnte. Hab mir gedacht, ich lass mich hier draußen nieder, weit weg von Leuten, die meinen, sie müssten auf mich herabsehen. Aber als ich dann hier war, hab ich festgestellt, dass das nichts für mich ist. Zu einsam – ich hab's gern gesellig. Aber solange jemand das Grundstück in Schuss hält, kann ich es vielleicht eines Tages selbst wieder verkaufen. Und falls ich vorher sterbe, gehört es dir.«

»Du kannst mir doch nicht dein Land hinterlassen!«

»Warum nicht?«

»Wir sind nicht miteinander verwandt, du kennst mich doch kaum. Du musst doch noch Familie in England haben.«

»Kann ich dir nicht sagen. Die haben mir geschrieben, sie wollen mich nie wiedersehen – haben nur einen einzigen Brief geschickt. Damals, als Mam gestorben ist. Fürchterlich achtbare Leute, meine Familie.«

»Dann hättest du heiraten sollen, Dan – hättest selbst eine Familie gründen sollen.«

»Aber ich war schon verheiratet. Und auch wenn ich nicht wusste, wo sie war, auch wenn sie mich nie wiedersehen wollte, hab ich nie eine andere als meine Pam haben wollen. Nein, niemals. Ich hab ihr unrecht getan, hab mich mit den falschen Leuten eingelassen, aber sie hat mir trotzdem alles bedeutet.« Nach kurzem Schweigen fügte er an: »Allerdings sollte ich wohl besser mal anständig aufschreiben, dass du nach meinem Tod alles kriegen sollst. Das mach ich, wenn wir das nächste Mal in Melbourne sind. Wollen ja nicht, dass dich irgendwer übern Tisch zieht.«

Malachi wusste nicht, was er sagen sollte. »Dann packen wir wohl besser zusammen. Ich steige hinten auf und behalte sie im Auge. Du kannst fahren.« Auf dem voll beladenen Wagen fand er nur Platz, indem er Ismays Kopf in seinen Schoß bettete, und schon bald ertappte er sich dabei, wie er über ihre Wange streichelte, ihr die Hand tätschelte, alles versuchte, um sie zu beruhigen. Und aus irgendeinem unerfindlichen Grund zeigte es Wirkung.

»Schätze, sie kennt dich und vertraut dir, selbst im Fieberwahn«, stellte Dan irgendwann fest.

Darauf erwiderte Malachi nichts, um ihm keinen Anlass zu geben, weiter auf der Sache herumzureiten.

Eine Stunde später verließen sie die Straße, und nach gut fünfzig Metern hielt Dan den Wagen an.

»Warum bleibst du stehen?«

»Weil wir doch unsere Spuren verwischen müssen. Das wird allerdings an dir hängenbleiben. Ich bin nicht mehr so geschickt dieser Tage. Stampf die Spuren aus, die wir beim Abbiegen hinterlassen haben, und dann nimmst du den Stock hier und kratzt die Fahrrinne aus, bis es so aussieht, als wären wir geradeaus weitergefahren.«

»Ist das wirklich notwendig?«

»Ja, ist es. Und wenn du dich um die Fahrspur gekümmert hast, streust du auch noch ein bisschen Laub drüber. Ein eingeborener Fährtensucher würde uns auch so mühelos aufspüren, aber die meisten Weißen werden nichts bemerken.«

Als Malachi sich schließlich wieder auf den Wagen

schwang, hatte Ismay die Decken wieder von sich geworfen. Aufs Neue feuchtete er den Lappen an, um ihr das Gesicht zu kühlen, und redete leise auf sie ein. Auch diesmal beruhigte sie sich wieder.

Dan lachte in sich hinein. »Siehst du? Sie kennt dich. Heirate das Mädchen.«

»Hörst du wohl endlich davon auf, alter Mann!«

Eine Weile rumpelten sie über einen kaum erkennbaren Pfad, dann gelangten sie zu einer kleinen Holzhütte mit einem Dach aus Rindenstreifen. Von einem Kochfeuer neben der Hütte kräuselte sich Rauch empor. Aus dem kleinen Kessel über den Flammen wehte ein herzhafter Duft herüber, doch es war niemand zu sehen.

»Steig noch nicht ab«, flüsterte der Alte Malachi zu. »Sie kommen gleich raus, wenn sie sehen, wer es ist.« Dann legte er die Hände trichterförmig an den Mund und rief: »He, Jack, mein Junge! Ich bin's nur. Hab mir einen neuen Wagen samt Partner zugelegt.«

Kurz darauf trat ein hochgewachsener dünner Mann mit dunkelbrauner Haut und einem zerzausten grauen Schopf hinter einigen Bäumen hervor und kam zum Wagen herüber. Er streckte den Arm aus, um Dan nach europäischer Manier die Hand zu schütteln, dann ließ er sich Malachi vorstellen.

»Ist deine Frau daheim?«, fragte Dan. »Wir haben hier eine Kranke, die Hilfe braucht.«

Da folgte Jack eine Frau, kleiner und mit weit dunklerer Haut. Sie trug einen zerlumpten Rock und ein Mieder, doch ihre Füße waren bloß. Mit einem beinahe unmerklichen Nicken in Dans Richtung ging sie um den Wagen herum, stieg leichtfüßig hinauf und begutachtete Ismay. Behutsam beugte sie sich vor und fühlte ihr die Stirn. Dann raunte sie ihrem Mann etwas in ihrer Muttersprache zu und eilte in den Wald.

»Sie will ein paar Heilkräuter zusammensuchen«, erklärte Jack. »Wir sollen das Mädchen ins Haus bringen.«

Malachi sah Dan an. »Du vertraust dieser Frau absolut?«

»Aye. Wilya würde ich mein Leben anvertrauen. Vor allem ist sie reinlich, anders als der Quacksalber, der sich bei uns Gefängnisarzt schimpfen durfte. Ein schmutziger Trunkenbold war das – hat mehr Leute auf dem Gewissen, als er geheilt hat.« Wieder spie er angewidert auf den Boden.

Malachi hob Ismay vorsichtig auf seine Arme und blickte in das blasse Gesicht hinunter, das an seiner Brust lag. Ach, eigentlich war sie eine solche Schönheit, doch plötzlich sah sie aus wie ein Skelett. Das feuchte Haar klebte ihr an der verschwitzten Haut.

Das Haus war blitzsauber und ein starker Eukalyptusduft lag in der Luft – ein angenehmer Geruch. Als die Heilerin hereinkam, hatte sie einige Zweige und Kräuter bei sich und bedeutete den Männern sogleich, zu verschwinden.

»Die Eingeborenen mögen es nicht, wenn Männer bei Frauensachen zusehen«, murmelte Dan und schob den Jüngeren in Richtung Tür. »Na komm, Junge. Raus hier.«

Malachi machte sich daran, ihr Lager aufzuschlagen, dann saß er unruhig herum und fragte sich, was in dem Haus vor sich ging. Dann und wann kam die Frau an die Tür und drückte ihnen einen Eimer in die Hand, damit sie ihr frisches Wasser brächten.

Dan und der Aborigine saßen friedlich rauchend beisammen. Nach einer Weile gab ihr Gastgeber ihnen etwas von dem herzhaften Känguru-Eintopf über dem Feuer. Die Kräuter darin waren Malachi fremd, schmeckten ihm jedoch gut. Er und Dan steuerten etwas Brot zu der Mahlzeit bei, das ihnen Mrs Berlow mitgegeben hatte.

»Sollten wir nicht einmal nach Ismay sehen?«, fragte Malachi seinen Partner, als der Mond aufging.

»Nee, Wilya wird sich schon melden, wenn sie was braucht. Lass sie in Ruhe ihre Arbeit machen.«

Schließlich gingen sie ohne Erlösung zu Bett. Malachi

schlief schlecht, und wann immer sein Blick zum Haus wanderte, sah er, dass die Lampe noch brannte. Vermutlich schlief also auch Wilya nicht besonders.

Hoffentlich würde Dan recht behalten, und die Frau war eine gute Heilerin. Ismay durfte nicht sterben, es durfte einfach nicht sein!

* * *

Vier lange, harte Tage brauchten Theo und Mark, ehe sie das Gehöft der Berlows erreichten, denn der Sommer neigte sich seinem Ende zu, und die Straßen verschlammten zusehends. Den gesamten zweiten Tag über regnete es in Strömen, sodass sie bis auf die Haut durchnässt waren.

Die Männer waren ebenso erschöpft wie ihre Pferde, denn auch wenn sie in der ersten Nacht bei einer Bauersfamilie Obdach gefunden hatten, waren sie heute bis zum Einbruch der Dunkelheit geritten und hatten ihr Lager im Freien aufschlagen müssen. Der Regen weckte sie mehrfach.

»Mir scheint, ich werde langsam alt und verweichlicht«, klagte Theo in ihrem behelfsmäßigen Unterschlupf unter einem großen Baum. Überall tropfte Wasser auf sie herab, und obgleich sie Wachsplanen dabeihatten, war es unmöglich, trocken zu bleiben oder gar erholsamen Schlaf zu finden.

»Mich erinnert es an die Goldfelder«, entgegnete Mark und tastete unter seiner Plane nach einem weiteren störenden Stein, der sich beim Hervorholen als weit kleiner erwies als vermutet. »Unannehmlichkeiten über Unannehmlichkeiten.«

»Aber du hast Gold gefunden?«

»Nur ein bescheidenes Häuflein, bis wir ein großes Nugget entdeckt haben – und das war ich binnen eines Tages wieder los. Mein Partner hat mir eins über den Schädel gezogen und sich damit aus dem Staub gemacht. Viel gebracht hat es ihm allerdings auch nicht, denn ihn hat jemand dafür ermordet.

Nach diesem Vorfall habe ich mich wieder meinem alten Broterwerb zugewandt, und das werde ich abermals tun, wenn hier alles geklärt ist.« Nur dass er diesmal nicht nur Essen anbieten wollte, sondern auch Übernachtungsmöglichkeiten. Er wusste aus eigener Erfahrung, dass gute, erschwingliche Unterkünfte nicht leicht zu finden waren. Hier draußen im Busch boten die meisten Familien Reisenden ein Dach über dem Kopf, doch in den kleinen Städten auf dem Land musste man nehmen, was zu kriegen war. »Wollt ihr euch wirklich dauerhaft in Australien niederlassen?«, fragte er nun.

»Ich hoffe es«, antwortete Theo. »Vor allem angesichts der Lage mit Keara und mir. Ich habe ein Stück Land in der Nähe meines Cousins gekauft und wir wollen gemeinsam Pferde züchten. Caley passt auch auf mein Gehöft auf, solange wir unterwegs sind. Eins bereitet mir allerdings Sorge: Wenn wir ihre Schwestern nicht finden, glaube ich nicht, dass Keara bereit sein wird, Victoria zu verlassen – und sie kann äußerst stur sein.«

»Geschwister können sich sehr nahestehen. Da ist dir etwas entgangen.«

»Ich habe einen Halbbruder – Dick –, aber ich weiß noch keine zwei Jahre, dass wir verwandt sind. Er unterstützt mich mit der Verwaltung des Anwesens in Irland, bis ich entschieden habe, ob ich es verkaufen soll.«

»Ich habe acht Geschwister, und meine Familie fehlt mir sehr.« Blicklos starrte Mark in die Ferne, dachte an die Daheimgebliebenen und wünschte, er könnte sie besuchen. Wenigstens hatte er nun Kontakt mit ihnen, auch wenn ihre Briefe ihm nun quer über den Kontinent folgen mussten und noch länger brauchten, bis sie ihn erreichten.

Er liebte Australien, doch so weit von seiner Familie fortzugehen hatte einen hohen Preis, wie er schmerzhaft hatte erfahren müssen.

Als am Nachmittag des vierten Tages das Licht zu schwinden begann, stießen Theo und Mark auf die kleine Siedlung Upley, wo man ihnen den Weg zum Gehöft der Berlows wies. Sie trafen mit dem Funkeln der ersten Sterne am nun wolkenlosen Himmel ein.

Sobald sie in Hörweite waren, ertönte Hundegebell und ein Mann trat an die Tür, eine Flinte in den Händen. »Wer sind Sie?«

»Theo Mullane. Ich suche Familie Berlow.«

»Warum? Ich bin Fred Berlow, und ich habe noch nie von Ihnen gehört.«

»Ich bin Ismays Schwager.«

Stille. Dann: »Kommen Sie näher, wo wir Sie sehen können. Wer ist da bei Ihnen?«

Als Fred sich überzeugt hatte, dass es sich bei ihnen um achtbare Reisende handelte, rief er einen seiner Knechte herbei, um die Pferde zu versorgen, und bat sie dann herein.

Suchend blickte Theo sich um, in der Erwartung, Ismay zu sehen, doch da war nur Mrs Berlow, die eifrig dabei war, ihnen etwas zu essen zusammenzustellen. »Ist Ismay nicht da?«

In diesem Moment kam Fred herein, hörte die Frage und deutete zum Tisch. »Setzen Sie sich, und ich erzähle Ihnen, was geschehen ist. Sie haben sie nur um wenige Tage verfehlt.«

»Verfehlt?«

»Ja. Sie ist davongelaufen.«

Nach einem schockierten Schweigen platzte Theo heraus: »Und Sie haben sie nicht zurückgeholt?«

»Natürlich habe ich das – zumindest habe ich es versucht. Für wen halten Sie mich? Aber es war keine Spur von ihr zu finden.«

* * *

Mara wurde für Barbara Hannon immer mehr zur Krankenpflegerin, ging ihr in allem zur Hand und half ihr selbst bei intimsten Notwendigkeiten.

»Das alles macht dir überhaupt nichts aus, nicht wahr?«, fragte Barbara eines Tages verwundert.

»Ismay und ich haben schon unserer Mam geholfen, als sie krank war. Warum sollte mir das etwas ausmachen? Du warst gut zu mir. Ich helfe dir gern.«

»Nun, heute möchte ich, dass du mir Stift und Papier bringst. Du weißt ja, wo alles ist. Es ist an der Zeit, dass ich einen Brief an eine Freundin schreibe.«

Doch schon diese einfache Aufgabe laugte Barbara aus, und je mehr Tage ins Land gingen, desto angespannter erkundigte sie sich, ob denn noch keine Antwort eingetroffen sei. Als der ersehnte Brief schließlich über eine Woche später als erwartet kam, trug Mara ihn gleich in Barbaras Zimmer und freute sich, wie das dünne Gesicht beim Anblick des Umschlags aufleuchtete.

»Sag Charles nichts davon, Liebes. Das ist unser Geheimnis. Und nun geh ein wenig draußen spielen, während ich den Brief lese.«

Den Rest des Tages über war sie sehr nachdenklich.

Am folgenden Morgen schrieb sie einen weiteren Brief und schickte Mara los, ihn heimlich aufzugeben.

Nichts davon stellte das Mädchen infrage. Sie wusste, dass Mr Hannon sehr ungehalten werden konnte, und ihre einzige Sorge galt Barbara. Wenn sie also Dinge vor Mr Hannon verbergen musste, um ihre Wohltäterin glücklich zu machen, würde sie es tun.

Zwei Tage später klopfte Barbara neben sich auf die Matratze. Als Mara sich zu ihr setzte, begann sie leise: »Wenn ich sterbe …«

Tief getroffen starrte Mara sie an und konnte die Tränen nicht zurückhalten.

»Schhh, Liebes, schhh. Wir wissen doch beide, dass ich mich nicht mehr erholen werde, und ich mache mir Sorgen, was mit dir geschehen wird, wenn … nun, danach. Also hör gut zu. Wenn ich sterbe, wirst du Folgendes tun …«

11

Ende März 1865

Die beiden Männer durften sich in der Scheune einquartieren, doch trotz der Behaglichkeit eines Heuhaufens und Schutz vor der Witterung schlief Theo miserabel. Über Stunden lag er wach und sorgte sich um Ismay. Warum war sie davongelaufen, um zwei fahrenden Händlern zu folgen? Hegte sie etwa wirklich die vage Hoffnung, so ihre Schwester zu finden, oder steckte etwas anderes dahinter?

Bei der Vorstellung, was ihr allein auf der Straße zustoßen könnte, überlief ihn ein Schauer. Hier in Australien war alles so anders als in Irland. Das hatte er bereits am eigenen Leib erfahren, sowohl in Westaustralien als auch hier in Victoria. Marks Erzählungen von seiner Zeit als Goldsucher hatten diesen Eindruck nur noch bekräftigt. Dies war keine sanfte Insel, sondern ein harscher, überwältigender Kontinent.

Teufel – dass er Ismay um so wenige Tage hatte verfehlen müssen! Es war so ungerecht. Ihm graute davor, Keara beichten zu müssen, wie nah sie daran gewesen waren, ihre Schwester zu finden. Und Mara konnte mittlerweile sonst wo sein. Es war so töricht, ihr blindlings nachzujagen. Ismay könnte jederzeit keine Meile von ihr entfernt vorüberziehen, ohne es auch nur zu ahnen.

Und er würde womöglich keine von ihnen je wiederfinden!

Nun, er würde sein Möglichstes tun, um Kearas Schwestern aufzuspüren, doch danach – wie immer die Suche ausgehen mochte – würde er sich niederlassen. Er musste ein wenig über sich lächeln. Er strebte nicht nach Reichtümern, sondern wollte einfach ein gutes Auskommen für sich und seine Familie. Auf diesem Ritt hatte er reichlich Zeit zum Nachdenken gehabt und war zu dem Schluss gekommen, dass er sein kleines Anwesen in Irland verkaufen würde. Alles, was er liebte, war hier: Keara, seine kleine Tochter, sein Cousin samt Familie und ein paar prächtige Zuchtpferde.

Seine entfremdete Ehefrau würde er in Lancashire in der Obhut ihres einstigen Kindermädchens Nancy lassen. Hoffentlich würde er Lavinia nie wiedersehen müssen.

Noch immer wälzte er sich umher und fand keinen Schlaf. Schon nach so kurzer Trennung fehlte ihm Keara furchtbar – sie war wie seine zweite Hälfte. Nie zuvor war er auf den Gedanken gekommen, eine Frau könne ihm nicht nur Geliebte, sondern auch Freundin sein. Und er sollte jetzt bei ihr sein, sie und ihr ungeborenes Kind umsorgen, statt in einem aussichtslosen Unterfangen in der Gegend umherzustreifen.

Beim Gedanken an das Baby, das in ihrem Bauch heranwuchs, huschte ein flüchtiges Lächeln über sein Gesicht, während er den Morgen heraufziehen sah und Marks ruhigem Atem lauschte.

Zum Frühstück bewirtete Mrs Berlow sie großzügig, ehe Fred mit den beiden Männern ausritt, um noch einmal die Route der fahrenden Händler nachzuvollziehen. Er hatte diese Straße bereits abgesucht, doch es war offensichtlich, dass seine Gäste keine Ruhe geben würden, ehe sie selbst die Fährte aufgenommen hatten. Doch nach mehreren Tagen des Umherspürens in alle erdenklichen Richtungen, in denen sie ihre Pferde zum Äußersten trieben, wurde klar, dass Dan Reddings seine Pläne geändert haben musste. In der Siedlung, die er als ihr nächstes Ziel genannt hatte, war er definitiv nie eingetroffen, und obwohl am Tag seines Aufbruchs vom Hof der Berlows noch einige Siedler seinen Wagen gesehen hatten, verlor sich danach jede Spur.

Nach einer Weile musste selbst Theo sich geschlagen geben, und die zwei Männer machten sich auf den Weg zurück nach Melbourne.

»Wie kann ein voll beladener großer Wagen einfach so verschwinden?«, grübelte er unterwegs zum wiederholten Male laut.

»In Australien verschwinden ständig Menschen und Wagen«, entgegnete Mark düster. »Manchmal absichtlich, manchmal, weil die Leute draußen im Busch ums Leben kommen und niemand sie findet. Einmal habe ich von einem traurigen Fall gehört, in dem der Fahrer gestorben ist und die Pferde sich nicht losmachen konnten, also haben sie den Wagen weitergezogen, bis eine Achse gebrochen ist. Da mussten sie bleiben, wo sie waren, und sind angeschirrt verendet. Man hat sie erst Monate später entdeckt.«

Als sein Freund auf diese bedrückende Geschichte nicht reagierte, hakte er nach: »Was willst du jetzt unternehmen?«

Das hatte Theo sich bereits überlegt. »Ich werde Plakate drucken und überall verbreiten lassen, auf denen ich jedem, der uns hilft, die Mädchen zu finden, eine Belohnung verspreche. Außerdem werde ich die Polizei um Hilfe bitten und noch einmal mit diesem Priester sprechen. Hast du noch Vorschläge?«

Mark schüttelte den Kopf. Etwas später bot er jedoch an: »Wenn ihr wirklich zurück nach Westaustralien gehen solltet, könnt ihr der Polizei ausrichten, sie sollen sich an mich wenden. Du weißt, ich würde alles tun, um zu helfen.«

Doch besonders optimistisch war er nicht.

* * *

In Melbourne hörte Keara sich an, was die Männer zu berichten hatten, und brach in Tränen aus. »Wie kann es sein, dass wir ihr so dicht auf der Spur waren und sie dann doch wieder verloren haben?«

»Das ist wirklich Pech«, stimmte Theo ihr zu. »Aber immerhin wissen wir, dass sie am Leben ist.«

Eine Weile weinte sie noch, dann wischte sie sich entschlossen die Augen. »Was jetzt? Es muss noch mehr geben, was wir unternehmen können.«

»Ich habe mir überlegt, Plakate drucken zu lassen und eine gute Belohnung auszusetzen für jeden Hinweis, der uns hilft, deine Schwestern zu finden.«

Dankbar drückte sie seine Hand. »Ja. Ja, das können wir tun. Ach, hätte ich doch bloß eine Fotografie von ihnen!«

»Nun, was das betrifft – wenn wir einen Künstler engagieren, kann er vielleicht mit dir als Vorlage Porträts von den beiden zeichnen. Ihr seht euch alle drei so ähnlich. Damit sollten wir bessere Chancen haben, sie zu finden.«

An jenem Abend schmiegte sie sich im Bett an ihn und seufzte. »Was sollen wir tun, wenn wir alles versucht haben, Theo?«

»Ich weiß es nicht. Das entscheiden wir gemeinsam. Aber noch geben wir die Hoffnung nicht auf.«

Sie hob die Hand und streichelte seine Wange. »Du möchtest dich auf lange Sicht im Westen niederlassen, nicht wahr?«

»Ja, Liebste, das weißt du ja. Aber nur, solange du bei mir bist. Für dich würde ich selbst auf den Mond ziehen.«

»Ach, Theo.« Sie kuschelte sich enger an ihn. »Wenn wir wirklich alles getan haben, was uns einfällt, gehen wir zurück nach Westaustralien. Aber ... noch nicht, ja?«

»Natürlich nicht. Wir gehen erst, wenn wir uns sicher sind, dass wir alles in unserer Macht Stehende unternommen haben.«

Sie legte einen Arm um ihn und seufzte. »Ich kann die Augen nicht mehr offenhalten. In der Schwangerschaft mit Nell war ich nie so schläfrig. Vielleicht ist es diesmal ein Junge.«

Er schloss die Augen und sandte ein kurzes Gebet gen Himmel, sie möge recht behalten. Langsam wurde er gierig. Auf Jungen *und* Mädchen zu hoffen – er, der einst seine Seele verkauft hätte, um auch nur ein einziges gesundes Kind zu bekommen, ganz gleich welchen Geschlechts.

* * *

Mit einem Gefühl von Wärme und Wohlbehagen kam Ismay zu sich. Langsam öffnete sie die Augen und sah eine Frau über sich gebeugt – eine Frau mit brauner Haut und so tiefdunklen Augen, dass sie wirkten wie tiefe Brunnen. Doch an ihrem Grund ruhten Frieden und Güte, das wusste sie instinktiv und verspürte keinerlei Furcht.

»Du krank. Ruh aus und iss gutes Essen. Hier.«

Ihr Akzent klang anders als alles, was Ismay bislang vernommen hatte, deshalb vermutete sie, dass Englisch nicht die Muttersprache der Frau war. Sie aß etwas, das nach einem kräftigen Fleischeintopf schmeckte und ihr vorsichtig Löffel für Löffel eingeflößt wurde. Der Eintopf war gut, doch schon nach wenigen Löffeln hörte die Frau wieder auf.

»Nicht zu viel auf einmal. Schlaf jetzt wieder, ja?«

Ismay hatte kein Zeitgefühl, schien jedoch nur aufzuwachen, um mehr Eintopf zu essen, einen Kräutertrank zu trinken, von dem sich ihr der Mund zusammenzog, oder sich zu erleichtern. Jedes Mal konnte sie es nicht erwarten, wieder in jenen tiefen, erholsamen Schlaf zu sinken.

Dann kam sie eines Tages ganz zu sich und fand ihre Kleider neben ihrem Lager ausgebreitet, gewaschen und bereit zum Anziehen. Zwar fühlte sie sich immer noch schwach, als sie aufstand, doch ihr war nicht länger schwindlig – und vor allem blickte sie der Zukunft endlich hoffnungsvoller entgegen.

Die Frau kehrte zurück, als sie gerade das letzte Kleidungsstück überzog.

»Gut, du wach. Dein Mann macht Sorge um dich.«

»Mein Mann?«

»Malachi. Guter Mann. Wird guter Ehemann.«

»Wir sind nur Freunde«, protestierte Ismay errötend.

Darauf bedachte die andere sie nur mit einem wissenden Lächeln und brachte sie nach draußen.

Malachi kam zu ihr geeilt, sobald sie an der Tür erschien, und legte ihr einen Arm um die Schultern. »Geht es dir gut? Wilya hat uns nicht zu dir hineinlassen wollen.«

»Frauenheilung«, wies die dunkelhäutige Frau ihn streng zurecht, »geht Männer nicht an.«

»Mir geht es viel besser, und irgendwie fühle ich mich optimistischer«, erklärte Ismay. »Wie lange war ich denn krank?«

»Über eine Woche.«

Schockiert starrte sie ihn an.

Nun kam auch Dan zu ihnen herübergeschlendert. »Tut gut, dich mit ein bisschen Farbe im Gesicht zu sehen, Kleines.«

»Eine ganze Woche habe ich euch hier aufgehalten? Es tut mir so leid!«

»Wir wollten, dass du dich gut erholst. Aber gestern Abend hat Wilya uns gesagt, dass wir heute wohl aufbrechen können, und so haben wir schon alles bereitgemacht.« Er drehte sich um und deutete zum Wagen.

Ismay wandte sich der Heilerin zu. »Ich kann Ihnen gar nicht genug danken.«

»Nicht nötig. Aber gib Kummer nicht nach. Halt Augen offen nach deinen Regenbögen. Irgendwann findest du deine Schwestern wieder.«

»Ich habe nur noch eine Schwester«, korrigierte Ismay sie.

»Zwei. Und du findest beide.«

Und ehe Ismay noch weiter protestieren konnte, war die Frau verschwunden.

»So ist sie, unsere Wilya«, sagte Dan. »Hilft dir, wenn du's nötig hast, dann kümmert sie sich wieder um ihren eigenen Kram. Aber eine gute Heilerin ist sie. Hat mich mal aufgepäppelt, als ich schon dachte, es geht zu Ende mit mir.«

»Na los, bringen wir dich auf den Wagen, Ismay«, sagte Malachi. »Dan hat gesagt, wir können es noch vor Einbruch der Dunkelheit bis zur nächsten Siedlung schaffen.«

Doch das gelang ihnen nicht. Bei einem spontanen Halt an einem einsam gelegenen Gehöft konnten sie einiges verkaufen und beschlossen, die Nacht dort zu verbringen, denn Ismay sah noch immer erschöpft aus, obgleich sie während der Fahrt fast die ganze Zeit unter einer warmen Decke gedöst hatte.

* * *

In Australien gab es noch kaum Eisenbahnverbindungen, und so fuhr Catherine mit der Postkutsche nach Rossall Springs. Die kleine Stadt war der nächstgelegene Halt zu ihrem neuen Arbeitsplatz und lag einige Stunden nordwestlich von Melbourne. Mrs Powells Freundin hatte bereits einen Brief vorausgeschickt, in dem sie Catherine ankündigte, und auch wenn die Schwester nicht geantwortet hatte, versicherte man ihr, die Bevans' würden da sein, um sie in Empfang zu nehmen.

Sie konnte nur hoffen, dass das stimmte.

Mit großem Interesse betrachtete sie die Landschaft, durch die sie fuhren, und staunte darüber, wie wenig Städte es hier gab, sobald sie Melbourne verlassen hatten. Erst recht nachdem sie von der Hauptstraße in Richtung Ballarat abbogen. Hier und da hielt die Postkutsche bei Siedlungen von nur wenigen Häusern, um Pakete auszuliefern oder mitzunehmen, und einmal, um einen anderen Fahrgast abzusetzen.

Rossall war größer als die meisten anderen Orte, an denen sie vorbeigekommen waren, unterschied sich jedoch sehr von den irischen und englischen Kleinstädten, die Catherine kannte. Auf sie wirkte es eher wie ein Dorf – in Lancashire hätte man es auch so genannt, denn es konnten höchstens ein paar Hundert Menschen hier leben. Wie in den meisten australischen Kleinstädten gab es eine Hauptstraße, an der sich Geschäfte und Dienstleister reihten, aber auch nicht viel mehr. Diese Straße stieg zum anderen Ende hin leicht an und verlief dabei in einem Bogen nach rechts, sodass sie mit einer davon abzweigenden schmaleren Straße ein Y bildete. Von diesen zwei Hauptverkehrsadern gingen nur noch einige kurze Gassen und Zufahrten ab.

Am Mietstall, wo auch die Postkutsche hielt, warteten ein Mann und eine Frau auf sie. Er war mittelgroß und hatte gräuliches Haar, und als er vortrat, musterte er ihr Gesicht und ihren Körper auf eine Weise, die sie als anmaßend empfand. Sie hatte vergessen, wie manche Männer einen ansahen, denn als sie Nonne geworden war, hatte es damit natürlich ein Ende gehabt.

»Katie Caldwell?« Seine Stimme hatte einen rauen Klang.

»Ja.«

Nun trat die Frau vor und streckte die Hand aus. »Ich bin Olwen Bevan, das ist mein Mann Albert. Es freut mich sehr, Sie zu sehen. Ich hoffe …«

Ohne ein Wort der Entschuldigung fiel ihr Mann ihr ins Wort. »Wo ist Ihr Gepäck?«

»Ich habe nur die eine Tasche.« Sie deutete darauf, und er nahm sie hoch.

»Kommen Sie. Ich will hier nicht den ganzen Tag verschwenden.«

»Verzeihen Sie, dass Albert etwas kurz angebunden ist«, flüsterte Mrs Bevan auf dem Weg nach draußen. »Eine unserer Kühe könnte jeden Moment kalben, deshalb will er schnell zurück auf den Hof und ein Auge darauf haben.« In ihrer Sprache war nur noch ein Hauch des walisischen Akzents ihrer Schwester auszumachen. »Aber er ist auch sonst nicht sehr gesprächig.«

Auf der Fahrt aus dem Ort hinaus betrachtete Catherine ihre neue Herrin. Mrs Bevan sah verhärmt aus und hatte eine ungesunde Gesichtsfarbe – alles an ihr schien irgendwie müde herabzuhängen.

Das Gehöft war abgelegener, als Catherine erwartet hatte, mitten im Busch und keine Nachbarn in Sicht. Auf dem Hof waren zwei Männer bei der Arbeit, hielten jedoch inne, um sie abschätzig anzustarren.

»Wie geht's meiner Kuh, Sam?«, rief Mr Bevan schon von Weitem.

»Bestens. Hat noch nicht angefangen zu kalben.«

»Ich hoffe, Sie packen ordentlich mit an«, sagte er zu Catherine, als er ihre Tasche vom Wagen hob und auf die Veranda warf. »Ich beschäftige keine Leute, die sich ihren Lohn nicht hart verdienen.« Überrascht ob dieser ungehobelten Bemerkung sah sie ihm nach, als er den Wagen zum hinteren Teil des Hofs lenkte. Dort hielt er inne, um einem der Männer barsch etwas zuzurufen, woraufhin der sofort hastig davonlief. Erst dann bog er hinter das Haus ab. Beim Klang von Mrs Bevans' Stimme – abermals matt um Verzeihung heischend – drehte Catherine sich um.

»Ich zeige Ihnen Ihr Zimmer, Katie, und dann machen wir uns besser ans Kochen. Albert ist abends immer sehr hungrig. Und Sie können den Männern eine Tasse Tee nach draußen bringen, sobald er durchgezogen ist. Dafür haben wir ein paar Blechbecher. Schließlich wollen wir nicht das gute Porzellan hier draußen in Gefahr bringen, nicht wahr?«

Minuten später war Catherine schon bei der Arbeit, fest entschlossen, sich als fähig und arbeitsam zu beweisen. Selbst die niederste Arbeit konnte man ordentlich verrichten.

Anfangs war die harte körperliche Arbeit für sie sehr ermüdend, doch darüber war sie froh, denn das erleichterte ihr das Einschlafen. Es dauerte nicht lang, bis sie begriff, dass dies kein fröhlicher Arbeitsplatz war. Mr Bevan stauchte seine Knechte ständig wegen irgendetwas zusammen und schien alles, was Catherine tat oder sagte, mit Argwohn zu betrachten. Dabei überließ ihre Herrin ihr, nachdem sie Catherine in alles eingewiesen hatte, rasch viele Aufgaben, um sich am Nachmittag, wenn ihr Gatte draußen unterwegs war, etwas ausruhen zu können. Als Catherine sich erkundigte, wann ihr halber freier Tag sein sollte, starrte Mr Bevan sie gereizt an. »Kaum angekommen, und schon wollen Sie sich vor der Arbeit drücken!«

»Ein halber freier Tag pro Woche war Teil unserer Vereinbarung.«

»Dann sparen Sie sich die halben Tage auf und nehmen Sie sich einen ganzen, wenn es einmal passt.«

»Nein, danke, ich möchte lieber jede Woche einen halben Tag. Jeder Mensch braucht einmal eine Pause, und ich habe einige dringende Näharbeiten zu erledigen, da es mir an Kleidern mangelt.«

Einen Moment lang starrten sie einander an, ehe er sich seiner Frau zuwandte und blaffte: »Kümmere du dich darum, Olwen. Aber pass ja auf, dass sie sich nur so viel freinimmt, wie ihr zusteht, und dass vorher alles erledigt ist. Wer sich vor der Arbeit drücken will, kann bei mir lange auf Verständnis warten, und ich werde nicht vor einem leeren Teller sitzen, während ihre Ladyschaft sich eine Pause gönnt.«

Als er das Haus verlassen hatte, sah Mrs Bevan über ihre Schulter, ehe sie sich mit gedämpfter Stimme entschuldigte. »Es tut mir leid. Er ist so stark, dass er bisweilen vergisst, dass andere Menschen ab und an etwas Erholung brauchen.«

»Ich brauche diese Zeit zum Nähen, wirklich«, antwortete Catherine leise. Zwar hatte sie vor ihrer Abreise mit Mrs Powell die Almosenkiste durchgesehen und einige Sachen gefunden, die sich so würden ändern lassen, dass sie ihr passten, doch dafür wäre einiges an Arbeit nötig. »Und eine freie Stunde jeden Abend erwarte ich auch. Ihre Schwester hat gesagt, das hätte sie in ihrem Brief erwähnt.«

»Das hat sie auch, das hat sie. Aber Albert vergisst so etwas gern. Vielleicht wäre es besser, wenn Sie nicht gleich am Anfang darauf beharren.«

»Am besten wird es sein, wenn ich von Anfang an klar zu meinen Bedingungen stehe, Mrs Bevan«, entgegnete Catherine. Gegen Schikane musste man sich behaupten, das wusste jedes Kind, sonst war man am Ende so ein eingeschüchtertes Ding wie diese arme Frau. Und Catherine hatte den Verdacht, dass Mrs Bevan mehr sah, als sie sich eingestehen wollte, einschließlich der Art, wie ihr Gatte die neue Dienstmagd angaffte.

Schon jetzt zweifelte Catherine daran, dass sie länger als die vereinbarten drei Monate bleiben würde. Kein Wunder, dass die Bevans es schwer hatten, eine Dienstmagd zu finden.

* * *

Erschöpft, aber zufrieden saß Ismay am Abend des zweiten Tages am Lagerfeuer. Malachi, der ein wenig Gitarre gespielt und dazu leise gesungen hatte, legte das Instrument beiseite und sah zu ihr herüber.

»Willst du dich uns immer noch anschließen?«

»Das weißt du doch.«

»Dir ist aber klar, dass es keine Garantie gibt, dass wir deine Schwester finden?«

»Bei den Berlows werde ich sie auf keinen Fall finden, außerdem wollte ich nie draußen im Nirgendwo leben. Ich habe gern Menschen um mich, sehe und erlebe gern Neues. Das war es wohl auch, was mich so niedergedrückt hat. Ich hatte niemanden zum Reden.« Nach einer Pause setzte sie mit bebender Stimme hinzu. »Mara fehlt mir noch immer so schrecklich.«

»Ich weiß.« Eine Weile saßen sie schweigend da, ehe er unvermittelt erklärte: »Dan und ich haben uns unterhalten. Wir haben uns überlegt, wir versuchen es für ein, zwei Wochen mit dir – schauen einmal, wie wir miteinander auskommen. Er glaubt, die Leute würden uns gern zusammen singen hören, was uns zusätzliche Einnahmen bringen würde. Dadurch könnten wir dir einen kleinen Lohn zahlen.« Je länger er sprach, desto mehr leuchtete Ismays Gesicht auf, und plötzlich war sie wieder das hübsche Mädchen vom Schiff, voller Energie.

»Oh, Malachi, das werdet ihr nicht bereuen, das verspreche ich dir. Ich werde mir meinen Lohn verdienen.«

»Dann müssen wir noch klären, wer wo schläft. Wenn du dich auf dem Wagen einrichtest, könnten Dan und ich darunter schlafen – es sei denn, es regnet in Strömen. Dann werden wir uns alle in den Wagen quetschen müssen.«

Sie lachte. »Ich kann auch unter dem Wagen schlafen, wenn euch das lieber ist. Dan kann den Komfort vielleicht etwas mehr gebrauchen als ich. Ich stelle keine großen Ansprüche, Malachi. Ich bin in sehr ärmlichen Verhältnissen aufgewachsen. Früher haben wir uns zu dritt einen Strohsack auf dem Boden geteilt und uns im Winter aneinandergekuschelt, um einander zu wärmen. Unser Vater war ein Säufer, weißt du, deshalb hat das Geld nie gereicht, bis Keara ...« Sie verstummte.

»Eure große Schwester?«

Sie nickte, ehe sie mit vor unterdrücktem Zorn rauer Stimme hervorpresste: »Ich hasse sie. Sie hat zugelassen, dass sie uns nach Australien verschiffen, obwohl sie versprochen hatte, dass wir uns zu dritt ein Leben aufbauen würden.«

»Wer hat euch das erzählt?«

»Die Nonnen.«

»Auch die können einmal irren. Und diese Mutter Oberin war ein furchtbarer alter Drachen.«

Darüber musste Ismay erst einmal nachdenken.

Er konnte doch nicht recht haben, oder? Aber sie wagte es nicht, von ihrem Zorn abzulassen. Manchmal war er das Einzige, das ihr die Kraft gab, weiterzumachen.

* * *

Gemächlich schlenderten Mark und Nan die Straße entlang, zwischen sich die kleine Amy, die ihre Hände hielt. Lächelnd tapste das Kind durch die Welt.

»Ach, sie ist wirklich ein Goldstück«, sagte Nan voller Zuneigung, »und sie geht so gern spazieren. Dieses Hotelleben ist nichts für sie. Ich hoffe, wenn wir uns irgendwo niederlassen, gibt es einen Garten, in dem sie spielen kann, und andere Kinder in der Nähe. Kein Kind sollte allein aufwachsen.« Über ihre Miene huschte ein Anflug von Traurigkeit. »Unseren beiden hat Alex nie erlaubt, draußen zu spielen. Er war so furchtbar streng. Und ich war zu eingeschüchtert, um mich gegen ihn aufzulehnen. Das werde ich auf ewig bereuen.«

»Aber jetzt ist Alex tot und du betreust Amy für mich – das macht dich glücklich, nicht wahr?«

Auch aus dem Lächeln, das sie ihrem Schwiegersohn schenkte, sprach tiefe Zuneigung. »Das bin ich wirklich. Ich kann dir gar nicht genug danken, mein Junge.«

»Wir haben doch beide etwas davon. Ohne dich würde ich das nicht schaffen.« Er zögerte einen Moment, ehe er auf seine leise Art sagte: »Wenn Theo und Keara wieder nach Westaustralien gehen, möchte ich noch einmal Rossall Springs besuchen – allein; nur um mich richtig zu verabschieden. Ich kann gern bei einer anderen Gelegenheit mit dir zu Patience' Grab gehen, aber diesmal … diesmal muss ich einige Geister zur Ruhe betten.«

Sie nickte nur und behielt ihre Enttäuschung für sich.

»Danach werde ich mich auf die Suche nach einem Ort machen, an dem ich ein kleines Gasthaus eröffnen kann. In den Westen will ich nicht zurück. Hier in Victoria fühle ich mich heimischer. Ist das für dich in Ordnung?«

»Ach, mir ist es gleich, wo ich lebe, solange ich bei euch beiden bin.«

Mark blickte lächelnd auf Amy hinunter, dann zu Nan hinüber. »Dann mache ich mich jetzt an die Planung. Sobald Theo und Keara sich entschieden haben, wie sie weitermachen wollen – sobald ich mir sicher bin, dass sie meine Hilfe nicht mehr brauchen –, beginnen wir unser neues Leben.«

»Und vielleicht«, setzte seine Schwiegermutter seufzend hinzu, »habe ich ganz großes Glück und sehe eines Tages meinen Sohn wieder. Das Einzige, was mich umtreibt, ist der Gedanke, wie Harry uns je finden soll.« Nan hoffte, dass ihr Junge irgendwo noch am Leben war, und betete jeden Abend für ihn. Er war schon kurz nach ihrer Ankunft in Australien fortgelaufen, weil er den religiösen Fanatismus und die Strenge seines Vaters nicht mehr hatte ertragen können.

»Wir könnten zu der Unterkunft gehen, in der ihr gewohnt habt, als er fortgelaufen ist, und die Wirtsleute bitten, ihm eine Nachricht zu übermitteln, sollte er je dort auftauchen. Und wir könnten ihm einen Brief im Hauptpostamt hinterlegen. Wir könnten sogar zur Kirche deines Mannes gehen und dort eine Nachricht für ihn hinterlassen.«

Sie erschauerte. »Das übernehme ich«, beschwichtigte Mark sie rasch. »Vertrau mir, Nan. Wenn es irgendwie im Bereich des Möglichen liegt, sorgen wir dafür, dass Harry dich finden kann.«

Mit Tränen in den Augen und einem Lächeln auf den Lippen sah sie zu ihm empor. »Du bist ein wundervoller Mann,

Mark Gibson. Ich hoffe, eines Tages lernst du eine Frau kennen und heiratest noch einmal. Du verdienst es, glücklich zu sein.«

Nun war er es, den ein Schauer überlief. »Zwei Frauen haben ihr Leben verloren, weil sie meine Kinder ausgetragen haben – ich habe mir geschworen, nie wieder zu heiraten. Und meine Tochter in England habe ich noch nicht einmal persönlich kennengelernt, auch wenn ich fest vorhabe, eines Tages zu ihr zu reisen.«

Was für ein Jammer es wäre, wenn ein so guter Mann unverheiratet bliebe! Doch das behielt sie für sich. Es gab reichlich Menschen, die schworen, nie wieder zu heiraten, und dann doch nur ein- oder zweimal dem richtigen Partner begegnen mussten, um es sich anders zu überlegen. Sie hatte es oft genug miterlebt und würde ihr Abendgebet um die Bitte ergänzen, dass auch Mark eines Tages dieses Glück vergönnt sein würde.

12

April – Mai 1865

In einer endlosen Runde von Haushaltsaufgaben gingen die Tage dahin und erfüllten Catherine immer mehr mit einem Gefühl der Einsamkeit und der Langeweile. Mrs Bevan fiel es so schwer, die Arbeit zu bewältigen, dass sie nicht den Atem zu haben schien, sich dabei auch noch zu unterhalten. Auch wenn Catherine es sich in ihren Jahren als Nonne abgewöhnt hatte, belanglos zu plaudern, wünschte sie sich nun doch, sie könnte ab und an mit jemandem reden und einmal etwas anderes sehen als immer nur dieselben paar Bäume und Felder.

»Nach dem Zahltag würde ich gern in die Stadt mitkommen, wenn Sie zum Markt fahren«, sagte sie gegen Ende des ersten Monats. »Wäre das in Ordnung?«

»Ich weiß nicht, ob Albert das gutheißen würde. Wozu wollen Sie denn in die Stadt? Könnte ich Ihnen nicht mitbringen, was Sie brauchen?«

»Ich würde gern einfach einmal herauskommen und mich vielleicht nach einer Lektüre umsehen. Die könnten Sie nicht für mich aussuchen.«

In diesem Moment kam Mr Bevan herein und blickte sie missbilligend an. »Lesen ist Zeitverschwendung. Dafür vergeuden Sie Ihre Kerzen nicht.«

»Dann kaufe ich mir wohl auch ein, zwei Kerzen, wenn ich schon dabei bin«, gab Catherine gereizt zurück. »Mir war nicht klar, dass das Geld bei Ihnen so knapp ist, dass Sie mir die Kerzen rationieren müssen. Mrs Powell und Ihre Schwägerin werden sehr erstaunt sein, das zu hören.«

»Eine Dienstmagd hat nicht das Recht, mit der Schwester meiner Frau zu korrespondieren! Hüten Sie Ihre Zunge, Liebchen, und drehen Sie mir nicht das Wort im Mund herum.«

Catherine stemmte die Hände in die Hüften und starrte ihn an. »Ich bin kein Liebchen, Mr Bevan. Ich bin eine Frau, die sehr hart für Sie arbeitet, und in diesem Ton lasse ich nicht mit mir reden.«

Schockiert stierte er sie an, doch sie erwiderte seinen Blick stur. Hinter ihm hatte Mrs Bevan die Hände vor der Brust verkrampft und sah zu Tode verängstigt aus. Seine Faust war geballt, und für einen Moment glaubte Catherine, er würde sie schlagen, doch langsam lösten sich seine Finger, und schließlich fuhr er mit einem gemurmelten Fluch herum und stürmte aus dem Haus.

Mrs Bevan ließ einen langen, zittrigen Atemzug entweichen und sah Catherine an. »Es ist nicht klug, sich mit ihm anzulegen. Das habe ich nur allzu schnell gelernt.«

»Schlägt er Sie etwa?«

Darauf errötete Mrs Bevan nur.

»Also, wenn er mich schlägt – und selbst wenn es nur ein einziges Mal ist –, verschwinde ich auf der Stelle.«

Sie wusste nicht, ob Mrs Bevan das Gesagte an ihn weitergab, da ihre Herrin ihre Gedanken meist für sich behielt, doch von da an waren Mr Bevans Blicke regelrecht bösartig, und er fand ständig etwas an ihrer Arbeit auszusetzen.

Als sie einige Tage später ihren ersten Lohn erhielt, sah sie mit einem trockenen Lächeln auf die Münzen in ihrer Hand hinunter. Ein Pfund. Vor ihrem Eintritt in den Orden wäre das für sie Kleingeld gewesen, des Zählens nicht wert. Nun war es so gut wie alles, was sie noch besaß auf dieser Welt. Konnte sie es wagen, etwas davon für Lesestoff auszugeben? Es ging nicht anders, sonst würde sie den Verstand verlieren. Es musste doch irgendwo in Rossall günstige Bücher aus zweiter Hand geben. Als sie danach fragte, erklärte Mrs Bevan, auf dem Markt gebe es einen Stand, der allen möglichen Kleinkram verkaufte. Dort meinte sie auch einige Bücher gesehen zu haben. Catherine beschloss, dass sie ein paar Pennys erübrigen konnte, um bei Sinnen zu bleiben.

Kurz darauf eröffnete Mrs Bevan ihr leise: »Ich bin sehr zufrieden mit Ihrer Arbeit, Katie, und hätte gern, dass Sie im Anschluss an die vereinbarten drei Monate bei uns bleiben. Albert hat gesagt, ich darf Sie fragen.« Mit dem zaghaften Anflug eines Lächelns setzte sie hinzu: »Sogar mit dem halben freien Tag in der Woche. Manchmal kann er ein bisschen brummbärig sein, aber er meint es nicht so.«

Catherine zauderte, doch Mr Bevans Verhalten war mehr als bloß »brummbärig«, und er beäugte sie noch immer auf eine Weise, die sie beunruhigte. »Darüber werde ich nachdenken müssen. Mir war nicht klar, dass sie so fernab von allem leben, als ich die Stelle angenommen habe.«

Ihr Gegenüber runzelte die Stirn. »Aber man hat Ihnen doch gesagt, dass wir draußen im Busch leben?«

»Das stimmt, aber ich war nie zuvor im Busch gewesen, deshalb wusste ich nicht, was das bedeutet. Ich bin erst voriges Jahr aus England hier angekommen, verstehen Sie?«

Mitfühlend sah Mrs Bevan sie an. »Und in so kurzer Zeit haben Sie nicht nur Ihren Ehemann, sondern auch noch fast all ihr Hab und Gut verloren? Es muss furchtbar für Sie gewesen sein, Stück für Stück verkaufen zu müssen, nur um am Leben zu bleiben, bis es Ihnen wieder besser ging. Ich weiß noch, wie sehr es mich getroffen hat, als mein erster Mann gestorben ist. Ich wusste nicht, wie ich alles bewältigen sollte.« Sie seufzte. »Darum habe ich Albert geheiratet. Er hatte seine Frau nur ein oder zwei Wochen vor dem Tod meines Mannes verloren, und wir brauchten beide Hilfe. Aber mein Paul war ein weit umgänglicherer Zeitgenosse – und freundlicher. Ich wünschte …« Sie verstummte und wischte sich eine Träne von der Wange. »Nun, der Vergangenheit nachzutrauern bringt uns nicht weiter, nicht wahr? Man muss das Beste machen aus dem, was einem beschieden ist. Bitte bleiben Sie, Katie.«

Einen Moment überlegte Catherine noch, ehe sie erklärte: »Bis zum nächsten Monatsende gebe ich Ihnen meine Antwort, aber ich will fair sein und Sie vorwarnen: Wahrscheinlich werde ich gehen.«

Am folgenden Morgen war Mr Bevan noch unleidlicher als sonst und mäkelte an allem herum, was Catherine tat, deshalb ging sie davon aus, dass seine Frau ihm ihre Worte weitergegeben hatte. Nun, dieses Benehmen und seine grundsätzliche Übellaunigkeit festigten ihren Entschluss, diese Stelle zu verlassen, nur noch mehr – so sehr seine arme Frau ihr auch leidtat.

Als sie zu dritt nach Rossall fuhren, sagte er zu Katie: »Das ist Ihr halber Tag, nur dass Sie's wissen.«

»Ja, das haben Sie bereits erwähnt. Mehrfach.«

Er holte tief Luft und sah sie wütend an. Ruhig erwiderte sie seinen Blick. Sie hatte seine Launen satt.

Der Markt wurde am Stadtrand abgehalten und war eine lebhafte Angelegenheit voller Stände und Handkarren, die größtenteils Lebensmittel feilboten, aber auch andere Dinge. Die Leute kamen unverkennbar aus dem gesamten Bezirk hier zusammen, und das Ganze hatte eine festliche Atmosphäre.

Zu ihrer großen Freude konnte Catherine an einem bunt gemischten Stand für einen halben Schilling ein paar eselsohrige Romane ergattern. Den angebotenen Erfrischungen widerstand sie allerdings, denn sie wollte nicht mehr von ihrem kostbaren Lohn ausgeben als unbedingt notwendig.

Während Mrs Bevan ihre Einkäufe erledigte, schlenderte Catherine die Hauptstraße entlang und besah sich die Geschäfte. Unter anderem gab es einen Lebensmittelladen, der zu florieren schien, ein etwas abgehalftert wirkendes Speisehaus, zwei billige Spelunken und etwas, das sie daheim in

Lancashire als recht anständige Pension bezeichnet hätte, das sich hier aber Hotel nannte. Außerdem gab es einen Eisenwarenhandel, eine Schmiede, den ihr bereits bekannten Mietstall und eine Damenschneiderei, deren Türschild noch sehr neu aussah. Nur mit Bedauern kehrte sie zum Wagen zurück, als es an der Zeit war, zum Hof zurückzufahren.

* * *

Im darauffolgenden Monat begleitete Catherine ihre Arbeitgeber nach dem Zahltag abermals in die Stadt und ging zum Lebensmittelhändler hinein. Beim letzten Mal war ihr ins Auge gesprungen, dass im Fenster kleine Karten ausgelegt waren, auf denen Dienstleistungen oder Gegenstände zum Verkauf angeboten wurden. Sie eröffnete dem Ladeninhaber Mr Grove, sie sei auf Arbeitssuche, und holte ein Kärtchen hervor, auf dem sie ihre Anzeige niedergeschrieben hatte. Nun ja, eine richtige Karte war es nicht, sondern das Nachsatzpapier eines ihrer Bücher, und sie hatte es heimlich beschriften müssen, während die Bevans in der vergangenen Woche auf dem Markt gewesen waren – aber es würde seinen Zweck schon erfüllen.

»Ich dachte mir, die könnte ich in Ihrem Fenster auslegen.« Sie hielt ihm den Zettel hin.

Der Lebensmittelhändler musterte sie, las die Anzeige und fragte: »Nach was für einer Stelle suchen Sie denn?«

»Solange es achtbare Arbeit ist, nehme ich alles.« Sie legte ihm ihre vorgebliche Situation dar und verfluchte im Stillen die Notwendigkeit weiterer Lügen.

»Haben Sie irgendwelche Referenzen?«

Sie lächelte gequält. »Nein. Und Mr Bevan ist wütend, dass ich gehen will, der wird mir also wohl auch kaum ein gutes Zeugnis ausstellen, nicht wahr?«

Mr Grove zwinkerte ihr zu. »Der Bursche ist immer wütend, das ist hier allseits bekannt.« Er kaute einen Moment auf der Innenseite seiner Wange herum, ehe er einen Entschluss zu fassen schien. »Unterhalten Sie sich einmal mit meiner Frau. Sie braucht etwas Unterstützung in unserem Speisehaus nebenan. In letzter Zeit geht es ihr nicht gut, und langsam wächst ihr alles ein bisschen über den Kopf. Die Frau, die sonst für einen Großteil der Organisation verantwortlich war, ist weggezogen, und meine Sally findet einfach niemanden, der diese Aufgabe übernehmen kann. Sie machen auf mich einen aufgeweckten Eindruck.«

»Und ich möchte behaupten, das bin ich auch.«

Gemeinsam gingen sie ins Nachbargebäude, und eine halbe Stunde später verließ Catherine das Speisehaus mit einer Stelle in der Tasche, die sie in einem Monat antreten sollte. Wäre es nach den Groves gegangen, hätte sie auch sofort anfangen können, doch sie hatte darauf bestanden, den Bevans gegenüber Wort zu halten und die vereinbarten drei Monate zu bleiben. Wohnen würde sie in einem Dachzimmer über dem Speisehaus – winzig, aber auch nicht kleiner als ihre Zelle im Konvent – und all ihre Schürzen würden die Groves stellen. Doch das Beste daran war, dass sie bei dieser Arbeit jeden Tag unter Menschen wäre – einer Menge Menschen. Darauf freute sie sich sehr.

Auch Sally Grove sah ausgelaugt und kränklich aus, aber ihr Ehemann war freundlich und ihr offensichtlich zugetan, und so wirkte sie lange nicht so verhärmt wie Olwen Bevan.

»Ich hätte nie geglaubt, dass es so harte Arbeit ist, ein Speisehaus zu betreiben«, hatte sie Catherine während des Gesprächs anvertraut. »Es gibt so vieles zu bedenken. Bei Mr Gibson, dem wir es abgekauft haben, sah das alles immer ganz einfach aus, aber ich bin nicht so geschäftstüchtig wie er. Damals erschien es uns als gute Idee, das Speisehaus zu übernehmen – schließlich lag es nebenan, und Samuel hatte schon immer große Ambitionen –, aber das habe ich schon bald bereut.« Ein bescheidenes Schulterzucken. »Ich bin einfach nicht so klug wie mein Mann. Kennen Sie sich etwas mit Buchhaltung aus?«

»Ich denke, schon.«

Das hatte Mrs Grove ein zutiefst erleichtertes Seufzen entlockt.

* * *

Auf der Heimfahrt sagte Catherine zu den Bevans: »Ich muss Ihnen mitteilen, dass ich Sie zum Ende des kommenden Monats verlassen werde.«

»Ich wusste es!«, schnauzte Mr Bevan. »So danken Sie es uns also, dass wir Ihnen die Fahrt hierher bezahlt haben.«

»Ich denke, Sie haben für Ihr Geld gute Arbeit bekommen«, gab sie zurück. »Außerdem haben Sie die Fahrtkosten schon dadurch wieder hereingeholt, dass sie mir einen extrem niedrigen Lohn zahlen.« In ihrer neuen Anstellung würde sie das Doppelte verdienen.

»Wir haben Sie pünktlich bezahlt und anständig verpflegt. Was wollen Sie denn noch mehr?«

»Gesellschaft und Höflichkeit«, antwortete sie gereizt.

Im Laufe des Nachmittags kam er noch mehrmals ins Haus, um sie anzuraunzen und herumzuscheuchen. Sie nahm sich fest vor, es kommentarlos über sich ergehen zu lassen.

Als Catherine am folgenden Mittag zum Essen in die Küche ging, wartete Mr Bevan dort auf sie. Mit einem triumphierenden Lächeln blickte er ihr entgegen, während seine Frau hinter ihm aussah, als hätte sie geweint. »Ich habe beschlossen, dass wir auf Hilfe wie Ihre auch verzichten können. Sie können Ihre Sachen packen und noch heute verschwinden. Ich will Sie binnen einer Stunde vom Hof haben.«

Schockiert starrte Catherine ihn an.

»Albert, bitte«, schluchzte seine Frau auf.

»Ich hab dir doch gesagt, halt dich da raus. Das undankbare Miststück werfe ich noch heute von meinem Land – und bin froh, wenn ich es los bin!«

Abermals grinste er Catherine triumphierend an, und ihr rutschte das Herz in die Hose, als ihr klar wurde, dass er nicht einmal vorhatte, sie in die Stadt zu fahren. Nun, darum anflehen würde sie ihn auch nicht. Heute würde sie Rossall Springs vermutlich nicht mehr erreichen, auch wenn sie schon immer gut zu Fuß gewesen war. Wenn nötig, würde sie im Freien schlafen oder die Nacht hindurch marschieren. Wortlos drehte sie sich um und ging in ihr Zimmer.

Mr Bevan folgte ihr und blieb an der Tür stehen. »Ich will sichergehen, dass Sie nichts von uns einstecken.«

Zu ihrer großen Verlegenheit sah er ihr ungeniert zu, während sie ihre Unterwäsche und sonstigen persönlichen Gegenstände einpackte. Sie sagte nichts, um ihn nicht noch zorniger zu machen, als er es ohnehin schon war. Innerhalb weniger Minuten war sie fertig und nahm ihre Tasche auf, um zur Tür zu gehen. Er blieb, wo er war, statt ihr den Weg freizumachen.

Als sie so vor ihm stand, hob er unvermittelt die Hand und grapschte nach ihrer Brust, um sie schmerzhaft zu quetschen. »Oh ja«, raunte er mit kehliger Stimme. »Ja, das sind pralle, feste Titten.«

Sie holte aus und gab ihm eine schallende Ohrfeige, die ihm einen erschrockenen Ausruf entlockte, ehe er sie mit einem hässlichen Gesichtsausdruck ansah.

»Das wird dir noch leidtun«, schwor er mit dunkler Stimme. »Ich kann dich mühelos einholen. Du kommst nicht nach Rossall, ehe du für diese Ohrfeige bezahlt hast, wie es sich für ein Weib gehört. Wenn irgendwer je eine Lektion gebraucht hat, dann du, du hochnäsiges Miststück.«

Erst dann trat er zur Seite.

Sie wusste, dass es keinen Zweck hatte, Mrs Bevan um Hilfe zu bitten, und so trat sie ihren Marsch an und blickte kein einziges Mal zurück, bis sie den Grund der Bevans verlassen hatte.

* * *

Schon nach einer Woche unterwegs mit Malachi und Dan war Ismay so glücklich wie seit ihrer Ankunft in Australien nicht mehr. Irgendetwas hatte dieses freie Leben als Fahrende an sich, das ihr gefiel, und zum ersten Mal begann sie dieses unbekannte Land zu genießen, trotz des stets mitschwingenden Kummers wegen Mara. Obgleich mittlerweile Herbst war, gab es noch immer Sonnentage, an denen die ganze Welt zu leuchten schien. Die Nächte waren etwas frisch, aber sie hatten warme Decken und in ihrem gemütlichen Nest zwischen den Regalen auf dem Wagen fühlte sie sich sicher und schlief tief und fest. Sie hatte auch wieder mehr Appetit, und der kleine Spiegel verriet ihr, dass sie zugenommen und ihre rosigen Wangen zurückgewonnen hatte.

Die Häuser der neueren Siedler faszinierten sie – teilweise ganz aus Holz gebaut, mit Dächern aus Rindenstreifen, die ebenfalls mit Brettern fixiert waren. Sie fragte sich, wie gut sie den Regen fernhielten und wie warm sie im Winter sein mochten. Langsam gewöhnte sie sich an die Landschaft Australiens. Hier sah das Laub so anders aus als die leuchtenden Grüntöne Irlands: graugrün, stumpf dunkelgrün, grau und nur dann und wann etwas frischer grün. Manche Bäume hatten helle Stämme und nur spärliches Laub, andere waren so riesig, dass es ihr den Atem raubte. Hier draußen auf dem Land war es schöner als am Stadtrand, wo der Konvent stand, entschied sie.

Eines Tages setzte ein so heftiger Regen ein, dass sie es für das Abendessen bei Brot und Marmelade beließen und nur ein kleines Feuer machten, um ihren allabendlichen Tee zuzubereiten. Zum Essen kauerten sie sich alle zusammen in den

Wagen. Da der Regen keine Anstalten machte, nachzulassen, und keiner der Männer etwas sagte, sprach Ismay das Offensichtliche aus: »Heute Nacht werden wir alle hier drinnen schlafen müssen.«

»Dafür ist kein Platz«, antwortete Malachi knapp.

»Natürlich. Ihr habt schon einiges verkauft, es ist also mehr Platz als noch bei eurer Abreise. Wir können im Sitzen schlafen, an die unteren Regalbretter gelehnt, wo die Decken und Kleider lagern.« Plötzlich musste sie kichern. »Wie drei Löffel in einer Schublade.« Sie konnte ein Gähnen nicht unterdrücken. »Ich weiß nicht, wie es euch geht, aber ich könnte im Stehen einschlafen, ganz im Ernst.«

Malachi lächelte. Er liebte es, wenn ihr irischer Singsang durchschimmerte, wie er es oft tat, wenn sie müde war.

Dan beanspruchte den Platz am hinteren Ende des Wagens für sich, da er für gewöhnlich mindestens einmal aufstehen musste, um sich zu erleichtern. Ismay saß bereits hinter dem Fahrersitz, der einen guten Wind- und Regenschutz bot. Sie rutschte etwas nach unten und machte sich daran, im flackernden Licht der Lampe ihr Kissen und ihre Decken zurechtzuzupfen.

Malachi wartete, bis sie sich eingerichtet hatte, ehe er eine Plane über sie beide zog und dann die Lampe löschte. Er gab sich Mühe, sie nicht zu berühren, scheiterte jedoch – es war einfach zu eng. Ihre Körperwärme bereitete ihm Unbehagen. Es war eine dunkle Nacht, der Mond nicht zu erahnen hinter den Wolken, die diese Regenmassen brachten, doch im Wagen war die Luft wie aufgeladen mit verborgenen Emotionen.

Er war sich jeder ihrer Bewegungen bewusst. Mit Ismay herumzureisen war eine Sache, neben ihr in der Dunkelheit zu liegen und ihren leisen Atem zu hören eine ganz andere. Beinahe hätte er geflucht. Auch wenn er ein junger Mann war, hatte er seit England keine Frau mehr angerührt und geglaubt, er hätte seine fleischlichen Gelüste unter Kontrolle. Doch plötzlich flammte das Verlangen in ihm auf, angefacht bis zur Weißglut von dem hübschen Mädchen neben ihm – und viel mehr noch von der Tatsache, dass es Ismay war. Er konnte nur dankbar sein, dass das Dunkle seine körperliche Reaktion auf ihre Nähe verbarg.

»Den ungemütlichsten Teil des Winters sitzen wir in Melbourne aus«, verkündete Dan aus seiner Ecke am anderen Ende des Wagens. »Wir haben genug Geld zusammen, um uns ein oder zwei Monate freizunehmen, und wenn wir mehr brauchen, könnt ihr zwei auch in der Stadt zusammen auftreten.« Er gähnte laut. »Ach, ich kann jetzt wirklich ein Schläfchen gebrauchen.«

Und wenige Minuten später schnarchte er bereits.

Ismay kicherte. »Hält er dich damit nicht ewig wach?«, flüsterte sie.

Malachi lächelte. »Man gewöhnt sich daran, und für gewöhnlich bin ich so müde, dass ich einschlafe, sobald ich mich hinlege.«

»Ich auch.«

Doch jetzt wollte er nicht aufhören, mit ihr zu plaudern. »Geht es dir wieder gut?«

»Ja, das tut es. So gut wie schon seit einer Ewigkeit nicht mehr. Das war wirklich großherzig von Wilya, findest du nicht auch? Äh … Malachi?«

»Ja?«

»Ich steuere doch genug für meinen Lebensunterhalt bei, oder?«

»Natürlich. Die Frauen, die bei uns einkaufen, wenden sich mit ihren intimeren Besorgungen viel lieber an dich.«

»Und mir gefällt es, sie zu beraten und ihnen zu helfen. Ich habe schon reichlich Ideen für speziellen Frauenbedarf, den wir auf die nächste Reise mitnehmen können.« Es entstand eine bedeutungsschwere Pause, ehe sie nachschob: »Falls ihr mich behalten wollt. Das wollt ihr doch, oder?«

»Darüber reden wir, wenn wir wieder in Melbourne sind.« Er wusste selbst nicht, warum es ihm so widerstrebte, eine feste Zusage zu machen.

»Also willst du mich nicht.« Ihr Tonfall klang ausdruckslos, nur ein kleines Beben am Ende verriet, dass sie getroffen war.

»Das ist es nicht. Ich weiß nicht einmal, was ich für *mich* will, geschweige denn, dass ich die Verantwortung für deine Zukunft tragen will.«

»Ich kann mir jederzeit auch wieder eine Stelle als Dienstmädchen suchen.«

Er hörte sie schniefen und spürte, wie sie den Arm hob – vermutlich, um eine Träne fortzuwischen. »Wein doch nicht, Issy. Wir lassen dich nicht im Stich, ganz gleich, was geschieht. Das verspreche ich dir.«

Sie streckte die Hand aus und ertastete seinen Kopf. »Danke, Malachi.«

Er fing ihre Hand ein und drückte sie sanft. »Schon gut. Und jetzt schlaf.«

»Ja, Malachi.«

Doch nach einer Weile sagte sie: »Du hast mich Issy genannt.«

»Ja?«

»Ja. So hat mich noch nie jemand genannt. Ich mag den Namen. Hat deinen denn nie jemand abgekürzt?«

»Das wollte meine Mutter nicht. Und mittlerweile ziehe ich Malachi vor.«

»Der Name passt zu dir. Vor dir ist mir noch niemand begegnet, der so hieß.« Sie gähnte, und kurz darauf wurde ihr Atem tief und regelmäßig.

Er allerdings konnte noch lange nicht einschlafen, und als er mitten in der Nacht wach wurde und feststellte, dass sie sich an ihn geschmiegt hatte, war er sich ihrer weiblichen

Rundungen zu unangenehm bewusst, um noch einmal wegzu-
dämmern.

Am Morgen wachte sie unerwartet plötzlich auf, blinzelte
zu ihm empor und erkannte im nächsten Moment, wie nah
sie ihm gekommen war. Heftig errötend rückte sie von ihm
ab. »Entschuldige. Ich war es so lange gewohnt, mich nachts
an Mara zu kuscheln, dass es im Schlaf ganz von selbst geschehen ist.«

Es gelang ihm, mit ruhiger Stimme zu antworten – zumindest hoffte er das. »Ist schon in Ordnung. Nichts passiert.«

Dabei war es ganz und gar nicht in Ordnung. Die Erinnerung daran, wie ihr Körper sich so eng an seinen geschmiegt
angefühlt hatte, verfolgte ihn noch den ganzen Tag über.

* * *

Forschen Schrittes marschierte Catherine die Straße entlang,
versuchte, sich ihre Kräfte gut einzuteilen – und nicht alle Na-
selang hinter sich zu blicken, um zu sehen, ob ihr jemand auf
den Fersen war. Bis nach Rossall Springs waren es etwa fünfzehn Meilen, und auf diesem schlammigen, unregelmäßigen
Terrain glaubte sie nicht, dass sie es vor Einbruch der Dunkelheit dorthin schaffen würde. Es war wohl klüger, wenn sie
sich rechtzeitig ein Versteck für die Nacht suchte.

Sie überlegte, ob sie einem der Schilder folgen sollte, die
den Weg zu nahegelegenen Höfen wiesen, wusste jedoch
nicht, wie eng die Bewohner dort mit den Bevans befreundet
waren. Womöglich würde man sie bloß wieder fortschicken,
womit sie kostbare Zeit verloren hätte. Außerdem drängte ihr
Stolz sie, es allein zu schaffen.

Doch je länger sie unterwegs war, desto größer wurde ihre
Sorge. In letzter Zeit hatte es viel geregnet, und auf dem auf-
geweichten Boden waren ihre Fußabdrücke nur allzu klar zu
sehen. Sollte Albert Bevan seine Drohung, ihr zu folgen, tat-

sächlich wahrmachen – und irgendetwas sagte ihr, dass er das tun würde –, könnte er mühelos ihre Spur aufnehmen und würde es genau sehen, wenn sie die Straße verließe. Es sei denn …

Als die Sonne sich dem Horizont näherte, bewegte sie sich für eine Weile über den härtesten Untergrund, den sie finden konnte und sprang von einem Flecken zum nächsten, um nur ja keine Fußspuren zu hinterlassen. Schließlich erreichte sie eine Stelle, die aussah, als könne sie dort vielleicht einen Unterschlupf für die Nacht finden, und ließ noch größere Vorsicht walten, während sie sich langsam von der Straße entfernte und ins Unterholz vordrang. Mit einem dicht belaubten Zweig verwischte sie ihre Schritte. Als sie einen Baum mit großen Wurzeln fand, stellte sie ihre Tasche dazwischen ab. Sie würde einen Großteil ihrer Sachen überziehen müssen, um nicht auszukühlen.

Als sie es sich so bequem gemacht hatte, wie es eben ging, lag sie eine Weile da und stand schließlich doch wieder auf, weil ihr plötzlich einfiel, dass sie sich – nur zur Sicherheit – bewaffnen sollte. Sie stöberte einen Stock auf, der groß genug war, dass sie sich damit würde verteidigen können, und trug auch noch einige handgroße Steine zu ihrem Versteck. Wenn Bevan sie angriff, würde sie sich zur Wehr setzen. Definitiv.

Nie hatte sie so inbrünstig gebetet wie an jenem Abend. *Lieber Gott, wenn er mir wirklich folgt, lass ihn vorbeireiten, ohne dass er mich findet!*

Bei Einbruch der Dämmerung sah sie ein Känguruweibchen über die Lichtung hüpfen. Im verblassenden Licht erschien es grau vor dem dunklen Laub und reichte ihr höchstens bis zum Ellenbogen. Aus seinem Beutel lugte ein Junges. Wie nannten sie die hier noch gleich? Joeys, das war es. Sie verharrte in absoluter Reglosigkeit, und nach einer Weile kletterte das Kleine in einem Knäuel von Gliedmaßen aus dem

Beutel, ehe es hierhin und dorthin hüpfte, immer auf die Nähe seiner Mutter bedacht.

Dann hörte sie Huftritte, ein dumpfer Klang auf der feuchten Erde. Es musste Albert Bevan sein. Niemand sonst würde sich um diese Zeit noch draußen herumtreiben. Er musste lange vor Anbruch der Dämmerung aufgebrochen sein, zweifellos ihren Fußstapfen auf der Spur. Andererseits gab es nur die eine Straße nach Rossall Springs, er wusste also ohnehin, wo sie zu finden sein würde. Ihr hämmerte das Herz in der Brust. Nie zuvor hatte sie sich so allein gefühlt, so hilflos. Sie hätte noch tiefer in den Busch gehen sollen – bloß hatte sie Angst gehabt, sich zu verirren.

Auch das Känguru hörte den Reiter und erstarrte mit lauschend erhobenem Kopf. Sie wusste nicht, ob es dem Jungen ein Zeichen gegeben hatte, doch plötzlich hüpfte das Kleine in großen Sätzen über die Lichtung und sprang mit dem Kopf voran in den Beutel seiner Mutter. Augenblicklich hoppelte die Mutter davon, während die Hinterbeine des Kleinen noch aus dem Beutel ragten.

Die Huftritte zogen auf der Straße vorüber, dann verstummten sie. Catherine hielt sich eine Hand vor den Mund, als müsse sie damit all ihre Ängste zurückhalten – ganz zu schweigen von dem Wimmern, das ihr entfahren würde, sollte die Furcht sie übermannen.

Die feuchte Luft trug jedes Geräusch so klar heran, dass sie genau wusste, wann das Pferd stehenblieb. Dann wurden die Huftritte wieder lauter, als es umdrehte, und nun entglitt ihr tatsächlich ein Angstlaut.

Abermals ritt er an der Stelle vorbei, an der sie die Straße verlassen hatte. Hatte sie ihn überlistet?

Doch gerade als sie zu hoffen wagte, drehte er wieder um.

Glasklar hörte sie sein triumphierendes Auflachen, als er ihre Spur wiederfand. Die Tatsache, dass er lachte, machte sie wütend. Zu lachen, während er sie jagte, um ihr etwas anzutun!

Sie nahm ihren Stock in die rechte Hand. Mit der linken hob sie einen der kleineren Steine auf und schob ihn in ihre Rocktasche, während sie sich erhob.

»Katie? Wo steckst du?« Wieder lachte er. »Du entkommst mir nicht, bild dir das nicht ein. Sobald du dich rührst, werde ich dich hören, und ich kenne mich aus im Busch. Du nicht. Komm schon, Katie. Gib es auf, dich verstecken zu wollen. Ich tu dir schon nicht weh. Ich will bloß eine Kostprobe von dem, was schon andere sich genommen haben.«

Versuchte er, sie so zu reizen, dass sie sich bewegte? Sie verharrte reglos, konnte jedoch einen Schauer nicht unterdrücken, als sie ihn absteigen und näher kommen hörte. Ein Stück entfernt klirrte das Zaumzeug des Pferdes, und sie hörte es unruhig mit den Hufen scharren.

Gerade als er die Lichtung erreichte, kam der Mond hinter den Wolken hervor, und beinahe hätte sie aufgestöhnt.

Er lachte noch einmal. »Selbst der Mond ist auf meiner Seite. Du entkommst mir nicht.«

Sie wollte ein Gebet gen Himmel senden, doch die Worte wollten ihr nicht einfallen, und so konzentrierte sie sich darauf, sich nicht zu rühren. Sie würde ihm nicht die Genugtuung geben, sie davonlaufen zu sehen. Außerdem war sie sich ohnehin recht sicher, dass er sie bald einholen würde. Er war ein kräftiger Mann.

Der Mond verschwand wieder hinter der Wolkendecke und Bevan lachte. Er klang furchterregend nah.

»Ich muss nur abwarten, bis der Mond wieder hervorkommt, damit ich deinen Fußstapfen folgen kann«, bemerkte er im Plauderton. »Es gibt kein Entkommen.«

Auch er war stehengeblieben und schien wirklich einfach abzuwarten. Das Herz klopfte ihr bis zum Hals, brüllend rauschte ihr das Blut in den Ohren. Es war, als wären all ihre

Sinne geschärft – sie hörte, wie er von einem Fuß auf den anderen trat, wie er ungeduldig schnaubte.

Dann kam der Mond wieder hervor und er schritt über die Lichtung, um einen triumphierenden Ausruf auszustoßen, als er sie hinter ihrem Baum entdeckte. Bei dieser Eukalyptusart war die Belaubung so spärlich, dass sie nicht einmal im Mondschein genug Schatten spendete, um sich darin zu verbergen.

Unbeweglich stand sie da und beobachtete ihn, die Hände hinter dem Rücken, um ihre behelfsmäßigen Waffen zu verbergen.

»Ich werde mich mit Klauen und Zähnen zur Wehr setzen, Albert Bevan«, versprach sie ihm. »Ich bin nicht wie deine Frau, die den Kopf einzieht und tut, was du ihr sagst. Ich bin groß und kräftig genug, um dir die Stirn zu bieten.«

»Eine Frau will *mich* schlagen? Das wirst du mir schon beweisen müssen.« Mit einem weiteren hasserfüllten Lachen stürzte er auf sie zu.

13

Mai – Juni 1865

Barbara Hannon starb eines Nachts in den letzten Tagen des Herbsts. Sie entschlief so still und leise, dass Mara am Morgen mit einer Tasse Tee für ihre geliebte Freundin hereinkam, nur um sie schon steif und kalt vorzufinden. Der Tod war Mara ein alter Bekannter, und so stellte sie behutsam das Tablett ab und beugte sich vor, um die blasse Wange zu küssen und die Augen zu schließen, die in unerreichbare Ferne zu starren schienen.

Sie holte tief Luft, denn der Gedanke an Charles Hannon machte sie nervös, dann ging sie zu ihm. Auf ihr zaghaftes Klopfen hin öffnete er die Tür, und als sie stammelte, seine Frau sei gestorben, stieß er sie zur Seite und stürzte über den Flur in das Schlafzimmer, das er schon seit Wochen nicht mehr mit Barbara teilte.

Während Mara dem erstickten Schluchzen des Mannes lauschte, ließ sie den Kopf gegen die Wand sinken und vergoss selbst noch einige Tränen. Er konnte nicht durch und durch schlecht sein, wenn er seine Frau so geliebt hatte, doch Mara hatte er nie gut behandelt, und sie würde froh sein, von ihm fortzukommen.

Als er wieder aus dem Schlafzimmer kam, war seine Miene grimmig und kalt, auch wenn seine Augen gerötet waren. »Was stehst du da herum? Geh in die Küche und schick die Köchin herauf.«

Sie tat wie geheißen, erklärte, was geschehen war, und trat ungefragt an den Herd, um den Haferbrei für das Gesinde

weiter umzurühren, als die Köchin mit einem bestürzten Ausruf aus der Küche lief.

Als sie zurückkehrte, teilte sie Mara mit: »Du sollst in der
Küche bleiben und aushelfen. Nach der Beerdigung wird er
dir ein anderes Zuhause suchen. Und du sollst noch heute Br-
ionys Zimmer räumen und in eine der Dienstbotenkammern
unter dem Dach umziehen.« Dann schickte sie das Dienstmädchen los, den Arzt zu rufen, und wandte sich mit zusam-
mengepressten Lippen wieder ihrer Arbeit zu. Dann und
wann hielt sie inne und schüttelte den Kopf, als missfiele ihr
etwas.

An diesem Tag war sie freundlicher zu Mara als je zuvor,
was diese aus unerklärlichen Gründen beunruhigte. Was hatte
Mr Hannon zu der Frau gesagt?

* * *

Die Beerdigung sollte zwei Tage später stattfinden, und gleich
nach dem Frühstück an diesem Tag rief Mr Hannon Mara zu
sich in den Salon. Verächtlich sah er auf sie herab. »Du wirst
heute nicht mitkommen. Du gehörst nicht länger zu dieser
Familie, und was mich angeht, hast du das auch nie getan.
Niemals werde ich mich vor all unseren Freunden der Schande aussetzen, eine wie dich an Barbaras Begräbnis teilnehmen
zu lassen.«

Entsetzt starrte Mara ihn an. »Bitte lassen Sie mich wenigstens mit Min und der Köchin hingehen! Ich verspreche
auch, dass ich mich unsichtbar mache und …«

»Ich habe Nein gesagt!«

»Aber ich habe sie auch geliebt!«

Er rümpfte abfällig die Nase. »Du meinst wohl, du wusstest, wie du dich bei ihr einschmeicheln musstest, um den
größtmöglichen Vorteil daraus zu ziehen.«

Sie sah seine Lippen zu jenem blutleeren Strich zusammenschrumpfen, an dem zu erkennen war, wenn er sich etwas in den Kopf gesetzt hatte. Trotzdem versuchte sie ein weiteres Mal, ihn umzustimmen und sie dabei sein zu lassen, wenn die Frau zu Grabe getragen würde, die so gut zu ihr gewesen war.

Da stand er auf und erklärte langsam und deutlich: »Wenn du mich noch länger damit belästigst, sperre ich dich in die Besenkammer ein, bis wir wieder da sind. Und jetzt verschwinde in die Küche, wo du hingehörst. Barbara mag dich ja für etwas Besonderes gehalten haben, aber da war sie die Einzige. Du bist nichts weiter als irischer Abschaum.«

Fassungslos wich Mara vor ihm zurück, ehe sie schluchzend aus dem Zimmer und zurück in die Küche stürzte.

Die Köchin empfing sie mit den Worten: »Da bist du ja, Mara! Nun beeile dich und mach dich bereit, na los! In ein paar Minuten kommen schon die Kutschen.«

»Ich darf nicht mitkommen.« Während Mara ihr Schluchzen zu beherrschen versuchte, sah sie die Köchin einen verblüfften Blick mit dem Dienstmädchen tauschen, wagte es jedoch nicht, noch etwas zu sagen. Wenn sie jetzt den Mund aufmachte, würde sie nur wieder in Tränen ausbrechen.

So saß sie noch immer da und starrte auf ihre im Schoß verkrampften Hände, als die anderen davonfuhren und sie mutterseelenallein in dem großen Haus zurückließen.

Es dauerte einen Augenblick, ehe ihr klar wurde, dass der Moment zum Handeln gekommen war. Sie ging hinauf in das Zimmer, das einmal Barbaras Tochter und dann für kurze Zeit ihr gehört hatte. Sie starrte auf die Bettpfosten und drehte sich einmal langsam um ihre eigene Achse, um sich alles einzuprägen, denn dies war der hübscheste Ort, an dem sie je gelebt hatte. Eines Tages, ganz egal wie, würde sie wieder ein so schönes Zimmer haben, das schwor sie sich.

Als Nächstes ging sie in Barbaras Zimmer und trat ans Bett, um mit den Fingern über die rüschenbesetzte Tagesdecke aus Seide zu streichen und ein stilles Gebet für ihre Wohltäterin zu sprechen.

Eine halbe Stunde später verließ sie das Haus durch die Hintertür, trat in die Gasse hinter dem Garten und ging schnellen Schrittes davon. In ihrer kleinen Tasche hatte sie das Geld, das Barbara ihr gegeben hatte, mitsamt der sorgfältig niedergeschriebenen Anleitung, was zu tun war. Darüber hinaus hatte sie nur das mitgenommen, was sie aus dem Konvent mit hergebracht hatte, weil sie sich von Mr Hannon nicht des Diebstahls bezichtigen lassen wollte. Doch ehe sie Barbaras Anweisung folgte, zu ihrer Freundin zu gehen, wollte Mara noch auf dem Friedhof vorbeischauen. Sobald die Trauergemeinde gegangen war, würde sie eine Rose auf Barbaras Grab legen. Es wäre nicht recht, sich nicht anständig zu verabschieden.

Die Jungen, die ein Stück die Straße hinunter wohnten, warfen ihr Spottrufe hinterher, doch das nahm sie gar nicht wahr. Die alte Frau im letzten Haus bemerkte sie durchs Fenster, erkannte sie jedoch in den dunklen, steifen Kleidern aus dem Konvent nicht als den Schützling der Hannons. Ein Stück weiter trat ein Ladeninhaber aus seinem Geschäft und musterte das vorbeigehende Mädchen. Keinen dieser Menschen nahm Mara wahr.

Bei der Kirche wartete sie im Gebüsch, bis die letzten Trauergäste sich zerstreuten, ehe sie zu dem frisch ausgehobenen Grab ging, ihre Rose hineinwarf und dann für einen Moment den Kopf senkte, um im Stillen Abschied zu nehmen. Die Männer waren noch nicht mit dem Zuschütten fertig, und der Anblick einer Ecke des Sargs trieb ihr Tränen in die Augen. »Der Herr segne und behüte dich«, murmelte sie und bekreuzigte sich.

Erst beim Verlassen des Friedhofs stürzten die Jungen sich auf sie und entrissen ihr die Tasche. Johlend angesichts der reichen Beute, die sie darin fanden, rannten sie die Straße hinunter und nahmen so nicht nur den Zettel mit Barbaras Instruktionen mit sich, sondern auch Maras Kleider.

Wie erstarrt stand sie da, dann brach sie in Tränen aus. Diese Herzlosigkeit war der Tropfen, der das Fass zum Überlaufen brachte. Sie wusste nicht, wohin sie sich nun noch wenden sollte.

In ihrer Verzweiflung bemerkte sie gar nicht, dass jemand herangekommen war, bis eine Stimme fragte: »Was ist denn los?«

Erschrocken und voller Angst, abermals angegriffen zu werden, schnappte sie nach Luft, dann hob sie eine Hand an den Mund und versuchte, ihr Schluchzen zu bändigen.

»Ach, lass sie«, sagte der andere der beiden Männer.

»Sie ist außer sich«, beharrte der Erste mit weit sanfterer Stimme.

»Na und? Die Kleine geht uns nichts an.«

»Ach, ein bisschen Zeit können wir uns für sie nehmen. Sag, was bedrückt dich, Kleine?«

Schluchzend brachte sie hervor, wie man sie überfallen hatte.

»Diese kleinen Teufel! Und jetzt weißt du nicht, wohin, sagst du?«

»Nein.« Sie schluckte, doch das Schluchzen wollte nicht aufhören. »Sogar meine Kleider haben sie mitgenommen.«

Stirnrunzelnd musterte der freundlichere Mann sie, ehe er langsam sagte: »Wir könnten sie mitnehmen.«

»Wozu denn, zum Teufel? Die ist viel zu jung und dürr, als dass ein Kerl was mit ihr anfangen könnte.«

»Nicht dazu, du Idiot. Dolly klagt doch schon länger, dass sie ein Dienstmädchen braucht, und für Hausarbeit ist die Kleine alt genug.«

»Meinst du?« Unfreundlich blickte der zweite Mann auf sie herab.

»Ja, das meine ich. Außerdem glaube ich, dass wir Dolly

damit eine Freude machen würden. Hättest du Interesse an einer Anstellung als Hausmädchen?«, wandte der Nettere der beiden sich wieder an Mara. »Unsere Schwester sucht gerade eines.«

Sprachlos starrte sie ihn an, dann nickte sie hastig. »Ja. Oh ja, bitte!«

Auf dem Weg die Straße hinunter fanden sie ihre Tasche, die Kleider in der Umgebung zerstreut. Mara erschien es wie ein Zeichen, dass sie das Richtige tat. Auch wenn sie nicht wusste, was die Alternative gewesen wäre.

* * *

Charles Hannon verabschiedete die letzten Trauergäste, dann schenkte er sich ein Glas Port ein und setzte sich in den Salon. Er hatte den Laden für den Vormittag geschlossen und seine Angestellten angewiesen, an der Beisetzung teilzunehmen. Die Reihe schicklich gesenkter Köpfe auf der hintersten Kirchbank hatte ihn mit Zufriedenheit erfüllt.

Nur Mara war nicht dort gewesen. Plötzlich fühlte er sich schuldig. Das Mädchen hatte Barbara unverkennbar gemocht, ganz gleich, was er von der Kleinen halten mochte. Vielleicht war er zu hart gewesen?

Er nahm einen großen Schluck Port. Warum zum Teufel wälzte er Schuldgefühle wegen eines irischen Gossenbalgs? Nur aus der vagen Hoffnung heraus, ein Adoptivkind könnte Barbara bei der Genesung helfen, hatte er überhaupt in Erwägung gezogen, so jemanden in sein Haus zu lassen. Der Anblick von Maras dünnem Kinderleib hatte ihn so sehr an den seiner Tochter vor ihrer Krankheit erinnert, dass es den Schmerz über ihren Verlust nur noch schlimmer gemacht hatte. Die rosigen Wangen des irischen Mädchens, ihr Lachen, schon das Geräusch ihres Atems hatte ihn mit Hass erfüllt. Wie konnte ein in bitterer Armut aufgewachsenes Balg wie dieses so kerngesund aussehen, während seine eigene Tochter, die von grenzenloser Liebe und Fürsorge umgeben gewesen war, hatte sterben müssen?

Morgen würde er nach Melbourne hineinfahren, nachdem er den Laden geöffnet hatte, und diese verfluchten Nonnen aufsuchen. Wenn sie die anderen Waisen irgendwo untergebracht hatten, konnten sie auch Mara dorthin schicken.

Ein Klopfen drang in seine Gedanken. »Herein!«

Die Köchin kam herein. Mit geröteten Augen starrte sie zu Boden und knautschte ihre Schürze zwischen den Fingern. »Ich wollte Sie vorhin nicht stören, Sir, es waren ja Gäste da, aber wir können Mara nicht finden.«

Mit einem dumpfen Knall setzte er das Glas auf dem nächstbesten Tisch ab. »Was soll das heißen, Sie können sie nicht finden?«

»Sie ist weder im Haus noch im Garten, Sir. Und ihre Sachen sind weg. Ich fürchte, sie ist davongelaufen.«

Er ging auf den Dachboden, um sich selbst davon zu überzeugen, dann auch noch in das Zimmer, in dem sie gewohnt hatte, als Barbara noch gelebt hatte. Es fehlten tatsächlich einige ihrer Sachen – alles, was sie aus jenem verfluchten Konvent mitgebracht hatte. Die hübschen Kleider und die feine Unterwäsche, die Barbara für sie gekauft hatte, waren allesamt noch da.

Stirnrunzelnd stand er da und wusste nicht, was er tun sollte, dann kam ihm die Erleuchtung. *Nichts.* Er musste gar nichts tun. Wohin auch immer sie verschwunden war – er war sie los!

»Ich höre mich um«, sagte er. »Informiere die Behörden.«

»Aber ...«

»Ich habe gesagt, ich höre mich um. Wahrscheinlich ist sie bloß zurück zu diesen Nonnen gerannt. Sie dürfen gehen.«

Mit unsteter Hand schenkte er sich einen weiteren Port

ein. Wenn er Glück hatte, war er das Balg endgültig los, ohne auch nur einen Finger gerührt zu haben.

Es war eine Fügung des Schicksals.

Er wünschte nur, er könnte auch seine Trauer so mühelos abschütteln.

* * *

Catherine wartete in der Dunkelheit, bis Albert Bevan dicht herangekommen war, ehe sie mit dem Stock nach ihm schlug. Als das Holz seinen Schädel traf, schrie er auf, dann brüllte er vor Wut und riss ihr die Waffe aus der Hand. Ehe sie wusste, wie ihr geschah, hatte er sie beim Mieder ihres Kleids gepackt und brutal mit dem Rücken an einen Baum gestoßen. Der Aufprall trieb ihr die Luft aus den Lungen, und so sehr sie sich auch wehrte, stieß er sie noch einmal gegen den Stamm. Der Schmerz, der dabei durch ihren Rücken schoss, machte sie schwindlig, und sie sank gegen ihn.

Er stieß ein Knie zwischen ihre Beine und riss mit einem heiseren Lachen ihre Bluse auf, dass die Knöpfe nur so flogen und der Stoff nachgab.

Das versetzte ihr einen solchen Schock, dass sie erneut zur Gegenwehr ansetzte, doch als sie zu schreien begann und auf ihn einschlug, versetzte er ihr einen harten Schlag auf den Kopf und warf sie damit zu Boden.

Sie rollte sich herum, doch er bekam sie bei der Bluse zu fassen und zog sie zurück. Als sie sich krümmte, um ihm zu entgehen, warf er ihr ihre Röcke über den Kopf. Verängstigt schrie sie auf, doch ihre Stimme war gedämpft von den Stofflagen, die er über ihrem Gesicht festhielt, während er sie mit dem Gewicht seines Oberkörpers niederdrückte.

Mit der anderen Hand packte er sie an ihrer intimsten Stelle und zerkratzte ihr die Haut, rammte die Finger in sie. Der Schock ließ sie erstarren, denn es hatte seit Jahren niemand ihren Körper gesehen, geschweige denn berührt. Er jedoch verging sich daran auf erniedrigendste Weise. Ihr entschlüpfte ein Schluchzen, dann noch eines.

»Mit Tränen kommst du bei mir nicht weiter, du Miststück«, zischte er und zog die Hand aus ihr zurück. Es gelang ihr, die Röcke weit genug von ihrem Gesicht zu schütteln, um zu sehen, wie er an den Knöpfen seiner Hose nestelte. Erst als sie sich wieder von ihm fortzuschieben versuchte, bemerkte sie den Stein, den sie vorhin in ihre Rocktasche gesteckt hatte. »Tun Sie mir nicht weh«, flehte sie, um Zeit zu gewinnen. »Bitte tun Sie mir nicht weh.«

Lachend setzte er sich rittlings auf sie, um sie zu fixieren. »Frauen sind dazu geboren, dass Männer ihnen wehtun. Hat dir das noch niemand beigebracht? Wenn nicht, dann lernst du's gleich. Hochnäsige Schlampen wie dich muss man auf ihren rechtmäßigen Platz verweisen.«

»Nicht! In Gottes Namen, nicht!« Es gelang ihr, eine Hand in die Öffnung der Rocktasche zu zwängen, doch das Gewicht seines Körpers machte es ihr unmöglich, den Stein herauszuziehen.

»Bitte nicht!«, äffte er ihren atemlosen Tonfall nach. »Ach du lieber Gott, bitte nicht.«

Wieder stieß er seine Finger in sie und sie bäumte sich auf unter der schmerzhaften Schändung, arbeitete jedoch weiter verbissen daran, den Stein zu befreien. Sie spürte ihn unter den Fingerspitzen, doch ihr Peiniger war einfach zu schwer.

»Schön eng bist du. Muss 'ne ganze Weile her sein«, murmelte er und hielt abermals inne, um sich den Hosenträger von der linken Schulter zu schieben.

Sie hörte auf, sich zu wehren, und gab vor, hilflos zu heulen – doch die Tränen kamen wie von selbst, als er lachte und sein Gewicht verlagerte, um auch den anderen Hosenträger abzustreifen.

In diesem Augenblick bekam sie den Stein zu fassen und

konnte ihn aus der Tasche ziehen. Ohne nachzudenken, schlug sie ihn mit aller Kraft gegen die Schläfe ihres Peinigers. Er brüllte auf wie ein Stier, und so schlug sie ihn ein zweites Mal, so schnell sie konnte, woraufhin er grunzend zur Seite sackte. Als sein Gewicht von ihr herunterrutschte, zog sie ihm den Stein ein drittes Mal über den Schädel und er ging reglos zu Boden.

Grundgütiger, hatte sie ihn umgebracht?

Einen Moment lang konnte sie sich nicht rühren, so geschockt war sie von ihrer Tat, dann zwang sie sich, neben ihm auf die Knie zu gehen und nach seinem Puls zu tasten. Sie fand ihn. Er lebte noch! Erleichtert stöhnte sie auf, ehe ihr aufging, dass sie die Gelegenheit würde nutzen müssen, und ihre Tasche holte.

Bei ihrem letzten Blick zurück auf die Lichtung lag er noch immer bewegungslos da.

Sie fand sein Pferd dicht bei der Straße, angebunden an einen Baum, und hätte es sich beinahe geborgt. Doch so gern sie auch den Rest des Weges nach Rossall geritten wäre, hätte das Tier sie mit ihm in Verbindung gebracht. Womöglich würde er gar behaupten, sie hätte es gestohlen. Also machte sie es stattdessen los und gab ihm einen Klaps aufs Hinterteil, der es die Straße hinunter in Richtung seines warmen Stalls davonsprengen ließ.

Erst nach einer Weile, als die Wolken sich verzogen und der Mond die Welt in sein ruhiges Licht tauchte, bemerkte sie, dass sie noch immer die zerrissene Bluse anhatte, eine ihrer Brüste freilag und ihr Dekolleté noch die Spuren von Mr Bevans Fingernägeln trug. Zitternd vor Nervosität hielt sie an, um eine unversehrte Bluse aus ihrer Tasche zu wühlen, sie anzuziehen und das kaputte Kleidungsstück achtlos zu ihren anderen Sachen zu stopfen, ehe sie weiterging. Wie gern hätte sie Halt gemacht, um sich zu waschen, denn seine groben

Hände hatten ein schmutziges Gefühl in ihrer intimsten Mitte hinterlassen, doch auch das wagte sie nicht.

Einmal stolperte sie und stürzte. Einen Moment lang blieb sie liegen, hielt den Atem an und drückte das Ohr auf den Boden, um zu hören, ob er wieder die Verfolgung aufgenommen hatte. Doch es war nichts zu vernehmen. Als wäre sie der einzige lebende Mensch auf der Welt.

Sie erreichte Rossall Springs mit dem ersten Schimmer der Morgendämmerung. Ohne sich die Mühe zu machen, ihr Haar zu richten oder eine Haube aufzusetzen, schritt sie weiter zum Lebensmittelladen und ging zur Hintertür. Dort zögerte sie kurz, klopfte dann jedoch an, und als niemand reagierte, hämmerte sie immer fester dagegen – hämmerte und hämmerte, bis die Tür aufschwang und sie mit ihrem letzten Schlag nach vorn und in die Arme von Mr Grove stürzte, wo sie in hysterisches Schluchzen ausbrach.

»Katie? Was ist denn?« Als sie keine Antwort herausbrachte, hob er die Stimme und rief: »Sally! Sally, komm her, schnell!«

Die beiden bugsierten sie in einen Sessel, wo sie unter Tränen ihre Geschichte erzählte. Immer wieder verbarg sie das Gesicht in den Händen. Sie schämte sich zu Tode.

»Sieh dir diese Kratzspuren an«, flüsterte Sally. »Und die Blutergüsse.«

»Bevan ist wahrlich ein mieser Teufel, aber das hätte ich ihm niemals zugetraut.«

»So eine Geschichte denkt man sich nicht aus. Keine Frau würde das tun. Ich will ihr helfen, sich sauberzumachen. Danach wird es ihr besser gehen. Geh du für den Moment hinüber in den Laden.«

Als er zurückkam, teilte seine Frau ihm im Flüsterton mit, dass auch Katies Intimbereich grob zerkratzt war. »Ich hab mir gedacht, ich sehe lieber nach, nur für den Fall, dass er versucht, es abzustreiten. Sie war definitiv keine willige Partnerin.«

Samuel seufzte. »Dann reite ich wohl besser los und vergewissere mich, dass es ihm gut geht. Klingt, als hätte sie ihm ordentlich eins übergezogen.«

»Recht so!«

»Hat er … sich an ihr vergangen?«

»Das glaube ich nicht. So, wie es klingt, hat er sie nur begrapscht.« Sie erschauerte. Jede anständige Frau würde Mitgefühl empfinden angesichts einer solchen Misshandlung.

Samuel grollte wütend. »Unglücklicherweise wird es das Beste sein, wenn sie Stillschweigen über diese Attacke bewahrt.«

Sally wusste, dass er recht hatte. Wenn Katie das Gesetz anrief, würde es jede Menge Scherereien geben, und am Ende würde Albert Bevan bloß alles abstreiten, sodass ihr Wort gegen seines stünde. Und doch erschien es ihr so falsch, so grausam falsch, dass er mit einem so heimtückischen Überfall davonkommen sollte. »Ich weiß schon, was ich mit dem und allen Männern von dieser Sorte anstellen würde«, murmelte sie.

Nun, da er wusste, dass ihre neue Angestellte nicht vergewaltigt worden war, galt Samuels Sorge eher der ungebetenen Störung seines eigenen vielbeschäftigten Lebens. »Als hätte ich nicht schon genug zu tun! Das kostet mich sicher den ganzen Vormittag. Kommst du hier allein zurecht?«

»Ja. Solange er nicht auch noch hier auftaucht.«

»Das würde er nicht wagen. Bald kommt auch Tom zu seiner Schicht, ihr werdet also weder im Laden noch im Speisehaus allein sein.«

Doch nirgends auf der Straße zum Gehöft der Bevans entdeckte Samuel eine Spur von Albert – allerdings fand er sehr wohl die Stelle, an der jemand ein Pferd angebunden hatte, und ging ein Stück ins Unterholz, um auf eine Lichtung zu treffen, die genau Katies Beschreibung entsprach. Sogar ein Stein lag dort noch am Boden. Er grinste. Dem hatte sie es gezeigt!

Als er sich dem Hof näherte, sah er Bevan bei der Feldarbeit. Offensichtlich hatte er also keinen bleibenden Schaden davongetragen, auch wenn der dunkle Bluterguss an seiner Schläfe selbst aus der Entfernung nicht zu übersehen war. Das geschah dem Halunken nur recht!

Samuel machte sich nicht die Mühe, zu ihm zu reiten. Er glaubte, was seine neue Angestellte ihm erzählt hatte, erst recht nach dem, was seine Frau gesehen hatte. Katie war auch viel zu aufgewühlt gewesen, um sich das alles nur ausgedacht zu haben. Zwar hatte er Albert Bevan noch nie gemocht, aber zu einer solchen Abscheulichkeit hätte er ihn nicht für fähig gehalten.

Bei seiner Rückkehr fand er Katie in der Küche des Speisehauses beim Gemüseschneiden vor, obgleich sie noch immer blass und verweint aussah.

»Ist er am Leben?«, fragte sie sofort.

»Dem geht's gut, war schon wieder bei der Feldarbeit. Der Kerl muss einen eisernen Schädel haben – hat einen ordentlichen Bluterguss davongetragen, und das geschieht ihm nur recht.«

Zitternd vor Erleichterung ließ sie den Atem entweichen. »Ich hatte Angst, ich hätte ihn umgebracht.« Doch etwas anderes bereitete ihr weiterhin Sorge. »Was soll ich tun, wenn er ins Speisehaus kommt?«

»Dann werden Sie ihn bedienen wie jeden anderen Gast auch.«

Bestürzt sah sie ihn an. »Das meinen Sie doch nicht ernst?«

»Wollen Sie, dass die ganze Stadt sich das Maul darüber zerreißt, was zwischen Ihnen vorgefallen sein mag?«

Sie erschauerte. »Nein.«

»Sollte er sich wirklich hierherwagen, übernehme ich das«, erklärte Sally. »Und glaubt mir, in meinem Speisehaus wird er keine freundliche Bedienung erleben.« Den anderen gegenüber erwähnte sie es nicht, aber sie hatte beschlossen, einigen ihrer Freundinnen gegenüber anzudeuten, was Bevan getan hatte. Die Frauen der Stadt hatten ihre eigenen Mittel und Wege, mit Männern wie ihm abzurechnen. Rossall Springs war keine gesetzlose Goldgräberstadt mehr, sondern eine achtbare Marktgemeinde, in der man als Frau vor Belästigungen sicher sein sollte.

* * *

Am Ende nahmen die zwei Fremden Mara mit. Sie gingen so schnell, dass Mara bald außer Atem war. Bei den Hannons hatte sie so viel Zeit im Haus verbracht, wo sie nicht spielen und rennen durfte, dass sie nun weit schneller ermüdete als früher. Als sie in einer engen Gasse vor der Eingangstür eines hohen, schmalen Hauses stehenblieben und der jüngere, freundlichere der Männer anklopfte, war sie regelrecht erschöpft.

Eine dralle Frau in einem zerknitterten Hausmantel öffnete die Tür. Das schwarze Haar lockte sich offen um ihre Schultern. »Wo zum Teufel wart ihr zwei?«

»Willst du uns nicht reinlassen, Doll?«

Sie stieß die Tür weiter auf, ohne das Mädchen hinter ihrem jüngeren Bruder Gil so recht wahrzunehmen. Mick musste Mara erst mit dem Finger in den Rücken piksen, ehe sie ins Haus stolperte.

In einer großen, unaufgeräumten Küche im rückwärtigen Teil des Hauses nahm Dolly den Deckel von der Hauptkochstelle des Herds und schubste den Kessel darauf, ehe sie den Abzug so einstellte, dass das Holzfeuer im Inneren auflöderte. »Ich bin am Verdursten. Da fällt mir ein: Gute Arbeit mit diesem verfluchten Irren, der letzte Nacht über Lily herfallen wollte. Gut, dass du da warst und ihn davon abhalten konntest, ihr was anzutun.«

Gil grinste. »Gut, dass du diese Notfall-Klingelzüge hast anbringen lassen. Ich kann Kerle nicht ausstehen, die Frauen schlagen – konnte ich noch nie.«

»Wie wär's mit was Stärkerem als Tee?«, fragte Mick ungeduldig.

»Nicht um diese Uhrzeit, wenn noch eine ganze Nacht voll Arbeit vor uns liegt. Ich kenne euch zwei. Aus einem Bier werden zwei, und eh man sich's versieht, seid ihr zu nichts mehr zu gebrauchen.«

»Ach, Dolly, geh doch nicht so hart mit uns ins Gericht – wir haben dir sogar ein Geschenk von unserem kleinen Spaziergang mitgebracht.«

»Ach ja? Und aus welchem Anlass?«

»Du hast doch gesagt, du brauchst Hilfe in der Küche. Ich hab mir gedacht, da kommt die Kleine hier doch gerade recht. Wir haben sie hinter der Kirche aufgelesen – ein paar Jungs haben sie ausgeraubt, und sie weiß nicht, wohin mit sich.« Abermals stieß er Mara nach vorn, sodass sie ins Stolpern geriet.

Zum ersten Mal betrachtete Dolly das Mädchen richtig. *Armes kleines Würmchen! Noch eine, die zu schwach ist, um allein zurechtzukommen.* »Alles in Ordnung, Liebes?«

»Jetzt schon.«

Eine Irin, das hörte Dolly sofort – eine Landsfrau vor sich zu sehen verstärkte ihr Mitgefühl noch, und sie legte der Kleinen einen Arm um die kindlich schmalen Schultern, um sie kurz zu drücken. »Wo ist denn deine Familie, mein Schatz?«

»Ich habe nur noch meine Schwestern. Wo Keara ist, weiß ich nicht, und Ismay haben die Nonnen zum Arbeiten aufs Land geschickt. Wohin, wollten sie mir nicht sagen.«

Mal wieder die verfluchten Nonnen, dachte Dolly. Als junges Mädchen war sie selbst in den zweifelhaften Genuss ihrer Fürsorge gekommen und dachte nur mit Abscheu an ihre klägliche Ausbildung zurück. Hauptsächlich hatte sie gelernt, wie schmerzhaft ein schweres Holzlineal sein konnte, wenn es einem auf die Finger geschlagen wurde. »Also gut, lass mich die zwei hier an die Arbeit schicken – da oben wartet eine kaputte Tür auf euch, wenn's nicht zu viel verlangt ist? –, und dann setzen du und ich uns zusammen und unterhalten uns ein bisschen. Du kommst aus Irland, nicht wahr?«

Mara nickte.

Als die Männer gegangen waren, dirigierte Dolly sie an den Küchentisch, setzte ihr eine Tasse Tee und ein Stück Brot mit Butter vor und machte sich daran, herauszufinden, wie genau Maras Umstände aussahen. Sie brauchte tatsächlich ein Hausmädchen, und in einem Bordell wollte kaum eines arbeiten.

»Kennst du dich mit Hausarbeit aus?«

»Ich weiß, wie es geht. Die Nonnen wollten uns zu Dienstmädchen ausbilden.«

»Warum bleibst du dann nicht hier und hilfst mir ein bisschen? Die Mädchen, die hier arbeiten, können manchmal richtig faule Schlampen sein, aber ich hab's gern ordentlich. Das Abendessen lassen wir uns bringen, viel zu kochen gibt es also nicht, aber Frühstück muss gemacht werden, hier und da eine Tasse Tee und dergleichen.« Sie legte einen schmeichelnden Tonfall in ihre Stimme. »Bleib doch ein bisschen und lass uns schauen, wie wir miteinander auskommen. Wir Irinnen müssen zusammenhalten.«

Unsicher sah Mara sie an. Die Frau war pummelig und zerzaust, doch aus ihren Augen strahlte echte Freundlichkeit. »Was genau machen Sie hier?«

Dolly zögerte, dann zuckte sie mit den Achseln und antwortete: »Das ist ein Bordell.«

Eine Weile überlegte Mara stirnrunzelnd, dann musste sie doch nachfragen: »Was ist das?«

Mit einem schallenden Lachen zog Dolly das Mädchen an sich und umarmte sie fest – und spürte, wie der schmächtige kleine Körper sich unvermittelt entspannte. Sie hielt Mara auf Armeslänge von sich und bedachte sie mit einem warmen Blick voller Mitgefühl. »Dich hat schon lange niemand mehr in den Arm genommen, nicht wahr?«

»Nein.«

»Nun, mich auch nicht – jedenfalls nicht umsonst. Versuchen wir's miteinander, hm? Du als mein Dienstmädchen. Lohn gibt es einmal die Woche.«

Das gab den Ausschlag, und Mara nickte eifrig. Wenn sie Geld verdiente, würde sie auch welches beiseitelegen können. Und wenn sie eine gewisse Summe angespart hatte, würde sie sich irgendwann auf die Suche nach Ismay machen können.

14

Juni – Juli 1865

Auch in Melbourne hatte Theo kein Glück mit seiner Mission. Der Priester beharrte weiterhin darauf, er könne ihnen bei der Suche nach Mara nicht weiterhelfen, während Ismay wie vom Erdboden verschluckt war. Selbst eine Nonne, die den beiden besonders zugetan gewesen war, hatte Reißaus genommen, wie ihnen eines der anderen Waisenkinder verriet. Was war das für ein Orden, wenn alle Welt diesem Konvent und seinen Geschäftspartnern davonlief?

Keara gab sich redliche Mühe, sich ihren Kummer nicht anmerken zu lassen – es wäre ihr unfair vorgekommen, Theo damit zu belasten, während er sich so auf das Kind freute, das in ihrem Bauch heranwuchs. Manchmal jedoch konnte sie den Gedanken an ihre Schwestern nicht verdrängen und weinte ganz für sich allein.

Eines Tages kehrte Theo unerwartet früh ins Hotel zurück und fand Keara am Fenster vor. Gedankenversunken starrte sie in die Ferne und hatte sein Hereinkommen gar nicht bemerkt. Als er einen Arm um ihre Schultern legte, schrak sie zusammen.

»Du warst aber weit fort.« Er gab ihr einen Kuss auf die Wange und sah sie ernst an. »Es gibt nicht viel, was wir jetzt noch unternehmen können, Liebste. Wenn die Plakate gedruckt sind, können wir im Grunde nur noch ein, zwei Wochen abwarten und das Ganze dann meinem Mittelsmann überlassen. Und Mark.« Er schloss sie von hinten in die Arme, und seufzend ließ sie sich gegen ihn sinken.

»Dann beginnen wir wohl besser mit der Planung unserer Rückkehr nach Westaustralien. Hier gibt es für uns nichts mehr zu tun, und du bist nicht der Einzige, der mit dem Stadtleben nichts anfangen kann. Wäre Mark allerdings nicht hier, um jegliche Anfragen zu beantworten, würde ich das vielleicht anders sehen. Und wenn sich tatsächlich etwas ergibt, irgendeine Spur, dann reise ich wieder her, ob schwanger oder nicht.«

»Danke.« Er wusste, wie viel sie diese Entscheidung gekostet hatte.

»Und wir hinterlegen genug Geld, dass man sie zu uns schicken kann, falls ...« Ihr brach die Stimme, und sie brauchte einen Augenblick, ehe sie fortfahren konnte. »... falls man sie findet?«

»Ja, Liebling. Das habe ich bereits getan.«

»Mark und Nan werden mir fehlen. Und die kleine Amy.«

Er legte die Hände auf die sanfte Rundung ihres Bauchs, noch fast unsichtbar für jeden, der sie nicht so gut kannte wie er. »Das wird vergehen. Mit Nell und dem Kleinen hier wirst du alle Hände voll zu tun haben. Und nach der Geburt will ich dir endlich das Reiten beibringen. Wie sieht es denn aus, wenn die Frau eines Pferdezüchters kaum weiß, wo bei den Tieren vorn und hinten ist?«

Sie drehte leicht den Kopf und schenkte ihm ein mattes Lächeln. »Ich liebe dich, Theo Mullane.«

»Ich liebe dich auch, Keara Mullane.«

Sie seufzte. »So heiße ich doch gar nicht. Wir sind nicht verheiratet, ganz gleich, was wir den Leuten erzählen.« Dieses Leben in Sünde erfüllte sie noch immer mit Schuldgefühlen. Ihre Mutter wäre am Boden zerstört gewesen.

»Aber so betrachte ich dich. Als meine wahre Ehefrau.«

* * *

Als sie mit dem Packen begannen, kam Maggie zu Keara. »Ich möchte hierbleiben, Liebes. Melbourne gefällt mir und ich … Ich habe eine Stelle gefunden. Zumindest wenn Theo für mich bürgt und denen sagt, dass ich vertrauenswürdig bin.« Zaudernd sah sie ihre Freundin an. »War es in Ordnung, dass ich denen seinen Namen genannt habe?«

Keara sah sie an und spürte eine leise Trauer in sich aufsteigen. Maggie und sie waren gemeinsam nach Australien gesegelt, hatten einander in schweren Zeiten die Treue gehalten, und bislang hatte sie gehofft, ihre Freundin würde sich eines Tages irgendwo in der Nähe ihres neuen Heims mit Theo niederlassen. Doch wenn es ein Leben in Melbourne war, das Maggie sich wünschte, spielte alles andere keine Rolle. »Natürlich war es in Ordnung, Theo als Referenz anzugeben. Erzähl mir von dieser Stelle. Du siehst aus, als würdest du dich darauf freuen.«

»Es ist eine von diesen ganz neuen Aufgaben in einem Hotel – sie nennen es Bardame. Und es ist ein Haus, in dem sie nur achtbare, gut angezogene Frauen einstellen.« Sie blickte an sich hinunter. »Diese Kleider, die ihr mir geschenkt habt, haben mir sehr geholfen, die Stelle zu bekommen – aber auch die Tatsache, dass ich gut aussehe.« Sie versuchte sichtlich, ihren Stolz darüber zu zügeln, schaffte es jedoch nicht. »Das habe ich alles dir und Theo und Mark zu verdanken. Ihr habt mir so viel beigebracht, von Tischmanieren bis hin zu … na ja« – sie drehte eine Pirouette und machte einen gezierten Knicks – »wie man sich eben in gehobener Gesellschaft benimmt.«

»Du bist wirklich ein fleißiges Bienchen, Maggie. Du verdienst eine Gelegenheit, etwas aus dir zu machen.«

»Das Beste hab ich dir noch gar nicht erzählt.« Erwartungsvoll sah Maggie ihre Freundin an.

»Und zwar?«

»Der Lohn. Die zahlen mir dreißig Schilling die Woche

einschließlich Unterkunft, und sämtliche Trinkgelder darf ich behalten.« Sie warf den Kopf in den Nacken und lachte. »Stell dir das mal vor – so viel Geld ganz für mich allein, wo ich früher oft kaum das Geld für einen Laib Brot zusammenkratzen konnte!« Sie stieß einen langen Seufzer der Zufriedenheit aus, ehe sie fortfuhr. »Es gab viele, die sich auf die Stelle beworben haben, aber genommen haben sie mich. Ich werde hinter einem Tresen stehen, Bier zapfen, Getränke und Essen servieren – Sandwiches und Kuchen und solche Kleinigkeiten gibt es da. Und ich werde Miss Brett sein, nicht mehr bloß Maggie. Ach, das wird so viel aufregender sein als das Dienstbotendasein.«

Keara zog ihre Freundin an sich und drückte sie. »Ich freue mich sehr für dich. Du bist Nell ein wundervolles Kindermädchen, aber ich weiß, dass das nicht unbedingt dein Traumberuf ist. Außerdem solltest du dir endlich ein eigenes Leben aufbauen, und dort, wo wir leben werden, ist es doch recht einsam.«

Aus Maggies tiefem Seufzen sprach schiere Erleichterung. »Ich konnte kaum schlafen letzte Nacht, weil ich nicht wusste, wie ich's dir sagen soll. Aber ... Was denkst du, wie wird Theo reagieren? Er wird doch für mich bürgen, oder?«

»Theo kannst du mir überlassen. Hast du genug Geld, um fürs Erste über die Runden zu kommen?«

Maggie lächelte verschmitzt. »Spätestens wenn ihr mich bezahlt.«

* * *

Dan schniefte und erklärte missmutig: »Wir müssen zurück nach Melbourne. Im tiefsten Winter ist das Reisen einfach keine Freude. Ständig fährt man sich im Schlamm fest und bibbert vor sich hin, dazu wird noch die Ware feucht. Außerdem gehen uns langsam die Vorräte aus.«

Malachi blickte zweifelnd zu Ismay hinüber. Einer der Gründe, aus denen er die Rückkehr hinausgezögert hatte, war die Frage, wo sie wohnen sollte.

Als hätte Dan seine Gedanken gelesen, verkündete er nun: »Sie kann bei uns unterschlüpfen.« Lächelnd sah er Ismay an. »Du weißt ja, dass du bei uns in Sicherheit bist, nicht wahr, Kleines?«

Voller Zuneigung erwiderte Ismay sein Lächeln. »Das weiß ich.«

»Das geht doch nicht. Sie ist eine Frau, kein Kind! Das wäre gegen jeden Anstand.«

»Wie viel Anstand wir wahren, entscheiden wir immer noch selbst«, gab Dan verärgert zurück. »Ist doch ein Leichtes, ihr eine Ecke mit einem Laken abzuhängen.«

Malachi musste eine scharfe Erwiderung hinunterschlucken. In den vergangenen Wochen hatte er mehrfach ungewollte Blicke auf Ismays Körper erhascht, wenn sie sich an einem Wasserlauf wusch, und das hatte ihn beileibe nicht kaltgelassen. So schlank sie auch war, besaß sie doch die Art Rundungen, von der Männer träumten, und ihm wollte einfach nicht aus dem Kopf gehen, wie sie aussah, wenn diese herrlichen dunklen Locken sich um ihre bloßen Schultern legten. Eingepfercht in einem winzigen Zimmer mit ihr würde er seine Reaktionen auf ihren Körper unmöglich verbergen können.

Vielleicht könnten sie stattdessen irgendwo zwei Zimmer finden. Nein, zu dieser zusätzlichen Ausgabe war er auch nicht bereit. Es war eine erfolgreiche Saison gewesen, aber noch waren sie dabei, ihr Kapital erst aufzubauen, und brauchten all ihre Einnahmen, um neue, bessere Ware nachzukaufen.

»Vielleicht könnte ich mir für die paar Monate in Melbourne eine Anstellung mit Kost und Logis suchen«, schlug Ismay vor. »In einer Schenke oder dergleichen.«

»Nein.« Dans flacher Tonfall ließ keine Diskussion zu. »Bei uns bist du sicherer.« Er warf seinem Partner einen Seitenblick zu. »Auf keinen Fall setzen wir ihre Sicherheit aufs Spiel. Ohne Referenzen kriegt sie nie und nimmer eine anständige Stelle.«

Malachi hob die Schultern. »Also gut.«

Wenig später fragte Ismay kleinlaut: »Müssen wir zurück dieselbe Strecke nehmen wie auf dem Hinweg?«

»Das ist der einzige Weg nach Melbourne, den ich kenne«, bestätigte Dan. »Wieso fragst du?«

Sie kaute auf ihrer Unterlippe herum und blickte von einem zum anderen. »Dann kommen wir auch beim Hof der Berlows vorbei. Womöglich sehen sie mich oder ... oder jemand erzählt ihnen, dass ich bei euch bin. Und wenn sie versuchen, mich zu zwingen, wieder für sie zu arbeiten?«

»Du kannst dich doch verstecken, solange wir in der Gegend sind«, antwortete Malachi ungeduldig. »Bleib einfach hinten im Wagen, es sind doch nur ein oder zwei Tage.«

»Wenn du das sagst.«

Doch je näher sie Upley kamen, desto nervöser wurde sie. Sie zuckte erschrocken zusammen, wann immer sich jemand unbemerkt dem Wagen näherte, und fuhr beim kleinsten Geräusch herum.

»Die haben sie zur Verzweiflung getrieben, da ist es doch nur verständlich, dass sie sich sorgt«, wies Dan seinen Partner zurecht, als der über Ismays Schreckhaftigkeit grummelte. »Zeig ein bisschen Verständnis für ihre Gefühlslage, Junge.«

Malachi zuckte mit den Schultern und ging die Pferde füttern. Seit Ismay sie begleitete, schien ihm immer mehr die Kontrolle zu entgleiten. Dan stellte sich fast immer auf ihre Seite und passte auf sie auf wie ein vernarrter Großvater. Und sie ... Nun, es war nicht zu leugnen, wie liebevoll sie mit ihm umging, ihn neckte und versorgte. Stets sorgte sie dafür, dass er das zarteste Stück Fleisch bekam, da er nur noch wenige –

sehr mitgenommene – Zähne hatte, und achtete darauf, dass sein Bettzeug jeden Abend am Feuer vorgewärmt wurde.

Auch Malachi versuchte sie zu umsorgen, deshalb wusste er gar nicht, warum er ihr so übellaunig begegnete. Er verstand einfach nicht, welche Gefühle sie in ihm auslöste – und wollte es auch gar nicht verstehen. Seine körperlichen Reaktionen auf sie waren schon schlimm genug. Dies war kein Lebensabschnitt, in dem er sich für Frauen interessieren sollte; jetzt war die Zeit, sich ein Vermögen aufzubauen. Zumindest redete er sich das immer wieder ein.

Doch es nahm ihn mehr mit, als er sich eingestehen wollte, wie ängstlich Ismay wurde, je näher sie Upley kamen. Abends wollte sie nicht mehr singen und sprach nur noch mit gesenktem Kopf mit den Kunden. Des nachts hockte sie wortlos da und starrte ins Feuer, als läge die Last der Welt auf ihren Schultern.

Dabei mussten die Berlows doch längst das Interesse an ihr verloren haben?

* * *

Upley war noch etwa zwei Tage entfernt, wenn man die mäandernde Route in Betracht zog, auf der sie von einem zum nächsten Gehöft fuhren, als sie bei einem Hof hielten, den Dan von früher kannte. Erst als sie die Pferde zügelten, erkannten sie, dass der Besucher, mit dem der Bauer sich gerade unterhielt, Fred Berlow war.

Ehe sie noch etwas unternehmen konnten, schaute er zum Wagen, starrte sie kurz mit offenem Mund an und stürmte dann auf sie zu, um Ismay anzublaffen: »Wo warst du denn, zum Teufel, Mädchen? Peggy und ich waren krank vor Sorge um dich!«

Sie klammerte sich an Malachis Arm und er spürte, wie sie zitterte.

»Kein Grund, sie anzuschreien«, bemerkte Dan milde. »Sie ist doch nicht taub.«

»Steig auf der Stelle von diesem Wagen, Ismay Michaels!«, befahl Mr Berlow. »Du kommst wieder mit zu uns. Das gehört sich doch nicht – ein Mädchen in deinem Alter, unterwegs mit zwei Männern, mit denen sie nicht verwandt ist. Außerdem …« Doch er schluckte hinunter, was er noch hatte sagen wollen. Es war besser, ihr nichts vom Auftauchen ihres Schwagers zu erzählen, bis er sie sicher unter seinem eigenen Dach hatte. Sie hatte immer so felsenfest darauf bestanden, ihre große Schwester niemals wiedersehen zu wollen.

Flehend blickte Ismay zu Malachi. Ihr Gesicht war weiß vor Angst.

»Bleib, wo du bist«, sagte er leise zu ihr, ehe er sich Mr Berlow zuwandte. »Was Sie da mit Ismay gemacht haben, war praktisch Sklaverei – und das in einer britischen Kolonie. Sie sollten sich schämen.«

»Und was Sie da tun, ist unmoralisch – und gegen das Gesetz.«

Unvermittelt sprang Malachi vom Wagen und baute sich wutentbrannt vor Berlow auf, die Hände in die Hüften gestemmt. »Niemand tut hier irgendetwas Unmoralisches! Da kennen Sie Ismay aber schlecht, wenn Sie so etwas von ihr denken. Außerdem war sie todkrank, als sie vor Ihnen davongelaufen ist – beinahe hätten wir sie verloren! Behaupten Sie also nicht, bei Ihnen und Ihrer Frau wäre sie in besseren Händen gewesen!«

Empört gab Mr Berlow zurück: »Sie ist vertraglich an uns gebunden!«

»Vertraglich vereinbarte Sklaverei!«, bekräftigte Dan, was Malachi bereits gesagt hatte.

Ehe der Alte sie aufhalten konnte, stieg auch Ismay ab und zog Malachi ein Stück zurück. »Du gerätst nur in Schwierigkeiten, wenn du dich mit ihm anlegst. Das Gesetz ist auf seiner Seite, und ... und ich will nicht dafür verantwortlich sein, dass du oder Dan Ärger bekommt.«

Doch statt sich von ihr zu lösen, legte Malachi einen Arm um sie und starrte den massigen älteren Mann unnachgiebig an. »Sie geht nicht zu Ihnen zurück, Mr Berlow. Wenn Sie sie dazu zwingen, wird sie wieder so dahinwelken wie beim letzten Mal. Am Ende war sie so ausgelaugt, dass sie beinahe gestorben wäre.«

Nun kletterte auch Dan vom Wagen und stellte sich neben sie.

Fred sah Ismay an. »Nun ja, vielleicht können wir eine andere Regelung treffen. Aber bevor wir irgendetwas entscheiden, wird Peggy sie sehen wollen. Sie ist krank vor Sorge um dich, Ismay. Was sagt ihr – wollen wir einen Waffenstillstand schließen und alle zusammen zu Peggy auf den Hof fahren? Dort können wir uns besser unterhalten.«

Dan legte seinem Freund gerade rechtzeitig eine Hand auf die Schulter, um eine weitere erzürnte Antwort aufzuhalten. »Der Hof liegt ohnehin auf unserer Route, Junge, wir verlieren also nichts.« Er sah Mr Berlow an. »Aber bevor wir auch nur einen Meter weiterfahren, will ich Ihr Versprechen, dass Sie Ismay nicht zwingen, bei Ihnen zu bleiben. Diesmal haben wir ihr das Leben gerettet, als sie davongelaufen ist, aber ein paar Tage lang war nicht sicher, ob es gelingt. Wer soll sie beim nächsten Mal retten?«

Fred sah selbst, wie sehr Ismay sich verändert hatte, seit er sie das letzte Mal gesehen hatte. Sie hatte wieder etwas Fleisch auf den Rippen und rosige Wangen. Auch die Tränen in ihren Augen sah er, obgleich sie hoch erhobenen Hauptes dastand und sie tapfer fortzublinzeln versuchte, während sie ihm die Stirn bot.

»Ich werde definitiv wieder davonlaufen, wenn Sie mich zu zwingen versuchen«, erklärte sie leise. »Ich muss meine kleine

Schwester wiederfinden, Mr Berlow. Das ist im Augenblick das Einzige, was für mich zählt.«

An dieser Stelle schalteten sich der Hofeigner und seine Frau ein, die das Geschehen mit großem Interesse verfolgt hatten, und baten sie, wenigstens lange genug zu bleiben, um das Geschäft zu öffnen und ihnen zu verkaufen, was sie brauchten.

»Na komm, Ismay«, sagte Malachi sanft. »Lass uns den beiden helfen. Mr Berlow wird eben auf uns warten müssen.«

Während sie Seite an Seite arbeiteten, flüsterte er ihr zu: »Wir lassen nicht zu, dass sie dich dabehalten, das verspreche ich dir.«

Als sie zu ihm emporsah, schienen ihre Augen vor Dankbarkeit förmlich zu leuchten, und sie sah so zart und schön aus, dass sein Herz einen Satz machte. Mit einem Räuspern stürzte er sich zurück in die Arbeit und wagte es nicht noch einmal, sie anzuschauen.

Fred sah zu, wie Ismay dabei half, die Dinge herauszusuchen und zu verkaufen, nach denen die Bäuerin fragte. Sie war immer ein fleißiges Ding gewesen, doch diese Arbeit schien ihr echte Freude zu bereiten, und sie war sichtlich bemüht, der Frau zu helfen.

Als schließlich alles abgewickelt war und die Fahrenden ihre Waren wieder verstaut hatten, reihte Fred sich auf seinem Pferd hinter ihnen ein. Peggy würde wissen, was zu tun war. Sie fand für jedes Problem eine Lösung. Doch ein unverheiratetes junges Mädchen auf Reisen und in engem Zusammenleben mit zwei Männern war nicht recht, ganz gleich, was sie sagen mochten. Selbst wenn bisher nichts Unmoralisches geschehen war, würde es irgendwann so weit kommen, denn die menschliche Natur ließ sich nicht ewig verleugnen. Er hatte gesehen, wie sie den jungen Mann ansah – und er sie.

Als sie einige Stunden später auf den Hof der Berlows fuhren – sie hatten den kürzesten Weg genommen –, hörte Malachi, wie Ismay schluckte. Wieder umfasste sie haltsuchend seinen Arm. Ein rascher Blick zur Seite zeigte, dass Dan ganz offen ihre andere Hand hielt. »Wir lassen nicht zu, dass sie dich noch mal hier festhalten«, wiederholte er leise. »Das hab ich dir doch versprochen.«

»Aber vielleicht könnt ihr gar nichts dagegen tun.«

Nun drückte Dan ihre Hand. »Keine Sorge, Kleines. Uns fällt schon was ein.«

Mr Berlow übergab sein Pferd an den Knecht, der Ismay mit offenem Mund anstarrte, und wies ihn knapp an: »Kümmere dich auch um die Zugtiere.«

Die Haustür schwang auf und Mrs Berlow trat nach draußen. Der Ausdruck der Befriedigung auf ihren Zügen war unverkennbar. »Wo hast du sie gefunden? Da wird ihr Schwager aber froh sein.«

Ismay schnappte nach Luft und wurde kreidebleich. Malachi musste sie stützen, damit sie nicht zusammensank.

* * *

Mark und Theo saßen bei einem letzten gemeinsamen Drink in der Hotelbar.

Feierlich hob Theo sein Glas. »Lass von dir hören, wo du dich am Ende niederlässt.«

»Das werde ich.«

»Und sollte es dich je wieder in den Westen verschlagen …«

»Oder ihr noch einmal nach Victoria kommen …«

Sie ließen die Worte verklingen und starrten in ihre Gläser hinab, doch was sie sahen, war nicht der Rum, sondern Erinnerungen. Über die vergangenen Monate waren sie zu guten Freunden geworden.

Theo nahm noch einen Schluck. »Keara versucht es zu

verbergen, aber sie ist zutiefst unglücklich. Sie hatte gehofft …
Nun, wir hatten beide erwartet, ihre Schwestern zu finden.«

»Ich kann es immer noch nicht fassen, dass wir Ismay so
knapp verfehlt haben.«

»Ja. Was für ein Pech. Und dass sie so spurlos verschwunden ist, verheißt nichts Gutes, denkst du nicht auch? Ich
fürchte, sie ist untergetaucht – oder Schlimmeres. Nicht dass
ich das Keara gegenüber zugeben würde.«

»Hoffnung macht es jedenfalls nicht.« Mark wusste auch
nicht mehr anzubieten als das, was er bereits mehrfach versi-
chert hatte: »Ihr könnt euch auf mich verlassen. Sobald die
kleinste Spur von ihnen auftaucht, gehe ich der Sache nach.
Ich bleibe mit der Polizei in Verbindung.«

»Ich weiß. Dass du hier in Victoria bleibst, ist einer der
Gründe, dass Keara es über sich bringt, nach Westaustralien
zurückzukehren. Wir vertrauen dir beide blind.«

Nach einem weiteren Moment des Schweigens hob Mark
sein Glas an die Lippen. »Auf eine fruchtbare Pferdezucht.«

»Und reichen Kindersegen. Das ist noch viel wichtiger.«
Darauf hob auch Theo sein Glas.

Als er aufs Zimmer zurückkehrte, trat er zu dem kleinen
Bett in der Ecke, in dem Nell so friedlich schlummerte, ehe er
sich umwandte und Keara aus dem breiten Doppelbett zu sich
emporblicken sah. Er wusste, wie zerrissen sie war, und so
kleidete er sich rasch aus und nahm sie in die Arme – eine
tröstende Umarmung statt der gewohnten flammenden Leidenschaft. »Willst du lieber hierbleiben, Liebling? Falls ja, ist
es noch nicht zu spät, unsere Pläne zu ändern.«

»Nein. Womöglich …« Ein Schluchzen ließ ihren Leib erbeben. »Womöglich finden wir sie nie, und wir wollen weder
unser Leben noch das unserer Kinder mit einer aussichtslosen
Jagd vergeuden.« Dann brach ihre Stimme, und weinend
schmiegte sie sich an ihn. An seiner Brust klangen ihre

Schmerzenslaute nur gedämpft, doch er spürte, wie sie vor Verzweiflung zitterte.

Schützend hielt er sie in den Armen, küsste ihre tränennasse Wange und streichelte über ihr Haar, während er wieder einmal Mordgedanken gegen seine Ehefrau daheim in England hegte. Es war Lavinia gewesen, die alle drei Michaels-Schwestern nach Australien verfrachtet hatte – dieses selbstsüchtige Miststück! Er war heilfroh, dass er sie nie wiedersehen würde.

Irgendwann schlief Keara ein, doch er lag noch lange wach und wünschte, es gäbe etwas, womit er ihren Kummer lindern könnte. Doch darüber zerbrach er sich vergeblich den Kopf.

* * *

Ismay fasste sich und sah Mrs Berlow an. »Was haben Sie gesagt?«

»Ich sagte: Da wird dein Schwager aber froh sein, dass du wieder aufgetaucht bist.« Als das Mädchen sie nur weiter verständnislos anstarrte, setzte sie ungeduldig hinzu: »Ich meine den Mann deiner Schwester Keara. Er ist hier aufgekreuzt und hat nach dir gesucht, gleich nachdem du fortgelaufen warst.«

Da wurde Ismays Miene eisig. »Dann bin ich froh, dass er mich nicht gefunden hat.« Sie wandte sich ab, wollte niemanden sehen, während sie zu begreifen versuchte, dass Keara hier in Australien war. Und nicht nur hier, sondern auch noch verheiratet. Mit wem denn, um Himmels willen?

Diese Frage beantwortete Mrs Berlow, ehe Ismay sie stellen konnte. »Deine Schwester hat einen guten Fang gemacht. Ein echter Edelmann war das.« Ungeduldig schnalzte sie mit der Zunge, als Ismay nur stumm ans Küchenfenster trat. »Willst du denn gar nicht wissen, wer es ist und wo die beiden sind?«

Ismay wandte nicht einmal den Kopf. »Nein. Ich will sie

nie wiedersehen, solange ich lebe, und mit wem sie verheiratet ist, könnte mir nicht gleichgültiger sein.«

Ihr Tonfall klang scharf, doch Malachi hörte die unterdrückten Tränen darin. Er ging zu ihr, um ihr einen Arm um die Schultern zu legen. Nach einem kurzen argwöhnischen Blick ließ sie den Arm, wo er war – dankbar für die tröstende Wärme.

»Mr Mullane hat erzählt, was euch zwei widerfahren ist«, fuhr Mrs Berlow fort. »Er hat gesagt, es war seine erste Frau, die ...«

»Mr Mullane?« Mit offenem Mund fuhr Ismay herum. »Nie und nimmer hat sie den Herrn geheiratet?«

»Aber ja doch. Was sage ich denn die ganze Zeit?«

»Von mir aus – aber von nun an will ich kein Wort mehr von ihr hören, denn jetzt weiß ich genau, warum sie uns loswerden wollte.« Mrs Mullane musste im Kindbett gestorben sein, und da hatte Keara die Gelegenheit ergriffen, sich an ihn heranzumachen. Er hatte schon lange eine Schwäche für sie gehabt, das war offensichtlich gewesen. Doch das Wissen, warum ihre Schwester sie im Stich gelassen hatte, machte es auch nicht besser. Allein Kearas Selbstsucht hatten sie Jahre des Unglücks zu verdanken. Fortgerissen von Heim und Vaterland, fortgerissen voneinander – Ismay hatte nicht die Absicht, sich jetzt mit Keara zu versöhnen. Sie meinte ihre Worte bitterernst. Wenn irgendjemand sie zwänge, ihrer älteren Schwester noch einmal gegenüberzutreten, würde sie ihr ins Gesicht spucken, so wahr ihr Gott helfe. Wenn sie ihr nicht vorher die Augen auskratzte.

Sie bemerkte, dass Mrs Berlow zu sprechen aufgehört hatte und alle sie ansahen. Was hatte die Frau noch gesagt? Was wollten sie von ihr? »Ich rede nicht über Keara«, erklärte Ismay kalt. »Weder jetzt noch sonst irgendwann. Was mich betrifft, habe ich keine ältere Schwester.«

Dan schaltete sich ein. »Hätten Sie vielleicht eine Tasse Tee für einen durstigen alten Mann, Mrs Berlow?«

Peggy besann sich auf ihre Pflichten als Gastgeberin und nickte. »Ja. Ja, natürlich. Setzen Sie sich doch.« Sie würde dem Mädchen etwas Zeit geben, die Neuigkeiten zu verdauen, und dann noch einmal mit ihr über ihre Schwester reden.

Ismay trank zwei Tassen Tee, brachte jedoch keinen Bissen hinunter. Hinterher stand sie wie von selbst auf, um beim Abräumen zu helfen – es war offensichtlich, dass sie froh war, etwas zu tun zu haben.

Hilflos blickte Peggy zu Fred und fragte mit gesenkter Stimme: »Was sollen wir nur anstellen mit dem verflixten Kind? Ich bin fast überzeugt, sie hat kein Wort von dem gehört, was ich ihr erzählt habe.«

Er schüttelte den Kopf, ebenso ratlos wie sie.

»Ich hoffe, Sie werden nicht versuchen, sie noch einmal hier festzuhalten?«, bohrte Mr Firth nach. »Dann würde sie nur wieder fortlaufen. Um es klar auszudrücken, bin ich nicht bereit, sie hierzulassen, ganz gleich, was das Gesetz dazu sagt. Letztes Mal wäre sie beinahe gestorben.«

Plötzlich fiel Peggy ihr anderer Plan wieder ein, und mit einem Seitenblick zu Mr Firth spürte sie pure Erleichterung durch ihren Körper strömen und lächelte. »Das hängt ganz davon ab.«

»Wovon?«

»Davon, wie gut sie in der Obhut anderer aufgehoben ist.«

»Wie meinen Sie das?«

Peggy blickte von ihm zu Mr Reddings und dann hinüber zu Ismay, die das Geschirr neben der Blechschüssel stapelte, in der sie den Abwasch machten. »Es gehört sich nicht, dass ein Mädchen in ihrem Alter mit zwei Männern im Busch herumfährt, mit denen sie nicht verwandt ist.«

»Sie ist vollkommen unversehrt«, erklärte Mr Reddings empört. »Für mich ist sie wie eine Tochter.«

»Nun, für ihn aber sicher nicht!«, blaffte Peggy und wies mit dem Kinn in Mr Firths Richtung. »Und ich weiß, was sich gehört, auch wenn es offenbar niemand sonst tut.«

Ismay setzte sich zu ihnen an den Tisch und wiederholte, was sie bereits mehrfach gesagt hatte. »Ich werde definitiv wieder davonlaufen, wenn Sie versuchen, mich hier festzuhalten.«

»Bei uns fühlt sie sich wohl«, fiel nun auch Mr Firth ein. »Sie verdient sich auf ehrliche Weise ihren Lebensunterhalt und kann dabei noch nach ihrer kleinen Schwester suchen. Warum können Sie nicht einfach eingestehen, dass es falsch war, wie Sie sie behandelt haben, und sie in Frieden lassen?«

»Das habe ich Ihnen eben gesagt: Es gehört sich einfach nicht, dass Sie so mit Ihnen beiden durch die Gegend zieht!«

An dieser Stelle huschte ein Schmunzeln über Mr Reddings Gesicht, das er rasch wieder verbarg. Interessiert lehnte er sich vor und erkundigte sich: »Was würde denn diese Ungehörigkeit richten?«

Peggy holte tief Luft. »Wenn sie verheiratet wäre. In ihrem Vertrag steht geschrieben, dass wir ihr die Erlaubnis zur Heirat erteilen können und es ihr in diesem Fall freistünde, ihren Dienst bei uns zu verlassen.« Sie verschränkte die Arme und starrte die anderen nieder. »Solange sie nicht verheiratet ist, bleibt sie hier, und wenn ich sie dafür vor den Friedensrichter zerren muss.«

Ismay starrte sie mit offenem Mund an. »Das ist doch lächerlich! Wen sollte ich denn bitte heiraten?«

Mr Reddings sagte leise: »Malachi natürlich.«

Die darauf folgende Stille dehnte sich ins scheinbar Endlose. Ismay sah Malachis wütenden Gesichtsausdruck, spürte ihre Wangen heiß werden und wandte rasch den Blick ab.

Malachi starrte weiter aufgebracht Dan an, und als sein alter Freund ihm ermunternd zunickte, schüttelte er den Kopf.

Das sah Ismay natürlich, und ihr Stolz trieb sie dazu, zu

erklären: »Ich will ihn aber gar nicht heiraten.« Was selbstverständlich eine Lüge war. Sie wollte Malachi sehr wohl heiraten, hatte es sich schon mehr als einmal ausgemalt, während sie abends am Lagerfeuer gesessen und in die Flammen gestarrt hatte. Welches Mädchen würde sich nicht hingezogen fühlen zu einem Mann wie ihm, so lebhaft und klug, mit einer so wundervollen Stimme und einem so guten Herzen? Bloß dass er jetzt zornig Dan anstarrte, der es gewagt hatte, ihren Traum in Worte zu fassen, und ihn damit ruiniert hatte. Im nächsten Moment richtete Malachi seinen wütenden Blick auf sie. Das ertrug sie nicht.

»Dann wirst du hier bei uns bleiben müssen, Ismay«, sagte Mrs Berlow mitleidlos. »Ich würde es mir nie verzeihen, wenn ich zuließe, dass du in Sünde lebst.«

»Du hast ihre Schwester vergessen«, erinnerte Mr Berlow seine Frau milde. »Wir können ihr schreiben, dass Ismay wieder aufgetaucht ist, dann kann das Mädchen zu den Mullanes ziehen.«

»Niemals lebe ich mit Keara unter einem Dach!«, barst es aus Ismay hervor. »Ich hasse sie. Sie hat ihr Versprechen gebrochen – der traue ich nie wieder.«

»Allerdings hat sie sich auf die Suche nach dir gemacht, nicht wahr?«, gab Mr Berlow zu bedenken. »Das bedeutet, sie will dich zurückhaben.«

»Ich sie aber nicht! Eher bringe ich mich um, als dass ich sie um Hilfe bitte.« Heftig blinzelnd wandte sie sich von den Berlows ab, wodurch sie unverhofft mit Malachi zusammenstieß. Sie zuckte zurück, als hätte sie sich verbrannt, brach in Tränen aus und stieß ihn zur Seite. Dann stürmte sie aus dem Haus und lief instinktiv in die Richtung ihrer alten Zuflucht am Billabong. Bloß dass um diese Jahreszeit ein reißender Strom durch die Senke schoss – ein Sinnbild für den Tumult in ihrem Inneren. Verzweifelt stützte sie sich an einem Baum ab und ließ die Stirn gegen die glatte Rinde sinken, in Tränen aufgelöst, weil alles zunichtegemacht war – alles, was ihr je etwas bedeutet hatte.

In der Küche wandte Dan sich an Malachi. »Warum willst du sie denn nicht heiraten, Junge? Du willst doch wohl nicht behaupten, du hättest kein Auge auf sie geworfen?«

»Ich will überhaupt nicht heiraten, das ist der Grund. Das weißt du genau.«

»Dann werden wir sie zu dieser Schwester schicken müssen.«

»Darauf wird sie sich nicht einlassen. Dann läuft sie nur wieder fort.« Die Erinnerung an seinen Bruder war von ähnlicher Abscheu geprägt. Es wäre ihm zuwider, in Lemuels Hand zu sein, deshalb verstand er nur zu gut, wie Ismay über ihre Schwester dachte – auch in seinen Ohren klang diese Keara nach einem selbstsüchtigen Miststück.

Dan seufzte laut, zwinkerte Mrs Berlow dabei jedoch unauffällig zu. »Tja, wenn du sie nicht heiraten willst, wird sie aber gar keine andere Wahl haben, da kann sie schimpfen, wie sie will. Wird mir fehlen, das Mädchen. Kochen kann sie, und wenn sie singt, könnte ich stundenlang zuhören.« Noch einmal seufzte er, damit sein junger Freund auch ja sein Bedauern hörte, ehe er hinzusetzte: »Ach, und dabei war sie so glücklich bei uns.«

Mit einem wütenden Grollen stieß Malachi die Tür auf und knallte sie hinter sich wieder zu. Mit langen Schritten stapfte er über die Veranda, dass seine Stiefel auf dem Holz nur so polterten, ohne zu ahnen, dass er denselben Weg nahm wie Ismay vor ihm. Er wollte einfach nur fort von diesen Leuten, die ihn zu etwas zu zwingen versuchten, zu dem er noch nicht bereit war.

Auch Ismay versuchten sie zu zwingen.

Vor einem Schuppen blieb er stehen und starrte ins Leere, sah nichts außer einem blauen Augenpaar, in dem Tränen schimmerten. *Warum will sie mich eigentlich nicht heiraten?,* fragte er sich unerwartet. Aus ihrer Perspektive musste das doch die beste Lösung sein?

Erst als er die Wiese schon halb überquert hatte, entdeckte er sie und blieb auf der Stelle stehen. Sollte er zurückgehen? Noch hatte sie ihn nicht gesehen, wie sie da weinend an einen Baum gelehnt stand. Gegen seinen Willen spürte er abermals Mitgefühl in sich aufwallen. Zwei Jahre lang wurde Ismay nun schon von anderen Menschen von einer schwierigen Situation in die nächste gedrängt. Er dachte zurück an die alte Nonne, die auf dem Schiff schon so streng gewesen war, und erinnerte sich daran, wie krank Ismay gewesen war, als Dan und er zum ersten Mal hier nach Upley gekommen waren. Und sein alter Freund hatte recht. Sie war glücklich gewesen bei ihnen, frei und immer in Bewegung. Trotz des stets gegenwärtigen Kummers wegen ihrer jüngeren Schwester war sie aufgeblüht und hatte rosige Wangen bekommen.

Vielleicht sollte er sie wirklich heiraten. Es wäre das Beste, was er für sie tun könnte.

Nein, was dachte er denn da? Seine Pläne standen fest. Wäre er ihr in späteren Jahren begegnet, hätte er sie vielleicht umworben, das Ganze so aufgezogen, wie es sich gehörte. Doch eine Zwangsheirat mit einer so jungen Frau zu diesem Zeitpunkt in seinem Leben – nein, auf gar keinen Fall!

* * *

Zu Beginn empfand Catherine die Arbeit im Speisehaus als chaotisch. Ihre Arbeitgeberin Sally Grove hatte wenig Gespür dafür, Dinge zu organisieren, und auch wenn sie eine gute Köchin war, fehlte ihr das Wissen, wie man größere Menschenmengen sinnvoll beköstigte. Die Mengen, die sie vorhielt, waren zu groß, sodass regelmäßig Lebensmittel verdarben und weggeworfen werden mussten. Wenn die Zeit nahte, zu der sie mit ihrem Gatten die wöchentlichen Einnahmen und Ausgaben durchging, wurde sie sichtlich nervös.

Catherine konnte gar nicht umhin, der Frau Hilfestellungen zu geben. »Wollen wir heute nicht etwas weniger Fleisch kaufen? Zu Wochenbeginn brauchen wir nie so viel.«

»Meinen Sie? Aber was, wenn uns das Essen ausgeht? Was würden die Gäste sagen? Samuel würde sicher wütend werden, wenn ich den Leuten nichts anzubieten habe.«

»Wenn wir einen großen Schinken kaufen, könnten wir immer noch Bratkartoffeln mit Schinken und Spiegelei anbieten.«

Sally gab die mittlerweile gewohnte Antwort: »Da muss ich Samuel fragen.«

Ihr Gatte segnete den Schinken ab, und in dieser Woche verdarb weniger.

Als es daranging, den Speiseplan für die kommende Woche aufzustellen – auch wenn es da nicht viel zu planen gab, da Sally für jeden Wochentag ein festes Gericht hatte –, wurde Catherine erneut um Rat gebeten, dem auch diesmal Folge geleistet wurde.

Am Ende des Monats fragte Sally zögerlich: »Würden Sie gern die Organisation übernehmen, Katie? Mir ist es wirklich lieber, mich nur ums Kochen zu kümmern.«

»Wenn Sie sich da ganz sicher sind?«

»Ja. Ja, das bin ich. Mehr als sicher.«

Verantwortung zu tragen war ein befriedigendes Gefühl. Unversehens ertappte Catherine sich dabei, wie sie bei der Arbeit summte. Am Markttag ging sie beschwingten Schrittes zwischen den Ständen umher, um frische Lebensmittel zu besorgen, stets auf der Suche nach Lieferanten, die recht nah an der Stadt wohnten, sodass sie auch zu Wochenbeginn frisches Gemüse anbieten konnten. Wäre es ihr Speisehaus, hätte sie einen eigenen Garten angelegt und versucht, sich etwas unabhängiger vom Markt zu machen. Der Garten im Konvent in

Irland fehlte ihr schmerzlich. Die Arbeit dort hatte ihr Freude gemacht: die Hände in die feuchte schwarze Erde zu graben und die Früchte ihrer Arbeit auf den Esstisch zu bringen. Blumen anzupflanzen war nicht annähernd so befriedigend wie ein Nutzgarten.

Sie ging stets früh zum Markt, in der Hoffnung, Albert Bevan aus dem Weg gehen zu können, doch eines Tages verzögerte sich alles etwas und plötzlich sah sie sich ihm gegenüber. Sie versuchte, an ihm vorbeizugehen, doch mit zornfinsterer Miene stellte er sich ihr in den Weg.

»Hast also eine andere Arbeit gefunden, ja?«

»Das wussten Sie bereits.«

Er hob die Hand an eine Narbe an seiner Schläfe. »Hast noch ein paar Schulden zu begleichen. Ich sorge schon dafür, dass du dafür eines Tages noch bezahlst.«

Sie konnte ihr Erschauern nicht verbergen. Als er – grinsend ob ihrer Reaktion – davonschritt, war sie für einen Moment wie erstarrt. *Warum?*, fragte sie sich. *Warum hat er es so auf mich abgesehen?* Sie hatte ihn nie in irgendeiner Weise ermutigt. Wie war er auf den Gedanken gekommen, er hätte irgendein Recht, sie so zu malträtieren?

Das Wissen, dass er noch immer in der Nähe war und nicht von ihr abzulassen gedachte, warf einen dunklen Schatten über die Freude an ihrer neuen Arbeit.

15

Juli 1865

In England betrachtete Nancy ihren Schützling und war erstaunt, wie Lavinia Mullane aufgeblüht war. Das ruhige, vorhersehbare Leben in Ellerdale schien der Frau, die sie schon als Kind betreut hatte, gutzutun. Ebenso die Trennung von ihrem verhassten Ehemann und die Erlösung von den Gefahren einer Schwangerschaft. Theo Mullane lebte nun in Australien, und das war auch gut so. Schlechter als diese beiden hatte kaum ein Ehepaar je zusammengepasst. Sicher, der bläuliche Schatten auf Lavinias Lippen war bisweilen noch immer zu sehen, doch sie war nicht mehr annähernd so kurzatmig.

Doch während die Jüngere aufblühte, galt für die vierzig Jahre ältere Nancy das Gegenteil. Mit Theos Weggang hatte sich das fein austarierte Gleichgewicht in ihrer aller Leben verschoben, und schon damals hatte Nancy erkannt, dass der bislang wahrscheinlichste Ausgang des Ganzen nun womöglich nie wahr werden würde. Sie hatte diese seltsame Gabe, bisweilen den Lauf der Dinge im Vorfeld zu erfühlen. Wie bei den sorgfältig aufgestellten Dominosteinen eines Kindes reichte manchmal ein einziger fallender Stein aus, um unweigerlich weitere folgen zu lassen. Seufzend blickte sie aus dem Fenster und zerbrach sich den Kopf, was sie unternehmen sollte. Fragte sich, ob es überhaupt den Versuch lohnte. Sie fühlte sich … nun, nicht direkt krank, aber auch nicht gesund, und wusste, dass ihr Zustand sich rapide verschlechterte.

Lavinia kam hereingeschneit, den molligen dreißigjährigen Körper in eine Fülle von Rüschen gehüllt, die bei einem unverheirateten Mädchen angebrachter gewesen wäre. »Warum bist du denn noch nicht fertig?«

»Ich denke, ich werde heute Vormittag daheimbleiben. Es geht mir nicht besonders gut.«

»Daheimbleiben kannst du auch heute Nachmittag. Ich brauche doch deine Hilfe bei der Auswahl des Stoffs für mein neues Kleid.«

»Das können wir auch morgen erledigen, mein Küken«, entgegnete Nancy milde.

»Aber ich will heute. Ich hatte vor, das heute zu machen.«

Nancy presste eine Hand gegen ihre plötzlich schmerzende Flanke und tastete sich vorsichtig zum nächsten Stuhl.

»Ich gehe allein«, drohte Lavinia.

Doch ausnahmsweise einmal hatte Nancy nicht die Energie, sie abzulenken. Durch einen Nebel der Pein sah sie ihren Schützling aus dem Haus stolzieren wie die Zwölfjährige, die sie im Kopf immer bleiben würde, und fragte sich abermals, wie Lavinias Eltern auf den Gedanken gekommen waren, das Mädchen sei fähig, eine Ehe zu führen und Erben hervorzubringen. Sie hatten die größten Anstrengungen unternommen, Lavinias Defizite vor der Hochzeit vor Theo zu verbergen.

Dann schnalzte sie verärgert mit der Zunge. Was spielte das alles jetzt noch für eine Rolle? Nun zählte nur noch, den Teesatz zu lesen und herauszufinden, ob ihre Vorahnung sich als wahr erweisen würde.

Mit schierer Willenskraft drängte sie den Schmerz unter ihren Rippen zurück und starrte zehn Minuten später in die Tiefen einer Teetasse, um das Muster der feuchten schwarzen Krümel zu mustern. Zum dritten Mal in Folge prophezeite der Teesatz ihr ihren eigenen Tod. Nun, sie hatte mehr als siebzig Jahre gelebt und ihre Zeit nach bestem Gewissen verwendet, darüber würde sie sich also nicht grämen. Doch es wäre ihr unerträglich, aus diesem Leben zu scheiden, ehe sie einen Plan hatte, wie es mit Lavinia weitergehen sollte. Niemandem sonst hatte das arme Mädchen je etwas bedeutet, und als Theo sie in Nancys Obhut gegeben hatte, um sich in Australien auf die Suche nach Keara zu machen, war es im treuen Glauben an ihre Prophezeiung geschehen, Lavinia hätte nicht mehr lange zu leben.

Lange Zeit saß sie absolut reglos da und dachte über alles nach.

Als ihr Schützling heimkam – missmutig, weil sie sich nicht zwischen zwei Stoffmustern für ihr neues Kleid hatte entscheiden können –, erwartete Nancy sie bereits. Sie überredete Lavinia, eine Tasse Tee zu trinken. Dann nahm sie die Tasse und kippte den Rest Flüssigkeit fort.

Lavinia blickte unglücklich drein. »Nicht, Nancy. Ich kann es nicht leiden, wenn du den Teesatz liest. Das macht mir Angst.«

Nancy beruhigte sie, ehe sie sich wieder der Tasse zuwandte und plötzlich schockiert auf den Grund starrte. Es war schlimmer als angenommen, weit schlimmer. Doch sie verbarg ihre Besorgnis und rang sich ein Lächeln ab. »Dort steht nur, dass du ein gutes Jahr vor dir hast, mein Küken, sogar besser als das letzte. Bist du nicht ein Glückskind?«

Das hob Lavinias Stimmung, und voller Elan verschwand sie in ihr Ankleidezimmer, um zu überlegen, was sie am Nachmittag anziehen sollte, wenn sie sich mit ihren besten Freundinnen zum Tee treffen würde – Frauen, die sie tolerierten, weil sie »eine von ihnen« war und demütige Dankbarkeit zeigte, in ihren erlesenen Kreis aufgenommen zu sein. Wenn man das Freundschaft nennen wollte …

Während Lavinia fort war, verfasste Nancy einen Brief an ihre Nichte Bess und schickte das Dienstmädchen damit zur Poststelle. Als Kind war die Tochter ihrer Schwester ungestüm und widerspenstig gewesen, war jedoch dem Vernehmen nach mit Ende zwanzig ruhiger geworden und nun, in ihren Dreißigern, noch immer unverheiratet. Bess war die Einzige, an die Nancy sich wenden konnte.

* * *

Als Bess den Brief von ihrer Tante las, führte sie ein Tänzchen auf. Sie suchte gerade verzweifelt nach einer Gelegenheit, fortzukommen, weil sie einigen Leuten Geld schuldete.

Dann runzelte sie die Stirn. Sie würde sich trotzdem noch genug beschaffen müssen, um ein spurloses Verschwinden zu bewerkstelligen.

An jenem Abend ging sie wieder einmal mit Hal Bowler aus. Besonders zugetan war sie ihm nicht, aber er hatte ihr schon öfter Geld geliehen und bevorzugte es, wenn sie es ihm auf diese Weise zurückzahlte. Als er mit ihr fertig war, schlief er wie gewohnt neben ihr ein. Ärgerlich musterte sie seinen massigen Leib in ihrem Bett, ehe sie behutsam von ihm abrückte und sich wieder ankleidete.

Gerade als sie gehen wollte, sah sie die Münzen, die aus seiner Hosentasche gefallen waren, und zögerte – dann hob sie sie auf. Das wäre ein gutes Polster für ihren Neubeginn, und zum Teufel mit ihren Schulden bei dem Kerl!

Als sie gegangen war, öffnete er die Augen und grinste. Bald würde sie so tief in seiner Schuld stehen, dass sie alles tun würde, was er von ihr verlangte. Auch wenn sie älter war als er – sie war noch immer ein Prachtweib. Er griff nach der Ginflasche. Es gab nichts Besseres als einen kräftigen Schluck Schnaps, nachdem man seine Frau flachgelegt hatte.

* * *

Malachi ertrug es nicht eine Sekunde länger, Ismay allein dort stehen und weinen zu sehen. Seufzend über seine Dummheit ging er zu ihr und legte ihr eine Hand auf die Schulter. Sie quiekte erschrocken auf und wollte ihn von sich stoßen, doch auf dem matschigen Grund rutschte sie aus und wäre in die reißenden Fluten den Billabongs gestürzt, hätte er sie nicht geistesgegenwärtig an sich gezogen.

»Pass doch auf, du kleine Närrin! Beinahe wärst du hineingefallen.«

»Dann hätten sich wenigstens all meine Probleme in Luft aufgelöst, nicht wahr?« Ihr Tonfall war verbittert und ihr standen noch immer Tränen in den Augen.

Plötzlich ängstlich, sie könnte es ernst meinen, hielt er sie weiter fest. »Sag so etwas nicht. Du hast so viel, wofür es sich zu leben lohnt.«

»Ach ja? Was denn, sag's mir.«

Im Augenblick wollte ihm nichts einfallen außer: »Du bist jung, du hast noch dein ganzes Leben vor dir.«

»Gar nichts habe ich.« Ihre Stimme klang flach, ausdruckslos, keine Spur von ihrem gewohnten melodiösen Singsang. »Keine Familie, nicht einmal die Freiheit, selbst zu entscheiden, wie ich leben will.«

»Ach, Issy, Liebes.« Und dann sagte er es. Völlig ungeplant, doch die Worte waren aus seinem Mund gepurzelt, ehe er sie aufhalten konnte. »Wenn das so ist, werden wir dir wohl etwas anderes geben müssen, wofür es sich zu leben lohnt. Lass uns heiraten und dir gemeinsam ein besseres Leben aufbauen.«

Wütend starrte sie ihn an. »Was haben sie zu dir gesagt, nachdem ich fort bin, um dich umzustimmen? Einen widerstrebenden Ehemann will ich nicht. Meinen Vater haben sie gezwungen, meine Mutter zu heiraten, als herauskam, dass sie schwanger war, und das hat ihn zutiefst verbittert. Das Leben mit ihm war furchtbar für sie, ein Graus! Er ist zum Trunkenbold und Schürzenjäger geworden – und er hat sie gehasst.«

Abermals wollte sie ihn fortstoßen, doch er hatte eine solche Angst, dass sie sich in das tosende Wasser mit all dem abgesplitterten Unterholz darin stürzen würde, dass er sie nicht loslassen wollte und sie stattdessen zurück zum Haus zu ziehen begann.

»Lass mich los!«, stieß sie atemlos hervor und sträubte sich nach Kräften.

»Erst wenn du mir versprichst, dass du keine Dummheit begehst!«

Einen Moment lang verharrten sie beide, dann fragte sie: »Was interessiert dich das?«

»Du bedeutest mir etwas.«

»Ha! Nicht genug, um mich zu heiraten.« Sobald die Worte aus ihrem Mund gekommen waren, wünschte sie, sie könnte sie zurücknehmen, und hoffte, im Mondschein wäre ihr tiefes Erröten nicht zu erkennen.

»Ich wollte überhaupt noch nicht heiraten«, erklärte er leise. »Das hat mit dir nicht das Geringste zu tun. Ich wollte erst einmal etwas aus mir machen. Es ist ja nicht das Heiraten an sich, verstehst du? Wenn man Kinder hat, kann man nicht als fahrender Händler durch den Busch ziehen. Dann ist man an seine Familie gebunden.« Und der Gewinn dieser ersten Rundreise war exzellent. Ein unerwarteter kühler Tropfen auf seinem Gesicht ließ ihn überrascht aufblicken. »Es fängt wieder zu regnen an. Lass uns lieber zurückgehen.«

Sie ließ sich von ihm herumdrehen, und gemeinsam traten sie den Rückweg über die Wiese an. Zu ihrem Erstaunen machte er keine Anstalten, seinen Arm von ihren Schultern zu nehmen. »Die Kinder kommen nun einmal, da kann man nichts tun.«

Da blieb er stehen und blickte sie mit einem so seltsamen Gesichtsausdruck an, dass sie fragte: »Was ist los? Was habe ich gesagt?«

»Du hast mich auf eine Idee gebracht. Wenn man die Ehe nicht vollzieht, bekommt man auch keine Kinder.«

Verblüfft sah sie zu ihm auf. Sie hatte nicht geglaubt, dass irgendein Mann ohne das auskäme – nicht nachdem sie in einer zimmerlosen Hütte aufgewachsen war und fast jede Nacht mitangehört hatte, wie ihr Vater ihre Mutter belästigt hatte.

Im immer stärker werdenden Regen stand Malachi so lange grübelnd da, dass sie sich zu fragen begann, ob mit ihm noch alles in Ordnung war. Dann warf er den Kopf in den Nacken und lachte. »Issy, wenn wir heiraten würden, wärst du von deinem Vertrag entbunden und Dan und ich hätten weiterhin deine Hilfe im Verkauf. Aber wir müssten nicht das Bett teilen, bis – ach, bis wir uns gut abgesichert niederlassen können.«

»Wozu denn all der Aufwand, wenn du mich gar nicht willst? Am Hals hättest du mich trotzdem, ob wir nun das Bett teilen oder nicht. Welchen Vorteil hättest du davon?«

»Wäre ich bereit für die Ehe, dann wärst du genau die Art von Frau, die ich mir aussuchen würde – zumindest wenn du älter wärst. Siebzehn ist zu jung zum Heiraten und für das Dasein als Mutter, wenn man es ehrlich betrachtet. Und auf diese Weise würden mich wenigstens die anderen Frauen nicht damit bedrängen. Ich will nicht eingebildet klingen, aber manchmal können die wirklich eine Pest sein. Mütter wollen ihren Töchtern einen Ehemann angeln, Ehefrauen wollen … äh … kleine Abenteuer, Witwen wollen ein weiteres Mal heiraten oder auch einfach nur wieder einen Mann in ihrem Bett.«

Skeptisch sah sie ihn an.

»Würdest du wenigstens darüber nachdenken? Eine reine Papierheirat zwischen uns – nur für den Augenblick, meine ich? Damit wären deine Probleme gelöst, und ich hätte keine Unannehmlichkeiten, auf die ich verzichten kann.«

Ihre Antwort klang noch immer mürrisch. »Wenn du mich nicht heiraten willst, sag es einfach.«

Lächelnd sah er sie an, die Augen funkelnd im Dunkeln und die Haut nass vom Regen. »Ich mag dich, Issy, aber Geld mag ich auch, also entscheide dich besser, ob du dich auf ein solches Angebot einlassen kannst, ehe wir wieder ins Haus gehen. Die anderen werden uns keine Ruhe lassen, wenn wir nicht tun, was sie von uns wollen.«

Sie zuckte mit den Schultern. Auch ihr war klar, dass dies ihr einziger Ausweg war. »Also gut, dann heirate ich dich eben. Warum auch nicht? Das Lager mit dir teilen oder gar jetzt schon Kinder zur Welt bringen will ich ganz sicher nicht. Alles, was ich will, ist meine Schwester finden.«

Doch das war eine Lüge. Wenigstens sich selbst konnte sie das eingestehen. Sie wünschte, Malachi würde sie so wollen, wie andere Männer ihre Frauen wollten. Wünschte, er würde sie lieben. So, wie sie sich in ihn und sein gutes Herz verliebt hatte.

* * *

Die anderen warteten in der Küche auf sie. Dan pfiff zurückgelehnt vor sich hin, Mrs Berlow machte den Abwasch und Mr Berlow las seine Zeitung zum mittlerweile dritten Mal. Als die Tür aufging, hielten alle in ihrem Tun inne und blickten die zwei jungen Leute erwartungsvoll an.

Malachi legte Ismay eine Hand auf die Schulter und drückte sie sanft. »Wir haben beschlossen, zu heiraten.«

Ismay an seiner Seite sah die drei Älteren strahlen, versuchte ihr Lächeln zu erwidern und scheiterte kläglich.

»Ich wünsch euch alles Gute«, sagte Dan und kam herüber, um ihr einen Wangenkuss zu geben. »So hast du's dir vielleicht nicht vorgestellt, aber ich glaube wirklich, ihr zwei werdet ein glückliches Paar.«

Achselzuckend versuchte sie, ihm zu danken, brachte jedoch auch das nicht fertig. Ihre Stimme schien sie verlassen zu haben.

»Wie schnell können wir das bewerkstelligen?«, fragte Malachi.

»Wir fahren gleich morgen zum Pfarrer«, erklärte Mrs Berlow. »Hier draußen im Busch sparen wir uns das Aufgebot und dergleichen durchaus des Öfteren. Wenn wir ihn antreffen, wird er euch gleich morgen trauen.«

Erschrocken sah Ismay zu Malachi. So bald schon!

Doch er sagte nur: »Gut. Ist mir nur recht.«

Nun kam Mrs Berlow emsig zu Ismay gelaufen. »Wir werden dir etwas Hübsches anzuziehen heraussuchen müssen, Kind. In dem alten Kittel kannst du doch nicht heiraten.«

Ismay blickte an sich hinunter. »Ich habe aber nichts Hübsches.«

»Ich schon. Komm mit.« Damit entführte sie Ismay ins Herrenschlafzimmer und zerrte eine schwere Truhe unter dem Bett hervor. Als sie sich hinkniete, um sie zu öffnen, hatte sie Tränen in den Augen. Sie nahm das oberste Kleidungsstück heraus und strich mit ihrer von der Arbeit rauen Hand darüber. »Das sind die Sachen unserer Tochter. Sie ist am Fieber gestorben. Mit achtzehn Jahren, kurz vor ihrer Hochzeit. Ach, sie fehlt mir immer noch so – auch wenn es bald fünf Jahre her ist, dass sie von uns gegangen ist.«

Ismays Wut legte sich. »Das tut mir sehr leid. Aber das kann ich unmöglich annehmen!«

Das Lächeln, mit dem Mrs Berlow zu ihr aufblickte, sah aus, als könne es jeden Moment in Tränen umschlagen. »Sie würde es sich wünschen. Damals hatten wir noch mehr Geld zur Verfügung und ich habe ihr viele Kleider für die Aussteuer gekauft – mehr, als sie gebraucht hätte. Seitdem verschenke ich sie nach und nach an arme Mädchen, die heiraten wollen. Es tut gut, dabei ein schönes Kleid zu tragen. Du wirst die Dritte sein, der ich so helfe.« Sie sah wieder nach unten, in Erinnerungen versunken. »Sie würde sich wünschen, dass du eins ihrer Kleider bekommst, aber dazu werden wir noch den Rock kürzen müssen. Sie war deutlich größer als du.«

Dann holte sie weitere Kleider aus der Truhe und breitete alle auf dem Bett aus. »Such dir eines aus.«

Ismay trat vor und ließ ihren Blick von einem zum anderen wandern, befühlte den Stoff und hielt sie sich an. Doch die Wahl fiel ihr nicht schwer. »Das hier.« Es war ein Zweiteiler aus weichem rosa Musselin, ein Mieder und ein Rock. Statt die Reifröcke betuchterer Damen nachzuahmen, erstrahlte es in seinem ganz eigenen schlichten Stil.

»Das hat sie auch geliebt.«

»Ich danke Ihnen.«

Mrs Berlow machte sich daran, die restlichen Kleider wieder in die Truhe zu legen. »Bitte nenn mich Peggy. Ich weiß, du bist der Ansicht, dass Fred und ich sehr hart zu dir waren. Vielleicht waren wir das auch, dann tut es mir leid. Wir haben Melbourne erst nach Tildas Tod verlassen und dieses Gehöft gekauft. Geld war uns gleichgültig, wir wollten einfach nur fort. Die harte Arbeit stört mich nicht, aber es gefällt mir nicht, keine anderen Frauen um mich zu haben. Oh, Grundgütiger! Beinahe hätte ich es vergessen. Die hier wirst du ebenfalls brauchen.« Damit zog sie einen Unterrock sowie ein Paar weißer Strümpfe hervor und warf Ismay beides zu.

Im Aufstehen sagte sie: »Malachi hat dich wirklich gern, weißt du? Die ganze Zeit beobachtet er dich.«

»Aber er will mich nicht heiraten. Was, wenn er mich irgendwann dafür hasst?«

»Es wird an dir sein, das zu verhindern. Du liebst ihn, nicht wahr?«

Ismay starrte auf den weichen Stoffberg in ihren Armen hinunter und nickte langsam. »Ja, das stimmt.«

»Das habe ich mir gedacht. Nun, es ist immer offen, wie eine Ehe sich entwickelt, selbst wenn man anfangs verrückt nacheinander ist. Zweckheiraten ohne große Gefühle gibt es genug, aber Liebe kann durchaus heranreifen, wenn man sie hegt, indem man gut zueinander ist und nichts zu erzwingen versucht.« Dann schüttelte sie den Kopf und verfiel wieder in ihren gewohnten geschäftsmäßigen Tonfall. »Nun, dieser Saum kürzt sich nicht von allein. Zieh das Kleid über, damit wir sehen, wie weit wir es hochnehmen müssen.«

* * *

Eines Morgens im August stolperte Sally Grove auf der Treppe von der Wohnung hinunter in den Laden, stürzte und brach sich das Bein. Catherine erfuhr davon, als der Laufbursche der Groves an die Tür des Speisehauses hämmerte und ihr zuschrie, sie würde nebenan gebraucht, schnell. Die Herrin sei verletzt.

Ohne weitere Erklärung rannte er schon wieder die Straße hinunter, und Catherine eilte ins Nebenhaus.

Sally Grove lag noch so da, wie sie gelandet war, und wollte sich um keinen Preis von ihnen bewegen lassen. Nicht einmal versuchen durften sie es. Ihr Gatte kniete nur halb bekleidet neben ihr.

Seltsam, wie gewöhnlich Samuel Grove aussieht, wie er da hemdsärmelig und mit herabhängenden Hosenträgern hockt, dachte Catherine. Dann richtete sie all ihre Aufmerksamkeit darauf, Mrs Grove zu trösten, die schlimme Schmerzen litt und laut stöhnte.

Kurz darauf traf der Arzt ein und bestand darauf, dass sie Mrs Grove ins Schlafzimmer trugen. Beim Hochheben schrie sie auf, dann fiel sie in Ohnmacht. Mr Grove blieb wie erstarrt stehen. Erst als Catherine ihn anstieß und vorschlug, dass sie seine Frau lieber rasch hinauftragen sollten, ehe sie wieder zu sich käme, setzte er sich in Bewegung.

»In meiner Praxis habe ich Chloroform«, sagte der Arzt zu Mr Grove. »Das ist zwar teurer, aber es betäubt auch den

Schmerz. Mir wäre es am liebsten, könnten wir sie dorthin bringen, um den Bruch zu richten, aber ich fürchte, die Schmerzen des Transports wären zu viel für sie. Ich werde das Bein also hier richten müssen. Allerdings brauche ich dabei Unterstützung – meine eigene Helferin begleitet gerade eine Geburt.«

»Ich kann helfen«, bot Catherine an. »Mit Krankenpflege habe ich Erfahrung.« Sie sah Mr Grove an. »Das Speisehaus werden wir heute allerdings nicht öffnen können.«

Ungeduldig winkte er ab. »Was spielt das schon für eine Rolle?«

Es gefiel ihr, zu sehen, wie sehr seine Frau ihm offenbar am Herzen lag, nachdem sie ihn bislang als eher arroganten und wichtigtuerischen Mann erlebt hatte.

Interessiert sah sie zu, wie der Arzt Mrs Grove das Chloroform verabreichte, um ihr dann das Bein zu richten – ganz ohne die qualvollen Schreie, die für gewöhnlich mit Knochenbrüchen einhergingen.

»Das haben Sie gut gemacht«, sagte er anschließend zu Catherine.

»Ich bin froh, dass ich helfen konnte. Das war das erste Mal, dass ich Chloroform in der Anwendung gesehen habe – auch wenn ich natürlich schon davon gehört hatte.«

»Eine wundervolle Entdeckung. Eines der Wunder der modernen Medizin. Bei derlei Entwicklungen halte ich mich gern auf dem Laufenden.«

»In dem Fall hätte ich gedacht, in der Stadt wären Sie besser aufgehoben«, bemerkte Catherine abwesend.

»Meine Frau und ich bevorzugen die frische Landluft, erst recht mit vier Kindern. Außerdem«, fuhr er fort und ließ ein jungenhaftes Grinsen aufblitzen, »bekomme ich als einziger Arzt in der Gegend eine große Bandbreite an Fällen zu Gesicht – sehr interessant. Die Leute ins Krankenhaus schicken oder einen berühmten Chirurgen hinzuziehen kann ich hier nicht – es gibt nur mich.«

Nachdem er gegangen war, begab Catherine sich nach unten, wartete, bis Mr Grove einen Kunden bedient hatte und erkundigte sich dann in ihrer üblichen unaufdringlichen Art: »Was soll mit dem Speisehaus geschehen, solange Ihre Frau bettlägerig ist?«

»Können Sie es für mich führen?«

»Ja, aber dazu werde ich Hilfe brauchen. Ich kann nicht gleichzeitig kochen und bedienen.«

Er seufzte. »Das ist das Problem in einer so kleinen Stadt: Wo soll man die Angestellten hernehmen. Da fällt mir ein … Würde es Ihnen etwas ausmachen, mit einer Eingeborenen zusammenzuarbeiten? Kalaya hat schon früher hier gearbeitet und ist sehr reinlich – und keine Trinkerin. In der Stadt respektiert man sie und ihren Mann, die beiden machen nie betrunken Ärger. Wären alle Eingeborenen so, wäre das Leben deutlich leichter.«

»Ich arbeite gern mit ihr zusammen.«

Er runzelte die Stirn. »Dann gehe ich wohl besser und frage sie. Könnten Sie in der Zeit für mich den Laden übernehmen?«

Ehe sie noch antworten konnte, war er schon zur Tür hinaus. Hoffentlich würde er nicht zu lange brauchen. Sie wusste kaum etwas über die angebotenen Waren.

Die folgende Woche war eine der emsigsten ihres Lebens. Kalaya kam zur Arbeit ins Speisehaus, musste jedoch ihr erst kürzlich geborenes Baby mitbringen. Sie war die erste Eingeborene, mit der Catherine enger zu tun hatte, und zu Beginn beobachtete sie die Frau aufmerksam, denn in der Küche waren Ordnung und Reinlichkeit von großer Wichtigkeit. Doch sie hätte sich nicht sorgen müssen. Kalaya war ein stiller Mensch, gewissenhaft und stets auf Sauberkeit bedacht. Das meiste über die Arbeit in der Küche des Speisehauses wusste sie bereits und stellte sich rasch auf Catherines persönliche Herangehensweise ein.

Am Ende des ersten Tages bedankte Catherine sich bei ihr für ihre Hilfe, was Kalaya zu überraschen schien. Dann bot sie der Frau an, einige Reste mit nach Hause zu nehmen.

»Sind Sie sicher, Missus?«

»Natürlich. Der Eintopf wird doch nicht besser. Die Schüssel können Sie morgen wieder mitbringen.« Mrs Grove hatte sich wieder einmal verkalkuliert.

»Vielen Dank, Missus.«

Catherine mochte sich noch nicht verabschieden. »Ihr Baby ist entzückend – und so still und wohlerzogen.«

Kalayas ernste Miene hellte sich auf. »Sie ist von allen die unkomplizierteste. Für morgen suche ich jemanden, der auf sie aufpasst, aber zum Stillen wird man sie trotzdem herbringen müssen.«

»Das ist schon in Ordnung.« Catherine blickte der Frau nach, wie sie mit dem Baby auf einem Arm und dem Essenskorb am anderen die Straße hinunterging. Sorgsam schloss sie die Tür ab, dann suchte sie Mr Grove, um ihm die Tageseinnahmen zu übergeben und sich nach seiner Gattin zu erkundigen. Als sie schließlich im Bett lag, war sie todmüde, musste jedoch feststellen, dass es ihr sehr gefallen hatte, allein für alles verantwortlich zu sein.

* * *

Mark brachte Nan und die kleine Amy in derselben Pension unter, in der er schon vor Jahren bei seiner ersten Ankunft in Melbourne abgestiegen war. Sie wurde noch immer vom gleichen alten Ehepaar geführt wie damals, das noch genauso freundlich war wie in seiner Erinnerung. Die beiden versprachen, ein Auge auf Nan und seine Tochter zu haben, solange er fort war.

Es fühlte sich merkwürdig an, allein in die Postkutsche zu steigen. Seit Patience im Kindbett gestorben war, hatte er fast zwei Jahre lang täglich seine Tochter betreut, zuerst in dem Landgasthaus, das er für eine Weile in Westaustralien betrieben hatte, dann hier in Melbourne während der Suche nach den Michaels-Schwestern. Flüchtig fragte er sich, wie Maggie sich wohl in ihre neue Stellung als Bardame einfinden würde – ach was, Maggie kam schon zurecht. Sie war schlau genug, auf sich aufzupassen.

Als ihn das klapprige Gefährt nach draußen aufs Land brachte, sah er, dass die Stadt sich ausgebreitet hatte, seit er zuletzt hier gewesen war. Das führte ihn zu der Frage, ob sich auch Rossall Springs sehr verändert hatte. Bis sein geistesgestörter Schwiegervater es ihm unmöglich gemacht hatte, dortzubleiben, hatte er geglaubt, in Rossall am Ziel seiner Reise angelangt zu sein. Dann hatte er erfolglos versucht, sich in Westaustralien niederzulassen, und nun trieb er wieder ankerlos dahin.

Er wusste nicht, warum es so wichtig für ihn war, nach Rossall zurückzukehren, doch das war es. Seit dem Tod seiner jungen Frau war er innerlich gereift – heute würde er vor nichts mehr davonlaufen. Leider hatte er sein Speisehaus damals an seinen Nachbarn Samuel Grove verkauft. Genau diese Art von Geschäft suchte Mark nun, und in genau dieser Sorte Stadt. Er wollte nicht reich werden wie seine Schwester Annie, sondern einfach nur ein gutes Auskommen haben, für seine Familie sorgen können und ein paar gute Freunde um sich haben.

Als Mark aus der Kutsche stieg, sah es für einen Moment so aus, als hätte sich nichts verändert, doch als er sich dann umblickte, entdeckte er doch einige neue Gebäude an der Hauptstraße. Der Mann im Mietstall, wo die Postkutsche hielt, war ein Unbekannter, deshalb hielt Mark sich nicht mit

Plaudereien auf. Stattdessen nahm er seine Tasche und schritt die Straße hinunter, um sich seiner Vergangenheit zu stellen.

* * *

Eine Woche nachdem Catherine im Speisehaus das Ruder übernommen hatte, kam Albert Bevan hereingeschlendert und baute sich vor ihr auf. Die Art und Weise, wie er seinen Blick von oben bis unten über ihren Körper wandern ließ, war äußerst unangebracht. Sie zwang sich, zu ihm zu gehen und das Geld zu nehmen, das er ihr hinhielt, musste ihre Hand jedoch gewaltsam losmachen, als er sie festhalten wollte.

»Lassen Sie das!«, fuhr sie ihn an und wich einen Schritt zurück.

»Warum denn? Wir haben immer noch einiges zu klären, du und ich.«

Dabei tippte er an die Narbe an seiner Schläfe wie schon bei ihrer Begegnung auf dem Markt, doch sie erwiderte nur kalt: »Da haben Sie Ihr Geld zurück. Bitte gehen Sie jetzt. Sie sind hier nicht länger willkommen.«

Sein Gesichtsausdruck wurde mörderisch. »Ich habe dasselbe Recht, hier zu essen, wie jeder andere auch.«

Da sie nicht wusste, wie sie mit ihm umgehen sollte, verließ sie den Gastraum und eilte nach nebenan, um Mr Grove um Hilfe zu bitten.

»Können Sie sich darum nicht selbst kümmern?«, entgegnete der mit einem verärgerten Seufzen. »Sie bilden sich da etwas ein, Katie. So würde Albert Bevan sich nie aufführen.«

Es empörte sie, dass er ihr Wort anzweifelte. »Ich bilde mir gar nichts ein, und wenn Sie mir in dieser Angelegenheit nicht helfen, kann ich nicht weiter für Sie arbeiten.« Als er sie schockiert anstarrte, setzte sie leiser hinzu: »Er macht mir Angst. Große Angst.«

»Es wäre unklug, einen Gast zu vergraulen. Das würde er

sicher weitererzählen und auch andere dazu bringen, sich von uns abzuwenden.«

»Ich bediene den Mann nicht, weder jetzt noch in Zukunft.«

»Ach, wenn es denn sein muss. Ich komme mit hinüber und rede mit ihm.«

Sie kehrten durch die Hintertür ins Speisehaus zurück und sahen, wie Kalaya eben zwei Mahlzeiten in den Gastraum brachte, eine für einen anderen Gast und eine für Mr Bevan. Der hatte die Neuankömmlinge nicht bemerkt und streckte das Bein aus, um Kalaya zu Fall zu bringen. Sie schlug lang hin, der verbleibende Teller zerbarst und das Essen verteilte sich weiträumig auf dem Boden.

»Dämliche schwarze Schlampe!«, höhnte er. »Ich weiß wirklich nicht, warum sie hier dreckige Wilde wie dich an unser Essen lassen.«

Die Frauen im Familienbereich ließen ihr Besteck sinken und starrten angespannt in den Hauptraum herüber.

Mit zorngerötetem Gesicht marschierte Mr Grove los. »Das habe ich genau gesehen. Verschwinden Sie aus meinem Speisehaus, Bevan, und lassen Sie sich hier nie wieder blicken!«

Überrumpelt blickte Mr Bevan sich um, dann plusterte er sich auf. »Was meinen Sie denn? Ich habe nichts getan.«

»Ich habe gesehen, wie Sie ihr ein Bein gestellt haben.«

Derweil sammelte Kalaya die Scherben des Tellers und die Essensreste auf, ohne irgendjemanden anzusehen. Als Mr Bevan aufstand, zuckte sie zurück, als fürchte sie Schläge.

»Die Frau wird selbst bezeugen, dass ich nichts getan habe«, erklärte er laut. »Hab ich dich angerührt, Weib?«

Catherine trat vor. »Geh zurück in die Küche, Kalaya. Du musst nichts sagen. Mr Grove und ich haben beide gesehen, was passiert ist.«

Während sie das sagte, erschien ein Mann an der Eingangstür und hielt inne. Ein hochgewachsener, zurückhaltend wirkender Bursche mit dunklem Haar, ordentlich gekleidet und mit einer Reisetasche in der Hand. Sie wäre gern zu ihm gegangen, um ihn in Empfang zu nehmen, doch das wagte sie nicht, solange Mr Grove nicht mit Mr Bevan fertig war.

»Ich gehe hier nicht weg, ehe ich etwas zu essen gekriegt habe«, tönte der ungebetene Gast nun, »und zwar nicht von einer Schwarzen!«

»Sie kriegen hier gar nichts, weder heute noch sonst irgendwann«, schnauzte Mr Grove. »Verschwinden Sie, Bevan!«

Doch der grinste nur und setzte sich demonstrativ wieder an den Tisch. »Sie sind nicht Manns genug, mich hinauszuwerfen, Grove. Und ich will Ihnen auch nicht raten, sich mit mir anzulegen – ich habe reichlich Freunde in der Stadt.«

Aus dem Augenwinkel sah Catherine, wie der Fremde seine Tasche abstellte und auf das Grüppchen zukam.

»Brauchen Sie Hilfe, Samuel?«, fragte er in ruhigem Ton.

»Mark Gibson!« Mit einem ungehaltenen Blick in Mr Bevans Richtung seufzte Mr Grove. »Ich fürchte, ja. Dieser Mann hier macht Ärger.«

Catherine sah zu, wie der Fremde vor Mr Bevan stehenblieb. »Ich habe gehört, wie Mr Grove Sie gebeten hat, zu gehen. Bitte tun Sie das jetzt.«

Er hatte eine gewisse Selbstsicherheit an sich, die Catherine imponierte. Einen Augenblick zögerte Mr Bevan noch, dann erhob er sich. »Sie werden nicht immer einen Handlanger zur Stelle haben«, zischte er Mr Grove zu, ehe er sich noch einmal an Catherine hinter dem Ladeninhaber wandte. »Und aufgeschoben ist nicht aufgehoben.«

Damit stolzierte er betont langsam nach draußen, während sämtliche Anwesenden ihn nervös beobachteten.

Erst als er außer Sichtweite war, sagte Catherine mit gedämpfter Stimme: »Ich bin es, auf die er es abgesehen hat. Ich verlasse wohl lieber die Stadt, sonst bekommen Sie meinetwegen noch echte Schwierigkeiten, Mr Grove.«

Mark konnte sich nicht verkneifen, sich einzuschalten: »Weglaufen hat noch nie jemandem wirklich geholfen, wie ich zu meinem eigenen Schaden lernen musste, Miss ... äh ...«

»Mrs Caldwell«, stellte Samuel die Frau vor. Seine Schultern sackten herab, und stöhnend fuhr er sich mit einer Hand durch das schütter werdende Haar. »Ich sag's Ihnen geradeheraus, Gibson: Ich hätte diesen Laden nie übernehmen sollen. Es ist einfach zu viel für meine Sally, und jetzt, wo sie sich auch noch das Bein gebrochen hat, weiß ich nicht, wie wir das je schaffen sollen.«

Marks Miene hellte sich auf. »Und ich habe den Verkauf immer bereut. Vielleicht können wir uns gegenseitig helfen?«

Das schien auch Samuel aufzumuntern. »Vielleicht können wir das. Natürlich habe ich ein bisschen was hineingesteckt und mittlerweile ist die Stadt gewachsen, deshalb ist das Unternehmen mehr wert als damals, als ich es gekauft habe ...«

Mark jedoch blickte sich schmunzelnd um. »Für mich sieht es aus, als hätte es einen Anstrich nötig, und die Tischtücher sind definitiv schon reichlich abgewetzt. Ich zahle Ihnen dasselbe, was Sie mir damals gezahlt haben, nicht einen Penny mehr.«

Wieder stöhnte Samuel laut, doch als sein Assistent aus dem Lebensmittelladen an die Tür kam und ihn zu sich winkte, gab er sich geschlagen. »Die Einzelheiten besprechen wir später. Aber Sie bekommen das Speisehaus nur deshalb so günstig, weil Sally sich das Bein gebrochen hat und ich nicht weiß, wo mir der Kopf steht. Sie kommen jetzt zurecht, Katie?« Auf ihr Nicken hin eilte er davon.

Mark sah zu Mrs Caldwell hinüber. »Sie arbeiten hier?«

»Ich habe vor Kurzem erst angefangen, aber da Mrs Grove bettlägerig ist, habe ich im Augenblick das Heft in der Hand.«

»Ich werde auch Hilfe brauchen. Wenn Sie Ihre Stelle behalten wollen, übernehme ich Sie gern.«

»Aber Sie kennen mich doch gar nicht.«

Er lächelte. »Samuel hätte sie nicht weiterbeschäftigt, wären Sie keine fleißige Angestellte.«

Unsicher biss sie sich auf die Unterlippe. Sollte sie überhaupt in Rossall bleiben, wenn Albert Bevan sie so ungeniert bedrängte?

»Gehen Sie nicht«, bat Mark leise. »Ich werde diesen Mann hier nicht essen lassen, und mir jagt er keine Angst ein.«

»Also gut, wenn Sie wollen, versuche ich es. Sehen wir lieber erst einmal, wie wir miteinander auskommen, ehe wir eine endgültige Entscheidung treffen. Möchten Sie gern etwas essen?«

»Ja, bitte.«

Sie lächelte. »Geld sollte ich dafür allerdings wohl nicht verlangen.« Dann zögerte sie, ehe sie hinzusetzte: »Es gibt noch ein anderes Problem. Ich habe hier ein Zimmer. Wenn Sie selbst wieder ins Haus einziehen wollen, wäre es unangebracht, wenn ich hier wohnen bleibe, andererseits ...« Sie verstummte.

»Meine Frau ist bei der Geburt meiner Tochter Amy gestorben, aber die Kleine und meine Schwiegermutter werden ebenfalls hier wohnen, es wäre also alles vollkommen sittsam.«

»Oh. Also, dann ... äh ... würde ich es definitiv gern versuchen.«

Während er sein Mahl einnahm, beobachtete sie ihn verstohlen. Er war auf eine stille Art gut aussehend, hochgewachsen und glattrasiert, ordentlich, aber nicht teuer angezogen. Doch wie sollte irgendjemand Albert Bevan in seine Schranken weisen? Mittlerweile wusste sie, dass ihr einstiger Arbeitgeber tatsächlich einige Freunde von derselben Sorte in der

Stadt hatte. Ärger mit solchen Leuten wollte sie einem Mann mit einer kleinen Tochter eigentlich nicht ins Haus holen.

16

Juli – August 1865

Als Ismay am nächsten Morgen aus Peggys Zimmer kam, war
sie frisch gebadet und trug das rosa Kleid. Bei ihrem Anblick
hielt Malachi inne wie vom Blitz getroffen. Noch nie hatte er
sie so reizend gesehen, und er war sich nicht sicher, ob ihm
mit dieser Verwandlung wirklich wohl war. Die leuchtende
Farbe des Stoffs brachte den dunklen Glanz ihres Haars zur
Geltung und überhauchte ihre helle Haut mit einem warmen
Schimmer, sodass er den plötzlichen Drang verspürte, ihre
Wange zu berühren. Tatsächlich trat er sogar mit ausgestreck-
ter Hand einen Schritt vor, ehe er sich bremste und sich damit
begnügte, heiser hervorzubringen: »Du siehst sehr hübsch aus,
Issy.«

Das trieb ihr die Röte in die Wangen, und ausnahmsweise
einmal wusste sie nichts zu erwidern, konnte ihn nur scheu
anlächeln und sich dicht bei Peggy halten wie bei einer Beschützerin.

Dan durchbrach das verlegene Schweigen, indem er vortrat und die Ehre für sich beanspruchte, die Braut zu küssen.
Als er die ledrigen alten Lippen auf ihre Wange drückte, flüsterte er ihr zu: »Er hat dich unheimlich gern, Kleines – mehr
als ihm selbst klar ist. Es wird alles gut, da bin ich mir sicher.«

Er war schon der Zweite, der ihr sagte, sie bedeute Malachi
etwas, doch glauben würde sie es erst, wenn er es ihr selbst
sagte. Vorher wagte sie das nicht. Unsicher blickte sie zu Dan
auf. Hatte er erraten, was in ihr vorging? War es so offensichtlich? Hoffentlich wusste Malachi nicht auch Bescheid.

Nun kam er zu ihr und schob den alten Mann behutsam zur Seite. »Darf ich meine Braut etwa nicht küssen?«

Doch da hob Peggy gebieterisch eine Hand und erklärte knapp: »Erst wenn ihr verheiratet seid, mein Junge, also ab nach draußen mit dir – bring in Erfahrung, wo mein Mann mit dem Wagen bleibt.«

Irritiert sah er sie an, zögerte, tat dann jedoch wie geheißen.

Peggy wandte sich an Ismay. »Einem Mann darf man nie zu leicht nachgeben. Wenn er die Küsse umsonst bekommt, wird er sich nie um deine Zuneigung bemühen.«

Dazu wusste Ismay nichts zu sagen. Peggy hatte ihr schon mehrere Ratschläge dieser Art zum Eheleben gegeben, während sie ihr beim Ankleiden geholfen hatte. Stimmte das alles? Ismay wusste es nicht, wusste an diesem Morgen gar nichts mit Sicherheit, so seltsam und fremd fühlte sich plötzlich alles an. Trotzdem konnte sie nicht aufhören, auf das Kleid hinunterzuschauen und mit den Fingerspitzen darüberzustreichen. Nie zuvor hatte sie etwas so Hübsches besessen und hatte furchtbare Angst, es schmutzig zu machen.

»Schick sieht er aus, dein Zukünftiger«, gestand Peggy ihm widerstrebend zu. »Das ist eins dieser neumodischen Sakkos, nicht wahr? Sieht um einiges bequemer aus als die gute Jacke meines Freds. Allerdings hätte Malachi mich bitten sollen, es noch einmal zu bügeln. Das Bügeleisen wäre schnell aufgeheizt gewesen gestern Abend.«

Endlich ertönte von draußen das Rumpeln des Wagens, dann hörten sie Fred rufen: »Seid ihr nun endlich fertig, Peg? Wir haben nicht den ganzen Tag Zeit.«

»Na komm«, sagte Peggy, geschäftsmäßig wie eh und je nach diesem kurzen mütterlichen Moment. »Zieh dir den Mantel über. Dann wollen wir dich mal verheiraten, mein Mädchen.«

Draußen war es kalt und regnete leicht. Während der

Fahrt saß Ismay dicht neben Malachi unter der Haube des Wagens und bemühte sich dabei, ihr traumhaftes neues Kleid bedeckt zu halten und nicht mit dem schmutzigen Bretterboden in Berührung kommen zu lassen. Die Bank an der Seitenwand der Ladefläche war hart und die Straßen uneben, sodass sie dann und wann gegen ihn geworfen wurde, obgleich sie sich bemühte, ihn nicht zu berühren. Entspannt saß er da, die Beine breit aufgestellt, um die Balance besser halten zu können. Sie mochte seinen schlanken, drahtigen Körper und sein schmales, intelligentes Gesicht. Einen massigen Muskelberg wie Fred Berlow hätte sie nicht heiraten wollen.

Irgendwann zwinkerte Malachi ihr zu und flüsterte: »Dan hat darauf bestanden, dass ich meine besten Kleider hervorhole, aber die sind etwas zerknittert. Entschuldige bitte.«

Auch darauf wusste sie nichts zu erwidern, also hielt sie den Mund. Allerdings konnte sie nicht umhin, ihn immer wieder verstohlen anzusehen. Sie war froh, dass er keinen Schnurrbart trug wie Dan – oder gar einen herabhängenden Backenbart wie Fred. Seine Haut sah gesund aus, nicht rot geädert wie die vieler Männer in ihrem Heimatdorf in Irland, sondern einfach schön gebräunt.

Bisweilen ertappte sie ihn dabei, wie er sie ansah – in diesen Momenten blickten sie beide rasch in eine andere Richtung. Einmal sah sie ihn den Mund öffnen, wie um etwas zu sagen, nur um dann den Kopf zu schütteln und die Lippen zusammenzupressen. *Schweigen kann ich auch*, dachte sie und schwor sich, ihn nicht wieder anzusehen.

Doch diesen Schwur brach sie – sie konnte nicht anders.

Und auch er schaute immer wieder zu ihr.

Zwei Stunden dauerte die Fahrt zur nächstgelegenen Kirche, und als sie sie erreichten, ließ auch der Regen nach. Malachi sprang vom Wagen und wandte sich um, um Ismay herabzuhelfen. Als ihre Hände sich berührten, erstarrte sie –

genau wie er. Unverhofft blickten sie einander in die Augen und vergaßen alle um sie herum.

Peggy stieß Dan an und lächelte verschmitzt. Der Alte nickte wohlwollend. Fred war dabei, den Pferden die Futtersäcke umzuhängen, und bemerkte von alledem nichts. Niemand brach das Schweigen, bis Malachi ein paar leise Worte an seine Braut richtete.

Ismay war sich nicht sicher, ob sie richtig gehört hatte. Hatte er ihr wirklich gerade gesagt, wie schön sie aussähe? Es musste am Kleid liegen, mehr steckte sicher nicht dahinter. Sie war keine Schönheit wie Keara. Dazu war sie zu dünn und knochig – schon immer gewesen. Trotzdem war es schön, zu hören, dass sie an ihrem Hochzeitstag das Beste aus sich herausgeholt hatte. Das schenkte ihr den Mut, erhobenen Hauptes abzusteigen.

Der Pfarrer war daheim, doch als er vom Ausrufen des Aufgebots und der dazugehörigen Wartezeit anfing, fiel Peggy ihm ins Wort. »Für derlei Brimborium haben wir keine Zeit. Glauben Sie, wir können drei Wochen lang ständig hin und her fahren? Nun holen Sie schon eine Heiratslizenz aus Ihrer Schublade, und dann lassen Sie uns die beiden hier und jetzt verheiraten.«

Seufzend ging der Pfarrer allen voran zur Kirche hinüber und warf schwungvoll die Tür auf. Es war ein kleines Gotteshaus, kaum größer als ein Wohngebäude, mit einem einzigen großen Raum im Inneren. Zehn schlichte Holzbänke waren zum Altar hin ausgerichtet, fünf auf jeder Seite. Es gab weder Buntglasfenster noch einen reich geschmückten Altar – überhaupt erinnerte nur sehr wenig an die Kirchen, die sie aus Irland kannte. Im Grunde fühlte es sich für sie gar nicht wie ein richtiges Gotteshaus an.

Der Pfarrer verschwand durch eine Seitentür, doch Malachi zauderte kurz hinter dem Eingang, bis Dan ihm einen Schubs gab.

»Na los, du wartest vorn beim Altar auf sie, mein Junge.«

Mit einem raschen Blick zu ihr, wie um sich zu vergewissern, dass es ihr gut ging, tat Malachi wie geheißen. Auf dem nackten Bretterboden hallten seine Schritte.

Dan nahm den Hut ab und legte ihn sorgsam auf die nächstbeste Bank, dann verbeugte er sich tief und bot Ismay seinen Arm dar. »Ich hoffe, ich darf dich zum Altar führen, Kleines?«

Sie nickte.

»Augenblick.« Peggy nahm der Braut den Mantel ab, richtete den Faltenwurf ihres Kleids und zögerte kurz, ehe sie Ismay einen raschen Kuss auf die Wange drückte. Dann nahm sie ihren Gatten beim Arm und zog ihn mit sich nach vorn, wo die beiden sich niederließen.

Ismay vermisste die Wärme des Mantels, wollte sich jedoch bestmöglich präsentieren und bemühte sich deshalb, nicht zu frösteln.

Der Pfarrer kam wieder herein und blieb am Ende des Mittelgangs stehen. Er räusperte sich, um ihre Aufmerksamkeit auf sich zu ziehen. »Wenn die Anwesenden sich bitte erheben wollen.«

Die Berlows waren die Einzigen, die saßen, und als sie aufstanden, drehten sie sich erwartungsvoll zu Ismay um.

»Ich weiß nicht, was ich tun muss«, flüsterte sie Dan zu. »Ich weiß nicht, wie man bei den Protestanten heiratet.«

Beruhigend raunte der Alte: »Ist nicht schwer. Wir gehen langsam nach vorn, du stellst dich neben Malachi und dann sagt dir der Pfarrer genau, was du zu sagen und zu tun hast.« Damit führte er sie nach vorn, und als sie den Bräutigam erreichten, zwinkerte er ihr zu und trat zur Seite.

Als sie zu der Stelle der Zeremonie gelangten, an der Malachi ihr einen Ring anstecken sollte, blickte er bestürzt zu Ismay auf. »Ich war so damit beschäftigt, mich in Schale zu werfen, dass ich ganz vergessen habe, einen Ring mitzubringen. Es tut mir so leid, Issy.«

»Ich hab dran gedacht, mein Junge.« Dan fingerte in seiner Tasche herum, doch was er zum Vorschein brachte, war keines der günstigen Imitate, die sie auf dem Wagen im Angebot hatten. Stattdessen lag ein schmaler Reif auf seiner Hand, der aussah wie echtes Gold. »Der hat meiner Mam gehört. Haben sie mir nach ihrem Tod geschickt. Sie hat gesagt, den soll ich bekommen.«

»Ich kann doch nicht den Ring deiner Mutter annehmen«, wisperte Ismay.

»Und ob du kannst. Ist mein Hochzeitsgeschenk an euch. Wir machen das anständig.«

Der Priester räusperte sich und die Zeremonie ging weiter.

Es schien, als lächle ihnen das Schicksal, denn der Ring passte Ismay perfekt. Als Malachi ihn ihr auf den Finger schob, sah sie zu ihm empor, ausnahmsweise einmal völlig ungehemmt und mit schierer Freude in den leuchtenden Augen.

Er schluckte schwer. Als er ihr diesen ungewöhnlichen Handel angeboten hatte, war ihm nicht klargewesen, wie schön sie sein konnte. Bislang hatte er sie nur in farblosen Kitteln, mit streng zurückgebundenem Haar und nur allzu oft sorgenschwerer Miene kennengelernt.

Wenn sie weiter so bezaubernd aussah, wie sollte er dann nur seinen Schwur halten, dass zwischen ihnen nichts geschehen würde? Er war auch nur ein Mann, und jetzt war sie seine Frau! Er atmete tief durch, dann noch einmal. Doch wirklich hilfreich war das auch nicht.

* * *

Nach der Trauung fuhren sie alle gemeinsam zurück zum Hof der Berlows, und am Nachmittag machten Dan, Ismay und

Malachi sich schon wieder auf ihrem eigenen Wagen auf den Weg.

Zum Abschied schloss Peggy eine überrumpelte Ismay fest in die Arme und flüsterte: »Denk dran, mach es ihm nicht zu leicht.«

Diese warme Vertraulichkeit ihrer einstigen Arbeitgeberin war ihr noch immer fremd, und so konnte Ismay nur nicken. Schüchternheit stieg in ihr auf, als sie auf den Kutschbock kletterte und sich zwischen Dan und ihrem frischgebackenen Ehemann niederließ. *Im Grunde hat sich doch nichts geändert*, versuchte sie sich einzureden. Doch so fühlte es sich ganz und gar nicht an, zumindest in ihrem Kopf.

Nach drei Stunden erreichten sie ein Gehöft, dessen Eigentümer Dan ebenfalls kannte, und hielten an, um zu sehen, ob sie etwas kaufen wollten. Der Alte ging zur Tür, während Ismay und Malachi auf dem Wagen zurückblieben.

»Das … äh … ist doch gut gelaufen heute, findest du nicht auch?«, sagte Malachi.

»Ja.« Sie blickte an sich hinunter. »Ich ziehe mir wohl besser wieder ein anderes Kleid an. Das hier will ich für besondere Gelegenheiten aufheben.« Abermals liebkosten ihre Finger wie aus eigenem Antrieb den weichen Stoff.

»Behalt es für heute noch an«, bat Malachi impulsiv. »Du siehst bezaubernd aus in dieser Farbe, und immerhin ist heute unser Hochzeitstag. Wir müssen dir grundsätzlich ein paar mehr hübsche Sachen besorgen. Was diese Nonnen euch gegeben haben, ist … nun, jedenfalls nicht vorteilhaft.«

»Ich weiß. Aber etwas anderes hatten wir nicht. Selbst daheim hatte ich nie schöne Kleider, weil wir immer arm waren.«

Er legte eine Hand auf ihre. »Du und ich werden gemeinsam viel Geld verdienen, und eines Tages wirst du ausschließlich schöne Kleider haben, das verspreche ich dir.«

Darüber dachte sie einen Moment mit zur Seite geneigtem

Kopf nach, dann schüttelte sie den Kopf. »Das übersteigt meine Vorstellungskraft. Außerdem brauche ich keine teuren Kleider, um glücklich zu sein.«

»Was brauchst du denn?«

Kurz sah sie ihn an, dann schweifte ihr Blick in die Ferne. »Ich muss Mara wiederfinden – und dann, wenn es uns gelingt, wünsche ich mir ein glückliches Familienleben mit dir.« Sie spürte, wie ihr die Röte in die Wangen stieg, zwang sich jedoch, es auszusprechen. »Ich will nicht, dass du unsere Heirat bereust.«

»Das werde ich bestimmt nicht.«

Sie wünschte, sie könnte sich da auch so sicher sein. Immer wieder musste sie an ihren Vater denken und daran, wie unglücklich er ihre Mutter gemacht hatte. Sie hatte nie verstanden, warum Mam so mit sich hatte umspringen lassen. Ismay würde sich von niemandem als Fußabtreter benutzen lassen, nicht einmal von Malachi.

Da kam Dan mit dem Bauern und seiner Frau aus dem Haus.

»Bleib du hier«, sagte Malachi leise. »Mit dem Kleid brauchst du nicht im Matsch herumzustapfen. Ich kann den Leuten alles zeigen, was sie brauchen.«

Und so saß sie an ihrem Hochzeitstag eine halbe Stunde wie eine feine Dame auf ihrem Wagen, ehe sie die Nase voll davon hatte und am liebsten hinuntergesprungen wäre. Nur dem Kleid zuliebe riss sie sich zusammen.

Als das Bauernpaar seine Einkäufe getätigt hatte – die Frau genoss es sichtlich, direkt vor ihrer Haustür einmal in Ruhe stöbern zu können –, luden sie die Fahrenden ein, ihnen beim Essen Gesellschaft zu leisten.

»Mr Reddings erzählte mir, Sie zwei haben heute geheiratet«, sagte die Bauersfrau. »Das müssen wir feiern. Zum Glück habe ich gerade heute einen Kuchen gebacken.«

Als das Mahl sich dem Ende zuneigte, begann es wieder zu

regnen und steigerte sich rasch zu einem ohrenbetäubenden Prasseln auf dem Dach, das den Weg zum Wagen in einen Schlammpfuhl verwandelte.

Als es an der Zeit war, zu Bett zu gehen, fielen allerlei Scherze, die Ismay abermals erröten ließen. Dan erklärte, er würde auf der Veranda schlafen und dem jungen Paar den Wagen überlassen, und so gingen sie hinaus.

Bestürzt sah Ismay auf den schlammigen Grund hinunter. Malachi, der wusste, wie viel ihr das neue Kleid bedeutete, hob sie unversehens auf seine Arme und entlockte ihr damit ein erschrockenes Quieken. Sie war leichter, als er erwartet hatte. Nachdem er sie auf der rückwärtigen Stufe des Wagens abgesetzt hatte, sprang er rasch ebenfalls hinauf.

»Ich würde ja hinausgehen, damit du dich ungestört umziehen kannst, aber es regnet einfach zu stark«, sagte er entschuldigend. »Ich mache uns Licht. Gott sei gedankt, dass es Sicherheitsstreichhölzer gibt. Was würden wir sonst wohl tun?« Er entzündete die Lampe und hängte sie an den dafür vorgesehenen Haken. »Ich drehe mich um, solange du dein Nachthemd überziehst, ja?«

Sie holte das Nachthemd hervor und machte sich an den Verschlüssen des Kleids zu schaffen, konnte die lange Reihe winziger Knöpfe an ihrem Rücken jedoch nicht öffnen. »Malachi, könntest du mir bitte helfen?«, murmelte sie zögerlich. »Ich bekomme es nicht auf.«

Er holte tief Luft und machte sich an die Arbeit. Auch er tat sich schwer mit den kleinen Knöpfen, denn Ismays helle, weiche Haut und der Anblick der neuen spitzenbesetzten Unterwäsche ließen ihn ganz und gar nicht kalt. »Das wird schwieriger als erwartet«, brachte er heiser heraus, als er endlich fertig war. Er trat einen Schritt zurück – mehr Platz gab es nicht.

»Was denn?«

»Dich ... nicht zu meiner Frau zu machen.«

»Oh.«

Er streckte die Arme aus und zog sie sanft an sich. »Ohne einen Hochzeitskuss kommst du mir aber nicht davon.« Mit ernster, angespannter Miene sah sie zu ihm empor. »He, ich tu dir doch nicht weh, Liebste.« Damit senkte er den Kopf und küsste ihre Lippen. Ihr Mund war so weich, dass er einen Moment darauf verharrte, dann schob er sie unvermittelt von sich und ging wieder auf Abstand.

»Was hab ich falsch gemacht?«, rief sie aus und vermisste seine Umarmung schon jetzt.

»Nichts. Es ist nur so … Wir sollten gar nicht erst anfangen mit den Zärtlichkeiten, sonst halten wir unsere Abmachung niemals ein. Eins führt zum anderen, verstehst du?«

»Oh.«

»Aber der Kuss war schön.« Eine Untertreibung, wie sie im Buche stand.

»Es war mein erster«, gestand sie.

»Das freut mich. Und eines Tages werde ich dich so lieben, wie du es verdienst – dich voll und ganz zu meiner Frau machen.«

Sie nickte. »Wir müssen Vernunft wahren.«

Es gelang ihm, das Stöhnen zu unterdrücken, doch Vernunft war das allerletzte, was er im Sinn hatte. Als er sich wieder von ihr abwandte, klang seine Stimme harscher als beabsichtigt: »Und jetzt beeil dich mit dem Umziehen. Ich bin müde, selbst wenn du es nicht bist.«

Müde war sie durchaus, doch sie wollte nicht, dass dieser Abend schon endete. Als sie beide bettfertig waren, blies er die Lampe aus, doch auch in der Dunkelheit spürte sie, dass er noch wach war. Da er nichts sagte, schwieg auch sie. Doch er war bei ihr, und das fühlte sich gut an.

Ihr letzter Gedanke war, dass sie nun endlich wieder zu jemandem gehörte. Sie hoffte nur, die Leute, die Mara adoptiert hatten, waren gut zu ihrer kleinen Schwester.

In diesem Nachteulen-Haushalt wurde das Frühstück um elf Uhr vormittags serviert, und nachdem Dolly sich vergewissert hatte, dass ihr neues Dienstmädchen sich ordentlich den Teller belud, richtete sie ihre Aufmerksamkeit auf ihr eigenes Mahl und plauderte mit ihren »Mädels«. Alle drei gähnten dann und wann und waren unter den lose zugebundenen Morgenmänteln noch im Nachthemd, doch sie alle lächelten Mara an und sagten, sie hofften, Mara würde sich wohlfühlen bei Dolly.

Mick und Gil kamen sogar noch später herunter als die Frauen. Beide waren kräftige junge Männer, die Dollys Worten nach unverzichtbar waren, um im Bordell für Ordnung zu sorgen, doch die Eigentümerin war sie, während die Jungs, so vertraute sie Mara an, »immer mit einem Bein in der Tinte stecken, vor allem Mick. Ich gebe mir redliche Mühe, sie aus allem Ärger rauszuhalten, aber immer gelingt es mir nicht. Tu nichts, was die beiden dir auftragen, ohne dich vorher bei mir zu vergewissern, dass es damit auch seine Richtigkeit hat. Versprich mir das!«

»Ja, Dolly.«

Nach dem Konvent und der eisig korrekten Atmosphäre bei den Hannons genoss Mara die herzliche Stimmung hier und arbeitete gern in der Küche, während ihr der Bordellbereich nach Anbruch der Dunkelheit streng verboten war.

»Dazu bist du zu jung«, erklärte Dolly, »und es gibt Kerle, die auf so junge Mädchen besonders aus sind, deshalb ist es klüger, wenn dich gar nicht erst jemand sieht. Tagsüber kannst du im Gastraum beim Saubermachen helfen, aber unter keinen Umständen gehst du des Nachts da hinein. Ganz gleich aus welchem Grund. Ist das klar? Dein Zimmer ist neben der Küche und hat ein Schloss an der Tür. Benutze es. Immer.«

»Und wenn ich älter bin, arbeite ich auch mit den Gästen? Werde eins von deinen Mädels?«

»Wie um alles in der Welt kommst du denn auf die Idee?«

»Mick hat gesagt, jetzt, wo du mich aufpäppelst, werde ich immer hübscher und würde beizeiten reichlich Kundschaft anziehen.«

»Ach, hat er das? Das sehen wir dann.«

Am nächsten Tag hatten Dolly und Mick wieder einmal einen schlimmen Streit. Gil war ein recht gelassener Geselle, Mick aber verübelte es seiner Schwester – Halbschwester, um genau zu sein! – sehr, dass sie in ihren gemeinsamen Geschäften das Sagen hatte.

»Das Mädchen hat in dem Gewerbe nichts zu suchen, damit das klar ist«, schrie Dolly. »Wenn's dir nicht gefällt, verschwinde und such dir eine andere Arbeit – und ein anderes Dach über dem Kopf.«

»Ohne Verwandte landet sie ohnehin irgendwann dabei. Dann doch lieber hier, wo du auf sie aufpassen kannst, als in einem der anderen Läden. Und für ihr erstes Mal würden manche Leute königlich bezahlen.«

»Du bist ein widerlicher Bastard, weißt du das? Ich sag's noch einmal: Sie ist unberührt und bleibt es auch.« In Dollys Blick lag ein so gefährliches Funkeln, dass Mick in einer Geste der Kapitulation die Hände hob, doch das hinderte ihn nicht daran, Mara kalkulierend zu mustern, wann immer seine Schwester nicht zugegen war. Bei diesen Blicken lief es ihr kalt über den Rücken, doch das war das einzig Unschöne an der Arbeit hier, und so bemühte sie sich, ihn zu ignorieren.

Wäre Ismay doch nur hier, dachte sie. In Melbourne hätten sie sich zusammen ein Leben aufbauen können. In der Zeitung sah sie immer wieder Stellenanzeigen für Dienstmädchen, und mittlerweile war sie dreizehn – beinahe eine Frau, auch wenn sie noch immer kindlich aussah. Manchmal machte es sie traurig, nicht zu wissen, wo ihre Schwestern waren, denn anders als Ismay wäre sie niemals imstande, Keara zu hassen.

Als die Wochen ins Land gingen, wurde immer deutlicher, dass sie hier nicht mehr allzu lange würde bleiben können, denn auch wenn die Leute – vor allem Dolly – freundlich mit ihr umgingen, war es kein guter Ort, und Mick beäugte sie noch immer. Doch sie wusste einfach nicht, was sie sonst tun oder wohin sie sich wenden sollte. An den meisten Abenden war sie von ihrem Tagewerk zu erschöpft, um an irgendetwas anderes als ihr Bett zu denken.

Doch ihre Tür abzuschließen vergaß sie niemals. Ein paarmal hörte sie tatsächlich den Knauf rattern, was sie nur noch vorsichtiger werden ließ.

* * *

Bess beantwortete den Brief ihrer Tante postwendend. Ja, sie würde mit Freuden ihre gegenwärtige Stelle als Hausmädchen, die ohnehin nicht ganz das Richtige für sie sei, kündigen und zu Nancy kommen, um ihr mit Mrs Mullane zur Hand zu gehen. Der angebotene Lohn sei mehr als annehmbar. Sie würde in wenigen Tagen eintreffen.

Nancy hoffte, sie hatte das Richtige getan. In letzter Zeit ließ der Teesatz sie im Stich, verhöhnte sie mit bedeutungslosen Ansammlungen schwarzer Pünktchen, und die Schmerzen unter ihrem Rippenbogen wurden von Tag zu Tag schlimmer. So schnell … Zu schnell, als dass sie alles würde bewerkstelligen können, was in den ihr noch verbleibenden Wochen oder Monaten zu tun war.

»Ich habe meine Nichte Bess hergebeten«, verkündete sie ohne Einleitung, als sie an jenem Abend mit Lavinia beim Essen saß.

»Ach ja?« Lavinia beäugte die Dessertschale und sah dann Nancy bittend an. »Ich glaube, heute wäre mir nach einer zweiten Portion.«

Für gewöhnlich sagte Nancy ihr an diesem Punkt, sie habe

genug gegessen, doch sie wollte ihren Schützling bei Laune halten. »Warum nicht? Was soll denn all der Aufwand, wenn man sich nicht ab und an auch einmal etwas gönnen kann?« Großzügig tat sie Lavinia von dem Trifle auf, schob ihr eigenes Schälchen jedoch zur Seite. Mittlerweile bereitete Essen ihr oft Übelkeit.

»Ich habe dir etwas zu sagen«, erklärte sie, als sie es sich nach dem Essen im Salon gemütlich gemacht hatten.

»Ach ja?«

»Du weißt, dass es mir in letzter Zeit nicht gut geht?«

Verwundert blickte Lavinia sie an.

»Nun, davon werde ich mich leider nicht mehr erholen.«

Es dauerte eine Weile, bis die Bedeutung dieser Aussage zu Lavinia durchdrang, dann verzog sie das Gesicht und brach lauthals in Tränen aus. »Das glaube ich dir nicht. Sag, dass das nicht wahr ist!«

»Ich habe nicht mehr lange zu leben, mein Küken. Dieser Tatsache müssen wir uns stellen und überlegen, wie es mit dir weitergehen soll.« Doch erst als sie zu der Jüngeren hinüberging und sie in den Arm nahm, stellte diese ihr theatralisches Schluchzen ein.

»Was soll ich nur ohne dich anfangen? Wer kümmert sich denn dann um mich?«

Warum habe ich erwartet, sie würde sich um mich *sorgen?*, dachte Nancy trocken. *Sie ist nicht in der Lage, an irgendjemanden außer sich selbst zu denken. So ist sie nun einmal gestrickt.*

Als die Tränen schließlich versiegten, sagte sie ruhig: »Ich habe eine Nichte, Bess. Ich habe sie hergebeten, um zu sehen, ob sie die Richtige ist, sich von nun an um dich zu kümmern.«

Lavinia fiel die Kinnlade herunter, dann verblasste die Panik in ihren Augen etwas und sie hakte zaudernd nach: »Deine Nichte?«

»Ja.«

»Kümmert sie sich auch so um andere wie du?«

»Das weiß ich nicht. Ich glaube aber, sie kann es lernen. Ihre derzeitige Arbeit sagt ihr nicht zu.«

»Wann kann sie hier sein?«

»In ein oder zwei Tagen.«

»Ich will lieber dich behalten. Viel lieber. Verlass mich nicht.« Lavinia versuchte einen beschwörenden Augenaufschlag.

Was Nancy überraschte, sie aber auch sehr erfreute. Das war mehr, als sie von Lavinia erwartet hatte. Weit mehr.

An jenem Abend in ihrem Bett starrte sie ins Dunkle und betete, dass ihr noch genug Zeit bliebe, alles zu tun, was das Mädchen brauchte.

17

November 1865 – Februar 1866

Kearas Sohn kam Anfang November zur Welt. Die Geburt war ebenso unkompliziert wie die von Nell und lief wunderbar unter der Betreuung von Noreen – der Gattin von Theos Cousin Caley – und der Halb-Aborigine, die sie als Mädchen für alles eingestellt hatten. Theo war noch immer wütend, dass keine anderen Dienstboten zu bekommen waren, doch Milack war ein freundliches Mädchen, das alles für seine Arbeitgeber tun würde, solange man es gut behandelte. Es war offensichtlich, dass sie in ihrem kurzen Leben noch nicht viel Freundlichkeit erfahren hatte.

Als alles vorüber war, kam Theo zu ihnen und setzte sich aufs Bett. Keara reichte ihm das kleine Bündel, in das ihr Baby eingehüllt war. »Wie möchtest du unseren Sohn nennen?«

»Devin, wenn das für dich in Ordnung ist?«

»Gern.« Erschöpft, aber glücklich ließ sie sich in die Kissen sinken.

»Bei dir erscheint das alles so leicht«, staunte er bewundernd.

»Was denn?«

»Kinderkriegen.«

Keara schmunzelte. »Es ist durchaus harte Arbeit, aber auch nicht zu hart. Jetzt könnte ich allerdings etwas Erholung gebrauchen. Leg ihn bitte in die Wiege und lass mich eine Weile ausruhen.«

»Sollte nicht jemand bei dir bleiben?«, fragte er besorgt.

»Nur wenn ihr Devin und mich wachhalten wollt. Und

nun fort mit dir, na los!« Mit einer matten Handbewegung scheuchte sie ihn aus dem Zimmer.

Vor der Tür musste Theo sich erst einmal kräftig die Nase putzen, ehe er aufsah und Noreens Lächeln begegnete. »Sie ist wundervoll«, sagte er schlicht. »Genau wie das Baby.«

»Gehst du dann vielleicht einmal zurück an die Arbeit und lässt uns Frauen in Ruhe aufräumen?«

Er salutierte spielerisch und verließ pfeifend das Haus. Doch weit kam er nicht, ehe er innehalten und eine Träne fortwischen musste. Nach all den Enttäuschungen mit Lavinia hatte er nicht mehr damit gerechnet, mit einem Sohn *und* einer Tochter beschenkt zu werden. Es war fast wie ein Wunder.

* * *

Summend putzte Maggie Brett die Regale hinter der Theke. Ihre neue Arbeit bereitete ihr echte Freude. Sie selbst hätte das Lokal als Gasthaus bezeichnet, doch in Australien nannte man dergleichen ein Hotel, was in ihren Ohren noch immer merkwürdig klang. Doch das Wichtigste war, dass es ein anständiges Etablissement war und der Wirt stets für Ordnung sorgte. Er und seine Gattin beschäftigten nur achtbare Frauen als Bardamen und behandelten sie gut, denn auch die Kunden waren achtbare Leute – in der feineren Bar zur Straße hin größtenteils Handwerksmeister und Ladenbesitzer und im Hinterzimmer deren Angestellte.

Am meisten genoss Maggie, dass sie immer Gesellschaft hatte. In Westaustralien hatte sie mit ihrer Freundin Keara in einem kleinen Landgasthaus gelebt und gearbeitet, in dem es so ruhig gewesen war, dass es sie manchmal nahezu um den Verstand gebracht hatte – wenn sie nicht gerade um ihr Leben hatte fürchten müssen. Keara allerdings fehlte ihr sehr. In ihrem ganzen Leben hatte sie keine so enge Freundin gehabt.

Doch sie hoffte, wenigstens ihren anderen Freund Mark Gibson dann und wann zu Gesicht zu bekommen. Er hatte angekündigt, nach ihr zu sehen, wann immer er nach Melbourne käme. Es fühlte sich komisch an, einen Mann als Freund zu betrachten, doch zwischen ihr und Mark hatte es nie auch nur einen Funken der Anziehung gegeben – genauso wenig wie zwischen ihm und Keara. Für sie war er einfach zu ernst, zu zurückhaltend.

An diesem Nachmittag hatte sie ein paar Stunden frei, und so spazierte sie ein wenig zwischen den umliegenden Geschäften umher und genoss die frühsommerliche Wärme. Viele Einkäufe tätigte sie nicht, denn sie ging nicht nur generell sorgsam mit ihrem Geld um, sondern hatte ein neues Ziel: eines Tages ihr eigenes Hotel zu betreiben. Wahrscheinlich ein Ding der Unmöglichkeit, aber sie würde es wenigstens versuchen.

Als sie das Mädchen auf der anderen Straßenseite erblickte, musste sie zweimal hinsehen, weil sie kurz glaubte, Keara vor sich zu haben. Doch ehe sie näher herankommen konnte, war die andere in eine Seitenstraße abgebogen, und als Maggie ihr folgte, war sie nirgends mehr zu entdecken. Was vermutlich bedeutete, dass sie in einer der Gassen verschwunden war, die in diesem Teil von Melbourne den Unterschied zwischen den achtbaren und den weniger achtbaren Geschäften ausmachten. Dort gab es Bordelle, hatte man Maggie erzählt, und wer wusste, was noch? Sie würde es sicher nicht selbst erforschen.

Und dennoch – die Ähnlichkeit war frappierend gewesen.

Es konnte doch nicht etwa eine von Kearas verschwundenen Schwestern sein, oder?

Als sie auf ihr Zimmer zurückkehrte, holte sie das Plakat hervor, das Theo hatte drucken lassen und auf dem eine stattliche Belohnung geboten wurde für jegliche Hinweise, die zu Ismay oder Mara Michaels führten. Grübelnd knabberte sie an ihrem Fingerknöchel, während sie die Zeichnung auf dem Plakat mit halb geschlossenen Augen musterte und sich in Erinnerung zu rufen versuchte, was genau sie heute gesehen hatte. Das Mädchen hatte definitiv Keara geähnelt, und damit auch den Porträts auf dem Plakat. Vom Alter her müsste es sich um die jüngere Schwester Mara handeln. Wenn sie es denn war.

Maggie beschloss, in Zukunft die Augen offenzuhalten, wenn sie draußen unterwegs war. Wenn das Mädchen heute hier in der Nähe eingekauft hatte, würde es doch sicher öfter herkommen? Sie glaubte nicht, dass die andere sie bemerkt hatte – außerdem hatte keine der Schwestern sie je kennengelernt –, doch wenn Mara den Eindruck bekäme, jemand verfolge sie, würde sie womöglich die Flucht ergreifen.

Maggie überlegte, ob sie Keara schreiben sollte. Doch sie wollte keine falschen Hoffnungen wecken, solange sie sich nicht sicher war, dass es sich wirklich um die jüngere Schwester handelte.

Dann runzelte sie die Stirn. Das Mädchen war in einer der Gassen verschwunden. Bedeutete das, dass sie ein unmoralisches Leben führte? Als Diebin oder Hure? Maggie hoffte, dass dem nicht so war. Keara hatte schon genug Sorgen, da brauchte sie nicht noch mehr.

* * *

Nancys Nichte Bess traf drei Tage nach ihrem Brief ein. Ihre bisherige Herrin hatte sie einfach sitzenlassen und sich auf Umwegen nach Ellerdale begeben – unter anderem mit dem Zug über Manchester, was sie dem von Hal erbeuteten Geld zu verdanken hatte. Als das Dienstmädchen sie in das kleine Zimmer brachte, in dem Nancy ihre Zeit zu verbringen pflegte, wenn sie nicht Lavinia umsorgte, betrachteten die Frauen einander für einen Moment wortlos. Schließlich sagte Nancy: »Nun komm schon herein – und schließ die Tür hinter dir.«

Bess schlenderte ins Zimmer, fest entschlossen, nicht zu viel Ehrfurcht zu zeigen. »Nettes Haus.«

»Die Herrin ist unterwegs. Trink eine Tasse Tee mit mir, später zeige ich dir dann dein Zimmer.« Während sie das aromatische Getränk genossen, musterte Nancy ihre Nichte aufmerksam. Bess erinnerte sie sehr an sie selbst als junge Frau: dunkles, fein gelocktes Haar, braune Augen und eine messerscharf geschnittene Nase. Diese Ähnlichkeit beruhigte sie, und sie fragte sich, ob auch ihre Nichte die Gabe des zweiten Gesichts hatte. Diese war nicht jedem in der Familie gegeben – oder auch nur erwünscht.

»Schön, zur Abwechslung mal selbst bedient zu werden.« Bess lehnte sich zurück und schaute sich neugierig um.

»Nun, in Zukunft wirst du Lavinia bedienen, gewöhn dich also nicht zu sehr an den Müßiggang.«

»Du nennst sie beim Vornamen?«

»Selbstverständlich. Sie war schon als Baby in meiner Obhut. Aber du wirst sie mit Mrs Mullane ansprechen.«

»Mrs Mullane«, wiederholte Bess gehorsam.

Nancy senkte die Stimme. »Sie ist recht langsam im Kopf, aber sehr stur. Du wirst sie ohne ihr Wissen in die richtige Richtung dirigieren müssen. Ich kann sie herumkommandieren, aber von dir wird sie sich das nicht bieten lassen.«

»Was denkt sie über mein Auftauchen?«

»Sie ist erleichtert. Kommt allein nicht zurecht.« Das Funkeln in Bess' Augen entging Nancy nicht, und zum ersten Mal spürte sie einen leisen Anflug von Sorge. Was, wenn ihre Nichte kein vertrauenswürdiger Mensch war? Wie sollte sie das in so kurzer Zeit mit Sicherheit herausfinden? »Du wirst sie davor bewahren müssen, sich zur Närrin zu machen.«

»Warum sagst du ständig, was *ich* werde tun müssen?«

Nancy seufzte. Es würde sich nicht verbergen lassen, wie

rapide ihre Kräfte sie verließen. »Weil ich im Sterben liege. Mir wird gerade genug Zeit bleiben – so hoffe ich jedenfalls –, dich in alles einzuweisen. Und wenn du eine schnelle Auffassungsgabe hast, wirst du ein sehr komfortables Leben führen können, wenn ich nicht mehr bin.«

Bess senkte den Blick und hoffte, die Befriedigung angesichts dieser Aussage gut verborgen zu haben. Alle wussten, wie streng Tante Nancy war, wie versteift auf ihre Ansichten. Diese arme Lavinia war ihr wahrscheinlich völlig hörig und tat keinen Schritt ohne ihre Erlaubnis, geschweige denn, dass sie einmal etwas Spaß hatte. Doch wenn ihre Tante nur noch wenige Wochen zu leben hatte, konnte Bess geduldig warten, bis sie an der Reihe wäre.

»Ich danke dir, dass du an mich gedacht hast«, sagte sie – demütig, wie sie hoffte. Demut oder Zurückhaltung waren noch nie ihre Stärken gewesen, doch beides würde sie vorspielen müssen, bis ihre Tante das Zeitliche segnete. Die Aussichten hier waren noch weit besser, als sie sich je hätte ausmalen können.

Nancy hob den Kopf. »Ah, da geht die Haustür. Sie ist zurück.«

Gleich darauf kam Lavinia hereinmarschiert, bockig und verärgert, weil eine Dame, die sie kannte, sie nicht bemerkt und nicht ihre Kutsche hatte anhalten lassen, um einen Plausch zu halten. »Wir sollten selbst eine Kutsche haben. Das sage ich dir schon lange, Nancy. Für eine Frau meines Standes ist es einfach nicht angebracht, immer nur die des Mietstalls zu nehmen.«

»Wir fahren nicht oft genug aus, als dass es sich lohnen würde, und der Fußweg in die Stadt ist so kurz, dass du sie dafür nicht brauchst. Aber wenn du aufhören möchtest, so viele Kleider zu kaufen, könnten wir uns eine Kutsche leisten. Die Wahl liegt bei dir.«

»Ich weiß nicht, was Theo mit all dem Geld angestellt hat, das mein Vater hinterlassen hat«, murrte Lavinia.

Nancy seufzte. Ihr Schützling hatte noch nie etwas von Geld verstanden, und ganz gleich, wie oft sie erklärte, dass es der Vater des Mädchens gewesen war und nicht Theo, der das Geld verprasst hatte – es drang einfach nicht zu Lavinia durch. Diese Diskussion wegen der Kutsche hatten sie bereits mehrfach geführt. Sie sah, wie der Blick ihres Schützlings nach unten zu der Spitze an ihren Handgelenken schweifte und sie bereits an etwas anderes dachte.

»Im Grunde hast du wohl recht, was die Kutsche angeht, Nancy. Es wäre reine Geldverschwendung, und ich ziehe mich so gern schön an.«

Bess beobachtete diesen Austausch mit großem Interesse. Ohne viel Lamentieren oder Protest hatte Lavinia sich Nancy gefügt – zu dumm, um zu erkennen, wie sie manipuliert wurde.

»Das ist meine Nichte. Sie ist hier, damit wir sehen können, ob sie zu dir passt.«

Bess stand auf und machte einen Knicks. »Ich bin sehr dankbar für diese Gelegenheit, für Sie zu arbeiten, Ma'am – und das in einem so reizenden Haus. Ich werde mein Bestes geben, es Ihnen stets rechtzumachen.«

Lavinia musterte sie. »Sie sehen aus wie Ihre Tante.« Dann verzog sie kummervoll das Gesicht. »Aber ich möchte lieber Nancy behalten.«

Das werden wir ändern müssen, dachte Bess.

* * *

Mara erledigte oft kleine Botengänge für Dolly und die Frauen. Es gefiel ihr, die Läden und Marktstände zu besuchen. So bitterarm, wie sie aufgewachsen war, achtete sie auf jeden

Penny und erhielt viel Lob für ihren Scharfsinn und ihr Verhandlungstalent.

Zum ersten Mal fiel ihr die Frau am Markttag auf. Eine etwa Dreißigjährige mit einem frischen Gesicht und dunklem Haar, die Mara nicht kannte, starrte sie an. Ihr erster Impuls drängte sie, die Flucht zu ergreifen, doch sie hatte ihre Einkäufe noch nicht erledigt. War es vielleicht eine einstige Besucherin der Hannons? Nein, das konnte nicht sein. Dies war keine feine Dame, sondern eine gewöhnliche Frau mit einem fröhlichen Gesicht. Oje. Was sollte sie nur tun? Sie wollte nicht riskieren, dass irgendjemand sie erkannte und zurück zu den Nonnen schickte. Da war das Leben bei Dolly und ihren Frauen weit angenehmer.

Als sie dieselbe Fremde in der folgenden Woche direkt neben sich an einem Stand anstehen sah, wurde sie misstrauisch, doch das verging, als die Frau sie anlächelte und sagte: »Du bist mir letzten Donnerstag schon aufgefallen mit deinen hübschen Locken. Fast wie meine Nichte in England. Ach, sie fehlt mir so.«

Mara nickte, antwortete jedoch nicht, sondern erledigte einfach ihre Einkäufe. Wenigstens war damit das Starren erklärt.

Maggie jedoch blickte ihr nach und war nun fest überzeugt, dass es sich um Kearas Schwester handelte. Die Ähnlichkeit war einfach zu groß, um bloßer Zufall zu sein, und auch das Alter passte. Nun musste sie nur noch in Erfahrung bringen, wo das Mädchen wohnte. Sie winkte den Nachbarsjungen heran, den sie mitgebracht hatte. »Das ist sie. Du bekommst einen Schilling, wenn du herausfindest, wo das Mädchen wohnt, ohne dass sie dich bemerkt.«

Jimmy grinste. »Nichts leichter als das. Burschen wie mich bemerkt nie jemand. Uns gibt's überall.«

Als Maggie ihm nachsah, musste sie ihm im Stillen recht geben. Und wenn man darauf achtete, wie zerrupft und vernachlässigt diese Burschen oft aussahen, musste man sich fragen, wie viele von ihnen sich allein durchschlugen.

Sie begab sich zurück zum Hotel und begann ihre Schicht. Eine halbe Stunde später kam Jimmy herein und zwinkerte ihr zu. Er wartete am Ende des Tresens, bis sie Zeit für ihn hatte.

»Was macht der hier im Vorderzimmer?«, grummelte der Wirt. »Sag dem Burschen, er soll verschwinden, Maggie.«

»Er hat eine Nachricht für mich. Ich schicke ihn fort, sobald ich mir angehört habe, was er zu berichten hat, versprochen.«

»Es liegt doch nichts im Argen, oder?« Er sah sie durchdringend an. »Wir wollen Sie nicht verlieren. Sie leisten hier gute Arbeit.«

Das Kompliment freute sie sehr. »Vielen Dank. Nein, es ist alles in Ordnung. Nur eine persönliche Angelegenheit, weiter nichts. Ich arbeite wirklich gern hier, das wissen Sie ja. Dauert nur einen kleinen Moment.« Damit ging sie zum Ende des Tresens. »Und?«

Jimmy grinste. »Leicht verdientes Geld.« Er streckte die Hand aus.

»Erst wenn du mir gesagt hast, was du herausgefunden hast.«

»Sie wohnt bei Dolly.«

»Dolly?«

»Ein Bordell in der Goat Lane. He, ist alles in Ordnung? Sie sind auf einmal so blass!«

Haltsuchend klammerte Maggie sich an den Tresen. »Das ist doch aber kein Ort, an dem sie Kinder feilhalten, oder?«

»Ach was. Dolly ist eine von den Guten, allseits beliebt. Bei ihr schaffen nur drei Frauen an, die Kleine hilft in der Küche.«

Maggie entwich ein langer Seufzer der Erleichterung. Keara berichten zu müssen, dass ihre Schwester in jenes furchtbare Gewerbe abgerutscht war, hätte sie nicht ertragen. Es war schon schlimm genug, wenn erwachsene Frauen ihre Körper verkaufen mussten, doch wenn dafür Kinder missbraucht wurden, wurde ihr – wie jedem anständigen Menschen – übel. Hätte auch nur die geringste Möglichkeit bestanden, dass Mara so etwas widerfahren war, hätte sie auf der Stelle die Polizei einschalten müssen.

»Und da bist du dir absolut sicher? Dass sie nur die Küchenmagd ist, meine ich?«

»Ja.«

»Guter Junge.« Sie ging zu dem Glas, in dem sie ihr Trinkgeld sammelte, und gab ihm zwei Schillinge. »Den Bonus gibt es, weil du so viel herausgefunden hast. Und solltest du sonst noch etwas über das Mädchen hören: Wo das herkommt, gibt's noch mehr. Aber denk dran, ich will nicht, dass sie sich beobachtet fühlt.«

Er tippte sich mit einem Finger an die Nase und schlenderte grinsend hinaus.

Trotz all seiner Versicherungen konnte sie nicht umhin, sich um Mara zu sorgen.

* * *

Mark holte Nan und die kleine Amy nach Rossall Springs, sobald seine Verhandlungen mit Samuel abgeschlossen waren. Da er in Eile war, hatte er Maggie in Melbourne diesmal keinen Besuch abgestattet. Als sie gemeinsam in die kleine Stadt einfuhren, war es für ihn wie eine Heimkehr. Strahlend sah er sich um.

»Du bist glücklich, wieder hier zu sein, nicht wahr?«, fragte Nan, als der Wagen, den sie für sich und ihre Habseligkeiten gemietet hatten, langsam über die Hauptstraße rollte.

»Sehr glücklich, auch wenn hier einige traurige Erinnerungen warten.«

»Ach, Unglück gibt es überall. Aber es freut mich sehr, dass ich auf diese Weise das Grab meiner Patience pflegen und eines Tages an ihrer Seite werde ruhen können.«

»Dieser Tag liegt hoffentlich noch in weiter Ferne«, entgegnete er sogleich. »Amy und ich brauchen dich viel zu sehr.«

In Nans Augen lag ein verdächtiger Glanz, doch ihr Lächeln war warm. »Wer hätte gedacht, dass es so weit kommen würde nach allem, was Alex getan hat?«

»Deinen Mann trifft keine Schuld für seine Taten. Er hatte den Verstand verloren und ...« Mark unterbrach sich, um dem Fahrer zuzurufen: »Da drüben links, gleich neben dem Lebensmittelladen.« Seinen ersten Gedanken führte er nicht weiter aus. Es bestand kein Bedarf, auf Alex Jenners Wahnsinn und seinem qualvollen Tod nach einem Schlangenbiss bei der versuchten Entführung seiner Enkelin herumzureiten.

Endlich waren sie da. Mark blickte zu dem Schild empor, auf dem noch »Inh. S. Grove« zu lesen war. Das würde er so bald wie nur möglich gegen ein »M. Gibson« austauschen. Das Speisehaus schien gut besucht zu sein, gerade eben ging wieder ein Mann hinein. Mark schaute zu dem leeren Grundstück nebenan hinüber und fragte sich, ob der Eigentümer es ihm wohl verkaufen würde. Er hatte Großes vor mit seinem Geschäft.

Unvermittelt wurde ihm klar, dass der Fahrer ihn fragend ansah. »Entschuldigen Sie. Ich habe nur über etwas nachgedacht. Wenn Sie die nächste rechts nehmen, kommen Sie zur Rückseite des Gebäudes. Dort laden wir aus und bringen die Sachen ins Haus, ohne die Gäste zu stören.« Er winkte Katie zu, die an die Eingangstür gekommen war, und als sie das Winken erwiderte, bedeutete er ihr per Handzeichen, was sie vorhatten. Sie nickte und verschwand. Dass sie bleiben würde, freute ihn, denn sie machte den Eindruck einer fähigen Frau und hatte eine freundliche Ausstrahlung. Ein wenig seltsam war es, eine Frau mit so kurzem Haar zu sehen, doch ihres war von einem ansprechenden Braun, das in der Sonne mit rotgoldenen Akzenten schimmerte.

Dann vergaß er fürs Erste alles außer seinem Bedürfnis, sich und seine Familie gut einzurichten. Weder er noch Nan hielten auch nur einmal in der Arbeit inne, bis es an der Zeit war, zu Bett zu gehen. Glücklicherweise war Amy von dem aufregenden Tag so müde, dass der kleine Wirbelwind sich widerstandslos in dem Zimmer zu Bett bringen ließ, das sie von nun an mit ihrer Großmutter teilen würde, und rasch einschlief.

Anders als Mark. Noch lange schwirrten die wildesten Pläne in seinem Kopf umher. Als ein Geräusch an seine Ohren drang, registrierte er anfangs gar nicht, was es war. Dann wurde ihm klar, dass er Glas hatte klirren hören – und zwar im Erdgeschoss. Abrupt fuhr er hoch, warf die Decke beiseite und streifte sich seinen Morgenmantel über.

Auf Zehenspitzen ging er die Treppe hinab, um Nan und Amy nicht zu wecken. Unten angekommen marschierte er geradewegs in den Gastraum und sah, dass jemand einen Stein durchs Fenster geworfen hatte. Überall waren Scherben verteilt. Gerade als er zum Fenster gehen und nach draußen auf die Straße blicken wollte, ertönte hinter ihm ein Geräusch. Einen schockstarren Moment lang glaubte er, es sei der Eindringling, und fuhr mit schützend erhobenen Fäusten herum. Doch es war nur Katie. Erleichtert seufzte er auf und ließ die Fäuste sinken.

Auf leisen Sohlen kam sie zu ihm. »Was ist passiert? Ich habe Glas scheppern hören, dann sind Sie die Treppe hinunter.«

»Jemand hat einen Stein zum Fenster hereingeworfen.«

Ihre Schultern sanken zusammen, und bestürzt sah sie ihn an. »Das kann nur Albert Bevan gewesen sein. Ich bringe Sie schon jetzt in Schwierigkeiten.«

»Hören Sie, hier können wir nicht reden, sonst wecken wir die anderen.« Er zog sie in die Küche. »Ich weiß nicht, wie es Ihnen geht, aber ich bekomme jetzt kein Auge zu. Ich denke, ich werde das Feuer schüren und mir einen Kakao machen. Wollen Sie auch einen?«

Sie zögerte, dann rief sie sich in Erinnerung, dass sie keine Nonne mehr war – etwas, das sie durchaus noch häufiger tun musste –, und nickte. Sie konnte zu jeder Tages- und Nachtzeit reden, mit wem sie wollte. »Das würde mir gefallen. Aber ich mache das schon.«

»Dann kümmere ich mich in der Zeit darum, das zerbrochene Fenster zu verschließen.« Er nahm sich einen Fidibus, um eine Lampe zu entzünden, und verschwand wieder in den Gastraum.

Während er fort war, fachte sie die Glut wieder an und stellte einen Topf mit Milch auf die vordere Kochstelle des Herds, holte zwei Tassen aus dem Regal und löffelte Kakao und Zucker hinein. Er kehrte zurück, ehe die Milch aufgekocht war, und trug einen nachdenklichen Gesichtsausdruck.

»Ich glaube, ich hole meine Matratze nach unten und schlafe im Gastraum, nur um sicherzugehen, dass niemand einbricht.«

»Was ist mit Ihrer eigenen Sicherheit? Und was mit all den Scherben?«

Er zuckte mit den Schultern. »Ich kann ja am anderen Ende des Raums schlafen. Und was meine Sicherheit anbelangt – ich habe einen Revolver, den ich als Goldsucher auch benutzen musste. Sollte der Eindringling zurückkommen, wäre er es, der sich um seine Sicherheit sorgen müsste, glauben Sie mir. Ich hätte nie gedacht, ich könnte hier in Rossall eine Waffe brauchen, aber heute Nacht werde ich sie laden und griffbereit halten. Tagsüber verstaue ich sie wohl besser einsatzbereit in meinem Schlafzimmer, wo Amy sie nicht in die Finger bekommen kann.«

Die Milch begann zu schäumen und Catherine versuchte, sich auf die Zubereitung des Kakaos zu konzentrieren statt auf die Tatsache, dass ein Mann in nichts als seinem Nachthemd und einem Morgenmantel so dicht neben ihr saß. Als sie ihm seine Tasse reichte, warf sie einen raschen Blick hinüber und fand, dass er mit zerzaustem Haar weit jünger aussah – jünger und anziehender. »Möchten Sie auch ein Stück Kuchen?«

»Warum nicht?« Verschmitzt lächelte er sie an. »Ein nächtliches Festmahl, was?«

Als der Kakao fertig war, zögerte sie, sich zu ihm an den Tisch zu setzen. »Vielleicht trinke ich meine Tasse lieber oben.«

Er bedachte sie mit einem langen, offenen Blick. »Ich beiße nicht. Setzen Sie sich zu mir.«

Sie schluckte schwer, ließ sich jedoch auf dem Platz ihm gegenüber nieder. Schließlich war sie genauso bedeckt, wie sie es in ihrer Alltagskleidung wäre, rief sie sich ins Gedächtnis. Bloß dass es sich nicht so anfühlte. Sie fühlte sich … verletzlich. Um ihre Unruhe zu verbergen, nahm sie einen Schluck Kakao, doch der war noch zu heiß, und so stellte sie die Tasse vorsichtig auf den Tisch.

»Ich kann Ihnen gar nicht sagen, wie froh ich bin, wieder in Rossall zu sein«, erklärte er plötzlich. »Das ist der einzige Ort in Australien, an dem ich mich wirklich heimisch fühle.«

»Mir gefällt es hier auch. Erzählen Sie ein wenig von Westaustralien. Ist es dort sehr anders?«

»Ja.« Er beschrieb die weiten Wälder des Südwestens und den Landgasthof, den er dort für eine Weile geführt hatte. Als er Keara und Theo erwähnte, hob sie abrupt den Kopf. »Doch nicht … Keara Michaels?«

»Doch.«

»Ich bin mit ihren Schwestern nach Australien gekommen«, entfuhr es ihr, ehe sie sich die Hand vor den Mund schlug und ihn bestürzt ansah.

Er runzelte die Stirn. »Ich dachte, Sie und Ihr verstorbener Ehemann wären schon früher hierhergekommen?«

Sie senkte den Kopf und rief den Herrn um Rat an, und plötzlich wurde ihr klar, dass sie ihren neuen Arbeitgeber nicht anlügen wollte. »Ich glaube, ich sollte Ihnen lieber die Wahrheit über mich erzählen, Mr Gibson. Wenn Sie mich dann fortschicken wollen, werde ich widerspruchslos gehen.«

Er lehnte sich zurück und musterte sie, während sie sprach. Der Schatten des Kummers auf ihrer Miene, als sie berichtete, wie schwer es ihr gefallen war, den Orden zu verlassen, war unübersehbar.

»Es tut mir leid, dass ich Sie angelogen habe«, schloss sie.

Wer bin ich schon, andere zu verurteilen?, dachte er. »Ich kann nachvollziehen, warum Sie nicht die Wahrheit sagen konnten. Aber deshalb müssen Sie doch sicher nicht Rossall verlassen?«

Zweifelnd sah sie ihn an. »Ich dachte, das wäre Ihnen lieber. Vor allem, wenn es Albert Bevan war, der diesen Stein geworfen hat.«

»Katie, wir alle haben Dinge getan, die wir bereuen. Ich bin lieber nach Australien geflüchtet, als eine junge Frau zu heiraten, die ich geschwängert hatte.« Er sah den Schock auf ihrem Gesicht und setzte hastig hinzu: »Natürlich habe ich für ihren Unterhalt vorgesorgt, aber ich konnte sie einfach nicht heiraten. Hinter dem hübschen Gesicht war sie ein so törichter und missgünstiger Mensch. Doch dann ist sie wenige Monate nach der Geburt des Kindes gestorben. Dafür habe ich mich immer schuldig gefühlt – auch wenn ich nicht ihr erster Mann war, so streng ihre Familie auch war. Nun ja, jetzt habe ich eine Tochter in England, die ich noch nie gesehen habe, und das lässt mich nicht los. Außerdem habe ich noch einen alternden Vater, den ich sehr liebe, und«, an dieser Stelle schmunzelte er, »acht Geschwister aus seinen drei Ehen.«

»Grundgütiger!«

Er ließ dem Schweigen wieder Raum, hatte kein Bedürfnis, es mit Worten anzufüllen, und diesmal fühlte es sich für sie beide behaglicher an.

Als sie gähnte, sagte er: »Gehen Sie zu Bett, Katie. Ich hole meinen Revolver und halte Wache.«

»In Wahrheit heiße ich Catherine. Denken Sie, von jetzt an könnten Sie mich so nennen?«

Er probierte es aus. »Catherine. Gefällt mir. Das passt irgendwie besser zu dir als Katie. Aber dann musst du mich auch Mark nennen statt Mr Gibson. Ich bin keiner, der auf Formalien besteht.«

»Mark also.«

Beim Hinaufgehen fühlte sie sich so zufrieden wie schon lange nicht mehr. Es war ihr furchtbar schwergefallen, anständige Menschen wie ihn und Nan zu belügen.

18

März – Juli 1866

Mick behielt Mara scharfäugig im Blick. Manchmal fasste er sie an, um zu fühlen, wie weich ihre Haut war, und lachte, wenn sie ihm auszuweichen versuchte. Nachdem Dolly das einige Male beobachtet hatte, machte sie ihm unmissverständlich klar, dass er das Kind in Frieden zu lassen habe, und so folgte er dem jungen Hausmädchen stattdessen eines Tages auf ihrer Einkaufsrunde. Er wollte sehen, wie andere Männer auf ihre langsam erblühende Fraulichkeit reagierten. Doch dann hörte irgendein verfluchtes Weibsbild nicht auf, mit ihr zu schwatzen, und so konnte er wieder nur darüber brüten, wie sich am besten Kapital aus dem Mädchen schlagen ließe.

Die Skrupel seiner Schwester machten ihn wütend. Es leuchtete doch jedem ein: Wenn man etwas von Wert besaß, dann setzte man es zu seinem Vorteil ein. Und bei gutem Essen und einer Arbeitsumgebung, in der sie sich wohlfühlte, steigerte Maras Wert sich von Tag zu Tag. Man konnte ihr praktisch beim Wachsen zusehen, und mittlerweile war sie bildhübsch mit ihrer rosigen Gesichtsfarbe und den knospenden Rundungen. Es gab reiche Männer, die zwanzig Guineen für das Privileg der ersten Nacht mit einer solchen Jungfrau zahlen würden, und Dolly könnte Mara einen Anteil davon geben, sodass auch das Mädchen etwas von dem Handel hätte. Wenn sie sie gut einwiesen, könnten sie sogar mehr als einmal vorgeben, sie sei noch unberührt.

Dass Dolly sich da so töricht querstellen musste!

Diese Vergeudung ließ ihn nicht los und machte ihn noch

übellauniger als sonst. Eines Abends brachte er das Thema abermals bei seiner Schwester zur Sprache und setzte all seine Überredungskünste ein bei seinem Flehen, sie möge endlich ein Einsehen haben. Sie sollte sich einmal vorstellen: Wenn das mit Mara gelang, könnte er die Augen offenhalten nach weiteren Mädchen in diesem Alter, und wer wusste, wohin das führen würde?

Ihre Reaktion war ätzend wie Säure, und plötzlich war er froh, dass er nur ihr Halbbruder war. »Deine Mutter muss sich im Grabe umdrehen, wenn so etwas aus deinem Mund kommt – sie war ein aufrechter Mensch und immer gut zu mir. Mir wird schlecht, wenn ich dich so höre, so wahr mir Gott helfe.« Als er sie nur finster anstarrte, schrie sie ihn an: »Mick Brogan, wie kannst du auch nur darüber nachdenken, so junge Mädchen auf eine solche Weise zu missbrauchen?«

»Das tun andere auch und verdienen gutes Geld damit.«

»Und fügen dabei Kindern unsagbares Leid zu.«

»Ist doch nichts anderes, als was du mit deinen Huren machst.«

»Und ob das etwas anderes ist. Meine Mädels sind alt genug, um zu wissen, was sie tun, und leisten im Bordell gute Arbeit, deshalb muss ich mich für unser Angebot nicht schämen.« Auch sie verdiente gutes Geld damit, auch wenn sie Mick tunlichst verschwieg, wie viel. Ihre Ersparnisse waren sicher bei der Bank verwahrt statt unter ihrer Matratze.

Als er aufstand, weckte ihr angewiderter Gesichtsausdruck eine brennende Wut in ihm und er fuhr sie an: »Wag es ja nicht, so auf mich herabzusehen, Dolly Brogan. Am Ende des Tages bist du nichts weiter als eine Hure.«

Für einen Moment herrschte Totenstille in der Küche. Als sie sich schließlich erhob, erkannte er, dass er diesmal zu weit gegangen war.

»Dann wirst du wohl besser gehen, Mick. Für eine wie

mich willst du dir sicher nicht die Hände schmutzig machen, auch wenn ich deine Halbschwester bin.«

Achselzuckend drehte er sich um – er würde sicher nicht zu Kreuze kriechen und sie anflehen, bleiben zu dürfen. Im Grunde hatte er es ohnehin bis oben hin satt, wie sie ihn herumkommandierte, als wäre er noch grün hinter den Ohren. »Gil? Kommst du?«

Sein jüngerer Bruder, der mit eingezogenen Schultern hilflos hatte mitanhören müssen, wie Mick ihnen das gute Leben hier zunichtemachte, sah auf und schaute von einem zum anderen. Dann schüttelte er langsam den Kopf. »Ich bleibe hier bei Dolly, und das solltest du auch tun. Sie war schon immer die Klügste von uns. Mit ihr am Steuer sind wir besser dran.«

»Wie du willst. Aber das wird dir noch leidtun. Das wird euch beiden noch leidtun.«

»Was denn?«, blaffte Dolly. »Du bist derjenige, der hier mit Beleidigungen um sich wirft, nicht wir. Du bist es, der sich entschuldigen sollte.« Doch sie wusste, dass er das nicht tun würde.

Ein letztes Mal starrte er sie bitterböse an, ehe er nach oben ging, um seine Sachen zu packen. Auf dem Weg schlüpfte er noch in Dollys Zimmer und nahm sich ein wertvolles Armband, das ihr einmal jemand geschenkt hatte und von dem er wusste, dass sie daran hing. Das geschah ihr nur recht – außerdem stand ihm mehr zu als der kümmerliche Lohn, den sie ihm zahlte. Er hatte ein Recht auf einen kleinen Bonus.

Fröhlich pfeifend ging er schließlich wieder durch die Küche.

Dolly stand auf und stellte sich ihm in den Weg. »Den Schlüssel.« Fordernd streckte sie die Hand aus.

»Hab ich verloren.«

»Das glaube ich dir nicht.«

»Bist du stark genug, mich festzuhalten und danach zu

durchsuchen?« Seine Stimme war kaum mehr als ein dumpfes Grollen.

Schockiert wich sie zurück und ließ ihn ziehen. Als die Tür ins Schloss gefallen war, wandte sie sich an Gil. »Danke, dass du bleibst. Das wirst du nicht bereuen, dafür sorge ich.«

»Ich mag die Arbeit hier. Aber dass Mick fort ist, finde ich trotzdem schade.«

»Ich auch. Andererseits habe ich das schon seit einer guten Weile kommen sehen.« Sie überlegte, ob sie die Schlösser austauschen lassen sollte, entschied sich jedoch dagegen. Nicht einmal Mick würde seine eigene Schwester ausrauben.

Doch als sie das Fehlen des Armbands entdeckte, stürmte sie augenblicklich nach unten und rief: »Hol den Schlosser, Gil! Auf der Stelle. Dieser Schweinehund hat sich mein Armband unter den Nagel gerissen. Das wird das Letzte sein, was er mir je stiehlt, dafür sorge ich. Ich bin schwer versucht, ihn bei der Polizei anzuzeigen.« Doch das tat sie nicht – natürlich nicht. Schließlich war er immer noch ihr Bruder.

* * *

Als Bess sich in der schmalen Straße hinter Lavinias geräumiger Villa eines Tages unverhofft Hal Bowler gegenübersah, schrie sie erschrocken auf und versuchte, davonzulaufen. Doch schon nach wenigen Schritten bekam er sie zu fassen und schleuderte sie gegen die nächstbeste Wand.

»Hast wohl gedacht, du wärst mir entwischt, was?«, knurrte er. »Tja, mir entwischt niemand.«

»Es hat sich bloß eine neue Stelle für mich ergeben, das ist alles.«

»Und deine Flucht hast du mit Geld aus meiner Tasche bezahlt.«

Sie verlegte sich aufs Schmeicheln. »Ach, Hal, nun sei doch nicht so.«

Abermals stieß er sie brutal gegen die Wand. »Sperr einfach die Ohren auf, Bess. Wie es der Zufall so will, bist du nicht die Einzige, die das Weite suchen wollte. Allerdings hast du immer noch Schulden bei mir – wie willst du die also abgelten?«

»Ich besorge das Geld und zahle es dir zurück, versprochen!«

»Ich brauche ein Dach über dem Kopf.«

»Hier kannst du nicht bleiben! Meine Tante ist auch hier, die weiß, wer du bist.«

»Zu der Villa gehören auch noch ein Gartenschuppen und ein Sommerhaus, das niemand nutzt. Da kann ich mein Lager aufschlagen, während du das Geld auftreibst.« Er grinste. »Und du kannst schön hinüberkommen, um mir das Bett zu wärmen.«

»Hal, das wage ich nicht!!«

»Bess, du wagst es nicht, dich mir zu verweigern. Und wenn Schnaps im Haus ist, bring mir einen Drink. Ich bin am Verdursten.«

Sie seufzte. Er war schon immer ein Trinker gewesen. Wenn er nüchtern war, glaubte sie manchmal fast, sie empfände echte Zuneigung für ihn, doch die meiste Zeit über verabscheute sie ihn. Und sie war sich nie ganz sicher, was er für sie empfand. Jedenfalls landete er immer wieder bei ihr und lieh ihr Geld, wenn sie es brauchte. Andererseits schlief er auch mit anderen Frauen – und wollte sein Geld stets zurückhaben.

»Also gut, wenn es sein muss«, stieß sie mürrisch hervor. »Ich werde sehen, was ich finden kann.«

»Das ist mein Mädchen.«

* * *

Es dauerte einige Wochen, bis Nancy dämmerte, dass es ein

Fehler gewesen war, ihre Nichte herzuholen. Bess stachelte Lavinia dazu an, mehr Geld auszugeben, schmeichelte sich bei ihrer neuen Herrin ein und luchste ihr sogar Geschenke ab. Doch das Schlimmste war, dass Bess ihrer Tante immer herablassender begegnete, als würde nicht nur ihr Körper, sondern auch ihr Geist sie langsam im Stich lassen.

Das alles war schon schlimm genug, doch am besorgniserregendsten war das Gefühl, das Nancy überkam, wenn sie an Lavinias Zukunft dachte. Sie wusste, dass bald ein Unglück geschehen würde, konnte es spüren. Bloß hüllte der Teesatz sich in Schweigen, und vor ihrem inneren Auge sah sie nichts als wogendes graues Wasser, wann immer sie ihre Gedanken auf ihren Schützling richtete.

Als sie Bess eines Abends aus dem Haus schleichen sah, wurde der alten Frau extrem unwohl, und plötzlich musste sie in Erfahrung bringen, wohin ihre Nichte unterwegs war. Es kostete sie all ihre Willenskraft, sich aufzuraffen, der Jüngeren zu folgen, denn mittlerweile waren die Schmerzen grausam, wirklich grausam, und schwächten sie sehr.

Zum Glück huschte Bess nur zum Sommerhaus hinüber, wo ein Mann sie erwartete. Sobald er zu sprechen begann, erkannte Nancy die Stimme. Hal Bowler, ein wirklich schlimmer Tunichtgut, dessen Familie in Bess' Kindheit auf der gegenüberliegenden Straßenseite gewohnt hatte. Ihr war nicht klar gewesen, dass ihre Nichte eng genug mit dem Kerl verbandelt war, um sich des Nachts mit ihm zu treffen. Diese beiden heckten etwas aus, führten nichts Gutes im Schilde, dessen war sie sich sicher.

Weißglühende Pein fuhr in ihre Flanke, sodass sie sich krümmte und nach Luft schnappte, ehe sie sich wieder aufrichten und näher ans Fenster treten konnte, um die beiden zu belauschen.

Das Erste, was sie hörte, war ein Kuss, begleitet von seinem Stöhnen. »Ich dachte schon, du kommst gar nicht mehr, Mädchen.«

»Ich hab dir was zu essen mitgebracht, Hal. Und eine Flasche von ihrem Wein.«

Bess klang nervös. Warum nur?

»Essen ist es nicht, worauf ich aus bin.«

Wieder das Geräusch von Küssen und das Rascheln von Kleidung.

»Lass uns lieber erst reden«, wiegelte Bess mit einem rauchigen Lachen ab. »Wenn du mich erst in Fahrt bringst, kann ich keinen klaren Gedanken mehr fassen.«

Er seufzte. »Also gut, rede. Aber mach's kurz.«

»Es kann nicht mehr lange dauern, bis meine Tante stirbt. Sie sieht von Tag zu Tag schlechter aus. Wenn sie erst aus dem Weg ist, besorge ich dir hier eine Stelle und wir können leben wie die Maden im Speck – solange du es schaffst, meiner lieben Herrin Honig ums Maul zu schmieren.«

Er lachte leise. »Honig ums Maul schmieren ist meine Spezialität. Vielleicht schmeichle ich mich sogar in ihr Bett. Manche von diesen Hochwohlgeborenen mögen's etwas gröber.«

»Das wird dir nicht gelingen. So etwas ist ihr zuwider – sie ist nur auf Komplimente und Getue aus, ein Tätscheln hier und eine kleine Berührung da, mehr nicht.«

»Von mir aus. Dann sag Bescheid, wenn die alte Hexe unter der Erde ist, und ich komme dich offiziell besuchen. Für die Zwischenzeit hab ich mir eine Unterkunft in der Nähe und eine Arbeit besorgt.«

»Ja, das wird das Beste sein. Wir stellen dich als meinen Cousin vor und sagen, du suchst Arbeit. Die Herrin wird dich schon einstellen, dafür sorge ich. Das Haus ist voll von teurem Zeug, und du weißt besser als ich, wie man so etwas verhökert.«

Eine Weile redeten sie noch, dann setzten die Geräusche wieder ein.

Nancy beschloss, sich zurück ins Haus zu begeben, während die beiden sich da paarten wie die Tiere, die sie waren. Mittlerweile war sie so langsam, dass sie nicht riskieren wollte, entdeckt zu werden. Sie schaffte es auf ihr Zimmer, ehe Bess zurückkam, tat jedoch die ganze Nacht kein Auge zu, während sie überlegte, was zu tun war.

Am Morgen wartete sie, bis ihre Nichte sich mit Lavinia zurückgezogen hatte, ehe sie in die Küche ging und der Köchin einen Brief gab. »Bringen Sie den zur Post, Liebes, ja?«

»Ich gehe später noch einkaufen, dann nehme ich ihn mit.«

»Erledigen Sie das lieber jetzt, Etty, solange Bess anderweitig beschäftigt ist.« Sie ging ein Wagnis ein. »Es sei denn, Sie wollen, dass sie sich hier als die Herrin aufspielt, wenn ich nicht mehr bin?«

Überrascht sah Etty zu ihr auf. »Ich dachte, genau dafür hätten Sie sie hergeholt?«

Nancy schüttelte den Kopf. »Hergeholt habe ich sie, damit sie sich um Lavinia kümmert, doch ich glaube nicht, dass sie das tun wird. Jedenfalls nicht anständig. Sie etwa?«

»Nein. Ich hatte vor, zu kündigen, sobald sie das Ruder übernimmt. Mit der will ich nichts zu schaffen haben, die schreit förmlich nach Ärger.« Etty nahm ihre Schürze ab. »Es wird mir eine Freude sein, der Dame einen Knüppel zwischen die Beine zu werfen. Sie sind immer gut zu mir gewesen, Nancy. Unglaublich, dass Bess Ihre Nichte ist. Wussten Sie, dass sie sich nachts im Sommerhaus mit einem Kerl trifft? Und glaubt, ich wäre zu dumm, es zu bemerken.«

»Das weiß ich, und dieser Mann ist keinen Deut besser als sie.« Die alte Frau krampfte die Finger in ihre Flanke. »Falls sie fragt, sagen Sie, ich habe Sie losgeschickt, mir neues Laudanum zu holen. Ach, wenn Sie schon in der Stadt sind, bringen Sie mir wirklich eine neue Flasche mit. Sagen Sie dem Apotheker, er soll es anschreiben.«

Als Etty gegangen war, saß sie noch lange da und empfand eine tiefe Verzweiflung. In letzter Zeit lief nichts so, wie es sollte, gar nichts. Sollte ihr Lebenswerk wirklich zunichtegemacht werden, indem Lavinia in den Fängen einer Frau zurückblieb, die keinerlei Moral kannte und mit einem räuberischen Beischläfer im Bunde war? Ein Stöhnen drang aus Nancys Kehle, als die Pein sie abermals durchfuhr. Doch dieser Schmerz war keinen Deut schlimmer als die Erkenntnis, wer ihre Nichte wirklich war.

Und mittlerweile war sie so schwach, dass sie es nicht wagte, Bess geradeheraus zur Rede zu stellen.

* * *

Catherine blickte zum Fenster hinaus und seufzte angesichts des strömenden Regens. Sie hatte den Gang zum Markt bereits weit hinausgezögert, in der Hoffnung, der Regen würde nachlassen. Doch es war noch immer kein Ende in Sicht und sie konnte nicht länger warten.

»Ich gehe jetzt besser das Gemüse kaufen«, sagte sie zu Nan. »Können Sie ein Auge auf den Eintopf haben und aufpassen, dass er nicht anbrennt? Kalaya wird auch bald mit dem Putzen der Schlafzimmer fertig sein.«

»Natürlich, Liebes.«

Mark kam herein, als Catherine gerade Mantel und Stiefel überzog. »Da wirst du aber etwas Wärmeres brauchen«, stellte er stirnrunzelnd fest.

»Ach, ich komme schon zurecht«, winkte sie leichthin ab. Sie brauchte wirklich einen neuen Wintermantel, wagte es jedoch nicht, das Geld dafür auszugeben, ehe sie etwas mehr angespart hatte.

Seinem Blick war anzusehen, dass er ihre wahren Beweggründe durchschaute. Sie spürte ihre Wangen rot werden, griff sich Regenschirm und Korb und eilte in Richtung Tür.

Doch er verstellte ihr den Weg und nahm ihr den Korb ab. »Ich sehe es nicht gern, wenn Sie sich mit so schweren Lasten abplagen. Ich hatte ohnehin vor, Sie bald einmal auf den Markt zu begleiten und mich wieder mit den Beschickern vertraut zu machen. Damit kann ich auch heute anfangen. Würden Sie mich den Leuten vorstellen?«

»Ja. Na…, natürlich.« Sie war sich nicht sicher, ob ihr seine Begleitung wirklich recht war, doch verweigern konnte sie es ihm auch nicht. Immerhin war er ihr Arbeitgeber, und auch wenn er sie nie herumkommandierte oder wie eine Untergebene behandelte, bemühte sie sich stets, ihre neue Stellung im Leben nicht zu vergessen.

Trotz des schlechten Wetters war der Markt so gut besucht wie eh und je. Für gewöhnlich kam sie gern her, solange sie es früh genug schaffte, um Mr Bevan zu entgehen, doch mit Mark an ihrer Seite empfand sie eine gewisse Scheu. Erst recht, als sie zwei Frauen dabei ertappte, wie sie ein wissendes Lächeln miteinander tauschten.

Sie stellte ihn den Bauern vor, bei denen sie für gewöhnlich kaufte, und erfuhr, dass er einige bereits kannte. Während er kurz verweilte, um mit einem alten Freund zu plaudern, schlenderte sie weiter, um zu sehen, ob jemand Kleidung aus zweiter Hand anzubieten hatte.

Plötzlich spürte sie einen Griff wie eine Schraubzwinge um ihren Oberarm, der sie in Richtung der vorübergehenden Gasse hinter den Markständen zerrte – einen Ort, der durch die schützenden Planen der Händler von allen Blicken abgeschirmt war. Hektisch versuchte sie, sich loszumachen, doch Mr Bevan war stärker als sie, und es war ihr zu peinlich, um Hilfe zu rufen.

Als die Klaue um ihren Arm unvermittelt verschwand, stolperte sie gerade rechtzeitig rückwärts, um zu sehen, wie Mark ihrem Peiniger die Faust ins Gesicht schlug, sodass er der Länge nach in den Matsch fiel.

»Wenn ich Sie noch einmal dabei erwische, wie Sie sie belästigen, werden Sie es bereuen.«

Bevan sprang mit erhobenen Fäusten auf, was für gewöhnlich ausreichte, dass andere Männer den Rückzug antraten. Mark jedoch trat ihm mit ebenfalls erhobenen Fäusten entgegen und warnte ihn in leisem, zornigem Ton: »Ich habe auf mehreren Goldfeldern gelernt, mich zu verteidigen. Zehn Jahre und zehn Pfund habe ich Ihnen schätzungsweise auch voraus. Sie sind außer Kondition, Bevan, und wenn Sie es darauf anlegen, beweise ich es Ihnen nur zu gern.«

Es entstand ein lastendes Schweigen, nur unterbrochen von den Rufen der Händler auf der anderen Seite der provisorischen Planenwand, ehe Mr Bevan einen Schritt zurückwich.

»Die hat es von Anfang an drauf angelegt. Frauen wie die verdienen, was sie kriegen.«

»Sie wissen nicht das Geringste über sie.«

»Ach, Sie aber schon?«

»Ja.«

»Die hat sie Sie angelogen.«

»Das hat sie nicht. Davon abgesehen«, fuhr Mark fort: »Wenn Sie noch mehr Schaden in meinem Speisehaus anrichten, gebe ich keine Ruhe, ehe Sie dafür in der Zelle sitzen.«

Catherine hätte nicht geglaubt, dass Mark so bedrohlich wirken konnte, und konnte nicht anders, als ihn bewundernd anzustarren.

Entrüstet plusterte Bevan sich auf, öffnete den Mund – und schloss ihn wieder. »Ich weiß nicht, wovon Sie reden. Ich habe Besseres zu tun, als mir Ihren Unsinn anzuhören. Sie mögen ihr ja völlig verfallen sein, aber ich warne Sie: Die ist ein Flittchen.«

»Ich hoffe, dergleichen werden Sie nicht noch einmal von sich geben?«

Wieder machte sich drückende Feindseligkeit breit.

»Von jetzt an werde ich Mrs Caldwell jede Woche zum Markt begleiten.«

Mit einem abfälligen Laut wandte Bevan sich ab und schritt davon. Allerdings blickte er noch mehrmals über die Schulter, als fürchte er, Mark könnte ihn doch noch angreifen.

Als er schließlich außer Sichtweite war, atmete Catherine zittrig durch. »Danke.«

»Belästigt er dich schon länger?«

Sie nickte.

»Das hättest du mir sagen sollen.«

»Ich wollte keinen zusätzlichen Ärger verursachen.«

»Du hast gar keinen Ärger verursacht. Das war ganz allein Bevan. Geht es dir gut genug, unsere Einkäufe zu Ende zu bringen, oder möchtest du lieber heimgehen?«

»Ich komme schon zurecht.«

Er schenkte ihr ein warmes Lächeln. »Dann setzen wir doch unseren Markttag fort. Ich glaube, der Regen ist endgültig vorbei. Ja, sieh nur – da ist ein Stück blauer Himmel.«

Doch es war nicht der Wetterumschwung, der ihre Laune hob, sondern die Art, wie Mark sie beschützt hatte. Sie wagte einen Blick zu ihm hinüber und ertappte ihn dabei, wie er sie ansah. Wieder lächelte er und hielt ihr den freien Arm hin. Nach kurzem Zögern ergriff sie ihn und spürte abermals ihre Wangen warm werden.

»Ich glaube, diesen Vorfall sollten wir für uns behalten«, sagte er leise, als sie wieder in Richtung des Speisehauses gingen. »Ich möchte Nan nicht beunruhigen.«

»In Ordnung. Aber ich muss dir wirklich danken. Ich bin so dankbar für all deine Hilfe und Unterstützung.« Himmel, nun errötete sie schon wieder! Was war nur mit ihr los?

* * *

Es dauerte nicht lang, bis Maggie zu dem Entschluss kam,

dass es das Beste sein würde, Mark eine Nachricht zu schicken und ihm von Mara zu berichten. Sie hatte weder die Mittel noch die Autorität, die Angelegenheit selbst in die Hand zu nehmen. Mark hingegen würde dem Mädchen die Überfahrt zu Keara nach Westaustralien arrangieren können. Schon bei der Vorstellung lächelte Maggie. Keara würde überglücklich sein.

Sie fragte sich, wo die andere Schwester abgeblieben sein mochte. Wie tragisch, dass diese Nonnen die beiden auseinandergerissen hatten! Und irgendetwas musste furchtbar schiefgegangen sein, dass Mara nun in einem Bordell arbeitete. Hoffentlich steckte das ältere Mädchen nicht in ähnlichen Schwierigkeiten.

* * *

Ismay steckte in überhaupt keinen Schwierigkeiten. Kurz nach der Hochzeit waren sie wieder in Melbourne eingetroffen, und gemeinsam mit Malachi in einem Zimmer zu wohnen war leichter als die Enge auf dem Wagen. In einer Ecke hatte sie ihren eigenen Bereich, der mit einem Laken abgehängt war, sodass sie absolute Privatsphäre hatte, wenn sie sie brauchte.

Dan besorgte Malachi und ihr einen wiederkehrenden Gesangsauftritt in einem Hotel, dazu mieteten sie noch einen Markstand.

»Wer rastet, der rostet«, verkündete der Alte vergnügt.

Ismay hatte den Eindruck, dass Dan immer schneller ermüdete, sagte jedoch nichts dazu, sondern versuchte nur dafür zu sorgen, dass er sich nicht überanstrengte. Eines Sonntags schien die Sonne und sie hatte es satt, drinnen herumzusitzen, also überredete sie ihn und Malachi, mit ihr spazieren zu gehen. In der letzten Minute erklärte Dan jedoch, er fühle sich nicht kräftig genug.

»Geh du mit ihr, mein Junge. Es wird Zeit, dass du sie etwas besser mit Melbourne bekannt machst.«

Fragend sah Malachi sie an, und sie lächelte, plötzlich erfreut, wie sich alles ergeben hatte. Obgleich sie verheiratet waren, verbrachten sie kaum Zeit unter sich. Dafür sorgte Malachi, wenn es nicht schon die Umstände taten.

Während sie so dahinspazierten, bemerkte er unvermittelt: »Dan sieht in letzter Zeit müde aus.«

»Ja. Ich mache mir ein wenig Sorgen um ihn.«

»Wusstest du, dass er über siebzig ist? In dem Alter sollte er sich zur Ruhe setzen und erholen.«

»Aber das will er nicht.«

»Nein.« Er vergrub die Hände in den Taschen. »Eigentlich sollten wir demnächst wieder aufbrechen, aber ich frage mich, ob er dem noch einmal gewachsen wäre.«

»Ich glaube, er würde lieber unterwegs sterben, als in seinem kleinen Zimmer dahinzuwelken. Mir würde es jedenfalls so gehen. Ich liebe das Herumreisen mit euch.«

Es hätte gut passieren können, dass sie den Aushang gar nicht gesehen hätten, wäre nicht ein Hund geifernd auf sie zugesprungen, sodass Malachi ihn in die Schranken weisen musste. Sie sah, wie das Tier zauderte, knurrend noch einen Schritt auf sie zukam, dann den Blick des Mannes auffing und wieder innehielt. Kurz darauf gab es sich geschlagen und schlich über die Straße davon. Lachend ließ sie sich gegen einen Baumstamm sinken, und das war der Moment, in dem sie das Plakat sah. Schockiert schnappte sie nach Luft.

Sie versuchte, es vor Malachi zu verbergen, doch ihm konnte kaum jemand etwas vormachen.

»Was ist denn?«, wollte er wissen. »Du bist plötzlich kreidebleich.«

»Nichts.«

Er zog sie zur Seite und besah sich das Plakat. »Teufel, da

geht es um dich und Mara. Eure große Schwester sucht noch immer nach euch.«

»Von mir aus kann sie suchen, bis sie schwarz wird – ich will nie wieder etwas mit ihr zu tun haben.«

»Meinst du nicht, du solltest dir ihre Seite der Geschichte anhören?«

»Nein! Ich hasse sie!«

Er seufzte. »Du bist wirklich ein stures Weib, weißt du das?«

»Was interessiert es dich, ob ich meiner Schwester schreibe?«

»Ich glaube einfach, dass es das Richtige wäre. Womöglich hat sie mithilfe dieser Aushänge sogar längst Mara gefunden, dann könntet ihr alle drei wieder zusammen sein.« Vorsichtig löste er das verblasste Plakat von dem Baum.

»Was machst du denn da?«

»Nur für den Fall, dass du es dir anders überlegst.«

Als sie versuchte, es ihm zu entreißen, hielt er sie auf Armeslänge von sich. »Issy, hör auf damit.«

Ihr traten Tränen in die Augen. »Du willst mich verraten und ihr sagen, wo ich bin, aber ich warne dich: Wenn du das tust, laufe ich wieder davon!«

»Ich werde sie nicht ohne deine Erlaubnis kontaktieren, Issy, aber dies ist unsere einzige Möglichkeit, sie zu finden. Es wäre töricht, die einfach wegzuwerfen.«

»Versprich es mir!«

»Ach, Issy, wie kann ein so vernünftiger Mensch in dieser einen Angelegenheit nur so störrisch sein?« Er legte ihr den Arm um die Schultern und sie spazierten weiter. »Was soll ich nur mit dir anstellen?«

»Gar nichts. Einfach so weitermachen wie bisher und die Suche nach Mara fortsetzen.« Und beten, dass sie sie finden würden, ehe Keara es tat.

An jenem Abend konnte Ismay vor Unruhe wegen des

Plakats nicht schlafen, fürchtete, er könnte es sich anders überlegen. Als Malachi am nächsten Tag unterwegs war, durchsuchte sie seine Sachen, fand das zerfledderte Stück Papier und verbrannte es.

Als sie an diesem Abend zu Bett ging, blieb Malachi noch auf und plauderte mit Dan. Der Klang ihrer Stimmen begleitete sie in den Schlaf.

Im nächsten Augenblick rüttelte sie jemand wach. Abrupt kam sie zu sich und sah Malachi auf ihrer Bettkante sitzen, und im Schein der Kerze, die er neben ihrem Lager abgestellt hatte, war nicht zu übersehen, dass er furchtbar wütend war.

»Hast du heute meine Sachen durchwühlt?«, fragte er barsch.

Da ahnte sie bereits, was ihn so aufgebracht hatte, und suchte nach den richtigen Worten, ihn zu besänftigen.

»Hast du?«, bohrte er nach.

»Ja.«

»Wo ist es?« Als sie nicht gleich antwortete, schüttelte er sie abermals – nicht so grob, dass er ihr wehgetan hätte, aber mit genug Nachdruck, um sie zu erinnern, dass er auf eine Antwort wartete.

»Ich habe es verbrannt!«

»Du törichtes Kind! Warum, zum Teufel?«

»Ich wollte nicht, dass du ihr schreibst.«

»Ich habe dir doch versprochen, dass ich das nicht tun werde, ohne vorher mit dir darüber zu sprechen.«

»Aber du hast nicht versprochen, sie gar nicht zu kontaktieren.« Mühsam schluckte sie gegen die Tränen an und wusste nicht, ob es Zorn war, der sie ihr in die Augen zu treiben drohte, oder der Schmerz, der sie noch immer durchfuhr, wann immer sie an Keara dachte.

»Wag es nie wieder, so etwas zu tun!«, warnte er sie mit leiser, wütender Stimme. »Denn wenn du noch einmal meine Sachen anrührst und mein Eigentum zerstörst, verlasse ich dich, ob verheiratet oder nicht.« Er lehnte sich zurück, verschränkte die Arme vor der Brust und sah sie durchdringend an. »Nur damit du es weißt: Ich habe mir die Adresse auf dem Plakat eingeprägt, also kann ich deine Schwester immer noch kontaktieren, wann immer ich will.«

Entsetzt starrte sie ihn an. »Das würdest du nicht tun. Malachi, das tust du doch nicht? Bitte!«

Er erhob sich und beugte sich vor, um die Kerze an sich zu nehmen. »Es gelten immer noch dieselben Bedingungen. Ich werde nichts unternehmen, ohne zuerst mit dir darüber zu reden.«

Damit wandte er sich zum Gehen und ließ das Laken wieder herabfallen. Sie hörte, wie er sich bettfertig machte, die Kerze ausblies und sich auf der schmalen Matratze einrichtete, die sie tagsüber unter Dans Bett schoben. Einige Minuten drehte er sich noch hierhin und dorthin, dann hörte sie seinen Atem langsamer werden.

Sie allerdings lag noch lange wach. Es beunruhigte sie, dass er sich die Adresse eingeprägt hatte, denn ihr war nicht klar gewesen, wie eingehend er das Plakat studiert hatte. Doch noch mehr ängstigte sie seine Drohung, sie zu verlassen.

Was sollte sie tun, wenn er es wahr machte? Sie musste sich den Mund zuhalten, um ihr Schluchzen zu unterdrücken. Ohne ihn würde sie nicht mehr leben können.

19

Juli – August 1866

Catherine und Nan waren mit dem Kochen für die Gäste beschäftigt, während Amy in einer Ecke spielte. Immer wieder stapelte sie die hölzernen Klötze und Figuren, die Mark ihr geschnitzt hatte, zu Türmen auf, um sie gleich darauf kichernd wieder umzuwerfen.

»Sie ist wirklich ein Schatz«, sagte Catherine lächelnd, als sie kurz innehielt, um das Spiel zu beobachten.

»Meine Patience war genauso«, erzählte Nan milde und legte eine weitere geschälte Kartoffel in den Eimer kalten Wassers zwischen ihnen.

»Mit kleinen Kindern hatte ich bislang kaum zu tun.«

»Ist das der Grund, warum du sie nicht auf den Arm nimmst und mit ihr schmust?«

»Ja. Irgendwie … fürchte ich mich, etwas falsch zu machen.«

Nan lachte sanft. »Ach was, sie lässt sich wirklich gern hochnehmen, unsere Amy. Ist eine richtige Schmusekatze. Na los, keine Scheu. Sie hat dich gern.«

Kurz zögerte Catherine noch, dann gab sie der Versuchung nach, kniete sich hin und breitete die Arme aus. Sofort streckte auch das Kind die Arme nach ihr aus. Als sie das kleine Wesen hochnahm, so zart und voller Vertrauen, wurde Catherine ganz warm ums Herz, und instinktiv drückte sie das Mädchen an sich und wiegte es behutsam. Amy fasste mit einer Hand nach Catherines kurzem Haar, dann nach ihren eigenen weichen Locken, ehe sie den Kopf an Catherines weiche

Brust sinken ließ, den Daumen in den Mund steckte und zufrieden lächelte.

In diesem Moment erschien Mark an der Tür und stockte, als er seine Tochter so eng an Catherine geschmiegt erblickte und die selige Miene der beiden sah. Rasch wich er zurück, um den Moment nicht zu zerstören. Doch das Bild begleitete ihn noch lange – und erfüllte ihn mit großer Freude.

»Sie wird langsam müde und möchte hingelegt werden«, erklärte Nan hilfsbereit. »Bring sie ins Wohnzimmer. Da kann sie auf dem Sofa schlafen und wir hören sie, wenn sie wieder wach wird.«

Catherine tat wie geheißen, strich dem Mädchen die Locken aus der Stirn und gab einem weiteren geheimen Wunsch nach, indem sie sich vorbeugte und ihr einen Kuss auf die Wange drückte. Oh, wie sehr sie sich nach einem eigenen Kind sehnte. Beinahe verzweifelt. Dazu war es doch sicher noch nicht zu spät?

Als sie in die Küche zurückkehrte, bemerkte Nan: »Ach, unsere Amy ist ganz vernarrt in dich. Was für ein Jammer, dass du mit deinem Mann keine Kinder hattest. Die wären dir nach seinem Tod ein großer Trost gewesen.«

Catherine murmelte etwas Unverständliches und wünschte, Nan würde nicht ständig ihren imaginären Ehemann erwähnen. Es ging ihr gegen den Strich, die gutherzige alte Frau zu belügen, doch die Furcht, noch jemandem von ihrer wahren Vergangenheit zu erzählen, war einfach zu groß. Sie wusste nicht, warum sie darauf vertraute, dass Mark ihr Geheimnis bewahren würde, doch sie tat es. Dann spürte sie ihre Wangen erröten, als sie sich eingestand, dass sie sehr wohl wusste, warum. Weil er … etwas Besonderes war. Er bedeutete ihr sehr viel. Der erste Mann, zu dem sie sich wirklich hingezogen fühlte – den sie sich als Vater ihrer Kinder wünschte.

Als junge Frau war sie die engste Vertraute ihres Vaters gewesen und hatte niemanden sonst gebraucht, dann hatten die Jahre im Konvent sie von allen Männern ferngehalten. Doch jetzt schienen plötzlich überall mögliche Verehrer aufzutauchen – Männer, die regelmäßig das Speisehaus besuchten und in aller Höflichkeit keinen Hehl aus ihrem Interesse an Catherine machten. Würde sie den ein oder anderen von ihnen in irgendeiner Weise ermuntern, würden sie ihr den Hof machen, daran zweifelte sie nicht. Bloß dass diese Männer nicht Mark waren.

Sie seufzte, denn sie fürchtete, dass er sich einfach nicht zu ihr hingezogen fühlte. Nach dem Vorfall auf dem Markt hatte er sich ein, zwei Tage lang merklich zurückgezogen, als ärgere ihn etwas, und das hatte sie sehr getroffen. Schließlich war es nicht ihre Schuld, dass Albert Bevan so besessen davon war, sich an ihr zu rächen.

Mark hatte bereits mehrfach erwähnt, dass er nicht noch einmal zu heiraten gedachte, weil er der Ansicht war, zwei Frauen seien seinetwegen gestorben und das würde ihn für den Rest seines Lebens verfolgen. Trotzdem konnte Catherine – töricht, wie sie war – nicht umhin, zu hoffen, er würde es sich noch einmal anders überlegen. Und selbst wenn das nicht geschah, war er ihr ein so guter Freund geworden, dass sie den Gedanken nicht ertrug, seine Freundschaft zu verlieren. Jedenfalls noch nicht. Außer ihm hatte sie im Augenblick keine echten Freunde.

Sie freute sich jeden Tag auf die Stunde, die sie nach dem Schließen des Speisehauses noch beisammensaßen und plauderten. Manchmal war Nan dabei, manchmal blieben sie aber auch noch eine Weile sitzen, nachdem die Ältere ins Bett gegangen war. Mark lieh ihr Bücher und unterhielt sich angeregt mit ihr über die jüngsten Neuigkeiten, denn sie waren beide treue Leser der Tageszeitung »The Age«. Es bereitete ihr große Freude, das Weltgeschehen zu verfolgen, nachdem sie jahrelang von allem zurückgezogen gelebt hatte.

Wenn doch nur … Aber nein, daran durfte sie nicht denken. Das war zu viel der Hoffnung.

* * *

Am folgenden Tag traf ein Brief von Maggie ein. Mark las ihn, starrte auf das Blatt, als drohte es ihn zu beißen, und las gleich noch einmal.

Als er aufblickte, musste Catherine nachfragen: »Schlechte Nachrichten?«

»Nein. Gute. Nun, zumindest könnten es welche sein. Maggie hat in Melbourne Mara gesehen. Allerdings …« Kurz zögerte er, dann fuhr er mit gedämpfter Stimme fort: »Das Mädchen arbeitet aus Hausmädchen in einem Bordell, deshalb muss ich so schnell wie möglich hinfahren und sie da herausholen, ehe ihr etwas zustößt.« Mit sorgenzerfurchter Miene begann er, auf und ab zu gehen, und fragte kurz darauf: »Wäre es in Ordnung, wenn ich für ein oder zwei Tage dir das Heft in die Hand gebe? Kommt ihr solange ohne mich zurecht?«

»Natürlich. Mittlerweile ist alles gut organisiert – der Betrieb läuft viel reibungsloser als unter Mrs Groves Leitung.«

»Vielen Dank.« Ihr Kompliment erfreute ihn. Er war tatsächlich stolz auf sein Organisationstalent, und ihre Anerkennung bedeutete ihm besonders viel, weil sie selbst eine so fähige Frau war. Bei den Gästen war sie ebenso beliebt wie bei Nan und Amy.

»Wenn es wirklich Mara ist, warnst du sie wohl besser vor, dass ich hier bin, ehe ihr herkommt«, sagte sie nun leise.

»Ja. Ja, natürlich. Dann erzähle ich jetzt Nan, was geschehen ist.«

Was Catherine zu dem Entschluss führte, dass sie besser auch Nan in ihre Vergangenheit einweihte, ehe Mara eintraf.

Früh am nächsten Morgen brach Mark auf, und ohne ihn war es plötzlich sehr still im Haus. Zu still.

Als Catherine sich ein Herz fasste und Nan über ihre Situation aufklärte, starrte die Ältere sie schockiert an. »Also, das hätte ich im Traum nicht vermutet!«

»Es tut mir leid, dass ich dich belogen habe.«

»Nun, das ist aber auch nichts, was man der nächstbesten Fremden auf die Nase bindet, nicht wahr?« Sie runzelte die Stirn. »Ich weiß wirklich nicht, was ich sagen soll. Mit Nonnen hatte ich noch nie etwas zu tun, verstehst du? Mein Mann war der Ansicht, die Papst und die katholische Kirche wären mit dem Teufel im Bunde.«

Nun war Catherine an der Reihe, Nan schockiert anzustarren. »Wie um alles in der Welt ist er denn auf den Gedanken gekommen?«

»In religiösen Dingen hatte er viele unsinnige Ansichten, aber ich habe ihm nie widersprochen, und das bereue ich bis heute. Ist dein Haar deshalb so kurz?«

»Ja. In meinem Orden müssen die Nonnen sich den Kopf rasieren.«

»Rasieren! Wozu denn, um Gottes willen?«

»So waren eben die Regeln.« Bisweilen hatte Catherine sich allerdings dieselbe Frage gestellt. Und je weiter sie sich von den Regeln und Ritualen entfernte, die über Jahre ihr Leben ausgefüllt hatten, desto lächerlicher erschienen ihr einige davon. Nicht das Beten – das niemals, denn ihren Glauben hatte sie nicht verloren –, aber andere kleinliche Vorschriften wie das Verbot, andere Menschen zu berühren.

»Bist du denn jetzt glücklicher, Liebes?«

»Ja. Viel glücklicher.«

»Dann ist doch alles, wie es sein soll.« Nan bemerkte, wie angespannt die Jüngere noch immer dreinblickte, und tätschelte ihr die Hand. »Ich kann nur eines sagen: Du bist ein gutes Mädchen, ob Nonne oder nicht.« Als sie Tränen in Catherines Augen steigen sah, setzte sie aufmunternd hinzu: »Ach, nun hör schon auf. Was gibt es denn da zu weinen? Deine Vergangenheit spielt für mich keine Rolle – das Hier und Jetzt ist es, das zählt.«

Während sie sich wieder ihrer Arbeit zuwandte, kam Nan ein Gedanke. Spielte Catherines Vergangenheit für Mark eine Rolle? War es das, was ihn zaudern ließ? Sie hegte den Verdacht, dass er sich ebenso zu seiner Angestellten hingezogen fühlte wie sie sich offensichtlich zu ihm, und verstand nicht, warum er keine Anstalten machte, um sie zu werben. Sie würde ihn fragen müssen. Oder glaubte er, sie hätte ihrer verstorbenen Tochter wegen etwas dagegen? Wenn dem so war, würde sie ihm diesen Unsinn rasch austreiben.

Sie lächelte. Vielleicht sollte sie ihm selbst einen Schubs in die richtige Richtung geben. Manche Männer brauchten das. Für Amy wäre es eine Freude, ein paar Geschwisterchen zu bekommen, und sie selbst mochte Catherine sehr und genoss das unkomplizierte Zusammenleben mit ihr.

* * *

Voller Wut auf die Welt stapfte Mick die Straße entlang und trat den herumliegenden Abfall beiseite. Da entdeckte er Mara, wie sie mit einem Korb am Arm in Richtung Markt schlenderte. Zart und glücklich sah sie aus, doch mittlerweile hatte er sich erfolgreich eingeredet, dass sie der Grund für den Verlust seiner Arbeit und seines Zuhauses war, und so weckte ihr Anblick ganz und gar keine freundlichen Gefühle in ihm. Zwar hatte er mittlerweile eine neue Stelle als Wachmann in einem anderen Bordell gefunden, doch dort ging es deutlich rauer zu. Im Haus durfte er auch nicht schlafen, und so musste er einen Teil seines Lohns auf ein winziges Kämmerlein verwenden, in dem der Dreck von Jahren an den Wänden haftete.

Vielleicht hätte er doch noch etwas länger die Klappe halten sollen.

Oder – wieder ging sein Blick zu Mara – es war an der Zeit, selbst ein kleines Geschäft anzubahnen. Bloß weil Dolly eine solche Gelegenheit ungenutzt verstreichen lassen wollte, musste er schließlich nicht dasselbe tun. Er wusste, dass der Inhaber des Bordells, in dem er jetzt arbeitete, ein hübsches Kind wie Mara mit Kusshand nehmen würde. Was er nicht wusste, war, wie viel Mr Kellagh demjenigen zahlen würde, der ihm einen solchen Leckerbissen brachte.

Sehr nachdenklich ging er zurück zu seiner Unterkunft, und an jenem Abend bat er in einer ruhigen Minute um ein Gespräch mit Mr Kellagh – »in einer Angelegenheit von beiderseitigem Interesse«.

»Warum hast du das Kind nicht deiner Schwester zum Verkauf angeboten?«, fragte Kellagh misstrauisch.

»Hab ich ja, aber Dolly ist zu dumm, ihren eigenen Vorteil zu sehen. Darum sind wir getrennter Wege gegangen.«

»Und du bist dir sicher, dass das Kind keinerlei Familie hat, die uns hineinpfuschen oder Ärger machen könnte?«

»Absolut.«

»Was ist mit deiner Schwester? Wird die Ärger machen, wenn das Mädchen unverhofft verschwindet?«

Mick zuckte mit den Achseln. »Wer würde einer Hure wie ihr schon glauben?«

»Hmm. Und das Mädchen ist hübsch, sagst du?«

»Sehr hübsch. Dunkles Haar und blaue Augen. Und noch nicht überreif, wenn Sie verstehen, was ich meine. Kriegt gerade erst Titten.«

Kellagh schürzte die Lippen. »Fünf Guineen.«

»Ich hatte eher an …«

Unversehens wurde Kellaghs Miene eisig. »Mit solchen wie dir verhandle ich nicht.«

»Nein, Sir. Entschuldigung, Sir.«

»Kannst du das Mädchen morgen hierherschaffen? Ich habe einen Kunden, der immer interessiert ist an solchen … mmh … Leckerbissen. Wenn er zufrieden ist, könnte noch eine Guinee zusätzlich für dich dabei herausspringen.«

Mick grinste. »Ich werd's versuchen, Sir.«

* * *

Am nächsten Tag machte Mara sich zur gewohnten Zeit auf den Weg, die Einkäufe zu erledigen. Jetzt, da Mick nicht mehr da war, fühlte sie sich wohler. Und wenn sein Bruder ihn nicht aufwiegelte, war Gil ein freundlicher Zeitgenosse – ein wenig faul vielleicht, aber niemals bewusst unfreundlich zu irgendjemandem. Das Leben in Dollys Küche war sehr angenehm geworden.

Auf dem Heimweg zerrte sie unverhofft jemand rückwärts in eine der vielen Gassen hinein und hielt ihr dabei den Mund zu. Der Korb fiel ihr aus der Hand, als sie sich zu wehren versuchte, doch der Mann, der sie festhielt, war zu stark für sie.

Als er in einem Hauseingang stehen blieb, um ihr ein Taschentuch in den Mund zu stopfen, ehe sie mehr als ein Gurgeln herausbekam, sah sie, wer es war – Mick!

Grinsend blickte er auf sie herab. »Du bist ein viel zu süßer Leckerbissen, als dass du in der Küche meiner Schwester versauern solltest.«

Schieres Entsetzen trieb Mara kalten Schweiß auf die Haut, und wieder versuchte sie verzweifelt, sich loszureißen. Es musste doch jemand gesehen haben, was ihr widerfahren war? Doch niemand kam ihr zu Hilfe, und so fesselte er sie, wickelte sie in einen alten Mantel ein und warf sie sich über die Schultern. Sie konnte weder sehen noch hören, und das Geschaukel bereitete ihr Übelkeit. Als sie auszutreten versuchte, umklammerte er bloß ihre Knöchel und schlug ihr grob auf den Hintern.

»Lass das!«

Die Verzweiflung drohte sie zu übermannen. Einen Leckerbissen hatte er sie genannt! Längst war sie nicht mehr das unschuldige Dorfkind und wusste genau, was das bedeutete: Er würde sie an ein Bordell verkaufen. Schon früher hatte sie ihn und seine Schwester darüber streiten hören. Zum Schreien reichte die Luft nicht, nur ein panisches Wimmern drang aus ihrer Kehle, als ihr klar wurde, dass Dolly sie erst vermissen würde, wenn sie längst irgendwo versteckt war – wenn man sie nicht gar bereits missbrauchte. Schon beim Gedanken daran machte sich eine ölige Übelkeit in ihrem Magen breit.

* * *

Mark traf am selben Tag gegen Mittag in Melbourne ein und nahm sich eine Mietdroschke vom Ausspann zu dem Hotel, in dem Maggie arbeitete.

Als sie ihn entdeckte, quiekte sie begeistert auf und stürmte hinter dem Tresen hervor, um ihn zu umarmen. »So schnell hatte ich nicht mit dir gerechnet.«

»Wir wollen doch nicht, dass Mara uns durch die Finger schlüpft, oder? Kannst du mir sagen, wo sie arbeitet?«

»Besser! Ich nehme mir eine Stunde frei und zeige es dir persönlich.« Sie ging zu einem beleibten Mann hinüber, der den Austausch beobachtet hatte, und erklärte mit ausholenden Gesten, was geschehen war.

Trotz des Ernstes der Lage konnte Mark sich ein Lächeln nicht verkneifen und sah auch ihren Arbeitgeber nachsichtig schmunzeln. Maggie, wie sie leibte und lebte.

Sie kam wieder zu ihm. »Du kannst deine Tasche hinter dem Tresen abstellen. Es ist nicht weit.«

Schweigend gingen sie die Straße entlang. Als sie in die Gasse des Bordells einbogen, rückte Maggie wortlos näher, und Mark sandte einen drohenden Blick in Richtung eines

Mannes, der ihnen zu folgen schien. »Der Kerl gefällt mir nicht.«

»Das ganze Viertel gefällt mir nicht, aber du siehst ja selbst, wie dicht es bei den achtbareren Gegenden liegt. Jimmy hat gesagt, das Bordell ist auf der linken Seite. Ja, sieh nur!« Sie deutete auf ein Schild, auf dem schlicht »Dolly's« zu lesen stand.

Mark klopfte an und fragte nach Dolly, als sich die Tür öffnete.

»Wir öffnen erst heute Abend.«

»Es geht um etwas anderes. Wir sind wegen Mara hier.«

»Oh. Na, dann kommen Sie wohl besser rein.«

* * *

Als Dick Pearson auf Ballymullan erkannte, dass der Brief in seinen Händen von Nancy stammte, öffnete er ihn sofort. Sie schrieb nur, wenn etwas im Argen lag. Rasch überflog er das mit zittriger Hand beschriebene einzelne Blatt, ehe er noch einmal aufmerksamer las und sich eine solche Bestürzung auf seinen Zügen breitmachte, dass Diarmid O'Neal, der ihm mit der Korrespondenz des Anwesens half, nachfragte: »Stimmt etwas nicht?«

Wie betäubt hielt Dick ihm den Brief hin.

Lieber Mr Pearson,

ich schreibe Ihnen, weil ich im Sterben liege und verzweifelt jemanden brauche, der sich um Lavinia kümmern kann. Sie wissen ebenso gut wie ich, dass sie nicht in der Lage ist, ihr Leben selbst in die Hand zu nehmen. Leider ist sie in die Fänge zweier Schurken geraten: Es handelt sich um meine Nichte Bess, wie ich zu meiner Schande gestehen muss, und deren Freund Hal Bowler.

Schon jetzt haben sie Lavinia dazu gebracht, ihr Budget für dieses Quartal zu überziehen und sich bei der Bank zusätzliches Geld zu leihen. Das meiste davon haben sie ihr abgeluchst, und mittlerweile bin ich nicht mehr in der Lage, etwas dagegen zu unternehmen, da ich zu schwach bin, um mein Zimmer zu verlassen.

Wenn ich sterbe, wird Theo der Einzige sein, der Lavinia noch händeln kann. Von Rechts wegen ist sie noch immer seine Frau, und letztlich ist er für sie verantwortlich. In irgendeiner Weise muss er Vorkehrungen für sie treffen, sonst wird es ein Unglück geben.

Sollte er nicht vorhaben, nach Irland zurückzukehren, müssen Sie Lavinia zu ihm nach Australien schicken. Damit wäre sie fort von den zwei Halunken. Allerdings werden Sie dabei gewaltsam vorgehen müssen, denn freiwillig wird sie nicht wieder zu ihm gehen. Mein Neffe Fred wohnt noch immer in der Nähe von Ellerdale und wird Ihnen helfen, wenn Sie ihn dafür bezahlen.

So sehr ich Lavinia auch liebe, kann ich mehr nicht tun. Verlieren Sie keine Zeit – kommen Sie, so schnell Sie können. Ich habe nicht mehr lang zu leben.

Nancy

Entsetzt starrten die beiden Männer einander an.

»Grundgütiger, ich dachte, das törichte Weibsbild wären wir endlich los!«, stieß Diarmid hervor. »Was zum Teufel sollen wir unternehmen?«

»Darüber muss ich erst nachdenken. Ich komme heute Nachmittag zu dir, dann unterhalten wir uns weiter.«

Doch so angestrengt Dick auch nach einem Ausweg suchte, Theo war sein Halbbruder und brauchte seine Hilfe. Für einen Briefwechsel mit Australien reichte die Zeit nicht, also würde Dick sich der Sache selbst annehmen müssen. Er verzog das Gesicht. Ihn selbst hatte es nie von Irland fortgezogen, doch nun sah alles danach aus, als müsse er sich auf eine lange Seereise nach Australien einstellen. Kurz spielte ein ironisches Lächeln um seine Lippen. Um Lavinia im Auge behalten zu können, würde er sich ebenfalls in die Kabinenklasse einbuchen müssen – so würde er wenigstens komfortabel reisen.

In dem Jahr, das die ganze Angelegenheit vermutlich in Anspruch nehmen würde, wäre Diarmid auf sich gestellt, doch der war ein fähiger Mann. Erst als Theo erfahren hatte, was allen anderen schon lange klargewesen war – dass er und sein Leibdiener vom selben Vater abstammten –, hatte er ihnen die Verantwortung für das Anwesen gemeinsam übertragen. Bis dahin war Diarmid allein der Verwalter gewesen.

Schon am nächsten Tag brach Dick in grimmiger Entschlossenheit nach England auf. Er wollte gar nicht daran denken, was diese Nachricht Theo antun würde, der seinen Briefen nach mit Keara an seiner Seite glücklicher war als je zuvor. Auch wenn die beiden noch keinen Erfolg bei der Suche nach ihren Schwestern gehabt hatten.

Erst einmal würde Dick seiner Herrin aber die Gelegenheit geben, diese Bess zu entlassen und sich mit einer vernünftigen Gesellschafterin etwas gesetzteren Alters zu arrangieren. Die Zeit für die Suche nach einer geeigneten Dame würde er sich mit Freuden nehmen.

Doch je länger er darüber nachdachte, desto mehr bezweifelte er, dass Lavinia sich darauf einlassen würde. Wenn sie erst jemanden für sich auserkoren hatte, war sie kaum mehr davon abzubringen, und wenn diese Bess ihr jüngster Schwarm war, würde Lavinia nicht mit sich reden lassen. Mit Schaudern dachte er an ihre Tobsuchtsanfälle zurück – er wusste nicht, ob er damit würde umgehen können.

Aber wie sollte er sie nach Australien schaffen, wenn sie sich rundheraus weigerte?

* * *

Jimmy sah, wie ein Mann Mara von der Straße riss, doch als er näher kam und Mick Brogan erkannte, duckte er sich hastig außer Sicht. Mick war ein bösartiger Zeitgenosse, der keine Skrupel hatte, jemanden zu verprügeln. Den Zorn dieses

Mannes wollte Jimmy ganz sicher nicht auf sich ziehen. Was zum Teufel hatte einer wie der mit Mara vor?

Verstohlen hob er den Korb auf, der Mara aus der Hand gefallen war, und beobachtete, wie Mick das arme Mädchen fesselte und mit ihr auf den Schultern davonstapfte. Er sah, dass auch einige andere das Geschehen verfolgten, doch mit einem solchen Hünen wagte sich niemand anzulegen.

Als Jimmy vorsichtig die Verfolgung aufnahm, musste er zu seiner Bestürzung feststellen, dass sie in Kellaghs Bordell verschwanden. Beim Gedanken, dass ein nettes Mädchen wie Mara nun an einem solchen Ort gefangen war, überlief ihn ein Schauer, und er machte kehrt, um Dolly Bescheid zu geben.

»Warum bist du mir gefolgt?«

Erschrocken schnappte Jimmy nach Luft, als er sich plötzlich Mick gegenübersah, der offenbar zum Seiteneingang herausgekommen war. Ehe er die Flucht ergreifen konnte, hatte der Mann ihn schon beim Kragen gepackt und schob ihn vor sich her ins Haus.

Mit einem dröhnenden Knall fiel die Tür hinter ihnen ins Schloss.

Draußen auf der Straße verschwanden Maras Einkäufe binnen Minuten, während der nun kaputte Korb achtlos zur Seite getreten wurde.

* * *

Nancy ging es so schlecht, dass sie an diesem Tag nicht das Bett verließ. Stattdessen ließ sie Lavinia zu sich rufen und klopfte neben sich auf die Matratze. »Lass uns reden, mein Küken.«

»Du siehst schrecklich aus.« Lavinia blieb, wo sie war.

»Setz dich!«

Mit mürrischem Gesichtsausdruck gehorchte die Jüngere.

Nancy nahm ihre Hand und hielt sie mit festem Griff. »Ich habe nicht mehr lange zu leben.«

Lavinias Lippen begannen zu zittern. »Es ist sehr selbstsüchtig von dir, mich so im Stich zu lassen.«

»Das liegt nicht in meiner Hand, das weißt du. Ich möchte, dass du etwas für mich tust, ehe ich sterbe. Wirst du das?«

»Was denn?«

»Schick Bess fort. Wir suchen dir jemand anders, der auf dich aufpasst – eine viel freundlichere Frau. Bess ist kein guter Mensch.«

Mit offenem Mund starrte Lavinia sie an, dann schürzte sie schmollend die Lippen. »Ich mag sie. Mit Bess kann man Spaß haben.«

»Sie wird dich nur in Schwierigkeiten bringen, mein Küken. Das hat mir der Teesatz prophezeit.«

»Bess sagt, Teesatzlesen ist Blödsinn, außerdem mag ich es nicht, wenn du davon redest.« Lavinia entzog ihrer einstigen Amme die Hand und stand auf. »Ich will hier nicht sein. Ich will dich nicht sterben sehen. Bess hat gesagt, es ist furchtbar, wenn Menschen sterben.«

Sie war schon beinahe an der Tür, als Nancy den Zeigefinger auf sie richtete und mit merkwürdiger, durchdringender Stimme verkündete: »Wenn du Bess nicht fortschickst, kehre ich nach meinem Tod wieder und suche euch beide heim. Das verspreche ich dir.«

Schieres Entsetzen ließ Lavinia in Tränen ausbrechen, und panisch rannte sie aus dem Zimmer, um Zuflucht in Bess' Armen zu suchen und sich tätscheln und hätscheln zu lassen, bis sie sich von dem Schock erholt hatte. Nur Nancys seltsame Stimmlage bekam sie einfach nicht aus dem Kopf.

Als die Herrin mit einem Teller kleiner Küchlein mit Zuckerglasur und einem Glas Brandy vor dem Feuer saß, suchte Bess ihre Tante auf.

Sie fand Nancy nach Atem ringend vor. Mit weißem, spitzem Gesicht umklammerte die alte Frau ihre Kehle.

Bess lehnte sich an den Türrahmen. »Lavinia wird mich nicht abschieben, das ist dir doch wohl klar.«

»Dann ... suche ich euch ... beide heim.« Plötzlich erschien es Nancy, als könne sie wieder in die Zukunft blicken.

Bess zuckte zusammen angesichts des unheimlichen Singsangs, den die Stimme ihrer Tante angenommen hatte, während ihre Augen Dinge sahen, die anderen verborgen blieben.

»Bei Lavinia wirst du nicht finden, was du suchst, Bess. Bei ihr wirst du niemals bekommen, was dir fehlt.«

»Das denkst du dir doch bloß aus.«

»Das wirst du ja noch sehen.«

Als ihre Nichte einen Schritt zurückwich, fiel Nancys Hand herab und Stille senkte sich über das Zimmer.

»Ich glaube dir nicht«, murmelte Bess, dann wiederholte sie mit lauterer Stimme: »Ich glaube dir deine albernen Geschichten nicht!«

Doch der Leichnam lächelte sie nur weiter vom Bett aus an, und übermannt von einer plötzlichen Furcht rannte sie schreiend davon.

* * *

Als Dick Pearson tags darauf eintraf, fand er das gesamte Haus in Aufruhr vor. Die Bestatter hatten zwar bereits Nancys Leichnam abgeholt, doch Lavinia heulte noch immer hysterisch und war durch nichts zu beruhigen. Außerdem war sie betrunken – auf einem kleinen Beistelltisch bemerkte Dick einen halb leeren Dekanter mit Brandy. In der Küche machte sich ein Mann namens Hal gerade ein Sandwich. Der Bursche war Dick auf Anhieb unsympathisch, als er sich zuerst aufzuplustern versuchte und behauptete, zum Haushalt zu gehören, und dann mürrisch wurde, als er des Hauses verwiesen wurde.

»Sie werden mich noch brauchen, um Mrs Mullane im Zaum zu halten, Sir. Abgesehen von Bess und mir hört sie auf niemanden, Sie werden schon sehen.«

»Wenn Sie nicht gehen, rufe ich den Wachtmeister.«

Als er den Burschen endlich losgeworden war, versuchte Dick, aus Lavinia herauszubekommen, wie sie nun weiter vorgehen wollte, doch die bestand darauf, Bess herbeizurufen, und wandte sich selbst mit den kleinsten Entscheidungen an ihre neue Zofe. Da diese junge Dame ihm ebenso missfiel wie ihr Kumpan, erklärte er kurz angebunden, dass Bess nicht in diesem Haushalt bleiben würde, was einen weiteren hysterischen Anfall Lavinias auslöste.

Nachdem die Angestellte ihr geholfen hatte, sich zu sammeln, lag Lavinia so blass und erschöpft da, dass Dick sich ernste Sorgen zu machen begann.

»Sie können Bess nicht fortschicken«, stieß Lavinia atemlos hervor. »Sie ist meine Dienerin, und Sie sind nicht mein Ehemann. Nach der Beerdigung können Sie einfach wieder verschwinden – zurück in ihr schäbiges, verregnetes Irland.«

An jenem Abend saß Dick allein im Salon, nachdem alle anderen zu Bett gegangen waren, und gestand sich ein, dass Nancy recht gehabt hatte. Diese Katastrophe konnte nur Theo wieder in Ordnung bringen.

Tags darauf fand die Beerdigung statt. Zuerst weigerte Lavinia sich, teilzunehmen, doch Dick bestand darauf, dass die gesamte Stadt empört wäre, sollte sie dem Begräbnis ihres einstigen Kindermädchens fernbleiben, und man womöglich nie wieder ein Wort mit ihr wechseln würde. Am Ende gab Lavinia nach. Der Zofe verweigerte er rundheraus den Einstieg in die Kutsche zu ihm und ihrer Herrin und beschied ihr, sie solle sich eine Mietdroschke nehmen. Je weniger diese Frau von nun an mit Lavinia zu tun hatte, desto besser.

Beinahe tat Theos Frau ihm leid, so bleich und verängstigt sah sie aus, doch dann fiel ihm wieder ein, wie oft sie anderen

Menschen mit ihren Grausamkeiten geschadet hatte, was sie Keara und ihren Schwestern angetan hatte, und er verschloss sich gegen solcherlei Sentimentalitäten.

Auch Nancys Neffe Fred erschien bei der Beerdigung und schien der Einzige zu sein, der das Hinscheiden der alten Dame ehrlich bedauerte.

Nach der Beisetzung hielt Dick ihn kurz auf und erklärte: »Ich muss mit Ihnen reden, aber ohne dass Bess oder Mrs Mullane etwas davon mitbekommen. Vor ihrem Tod hat Ihre Tante mich darum gebeten, etwas für sie zu erledigen, und ich bin bereit, für Ihre Mithilfe gutes Geld zu zahlen. Würden Sie sich heute Abend mit mir im ‚Tanner's Arms' treffen? Dann lade ich Sie auf einen Drink ein und wir können alles in Ruhe besprechen.«

Fred nickte.

In diesem Augenblick kam Bess heran, sodass Dick laut sagte: »Vielen Dank, dass Sie gekommen sind. Ihre Tante war eine gute Frau.«

Wieder nickte Fred, starrte dabei jedoch seine Cousine Bess an. »Ich sehe, du hast dich bereits eingenistet.«

»Tante Nancy hat mich hergebeten, damit ich mich um Mrs Mullane kümmere.«

»Der größte Fehler, den die alte Dame je begangen hat«, entgegnete er. »Selbst ich weiß, dass dir nicht über den Weg zu trauen ist.«

Mit finsterer Miene stolzierte sie zurück zu Lavinia, und bis Dick bei der Kutsche eintraf, hatte sie es sich bereits mit ihrer Herrin darin bequem gemacht. Kurz überlegte er, ob er sie gewaltsam wieder hinausbefördern sollte, entschied jedoch, dass das zu viel Gerede nach sich ziehen würde. Also stieg er ein und verbrachte die Rückfahrt mit den beiden – angewidert davon, wie die Zofe Lavinia ständig tätschelte und ihr sogar die Augen wischte.

20

August – September 1866

Ismay war froh, Melbourne hinter sich zu lassen und wieder aufs Land zu fahren. Die Spannungen, die seit der Entdeckung des Plakats zwischen Malachi und ihr herrschten, machten alles so kompliziert, dass sie mittlerweile jedes Wort, das sie an ihn richtete, erst sorgfältig abwog – lange Gespräche entstanden auf diese Weise nicht. Sie hatte noch immer Angst, er könnte versuchen, ihre Schwester zu erreichen.

Eines Tages jedoch, als Dan hinten auf dem Wagen döste und die Pferde auf ebener Fahrbahn gemütlich einhertrotteten, fragte Malachi unvermittelt: »Warum bist du so wütend auf Keara? Warum willst du nicht einmal versuchen, dir ihre Seite der Geschichte anzuhören?«

Ismay senkte den Blick und zuckte mit den Schultern. »Weil sie ihr Versprechen gebrochen hat.«

»Was hatte sie denn versprochen, Issy?«

Sie ballte die Fäuste und kämpfte gegen die Tränen an, die ihr in die Augen steigen wollten – vergebens. »Eines Tages, kurz vor Mams Tod, haben wir uns ausgesprochen. Dabei hat Keara mir hoch und heilig versprochen, sollte Mam etwas zustoßen, würde sie bei den Mullanes kündigen, um für Mara und mich zu sorgen. Wir wollten irgendwo in die Stadt ziehen, gemeinsam ein Zimmer mieten, ein zufriedenes Leben zu dritt führen. Darauf habe ich mich verlassen. Und dann ist sie nicht einmal zu Mams Beerdigung gekommen! Nicht einmal geschrieben hat sie!«

So sehr sie sich auch bemühte, das Schluchzen ließ sich

nicht länger zurückhalten und brach mit solcher Gewalt aus ihr hervor, dass es ihren ganzen Körper schüttelte. Als Malachi sie in die Arme nahm und tröstend hielt, konnte sie nicht anders, als sich gegen ihn sinken zu lassen und sich auszuweinen.

Malachi blickte auf seine herzzerreißend schluchzende Frau hinunter und fühlte mit ihr. Leise murmelte er bedeutungslose Worte dicht an ihrer Wange, versuchte alles, um ihr Trost zu spenden. Dann, als die Tränen langsam versiegten, hielt er sie ein Stück von sich fort, sodass er ihr in die Augen sehen und ihr das feuchte Haar aus der Stirn streichen konnte.

»Hast du das je zuvor beweint?«, fragte er behutsam.

Sie schüttelte den Kopf. »Nein. Es ging nicht. Ich musste immer stark bleiben, um Maras willen.« Mit einem zittrigen Seufzen lehnte sie den Kopf an seine Schulter.

»Du hättest mit mir darüber reden sollen.«

»Ich wusste, wenn ich das versuche, breche ich in Tränen aus. So solltest du mich nicht sehen.«

Er krümmte den Zeigefinger, um damit sanft ihr Kinn anzuheben und ihr einen Kuss zu geben – ein Ausdruck nicht von Leidenschaft, sondern von Zuneigung. »Issy, mit mir kannst du immer reden. Ich bin jetzt dein Ehemann.«

Doch in dem Blick, den sie ihm zuwarf, lag noch immer ein unglücklicher Schatten.

»Was ist los? Nein, versuch nicht, mir etwas vorzumachen! Ich spüre es ebenso deutlich an deiner Haltung, wie ich es in deinem Gesicht sehe.«

Und so brach sich auch ihr anderer Kummer Bahn. »Aber du wolltest mich nicht heiraten! Und ... du bist nicht wirklich mein Ehemann. Manchmal kommt es mir vor, als würde niemand auf der Welt mich wollen.«

Abermals erbebte sie unter ihrem Schluchzen. Er schloss sie in die Arme und machte besänftigende Laute. Als das nicht half, senkte er den Kopf und küsste sie erneut. Während er ihr Weinen mit seinen Lippen dämpfte, spürte er ihren weichen Leib an seinem und wurde beinahe übermannt von pulsierendem Verlangen. Wie oft hatte er schon schlaflos dagelegen, weil er sich ihrer unmittelbaren Nähe so bewusst gewesen war?

»Wie kannst du nur glauben, niemand würde dich wollen?«, schimpfte er, doch sein Tonfall klang sanft und liebevoll, nicht wütend. »Dan behandelt dich wie eine Tochter, lächelt, wann immer du dich ihm zuwendest, und ist unheimlich stolz darauf, wie gut du dich im Laden machst und wie schön du singst. Und ich ...« Kurz zögerte er, dann gestand er: »... habe manchmal Angst, dass mir die Hose platzt, so sehr will ich dich.«

Mit offenem Mund starrte sie ihn an. In den langen dunklen Wimpern ihrer schönen Augen hingen noch Tränen. »Du ... willst mich doch?«

»Natürlich, du Närrin!« Jetzt klang seine Stimme merklich rauer. »Du hast einen Spiegel. Du musst doch wissen, wie liebreizend du bist. Würde ich dich nicht wollen, hätte ich dich nicht geheiratet, ganz gleich, was irgendjemand anders gesagt oder getan hätte.«

»Aber du hast mir erzählt ...«

»Ich habe gesagt, dass jetzt nicht der richtige Zeitpunkt ist, ein Heim und eine Familie zu gründen. Und das hat sich nicht geändert.« Er machte eine weit ausholende Geste. »Wie sollen wir als fahrende Händler Kinder großziehen? Es ist schon Herausforderung genug, uns selbst sauber zu halten. Und wer sollte dich bei der Geburt unterstützen, wenn du auf der Straße lebst? Meine Frau soll ein besseres Leben haben als das.«

Sie schluckte schwer, als die Hoffnung beinahe schmerzhaft in ihr aufwallte, als müsse sie sich erst Bahn brechen durch ihre heiße Wut.

»Issy, Liebste: Eines Tages, wenn wir uns niederlassen können, werden wir in jeder Hinsicht Mann und Frau werden, das verspreche ich dir. Aber ich will nicht, dass meine Kinder in solchen Umständen aufwachsen, will nicht deine Sicherheit aufs Spiel setzen. Ein Kind zu bekommen ist schon an sich riskant genug für eine Frau, selbst wenn sie ein Haus und helfende Hände um sich hat.«

»Es wäre immer noch ein besseres Leben als die Umstände, in denen meine Schwestern und ich aufgewachsen sind«, entgegnete sie mit einem traurigen, gedankenverlorenen Ausdruck in den Augen.

Er konnte der Versuchung nicht widerstehen, sie noch einmal zu küssen, doch als ihre Umarmung inniger wurde, schob er sie schwer atmend auf Armeslänge von sich. »Ich bin ein furchtbar sturer Geselle«, murmelte er entschuldigend, »deshalb ist mit dem Küssen jetzt Schluss.«

Eine Weile fuhren sie schweigend weiter, dann sagte er beinahe wie zu sich selbst: »Da ist noch etwas, das mich antreibt. Mein Bruder hat mir prophezeit, ich würde hier in Australien scheitern, doch ich bin fest entschlossen, etwas aus mir zu machen – mehr als es Lemuel daheim gelingen wird, denn der ist einer von diesen Ewiggestrigen, die nicht einsehen wollen, dass ihr Handwerk nicht mehr das ist, was es einmal war. Und wenn mir das gelingt ... dann kann ich vielleicht noch einmal in die Heimat reisen und meine Mutter hierher zu uns holen. Das ist einer meiner innigsten Wünsche. Ich hoffe, wenn wir das nächste Mal nach Melbourne kommen, wartet dort ein Brief von ihr. Ich selbst hatte ihr schon vor unserer ersten Saison mit dem Wagen geschrieben, aber bislang ist keine Antwort von ihr eingetroffen, und das sieht ihr gar nicht ähnlich. Deshalb habe ich ihr noch einmal geschrieben – für den Fall, dass der erste Brief irgendwo verlorengegangen ist.«

Ismay sah das Lächeln in seinen Augen, wenn er von seiner Mutter erzählte. Es war ein so zärtlicher, liebender Ausdruck, dass sie wünschte, er gälte ihr.

»Ach, meine Mutter würde dir gefallen«, fuhr er fort, ohne ihre Reaktion zu bemerken. »Hannah heißt sie. Längst nicht so alt wie die Eltern anderer Leute. Ihr Haar ist noch genauso dunkel wie meines und ihre Wangen frisch und rosig. Die Leute sagen gern, sie sei noch immer eine hübsche Frau, und das ist sie auch. Als ich noch klein war, hat sie immer für mich gesungen und in der Küche mit mir getanzt, wenn mein Vater nicht daheim war – sie hat eine herrliche Stimme. Von ihr habe ich meine Liebe zur Musik. Und wir konnten immer miteinander reden, sie und ich – über wirklich alles.«

Er verzog das Gesicht, als eine weniger angenehme Erinnerung aufstieg. »Lemuel ist wie mein Vater, der für solche Albernheiten nur Verachtung übrig hatte. Bloß dass es ganz und gar nicht albern ist, miteinander zu reden – nun, zumindest finde ich das. Andererseits«, an dieser Stelle warf er ihr ein schelmisches Lächeln zu, »konnte ich den Leuten schon immer ein Loch in den Bauch reden. Mit Lemuel kann man den ganzen Tag Seite an Seite arbeiten und bekommt keine zwanzig Wörter aus ihm heraus.«

Kurz darauf setzte er hinzu: »Ich habe nie verstanden, warum Mam einen Mann wie meinen Vater geheiratet hat, auch wenn er sie auf seine eigene Art gerngehabt hat – und stolz war er auch auf sie, denn sie ist eine hervorragende Hausfrau. Aber bei der Hochzeit war sie erst sechzehn, während er schon fast vierzig war.«

»Deine Mutter klingt reizend. Ich hoffe, eines Tages lerne ich sie kennen.«

»Das hoffe ich auch. Nein, ich werde persönlich dafür sorgen, dass es gelingt. Ich denke oft an sie.« Er lächelte schief. »Sie und ihre Träume.«

»Träume?«

»Ja, als ich noch klein war, haben wir um unsere Träume

ein Spiel gesponnen. Kleine Träume waren einen Penny wert, große, wichtige Träume gleich drei. Ich wollte immer reich werden und sie in ein neues Leben mit allen Annehmlichkeiten entführen. Das war mein Drei-Penny-Traum.«

»Und wovon hat sie geträumt?«

»Dass ich glücklich werde.«

»Und für sich selbst?«

Er schüttelte den Kopf. »Wenn ich so zurückdenke, ging es in ihren Träumen immer nur um mich. Ich glaube nicht, dass sie wirklich unglücklich war, denn sie ist nicht die Art von Mensch, die Dinge bejammert, die sich nicht ändern lassen, aber sie und mein Vater waren verschieden wie Tag und Nacht. Trotzdem hätte sie nie ein schlechtes Wort über ihn verloren, erst recht nicht ihren Kindern gegenüber, deshalb hat sie ihre Drei-Penny-Träume wohl für sich behalten. Sie muss welche gehabt haben, da bin ich mir sicher. Manchmal hatte sie diesen fernen Blick, bei dem ihre Miene ganz weich wurde. Tja, und nun träume ich davon, sie hier zu uns zu holen, was ein weiterer Grund ist, noch keinen Nachwuchs zu riskieren.«

Hinten auf dem Wagen nickte Dan in stummer Anerkennung und wischte sich mit rauen Fingern eine Träne aus dem Augenwinkel. Es ging aufwärts. Endlich redeten sie wieder miteinander, sein Junge und sein Mädchen, wie er sie gern nannte. Und Malachi küsste sie sogar regelmäßig. Ja, nun würde wohl wirklich alles gut werden mit den beiden.

Plötzlich musste er grinsen. *Ich würde zehn Guineen darauf verwetten, dass die zwei nicht mehr lange warten, bis sie die Ehe vollziehen – die sind auch nur Menschen.* Und warum sollten sie es auch nicht tun?

* * *

Als Dolly in den Gastraum kam und ihre Besucher musterte,

war ihr die Verwirrung deutlich anzusehen. Achtbare Leute, sowohl die Frau als auch der Mann – was also hatten die beiden hier zu suchen? »Wie kann ich Ihnen helfen?«

»Wir sind wegen Mara hier«, erklärte Mark. »Ihre Schwester Keara ist auf der Suche nach ihr, schon eine ganze Weile.« Er reichte ihr das Plakat und sah zu, wie sie es aufmerksam las.

»Und wie passen Sie in die Geschichte? Sind Sie auf die Belohnung aus?«

»Nein. Ich bin mit Keara und ihrem Mann Theo befreundet. Da die beiden in Westaustralien leben, bin ich hier in Victoria für sie der Mittelsmann. Ich kann Ihnen gern den Kontakt zu Theos Anwalt vermitteln, wenn Sie eine Bestätigung wünschen.«

Dolly lächelte trocken. »Eine Frau wie mich würde der doch nicht in sein Büro lassen, geschweige denn mir irgendwelche Auskünfte geben.« Die Erheiterung wich aus ihrem Gesicht, als sie hinzusetzte: »Sie wird mir fehlen, aber vielleicht ist es besser so. Jetzt, wo sie anständig zu essen bekommt, wächst sie rasch heran, und ich will nicht, dass die falschen Leute auf sie aufmerksam werden.« Geradeheraus sah sie den beiden in die Augen. »Ich halte nichts davon, wenn in meinem Gewerbe Kinder benutzt werden. Dies ist ein ehrliches Geschäft, in dem die Frauen gut behandelt und versorgt werden, deshalb schäme ich mich meiner Arbeit nicht. Aber Kinder … Das ist einfach grundfalsch.«

Mark nickte, wartete einen Moment und hakte dann nach: »Ist sie hier? Können wir sie sprechen?«

»Sie ist gerade einkaufen, wird aber bald wieder da sein. Möchten Sie eine Tasse Tee, solange wir warten?«

»Sehr gern«, antwortete Maggie.

Dolly nickte. »Dann bin ich gleich wieder bei Ihnen. Um diese Tageszeit habe ich immer einen Kessel auf der Kochstelle.«

Maggie sah sich in dem überladenen, kitschigen Zimmer um und verzog das Gesicht. »Ich glaube, in der Küche würde ich mich wohler fühlen.«

»Geht mir ebenso.« Damit brachte Dolly sie ins Hinterhaus, bot ihnen mit einer schlichten Geste einige einfache Holzstühle an und machte sich daran, den Tee zuzubereiten.

Als Maggie sich hier umschaute, stellte sie anerkennend fest, wie sauber die Küche war – und unerwartet heimelig. Mark saß nur ruhig da und freute sich darauf, Kearas Schwester kennenzulernen.

Plötzlich hämmerte jemand an die Hintertür. »Missus! Missus!«

Dolly riss die Tür auf. »Nicht jetzt, Pete.«

Ein dürrer alter Mann in zerlumpter, schmutzstarrender Kleidung stand auf der Schwelle, leicht schwankend und sichtlich außer Sich vor Angst. »Missus, er hat das Mädchen entführt! Die Kleine.«

Mark sprang so rasch auf, dass sein Stuhl hinter ihm umkippte, und eilte mit langen Schritten zu Dolly an die Tür. »Spricht er etwa von Mara?«

Sie nickte, sagte aber mit leiser Stimme: »Ziehen Sie sich zurück und überlassen Sie das mir. Pete ist ein wenig schlicht, und wenn Sie ihm Angst machen, wird er türmen.«

»Aber ...«

Unnachgiebig sah sie ihn an, bis er tat wie geheißen, doch setzen konnte er sich nicht wieder.

Der Mann vor der Tür wiegte sich noch immer händeringend hin und her.

»Das hast du gut gemacht, dass du zu mir gekommen bist, Pete«, lobte Dolly ihn mit lauten, langsamen Worten. »Wir sind alle sehr zufrieden mit dir, und wenn du mir alles erzählt hast, gebe ich dir etwas zu essen.«

Seine Miene hellte sich auf, und eifrig nickte er ein paarmal.

»Wer hat Mara entführt?«

Er blickte über seine Schulter.

Behutsam legte sie ihm eine Hand auf den Arm. »Du kannst es mir ins Ohr flüstern.«

Er lehnte sich vor, und als er sprach, sah Mark einen kurzen Schmerz über Dollys Miene huschen.

»Wohin hat er sie verschleppt?«

Abermals ein verängstigter Blick über die Schulter, dann ein Kopfschütteln. »Kann ich nicht verraten.«

Sie holte tief Luft, um ihre Ungeduld im Zaum zu halten.

»Essen?«, fragte Pete. »Krieg ich jetzt Essen?«

Sie nickte, wandte sich abrupt ab und schnitt ihm eine dicke Scheibe Brot ab, die sie großzügig mit Butter bestrich. Als sie ihm das Butterbrot hinhielt, wiederholte sie ihre Frage: »Wohin hat er sie verschleppt? Kannst du es mir zuflüstern?«

Doch Pete riss ihr das Brot aus der Hand und rannte davon.

Mit einem lauten Ausruf wollte Mark sich an ihr vorbeischieben und die Verfolgung aufnehmen, doch sie hielt ihn auf.

»Das würde nichts bringen. Pete ist schnell wie der Wind. Das hat ihm schon ein paarmal das Leben gerettet.«

»Aber wenn jemand Mara entführt hat und er weiß …«

In diesem Augenblick kam ein Mann in die Küche und gähnte, als sei er gerade erst aufgestanden, obwohl der Nachmittag bereits angebrochen war. »Oh, entschuldige. Ich wusste nicht, dass du Besuch dahast.« Sein Blick galt dem Teekessel. »Ihr habt nicht zufällig noch eine Tasse für mich übrig, oder?«, fragte er.

»Haben wir. Setz dich, dann schenke ich dir ein.« Dolly wandte sich wieder an Mark und Maggie. »Das ist mein Bruder Gil. Er arbeitet hier. Ich habe noch einen Bruder, der uns verlassen hat – Mick. Er ist es, der Mara entführt hat.«

Zischend sog Gil die Luft ein und sah seine Schwester schockiert an. »Im Ernst?«

Sie nickte. »Pete war gerade hier, um es mir zu sagen, aber als ich gefragt habe, wohin Mick sie gebracht hat, ist er weggelaufen.« Durchdringend sah sie Gil an. »Wo arbeitet er jetzt?«

Der junge Mann zögerte.

Da wurde ihr Tonfall harsch. »Wenn du's mir nicht auf der Stelle sagst, sitzt du auf der Straße, ehe du weißt, wie dir geschieht. Ich lasse nicht zu, dass der Kleinen ein Leid geschieht.«

»Er hat bei Kellagh angeheuert.«

»Nein!« Ihre Bestürzung war unverkennbar. »Wie zum Teufel sollen wir in den Laden hineinkommen, geschweige denn sie finden?«

»Wer ist Kellagh?«, wollte Mark wissen.

»Der Eigentümer eines großen Bordells, das sich auf die … ausgefalleneren Gelüste spezialisiert hat. Außerdem hat er ein paar kräftige Handlanger um sich. Und die braucht er auch manchmal.«

»Geld spielt keine Rolle«, erklärte Mark sofort mit einem Seitenblick zu Gil. »Maras Schwester wird jedem, der zur Rettung des Mädchens beiträgt, eine stattliche Belohnung zahlen.«

Gil kaute auf seiner Unterlippe herum. Dann hob er einen Zeigefinger an den Mund und kaute noch etwas weiter.

Auf ein unauffälliges Zeichen von Dolly hin hielt Mark abermals seine Ungeduld im Zaum.

»Wie viel?«, fragte Gil schließlich.

»Hundert Pfund.«

»Um bei Kellagh hineinzukommen, müssten Sie auch noch ein paar Burschen bezahlen, die uns unterstützen.«

»Was immer es kostet.«

»Du könntest selbst in Gefahr geraten, wenn jemand sieht, dass du da mitmachst, Gil«, warnte Dolly, hin- und hergerissen zwischen der Sorge um ihren jüngeren Bruder und der Angst um Mara.

»Das spielt keine Rolle. Ich denke ohnehin schon seit einer Weile darüber nach, aus Melbourne zu verschwinden.«

»Davon hast du nie ein Wort erwähnt! Warum?«

»Weil Mick mir verflucht lästig ist, wie er ständig auf mich einredet, dass ich auch bei Kellagh anheuern soll. Für den Bastard arbeite ich nicht. Aber hauptsächlich gefällt mir einfach das Stadtleben nicht – hat es noch nie.«

»Mein Auftraggeber ist Pferdezüchter in Westaustralien. Der würde Ihnen sicher sofort eine Anstellung besorgen«, versprach Mark.

»Und mir die Fahrt nach da drüben bezahlen?«

»Ja.« Er blickte wieder zu Dolly. »Was ist mit Ihnen? Werden Sie auch verschwinden müssen?«

Doch sie schüttelte den Kopf. »Nein. Ich habe gute Verbindungen zur Polizei hier, und der ein oder andere meiner Kunden hätte auch ein Wörtchen mit Kellagh zu reden, sollte er versuchen, mir Ärger zu machen. Ich komme schon zurecht. Auch wenn ich für eine Weile wohl ein paar mehr Wachmänner einstellen werde. Aber Vincent Kellagh ist kein nachtragender Mensch und ich bin keine Konkurrenz für ihn – noch werde ich das jemals sein.«

»Hören Sie, können wir das alles nicht später besprechen?«, rief Mark aus. »Weiß der Himmel, was die mit dem Mädchen anstellen!«

Dolly schenkte ihm ein entschuldigendes Lächeln, ehe sie ihrem Bruder einen Schubs gab. »Kümmere du dich um die Organisation, Gil.«

»Ist gut. Gebt mir eine Stunde Zeit, dann bin ich mit ein paar Bekannten wieder hier.« Rasch umarmte er seine Schwester, trank ihre Teetasse aus und verschwand durch die Hintertür. Da er sie nicht ganz zugezogen hatte, schwang sie im Wind hin und her und gab leicht quietschend den Blick frei auf den Müll, der in der Gasse von hier nach dort geweht wurde.

Nach einer Weile brach Maggie das Schweigen. »Eine Stunde ist eine lange Zeit, um herumzusitzen und zu warten.«

Dolly blickte auf. »Wenn wir sie jetzt und ohne weitere Unterstützung da rauszuholen versuchen, schafft Kellagh sie bloß durch einen anderen Ausgang aus dem Haus.« Als Maggie seufzte, setzte sie hinzu: »Jetzt liegt es in Gottes Hand. Und in denen meines Bruders.«

Unruhig ging Mark in der Küche auf und ab.

Dolly trat an einen Schrank. »Ich weiß nicht, wie es Ihnen geht, aber ich brauche jetzt einen Schuss Rum in meinen Tee.«

Doch ihre Gäste schüttelten die Köpfe. Achselzuckend gab sie einen großzügigen Schluck in ihre Teetasse und füllte sie mit frischem Tee auf. »Ah, gleich besser.« Damit setzte sie sich an den Küchentisch, nippte bisweilen an ihrer Tasse und sparte sich jedes höfliche Geplauder.

Die Uhr schien langsamer zu ticken als sonst, und immer wieder blickte jeder von ihnen zu den Zeigern.

* * *

Dick schlenderte hinüber zum »Tanner's Arms«, wo Fred ihn bereits erwartete. Er setzte dem Mann die Lage auseinander, worauf hin der die Stirn runzelte. »Freiwillig wird Mrs Mullane die Reise nicht antreten, und die Finte, mit der wir Keara auf das Schiff gebracht haben – sie betäubt an Bord geschleppt und so getan, als wäre sie sturzbetrunken –, wird bei einer Passagierin der Kabinenklasse nicht funktionieren. Feine Damen betrinken sich nicht in der Öffentlichkeit.«

»Aber irgendetwas muss ich unternehmen! Wir können sie nicht einfach hierlassen. Die Frau kann genauso wenig auf sich selbst aufpassen wie ein Kind.«

»Und wenn ihr das Geld ausginge?«

»In Notfällen bin ich befugt, ihr mehr auszuzahlen.«

Fred verzog grübelnd das Gesicht. »Aber das wissen die nicht. Ich hatte schon öfter mit Bess zu tun. Ein bösartiges Miststück, das sich immer einen Vorteil zu verschaffen weiß – aber das Geld rinnt ihr nur so durch die Finger, deshalb ist sie ständig auf mehr aus. Mit der Oberschicht hat sie allerdings nie viel zu schaffen gehabt ...«

»Und?«

»Nun ja: Wenn sie denkt, es wäre ihre Idee, ihre Herrin nach Australien zu verfrachten, weil der einzige Weg, dem Ehemann mehr Geld abzupressen, ein persönlicher Besuch wäre ... Dann überredet sie Mrs Mullane vielleicht selbst zu der Reise.«

»Es ist schon schlimm genug, dass ich Lavinia nach Australien bringen muss. Da schleppe ich doch nicht auch noch diese verfluchte Zofe mit!«

Fred grinste. »Da komme ich ins Spiel. Ich schnappe mir Bess kurz vor dem Ablegen. Dann können Sie Mrs Mullane an Bord bringen und ihr sagen, Bess würde mit dem Gepäck nachkommen. Aber sehen Sie zu, dass Sie ihr für die Überfahrt eine neue Zofe besorgen. Allein kommt die Frau nicht zurecht.«

Strahlend sah Dick ihn an und schüttelte ihm die Hand. »Das werden Sie nicht bereuen.«

Fred lächelte zufrieden und ließ im Hinausgehen die drei Sovereigns in seine Tasche gleiten, die Dick ihm in die Hand gedrückt hatte, um die Dinge ins Rollen zu bringen.

* * *

Während Dick und Fred im Pub zusammensaßen, kam Hal zur Hintertür von Lavinias Stadthaus. Als Bess ihn sah, wollte sie ihm die Tür gleich wieder vor der Nase zuschlagen, doch er hatte bereits einen Fuß in den Türspalt geschoben und grinste sie an. »Na, na, so nicht. Dieser dreckige Ire, der mich rausgeworfen hat, ist gerade nicht hier, davon hab ich mich persönlich überzeugt.«

Mit finsterer Miene ließ sie ihn herein.

»Ich hätte nichts gegen eine Tasse Tee und was zu essen einzuwenden, Schätzchen.«

Noch immer schweigend schob sie den Kessel auf die Kochstelle und holte ein Früchtebrot heraus.

»Hast du Geld?«, fragte Hal.

»Nein. Alles ausgegeben.«

»Mit Geld konntest du noch nie umgehen. Törichtes Weibsstück.« Er schlang das Früchtebrot hinunter und trank den Tee in einem Zug leer – ohne sich davon beeindrucken zu lassen, wie heiß das Getränk noch war. »Tja, ich halt mich trotzdem an dich, und wenn der Kerl wieder fort ist, erwarte ich, dass du mir hier eine Anstellung besorgst. Wenn's geht, eine, bei der ich genauso auf der faulen Haut liegen kann wie du.«

Als er gegangen war, seufzte sie auf. Würde sie den Kerl denn nie loswerden?

* * *

Zum Abendessen kam Dick zurück, und in der Zwischenzeit hatte Bess ein wenig mit ihrer Herrin geplaudert.

»Bevor Sie morgen abreisen«, beschied Lavinia ihm hochnäsig, »müssen Sie mir noch Geld geben. Ich habe keines mehr.«

Bess, die das Essen auftrug, hielt sich mit irgendeiner Kleinigkeit auf – offensichtlich, um zu lauschen.

Dick ließ sie. Wenn er Glück hatte, würde die Zofe ihm glatt in die Karten spielen. »Bisher hat das Geld immer gereicht, und Nancys Beerdigungskosten gehen nicht von Ihrem Budget ab. Wofür haben Sie es diesmal ausgegeben?«

Unbehaglich lugte Lavinia zu Bess hinüber. »Ich hatte … Sonderausgaben. Theo hat doch all das Geld, das mein Vater hinterlassen hat – er kann mir jederzeit mehr geben.«

»Sie wissen, dass Ihr Vater einen Großteil seines Vermögens noch vor seinem Tod verloren hat, das sage ich Ihnen immer wieder.« Und immer wieder weigerte sie sich, es zu glauben. Auch jetzt trat wieder dieser störrische Ausdruck auf ihr Gesicht. »Zehn Pfund kann ich Ihnen geben, damit Sie es bis ins nächste Quartal schaffen, aber ich habe nicht die Befugnis, Ihnen regelmäßig mehr auszuzahlen.«

Bess stellte sich hinter ihre Herrin. »Aber Mr Mullane würde seine Gattin doch sicher nicht mittellos und verschuldet im Regen stehen lassen, nicht wahr?«

»Nein, natürlich nicht. Wenn Sie in Schwierigkeiten sind, können Sie jederzeit mit mir nach Irland zurückkehren, Mrs Mullane. Dort gibt es reichlich Platz, und das Leben dort würde Sie keinen Penny kosten. Im Dorf gibt es ein Mädchen, das wir als Zofe für Sie einstellen könnten, und …« Kurz huschte sein Blick zu Bess, und zu seiner großen Freude war sie sichtlich erzürnt über das Gesagte.

»Da gehe ich nie wieder hin!«, kreischte Lavinia und sprang auf. Als Bess ihr eine Hand auf die Schulter legte, tat sie einen tiefen, bebenden Atemzug und nahm sich zusammen. Anschließend sah sie sich um. »Dann werde ich irgendetwas verkaufen müssen.«

»Dazu sind Sie nicht befugt. Von der Einrichtung dieses Hauses wurde ein detailliertes Inventar erstellt. Das ist alles Mr Mullanes Eigentum, und sollte etwas abhandenkommen …« Bei diesen Worten sah er Bess an, die ihn mit offenem Mund schockiert anstarrte, »bin ich befugt, die Verantwortlichen zur Rechenschaft zu ziehen. Es wird jedes Jahr eine gründliche Inspektion durchgeführt.«

Bess wandte sich an Lavinia. »Von einem Inventar haben Sie nie etwas gesagt. Das denkt er sich doch aus, oder? Das sind doch Ihre Sachen, nicht wahr?«

Lavinia sah die Frau an wie eine Hündin, die vor ihrer Herrin kuschte, und dieser Blick festigte seinen Entschluss, dieses furchtbare Weib loszuwerden, umso mehr. »Mrs Mullane hatte mit diesen Inspektionen nichts zu tun. Ausführende waren Nancy und ein Angestellter der Anwaltskanzlei.«

»Wie soll sie sonst an Geld kommen?«, verlangte Bess unverblümt zu wissen. »Von einer feinen Dame wie ihr können Sie doch nicht erwarten, dass sie in Armut lebt.«

»Dazu müsste sie sich an ihren Gatten wenden. Bloß dass der in Australien lebt, persönlich wird sie ihn also nicht sprechen können. Sie wird ihm wohl schreiben müssen, nehme ich an. Ehe eine Antwort eintrifft, wird es allerdings sechs bis acht Monate dauern. Bis dahin wird sie nach Irland umziehen müssen, sollte sie mit ihrem Budget nicht zurechtkommen.«

Lavinia schlug auf den Tisch. »Ich gehe nicht nach Irland. Außerdem hasse ich Theo. Ich will ihn nicht sehen.«

Dick nickte. »Ich wollte auch nicht sagen, dass Sie nach Australien reisen sollen – nur, dass Sie ihm einen Brief schreiben könnten. Tatsächlich käme Ihr Auftauchen dort auch äußerst … ungelegen. Allerdings sollten Sie bis zu seiner Antwort wohl wirklich mit nach Irland kommen, wenn ich mir Ihre Lage so anhöre.«

Doch Bess sah nachdenklich aus. »Und wenn sie ihn lieber persönlich sprechen will?«

»Aber das will ich nicht!«

Abwesend tätschelte die Zofe Lavinias Hand. »Schhh, Liebes, vielleicht lohnt sich der Aufwand. Was Ihr Mann Ihnen im Augenblick zahlt, ist lächerlich. Was, wenn wir ihn dazu bringen könnten, das Budget zu erhöhen?«

»Ich will weder mit ihm sprechen noch irgendwohin mit dem Schiff fahren.«

»Es wäre auch wirklich nicht angebracht«, warf Dick rasch ein. »Er … äh … lebt dort drüben mit einer anderen Frau zusammen.«

Bess lächelte. »Dann wird er alles tun, um uns nur recht schnell wieder loszuwerden. Das ist definitiv die Reise wert. Außerdem ist Seeluft gut für die Gesundheit.«

»Aber wenn wir nach Irland gefahren sind, bin ich immer seekrank geworden«, protestierte Lavinia.

»Bei kalter Witterung, ja. Aber auf der Überfahrt nach Australien ist es schön sonnig und warm, das weiß doch jeder.« Einmal hatte Bess sich aus Verzweiflung auf eine Anzeige gemeldet, in der Dienstmädchen gesucht wurden, die nach Australien gehen wollten. Beinahe hätte sie die Reise auch angetreten, doch dann war sie auf anderen Wegen zu etwas Geld gekommen, sodass es nicht mehr notwendig gewesen war. »Es würde Ihnen gut gefallen. An Bord gibt es Konzerte und interessante Gesprächspartner und verschiedenste Spiele. Von diesen Schiffen habe ich gelesen.«

Dick hielt den Atem an. Sollte es wahrhaftig so leicht sein?

Im nächsten Moment wandte Bess sich schon an ihn. »Wäre es möglich, das Geld für die Überfahrt nach Australien aufzutreiben? Es heißt, eine Seereise sei gut für die Gesundheit, und im Augenblick ist Mrs Mullane wirklich etwas mitgenommen. Ich könnte mich unterwegs um sie kümmern – das wäre auch eine willkommene Ablenkung von der Trauer um meine arme verstorbene Tante.«

Dick runzelte die Stirn. »Aber wozu der Aufwand? Sie kann doch ebenso gut mit mir nach Irland kommen und dort seine Antwort abwarten.«

Doch je länger sie diskutierten, desto überzeugter war Bess, dass Dick sie nur abwimmeln wollte und sie weit mehr Geld aus dem Ehemann herausholen könnten, wenn sie nach Australien führen und den gemeinen Schuft zur Rede stellten. Und sie würde mit ihrer Herrin in der Kabinenklasse reisen, nicht im Zwischendeck. Mrs Mullanes Gesellschafterin, so würde sie sich vorstellen. Ein Leben unter den Reichen – und Hal wäre sie damit auch los. In diesem Teil von England würde sie sich nie wieder blicken lassen, wenn es sich irgendwie vermeiden ließ.

»Lassen Sie mich mit meiner Herrin reden«, sagte sie zu Dick.

Der täuschte Unbehagen angesichts dieser Bitte vor, verließ aber schließlich den Raum.

»Sie wollen doch nicht nach Irland, oder?«, fragte Bess.

Lavinia schüttelte den Kopf.

»Dann werden Sie nach Australien fahren müssen, um mit Theo zu reden. Der hat Ihr Geld.« Es dauerte eine Weile und sie musste ihre Argumente mehrfach wiederholen, doch am Ende hatte sie Lavinia erfolgreich die Idee in den Kopf gesetzt, sie müssten unbedingt nach Australien reisen.

Kurz darauf gab Dick sich geschlagen und sagte zu, das Geld für die Überfahrt der beiden aufzutreiben. Dass er es sein würde, der Lavinia nach Australien begleitete, behielt er für sich – ebenso wie die Tatsache, dass er bereits alles in die Wege geleitet hatte, um Bess daran zu hindern, die Reise überhaupt anzutreten.

* * *

Dick besuchte Lavinia noch einmal, um die letzten Vorkehrungen für die Überfahrt zu treffen. Sie bestand weiterhin darauf, Bess als ihre »Gesellschafterin« in der Kabinenklasse mitzunehmen, und so gab er vor, sich darauf einzulassen. Beinahe hätte er sie ein wenig bemitleidet, als er sah, wie sehr ihr die Reise noch immer widerstrebte – hätte er nicht die Schulden gesehen, die sich in den letzten Wochen angehäuft hatten. Das ärgerte ihn. Mit Sicherheit war ein Großteil der jüngsten Kleiderkäufe Bess zugutegekommen, die sich für eine

Dienstbotin viel zu fein kleidete, doch auch Lavinia trug einige äußerst ausgefallene neue Gewänder.

Mit grimmiger Miene nahm er den jüngsten Rechnungsstapel mit, um die Bezahlung zu veranlassen.

Am nächsten Tag eskortierte er Lavinia und Bess nach Liverpool, wo er sie in einem kleinen Hotel in Hafennähe unterbrachte.

Als er Lavinia zwei Tage später abholte, um sie zum Schiff zu bringen, wies er Bess an, ihnen mit dem Gepäck zu folgen.

»Aber ich reise als ihre Gesellschafterin«, protestierte sie und strich den üppigen Rock des neuen Kleids glatt, das sie heute trug.

»Richtig, und Gesellschafterinnen sind diejenigen, die sich stets um das Gepäck und derlei Details kümmern«, beschied er ihr.

Sie warf ihm einen bösen Blick zu.

Lavinia starrte mit bebender Unterlippe zwischen ihnen hin und her. »Ich will nicht auf dieses Schiff. Ich will nicht.«

Sofort legte Bess ihrer Herrin einen Arm um die Schultern. »Doch, das wollen Sie. Sie wissen doch, wie gern Sie es warm und sonnig haben. Wir werden jede Menge Spaß haben, Sie und ich.« Und ein gewisser Halunke würde ihr nach Australien nun wirklich nicht folgen können. Bei der Rückkehr würde sie dafür sorgen, dass Lavinia sich irgendwo im Süden Englands niederließ, wo niemand sie kannte.

Versunken in ihre Zukunftsträume brachte sie ihre Herrin zur Kutsche, winkte ihr fröhlich zum Abschied und machte sich dann daran, das Handgepäck nach unten zu tragen. Doch im Schlafzimmer wartete Hal auf sie. Erschrocken schnappte sie nach Luft.

»Wolltest mir wohl durch die Finger schlüpfen«, bemerkte er milde.

»Ich habe doch keinen Einfluss darauf, wohin es geht. Sie muss nach Australien, und ich bin ihre Zofe.«

Er grinste sie an. »Na, dann trifft es sich ja gut, dass ich auf demselben Schiff angeheuert habe, mit dem ihr reist, was? Hab mir eine Stelle als Steward geangelt, weil kurzfristig einer ausgefallen ist. Hat einen schlimmen Unfall gehabt, der arme Kerl.« Sein Lächeln verblasste. »Du hast doch nicht geglaubt, diese kleine Goldmine könntest du für dich behalten, oder, Bess? Wenn wir es klug anstellen, ist dieses törichte Weibsbild unsere Fahrkarte in ein gutes Leben.«

Sie biss sich auf die Lippe, sah jedoch keine Möglichkeit, ihn an der Mitreise nach Australien zu hindern. »Ich dachte, du magst keine Bootsfahrten?«

»Tue ich auch nicht. Aber Geld mag ich. Und es passt mir ganz gut in den Kram, hier für eine Weile zu verschwinden. Außerdem sind die Stewards für den Wein und Rum der Geldsäcke zuständig. Daran werde ich mich reichlich bedienen.«

»Du willst wieder mit dem Trinken anfangen? Ich dachte, das hättest du aufgegeben.«

»Was gibt es denn auf so einer langen Überfahrt sonst zu tun?«

Als sie sich zum Aufbruch bereit machten, klopfte es an der Tür. Hal versteckte sich dahinter, als Bess öffnete.

»Ah, da bist du ja«, sagte Fred. »Mr Pearson hat mich gebeten, mich um dich zu kümmern. Er möchte nicht, dass du mit nach Australien fährst.«

Doch als er eintrat, schlug Hal ihn mit dem schweren eisernen Türstopper nieder, und Fred ging zu Boden wie ein Sack Mehl. Höhnisch kichernd fesselte Hal ihn und wandte sich schließlich zu Bess um. »Und nun ab an Bord. Bis sie den Burschen hier finden, haben wir längst abgelegt.«

21

September 1866

Albert fuhr mit seiner Frau zum Markt, sagte ihr, er müsse sich mit jemandem treffen, und ließ sie stehen. Dann begab er sich zur Rückseite des Mietstalls. »Da bist du ja, Ned. Irgendwelche Neuigkeiten?«

»Gibson ist Hals über Kopf nach Melbourne gefahren, im Augenblick hat sie also keinen Beschützer.«

»Was ist mit der Alten?«

»Die wohnt noch immer im selben Haus.«

»Dann werden wir sehen müssen, ob wir die beiden trennen können.« Eine Münze wechselte den Besitzer und Albert wandte sich ab. Plötzlich fiel ihm ein, dass sie auf dem Markt sein könnte, und schnellen Schrittes marschierte er zurück – um sie ausgerechnet im Gespräch mit Olwen zu entdecken. Bei seinem Anblick nickte Katie seiner Frau zum Abschied zu und ging davon. Mit nachdenklich geschürzten Lippen blickte er ihr hinterher.

»Gut sieht sie aus, nicht wahr?«, bemerkte Olwen wehmütig.

»Wer?«

»Katie.«

»Das hinterlistige Miststück! Sich von uns die Fahrt hierher bezahlen zu lassen und dann dreist eine andere Stelle anzunehmen. Die hat kein Recht, gut auszusehen.«

Olwen seufzte. »Ach, lass sie doch, Albert.«

»Was hast du gesagt?«

Doch ausnahmsweise zog seine Frau nicht den Kopf ein.

Ausnahmsweise bot sie ihm die Stirn. »Wenn du glaubst, ich bekomme es nicht mit, wenn du dich des Nachts aus dem Haus schleichst, täuschst du dich.«

Unbeherrscht verpasste er ihr eine Ohrfeige.

Irgendjemand in der Nähe murmelte: »Eine Schande.«

Er fuhr herum, konnte den Übeltäter jedoch nicht ausmachen.

Auf Olwens Wange begann sich rot sein Handabdruck abzuzeichnen, und mit Tränen in den Augen starrte sie ihn an, ehe sie sich abwandte und wortlos davonging.

»Wo gehst du hin?«, rief er und sprintete hinterher, um sie beim Arm zu packen.

Reglos blieb sie stehen. »Ich verlasse dich.« Dann ging sie weiter.

Mehrere Leute hatten ihre Worte gehört, und einer von den Umstehenden rief: »Recht so, Olwen! Brauchst du Hilfe?«

»Törichtes Miststück!«, schrie er. »Du hast eine Stunde, dann bist du wieder beim Wagen.«

Sie drehte sich nicht um, zuckte nicht einmal, ging einfach nur ruhigen Schrittes davon.

Anderthalb Stunden später stand er noch immer wartend beim Wagen, mittlerweile umringt von einer kleinen Menschentraube, die ihn beobachtete – hauptsächlich Leute, die Olwen schon von ihrer zweiten Heirat gekannt hatten. Die Blicke, mit denen sie ihn bedachten, waren alles andere als freundlich. Es war ein Fehler gewesen, sie vor aller Augen zu schlagen, das musste er eingestehen. Damit hätte er warten sollen, bis sie wieder zu Hause waren.

Ein kleiner Junge kam mit einem Zettel zu ihm – die Nervosität war ihm deutlich anzusehen. Albert nahm das Stück Papier entgegen und überlegte, wo Olwen sein mochte. Doch die Nachricht stammte nicht von ihr.

Deine Frau is vor uer halben Stunde uuter Poskutsche Richtung Melb'u gefaru.

Fluchend riss Albert das Papier in Fetzen, ehe er auf den Wagen stieg und losfuhr. Was zum Teufel war denn heute in Olwen gefahren? Daran war nur diese blöde Schlampe schuld. Die hatte seiner Frau dumme Ideen in den Kopf gesetzt. Frauen sollten tun, was ihre Männer ihnen sagten, und ansonsten das verfluchte Maul halten.

Doch Olwen würde wiederkommen, das wusste er. Erst einmal würde sie zu ihrer Schwester fahren, aber ihre Sachen würde sie niemals zurücklassen. Ihre Kinkerlitzchen und Erinnerungsstücke waren ihr wichtig. Ja, die würde sie sich holen wollen, und wenn sie dann käme, würde er dafür sorgen, dass sie blieb.

* * *

In Melbourne bezahlte Olwen mit dem letzten Rest des Marktgelds eine Mietdroschke zu ihrer Schwester. Dort angekommen warf sie sich Nesta in die Arme und schluchzte ihren Kummer heraus.

»Ich gehe nicht zurück zu ihm, niemals! Selbst wenn ich meine Sachen nie wiedersehe.«

Etwas später stellte sie verbittert fest: »Du hattest recht. Ich hätte mich nicht so Hals über Kopf in eine neue Ehe stürzen sollen, aber ich war verzweifelt.«

Als die Tränen langsam versiegten, gestand sie: »Albert schlägt mich. Es gefällt ihm, anderen wehzutun.«

Nesta umarmte sie noch fester. »Nun, hier kannst du bleiben, solange du willst, *cariad*. Unter meinem Dach gibt es für dich immer einen Platz, und mein Ennis wird dasselbe sagen. Dich zu schlagen, also wirklich! Was ist das nur für ein

Mann? Wenn ich den noch einmal zu Gesicht bekomme, wird er sich etwas anhören dürfen.«

* * *

Als das Schiff in Liverpool ablegte, stand Dick an der Reling und empfand jetzt schon Heimweh. Aus freien Stücken hätte er Irland niemals verlassen – nur für Theo nahm er diese Reise auf sich.

Lavinia saß auf dem Oberdeck und sah zu Tode verängstigt aus. Seufzend ging er zu ihr hinüber. »Wie fühlen Sie sich?«

»Wo ist Bess? Ich brauche meine Zofe um mich, falls ich mich übergeben muss.«

»Wenn Sie an der frischen Luft bleiben, werden Sie sich nicht übergeben müssen. Und es wird Ihnen bessergehen, wenn Sie nicht weiter darüber nachdenken.«

»Sie haben doch keine Ahnung! Holen Sie mir sofort Bess herbei. Ich möchte mich in meine Kabine zurückziehen.«

Er beschloss, die eigens von ihm engagierte neue Zofe herzuholen und sie Lavinia vorzustellen. Erst im Anschluss würde er erklären, dass Bess sie auf dieser Reise nicht begleiten würde. Diese Eröffnung würde mit Sicherheit einen hysterischen Anfall nach sich ziehen, und den wollte er nicht ohne Unterstützung auffangen müssen.

Er ging über das Deck und musterte die Menge, doch Clemmy, die stämmige, gescheite junge Frau, die er eingestellt hatte, war nirgends zu sehen.

Schließlich begab er sich zum Abstieg zu den Zwischendeckskabinen und rief einen Steward heran, um sich nach Clemmy zu erkundigen. Gegen einen kleinen Obolus erklärte der Mann sich bereit, bei der Oberin nachzufragen, denn der Zutritt zum Ledigenquartier der Frauen war Dick natürlich verwehrt.

Wenige Minuten später kehrte der Steward mit einer streng dreinblickenden Frau zurück. »Sind Sie derjenige, der Clemmy Martin an Bord gebracht hat?«

»Ja. Sie ist die Zofe meiner Schwägerin.«

»Und was ist mit dieser Bess?«

»Wie meinen Sie das – Bess?«

»Ich habe noch eine Frau an Bord, die behauptet, sie sei Mrs Mullanes Zofe, und musste sie davon abhalten, über Miss Martin herzufallen – die mir eine anständige junge Frau zu sein scheint, was ich von der anderen nicht behaupten kann.«

Entsetzt starrte Dick sie an. »Bess ist an Bord?«

Sie nickte.

»Aber ich habe eigens Vorkehrungen getroffen, um sie davon abzuhalten … Wie hat sie das zuwege gebracht?«

Da erklang hinter der Oberin eine Stimme: »Mit Gewalt. Ihrem Freund Fred dürfte gerade ordentlich der Schädel brummen.« Damit trat Bess lächelnd hervor – und es war kein freundliches Lächeln. »Und jetzt werde ich mich um meine Herrin kümmern, wenn es Ihnen nichts ausmacht. Sie können sich dieser anderen Frau annehmen.«

»Richten Sie Clemmy aus, dass ich gleich wieder da bin und mit ihr reden möchte«, sagte Dick hastig zu der Oberin und lief Bess hinterher. Ränkespiele waren nicht sein Metier, aber wie hätte er ahnen sollen, dass Bess einen Muskelberg wie Fred überwältigen könnte? Oder hatte sie etwa Hilfe gehabt?

Bei seinem Eintreffen umklammerte Lavinia bereits Bess' Hand und lauschte der Erzählung, wie Mr Pearson versucht hatte, sie voneinander zu trennen. Insgeheim musste er bewundern, wie es Bess gelang, ihre Herrin von einem hysterischen Anfall abzuhalten – etwas, das Lavinia meisterhaft beherrschte – und zugleich mit ihrer Geschichte fortzufahren, hier und da untermalt von einem diskreten Schluchzen.

»Sie müssen ihr einen Platz in der Kabinenklasse arrangieren«, verlangte Lavinia schließlich von ihm.

»Nein. Für die gebe ich das Geld nicht aus.«

»Wenn Sie es nicht tun, werde ich es tun.«

»Haben Sie denn genug? Werden Sie nicht noch etwas brauchen, wenn wir in Westaustralien eintreffen?«

Erbost starrte sie ihn an. »Sie wissen genau, dass ich kein Geld habe! Schließlich muss ich nach Australien fahren, um mir welches von Theo zu holen.«

Mittlerweile hatte ihre Stimme einen so schrillen Tonfall angenommen, dass die Umstehenden ihr schon Blicke zuwarfen, und wieder besänftigte Bess sie.

Dick betrachtete die beiden und spürte einen tiefen Widerwillen in sich aufsteigen, als ihm klar wurde, dass er die nächsten drei Monate mit ihnen auf See würde verbringen müssen. Und bei der Ankunft würde er einen Weg finden müssen, seinen Bruder vorzuwarnen, dass Lavinia ihm nach Australien gefolgt war, während er gleichzeitig einen sicheren Transport der beiden zu Theos Gehöft zu bewerkstelligen hätte. Außerdem musste er Sorge tragen, dass auch Clemmy zurechtkäme.

Wenn das alles vorüber war, würde er nach Irland zurückkehren und sich nie wieder von seinen Ufern trennen. Nicht einmal Theo zuliebe.

Resigniert ging er zurück zum Zwischendeck, um eine Lösung für Clemmy zu finden, die ihn gelassen beruhigte, es sei nicht seine Schuld, und sie habe sofort gesehen, was diese Bess für ein Mensch sei.

Die Oberin erklärte sich bereit, einen Schlafplatz für Bess zu organisieren, und ließ ihn säuerlich wissen, er könne von Glück reden, dass einige Kojen freigeblieben waren. »Aber die junge Dame wird dieselbe Behandlung erfahren wie alle anderen Frauen unter meiner Obhut«, setzte sie naserümpfend hinzu.

In Clemmys Blick lag mehr Mitgefühl. »Welch ein Schlamassel, nicht wahr?«

Er nickte. »Ich bin für so etwas nicht gemacht.«

»Dann überlassen Sie die beiden lieber sich selbst und genießen Sie einfach die Überfahrt.« Sie lächelte verschmitzt. »Wenn es für mich keine Arbeit gibt, werde ich das jedenfalls ganz bestimmt tun.«

»Sie hätten jedes Recht, furchtbar wütend auf mich zu sein«, sagte er kleinlaut.

»Und was würde das bringen?«

Doch er hatte es wirklich vollkommen vermasselt, wie er sich an jenem Abend in seinem Bett beschämt eingestehen musste.

* * *

Ismay erwachte vom Trommeln einiger Regentropfen auf der Wagenplane. Sie setzte sich auf und zog die Decke enger um sich, doch als der Schauer sich rasch zu einem regelrechten Platzregen auswuchs, rief sie den draußen schlafenden Männern zu: »Dan! Malachi! Wollt ihr nicht lieber hier drinnen unterschlüpfen?«

»Ich bin gerade erst aufgewacht. Ich glaube, Dan schläft noch«, antwortete Malachi.

Ismay wandte sich zum Fahrersitz und rechnete jeden Augenblick damit, die beiden lachend in den Wagen klettern zu sehen, wie sie es immer taten. Was dauerte denn heute so lange?

Als Malachi das nächste Mal nach ihr rief, lag ein Anflug von Angst in seiner Stimme. »Kannst du herauskommen und mir helfen, Issy? Mit Dan stimmt etwas nicht. Er bewegt sich nicht und atmet ganz merkwürdig.«

Sie warf die Decken ab und entschied sich gegen ein Schultertuch, das sie nachher nur wieder zum Trocknen aufhängen müsste. Als sie barfuß vom Wagen glitt, prasselte der Regen auf sie ein, und erschauernd rannte sie hinüber zu dem Baum, unter dem die Männer ihr Lager aufgeschlagen hatten. Malachi hatte den Oberkörper des Alten aufgerichtet – in der Dunkelheit war sein Gesicht nur ein blasser Fleck.

»Was soll ich tun?«

»Nimm seine Beine. Wir werden ihn tragen müssen.«

Dan schien nur halb bei Bewusstsein zu sein, und nur unter Schwierigkeiten gelang es ihnen, ihren Freund auf die Ladeklappe zu hieven. Keuchend von der Anstrengung stieg Ismay neben ihm hinauf.

»Leg ihn auf mein Lager, Malachi. Da hat er es am wärmsten. Und wir müssen ihm die nassen Sachen ausziehen.«

Bis sie das bewerkstelligt hatten, zitterte sie am ganzen Leib.

»Zieh dir ebenfalls die nassen Sachen aus, Liebste. Ich hole nur noch rasch unser Bettzeug.«

Abermals begab er sich ins nasse, windige Dunkle hinaus und kehrte einige Minuten später mit einem Haufen nasser Decken zurück, die er hinten auf den Wagen warf. In der Zwischenzeit hatte Ismay eine Lampe entzündet, doch die Finsternis schien das Licht aufzusaugen, während der Wind den Wagen unablässig schaukeln ließ.

»Die Decken sind völlig durchnässt. Die können wir nicht nehmen.« Er begann, sein Hemd aufzuknöpfen, verharrte jedoch, als er zu ihr aufsah. »Ich dachte, du wärst schon längst deine nassen Kleider losgeworden. Du holst dir noch den Tod bei der Kälte.«

»Ich war so mit Dan beschäftigt. Sein rechter Mundwinkel ist nach unten verzogen. Ich glaube, er hatte einen Schlaganfall. Was sollen wir tun?«

»Viel können wir nicht unternehmen, solange es dunkel ist. Sobald es hell wird, machen wir uns auf die Suche nach dem nächsten Arzt. Bis dahin werden wir etwas Trockenes finden müssen, worin wir schlafen können.« Er knöpfte seine Hose auf. »Wenn du nicht bald aus diesen nassen Sachen steigst, ziehe ich sie dir selbst aus.«

Errötend befolgte sie seinen Rat und mied seinen Blick, als sie sich mit einem Handtuch trockenrieb. Bis sie so weit war, sich eine Decke aus ihrem Verkaufsbestand zu nehmen und sich darin einzuwickeln, war ihr Bibbern noch heftiger geworden. Auch Dan bekam eine trockene Decke.

Als Ismay zusah, wie Malachi es ihr gleichtat, konnte sie den Blick nicht abwenden von dem schlanken, muskulösen Körper, den sie bereits zuvor hier und da bewundert hatte, wenn sie ihn zufällig beim Waschen an einem Wasserlauf erwischt hatte.

»Hast du ein trockenes Nachthemd parat?«

»Ja.«

Plötzlich war seine Stimme rau. »Dann zieh es um Himmels willen über. Ich bin auch nur ein Mensch, und dich so ohne Kleider zu sehen bringt mich auf unkluge Gedanken.«

Hastig streifte sie sich ihr Ersatznachthemd über, schlang sich ihren alten grauen Schal um die Schultern und wickelte sich in die Decke ein. Malachi zog eine lange Unterhose und ein Flanellunterhemd an, ehe er noch mehr Decken aus ihren Beständen nahm. Zaudernd sah er sie an. »Es wäre das Klügste, wenn wir uns das Lager teilen. So werden wir schneller wieder warm.«

»Ist gut.«

Er kniete sich neben ihr hin und musterte noch einmal ihren alten Freund. Zwar atmete Dan noch, doch mehr konnten sie nicht für ihn tun. Malachi blies die Lampe aus und kroch in das vorbereitete Deckennest.

Ismay jedoch zögerte, sich zu ihm zu legen. Plötzlich fühlte sich alles anders an, als hätte sich etwas zwischen ihnen verändert.

Im Dunkeln wurde seine Stimme sanfter. »Komm schon

her, Liebste. Du zitterst noch immer.« Fürsorglich breitete er die Decken über sie und darüber noch eine Plane, um sie vor dem immer wieder hereinwehenden Regen zu schützen. Als sie sich in dem beengten Raum zurechtrückten, kamen sie einander so nah wie nie zuvor. Abermals lief ein Schauer durch ihren Leib, und er raunte dicht an ihrem Ohr. »Jetzt wird uns gleich warm.«

»Ja.« Doch noch nie hatte sie so in den Armen eines Mannes gelegen, den warmen Hauch seines Atems auf ihrem Gesicht gespürt, seinen festen Leib eng an ihren geschmiegt.

»Ist es langsam besser, Issy?«

»Ja, danke. Und wie ist es mit dir?«

»Mir geht es gut.«

Einige Augenblicke später sagte sie: »Irgendwie bin ich überhaupt nicht müde.«

»Ich auch nicht. Ach, ich mache mir wirklich Sorgen um Dan. Ich hoffe, er erholt sich wieder. Der alte Knabe ist mir sehr ans Herz gewachsen.«

Irgendwann dösten sie ein, schreckten hoch, dösten wieder. Es schien endlos zu dauern, bis die Morgendämmerung die Lichtung mit ihrem grauen Schimmer überhauchte und Ismay sein Gesicht so dicht vor ihrem erkennen konnte. Als sie ihn ansah, lächelte er leicht und küsste sie – ein Kuss, der gar kein Ende zu nehmen schien.

»Issy, du würdest den Teufel persönlich in Versuchung führen!«, murmelte Malachi irgendwann.

»Der Teufel interessiert mich nicht – nur du.«

Tiefernst sah er sie an. »Eines Tages, Liebste …«

Da drang ein Stöhnen aus Dans Kehle und brach den Bann. Sie wühlte sich aus den Decken, um nach ihm zu sehen, doch er schien noch immer nur halb bei sich zu sein und nichts von seiner Umgebung wahrzunehmen. »Ist es schon hell genug, um loszufahren?«, fragte sie.

»Ja.«

Als er sich eine Hose überzog, meinte sie ihn murmeln zu hören: »Gott sei Dank!«

* * *

Erst spät am Vormittag fanden sie einen Arzt. Nachdem der Mann auf den Wagen gestiegen war und Dan untersucht hatte, nahm er Ismay und Malachi mit in sein Konsultationszimmer und erklärte unverblümt: »Leider kann ich nichts für Ihren Freund tun, Mr Firth.«

Issy klammerte sich noch fester an Malachis Hand.

»Vielleicht erleidet er einen weiteren Schlaganfall und ist in Sekundenschnelle erlöst. Ebenso gut kann er aber noch über Tage, Wochen oder länger in diesem Zustand verharren. Ausgedehnte Wagenreisen über Land kommen für ihn jedenfalls nicht mehr infrage.« Dabei blickte der Arzt missbilligend zu ihrem Gefährt vor seinem Fenster hinaus.

Malachi seufzte. »Er hasst es, in seinem kleinen Kämmerlein in Melbourne eingeschlossen zu sein.«

»Ein richtiges Haus, in dem Sie ihn unterbringen könnten, haben Sie nicht?«

»Nein. Dieser Wagen ist der Ort, an dem er sich zum ersten Mal seit langer Zeit wieder richtig zu Hause gefühlt hat. Dann werden wir ihn eben versorgen, so gut wir können.« Wütend über die ablehnende Haltung des Arztes bezahlte Malachi den Mann. Dabei ließ er ungeduldig noch einige weitere Ratschläge über sich ergehen, ehe er zurück zum Wagen ging. Mit geballten Fäusten und trostloser Miene stand er daneben.

»Was sollen wir jetzt tun?«, fragte Ismay, als er nicht von selbst sprach.

»Ich weiß es nicht. Weiter herumreisen kann er nicht, aber in Melbourne ist weder ihm noch uns geholfen.«

»Er hat doch ein Haus«, erinnerte sie ihn leise. »Und dort

wohnt sogar eine Heilerin. Wir können es uns doch leisten, eine Weile zu pausieren und uns um ihn zu kümmern, nicht wahr?«

Malachi nickte. »Natürlich. Bis hierher haben wir gutes Geld gemacht.«

»Dann lass uns Dan heimbringen und Wilya bitten, uns zu helfen, ihn zu versorgen.«

Einen Moment lang starrte er sie an, dann zeigte sich ein Lächeln auf seinem Gesicht. »Gute Idee, Liebste. Und es macht dir nichts aus, ihn zu pflegen, bis wir da sind?« Schon am Morgen hatte sie den alten Mann gewaschen und vorsichtig seine schlaffen Glieder bewegt.

»Natürlich nicht. Ich habe auch meine Mam auf dem Sterbebett gepflegt. Der menschliche Körper macht mir keine Angst.«

»Gutes Mädchen! Ich helfe dir gern, wo ich kann, wenn er gehoben oder getragen werden muss und dergleichen, aber von Krankenpflege habe ich keinen Schimmer.«

»Ich kenne mich da etwas aus.« Die Trauer war ihr anzusehen.

So behutsam, wie sie fuhren, brauchten sie etwa eine Woche. Ein wenig schien Dan wieder zu sich zu kommen, denn sein Blick folgte ihnen umher, doch er konnte weder sprechen noch sich groß bewegen. Als Ismay ihm sagte, wohin sie ihn brachten, wurde er sichtlich entspannter. Da wusste sie, dass sie nach seinen Wünschen handelten.

Bewundernd verfolgte Malachi ihr Tun. Für eine Ehe hatte er sie für zu jung gehalten, doch plötzlich wirkte sie älter und fähiger. Vielleicht geschah das einfach, wenn das Leben einen beutelte, und ihres hatte ihr wahrlich übel mitgespielt.

»Wie du mit ihm umgehst, ist unglaublich«, stellte er eines Abends am Lagerfeuer fest. »Ich weiß nicht, was ich ohne dich getan hätte.«

»Er ist mir sehr ans Herz gewachsen.«

»Mir auch.«

Traurig sahen sie einander an.

»Er wird sich nicht wieder erholen, oder?«

Malachi schüttelte den Kopf.

Instinktiv streckten sie beide die Hand nach dem anderen aus und suchten Trost in der Berührung, der menschlichen Nähe. Im flackernden Licht des Feuers sah er auf ihre ineinander verschränkten Finger hinunter, dann in ihr Gesicht.

»Ich bin froh, dass ich dich geheiratet habe, Issy.«

»Wirklich?«

»Ja.«

»Na, wenigstens etwas.« Doch sie wollte seine Frau sein, nicht bloß eine Krankenpflegerin.

* * *

Endlich kam Gil wieder in die Küche gestapft. »Wir sind so weit.« Er sah zu Mark. »Kommen Sie mit?«

Mark nickte.

»Und Sie wissen sich zu verteidigen?«

»Ich habe eine Weile auf den Goldfeldern verbracht. Mit den meisten Männern sollte ich es aufnehmen können, auch wenn ich etwas aus der Übung bin.«

Maggie schlug sich eine Hand vor den Mund, sagte jedoch nichts.

Dolly erhob ihre zweite Tasse rumverstärkten Tees auf die Männer. »Viel Glück.«

Als Mark dem Jüngeren auf die Seitenstraße folgte und die sechs kräftigen Männer sah, die dort auf sie warteten, war er mehr als zufrieden.

»Ihre Bezahlung wollen sie im Voraus«, erklärte Gil. »Aber Sie können darauf vertrauen, dass sie sich das Geld redlich verdienen werden. Dafür bürge ich mit meinem Leben.«

Als das erledigt war, schickte er drei der Männer zur

Rückseite von Kellaghs Bordell. Fünf Minuten ließen sie auf der großen silbernen Taschenuhr verstreichen, die Mark geöffnet in der Hand hielt, dann nickte Gil. »Also gut. Bringen wir es hinter uns.«

Mark drehte sich um und reichte Maggie seine Uhr, dann folgte er den anderen die Straße hinunter.

Als sie an dem anderen Bordell eintrafen, hämmerte Gil an die Tür. Den Mann, der ihm öffnete, schlug er ohne Vorwarnung ins Gesicht, sodass er rücklings zu Boden ging. Sofort stürzte Gil sich auf ihn, packte ihn beim Revers und schüttelte ihn. »Wo habt ihr das neue Mädchen untergebracht?«

Aus dem hinteren Teil des Flurs ertönte eine Stimme: »Wenn ihr nicht in zwei Minuten aus meinem Haus verschwunden seid, schieße ich.«

Gil stieß den Mann, den er geschlagen hatte, zur Seite und grollte etwas Zorniges in sich hinein.

Mark hingegen, der sich sofort nach dem Eintreten hinter eine Säule gestellt hatte, gab ohne Vorwarnung einen gut gezielten Schuss ab.

Ihr Gegner ließ fluchend den Revolver fallen, hob die blutende Hand an die Brust und wollte fliehen.

Nach kaum drei Schritten warf Gil ihn nieder, und der Mann schrie auf, als seine verletzte Hand auf den Boden schlug. Als Gil aufblickte, sah er Mark dicht hinter sich. »Guter Mann! Darf ich vorstellen: Vincent Kellagh, der Inhaber.«

Mark nahm den Revolver des Mannes an sich und starrte auf ihn hinunter, in jeder Hand eine Waffe. »Wo ist Mara?«

»Keine Ahnung, wen Sie meinen.«

»Ich glaube, das haben Sie sehr wohl. Das neue Mädchen ist die Schwester einer sehr guten Freundin von mir, und ihr Schwager ist ein gut betuchter Gutsherr, der nichts unversucht lassen wird, bis sie wieder auftaucht. Geben Sie sie hier und jetzt heraus, und wenn ihr kein Leid widerfahren ist, belassen wir es dabei.«

Von oben schrie eine raue Stimme: »Gil Brogan, du verfluchter Verräter – das wirst du bereuen!«

Gil blickte auf und sah das zorngerötete Gesicht seines Bruders über das Geländer blicken. »Was ich am meisten bereue, ist die Tatsache, dass mein Bruder es auf unschuldige Kinder abgesehen hat«, entgegnete er.

* * *

Weiter oben hörte auch Jimmy den Aufruhr und den Schuss. Er befand sich auf dem Speicher – eigentlich eingeschlossen, doch er hatte sich gleich zu Beginn vergewissert, dass er das simple Türschloss mühelos würde knacken können. Jetzt, da seine Entführer offenbar mit dem Kampf alle Hände voll zu tun hatten und sicher nicht nach ihm sehen würden, ließ er Taten folgen.

Als er den Korridor entlangschlich und überlegte, wo Mara sein mochte, öffneten sich weitere Türen und einige der Huren streckten ihre Köpfe hervor.

»Falls irgendjemand hier raus will, dürfte jetzt der richtige Zeitpunkt sein«, merkte er an.

Die meisten der Frauen gingen sofort zurück in ihre Zimmer und schlossen die Türen, doch zwei der Jüngeren blieben auf dem Korridor.

»Wo würden sie ein neues Mädchen hinbringen?«, fragte er die beiden.

»Das kann ich dir zeigen«, antwortete eins der Mädchen.

Die andere sagte nichts, folgte ihnen aber. In ihrem schmalen, blassen Gesicht wirkten ihre Augen riesig und verschattet. Die beiden sahen so jung aus, dass ihm das Herz blutete bei der Vorstellung, was sie hier erlitten haben mussten.

Die Tür, auf die seine Führerin schließlich deutete, sah stabil aus und gab keinen Deut nach, als er daran rüttelte. »Bist du da drin, Mara?«

»Die haben ihr bestimmt etwas gegeben«, erklärte das Mädchen neben ihm. »Die Neuen setzen sie immer unter Drogen.«

»Wo ist der Schlüssel?«

»Den hat er immer bei sich.«

Jimmy machte sich an dem Schloss zu schaffen, doch dieses Mal war es ein gutes. »Verfluchter Mist! Ich bin nicht stark genug, diese Tür einzutreten. Wir werden wohl oder übel nachsehen müssen, was da unten vor sich geht. Seid leise und bleibt hinter mir.«

Auf dem nächsten Treppenabsatz stießen sie beinahe mit Mick zusammen, der noch immer ohnmächtig in den Eingangsbereich hinabstarrte. Hastig hob Jimmy einen Finger an die Lippen und sah sich nach etwas um, das er dem Mann über den Schädel ziehen könnte. Er entdeckte eine große Vase, nahm sie hoch und ließ sie mit aller Gewalt herabfahren.

Brüllend fuhr Mick herum, um seinen Angreifer zu stellen. Er schwankte ein wenig, doch selbst ein solcher Hieb hatte ihn nicht außer Gefecht setzen können.

»Hilfe!«, schrie Jimmy, als ihn die Panik übermannte. »Wir brauchen Hilfe!«

Auf eine Geste von Gil hin stürmte einer der mitgebrachten Männer die Treppe hinauf, gerade als Mick die Hände um Jimmys Kehle schloss. Die beiden Mädchen waren nirgends zu entdecken.

Grinsend packte der Neuankömmling Mick bei der Schulter und riss ihn herum, um ihm einen Kinnhaken zu verpassen. Zwar traf er nicht, doch immerhin befreite er so Jimmy. Die Männer rangen miteinander und gerieten dabei immer näher an den Treppenabsatz, bis sie irgendwann Hals über Kopf hinunterpolterten, keuchend und brüllend.

Unten angekommen blieb Mick stöhnend liegen, während der andere rasch aufsprang, wenn auch mit schmerzverzerrtem Gesicht. Mit einem wütenden Knurren versetzte Gil seinem Bruder einen groben Tritt in die Rippen.

Aus dem Hinterhaus kamen zwei von Kellaghs Leuten, und der Zuhälter grinste Mark an. »Mir scheint, jetzt bin ich im Vorteil.«

»Das glaube ich nicht. Wenn Sie einmal hinter die beiden schauen möchten ...«

Kellagh entfuhr ein zorniges Grollen, als er Gils drei weitere Freunde erblickte, die durch den Hintereingang ins Bordell eingedrungen waren. »Was zum Teufel wollen Sie?«

»Das neue Mädchen.«

»Da kommen Sie zu spät, die ist schon weg.«

»Dann dürfen Sie alle das der Polizei erklären.«

»Gil, sie ist hier oben!«, rief Jimmy. »Den Schlüssel hat Kellagh.«

»Guter Junge!«

Abermals richtete Mark den Revolver auf den Zuhälter. »Her damit.« In seinem Blick lag kein Zorn, sondern Kälte. Die Miene eines Mannes, der sich nicht scheute, noch einmal zu schießen.

Kellagh grollte in sich hinein, dann fingerte er mit seiner unverletzten Hand in seiner Tasche herum.

Gil trat vor, um ihm den Schlüssel abzunehmen. »Behalten Sie die Waffe im Anschlag, Mr Gibson – ich mache mich auf die Suche nach dem Mädchen.« Kellaghs Revolver reichte er einem seiner Freunde. »Du weißt doch, wie man mit so etwas umgeht, stimmt's, Ted?«

Der Mann grinste, nickte und begutachtete die Waffe rasch, ehe er sie ebenfalls schussbereit hielt.

Oben stieß Gil auf Jimmy, begleitet von zwei Mädchen, die sich hinter einer Ecke versteckten, sodass sie von unten aus nicht zu sehen waren.

»Die beiden wollen hier raus«, sagte der Junge.

Auch Gil hatte Mühe, seinen Schock angesichts des Alters

der Mädchen zu verbergen. »Verstehe. Wir nehmen euch mit. Wartet hier.«

Als sie die verschlossene Tür öffneten, entdeckten sie tatsächlich Mara dahinter – an ein Bett gefesselt und nur halb bei Bewusstsein.

»Sie hat noch die Sachen an, in denen sie sie entführt haben«, flüsterte Jimmy.

»Hoffen wir, dass noch niemand sie missbraucht hat«, murmelte Gil. Gemeinsam machten sie das Mädchen los, und mit grimmiger Miene hob er sie auf seine Arme. »Dieser verfluchte Mick gehört an den Galgen. Mit dem Hund will ich nichts mehr zu tun haben, Bruder hin oder her.«

Er trug Mara nach unten und bedeutete den beiden Mädchen mit einem Nicken, ihnen zu folgen.

Beim Anblick der zwei brüllte Kellagh: »Was habt ihr hier draußen zu suchen? Verschwindet sofort wieder nach oben!«

Die Mädchen zogen die Köpfe ein, doch Jimmy schob sie weiter. »Schenkt ihm keine Beachtung. Der kann euch nichts mehr tun.«

»Die beiden machen nicht den Eindruck, als wären sie aus freien Stücken hier«, bemerkte Gil milde. »Und recht jung erscheinen sie mir auch. Wollen Sie da wirklich die Polizei ins Spiel bringen?«

Kellagh rang nach Luft, gab jedoch keine Antwort.

Währenddessen dirigierte Jimmy die Mädchen zum Ausgang, und Gil gab seinen Männern ein Zeichen. »Wir haben sie. Ihr könnt das Haus verlassen.«

Mark entleerte die Trommel des Revolvers und warf die Waffe auf dem Weg nach draußen die Kellertreppe hinunter.

Geschlossen bewegten sie sich durch die Straßen, zurück zu Dollys Haus. Zwei Männer blieben zurück, um jeden aufzuhalten, der versuchen mochte, ihnen zu folgen. Gil trug Mara noch immer auf den Armen, während Mark mit grimmiger Miene seinen Revolver in der Manteltasche bereithielt.

Bei ihrem Eintreffen sprang Dolly auf und starrte sie mit offenem Mund an. »Drei Mädchen! Ich dachte, Sie wollten nur Mara?«

»Die beiden wollten da raus«, erklärte Gil.

»Teufel, dann schafft ihr sie besser zügig aus der Stadt. Kellagh wird fuchsteufelswild sein.«

Da schaltete sich Mark ein. »Ich will Mara in meiner Pension unterbringen. Würden Sie und Ihre Freunde mich noch einmal begleiten – nur zur Sicherheit?«

»Aye.«

Fragend sah Mark zu Jimmy und den Mädchen. »Was ist mit den dreien?«

»Ach, um die kümmere ich mich«, verkündete Dolly mit leicht schleppender Zunge und gerötetem Gesicht.

»Aber nicht, um sie hier weiter zu missbrauchen!«

»Für wen halten Sie mich?«

»Für eine Frau mit einem guten Herzen. Hier, nehmen Sie.« Mark drückte ihr einige Münzen in die Hand. »Falls Sie mehr brauchen, lassen Sie es mich wissen. Dieser Kinderhandel bereitet mir Übelkeit.« Dann wandte er sich an Jimmy. »Du hast dich gut geschlagen, Junge.«

Dolly legte den Mädchen je einen Arm um die Schultern und betrachtete Jimmy. »Interessiert an einer Stelle bei mir, junger Mann?«

Seine Miene hellte sich auf. »Ja.«

Sie blickte zu Gil. »Du willst immer noch aus Melbourne fort?«

Er nickte.

»Meinetwegen, aber nicht, ehe du mir ein paar kräftige Burschen hergeschafft hast, die als Wachleute für mich arbeiten. Zuverlässig müssen sie sein, nur damit das klar ist! Und dem Polizeichef wirst du auch eine Nachricht von mir zukommen lassen. Wir sind uns ein- oder zweimal begegnet.« Dabei zwinkerte sie.

»Ich muss wieder an die Arbeit«, wandte Maggie sich an Mark, erleichtert, dass alles gut ausgegangen war.

»Ich weiß. Danke für deine Hilfe.«

»Wie willst du die Sache mit Mara angehen?«

»Meine Pensionswirtin wird mir helfen. Die Parkers kenne ich seit Jahren, bei den beiden steige ich immer ab, wenn ich nach Melbourne komme. Und du kommst sicher zurecht?«

»Mir geht es blendend. Noch nie hat mir eine Arbeit so viel Spaß gemacht.«

Wenigstens eine Sorge weniger.

22

September – Oktober 1866

Suchend ließ Dick den Blick über die Passagiere an Deck schweifen und winkte, als er Clemmy entdeckte. Sie empfing ihn mit dem gewohnten Lächeln, und er wusste nichts zu sagen, konnte nur dastehen und töricht grinsen.

»Ist heute nicht ein herrlicher Tag?«, fragte sie mit ihrer ruhigen, sanften Stimme. »Ich hätte nie geglaubt, dass es so viel Sonnenschein gibt.«

»Es ist wirklich herrlich. Geht es Ihnen gut?«

»Na, natürlich. Eine Auszeit wie diese hatte ich noch nie. Aber sie sehen besorgt aus.«

Er hob die Schultern. »Nur wieder Mrs Mullane und diese Bess. Diese zwei scheinen es regelrecht zu genießen, mich zur Verzweiflung zu treiben.«

»Dann stellen Sie sich einfach zu mir an die Reling. Das wird Sie schon bald beruhigen.«

Doch ihre Gegenwart war es, die ihm Frieden schenkte, nicht der Anblick der in der Sonne glitzernden Wellen. Ihre Gegenwart, die er aufsuchte, wann immer er konnte. »Ich bin gern mit Ihnen zusammen, Clemmy.«

Ihre Wangen wurden rosig. »Nun, ich bin auch gern mit Ihnen zusammen, Dick.«

»Wirklich?«

An dieser Stelle kam ein junger Mann auf sie zu und bedachte Dick mit einem feindseligen Blick. »Kommen Sie zur Vorlesestunde, Miss Martin?«

»Heute nicht.«

»Aber dann erfahren Sie gar nicht, wie es weitergeht.«

»Ich kann es mir schon denken.«

Mit einem frustrierten Seufzen zog er von dannen.

»Ich halte Sie davon ab, sich mit Ihren Freunden zu treffen«, stellte Dick besorgt fest.

»Keineswegs.« Die Röte auf ihren Wangen vertiefte sich. »Ich verbringe meine Zeit lieber mit Ihnen.«

»Wirklich?«

Sie nickte.

In einem Anflug von Wagemut ergriff er ihre Hand. »Und ich verbringe meine Zeit lieber mit Ihnen als mit irgendjemandem sonst.«

Von da an verbrachten sie jede freie Minute miteinander.

* * *

Maras Kopf fühlte sich schwer an. Doch wenn sie nicht bald aufstand und mit der Arbeit begann, würde Dolly wütend werden. Sie hob einen Arm, um die Decke von sich zu schieben, schien jedoch keinen Funken Kraft zu besitzen und ließ ihn seufzend wieder sinken.

»Mara? Bist du wach?«

Erschrocken zuckte sie zusammen und öffnete die Augen, denn die Stimme war die eines Mannes, und sie ließ niemals Männer in ihr winziges Zimmer neben der Küche. Bloß dass sie gar nicht in ihrem Zimmer war – und der Mann mit dem besorgten Blick an ihrem Bett ein Fremder.

Schlagartig strömten die Erinnerungen auf sie ein, und sie geriet so sehr in Panik, dass sie irgendwie die Kraft fand, an der Decke zu zerren und zu versuchen, sich von ihm wegzurollen.

»Du bist in Sicherheit, Mara«, sagte er leise. »Ich bin ein Freund von Keara. Deiner Schwester Keara.«

Sie hielt inne, den Mund erstaunt geöffnet, dann schloss

sie für einen Moment die Augen, als alles um sie herum zu wanken schien.

»Sie sucht dich schon lange«, fuhr der Mann fort. »Vor einigen Wochen musste sie heim nach Westaustralien fahren, aber ich habe ihr versprochen, solltest du wieder auftauchen, würde ich dir helfen, zu ihr zu gelangen. Ich bin übrigens Mark Gibson.«

Ohne die Augen zu öffnen antwortete Mara traurig: »Keara hat uns fortgeschickt. Warum sollte sie jetzt nach uns suchen?«

»Das war nicht Keara. Selbst vom Tod eurer Mutter hat sie erst Monate später erfahren.« Diese Information nahm das Mädchen stirnrunzelnd in sich auf, und er wartete einen Moment, um zu sehen, wie sie reagieren würde.

Sie öffnete die Augen und starrte ihn an. »Wie soll sie das nicht gewusst haben? Mr O'Neal hat ihr geschrieben.«

»Mr Mullane war zu jener Zeit nicht daheim. Stattdessen hat Mrs Mullane den Brief in die Finger bekommen und ihn Keara verheimlicht.«

Mara konnte einen Laut des Unglücks nicht unterdrücken, als abermals die Erinnerung über sie hereinbrach. »Mam hat nach ihr gerufen, noch bis zu ihrem Tod. Hat unaufhörlich ihren Namen gesagt, selbst als sie nur noch flüstern konnte.«

»Das mitanzusehen muss furchtbar gewesen sein.«

Mara nickte. »Ismay und ich haben getan, was wir konnten, aber Mam wusste, dass Keara nicht gekommen war, und musste immer wieder weinen. Das hat Ismay so wütend gemacht.« Das Stirnrunzeln kehrte zurück. »Und das war alles Mrs Mullane, sagen Sie?«

»Ja.«

»Eine schreckliche Frau ist das. Ständig hat sie die Leute angeschrien.« Dann kam ihr ein Gedanke. »Ist Keara allein unseretwegen bis nach Australien gekommen?«

»Nein. Mrs Mullane hat sie entführen und ebenfalls hierher verschiffen lassen – allerdings hat sie eure Schwester nach Westaustralien geschickt, weit entfernt von Melbourne.«

»Aber dann ist Keara hierhergekommen, sagen Sie?«

»Ja. Mehrere Monate hat sie hier in Victoria mit der Suche nach euch verbracht, aber sie erwartet wieder ein Kind und musste deshalb heimfahren.«

Mara hatte Mühe, sich aufzusetzen, doch als Mark aufstand, um ihr mit dem Kissen zu helfen, zuckte sie zurück, und so setzte er sich wieder. Als sie sich im Sitzen eingerichtet hatte, stellte sie zweifelnd fest: »Sie sehen nicht aus wie ein Lügner.«

»Danke. Ich lüge dich auch definitiv nicht an.«

»Ismay hat gesagt, Keara muss gewusst haben, dass sie uns nach Australien geschickt haben. Aber ich habe daran immer gezweifelt.«

Er nickte. »Sie hätte euch niemals fortgeschickt. Dazu liebt sie euch viel zu sehr.«

Darauf folgte Schweigen, dann ein Seufzen. »Sie ist also verheiratet? Mit wem?«

»Verheiratet ist sie nicht. Keara liebt Mr Mullane, und er vergöttert sie. Zwar können sie nicht heiraten, aber er behandelt sie ganz und gar wie seine Frau. Die beiden haben eine Tochter namens Nell, was bedeutet, dass du jetzt Tante bist, und im November soll das nächste Kind kommen.«

Wieder starrte sie ihn mit offenem Mund an. »Keara und Mr Mullane?«

»Richtig. Hier leben sie als Mann und Frau zusammen, und Theo liebt sie wirklich sehr.«

»Aber was ist mit Mrs Mullane?«

»Die ist in England geblieben. Theo hat in Westaustralien ein Stück Land für ein Gestüt gekauft. Er und Keara wünschen sich, dass du bei ihnen lebst.«

»Was ist mit Ismay?«

»Auch die würden sie gern zu sich holen, aber zuerst einmal müssen wir sie finden.«

»Wissen denn die Nonnen nicht, wo sie steckt?«

»Nicht mehr. Den Leuten, bei denen sie angestellt war, ist sie davongelaufen. Und der Konvent ist abgebrannt.«

»Nie und nimmer!«

Es ertönte ein Klopfen. »Mr Gibson, ist sie wach?«

Er ging zur Tür und ließ eine ältere Frau herein, die ans Fußende des Betts trat und Mara lächelnd ansah.

»Das ist unsere Wirtin Mrs Parker. Hier steige ich immer ab, wenn ich nach Melbourne komme.«

Freundlich lächelte die Frau auch ihn an, ehe sie sich wieder dem Mädchen auf dem Bett zuwandte. »Sicher wirst du dich waschen wollen, ehe du etwas isst, Liebes. Gehen Sie, Mr Gibson, und lassen Sie mich der jungen Dame zur Hand gehen.«

»In Ordnung. Wir sehen uns später, Mara.«

Es war sehr anstrengend, sich in Bewegung zu setzen und das Nötigste zu erledigen, deshalb äußerte das Mädchen keinen Widerspruch, als Mrs Parker sie anschließend wieder ins Bett schickte und zudeckte.

»Mrs Parker, kennen Sie Mr Gibson schon lange?«

»Lieber Himmel, Kleines, ja. Wenn er in Melbourne ist, kommt er immer zu uns, und einen anständigeren Burschen kann man sich wirklich nicht vorstellen. Mittlerweile ist er Witwer, aber seine Schwiegermutter lebt bei ihm und kümmert sich um seine kleine Tochter.«

Erleichtert seufzte Mara. Einer Frau mit einem so offenen, ehrlichen Gesicht musste man einfach glauben.

»Nicht einschlafen. Ich bringe dir noch ein Glas Milch und ein Stück Kuchen.«

Nachdem ihre größten Sorgen nun zerstreut waren, rutschte das Mädchen im Bett nach unten. Dieser Mann war nicht wie Mick. Ihr lief ein Schauer über den Rücken, als sie daran zurückdachte, wie er und dieser schreckliche Kerl, für den er arbeitete, ihren Körper befingert und Pläne geschmiedet hatten, sie zu missbrauchen.

Doch als Mrs Parker zurückkehrte, schlief ihr Gast schon tief und fest, und so stellte sie Milch und Kuchen neben dem Bett ab, deckte Mara noch einmal gut zu und ging zurück in ihre Küche.

* * *

Als sie von der Straße abfuhren, wurde Dan sichtlich erregt, verdrehte wild die Augen und starrte Malachi immer wieder eindringlich an.

»Ich weiß, alter Mann. Du willst, dass ich unsere Spuren verwische.«

Ein Hauch von Erleichterung in den verblassten Augen.

Als Malachi fertig war, kletterte er auf den Kutschbock und nahm die Zügel wieder auf. »Unsere Spuren sind jetzt gut versteckt, Dan. Niemand wird uns folgen.«

»An die erste Fahrt hierher erinnere ich mich nicht«, sagte Ismay leise. »Nur an das Innere der Hütte und Wilya – und den Duft von Eukalyptus.«

Als sie auf die Lichtung rollten, erwartete Jack sie bereits.

»Dan geht es nicht gut«, erklärte Malachi. »Ich glaube, er liegt im Sterben, deshalb haben wir ihn hergebracht.«

»Ein guter Ort dafür. Er ist ein alter Mann. Hatte ein hartes Leben. War manchmal glücklich. Kann auf seinem eigenen Grund und Boden sterben.« Damit wandte Jack sich wieder dem Kochfeuer zu und überließ es Malachi, die Pferde auszuspannen.

Wenige Minuten später glitt Wilya aus dem Wald – ebenso leise, wie sie auch alles andere tat. Schweigend musterte sie Ismay, ehe sie sagte: »Du siehst besser aus. Auch wenn noch nicht glücklich. Aber deine Schwestern warten auf dich.«

»Keara kann von mir aus warten, bis sie schwarz wird. Wir haben Dan hergebracht – es geht ihm gar nicht gut.«

Wilya lachte leise. »Du findest deine Schwestern wieder.« Dann ging sie zum Wagen und kletterte leichtfüßig wie eine viel jüngere Frau zu Dan hinauf. Als sie ihn jedoch sah, schüttelte sie den Kopf. »Machen wir es dir bequem, Dan.«

Er versuchte, sie anzulächeln, und sie tätschelte ihm die Schulter.

Ismay wartete darauf, dass Wilya ihn von den Männern in die Hütte tragen ließe, doch das tat sie nicht. Stattdessen gab sie ihrem Mann einige Anweisungen, der daraufhin auf der anderen Seite der Lichtung eine Art Unterstand errichtete. Als Wilya die fragenden Blicke der beiden jungen Leute sah, lächelte sie wieder ihr rätselhaftes Lächeln. »Dan sagte schon vor langer Zeit, er will nicht eingesperrt in einem Zimmer sterben. Will mit der Sonne im Gesicht sterben. Jetzt muss ich alles vorbereiten, bevor ihr ihn zu mir bringt.«

Eine ganze Weile arbeitete Wilya konzentriert im Umkreis des langsam Gestalt annehmenden Unterstands. Sie zog Linien in die trockene Erde und schwenkte einige Zweige mit schwelenden Eukalyptusblättern durch die Luft. Erst dann erlaubte sie ihnen, Dan vorsichtig in den Unterstand zu legen.

Von da an übernahm Wilya seine Pflege, und Ismay wusste nicht, was sie mit sich anfangen sollte.

»Komm, setz dich zu mir«, sagte Malachi. »Lass uns nachher für ihn singen. Das hat er immer geliebt.«

Als die Schatten länger wurden, holte er seine Gitarre hervor. Beim Anblick ihrer Vorbereitungen leuchtete beinahe wieder ein Lächeln aus Dans Augen. Malachi schlug einen Akkord an, dann wandte er sich Ismay zu. »Lass uns ›Des Sommers letzte Rose‹ singen, schlug er vor. »Das war eins seiner liebsten Lieder.«

Leise hoben sie zu singen an, ließen ihre Stimmen jedoch immer weiter anschwellen, bis die gesamte Lichtung von Musik erfüllt zu sein schien. Sie versanken völlig in dem Gesang, den sie beide liebten, und vergaßen alles um sich herum. Als sie zum Ende kamen, starrten sie einander an, als wären sie einander eben erst begegnet, eine hübsche junge Frau und ein schlanker, energiegeladener junger Mann. Dann holte Wilyas Stimme sie zurück ins Hier und Jetzt.

»Ihr macht ihn sehr glücklich«, sagte sie. »Sein Geist geht heim wohlgemut.«

»Dan ist tot!«, stieß Ismay bestürzt hervor. »Oh nein!«

Wilya ergriff ihre Hand. »Er geht glücklich«, bekräftigte sie. »Ist an der Zeit für ihn. Er schenkt euch das.« Sie deutete auf den Wagen. »Und einander.« Ihre Miene wurde strenger. »Nun tragt Sorge, dass ihr sein Geschenk nicht vergeudet.« Damit ging sie in den kleinen Unterstand, den Jack für seinen Freund errichtet hatte, und schlug die Decke beiseite, um sich ein letztes Mal um Dans Leib zu kümmern.

Als sie fertig war, sah sie das junge Paar an. »Jetzt erzählen wir ihm Geschichten, Traumzeit-Geschichten, damit er weiß, wir schicken ihn fort, wie es sich gehört.«

Es dauerte eine Weile, ehe sie zum Ende kam, und obgleich Ismay und Malachi ihre Sprache nicht verstanden, blieben sie respektvoll still sitzen. Dann erzählte Malachi, wie er den alten Mann kennengelernt hatte.

Am folgenden Morgen begruben sie den Leichnam an einer Stelle, die Dan schon vor Jahren selbst ausgewählt hatte.

»Du wirst mir fehlen«, sagte Malachi zum Abschied am Grab.

»Mir wirst du auch fehlen, Dan«, schloss Ismay sich an. Tränen liefen ihr über die Wangen.

Wilya nickte, wie um das Gesagte gutzuheißen.

Als sie auf die Lichtung zurückkehrten, sah sie Malachi an. »Willst du, dass Jack und ich jetzt gehen? Willst du selbst hier leben?«

»Nein, bitte bleibt. Das ist jetzt auch euer Zuhause.«

Sie nickte, dankte ihm nicht, hob aber grüßend die Hand, als sie wieder in den Wald ging. Dabei mied sie sorgfältig den Bereich mit den Linien im Sand. Jack verschwand hinter der Hütte.

Malachi wandte sich Ismay zu. »Dan hat uns einen Brief hinterlassen.« Seine Stimme klang erstickt, und er musste schwer schlucken, ehe er fortfahren konnte. »Er hat ihn mir gegeben, als wir geheiratet haben, und gesagt, wir sollen ihn lesen, wenn er nicht mehr da ist.« Er stand auf und ging zum Wagen, um mit einem großen Umschlag zurückzukehren, aus dem er ein einzelnes Blatt Papier hervorzog.

Liebe Kinder, denn das seid Ihr für mich:
Ich bin so froh, dass Ihr geheiratet habt. Ismay ist die Richtige für Dich, davon bin ich überzeugt, mein Junge. Ich habe alles Dir hinterlassen, das Land mit dem Haus und den Wagen, alles wasserdicht festgehalten. Darum habe ich mich bei unserem letzten Aufenthalt in Melbourne gekümmert. Geh zu Mr Bessing in seiner Anwaltskanzlei an der Collins Street auf Höhe Beemy Lane, der wird dafür sorgen, dass Du alles bekommst. Ein bisschen Geld liegt auch noch auf der Bank.
Trauert nicht um mich. Ich habe noch ein paar gute Jahre gehabt, vielleicht mehr, als ich verdient hätte, aber die besten habe ich Euch beiden zu verdanken.
Seht zu, dass Ihr gut füreinander sorgt.
Niedergeschrieben für Dan Reddings durch J. Lautou, Kanzleikraft, in den Räumen der Kanzlei J. Bessing und Söhne

Unten auf der Seite stand ein verwackeltes Kreuz und daneben in Klammern: »gez. Dan Reddings«.

So traurig Ismay auch war, weinte sie doch nicht. Sie hatten schon eine ganze Weile gesehen, dass Dan abbaute, und am Ende war er so gestorben, wie er es sich gewünscht hatte:

an der frischen Luft, nicht abgeschnitten von der Welt. Als Malachi einen Arm um sie legte, lehnte sie sich an ihn.

»Wir verkaufen noch ab, was wir auf dem Wagen haben«, sagte er. »Und dann machen wir irgendwie deine Schwester Mara ausfindig. Anschließend werden wir Keara einen Besuch abstatten.«

»Nein!« Sie versuchte, sich von ihm zu lösen, doch er hielt sie fest.

»Doch«, entgegnete er in einem endgültigen Tonfall, den er ihr gegenüber noch nie verwendet hatte. »Du musst herausfinden, was wirklich geschehen ist, Issy. Du hegst seit Jahren diesen Groll in dir, und das ist keine Basis für ein gutes Leben.« Nach einer kurzen Pause setzte er etwas sanfter hinzu: »Ich möchte mir mit dir gemeinsam ein glückliches Leben aufbauen. Dazu will ich nicht mit einer verbitterten, unglücklichen Frau verheiratet sein.«

Seine Worte erschütterten sie. Natürlich wollte sie Mara wiederfinden, das war gar keine Frage. Doch Keara wollte sie definitiv nicht noch einmal gegenübertreten.

Vielleicht würde ja noch irgendetwas diese Begegnung verhindern. Es musste so kommen. Sie konnte Keara einfach nicht noch einmal vertrauen, das wagte sie nicht.

* * *

Erst am Nachmittag erwachte Mara wieder, als die Wirkung der Droge, die Kellagh ihr verabreicht hatte, endlich nachließ. Sie war so heißhungrig, dass sie das Stück Kuchen und das Glas Milch im Handumdrehen verputzte, dann überlegte sie, ob sie sich anziehen sollte.

Es klopfte an der Tür und Mrs Parker streckte den Kopf herein. »Dachte ich's mir doch, dass ich dich gehört habe. In ein paar Minuten essen wir zu Abend. Möchtest du dich zu uns gesellen?«

»Ja, bitte. Einen Moment noch, dann komme ich.«

Im Speisesalon setzte sie sich schüchtern neben Mark und lauschte seiner Unterhaltung mit den Parkers. Beim Essen griff sie kräftig zu, dann fragte sie: »Wie geht es jetzt weiter?«

»Wir fahren nach Rossall Springs, wo ich mit meiner Schwiegermutter und meiner kleinen Tochter lebe. Du kannst bei uns bleiben, bis wir jemanden gefunden haben, der dich auf der Schiffsreise mit dem Küstendampfer nach Westaustralien begleiten kann.«

»Oh. Ich dachte, das machen Sie?«

»Es tut mir leid, dich zu enttäuschen, aber ich habe ein Speisehaus zu führen und eine Tochter zu versorgen. Ehe wir Melbourne verlassen, werde ich noch deiner Schwester einen Brief schreiben und mich für dich nach den nächsten Dampferfahrten erkundigen. Wir sagen Keara wohl besser Bescheid, dass du kommst, meinst du nicht? Es wird dich jemand am Hafen abholen müssen.«

Sie nickte. »Ich wünschte, Ismay wäre auch hier. Der Gedanke an ein Wiedersehen würde mich nicht ganz so nervös machen, wäre sie bei mir. Wo kann sie nur stecken? Was, wenn wir sie nie wiedersehen?«

»Es gibt nichts, weshalb du nervös sein müsstest. Keara ist deine Schwester und hat dich verzweifelt gesucht. Sie wird überglücklich sein, wenn sie meinen Brief erhält. Und wir werden alles tun, um auch Ismay aufzuspüren. Sie kann sich schließlich nicht in Luft aufgelöst haben.« Dann fiel ihm noch etwas ein. »Ich hoffe, du wirst Keara selbst eine kleine Nachricht beilegen? Das würde sie unheimlich freuen.«

Die Vorstellung bereitete Mara furchtbares Unbehagen, denn mit Sicherheit würde Keara das Schreiben Mr Mullane zeigen, der sie bestimmt für eine halbe Analphabetin halten würde. Sie war nie so gut in der Schule gewesen wie Ismay und Keara. »Ich weiß doch gar nicht, was ich schreiben soll.«

»Erzähl ihr, wo du warst, seit du den Konvent verlassen hast, was du dort getrieben hast.«

»Wie – selbst von Dolly?«

Warnend schüttelte er den Kopf und ließ den Blick zu den Parkers hinüberhuschen, und so ließ sie die Angelegenheit fallen.

Nach dem Essen bat er Mara, noch einen Moment unten zu bleiben, da er ihr noch etwas zu berichten hätte. Als ihre Gastgeber sich verabschiedet hatten, erzählte er ihr von Catherine.

Ihr Gesicht leuchtete auf. »Oh, wie schön, dass sie bei Ihnen ist. Schwester Catherine hatte ich wirklich gern.«

»Sie ist keine Nonne mehr, und es weiß auch niemand, dass sie einmal eine war, deshalb darfst du sie bitte nicht so nennen. Aber sie freut sich schon darauf, dich wiederzusehen. Was nun diesen Brief an Keara angeht ...«

Er selbst hatte rasch niedergeschrieben, was er mitzuteilen hatte, doch Mara saß da und kaute auf ihrem Federhalter herum, seufzte und strich immer wieder einzelne Wörter durch, ehe sie abrupt das Blatt zusammenknüllte.

»Stimmt etwas nicht?«

»Ich weiß nicht, was ich sagen soll. Die meiste Zeit war ich einfach wütend auf sie. Das kann ich nicht einfach so abstellen. Wird es nicht besser sein, wenn ich warte, bis wir uns persönlich wiedersehen?«

»Ich finde, irgendetwas solltest du schreiben.«

Seufzend schmierte sie ein paar Zeilen hin und reichte ihm das Papier. »Lesen Sie's ruhig, wenn Sie wollen.«

Er blickte hinunter auf die runde, kindliche Handschrift.

Liebe Keara,

Mr Gibson sagt, du wusstest nichts von unserer Reise nach Australien, und darüber bin ich froh. Es hat Ismay und mich sehr

*mitgenommen, hierherzukommen, aber mittlerweile gefällt es mir –
vor allem der viele Sonnenschein.
Ich weiß nicht, was ich sonst noch sagen soll. Es wird sicher
einfacher, wenn wir uns wieder gegenüberstehen. Aber es geht
mir gut.
Mara*

Die jahrelange Kluft zwischen den Schwestern würde diese
Nachricht kaum überspannen, aber fürs Erste würde das wohl
reichen müssen. »Ich lege ihn meinem eigenen Schreiben bei«,
sagte er.

Oben in ihrem Zimmer stützte Mara die Arme aufs Fens-
tersims und sah hinaus in den leichten Regen. Immer wieder
hörte es auf und fing wieder an, ein Kampf mit der Sonne, die
noch immer zu scheinen versuchte. Als schließlich ein Regenbogen erschien, überraschte sie das nicht. Es war zwar nur ein
kleiner, ein Ein-Penny-Regenbogen, dachte Mara lächelnd,
aber ihre Stimmung hellte sich trotzdem auf. Sie fühlte sich
nicht mehr ganz so allein.

»Bist du da am anderen Ende des Regenbogens, Ismay?«,
flüsterte sie und fragte sich, ob ihre geliebte Schwester sich seit
ihrer letzten Begegnung sehr verändert hatte. Wo sie an diesem Abend wohl sein mochte? Hoffentlich an einem schöneren Ort als diesem. Mara hatte die geschäftigen Straßen und
engen Gassen der Stadt satt. Mark zufolge lebte Keara auf
dem Land, darüber war sie sehr froh.

Sie konnte sich nicht vorstellen, wie sie mit Mr Mullane
sprechen sollte, und war noch immer etwas schockiert, dass
Keara nun uneheliche Kinder hatte. Ihre Mutter wäre außer
sich gewesen. Mara wusste nicht, ob sie dem Wiedersehen
freudig oder mit Unbehagen entgegensah, sondern nur, dass
sie es müde war, ständig von einem Ort zum anderen zu
wechseln und immer nur ein paar Monate bleiben zu können.

»Wenn mir das Leben bei den beiden nicht gefällt, kann

ich mir immer noch eine neue Anstellung als Dienstmädchen suchen«, entschied sie am Ende, und mit diesem tröstlichen Gedanken machte sie sich bettfertig.

Im Zimmer nebenan lag Mark wach und fragte sich, was wirklich in Mara vorgehen mochte. Sie war ein so ernstes Kind, Keara so ähnlich und doch so verschieden von ihr. Dünner war sie, wesentlich zierlicher, doch in ihren Augen lag ein schwerer Kummer, der sie bisweilen älter wirken ließ als ihre vierzehn Jahre.

Hoffentlich würde Catherine sich besser mit ihr anstellen als er. Ihm fiel es sehr schwer, vernünftig mit Mara zu reden. Er würde froh sein, wenn das alles erledigt und er wieder zu Hause wäre. Am meisten jedoch wollte er Catherine wiedersehen, sie wieder an seiner Seite haben. Sie fehlte ihm sehr, seit er in Melbourne war. Nan war ein Schatz, und seine kleine Tochter liebte er über alles, doch er brauchte jemanden, mit dem er reden konnte – eine Erwachsene, eine Frau ganz für sich allein.

Er würde nicht zulassen, dass Albert Bevan sie aus Rossall vertrieb. Er wollte … Ihm fiel die Kinnlade herunter, als er sich etwas eingestand, das er lange zu verdrängen versucht hatte: Er war bis über beide Ohren in Catherine verliebt. Und das nach so kurzer Zeit! Beim Gedanken an sie spielte ein Lächeln um seine Lippen, und als er den Regenbogen über den Bäumen vor dem Fenster sah, nahm er ihn als gutes Zeichen.

Wirklich gebetet hatte er schon lange nicht mehr, doch nun tat er es. *Bitte lass sie mich lieben, mich wollen. Ich kann mir ein Leben ohne sie nicht mehr vorstellen.*

Doch am Morgen erinnerte er sich wieder daran, dass zwei Frauen aufgrund ihrer Liebe zu ihm gestorben waren, und überlegte, ob es nicht besser für sie wäre, wenn er seine Gefühle für sich behielt. Er würde nie vergessen, wie Patience gestorben war – wie das Blut nur so aus ihr herausgeströmt war, nachdem sie sein Kind zur Welt gebracht hatte. Er glaubte nicht, dass er das noch einmal überstehen würde.

23

Oktober 1866

Albert musste feststellen, dass das Leben ohne Ehefrau äußerst mühselig war. Zwar wies er einen seiner Knechte an, das Kochen zu übernehmen, doch die Ergebnisse waren kaum essbar, was den anderen Knecht zusehends mürrischer werden ließ. Keiner von ihnen hatte auch nur den geringsten Schimmer, wie man Kleidung wusch, und Frauenarbeit wie das Putzen würde Albert ganz sicher nicht übernehmen – so sah das Haus bald aus, als hätte es nie einen Besen oder Staubwedel gesehen.

Das alles erzürnte ihn so sehr, dass er eines Tages beschloss, Olwen aufzuspüren. Zweifellos war sie bei ihrer Schwester untergekrochen, denn wohin hätte sie sonst schon gehen können? Er würde darauf bestehen, dass sie mit ihm heimkehrte. Schließlich war sie seine Frau. Mit Sicherheit war es dieses hochnäsige Miststück Katie gewesen, das Olwen während ihrer Anstellung hier dumme Ideen von Unabhängigkeit in den Kopf gesetzt hatte. Noch etwas, was er ihr heimzahlen würde, und wenn er Jahre warten müsste, bis es ihm gelänge.

Früh am Morgen machte er sich auf den Weg, nahm die Postkutsche nach Melbourne und dann eine Mietdroschke zum Haus seiner Schwägerin. Noch mehr unnötige Ausgaben!

Er hämmerte an die Tür, doch obgleich er die Vorhänge hatte zucken sehen, öffnete ihm niemand. »Ich weiß, dass du da drin bist!«, schrie er.

Im Haus sah Nesta ihre Schwester verängstigt an, ehe sie

zur Hintertür hinausging und den Nachbarsjungen mit einer Nachricht zu ihrem Gatten schickte. Als Ennis aus ihrem kleinen Stoffgeschäft nach Hause geeilt kam, fand er den Schwager, dem er erst ein Mal begegnet war, auf seiner Türschwelle vor. Mit verschränkten Armen saß er da und sprühte förmlich vor Zorn.

Mr Bevan erhob sich. »Ich hab mich schon gefragt, wann wohl jemand kommt.«

»Was wollen Sie, Bevan?«

»Ich will meine Frau zurückhaben.«

»Die will nicht zu Ihnen zurück, und ich werde sie dazu sicher nicht zwingen.«

»Lassen Sie mich mit ihr reden.«

»Ich werde in Erfahrung bringen, ob sie mit *Ihnen* reden will.« Ennis schloss die Tür auf, um hineinzugehen, doch als er sie hinter sich wieder schließen wollte, schob Bevan einen Fuß in die Tür.

»Wollen Sie mich denn nicht hereinbitten?«

»Nein, will ich nicht. Raus aus meinem Haus!«

»Tja, ich komme trotzdem herein.« Damit schob Bevan die Tür auf und trampelte in den Flur, ohne Anstalten zu machen, sich die schlammigen Stiefel abzuwischen.

In plötzlicher Angst vor diesem massigen, muskelbepackten Mann wich Ennis zurück. Ein rundlicher Stoffhändler war für den kein ernstzunehmender Gegner.

In der Küche klammerte Olwen sich an den Arm ihrer Schwester. »Was sollen wir nur tun?«

Nesta sah, dass ihre Schwester zitterte und noch blasser war als sonst. Niemals würde sie diesem tyrannischen Ehemann die Stirn bieten können. »Verschwinde du durch die Hintertür und lauf zu den Powells. Ich komme dich holen, wenn die Luft rein ist.«

Olwen tat wie geheißen. Nesta schloss leise die Hintertür und nahm sich einen Holzlöffel, um den Kuchenteig weiter durchzumischen, den sie vorhin hatte stehen lassen, um ihren Mann herbeirufen zu lassen. Schon kam Ennis herein, dicht gefolgt von Albert Bevan.

»Wo ist sie?«, blaffte der Mann sofort. »Wagen Sie es nicht, meine Frau vor mir zu verstecken!«

»Sie ist nicht hier. Und hüten Sie Ihre Zunge. So eine Dreistigkeit! Einfach mit Ihren schmutzigen Stiefeln in meine saubere Küche zu poltern.«

Bevan schlug mit einer Hand auf den Tisch. »Sie muss hierhergekommen sein, außer Ihnen hat sie niemanden, also müssen Sie auch wissen, wo sie ist.«

Nesta hob nur die Schultern, doch als er mit absichtsvoller Miene um den Küchentisch herum auf sie zukam, quiekte sie erschrocken auf und flüchtete sich an die Seite ihres Gatten.

»Verschwinden Sie aus meinem Haus, Bevan«, verlangte Ennis, doch seine Stimme bebte.

Bevan schnaubte bloß abfällig. »Ich gehe erst, wenn ich mich selbst vergewissert habe, ob Sie lügen oder nicht. Und sollte Olwen hier sein, dann nehme ich sie mit heim – und wenn ich sie an den Haaren aus dem Haus schleifen muss. Der Platz einer Frau ist an der Seite ihres Ehegatten, und Sie haben nicht das Recht, sich zwischen uns zu stellen.«

»Einen Ehegatten, der sie anständig behandelt, würde eine Frau gar nicht erst verlassen«, warf Nesta ihm an den Kopf, als ihre Wut über die Vernunft siegte.

Bevan wurde puterrot vor Zorn. »Was hat das Miststück euch erzählt?«

Unverwandt starrte er sie so drohend an, dass sie den Entschluss fasste, die schwere Steingut-Rührschüssel nach ihm zu werfen, wenn er noch einen Schritt näher käme, und dann schreiend aus dem Haus zu laufen. Doch nach einer Weile brummte er etwas Unverständliches und ging zurück auf den Korridor. Sie hörten, wie er das Haus durchsuchte, türenknallend von einem Zimmer zum nächsten stapfte.

»Jetzt hat er völlig den Verstand verloren«, flüsterte Ennis. »Aber er ist ein kräftiger Bursche. Sollte er uns angreifen, ergreifst du die Flucht und ich versuche, ihn aufzuhalten.«

Sie blickte ihren kleinen, rundlichen, in die Jahre gekommenen Ehemann an, der bereit war, Prügel in Kauf zu nehmen, um sie zu schützen, und spürte pure Liebe in sich aufwallen. Wie glücklich sie sich schätzen konnte, ihn zu haben. »Sollte er uns angreifen, wehren wir uns zusammen. So haben wir bessere Aussichten. Ich lasse nicht zu, dass er dir etwas antut.«

»Warte, ich habe noch eine bessere Idee ...«

Als Albert alles durchsucht hatte und sich sicher war, dass seine Frau sich nirgends versteckte, ging er mit verschränkten Armen zurück in die Küche.

Ihre Schwester war verschwunden.

»Wo ist sie hin?«

»Einkaufen.« Der Ehemann setzte sich auf der anderen Seite des Tisches auf einen Stuhl und wartete.

Eine halbe Stunde später traf das vermaledeite Weib zusammen mit zwei Polizisten wieder ein, und so sehr Albert sich auch entrüstete und darauf pochte, er habe ein Recht, seine Frau zu sehen: Die Männer eskortierten ihn aus dem Haus und brachten ihn zum Ausspann. Minuten später saß er bereits in der letzten Kutsche Richtung Rossall und schäumte vor Wut.

Frauen! Verteufelt ärgerlich, dass es nicht ohne sie ging! Von wütenden Gedanken an seine Angetraute schweifte er ab zu der zweiten Frau, die ihm in letzter Zeit keine Ruhe ließ. Dieses liederliche Ex-Dienstmädchen. Die war immer noch in Rossall. Immer noch in Reichweite. Und wenn er sich die Befriedigung gegönnt hätte, ihr eine Lektion zu erteilen, würde er wieder losfahren und seine Gattin heimholen. Nur dass er diesmal etwas listiger würde vorgehen müssen – im Schutze der Nacht und mit bezahlter Unterstützung.

Als Ismay und Malachi die Hütte im Wald hinter sich ließen, seufzte sie beim Gedanken daran, dass Dan nun allein in der Erde lag. Verstohlen blickte sie zu ihrem Ehemann hinüber und sah, dass er sie ebenfalls anschaute, tiefernst und doch mit dem Anflug eines Lächelns hinter jener feierlichen Miene.

»Ein seltsames Gefühl, nicht wahr?«

Sie musste nicht fragen, was er meinte. »Ja. Er fehlt mir schon jetzt.«

»Ich werde mich um dich kümmern, Issy.«

»Das meinte ich nicht.«

»Trotzdem habe ich die feste Absicht. Ich nehme meine ehelichen Pflichten sehr ernst.«

»Nicht alle«, murmelte sie.

»Noch nicht.«

Diese letzten Worte schienen noch lange zwischen ihnen in der Luft zu hängen.

In der nächsten Ansiedlung nahm man sie freudig in Empfang. Die Leute schickten Nachrichten an abgelegenere Nachbarn, und weitere Menschen kamen, um die Waren zu begutachten und einige wohlüberlegte Käufe zu tätigen. *Viel Geld scheint hier draußen niemand zu haben*, dachte Ismay, *aber Grundbedarf wie Näh- und Stecknadeln oder Kochutensilien und Messer braucht jeder*. Denn ganz gleich, wie vorsichtig man damit umging, verschlissen diese Dinge nun einmal oder gingen kaputt und mussten ersetzt werden.

Schließlich blieben sie über Nacht, und auf einem der Höfe ergab sich ein spontanes Fest – so etwas geschah regelmäßig. Noch etwas, das ihr am Landleben aufgefallen war. Die Leute ergriffen jede Gelegenheit, unter Menschen zu kommen, selbst wenn niemand sich ausgefallene Erfrischungen leisten konnte und die Hälfte der Gäste auf Brettern sitzen musste, die man provisorisch über ein paar Kisten gelegt hatte, oder auf Decken im Heu. Dieses fast dörfliche Gemeinschaftsgefühl gefiel ihr.

Natürlich entdeckte jemand die im Wagen hängende Gitarre und überredete Ismay und Malachi zum Singen. Ihre Stimmen verschmolzen in so perfekter Harmonie, dass in den Momenten, in denen sie sangen, jegliche Sorgen sich in Luft aufzulösen schienen. Manchmal begann auch während der Fahrt einer von ihnen, vor sich hin zu summen, und ehe sie sich's versahen, schallten ihre Stimmen gemeinsam durch den Busch.

Anschließend blieb Malachi noch auf ein Bier mit einer Gruppe von Männern sitzen, während Ismay zu Bett ging. Der Wagen stand hinter dem Haus. Als Malachi schließlich auch kam, gab sie vor, bereits zu schlafen. Das erschien ihr als das Einfachste. Wer hätte gedacht, dass Dans Abwesenheit so viele kleine Unbehaglichkeiten mit sich bringen würde?

Malachi machte es sich bei der Ladeklappe bequem und war bald eingeschlafen. Doch so sehr Ismay sich auch um einen ruhigen, gleichmäßigen Atem bemühte, dauerte es noch lange, ehe sie seinem Beispiel folgen konnte.

Tags darauf hatten sie eigentlich früh aufbrechen wollen, doch ihre Gastgeber bestanden darauf, ihnen ein üppiges Frühstück vorzusetzen, und so kamen sie erst spät am Vormittag los.

»Weißt du, welche Route Dan geplant hatte?«, erkundigte sie sich.

»Nur grob. Er hatte immer vor, mir seinen Plan einmal genau zu erklären, damit ich ihn mir aufschreiben kann, aber wir sind nie dazu gekommen.« Er lächelte schief. »Ich glaube, er kannte die Strecke einfach auswendig, konnte die Orte aber nicht immer benennen und wusste manchmal erst beim Anblick der Abzweigung, welche Richtung er als Nächstes einschlagen musste. Deshalb habe ich mir gedacht, wir suchen uns selbst unseren Weg, bis die Bestände zur Neige gehen, und fahren dann zurück nach Melbourne.« Stirnrunzelnd blickte er zu den Pferden. »Allzu weit will ich mich nicht von den belebteren Straßen entfernen. Der linke Gaul ist nicht ganz so kräftig wie der rechte. Ich glaube, da hat man uns übers Ohr gehauen. Die beiden vom letzten Jahr waren weit besser aufeinander abgestimmt, aber es hätte ein Vermögen gekostet, die beiden über Monate in Melbourne zu unterhalten. Dan hat immer gesagt, ein Pferd ist wie das andere, aber das halte ich für kurzsichtig. Beim nächsten Mal werde ich genauer hinsehen.«

Sie schlugen sich gar nicht schlecht mit der Taktik, in jeder Ansiedlung nachzufragen, wo der beste nächste Anlaufpunkt für sie sein könnte. Im Großen und Ganzen waren die Leute sehr hilfsbereit.

Dann brach an einem Abend ein schlimmes Unwetter über sie herein. Ängstlich kauerte Ismay sich in ihrem Deckennest zusammen und zuckte bei jedem Blitz. Ohrenbetäubend trommelte der Regen auf die Plane und übertönte beinahe das Donnergrollen. Es klang alles so nah.

Im Dunkeln klang seine Stimme weich. »Du magst keine Gewitter, nicht wahr?«

»Nein. Aber ich komme schon zurecht. Ich lasse mich von meiner Furcht nicht übermannen, du brauchst also keine Angst zu haben, ich könnte hysterisch werden.«

Er lachte leise. »Die Angst, du könntest etwas nach mir werfen, wenn du wütend wirst, ist eindeutig größer.«

Sie lächelte. Vorhin hatte sie ihn recht scharf angefahren, weil er über Meilen kein Wort von sich gegeben hatte. »Ich hab noch nie etwas nach dir geworfen.«

»Noch nicht.«

Sofort weckte die kurze Phrase die Erinnerung an ihr erstes richtiges Gespräch nach Dans Begräbnis. Entnervt stieß sie den Atem aus. Sie hatte es satt, vorzugeben, sie wüsste, wovon die anderen Ehefrauen redeten, wenn sie unter sich waren – hatte es satt, nicht einschätzen zu können, was Malachi wirklich über sie dachte. Vielleicht meinte er es nur gut mit ihr –

doch sie wollte nicht länger wie ein Kind behandelt werden. Sie wollte, dass er sie als seine Frau betrachtete, wollte wirklich zu ihm gehören. Ach, wie sie sich danach sehnte!

Auf ein besonders lautes Donnergrollen folgte beinahe augenblicklich ein greller Blitz, und sie konnte ein Quieken nicht unterdrücken.

»Würde es helfen, wenn du dich an mich kuschelst?«, bot er an.

»Ja, bitte.«

Beim Versuch, zu ihm hinüber zu gelangen, stolperte sie und landete bäuchlings auf ihm. Der nächste Blitz erhellte das Gesicht, das sie lieben gelernt hatte, dicht vor ihrem eigenen. Sie hätte weinen mögen, als er diese Gelegenheit nicht ergriff, um sie zu küssen, sondern ihr bloß half, sich neben ihm einzurichten. Doch wenigstens legte er die Arme um sie, und das fühlte sich so gut an, dass sie seufzte und noch näher an ihn rückte.

»Früher habe ich immer mit Mara und Keara im Bett gekuschelt«, vertraute sie ihm an. »Bis in die Nacht haben wir noch geflüstert und gekichert, und selbst im kältesten Winter sind wir so zurechtgekommen. Keara hatte von einem der Bauern ein paar Säcke ergattert, die haben wir noch über unsere Decke gelegt.«

Es überstieg seine Vorstellungskraft, sich eine Kindheit in solcher Armut auszumalen, dass ein paar Getreidesäcke eine erstrebenswerte Zudecke darstellten. »Wie war das damals – deine Kindheit?«

Und so erzählte sie ihm von der zimmerlosen Hütte mit dem Lehmboden, gefolgt von dem richtigen kleinen Haus – das sie erst bekommen hatten, als Keara ins Herrenhaus gezogen war, um für Mrs Mullane zu arbeiten. Unweigerlich kam auch ihr Dad zur Sprache, jedoch nie mit Worten der Zuneigung oder Wärme. Doch ihre Mutter hatte sie sehr geliebt, das war offensichtlich. Und ihre Schwestern. Je mehr sie von ihnen erzählte, desto überzeugter war er, dass Keara die anderen beiden niemals aus freien Stücken im Stich gelassen hätte, wenn sie auch nur annähernd dem Mädchen glich, das Issy ihm gerade beschrieb. Das festigte seinen Entschluss, auf die Wiedervereinigung der Schwestern hinzuarbeiten, umso mehr.

Währenddessen wurde sein Vorsatz, nicht mit ihr Liebe zu machen, ehe sie für eine Familiengründung besser aufgestellt waren, auf die bislang härteste Probe gestellt. Issy war ihm ans Herz gewachsen, mehr als das, und jetzt, wo sie vernünftig aß und das Leben genoss, konnte er beim besten Willen nicht mehr ignorieren, wie hübsch sie war.

Nach einer Weile schlief sie in seinen Armen ein, weich und vertrauensselig wie ein Katzenjunges. Er hingegen lag noch lange da und fand keine Ruhe, weil sein Verlangen nach ihr ihn so plagte. Den Vollzug der Ehe hinauszuzögern erwies sich als schwieriger als erwartet.

* * *

Als Mark und Mara aus der Postkutsche stiegen, sahen sie Catherine, die gerade auf dem Heimweg vom Markt war. Er enthüllte, dass die hochgewachsene, gesund aussehende Frau mit dem kurzen Haar und dem sanften Lächeln die ehemalige Nonne war, und sprachlos starrte Mara sie an.

»So hätte ich Sie niemals erkannt«, sagte sie schüchtern, als Catherine zu ihnen kam.

»Ich hätte dich überall wiedererkannt, auch wenn du ein gutes Stück gewachsen bist, seit wir uns das letzte Mal gesehen haben.« Kurz zögerte sie, doch dann schloss sie das Mädchen in die Arme. Inbrünstig klammerte Mara sich an ihr fest.

Albert, der die Begegnung aus unauffälliger Entfernung beobachtete, weil er dem Miststück gefolgt war, verzog das Gesicht und spie angewidert aus. Alle Welt umarmte einander, während er niemanden hatte, nicht einmal eine Frau, die ihm das Haus putzte – geschweige denn eine, die ihm das Bett wärmte. Als er die Frau und das Mädchen betrachtete, die lachend plauderten wie alte Freundinnen, ging ihm auf, dass er hier womöglich eine Gelegenheit vor sich sah, es der verfluchten Katie Caldwell heimzuzahlen. Seine erste Frau hatte sofort gespurt, wenn er die Kinder bedroht hatte – auch wenn die, Gott sei Dank, mittlerweile erwachsen und aus dem Haus waren. Undankbarere Bälger als seine zwei Söhne musste man erst einmal finden. Aber Katie hatte dieses Mädchen unverkennbar sehr gern. Wenn er die Kleine also in seine Gewalt brächte, wäre das Miststück mit Sicherheit so töricht, sich um ihretwillen zu opfern – genau wie seine Frau damals.

Allerdings würde er sorgfältig planen müssen. Noch einmal würde er sich nicht von Mark Gibson einen Strich durch die Rechnung machen lassen.

Nachdenklich gestimmt machte er sich auf den Weg zur nächsten Bar und bestellte sich ein Bier, in das er stirnrunzelnd hinunterstarrte, während er eine Idee nach der anderen in Erwägung zog und wieder verwarf. Nicht einmal ins Speisehaus gehen und sich etwas Anständiges zu essen kaufen konnte er noch, wenn er am Markttag in der Stadt war – alles ihretwegen!

Wenn er es ihr erst heimgezahlt hatte – und er würde damit drohen, das Mädchen abermals anzugreifen, sollte sie irgendjemandem davon erzählen –, würde er Olwen nach Hause holen, wo sie hingehörte. Doch nicht ehe er hier seine Rache gekostet hatte. Er trank sein Bier aus und rief nach einem weiteren Glas, und diesmal lächelte er, als es kam.

Tatsächlich kam es sogar recht gelegen, dass Olwen im Augenblick nicht da war, sonst hätte sie versucht, sich einzumischen. Man konnte sich wohl kaum unter den Augen der eigenen Gattin eine andere Frau zu Willen machen, nicht wahr? Oder etwa doch? Der Gedanke entlockte ihm ein hämisches Kichern und er bestellte ein weiteres Bier. Was immer Olwen auch davon faseln mochte, tagsüber solle man nicht trinken: Bier war der beste Durstlöscher überhaupt, und den Hunger hielt es auch in Schach.

* * *

Mara war noch immer so mitgenommen, dass sie früh zu Bett ging, und Nan schützte Müdigkeit vor, um Mark und Catherine etwas Zweisamkeit zu gönnen.

Bei einer letzten Tasse Kakao saßen sie noch lange beisammen und unterhielten sich behaglich darüber, wie es im Speisehaus gelaufen war und was Mark für die Zukunft plante.

Doch er verlor kein persönliches Wort und Catherine hatte keinen Schimmer, wie sie ihn in diese Richtung lenken sollte. Als sie sich schließlich bettfertig machte, kam sie zu dem traurigen Schluss, dass sie über keinerlei Verführungskünste verfügte, obgleich ihre Gefühle für ihn machtvoll waren. Was für ein stiller, fürsorglicher Mann. Und so gut aussehend.

Ach, wahrscheinlich machte sie sich etwas vor, wenn sie mehr als bloße Freundschaft in sein Verhalten hineininterpretierte. Andererseits … Wenn er sie ansah, dann voller Wärme. Und wie oft saß er des Abends mit ihr noch da, nur sie beide? Stets besprach er seine Pläne mit ihr und schloss sie ausnahmslos darin ein.

Was sollte sie nur tun?

Sie wünschte, sie hätte auch nur die blasseste Idee.

* * *

In jener Nacht schliefen Ismay und Malachi im Freien, endlich auf dem Weg zurück nach Melbourne, um ihre Bestände aufzufüllen. Im entspannten Gespräch saßen sie am Lagerfeuer und berieten sich, was für Waren sie für ihre nächste Rundreise brauchen könnten. Über die Arbeit konnten sie sich immer unterhalten, wenn auch nicht über sich selbst.

»Verspürst du nie den Wunsch, dich einmal niederzulassen und in einer Stadt einen Laden zu führen?«, fragte sie müßig.

»Doch, natürlich, aber auf diese Weise können wir uns am schnellsten Kapital aufbauen.«

»Wie viel brauchen wir denn noch? Was das betrifft, gehst du nie ins Detail, deshalb ist mir das völlig unklar.«

»Kannst du gut rechnen?«

»Ich weiß es nicht.« Bedauernd verzog sie das Gesicht. »Ich hatte nie viel Geld, das ich hätte zählen können.«

»Nun, dann bringe ich es dir wohl besser bei.« Und zum ersten Mal erzählte er ihr, wie viel Geld er bislang gespart hatte und wie viel er für die Eröffnung eines Ladens zu brauchen glaubte. Sogar die Art Städtchen, in der er seinen Gemischtwarenhandel betreiben wollte, beschrieb er ihr genau.

»In meinen Ohren klingst du steinreich«, gestand sie ehrfürchtig. »Ich habe mein Lebtag noch kein Pfund in Händen gehalten, und meine arme Mutter musste jeden Farthing zweimal umdrehen. Wie oft bin ich des Abends hungrig zu Bett gegangen. Das ist doch ungerecht, findest du nicht auch? Dass es Arme und Reiche gibt?«

»Ich bin doch nicht reich!«

»Für mich schon.«

»Tja – nun, da wir verheiratet sind, ist es auch dein Geld, also bist du auch reich.« Sie starrte ihn an, so nahe bei ihm, dass er die winzige Spiegelung der Flammen in ihren Augen tanzen sah.

»Ich habe nichts«, entgegnete sie ausdruckslos.

Erstaunt hob er die Augenbrauen. »Aber natürlich. Du bist meine Frau.«

»Du könntest mich jederzeit loswerden. Die Ehe ist noch immer nicht vollzogen.«

Er sah den Kummer in ihrer Miene und nahm ihre Hand. »Das würde ich niemals tun, Issy.« Warm lagen ihre Finger in seinen, leicht rau – die Hand einer hart arbeitenden jungen Frau. Ohne nachzudenken hob er sie an seine Lippen und küsste sie.

Issy schnappte nach Luft und schloss die Augen.

Verlangen wallte in ihm auf wie eine Flutwelle und schlug über ihm zusammen. Er zog sie an sich und brachte mit heiserer Stimme hervor: »Und wenn ich dich zu meiner Frau mache? Hättest du dann das Gefühl, etwas zu haben?«

»Ja. Oh ja.« Wie von selbst reckte sie sich ihm entgegen. Über ihnen funkelten die Sterne, das Feuer knisterte fröhlich, und plötzlich konnte er sich nicht länger beherrschen. Er drückte sie an sich und küsste sie mit der ganzen lang unterdrückten Begierde eines jungen Mannes. Innig erwiderte sie seine Umarmung und seinen Kuss und murmelte wieder und wieder seinen Namen.

»Oh, Issy, ich kann nicht mehr warten!«

Leidenschaftlich erwiderte sie: »Das sollst du auch nicht. Das habe ich nie gewollt!«

Er zog sie hoch, hob sie auf seine Arme und trug sie zum Wagen, wo er sie behutsam auf der Ladeklappe absetzte. Leichtfüßig sprang er neben ihr auf und sagte leise: »Dann lass mich dich lieben, Issy.«

Zärtlich löste er ihre Kleider und überschüttete sie mit Küssen, bis es sich anfühlte, als würde die gesamte Welt sich um sie drehen. Als sie den Mut fand, seine Küsse zu erwidern, schien eine lodernde Hitze zwischen ihnen aufzuflammen.

Malachi beherrschte sich sorgfältig, denn er wusste genug über Frauen, um überzeugt zu sein, dass dieses erste Mal für sie schön sein musste, wenn er wollte, dass ihr Liebesspiel auch für den Rest ihres Lebens befriedigend war. Und das wollte er.

Als es vorüber war, lag er mit dem Kopf auf ihrer Brust da

und flüsterte: »Ich liebe dich, Issy. Und jetzt bist du wahrhaftig meine Frau.«

Sie versuchte, die Tränen zurückzuhalten, doch es gelang ihr nicht.

Zutiefst bestürzt sah er sie an. »Was ist denn? Habe ich dir wehgetan?«

»Nein. Niemals, Malachi. Das sind Freudentränen. Es fühlt sich an, als wäre ich endlich nach Hause gekommen.«

»Dann sind wir nun beide zu Hause.« Er küsste ihre Tränen fort und schloss sie zärtlich in die Arme. Schon erwachte sein Verlangen nach ihr von Neuem, doch er wusste, dass sie nach dem langen Arbeitstag erschöpft war. Als er auf sie hinunterschaute, war sie bereits eingeschlafen. Sanft lächelnd lag sie an seine Brust geschmiegt, auf einer Wange schimmerte noch eine Träne. Vorsichtig wischte er sie mit der Fingerspitze fort, doch Issy regte sich nicht.

Nun bedauerte er nur noch, dass er sich einen richtigen Laden noch nicht leisten konnte, dass er sie weiterhin quer durch den Busch schleifen musste wie ein Vagabund. *Eines Tages*, versprach er ihr im Stillen, *wirst du dein Zuhause und deine Familie und alles andere haben, was eine Frau sich nur wünschen kann, meine liebste Issy.*

Und bis dahin haben wir einander.

Auch er schlief mit einem Lächeln im Gesicht ein.

* * *

Eines Nachts, während das Schiff durch die Wellen pflügte und die warme Luft die Kabinen noch enger und stickiger erscheinen ließ, gab Dick es auf, einschlafen zu wollen, und ging nach draußen an die Reling. Gedankenverloren stand er da. Das sanfte Wogen der Wellen war sehr beruhigend, und ausnahmsweise einmal war niemand um ihn, der seine Überlegungen unterbrach.

Er wusste noch immer nicht, was er hätte anders machen können, doch ihm graute schon jetzt davor, Theo zu beichten, dass er Lavinia nach Australien gebracht hatte. Die Jahre hatten es nicht besser gemacht, sie war noch immer unglaublich einfältig: von Bess bestärkt in ihren törichten Vorstellungen, bei den anderen Kabinenpassagieren heimlich verlacht, von allen Seiten übervorteilt, wenn man sie sich selbst überließ. Im Augenblick zerrten die täglichen Auseinandersetzungen mit ihr sehr an seinen Nerven.

Irgendetwas warnte ihn vor einer Präsenz hinter ihm, vielleicht ein von der Jagd auf Ballymullan geschärfter Instinkt, und er fuhr herum, gerade als eine dunkle Gestalt mit vermummtem Gesicht ihn in die See stoßen wollte. Er schrie um Hilfe und wehrte sich mit Händen und Füßen dagegen, über die Reling gestemmt zu werden, doch sein Angreifer war größer und stärker als er. Schiere Todesangst verlieh ihm zusätzliche Kräfte, doch er kämpfte auf verlorenem Posten, und das wusste er auch. Immer wieder schrie er, ohne darüber nachzudenken, was, vollkommen fokussiert auf seinen Überlebenswillen.

Dann ertönten polternde Schritte und lautes Rufen, sein Angreifer fluchte, und plötzlich waren die Hände, die ihn eben noch gepackt hatten, fort. Zu erleichtert, um an eine Verfolgung auch nur zu denken, wich Dick hastig von der Reling zurück und rang schluchzend nach Luft. Erst als er eine Hand auf seiner Schulter spürte, begriff er, dass einer der Seeleute von der Nachtwache mit ihm zu reden versuchte. Er riss sich zusammen.

»Was ist passiert, Sir?«

»Gerade eben hat jemand … Ich kann es selbst kaum glauben! Man hat versucht, mich über Bord zu werfen!«

»Was? Sind Sie sicher?«

»Natürlich bin ich mir sicher.«

»Haben Sie den Angreifer erkannt?«

411

»Nein, er hatte sich das Gesicht vermummt. Aber er war größer als ich und kräftig gebaut, viel stärker. Wären Sie nicht gekommen, wäre es ihm gelungen.« Nun setzte der Schock ein und Dick begann zu zittern.

Der Wachmann sah sich um und konnte nichts Ungewöhnliches entdecken. »Im Augenblick kann ich nicht viel für Sie tun, Sir, aber ich glaube, Sie sollten in der Angelegenheit morgen beim Kapitän vorstellig werden. Ich begleite Sie zurück zu Ihrer Kabine. Für heute Nacht sollten Sie wohl besser drinnen bleiben und die Tür verriegeln. Und wenn wir den Übeltäter nicht kriegen, machen Sie sich das wohl besser zur Gewohnheit.«

»Das werde ich, ganz bestimmt.« Immer noch bebend begab Dick sich wieder zu Bett. Eine Weile lag er noch wach und dachte fieberhaft nach. Sie waren noch nicht lange unterwegs gewesen, da hatte er Bess' Freund Hal gesehen, der hier als Steward arbeitete. Dick hatte die Begegnung kurz nach Nancys Tod nicht vergessen. Zuerst hatte er vermutet, dass Bess und dieser Hal Ärger machen wollten, wenn sie in Australien eintrafen, doch ihm war nie in den Sinn gekommen, dass schon vorher sein Leben in Gefahr sein könnte.

Zweifellos war es Hal, der versucht hatte, ihn über Bord zu werfen, doch beweisen konnte er nichts. Die Überfahrt würde noch Wochen dauern. Wie sollte er sich schützen?

Dasselbe fragte er am nächsten Tag den Kapitän.

»Haben Sie jemanden in Verdacht, Mr Pearson?«

Nach kurzem Zögern nannte Dick den Namen des Mannes. Der Kapitän sah ihn stirnrunzelnd an und tippte mit den Fingern auf seinen Schreibtisch. »Hmm. Ich werde mich einmal nach dem Burschen erkundigen und Sie wissen lassen, was meine Offiziere über ihn zu sagen haben.«

Alle waren sich einig, dass Hal Bowler ein mürrischer Zeitgenosse war, sich ständig vor der Arbeit zu drücken versuchte und als Steward fehl am Platz war. Ebenso herrschte übereinstimmend die Ansicht, Dick Pearson sei ein anständiger Kerl und niemand, der sich Geschichten ausdachte.

Auch ohne Beweise war das Misstrauen des Kapitäns geweckt, und so betraute er Bowler mit anderen Pflichten, ohne sich von seinem Protest beeindrucken zu lassen. Außerdem wies er seine Offiziere an, den Burschen den ganzen Tag über auf Trab zu halten. Des Nachts schlief er bei den Matrosen, nicht bei den Stewards, und ein oder zwei von ihnen erhielten die Anweisung, sicherzustellen, dass Bowler sich nach Einbruch der Dunkelheit nicht mehr auf dem Schiff herumtrieb.

Danach sah Dick den Mann noch bei einigen Gelegenheiten an Deck, und jedes Mal bedachte Bowler ihn mit einem finsteren Blick. Einmal grollte er sogar leise: »Ich krieg dich noch.«

Nichts hatte ihn auf so etwas vorbereitet. Er war kein gewalttätiger Mann, war von schlanker Statur und wollte einfach nur ein friedliches Leben auf Ballymullan. Eines Tages würde er vielleicht heiraten und eine Familie gründen, doch er hoffte, für immer auf Ballymullan bleiben zu können. Dort war seine wahre Heimat, und kein andere Ort würde ihn je glücklich machen.

24

November 1866

Marks Brief erreichte Westaustralien, brauchte jedoch mehrere Tage in den Südwesten und lag dann noch in Bunbury herum, bis der wöchentliche Postdienst ihn in das kleine Örtchen Hesley Brook brachte, wo Theo sein Stück Land gekauft hatte. Keara erkannte schon auf dem Umschlag Marks Handschrift und wartete nicht, bis Theo von der Koppel nach Hause käme, sondern riss den Brief sofort auf. Als sie las, dass Mara gefunden war, brach sie in Tränen aus und weinte so haltlos, dass das Dienstmädchen irgendwann aufgab, sie beruhigen zu wollen, und stattdessen hinauslief, um den Herrn herbeizuholen.

Theo kniete schon neben Kearas Sessel und hatte die Arme um sie geschlungen, ehe sie überhaupt mitbekommen hatte, dass er hereingekommen war. »Was ist denn, Liebste?«

»Mara ist gefunden.« Sie deutete auf zwei zerknitterte Blätter auf dem Tisch und sah zu, wie er das Geschriebene las.

»Das sind doch wundervolle Neuigkeiten – nichts, worüber man in Tränen ausbricht, du Dummerchen!« Abermals nahm er sie in die Arme, und seufzend ließ sie sich an ihn sinken.

»Ich weiß. Aber ich hatte schon begonnen, zu fürchten, wir würden sie niemals finden.«

»Wir müssen sofort zurückschreiben.«

»Das wird eine Ewigkeit dauern. Können wir nicht lieber hinfahren?«

»Sicher nicht, Liebste. Denk an die Kinder.«

Sie wusste, dass er recht hatte, aber ach, wie sehr sie darauf brannte, auf der Stelle aufzubrechen und zu ihrer kleinen Schwester zu eilen. Wobei sie mittlerweile gar nicht mehr so klein war. Mara wäre jetzt vierzehn, beinahe eine Frau. Es fiel Keara schwer, sich das vorzustellen. Wie würde sie aussehen? Keara versuchte, sich an Ismay in dem Alter zu erinnern, doch die war immer irgendwie schärfer gewesen als Mara, und die Miene ihrer jüngsten Schwester konnte sie sich einfach nicht anders als sanft vorstellen.

Theos Stimme holte sie zurück ins Hier und Jetzt. »Wenn du den Brief zu Papier bringst, reite ich noch heute nach Bunbury und gebe ihn auf.«

»Danke.« Sie schenkte ihm ein wackliges Lächeln und ging ins Speisezimmer, um die Schreibutensilien hervorzuholen.

Als er einige Minuten später zu ihr kam, lag ein zerknülltes Stück Papier neben ihr.

Mit reuiger Miene hob sie den Blick. »Ich bin furchtbar im Briefeschreiben, Theo. Kannst du mir helfen?«

Gemeinsam verfassten sie eine Nachricht, in der sie Mark baten, Mara so bald wie möglich zu ihnen zu schicken und alles zu tun, um ihr klarzumachen, dass Keara nichts mit ihrer unfreiwilligen Verschiffung nach Australien zu tun gehabt hatte. Am besten solle er ihnen zuerst einen Brief schicken und Mara dann auf den nächsten Dampfer einschiffen, sodass sie in Westaustralien auch jemand in Empfang nehmen könnte. Keara legte noch eine kurze Nachricht an ihre Schwester bei, in der sie schrieb, hier warte ein Heim auf Mara und sie sehne sich danach, sie wiederzusehen. Nun sei ihre innigste Hoffnung, fügte sie noch hinzu, auch Ismay wiederzufinden.

Als sie ihren Mann davonreiten sah, betete sie darum, dass der Brief Mara so bald wie möglich hier nach Westaustralien bringen würde. Bloß wäre es schon eine zweiwöchige Reise, bis er in Victoria auf der anderen Seite des Kontinents einträfe, dann noch ein oder zwei zusätzliche Tage, bis er Rossall

Springs erreichte. Sie dankte Gott, dass das Städtchen nicht so abgeschieden war wie der Ort, an dem sie selbst mittlerweile lebte. Und selbst dann würde Mark erst sämtliche Vorkehrungen treffen müssen, einen Brief vorausschicken und dann noch den nächsten Dampfer abwarten. Würde er Mara selbst herbringen oder sie nur in der Obhut anderer Reisender herschicken?

Seufzend ging sie zum Gästezimmer. Da sie stets auf unverhoffte Gäste vorbereitet waren, gab es nicht viel zu tun, um es für Mara herzurichten. Sie wünschte, wenigstens damit könnte sie sich beschäftigen.

Dann hörte sie den kleinen Devin wach werden und weinen, und so eilte sie zu ihrem Baby, um es auf den Arm zu nehmen und zu stillen.

Sie würde sich gedulden müssen, doch es fiel ihr unheimlich schwer.

* * *

Es war wirklich ein absurder Unfall. Auf dem Rückweg aus dem Unterholz, wo sie sich erleichtert hatte, rutschte Ismay an einer matschigen Stelle aus und prallte so heftig auf den Boden, dass es ihr den Atem raubte. Ein greller Schmerz schoss durch den Arm, mit dem sie versucht hatte, sich abzufangen, und sie brauchte mehrere Minuten, um sich zu sammeln. Ein vorsichtiger Versuch, den Arm zu benutzen, tat so weh, dass ihr ein weiterer Schmerzensschrei entfuhr.

»Issy? Ist alles in Ordnung?«

Erleichtert schluchzte sie auf und rief: »Malachi! Ich bin gestürzt und hab mich verletzt.«

»Sprich weiter, dann komme ich zu dir.«

Sie versuchte nicht noch einmal, aufzustehen, und wartete, bis er bei ihr war.

Mit angespannter Miene kniete er sich neben sie. »Was ist passiert? Wo tut es weh?«

»Ich bin ausgerutscht und gestürzt. Es ist der linke Arm. Der tut so weh, dass ich ihn gar nicht zu bewegen wage.«

Behutsam half er ihr, sich aufzusetzen, untersuchte den Arm, so vorsichtig er konnte, und sah sie bestürzt an, als sie bei der kleinsten Bewegung aufschrie. »Gut möglich, dass der Arm gebrochen ist. Aber nicht kompliziert, sonst wäre es noch weit schlimmer. Ich glaube, ich bringe dich am besten zurück zum Wagen und wir suchen einen Arzt.«

»Ah, bitte noch nicht bewegen«, flehte sie. »Ich sterbe, wenn du mich jetzt bewegst.«

Stirnrunzelnd musterte er sie. »Ich fixiere den Arm wohl besser, ehe ich dich wieder zum Wagen trage. Kommst du hier für einen Moment allein zurecht, solange ich etwas suche, womit ich ihn festbinden kann?«

»Ja, natürlich. Tut mir leid.«

»Was denn?«

»Dass ich so ungeschickt bin. Dir so viel Arbeit mache.«

Er strich ihr das Haar aus der Stirn und bemerkte besorgt, wie blass sie war. »Liebste, du hast das doch nicht mit Absicht getan. Mir tut nur leid, dass du solche Schmerzen leidest.«

Als er gegangen war, blieb sie reglos liegen und schöpfte Trost daraus, dass er sie »Liebste« genannt hatte. Das zu hören war es beinahe wert, sich den Arm zu brechen, denn für gewöhnlich war er eher sparsam mit seinen Kosenamen.

Rasch war er wieder da und hatte ein zerrissenes Laken mitgebracht. Doch als er sie wieder aufsetzte, um das Laken um sie zu wickeln, konnte sie einen neuerlichen Schmerzenslaut nicht unterdrücken.

Fest eingeschnürt ließ sie sich von ihm hochheben, schloss die Augen und grub die Fingernägel der rechten Hand in ihre Handfläche, um nicht zu schreien.

Langsam und vorsichtig trat er den Rückweg an und redete dabei beruhigend auf sie ein. Der Klang seiner Stimme tat gut, daran hielt sie sich fest.

»Gut, dass du so leicht bist.«

»Und du so stark.«

»Diese Art zu leben macht einen stark. Ich glaube, meine Mutter wäre überrascht, könnte sie mich jetzt sehen.« Wenn mit ihr alles in Ordnung war. Bis zur letzten Abreise aus Melbourne hatte er noch keine Antwort auf seine Briefe erhalten, hoffte jedoch darauf, dass eine auf ihn warten würde, wenn sie nun zurückkehrten.

Er legte Ismay auf der Ladeklappe ab, sprang selbst hinauf und trug sie hinüber auf ihr Bettzeug, das er bereits ausgebreitet hatte.

»Du hast an alles gedacht.«

»Zumindest habe ich mich bemüht. Hältst du es hier aus, während ich fahre, Liebste?«

»Ja, natürlich.« Im Stillen schwor sie sich, ihn weder Stöhnen noch Schreien hören zu lassen, auch wenn es eine Tortur war, sich jeden Laut zu verkneifen, wenn der Wagen über einige besonders holprige Straßenabschnitte rumpelte.

Als sie ein Haus erreichten, fragte Malachi, wo der nächste Arzt zu finden sei, und wurde nach Rossall Springs geschickt, einer kleinen Stadt fünf Meilen weiter. Da es sich um den einzigen Arzt weit und breit handelte, blieb ihnen nichts anderes übrig, als weiterzufahren. Schließlich wurde der Weg zu einer gut ausgewalzten Straße, was den Wagen etwas geschmeidiger rollen ließ, jedoch immer noch nicht schmerzfrei für Ismay war. Bei jeder abweichenden Fahrrinne eines schwereren Karrens wurde sie durchgerüttelt.

Malachi war heilfroh, dass dieser Unfall nicht im Winter geschehen war, wodurch die Fahrt dreimal so lange gedauert hätte.

Noch ehe sie die ersten Häuser erreichten, weinte Issy

stumm vor Schmerzen und versuchte, es vor ihm zu verbergen.

Es zerriss ihm beinahe das Herz, wenn er zu ihr nach hinten blickte, doch er wusste, am besten konnte er ihr helfen, indem er diese Fahrt zu einem schnellen Ende brachte, und so hielt er nicht an. Aus genau diesem Grund wollte man kein fahrender Händler sein, wenn man Frau und Kinder zu versorgen hatte. Was seine eigene Gesundheit betraf, war er bereit, Risiken einzugehen, doch nicht bei Issy. Vielleicht reichte sein Erspartes doch, um schon irgendwo einen kleinen Laden zu eröffnen? Wenn nicht, würde er sich eine Anstellung suchen müssen, bis er mehr zusammenhatte, auch wenn es ihm nicht schmeckte, für andere Leute zu arbeiten. Nicht nachdem er nun schon so lange sein eigener Herr war. Er fragte sich, wie viel Geld auf Dans Konto bei der Bank liegen mochte. »Ein bisschen«, hatte er in seinem Testament geschrieben. Nun, von jetzt an würde jedes bisschen helfen.

Einmal hielt er noch an, um nach dem Weg zum Haus des Arztes zu fragen, und fuhr in die angegebene Richtung. Zu seiner enormen Erleichterung war der Mann daheim und kam sofort heraus, um Ismay zu untersuchen, noch ehe sie überhaupt versuchten, sie vom Wagen zu bekommen.

»Erst einmal geben wir ihr eine Dosis Laudanum«, entschied der Arzt. »Das dämpft die Schmerzen. Ich sehe keine Bruchstücke hervorstehen, vielleicht ist es also nur ein Haarriss. Wenn dem so sein sollte, könnte es mit einer Schiene getan sein.« Lächelnd sah er Ismay an. »Ich weiß, es tut weh, Mrs Firth, aber es hätte schlimmer kommen können.«

Allerdings wusste sie wirklich nicht, wie. Ihretwegen war nun für Malachi alles verdorben. In einer Stadt mit eigenen Geschäften würden sie nichts verkaufen können, und weiterreisen konnten sie erst, wenn es ihr besser ging – und selbst dann wäre sie ihm keine große Hilfe. Stattdessen kostete sie ihn bloß Geld. Sie war eine Last. Kein Wunder, dass er nicht hatte heiraten wollen. Bei diesem Gedanken wollte sie weinen, doch die Medizin, die der Arzt ihr eingeflößt hatte, ließ die Welt sehr verschwommen erscheinen, und irgendwie hatte sie nicht die Energie, irgendetwas anderes zu tun als dazuliegen und die Augen zu schließen.

Als der Arzt ihren Arm eingehender untersuchte, durchfuhr sie abermals ein stechender Schmerz, doch Malachi hielt sie fest und redete tröstend auf sie ein, und irgendwann war es überstanden.

»Nur ein Haarriss«, bestätigte der Arzt.

Sie versuchte, ihm zu folgen, doch es war einfach alles zu viel. Wieder schloss sie die Augen.

Sorgenvoll sah Malachi den Arzt an. »Was ist jetzt zu tun? Ganz gleich, was es kostet, ich will die bestmögliche Behandlung für sie.«

Der andere Mann lächelte. »Ich bemühe mich immer, meinen Patienten die bestmögliche Behandlung angedeihen zu lassen, Mr Firth, ob sie sich mein Honorar leisten können oder nicht. Ich werde den Arm schienen müssen, dann legen wir ihn ihr in einer Schlinge vor die Brust, sodass er immobilisiert ist. Haben Sie jemanden, der sich um sie kümmern kann?«

»Ich werde mich um sie kümmern. Wir haben nur einander, und da wir ständig mit dem Wagen unterwegs sind, haben wir keine engen Freunde. Aber was immer Sie mir auftragen, ich werde es hinbekommen.«

»Es wäre besser, wenn Sie eine Frau einstellen, die ihr bei den intimeren Angelegenheiten helfen kann.«

Malachis Kinn nahm einen entschlossenen Zug an. »Alles, was eine Frau tun könnte, kann ich ebenso gut erledigen.«

»Vielleicht sollten Sie für eine Weile in ein Hotel ziehen? Auch wenn das einzige hier am Ort nicht besonders herausragend ist, fürchte ich.

»Nein. Wenn wir irgendwo einen Ort finden, an dem wir

den Wagen abstellen können, und eine Weide für die Pferde, dann haben wir unser Heim bei uns.« So ungeeignet es auch als Krankenlager sein mochte – aber er würde alles tun, um es ihr so bequem wie möglich zu machen.

Nachdenklich schürzte der Arzt die Lippen. »Die Johnsons leben am Stadtrand und besitzen ein kleines Stück Land. Ich weiß, dass sie sich über ein wenig zusätzliches Einkommen freuen würden. In einer Ecke ihrer Weidefläche gibt es sogar eine frische, klare Quelle. Vielleicht würden die Ihnen einen Stellplatz gewähren – solange es Ihnen nichts ausmacht, dass es Eingeborene sind? Nun ja, zur Hälfte jedenfalls. Aber achtbare Leute. Machen niemandem Scherereien und sind sehr sauber.«

»Ich wäre der Letzte, der dagegen etwas einwenden würde. Draußen im Busch hat eine eingeborene Heilerin Issy das Leben gerettet.«

»Ach, tatsächlich?« Überrascht hob der Arzt die Augenbrauen. »Darüber müssen Sie mir bei Gelegenheit mehr erzählen. Ich habe gehört, die Ureinwohner verwenden einige interessante Methoden.«

Malachi folgte der Wegbeschreibung zum Haus der Johnsons und erklärte, was geschehen war. Kalaya Johnson kam nach draußen zum Wagen, um kurz mit Issy zu sprechen, dann zeigte sie Malachi, wo sie ihr Lager aufschlagen konnten.

»Die Pferde werden hier auf der Wiese reichlich zu fressen finden«, sagte sie. »Und ein paar Steine für eine Feuerstelle gibt es auch.«

»Wie viel möchten Sie dafür haben?«

»Das werden Sie Billy fragen müssen, wenn er von der Arbeit heimkehrt.«

»In Ordnung. Und vielen Dank.« Er spannte die Pferde ab, sicherte den Wagen für einen mehrtägigen Aufenthalt und machte sich daran, eine Feuerstelle zu errichten. Schließlich kochte er Tee für sie beide. Issy allerdings war noch immer recht benebelt, und so musste er alles allein trinken. Er fühlte sich sehr einsam.

Als er das nächste Mal aufblickte, sah er einen dunkelhäutigen Mann auf sich zukommen.

»Kann ich noch irgendwie helfen, Mr Firth?«

»Allein dass Sie uns hier Unterschlupf gewähren, ist schon eine große Hilfe.« Malachi streckte die Hand aus und sah Überraschung und ein kurzes Zögern auf den Zügen des Mannes aufblitzen, ehe er sie ergriff und schüttelte.

Nachdem sie das Geschäftliche geregelt hatten, bemerkte sein Gastgeber nachdenklich: »Eins Ihrer Pferde sieht nicht ganz gesund aus.«

»Da haben Sie recht. Er hat schon eine Weile zu kämpfen. Als wir ihn gekauft haben, schien aber noch alles in Ordnung zu sein.«

»Nicht stark genug für so schwere Lasten. Sie sollten ihn verkaufen und sich ein anderes Zugtier besorgen.«

»Das habe ich vor, sobald wir wieder in Melbourne sind.«

»Mein Chef ist Pferdezüchter. Der würde Ihnen sicher ein gutes Angebot machen. Der hier mag zwar ein anständiges Reittier sein, aber zum Zugtier fehlt ihm die Muskelmasse.«

»Vielleicht könnten Sie mir Ihren Chef vorstellen, wenn es meiner Frau etwas besser geht? Und danke für Ihren Rat.«

Malachi half Issy bei allem, was nötig war, und setzte sich dann ans Feuer. Der Arzt hatte ihm noch etwas Laudanum mitgegeben, das er ihr noch ein- oder zweimal verabreichen sollte, bis die schlimmsten Schmerzen abklangen. In der Zwischenzeit holte er seine Gitarre hervor und begann zu spielen. Leise sang er vor sich hin.

Man wusste nie, was das Leben für einen bereithielt. Er war nur froh, dass es ihm Issy beschert hatte. Mit einem schiefen Lächeln dachte er: *So scharfzüngig und voller Zorn sie bisweilen auch ist, jetzt ist sie meine Issy.* Und er liebte sie von Herzen.

Mrs Johnson zeigte sich sehr freundlich und hilfsbereit mit Ismay, und so ließ Malachi seine Frau in ihrer Obhut, während er in die Stadt ging, um sich die Beine zu vertreten. Er wollte sich etwas umsehen und ein paar Einkäufe tätigen, denn tatenlos herumzusitzen machte ihn nervös. Auf dem Markt kaufte er etwas Obst, weil er wusste, wie sehr Ismay sich darüber freuen würde, dann spazierte er die Hauptstraße entlang. Natürlich zog es ihn sofort zu dem zentral gelegenen Lebensmittel- und Gemischtwarenhandel, und er konnte der Versuchung nicht widerstehen, hineinzugehen.

Ah, genau so etwas stellte er sich vor! Ein richtiger Laden, seine Familie in den Wohnräumen darüber, Nachbarn, die er kennenlernen konnte, und tagein, tagaus Publikumsverkehr.

»Kann ich Ihnen helfen, Sir?«

Als er sich umwandte, erblickte er einen älteren Mann, der einen Hauch von Besitzerstolz ausstrahlte, und nahm an, dass er den Inhaber vor sich hatte. »Guten Tag, Sir.« Er streckte die Hand aus. »Mein Name ist Malachi Firth. Ich bin fahrender Händler und habe nur Ihre Räumlichkeiten bewundert. Eines Tages hoffe ich, mich in ähnlichen Umständen niederlassen zu können.«

Samuel lächelte. »Sie sind der Ehemann der Frau mit dem gebrochenen Arm.«

»Ja. Das hat sich schnell herumgesprochen.«

»Rossall ist eine kleine Stadt. Wir haben nichts Besseres zu tun, als über unsere Nachbarn zu tratschen.«

Sie vertieften sich in eine Unterhaltung über die Waren, die Mr Firth führte, und über Gemischtwarenhandel im Allgemeinen, ehe der Neuankömmling sich verabschiedete. Samuel nahm ihm das Versprechen ab, bald wieder hereinzuschauen.

»Netter junger Bursche«, bemerkte Samuel am selben Nachmittag Mark gegenüber. »Und kümmert sich hingebungsvoll um seine Frau. Ich wünschte, er wäre schon etwas weiter in seinem Berufsleben – er arbeitet nämlich auf ein niedergelassenes Geschäft hin, und ich denke darüber nach, mich zur Ruhe zu setzen.«

»Ach, tatsächlich?« Das schien Mark zu überraschen.

»Ja. Seit Sally sich das Bein gebrochen hat, ist sie nicht mehr mit dem Herzen dabei. Will lieber nach Melbourne ziehen, um näher bei unserer Tochter zu sein und mehr von den Enkeln zu Gesicht zu bekommen. Und wenn wir eine anständige Ablöse für den Laden bekommen, können wir uns das auch leisten.«

»Dann würden Sie vielleicht auch in Erwägung ziehen, mir das leere Grundstück neben dem Speisehaus zu verkaufen?«

Samuel war ganz Ohr. »Möglich. Zum richtigen Preis. Wozu wollen Sie denn das Grundstück?«

»Ich möchte eine Pension oder vielleicht sogar ein Hotel errichten. Eine komfortable Unterkunft, in der sich auch Frauen und Familien wohlfühlen können, statt über einer Spelunke absteigen zu müssen. Ich glaube, die Stadt ist mittlerweile groß genug, um ein kleines Hotel zu brauchen.«

»Das sehe ich gern – junge Burschen, die in die Zukunft dieser Stadt investieren.« Samuel seufzte. »Ich wäre ja selbst gern hiergeblieben in meinem Ruhestand, aber mein Sohn wollte das Geschäft nicht übernehmen, und meine Tochter ist nach Melbourne gezogen. Es sollte also nicht sein. Kommen wir aber zurück zu dem Grundstück. Machen wir doch eine kleine Begehung und sprechen über den Preis ...«

Als Mark an jenem Abend das Speisehaus geschlossen hatte, drehte er sich zu Nan und Catherine um und ließ seiner Begeisterung, die er seit dem Gespräch mit Samuel im Zaum gehalten hatte, endlich freien Lauf. »Heute habe ich mich mit Samuel auf den Kauf des Grundstücks nebenan geeinigt. Ich habe fast genug angespart, um eine Pension darauf zu bauen. Hätte ich mehr, würde ich sogar ein Familienhotel daraus machen.«

Dann wird er doch jetzt sicherlich Catherine endlich einen Antrag machen?, dachte Nan, doch es tat sich weiterhin nichts.

* * *

Noch lange ehe die Überfahrt vorüber war, wusste Dick, dass er Clemmy nicht einfach würde ziehen lassen können, wenn sie Westaustralien erreichten. »Haben Sie schon Pläne für die Zeit nach der Ankunft?«, erkundigte er sich eines Tages vorsichtig.

Sie warf ihm einen Seitenblick zu, als verwundere sie die Frage. »Nicht wirklich. Ich nehme an, ich werde mir wohl eine Anstellung suchen müssen. Allerdings hatte ich noch nie Schwierigkeiten, Arbeit zu finden, das wird in Australien sicher nicht anders sein.«

»Ich beneide Sie wirklich um Ihren Optimismus.«

»Meine Mutter hat einmal zu mir gesagt, ich würde selbst dann noch auf das Beste hoffen, wenn man mich zum Galgen führt.« Ein ungewohntes Stirnrunzeln legte sich über ihre Züge, als sie in die Ferne blickte, und sie drehte eine Strähne ihrer feinen, hellen Locken um den Zeigefinger. Als er nichts weiter sagte, blickte sie wieder zu ihm auf. »Erzählen Sie mir von diesem Ballymullan, nach dem Sie sich so sehnen, dass Sie unbedingt dorthin zurückwollen. Es klingt bezaubernd. Ich habe einmal mit einer Irin zusammengearbeitet, die auch immer nur zurück in die Heimat wollte.«

»Es ist wirklich bezaubernd. So grün und wunderschön. Theo ist der Einzige, für den ich bereit wäre, es zu verlassen, und erst recht für eine so weite Reise. Im Herzen bin ich zutiefst heimatverbunden.«

»Nun, er wird Ihnen sicher sehr dankbar sein. Sie zwei scheinen sich besser zu verstehen als manche Vollbrüder.«

»Das stimmt, ja.«

Beinahe hätte er ihr an dieser Stelle die Frage aller Fragen gestellt, doch dann verließ ihn der Mut. Warum sollte ein so reizendes Mädchen einen Mann wie ihn heiraten wollen – einen, der nicht einmal eine Schiffsreise arrangieren konnte, ohne dass etwas danebenging? Und doch suchte er immer wieder ihre Nähe, und immer wieder lächelte sie ihn an und lehnte sich neben ihm an die Reling. Sie war so warmherzig und unkompliziert, und nach den nervenaufreibenden Auseinandersetzungen mit Lavinia, die immer schlechter aussah, war es Clemmys wohltuend vernünftige Grundhaltung, die seinen Ärger und Frust verlässlich vertrieb.

Eines Abends, etwa eine Woche bevor sie das Festland erreichen sollten, nahm er allen Mut zusammen, und während ein Großteil der Passagiere einem Konzert lauschte, fragte er, ob er stattdessen unter vier Augen mit ihr reden könne.

»Ach, beinahe tut es mir leid, dass die Reise so bald zu Ende geht«, vertraute Clemmy ihm an, als sie zu einer ihrer Lieblingsstellen an der Reling gingen. »Diese Überfahrt war ein solches Vergnügen und hat mir so viele angenehme Bekanntschaften beschert.« Sie sah zu ihm empor, zögerte kurz und setzte dann hinzu: »Auch Sie werden mir fehlen, Dick.«

»Das muss nicht so sein«, entgegnete er mit vor Nervosität kratziger Stimme. »Was ich damit sagen will: Wir könnten … nun ja, heiraten, wenn Sie wollen?«

Wieder lächelte Clemmy ihn auf ihre warmherzige Art an. »Ich kann nicht leugnen, dass ich daran auch gedacht habe.« Ihr Lächeln verblasste. »Es ist nur so … Ein Dienstmädchen wie ich ist ein wenig unter Ihrer Würde, und ich möchte nicht, dass … Sie es irgendwann bereuen.«

»Sie sind unter niemandes Würde, Clemmy. Sie sind ehrlich und hübsch, und mit Ihnen verbringt man gern seine Zeit. Und wann immer ich Sie hier mit Kindern spielen sehe, bin ich überzeugt, dass Sie dazu auch eine gute Ehefrau und Mutter abgeben würden. Stolz wäre ich, wenn Sie mich als Ihren Ehemann erwählten! Oh, Clemmy!« Er legte ihr die Hände auf die Schultern, und als er ein Schluchzen zu hören meinte, drehte er sie ins Licht einer der Laternen. In ihren Wimpern schimmerten Tränen und ihre Lippen bebten. »Liebste, du weinst? Was ist denn? Was habe ich falsch gemacht?«

»Gar nichts hast du falsch gemacht – ich nur einfach so glücklich.« Mit dem Handrücken wischte sie eine Träne fort. »Und jetzt küss mich, du Narr, sonst denke ich noch, du liebst mich nicht.«

So einfach war das. Mit ihr erschien ihm alles leicht und angenehm. Er stellte sich gern vor, dass Clemmy sein Lohn dafür war, dass er Lavinia und Bess nach Australien begleitete. Das Einzige, was er bedauerte, war ihr gemeinsamer Entschluss, dass es klüger wäre, ihre Verlobung noch niemandem bekanntzugeben. Er sorgte sich noch immer, was Bess und Hal für die Ankunft in Australien geplant haben mochten. Sorgte sich sehr.

25

November – Dezember 1866

Als Malachi wieder einmal in die Stadt spazierte, waren seine Gedanken mit seiner und Issys Zukunft beschäftigt. Rossall gefiel ihm, und er gedachte, so viel wie möglich über das Betreiben eines Geschäfts in einer solchen kleinen Stadt zu lernen. Doch wie sollte er es anstellen? Er schaute in Samuel Groves gut besuchtem Laden vorbei, wie er es immer tat, wagte es jedoch nicht, zu lange zu bleiben, ohne etwas zu kaufen.

Angelockt von dem herrlichen Duft, der aus dem Nebenhaus herüberwehte, erstand er sein Mittagessen in dem dort ansässigen Speisehaus und ließ sich eine zweite Portion zum Mitnehmen für Issy bereitstellen. Das würde ihr weit besser schmecken als seine eigenen behelfsmäßigen Kochversuche.

Während er mit dem geliehenen Teller in den Händen vorsichtig zurück zum Wagen ging, kam ihm plötzlich die Idee, dass er fragen könnte, ob er für ein paar Tage in Mr Groves Laden arbeiten dürfte, bis Ismay wieder reisefähig war. Selbst wenn Mr Grove ihn nicht bezahlen mochte – er würde so viel lernen, wenn er von morgens bis abends dort sein dürfte. Würde der Ladeninhaber sich darauf einlassen? Und würde Issy etwas dagegen haben?

Als sie von einem Schläfchen erwachte, erklärte er, was er vorhatte, und fragte, ob es in Ordnung wäre, wenn er sie in Mrs Johnsons Obhut ließe.

»Viel Hilfe brauche ich zum Glück nicht, aber es wird mich beruhigen, wenn sie in der Nähe ist.« Issy überdachte seine Idee in ihrer ernsten Weise, den Kopf zur Seite geneigt, die Lider halb gesenkt. »Ich muss zugeben, an einem Ort zu bleiben würde mir gefallen. Ja, tu das, Malachi. Ein wenig kann ich schon wieder herumlaufen, vielleicht komme ich dich also sogar im Ort besuchen.«

»Nein.«

Verwundert über den Nachdruck, mit dem er das gesagt hatte, sah sie ihn an. »Warum nicht?«

»Das tust du nur dann, wenn ich da bin und dir meinen Arm anbieten kann. Wenn ich darauf achten kann, dass du dich nicht überanstrengst. Ich kenne dich, Issy. Manchmal stürzt du dich ohne einen Gedanken an die Konsequenzen einfach in die Dinge hinein.«

Das hätte sie beinahe als Beleidigung auffassen können, wäre es nicht von einem nachsichtigen Lächeln und seiner offenkundigen Sorge um ihr Wohlergehen begleitet gewesen. Sie spürte ihre Wangen warm werden, zuckte mit den Schultern und gab sich geschlagen: »Ach, also gut. Aber dann wirst du mir etwas zu lesen besorgen müssen, sonst verliere ich den Verstand vor Langeweile. Es gibt kaum etwas, das man mit nur einem Arm tun kann. Hätte ich mir doch lieber das Bein gebrochen – dann könnte ich wenigstens etwas nähen.«

»Ich bringe dir etwas zu lesen.«

Als er seine Bitte vorbrachte, im Laden mitarbeiten zu dürfen, betrachtete Mr Grove ihn nachdenklich und nickte schließlich. »In Ordnung. Wenn Sie anständig arbeiten …«

»Das werde ich.«

»… zahle ich Ihnen den üblichen Lohn und bringe Ihnen bei, was ich kann. Es ist wirklich ein Jammer, dass Sie sich noch keinen eigenen Laden leisten können, denn ich möchte verkaufen.«

»Wie viel wollen Sie denn dafür haben?« Als Malachi die Summe hörte, seufzte er bedauernd. »So viel habe ich noch lange nicht zusammen.« Und so schluckte er seine Enttäuschung hinunter und machte sich an die Arbeit. Zur Mittagspause eilte er mit einer weiteren Mahlzeit aus dem Speisehaus und einem Buch zu Issy, das er sich von Mrs Caldwell geliehen hatte, die dort arbeitete. Das Gesicht der Frau kam ihm vage bekannt vor, doch er konnte nicht einordnen, wo er sie schon einmal gesehen hatte. Und als er zum ersten Mal ins Speisehaus gegangen war, hatte er den Eindruck gehabt, dass sie ihn merkwürdig ansah, als würde auch sie ihn erkennen. Doch gesagt hatte sie nichts, und er wollte nicht aufdringlich sein. Vielleicht war sie mit demselben Schiff nach Australien gekommen wie er? Ja, das war es wahrscheinlich.

Als er den Teller zum Speisehaus zurückbrachte, bekam er den Schock seines Lebens, als er für einen Moment glaubte, Issy in der Küche stehen zu sehen. Dann erkannte er, dass das Mädchen kleiner und jünger war als seine Frau. Es war ... Es musste Mara sein! Der Teller fiel ihm aus den Händen und zersprang unbeachtet am Boden, während er ihren Namen rief.

Sie drehte sich um, starrte ihn mit offenem Mund an und rief dann freudestrahlend: »Malachi!« Mit ausgestreckten Armen kam sie zu ihm gerannt.

Er umarmte sie, so fest er nur konnte, und trat dann einen Schritt zurück. Noch immer konnte er den Blick nicht von ihr abwenden. »Ich fasse es nicht, dass du es bist. Wie groß du geworden bist.«

Auch Nan kam an die Küchentür, weil sie etwas hatte zerbrechen hören, doch als keiner der beiden sie bemerkte, blieb sie, wo sie war.

Mara lachte unter Tränen. »Was um alles in der Welt tust du denn hier in Rossall, Malachi? Hast du – bist du meinetwegen hier?«

»Nein. Hätte ich gewusst, dass du hier bist, wäre das anders, aber ich hatte keine Ahnung.« Er trat einen Schritt zurück und spürte ein Knirschen unter seiner Stiefelsohle. »Ach, du liebe Güte, sieh dir nur an, was ich angerichtet habe.«

»Das ist doch unwichtig, das räume ich gleich auf. Erzähle mir lieber, warum du hier bist.«

Schon öffnete er den Mund, um ihr alles zu erklären, dann fiel sein Blick auf die Uhr. »Das ist recht kompliziert, das werde ich dir später in Ruhe berichten müssen. Jetzt muss ich erst einmal zurück an die Arbeit. Im Augenblick arbeite ich für eine Weile bei Mr Grove nebenan. Wohnst du hier?«

»Ja, mit Catherine und Mark. Oh, und Nan. Das ist Nan.«

Flüchtig nickte er der alten Frau zu, die mit einem Kleinkind auf dem Arm an der Küchentür stand und ihnen zusah, konnte den Blick jedoch nicht von Mara lösen. Ihr nach so langer Suche einfach so über den Weg zu laufen!

Sie zupfte ihn am Ärmel, um seine Aufmerksamkeit zu wecken. »In ein paar Wochen fahre ich nach Westaustralien zu meiner Schwester Keara. Malachi, du hast nicht vielleicht auch Ismay gesehen, oder? Aus ihrer Anstellung ist sie fortgelaufen, und Keara hat überall nach ihr gesucht.«

Er war schon im Gehen begriffen, doch bei diesen Worten fuhr er noch einmal zu ihr herum. »Du hast von Keara gehört?«

»Ja. Wir haben ihr geschrieben, dass Mark mich gefunden hat. Er ist ein guter Freund von ihr. Da sie in Westaustralien lebt, arrangiert er gerade alles für meine Überfahrt dorthin, damit ich bei ihr leben kann.«

Fieberhaft überlegte er. Darauf würde er Issy erst vorbereiten müssen. »Finde ich dich heute Abend wieder hier?«

»Natürlich.«

»Dann komme ich später noch einmal her. Ich habe tatsächlich Neuigkeiten von Ismay. Und sorge dich nicht, es geht ihr gut.« Nach einem weiteren Blick auf die Uhr hastete er hinaus und rief über die Schulter: »Wir sehen uns nachher!«

Mit offenem Mund starrte Mara ihm hinterher, dann blickte sie zu Nan und schaffte ein wackliges Lächeln. »Er hat gesagt, er weiß etwas über Ismay. Oh, Nan, ich habe mir solche Sorgen gemacht.« Dann lag sie der alten Frau schluchzend in den Armen, bis die kleine Amy, die ebenfalls in der Umarmung festsaß, ungehalten zu zappeln begann.

Im Laden nebenan gelang es Malachi nur mit äußerster Selbstbeherrschung, mit den Gedanken bei den Kunden zu bleiben, die er bediente. Doch wann immer es ruhig wurde, konnte er nicht anders, als diesen unfassbaren Zufall zu bestaunen und zu grübeln, wie er Ismay das alles am besten beibringen sollte. Sie würde überglücklich sein, Mara wiederzusehen, doch wie würde sie auf die Vorstellung reagieren, Keara entgegenzutreten? Er wollte nicht, dass sie Mara mit ihrer Wut verunsicherte, denn noch immer schien sie wider jede Vernunft fest davon überzeugt zu sein, dass Keara ihnen nach dem Tod ihrer Mutter irgendwie hätte helfen können.

In einer der friedlicheren Phasen des Nachmittags fiel ihm plötzlich auf, dass Mara von einer Catherine gesprochen hatte, und da sie Mrs Caldwell gemeint haben musste, ging ihm eine weitere Möglichkeit auf. Auf dem Schiff hatte es eine Schwester Catherine gegeben. Mit geschlossenen Augen versuchte er, sich ihr Gesicht in Erinnerung zu rufen. Konnte es sein? Hatte Schwester Catherine den Schleier abgelegt? Das würde erklären, warum Mrs Caldwell ihm so bekannt vorkam. Zwar hatte er damals nie ihr Haar zu Gesicht bekommen und sie hatte stets mit gesenktem Blick gesprochen und sich von den anderen Passagieren ferngehalten, doch möglich war es.

Doch warum hatte sie ihn nicht darauf angesprochen? Es mochte ja sein, dass er sie ohne das schwere schwarze Gewand und den Schleier nicht wiedererkannte, doch er selbst hatte sich doch sicher nicht so sehr verändert?

Wenn der Laden schloss, würde er mit Mara reden, dann könnten sie vielleicht gemeinsam zu Ismay gehen. Genauer gesagt war er überzeugt, dass Mara darauf bestehen würde, sobald sie erführe, dass ihre Schwester sich in so unmittelbarer Nähe befand. Allerdings würde er sie bitten, beim Haus der Johnsons zu warten, bis er sie zum Wagen riefe. Ja, das würde das Beste sein.

Und dann würde er Issy irgendwie überreden, mit zu Keara zu fahren und ihrer älteren Schwester Gelegenheit zu geben, zu erklären, was vorgefallen war. Jetzt, da sie seine Frau war, würde Issy doch sicher nicht mehr fortlaufen, oder? Nein, das könnte sie gar nicht – nicht, solange ihr Arm noch geschient war. Außerdem würde er persönlich dafür sorgen, dass sie das nicht tat. Sie war die Seine und er liebte sie über alles, wollte nur ihr Bestes – und dass sie sich von diesem Groll lösen konnte, der sie noch immer zerfraß, so sehr sie sich auch bemühte, es vor ihm zu verbergen.

Erst als der Arbeitstag sich dem Ende zuneigte, kam ihm die Frage in den Sinn, was mit seinem Geschäft geschehen sollte, wenn sie an die entgegengesetzte Küste des Kontinents reisen müssten.

Nun, Familie ging vor. Das hatte seine Mutter ihn gelehrt, auch wenn sein Vater und Lemuel ihn manchmal behandelt hatten, als würde er nicht wirklich dazugehören. Er würde dafür sorgen, dass alle seine Kinder gleichermaßen geliebt wurden und das auch wussten, komme, was wolle. Bei ihm würde es keine Lieblinge wie bei seinem Vater geben.

* * *

Mara ging zu Catherine, die nach dem größten Ansturm der Mittagsgäste dabei war, die Tische im Haupt-Gastraum abzuräumen. Die meisten Kunden hier waren unverheiratete Männer aus den verschiedenen Betrieben in der Stadt oder Durchreisende. Aufgeregt erzählte sie Catherine von der Begegnung mit Malachi. »Hast du ihn denn gar nicht erkannt, als er vorhin ins Speisehaus gekommen ist?«

»Doch, aber er hat mich nicht erkannt«, gestand Catherine. »Deshalb war ich mir nicht sicher, ob ich ihn aufklären sollte oder nicht.«

»Oh, du hättest dich ihm offenbaren sollen. Und er hat gesagt, er hat Neuigkeiten von Ismay. Ist das nicht wundervoll? Wenn wir sie auch noch finden, können wir wieder alle drei zusammen sein, genau wie damals auf Ballymullan.«

»Du weißt doch, dass es nie wieder ganz so werden wird wie früher?«

»Aber Schwestern sind wir immer noch, nicht wahr? Und wenn Ismay erst erfährt, dass Keara nichts mit unserer Verschiffung hierher zu schaffen hatte, wird sie doch sicher nicht länger so wütend auf sie sein? Damals im Konvent wollte sie nicht einmal ihren Namen aussprechen.«

»Man kann niemals wissen, wie ein anderer Mensch reagieren wird«, warnte Catherine das Mädchen. Sie wusste noch, wie hitzköpfig Ismay war und wie sie bisweilen vorpreschte, ohne die Konsequenzen zu bedenken – wie damals, als sie im Konvent in Irland ihre neuen Kleider zerschnitten hatte. Auf keinen Fall wollte Catherine das jüngere Mädchen verletzt sehen, denn in ihrer liebevollen Sanftheit war Mara weit empfindsamer als andere Menschen.

Als Mark hereinkam, berichtete Catherine ihm, was geschehen war.

»Vielleicht sollte ich hinübergehen und ihn selbst nach Ismay fragen«, überlegte er besorgt.

»Er hat gesagt, er kommt nach der Arbeit wieder her«, entgegnete Mara. »Dann wird er uns alles erzählen.« Doch je länger der Nachmittag sich hinzog, desto öfter blickte auch sie zur Uhr und seufzte.

* * *

Malachi verabschiedete sich noch vor der offiziellen Schließung aus dem Laden, sobald es ruhiger wurde, und eilte hin-

über ins Speisehaus. Dort wurde er bereits von einer gespann-
ten Runde erwartet.

»Kommen Sie herein«, begrüßte ihn ein Mann, der sich als
Mark Gibson vorstellte. »Wir wären Ihnen dankbar, wenn Sie
gleich zur Sache kommen. Wissen Sie, wo Ismay sich befin-
det? Wir machen uns alle furchtbare Sorgen um sie.«

»Ja.« Nach einem Moment des Zauderns gestand er: »Sie
ist hier in der Stadt. Wir sind verheiratet, und sie hat sich den
Arm gebrochen, deshalb kampieren wir in unserem Handels-
wagen auf dem Grundstück der Johnsons, während sie sich
erholt.«

Mara traten Tränen in die Augen. »Warum hast du das
nicht gleich gesagt? Ich wäre doch sofort zu ihr gegangen.«

»Leider ist die Sache ein wenig komplizierter. Sie ist so voller Zorn auf Keara, dass sie sich in Bezug auf eure große
Schwester gegen jede Vernunft sperrt. Vor einiger Zeit ist uns
eines der Suchplakate in die Hände gefallen – und sie hat es
verbrannt. Dann ist unser Partner Dan krank geworden und
es war nicht der richtige Zeitpunkt, irgendetwas zu erzwingen.
Vor einigen Wochen ist er nach einem Schlaganfall gestorben.
Bei unserer Rückkehr nach Melbourne wollte ich selbst etwas
unternehmen, um mit eurer Schwester in Verbindung zu treten, denn ich hatte mir die Adresse auf dem Plakat eingeprägt – bloß hat Issy sich dann den Arm gebrochen, und so
sind wir stattdessen auf der Suche nach einem Arzt in Rossall
gelandet.

»Sie müssen sie herbringen und uns für sie sorgen lassen«,
schaltete sich Nan ein. »Unter einem festen Dach wird sie es
doch sicher bequemer haben?«

»Wir kommen wunderbar zurecht in unserem Wagen, und
Mrs Johnson umsorgt Issy bestens. Ich … Ich glaube einfach,
ich sollte erst einmal allein mit ihr sprechen, um sie behutsam
vorzubereiten. Das alles wird ein Schock sein, und sie ist im
Augenblick ohnehin nicht ganz sie selbst.«

Blass und mit tränenschimmernden Augen sah Mara ihn an. »Ich muss sie noch heute Abend sehen.«

Das konnte Malachi ihr nicht verwehren. »Natürlich, aber du lässt mich doch trotzdem erst einmal allein mit ihr reden, ja?«

»Ich kann mitkommen«, bot Mark an.

»Nein!« Flehentlich sah Mara zu ihm auf. »Lass mich dieses eine Mal allein gehen. Bitte. Ich will unter vier Augen mit ihr sprechen.«

Catherine blickte zwischen ihnen hin und her. »Vielleicht ist das wirklich besser, Mark. Sonst könnten wir wie eine Meute wirken, die sie unter Druck setzen will.«

»Dann komme ich in einer Stunde zu den Johnsons, um Mara abzuholen«, erklärte Mark an Malachi gerichtet. »Rossall ist zwar eine recht friedliche Stadt, aber nach Einbruch der Dunkelheit möchte ich sie trotzdem nicht allein durch die Straßen wandern lassen.«

Also machten Malachi und Mara sich über eine Nebenstraße auf den Weg zum Grundstück der Johnsons, wo sie sich auf seine Bitte hin am Gartenzaun ins Gras setzte. Auf dem Weg über die Wiese dahinter betete er stumm, dass er Issy alles taktvoll würde beibringen können, ohne dass sie in Rage geriet und etwas Törichtes anstellte.

Auf einem kleinen Hocker am Lagerfeuer erwartete sie ihn bereits. »Heute kein mitgebrachtes Abendessen?«

»Das habe ich völlig vergessen. Ich habe Neuigkeiten. Machen wir es uns hinten im Wagen gemütlich, dann erzähle ich dir davon.«

»Du siehst so ernst aus. Es ist doch nichts Schlimmes?«

»Nein, es sind gute Neuigkeiten, wundervolle Neuigkeiten.«

Als sie sich in einer ihrer liebsten Positionen eingerichtet hatten – auf einem alten Quilt sitzend und mit dem Rücken an eine Kiste gelehnt, sein Arm um ihre Schultern und die

Füße über die Ladeklappe baumelnd –, begann er behutsam: »Issy, Liebste, ich habe hin und her überlegt, wie ich es dir beibringen soll, aber es gibt einfach keinen einfachen Weg: Mara ist in Rossall und …«

»Mara! Warum hast du sie denn nicht mit hergebracht? Will sie mich etwa nicht sehen?«

»Vorher wollte ich mit dir reden. Es gibt noch mehr, verstehst du? Schwester Catherine ist ebenfalls hier, auch wenn sie keine Nonne mehr ist, und dann gibt es da noch einen Mann namens Mark Gibson, der mit deiner anderen Schwester befreundet ist …«

Er spürte, wie sie sich versteifte. »Von der will ich nichts hören. Und sollte sie ebenfalls in der Stadt sein, weigere ich mich, sie zu treffen.«

»Das ist sie nicht. Sie lebt in Westaustralien – als Ehefrau von Theo Mullane. Auch wenn die beiden nicht wirklich heiraten können, weil er bereits verheiratet ist. Mittlerweile haben sie zwei Kinder und …«

»Dann hat sie ja einen ordentlichen Aufstieg geschafft, indem sie uns im Stich gelassen hat«, stieß Issy voller Verachtung hervor.

»Nicht ganz. Mrs Mullane hat sie entführen und ebenfalls nach Australien verfrachten lassen. Dieser Theo ist ihr nachgereist …«

»Was?«

»… und Keara wusste gar nichts davon, dass eure Mutter so schwer krank war und am Ende gestorben ist. Davon hat sie erst Monate später erfahren. Wirklich, so war es.«

»Das glaube ich nicht! Es gab Briefe. Mehr als einen!«

»Die Mrs Mullane vor ihr verheimlicht hat.«

»Trotzdem hätte Keara sich denken müssen, dass etwas nicht stimmt. Sie wusste, dass es Mam nicht gut ging!«

Dem wusste er nichts entgegenzusetzen, denn es steckte durchaus etwas Wahres darin. Einen Moment lang sagte er nichts, dann fragte er: »Also – soll ich Mara holen gehen? Sie wartet gleich unten an der Straße.«

»Ja! Sag ihr nur, sie soll Keara nicht erwähnen. Nicht heute Abend. Heute soll es nur um uns gehen.«

»Wenn du darauf bestehst.«

»Das tue ich.«

* * *

Während Mara wartete, kamen zwei Männer die Straße aus der Stadt entlanggestolpert, die offensichtlich zu viel getrunken hatten. Sie versuchte, sich im Schatten ganz klein zu machen, doch der Mond schien so hell, dass die beiden sie trotzdem entdeckten.

Einer der Männer stieß den anderen an und begann zu lächeln. »Sieh mal, wer da auf uns wartet.«

»Ich warte nicht auf Sie«, erklärte sie laut und deutlich und stand auf, um Malachi hinterherzulaufen.

Doch der Fremde war zu schnell für sie. Als er sie beim Arm packte und sie schreien wollte, hielt er ihr sofort den Mund zu.

Zu Tode verängstigt wehrte sie sich mit Händen und Füßen, doch der Mann lachte bloß und sagte zu seinem Kumpan: »Ned, hast du irgendwas dabei, womit wir sie fesseln können? Auf dieses kleine Täubchen hab ich schon länger ein Auge geworfen.«

»Die ist zu jung fürs Bett. Lass sie laufen.«

»Fürs Bett will ich sie auch gar nicht, sondern als Köder benutzen. Ich habe fettere Beute im Sinn.«

»Na dann, von mir aus.«

Nachdem sie das Mädchen grob verschnürt hatten, trugen sie sie die Straße hinunter bis zu dem baufälligen Holzhaus am Stadtrand, in dem Ned lebte. Mehr als einmal gerieten sie ins Wanken, und auf halber Strecke machten sie Halt und legten die Kleine ab, um sich ein paar Züge aus der mitgebrachten Rumflasche zu gönnen.

An der Hütte angekommen, warfen sie das Mädchen auf die Veranda und Albert sattelte sein Pferd, ehe er hastig eine Nachricht an »Katie« hinkritzelte, die sein Freund ihr in zwei Stunden überbringen sollte.

»Und dann hältst du hier ein Pferd für sie bereit, mit dem du sie zu mir schickst«, führte er seinen Plan zu Ende aus, während er sein eigenes Reittier bestieg und Mara vor sich über den Sattel warf. »Nicht dass sie versucht, irgendwem beim Mietstall zu wecken. Ich bring's dir nachher zurück, keine Sorge. Oder sie macht's.«

Laut lachend ob seiner Gerissenheit machte er sich mit dem Mädchen auf den Weg nach Hause. Endlich lächelte ihm das Glück. Bald hätte er das Miststück in seiner Gewalt, und wenn sie nicht binnen kürzester Zeit vor ihm zu Kreuze kroch, wollte er nicht mehr Albert Bevan heißen.

* * *

Malachi ging zurück zur Straße, fand jedoch keine Spur von Mara. Besorgt suchte er die Strecke in beide Richtungen ein Stück weit ab. Sie wäre doch sicher nicht zum Speisehaus zurückgegangen, ohne ihre Schwester gesehen zu haben?

Schließlich rannte er zurück zum Wagen und erzählte es Ismay.

»Ich komme mit dir in die Stadt«, verkündete sie sofort. »Irgendetwas stimmt da nicht. Mara würde nicht so kurz vor unserem Wiedersehen einfach davonlaufen, das weiß ich mit absoluter Sicherheit.«

Beim Anblick ihrer entschlossenen Miene antwortete er nur: »Also gut.« Er wusste, wenn er sie nicht mitnähme, würde sie ihm bloß auf eigene Faust folgen.

Sie klopften an die Hintertür des Speisehauses, und als

Mark ihnen öffnete, fragte Malachi sofort: »Ist Mara zurückgekommen?«

»Nein, natürlich nicht.«

»Dann ist ihr etwas zugestoßen.«

»Kommt herein und erzählt uns alles, schnell.«

Catherine schloss Ismay fest in die Arme und ließ sich dann mit ihr auf dem Sofa nieder, während Malachi erklärte, was geschehen war.

Kurz darauf gingen die Männer gemeinsam hinaus, um die Straßen abzusuchen. Während sie warteten, überließ Catherine es Nan, Ismay Gesellschaft zu leisten, und ging in die Spülküche, um den Abwasch zu machen. Sie konnte nicht einfach tatenlos herumsitzen. Plötzlich ertönte ein Klopfen am Fenster. Als sie hinausblickte, erkannte sie die Silhouette eines Mannes. Da der Kerl einen Finger an die Lippen hob, um ihr zu bedeuten, sie solle leise sein, schwante ihr bereits, dass er Maras wegen hier war. Rasch ging sie zur Hintertür und dachte nur daran, herauszufinden, was mit dem Mädchen geschehen war.

Sobald sie die Tür öffnete, packte der Mann sie beim Arm und flüsterte heiser: »Sei bloß still, wenn du deine kleine Freundin retten willst.«

Schockiert starrte sie ihn an, roch den Rum in seinem Atem und sah, wie er schwankte. Im Gesicht trug er ein albernes Grinsen, als sei das alles bloß ein lustiger Streich für ihn.

»Und welche Freundin wäre das?«, fragte sie vorsichtig.

»Mara, nicht wahr?«

»Ah.«

»Ich kann dich zu ihr bringen, aber nur dich allein.« Wieder hob er einen Finger an die Lippen und machte »Pssst.«

Bei der Vorstellung, dass ein betrunkener Halunke wie dieser Mara entführt und ihr zweifellos eine Todesangst eingejagt hatte, überkam sie die Wut. Mit ungeahnten Kräften versetzte Catherine ihm einen Schlag aufs Ohr, der ihn rückwärts taumeln ließ, dann griff sie sich den Besen von hinter der Tür und prügelte damit auf ihn ein, während er sich aufzurappeln versuchte. Dabei schrie sie aus Leibeskräften um Hilfe und hielt ihn so in einer Ecke des Hinterhofs in Schach, bis Samuel Grove von nebenan herbeigerannt kam und Nan mit kampfbereit erhobener Bratpfanne aus der Küche stürmte.

»Ein Glück, dass er betrunken ist«, stellte Catherine schwer atmend fest, während sie ihm die Hände mit den Bändern ihrer Schürze hinter dem Rücken fesselten, um ihn anschließend fluchend und um sich tretend in die Küche zu schleifen. Dort half Mr Grove ihr, den Kerl mithilfe der Wäscheleine etwas stabiler auf einem Küchenstuhl zu fixieren.

In diesem Moment kehrten Mark und Malachi zurück.

»Kennt jemand den Mann?«, fragte Catherine, als sie alle gemeinsam auf ihren Gefangenen hinunterstarrten.

Die Antwort kam von Mr Grove. »Ich. Das ist Ned Lindon, wohnt am Stadtrand. Kratzt sich seinen Lebensunterhalt mit Hilfsarbeiten zusammen und verschleudert das meiste davon gleich wieder für Schnaps. Verheiratet war er auch einmal, aber seine Frau ist ihm mit einem anderen davongelaufen.«

»Würden Sie den Wachtmeister holen, während wir diese Ratte verhören?«, bat Mark.

Mr Grove grinste. »Ein Jammer, den ganzen Spaß zu verpassen, aber in Ordnung.«

Mit geballten Fäusten und wütender Miene baute Mark sich vor Ned auf, und Malachi neben ihm verströmte mindestens ebenso viel Zorn. Im Angesicht dieser beiden dauerte es nicht lange, bis ihr Gefangener gestand, dass Mara sich in Albert Bevans Gewalt befand und sie sich das Mädchen aus einer Laune heraus gegriffen hatten.

»Nur deinetwegen haben wir das gemacht«, warf er Catherine mit mürrischem Blick an den Kopf. »Hättest Albert nicht so niederträchtig behandeln sollen. Das ist alles deine Schuld. Ihr Weiber seid doch alle gleich.«

»Ihn niederträchtig behandelt? Der Mann hat versucht, mich zu vergewaltigen!«

»Darauf hast du's doch angelegt. Hat er mir alles erzählt.«

Als sie den Mund öffnete, um ihm vehement zu widersprechen, legte Mark ihr eine Hand auf den Arm.

»Wo ist das Mädchen jetzt?«

»Albert hat sie mit heimgenommen.«

Vom anderen Ende des Raums blickte Ismay flehentlich zwischen den anderen hin und her. Sie sollten endlich etwas zur Rettung ihrer Schwester unternehmen, statt die ganze Zeit nur zu reden. Wäre es nach ihr gegangen, hätte sie den Mann längst grün und blau geprügelt.

»Wie will er denn Catherine eins auswischen, indem er Mara entführt?«, hakte Mark verwirrt nach.

Abermals spähte Ned mürrisch in ihre Richtung. »Ich sollte ihr ein Pferd geben und zu ihm auf den Hof schicken. Weil sie das Mädchen gernhat, dachten wir, dann tut sie schon, was Albert von ihr will. Beim Morgengrauen hätten die beiden wieder hier sein können, ohne dass jemand etwas geahnt hätte.« Er kicherte. »Wahrscheinlich schleicht sie sich ohnehin ständig aus dem Haus.«

Auf diese letzten Worte hin starrte Mark ihn so zornbebend an, dass Ned in sich zusammenschrumpfte, und tatsächlich entging er nur deshalb einer Tracht Prügel, weil Malachi zwischen die beiden trat.

»Passen Sie lieber auf, was Sie sagen«, warnte er ihren Gefangenen. »Mein Freund hier kann recht ungehalten werden, und das endet nie gut.«

Sofort klappte Ned den Mund zu, auch wenn er sie mit einem weiteren wütenden Blick bedachte.

Mark holte tief Luft. »Dann besorgen wir uns wohl besser ein paar Pferde und reiten den beiden hinterher.«

»Das Mädchen ist noch immer in seiner Hand«, erinnerte Ned sie. »Ehe er bekommt, was er von dem Flittchen hier will« – dabei deutete er mit dem Kinn in Catherines Richtung – »werdet ihr ihn nicht dazu kriegen, die Kleine rauszurücken. Äußerst sturer Bursche, mein Freund Albert.« Triumphierend grinste er sie an, um im nächsten Moment zu brüllen: »Haltet mir den Kerl vom Leib!«, als Mark ihn schüttelte wie eine Ratte und mitsamt dem Stuhl seitwärts zu Boden warf.

Im selben Augenblick traf der Wachtmeister ein, mit vom Schlaf zerwühltem Haar und unverkennbar noch nicht ganz bei sich.

»Halten Sie mir die vom Leib!«, schrie Ned wieder.

Ohne auf ihn einzugehen, wandte der Wachtmeister sich an Mark. »Was geht hier vor sich?«

Als sie es ihm erklärten, richtete er einen drohenden Blick auf Ned. »Habe ich Sie nicht schon beim letzten Mal gewarnt, nicht noch einmal Ärger zu machen?«

»Ach, das sollte doch bloß ein kleiner Streich sein.«

»Ein Mädchen zu entführen ist kein Streich. Sie sind verhaftet, und ich für meinen Teil werde froh sein, wenn Sie endlich hinter Gittern sitzen.«

»Wachtmeister, ich glaube, wir sollten so schnell wie möglich zu Bevans Hof hinausreiten«, erinnerte Mark den Mann an die Dringlichkeit der Lage.

»Erst muss ich den Halunken hier einsperren und dann noch meinen Kollegen wecken.«

»Dann reiten wir schon einmal voraus. Ich lasse dieses Kind nicht länger in Bevans Fängen als unbedingt notwendig. Wir werden den Mann vom Mietstall wecken, damit er Ihnen schon einmal das Pferd sattelt. Dann können Sie nachkommen, sobald Sie sich um diesen Lumpen gekümmert haben.«

»In Ordnung. Aber seien Sie vorsichtig.« Schmunzelnd setzte der Wachtmeister hinzu: »Tun Sie nichts, was ich nicht auch tun würde.«

Als Mark sich zur Tür wandte, ergriff Catherine ihn beim Arm. »Ich komme mit. Wenn ich so darüber nachdenke: Tun wir doch so, als käme ich allein, sodass ich ihn ablenken kann, während ihr zwei euch ins Haus schleicht und Mara ausfindig macht.«

»Gute Idee«, stimmte Malachi ihr sofort zu.

»Gar keine gute Idee. Ich lasse nicht zu, dass du dich in Gefahr bringst, Catherine«, blaffte Mark.

»Wenn ihr mich nicht mitnehmt, folge ich euch auf eigene Faust. Außerdem braucht sie anschließend vielleicht die Unterstützung einer Frau, und Ismay kann euch nicht begleiten.«

Verzweifelt sah Ismay auf ihren Arm hinunter. »Warum muss ich so hilflos sein, gerade wenn ich am dringendsten gebraucht werde? Bitte begleite die beiden, Catherine.«

* * *

Im Licht des Mondes ritten sie los. Mark trug seinen Revolver bei sich, und Malachi hatte sich Nans Nudelholz ausgeliehen. Mit einer Schnur über seine Schulter geschlungen baumelte es nun an seiner Seite. Es musste lächerlich wirken, doch mit Schusswaffen kannte er sich nicht aus und hatte auch nicht den Wunsch, das zu ändern. Sollte er sich verteidigen müssen, würde ihm das Nudelholz gute Dienste leisten. Er war fest entschlossen, diesem Halunken, der seine kleine Schwägerin entführt hatte, mindestens einen ordentlichen Kinnhaken zu verpassen. Vielleicht auch mehr als einen, sollte Bevan ihr ein Leid getan haben.

Als sie sich dem Gehöft näherten, zügelte Catherine ihr Reittier und erklärte: »Wenn ihr mich noch weiter begleitet, wird er die Pferde hören und wissen, dass ich nicht allein bin.«

»Dann reite du weiter, aber langsam. Wir machen unsere

Pferde hier fest und legen den restlichen Weg zu Fuß zurück«, sagte Mark. »Du gehst da nicht allein hinein.«

»Wenn wir ankommen, halte ihn so lange wie nur irgend möglich hin«, riet Malachi ihr. »Verleite ihn zum Reden.«

Am Gehöft angekommen blieben Catherines Begleiter im Dunkeln des Unterholzes zurück, während sie weiterritt.

Mit grimmig entschlossener Miene verfolgte Mark ihren Weg. Wenn Albert Bevan ihr auch nur ein Haar krümmte …

Auf dem letzten offenen Stück Weges bis zur Eingangstür machte sie so viel Lärm wie nur möglich. Da sie keine Ahnung hatte, was ihre Freunde taten, konzentrierte sie sich ganz darauf, Bevan abzulenken.

Die Tür öffnete sich und er kam heraus. Mit einer Hand hielt er Mara bei den Haaren gepackt, in der anderen glänzte ein großes Messer. Grinsend starrte er Catherine an. »Bleib genau da stehen.«

Sie tat wie geheißen.

»Du kommst keinen Schritt näher, bis ich mich vergewissert habe, dass du keine Waffe bei dir trägst. Zieh dich aus.«

Schockiert schnappte sie nach Luft. »Das kann doch nicht Ihr Ernst sein! Ich gebe Ihnen mein Wort, dass ich nichts bei mir habe.«

»Hier kommst du nicht herein, bis ich mich davon persönlich überzeugt habe. Beim letzten Mal hattest du einen Stein in der Tasche.« Dabei verfinsterte sich seine Miene. »Wärst du ein Mann, würde ich dich umbringen für das, was du mir angetan hast.« Auffordernd wedelte er mit der Hand. »Na los, zieh dich aus. Wer weiß – wenn du mich nicht ablenkst, gerate ich womöglich in Versuchung, der Kleinen wehzutun.« Grob riss er Maras Kopf nach hinten und hob das Messer an ihre Kehle.

Catherine zauderte, ungewiss, ob sie es über sich bringen würde, sich vor einem Mann zu entblößen – sie, die ihren Körper so viele Jahre lang nicht einmal selbst betrachtet hatte.

»Du hast die Wahl.« Genüsslich drückte er die Spitze des Messers in Maras Haut, bis ein Blutstropfen hervortrat und langsam an ihrem Hals hinablief.

Betrunken, wie er offensichtlich war, hatte Catherine entsetzliche Angst, er könnte versehentlich tiefer schneiden als beabsichtigt, und so zwang sie sich, nach und nach die Kleider abzulegen. Die ganze Zeit über spürte sie seinen Blick auf sich. Sie konnte nichts dagegen tun, wie sehr sie errötete, und hoffte, dass er im matten Licht der Verandalampe wenigstens das nicht sähe.

Doch schon hörte sie sein raues Gelächter. »Was kriegst du denn so einen roten Kopf? Immerhin warst du schon verheiratet – und versuch nicht, mir zu erzählen, du hättest dich nicht auch an deinen Chef im Speisehaus herangemacht, das nehme ich dir nicht ab.«

Auch wenn sie wusste, dass Mark ganz in der Nähe war, jagte ihr der Ausdruck, mit dem Bevan sie anstarrte, einen Schauer über den Rücken. Als sie alles bis auf ihr Unterhemd und einen Unterrock abgelegt hatte, konnte sie nicht weitermachen. Sie brachte es nicht fertig.

»Den Rest auch«, befahl er.

»Ich kann nicht. Es geht einfach nicht.«

Verärgert verzog er das Gesicht, sah auf sein Messer hinunter und dann wieder zu ihr. Ein hässliches Lächeln trat auf seine Lippen. »Dann reiße ich sie dir eben vom Leib, das wird genauso ein Vergnügen sein. Und jetzt komm langsam her.«

Sie rührte sich nicht. »Eins noch ...«

»Was glaubst du, wer du bist, mich so herumzukommandieren? Hier habe ich das Sagen.«

»Ich rühre mich nicht vom Fleck, ehe Sie Mara freigelassen haben.«

»Du wirst verflucht noch mal tun, was man dir sagt!«

»Nein. Ich traue Ihnen nicht, dass Sie sie wirklich gehen lassen.«

Kalkulierend blickte er das Mädchen an, dann wieder Catherine. »Erst kommst du in die Küche. Du rennst mir nicht weg, wenn ich die Kleine erst losgelassen habe.«

Argwöhnisch behielt er sie im Auge, während sie langsam auf das Haus zuging und er sich rückwärts in die Küche tastete, Mara noch immer beim Schopf gepackt. Dort angekommen wartete er, bis Catherine ebenfalls im Raum war, und warf mit dem Fuß die Tür zu. »Hierher.«

Sie bewegte sich auf ihn zu und er stieß Mara in Richtung Hintertür. »Raus mit dir!«

Dann wandte er sich Catherine zu und befahl höhnisch grinsend: »Und jetzt komm her, Flittchen, und benimm dich gefälligst. Als Erstes werden wir diese lästigen Kleider los …«

26

Dezember 1866

Als Catherine im Inneren des Hauses verschwand, flüsterte Malachi: »Eine tapfere Frau.«

Mark konnte sich kaum davon abhalten, hinterherzustürmen. »Wenn er ihr etwas antut, bringe ich ihn um!«

Leise schlichen die Männer ums Haus herum und entdeckten ein offenes Fenster. Malachi wisperte: »Hier steige ich ein.«

Mark nickte und ging vorsichtig weiter bis zur Rückseite des Hauses, wo er das Geschehen in der Küche durch ein Fenster beobachten konnte und hörte, wie Catherine mit Bevan verhandelte. Er wartete nur darauf, dass Mara aus der Schusslinie käme, ehe er zur Tat schreiten würde.

Als das Mädchen nach draußen kam und ihn entdeckte, entfuhr ihr ein erschrockenes Quieken. Mark trat kurz ins Licht und hob einen Finger an die Lippen, und erleichtert sank sie in sich zusammen.

In der Küche packte Bevan nun jedoch Catherine und wedelte mit dem Messer dicht vor ihrem Gesicht herum. »Ich hoffe für dich, du hast niemanden mit hergebracht, du Miststück, sonst zerschneide ich dir die Visage, dass kein Mann dich je wieder ansieht. He, du, Mara! Warum hast du so gequiekt?«, rief er in Richtung Tür.

Catherine erschauerte sichtlich, und Bevan lachte, ehe er laut sagte: »Wenn da draußen irgendjemand ist, wird das Flittchen hier es bereuen, das verspreche ich euch.«

Geistesgegenwärtig rief Mara: »Ich wäre beinahe auf eine

Schlange getreten, Mr Bevan. Die machen mir eine furchtbare Angst.«

Anerkennend nickte Mark ihr zu.

»Wo ist das Vieh hin?«

Mark deutete zum anderen Ende der Veranda.

Verstehend nickte Mara. »Über die Veranda gekrochen, zur rechten Seite.«

»Verfluchte Biester, ich kann die nicht ausstehen«, murmelte Bevan. »Aber hereinkommen wird sie wohl nicht, das tun die wenigsten.«

Mark bedeutete dem Mädchen, sich vom Haus zu entfernen, und trat wieder so ans Haus, dass er das Geschehen in der Küche verfolgen konnte, ohne selbst gesehen zu werden.

Catherine wusste, dass niemand sie würde retten können, solange Bevan ihr das Messer an die Kehle hielt. Sie konnte nicht einmal mit Sicherheit davon ausgehen, dass überhaupt jemand da war, würde jedoch darauf vertrauen, dass Maras Ausruf der Anwesenheit eines ihrer Komplizen hinter dem Haus zu verdanken war. Mit einem resignierten Seufzen ließ sie sich gegen Bevan sinken. »Sie können das Messer weglegen. Ich werde mich nicht mehr sträuben. Einem so starken, wagemutigen Mann wie Ihnen bin ich noch nie begegnet.«

Feixend sah er sie an. »Das liegt daran, dass du für diesen verweichlichten Kerl im Speisehaus arbeitest. Was ist das für ein Beruf für einen Mann – andere Leute zu bekochen?«

Er war ihr so nah, dass sie seinen heißen Atem auf dem Gesicht spürte, doch auch das Messer war noch immer zu dicht an ihrer Kehle, als dass sie einen Fluchtversuch hätte riskieren können. Also versuchte sie ein Lächeln, war sich jedoch nicht sicher, ob es ihr gelang. »Sie hätten mir nicht solche Angst machen sollen. Ich bin immer noch ganz aufgewühlt.«

Die Klinge sank etwas herab.

Langsam hob Catherine den Kopf und liebkoste seine

Wange, obgleich es ihr zuwider war, ihn zu berühren – absolut zuwider.

Als das Messer ins Wanken geriet und sein Atem tiefer ging, stieß sie ihn abrupt von sich und stürzte in Richtung Küchentür. Mit einer Schnelligkeit, die sie ihm niemals zugetraut hätte, riss er das Messer hoch und hieb damit nach ihr. Er traf sie am Unterarm.

Im selben Augenblick barst Mark zur Hintertür herein, und während er noch Catherine hinter sich schob, schlüpfte Malachi durch die Tür zum Flur herein und warf sich von hinten auf Bevan, sodass beide zu Boden gingen.

Mark stampfte auf die Hand, die noch immer das Messer hielt, und mit einem Aufschrei ließ Bevan los. Scheppernd rutschte das Messer über den Boden. Catherine hob es rasch auf und legte es auf ein Regal, dann blickte sie sich nach etwas um, womit sie Bevan schlagen könnte, fand jedoch nur einen Schmortopf.

In einem heftigen Gewaltausbruch wälzten die drei Männer sich am Boden hin und her, dass die Stühle nur so flogen. Bevan kämpfte wie ein Wahnsinniger, versuchte erst, Mark die Augen auszukratzen, und biss gleich darauf Malachi in die Hand.

Catherine hob den schweren Eisentopf. Auf keinen Fall würde sie ihn entkommen lassen. Doch auf den Goldfeldern hatte auch Mark einige Kniffe gelernt und schaffte es, Bevan das Knie in die Weichteile zu rammen. Der schrie auf und krümmte sich zusammen, und diese Gelegenheit nutzte Catherine, ihren Schmortopf mit aller Kraft auf ihn niedersausen zu lassen.

Der Schrei brach jäh ab, als Bevan zu Boden sackte. Die darauf folgende Stille wurde nur vom Keuchen der beiden anderen Männer durchbrochen. Malachi rappelte sich als Erster auf, dann Mark, der noch halb unter seinem Gegner begraben gewesen war.

Mit einem hohlen Klang prallte der Topf auf den Boden. »Ich habe ihn doch nicht umgebracht, oder?«, fragte Catherine.

Sie begann zu zittern und hob die Hände vors Gesicht, und sofort nahm Mark sie in die Arme und drückte sie an sich.

Es war an Malachi, sich zu vergewissern, dass Bevan nur bewusstlos war, ehe er durch die Hintertür trat und Mara weinend auf der Veranda stehen sah. Ohne die Gestalt am Boden je ganz aus den Augen zu lassen, legte er einen Arm um sie und beruhigte sie sanft: »Jetzt ist es vorbei, und ich werde dafür sorgen, dass dich nie wieder jemand entführt, kleine Schwester.«

In der Küche bemerkte Mark erst jetzt, dass Catherine am Arm blutete. »Er hat dich erwischt!« Suchend blickte er sich um. »Wir brauchen etwas Sauberes, um die Blutung zu stillen.«

»Geschirrtücher. In der Kommode.«

Besorgt bugsierte er sie auf einen Stuhl, ehe er zu der Kommode lief, doch da waren keine sauberen Geschirrtücher, nur eine große Tischdecke. Er schüttelte den Stoff aus und schnitt kurzerhand mit dem Messer die gesäumte Kante ein, sodass er einen Streifen abreißen konnte. Dann ging er vor Catherine auf die Knie und verband die Schnittverletzung.

Als sie ihn in tiefstem Vertrauen und voller Liebe ansah, konnte auch er seine Gefühle nicht länger im Zaum halten. Sobald die Wunde versorgt war, nahm er ihr Gesicht zwischen seine Hände und küsste zärtlich die Tränenspuren auf ihren Wangen. »Liebste, ach Liebste, du warst so tapfer!«

»Oh, Mark.« In diesem Augenblick vergaß sie alles: Ihre dürftige Bekleidung, den Schmerz ihrer Schnittwunde, selbst die Menschen um sie herum. Nie hätte sie geglaubt, dass die Lippen eines Mannes sich so weich anfühlen konnten, während seine Arme sie fest und warm umschlossen.

Als er sich nach einer Weile ein kleines Stück von ihr löste, sagte er leise: »Ich liebe dich sehr, Catherine.«

»Ich liebe dich auch, Mark.« Sie versuchte ein Lächeln, zitterte jedoch immer noch. »Ich ... fange mich schon wieder ... Augenblick noch. Es dringt nur gerade alles ... erst richtig auf mich ein.«

»Du warst so unheimlich tapfer.«

»Mara?«

Flüchtig schaute er zur Hintertür. »Malachi ist bei ihr.« Dann holte er tief Luft und blickte Catherine in tiefem Ernst an. »Glaubst du, du könntest mich heiraten?«

Pure Freude breitete sich über ihre Züge. »Oh – ja! Ja!«

Während sie ihn strahlend vor Liebe ansah, hob er erst ihre eine, dann ihre andere Hand an seine Lippen, um sie zu küssen, und erwiderte ihr Lächeln ebenso überglücklich.

Vom Fußboden her erklang ein Stöhnen. Malachi auf der Veranda räusperte sich laut. Als keines der Turteltäubchen reagierte, ging er selbst hinein und durchwühlte die Schränke nach etwas, womit er Bevan fesseln könnte. Am Ende riss er einen weiteren Streifen von dem misshandelten Tischtuch ab.

Während er noch sorgfältig den Knoten band, sah er Mara voller unverhohlener Faszination zu Mark und Catherine hinüberstarren und zwinkerte ihr zu. »So ist das, wenn man verliebt ist.«

Sie war noch immer Kind genug, um zu fragen: »So empfindest du für Ismay?«

»Oh ja. Ich liebe sie über alles, auch wenn sie bisweilen recht bissig werden kann.«

Langsam machte sich ein Lächeln auf Maras Gesicht breit. »Ist das nicht wundervoll? Die beiden so zu sehen macht das, was Bevan getan hat, schon fast wieder gut.«

Plötzlich war sein Tonfall scharf. »Er hat dir doch nichts angetan?«

»Nicht das, was du meinst.«

»Du weißt, wovon ich rede?«

Sie nickte. »Ja, das weiß ich. In Melbourne habe ich eine Weile als Hausmädchen in einem Bordell gearbeitet.«

Das mochte er sich gar nicht erst vorstellen. »Du und Ismay, ihr habt beide äußerst schwere Zeiten hinter euch. Es tut mir leid, dass ich diese Entführung zugelassen habe. Ich hätte dich da draußen nicht allein lassen sollen, als ich zu Ismay gegangen bin, um ihr alles zu erzählen.«

»Du konntest doch nicht wissen, dass Bevan dort entlangkommen würde.«

»Von nun an werde ich mich jedenfalls besser um dich kümmern, das verspreche ich dir. Und um Ismay ebenfalls.«

Von draußen wehte Hufgeklapper heran. Mara blickte zu den frisch Verliebten hinüber und flüsterte Malachi zu: »Ich glaube, Catherine sollte wohl besser ihre Sachen wieder anziehen, ehe noch jemand hereinkommt, meinst du nicht?«

»Teufel noch eins, das hatte ich ganz vergessen!« Schmunzelnd ging er zu Mark hinüber und fasste ihn beim Arm. »Lass Catherine lieber erst einmal ihre Kleider wieder überziehen. Der Wachtmeister reitet gerade auf den Hof.«

Catherine stieg eine tiefe Röte ins Gesicht, als ihr wieder bewusst wurde, wo sie sich befand und wie wenig sie am Leibe trug.

»Geh ins Schlafzimmer«, sagte Mark. »Ich schicke Mara mit deinen Sachen zu dir hinein.«

Als Catherine wieder zum Vorschein kam, war sie voll bekleidet, wenn auch immer noch etwas erhitzt und mit einem aufgeknöpften und hochgekrempelten Ärmel.

Der Wachtmeister sah die Frau und das Mädchen an. »Ich hoffe, Sie sind unversehrt, meine Damen?«

»Nicht ganz«, antwortete Mara. »Dieser Mann hat sie mit einem Messer verletzt.«

»Was?!« Entrüstet starrte er auf den noch immer halb bewusstlosen Bevan hinunter. »Dann kann Ihnen versprechen, dass er sogar noch länger hinter Gittern bleiben wird.«

»Bringen wir die beiden erst einmal nach Hause«, sagte Mark. »Ich glaube nicht, dass Catherine auch nur versuchen sollte, zu reiten. Ist es in Ordnung, wenn wir uns Bevans Wagen ausborgen?«

»Selbstverständlich. Stellen Sie ihn einfach beim Mietstall ab. Aber bleiben Sie in der Stadt«, mahnte der Wachtmeister. »Ich werde Sie als Zeugen für die Anhörung brauchen.«

»Das würde ich um keinen Preis verpassen!«, stieß Catherine aus der Sicherheit von Marks Umarmung hervor.

Lächelnd blickte der Wachtmeister ihnen hinterher. Es half doch nichts so sehr wie ein wenig Gefahr, wahre Liebe zum Vorschein zu bringen. Das sah er nicht zum ersten Mal. Seine Frau würde höchst interessiert sein an dem, was er über Mr Gibson und Mrs Caldwell zu berichten hatte.

Ein Räuspern ließ ihn herumfahren.

An der Küchentür standen die beiden Knechte. »Ist es vorbei?«, fragte einer von ihnen.

»Ja. Warum haben Sie denn nicht geholfen?«

Unbehaglich blickte der Mann zu Boden. »Schließlich ist er unser Arbeitgeber – und die hatten ohnehin keine Hilfe nötig.«

»Nun, von jetzt an wird Mrs Bevan Ihre Arbeitgeberin sein. Wenn Sie zwei also Ihre Stellung behalten wollen, sorgen Sie lieber dafür, dass der Hof ordentlich läuft, bis ich ihr mitteilen kann, dass sie unbesorgt heimkehren kann.«

Doch erst einmal – mit finsterer Miene blickte er wieder auf die reglose Gestalt am Boden hinunter – würden er und sein Kollege diesen Bösewicht in die Stadt schaffen und hinter Schloss und Riegel bringen müssen.

Es gab durchaus einige Leute in Rossall, die froh sein würden, diesem Kerl nicht mehr begegnen zu müssen.

Auf dem Heimweg saß Catherine an Mark gelehnt bei ihm auf dem Kutschbock. Sie war zutiefst erschöpft, ihr Arm pochte schmerzhaft, und doch war sie so glücklich wie seit Jahren nicht mehr. Ihre Reittiere hatten sie hinten an den Wagen gebunden, wo sie gleichmütig einhertrotteten, als wüssten sie, dass die Aufregung nun ein Ende hatte. Malachi und Mara saßen auf der Ladefläche und unterhielten sich leise. Im Augenblick berichtete er dem Mädchen von ihrem Leben als fahrende Händler und von Ismays gebrochenem Arm.

Nachdem er Catherine, Malachi und Mara beim Speisehaus abgesetzt hatte, brachte Mark noch den Wagen und die Pferde hinüber zum Mietstall.

Ehe sie zu dritt ins Haus gingen, legte Malachi seiner jungen Schwägerin einen Arm um die Schultern, denn er sah ihr an, wie nervös sie war. »Issy wird überglücklich sein, dich zu sehen«, flüsterte er ihr zu. »Das weiß ich mit Sicherheit.«

»Ach, Gott sei's gedankt, dass ihr heil wieder da seid!«, rief Nan, als sie in die Küche kamen, dann blickte sie erwartungsvoll hinter die Rückkehrer. »Wo ist denn Mark?« Als sie rasch erklärten, was er noch zu tun hatte, atmete sie sichtlich erleichtert auf, ehe sie Mara anlächelte. »Deine Schwester wartet im Salon auf dich. Sie war völlig am Ende, deshalb habe ich sie überredet, sich für eine Weile hinzulegen.«

Mara holte zittrig Luft. »Ich weiß nicht, warum mich der Gedanke, sie wiederzusehen, so nervös macht.«

Malachi brachte sie zur Tür des Salons und schob sie sanft hinein. »Sag ihr, ich bin gleich bei euch.« Behutsam schloss er die Tür hinter ihr und ging zurück in die Küche. »Hätten Sie vielleicht irgendetwas Heißes zu trinken und etwas zu essen für mich, Mrs Jenner?«

»Bitte nenn mich Nan. Der Kessel kocht schon fast. Setz dich und erzähl mir, was geschehen ist.« Erst da sah sie Catherines verbundenen Arm. »Grundgütiger, was ist denn das?« Sofort löste sie den provisorischen Verband und begutachtete die Verletzung. »Das werden wir auswaschen und vernünftig verbinden müssen.«

»Ich glaube, das sollte genäht werden«, bemerkte Malachi. »Sieht nach einem schlimmen Schnitt aus.«

»Dann rufen wir den Arzt her, sobald es hell wird – aber sauber machen müssen wir es trotzdem. Ich hole rasch ein paar saubere Lappen und Binden, solange das Wasser noch nicht kocht.«

Im Salon starrten die beiden Schwestern einander an, dann schluchzte Mara auf und stürzte durch den Raum, um Ismay zu umarmen. Behutsam ließ sie sich neben der Älteren nieder und hielt die Hand, die nicht in der Schlinge lag.

Erst einmal sogen sie beide nur den Anblick der anderen in sich auf und nahmen all die Veränderungen wahr, die die Jahre mit sich gebracht hatten. »Du bist so groß geworden«, stellte Ismay staunend fest. »All die Zeit, die sie uns voneinander ferngehalten haben, habe ich mir immer vorgestellt, wie du wohl jetzt aussehen magst. Hast du mich vermisst?«

»Jede Stunde eines jeden Tages.« Mara schenkte ihr ein tränenschimmerndes Lächeln. »Und am allermeisten habe ich an dich gedacht, wenn ein Regenbogen am Himmel stand.«

»Ich auch.«

»Erzähl mir, was pass...«, setzten sie beide gleichzeitig an und lachten.

»Du zuerst«, bat Ismay.

Malachi steckte den Kopf zur Tür herein, sah die beiden eng beieinandersitzen, warf Ismay einen Luftkuss zu und zog sich wieder zurück.

Etwas später, während Nan einen ordentlichen Verband um Catherines Verletzung legte, brachte er ein Tablett mit Tee und Kuchen in den Salon, drückte Ismay einen Kuss auf die Stirn und gab auch gleich Mara noch einen Wangenkuss. Auch diesmal blieb er nicht – und die Schwestern baten ihn auch nicht darum.

Erst als bereits die Morgendämmerung den Raum erhellte, sprach Mara das Thema an, das sie bis hierher gemieden hatten.

»Ich werde zu Keara reisen«, erklärte sie ohne Einleitung. »Ich will von ihr persönlich hören, was genau geschehen ist.« Als Ismay protestieren wollte, fuhr Mara mit erhobener Stimme fort: »Und du kommst mit.«

»Was sie angeht, kann ich einfach nicht klar denken«, gestand Ismay. »Man hat mir gesagt, sie wusste von nichts, aber ein Teil von mir denkt noch immer, sie hätte doch Verdacht schöpfen müssen. Schließlich wusste sie, wie krank Mam war. Und dann werde ich so wütend ... Das ist es, was mich am meisten schmerzt: dass sie Mam vor ihrem Tod nicht noch einmal besucht hat. Das ist für mich noch schlimmer als die Tatsache, dass sie zugelassen hat, dass man uns nach Australien verschleppt.«

Nachdenklich sah Mara sie an, öffnete den Mund – und schloss ihn wieder. Für den Augenblick würde sie nicht weiter in sie dringen. Erst einmal war die Hauptsache, dass sie beide wieder vereint waren.

»Ich freue mich so, dass du mit Malachi verheiratet bist!«, rief sie aus. »Ich mochte ihn gleich bei unserer ersten Begegnung auf dem Schiff. Weißt du noch, wie er mit uns beiden getanzt hat, obwohl ich doch bloß ein Kind war?«

»Ja, das weiß ich noch. Und ich mochte ihn auch sofort«, verriet Ismay. »Er ist ein wundervoller Mann. Mittlerweile wüsste ich nicht, was ich ohne ihn tun sollte.«

* * *

Müde und trotzdem beschwingt kehrte Mark vom Mietstall zurück. Er wartete, bis Nan den Verband gut verknotet hatte, ehe er verkündete: »Catherine und ich haben euch etwas zu sagen.«

Die alte Frau schaute auf, blickte von ihm zu ihr, sah Catherine erröten und wusste sofort, worum es ging. »Ihr wollt heiraten.«

»Ihr werdet sicher ein glückliches Paar«, sagte Malachi. »Eure Liebe zueinander leuchtet förmlich aus euch hervor.«

Mark nickte, doch es war Nan, die er noch immer ansah – beinahe als warte er auf eine Zurechtweisung.

Stattdessen strahlte sie ihn an. »Das wurde aber auch Zeit! Ich war schon der Verzweiflung nahe.«

»Wie bitte?«

»Oh ja. Tagein, tagaus habt ihr einander angeschmachtet, aber es tat sich einfach nichts. Nicht mehr lange, und ich hätte dir ordentlich die Leviten gelesen, wenn du ihr nicht endlich einen Antrag gemacht hättest.«

»Dann hast du also nichts dagegen?«

Ihre Miene wurde sanft und sie zog ihn in eine Umarmung. »Nein, mein Junge. Warum sollte ich etwas dagegen haben? Du hast meine Patience geliebt, solange sie bei dir war, aber jetzt musst du dir ein neues Leben aufbauen. Meine einzige Bitte ist, dass du mich daran teilhaben lässt.«

»Du *bist* Teil davon, Nan. Was würde Amy denn ohne dich tun?« Er drückte sie fest und gab ihr auch gleich noch einen Kuss auf die Wange – und musste lächeln, als sie sich auf die Zehenspitzen stellte, um den Wangenkuss zu erwidern.

Wehmütig sah Catherine den beiden zu. Andere Leute schienen einander so oft zu umarmen und zu küssen, während sie selbst bisweilen nach menschlicher Berührung dürstete.

Als hätte Nan ihre Gedanken gelesen, kam sie zu Catherine herüber und schloss sie in die Arme wie eine Tochter. »Ich freue mich unheimlich für euch, Liebes.«

»Ich kann es noch gar nicht recht glauben. Für so lange Zeit habe ich mich von jeglicher Normalität abgeschottet –

und jetzt habe ich alles, was ich mir nur wünschen könnte. Oder werde es haben, wenn wir erst Kinder bekommen.«

An dieser Stelle huschte ein Schatten über Marks Gesicht, doch Catherine beschied ihm mit fester Stimme: »Leben und Tod liegen in Gottes Hand, Mark, nicht in deiner. Du irrst, wenn du dir die Schuld an dem gibst, was Patience widerfahren ist. Oder an allem anderen, was jedem von uns jederzeit widerfahren könnte.«

Einen Augenblick lang senkte sich Schweigen, dann lenkte er ein: »Vermutlich hast du recht, aber ich habe einfach nicht dein Gottvertrauen. Das hatte ich noch nie.«

»Mein Glaube gehört fest zu mir, auch jetzt noch.« Kurz zögerte sie, dann erklärte sie: »Nach unserer Heirat werde ich den Bischof aufsuchen und ihm erzählen, was geschehen ist. Ich werde ihn bitten, in meinem Namen dem Orden zu schreiben, damit sie mir meine Mitgift zurückerstatten. Ich will nicht mittellos zu dir kommen, Mark – nicht, wenn mir von Rechts wegen ein Vermögen zusteht.«

»Mit Katholiken kenne ich mich nicht aus«, gab Mark zu. »Mein Vater ist Methodist. Seine Gemeinde bedeutet ihm sehr viel. Damals hat er zu ihren Gründern gehört und das Geld für den Kirchenbau gesammelt. Für ihn wird es vermutlich ein kleiner Schock sein, dass ich eine ehemalige Nonne heirate.«

»Manche Katholiken halten es für falsch, außerhalb unserer Kirche zu heiraten«, antwortete sie, »aber ich bin der Ansicht, solange wir alle denselben Gott verehren, ist das nicht so wichtig. Hauptsache, ich kann regelmäßig einen Gottesdienst besuchen.«

»Von mir aus jeden Tag. Wie bald können wir heiraten?«

Ihr Lächeln verströmte eine solche Glückseligkeit, dass Malachi die Kehle eng wurde. Er wünschte, er könnte Ismay so zum Strahlen bringen, doch hinter ihrem Lächeln lag stets eine gewisse Härte und Anspannung. Wirklich glücklich würde sie seiner Ansicht nach erst werden können, wenn sie mit ihrer älteren Schwester gesprochen hatte. Wenn sie erkannt hatte, dass Keara sie nicht im Stich gelassen hatte und nicht das Monster war, zu dem Ismay sie in den Jahren der Verzweiflung verzerrt hatte.

»So bald, wie du möchtest«, antwortete Catherine. »Ich brauche nur ein hübsches Kleid, dann werde ich voller Stolz deine Frau werden.«

»Dann machen wir uns wohl besser ans Nähen«, schaltete Nan sich ein und musste gleich darauf gähnen. »Und jetzt, glaube ich, ist es an der Zeit, dass ein paar von uns zu Bett gehen – sonst sind wir morgen zu nichts zu gebrauchen.«

Um Mark und Catherine noch etwas Zweisamkeit zu gönnen, schützte auch Malachi Müdigkeit vor und erklärte, er werde sich im Gastraum hinlegen, solange seine Frau noch mit ihrer Schwester sprach. Wenn sie nichts dagegen hätten, würde er den Küchenläufer mitnehmen, um sich etwas weicher zu betten.

Die beiden bemerkten ihn kaum, blieben einfach händchenhaltend sitzen. Viel reden mussten sie dabei nicht, sondern genossen einfach die wohltuende Nähe des anderen.

* * *

Als der Tag endgültig angebrochen war, kam Malachi ein drittes Mal in den Salon. »Ich weiß nicht, wie es dir geht, Liebste, aber ich brauche dringend etwas Schlaf. Bis eben habe ich mich auf dem Fußboden des Gastraums ausgeruht, aber unser eigenes Lager ist weit bequemer. Falls ihr euch also immer noch nicht ganz ausgesprochen habt, wird der Rest etwas warten müssen.«

Noch während er sprach, gähnte auch Ismay, dicht gefolgt von Mara, woraufhin die beiden kichern mussten.

»Wir kommen dich heute Nachmittag wieder besuchen,

Kleines«, versprach er Mara. »Jetzt, da wir verschwägert sind, will ich dich anständig kennenlernen. Oh, und Issy – hast du mitbekommen, dass Mark und Catherine sich letzte Nacht verlobt haben?«

Überrascht starrte sie ihn an.

»Das habe ich zu erzählen vergessen«, musste Mara zugeben.

»Ich freue mich für die beiden«, sagte Issy leise. Dann ließ sie sich von ihrem Ehegatten vom Sofa ziehen und zurück zum Wagen geleiten.

* * *

An diesem Vormittag summte die Gerüchteküche in Rossall Springs. Sobald eine einigermaßen angemessene Tageszeit erreicht war, zu der man davon ausgehen konnte, dass der Arzt wach sein würde, schickte Mark seine Schwiegermutter zu Catherine, um sie zu wecken. Kurz darauf brachte er sie in die Praxis, um die Schnittwunde nähen zu lassen. Bewundernd lobte der Arzt die Tapferkeit, mit der sie die Operation über sich ergehen ließ, und begab sich im Anschluss gleich zu seiner Frau, um ihr die Neuigkeit zu berichten.

Mara schrak abrupt aus dem Schlaf, fuhr hoch, erinnerte sich, dass sie im Speisehaus war, in Sicherheit, und stieß ein langes Seufzen der Erleichterung hervor, ehe sie es sich wieder unter ihrer Decke gemütlich machte. Doch der Laut reichte aus, um Nan herbeizurufen, die kurz darauf mit einer Tasse Tee zu ihr kam.

Das Speisehaus führte sich nicht von allein, und so ging Mark nach ihrer Rückkehr vom Arzt geradewegs in die Küche. Catherine folgte ihm auf dem Fuße – auch wenn ihr verboten worden war, den verletzten Arm zu benutzen, würde sie ihm doch sicher irgendwie behilflich sein können.

»Ich schicke jemanden zu Kalaya«, wehrte er jedoch all ihre Versuche strikt ab. »Sie weiß, was zu tun ist.«

Daraufhin sah Catherine ihn so verunsichert an, dass er sie kurzerhand in die Vorratskammer entführte und küsste, ehe er nachhakte: »Du zweifelst doch sicher nicht an meinen Gefühlen?«

Sie errötete. »Es ist nur ... Es gibt so viele jüngere und hübschere Frauen als mich, da ...«

»Aber es gibt nur eine Catherine.« Voller Zuneigung lächelte er sie an. »Zweifle niemals an meiner Liebe zu dir, mein Herz.«

* * *

Als das Speisehaus an jenem Abend schloss, kamen sie alle dort zusammen, um ein spätes Abendessen zu genießen und Zukunftspläne zu schmieden. Sie alle waren müde und doch beseelt von all den glücklichen Entwicklungen.

»Catherine und ich wollen heiraten, so bald es irgend möglich ist«, eröffnete Mark den anderen. »Für den Ringkauf werden wir nach Melbourne fahren, und wenn wir zurückkehren, wird geheiratet.«

»Dann fangen wir besser mit deinem Kleid an, ehe ihr aufbrecht, Liebes«, mahnte Nan und tätschelte Catherine den Arm. »Damit ich daran weiternähen kann, während ihr fort seid. Als Näherin habe ich Talent, wenn ich das einmal so sagen darf.«

»Würdest du in der Zeit für mich das Speisehaus führen?«, wandte Mark sich an Malachi. »Ich lasse dir auch eine detaillierte Anleitung da, und den Speiseplan erstellen wir im Voraus.«

»Warum nicht?« Schmunzelnd sah Malachi zu Ismay hinüber, die genau wusste, wie wenig Ahnung er vom Kochen hatte.

»Ich helfe ihm«, erklärte sie sofort. »Mein Arm wird von Tag zu Tag besser.«

»Und wenn wir schon einmal dort sind«, fuhr Mark fort, »buche ich auch gleich eure Überfahrt nach Perth. Theo hat mir genug Geld dagelassen.«

»Die kann ich selbst zahlen«, protestierte Malachi stirnrunzelnd.

»Theo ist zwar kein Krösus, aber gut situiert. Überlasst die Überfahrt ihm«, beharrte Mark.

Erst in der Postkutsche nach Melbourne sagte er zu Catherine: »Und deinen Bischof suchen wir auch gleich auf, wenn wir dort sind. Der macht mir keine Angst.«

»Aber er könnte versuchen, mich dortzubehalten.«

»Das wird ihm nicht gelingen, das verspreche ich dir.«

* * *

Als er Catherine zwei Tage darauf in den Bischofspalast begleitete, spürte er ihre Hand in seiner Armbeuge zittern und sah, wie blass sie war. Doch er war fest entschlossen, alles zu einem ordentlichen Abschluss zu bringen, ehe sie heirateten.

Wie erwartet versuchte der Bischof darauf zu beharren, sie solle in der Obhut des Ordens bleiben, bis man sie offiziell entließe.

»Das kommt nicht infrage«, entgegnete Mark. »Wir heiraten in wenigen Tagen. Dieser Besuch geschieht aus reiner Höflichkeit Ihnen gegenüber – und wir wären Ihnen sehr verbunden, wenn Sie alles in Gang setzen würden, um Catherine ihre Mitgift zurückzuerstatten.«

Streng blickte der Bischof auf Catherine herab. »Entspricht das wirklich Ihren Wünschen?«

»Oh ja. Nur aus meiner Trauer heraus habe ich Zuflucht bei den guten Schwestern von St. Martha und St. Zita gesucht, und das ist kein guter Grund für den Eintritt in ein Leben als Nonne.«

»Nun gut. Auf Ihre Verantwortung.« Seine kühle Miene ließ keinen Zweifel an seiner Missbilligung. Bald darauf kam die Audienz zu einem Ende.

Als sie nach Rossall zurückkehrten, war das Kleid bereit für die letzte Anprobe und es musste nur noch der Spitzenbesatz angebracht werden, den Catherine in Melbourne gekauft hatte.

»Ich werde meinen Wagen irgendwo unterstellen müssen, solange ich mit Issy und Mara unterwegs bin, um ihre Schwester zu besuchen«, sagte Malachi an jenem Abend zu Mark. Das gemeinsam Erlebte hatte sie zu engen Freunden zusammenwachsen lassen. »Ach, ich wünschte, ich hätte mehr Erspartes. Samuel Grove will seinen Laden verkaufen, und ich würde sofort zuschlagen, wenn ich könnte. Ganz davon abgesehen, dass es genau die Art von Geschäft ist, die ich mir vorstelle, wäre es doch schön, bereits Freunde in der Stadt zu haben.«

Zwei Tage später fand die Trauung statt, nur im ganz kleinen Kreis ihrer engen Freunde und Verwandten. Allerdings fanden viele der Einwohner Rossalls eine Ausrede, vor der Kirche zu verweilen und das Brautpaar jubelnd und mit zahlreichen Glückwünschen in Empfang zu nehmen.

»Also dann«, sagte Malachi, als er am Morgen darauf seiner Frau und seiner Schwägerin in die Postkutsche half. »Auf ins nächste Abenteuer.«

Diese Bemerkung brachte ihm einen finsteren Blick von Ismay ein. »Ich hoffe bloß, es ist den Aufwand wert. Irgendjemand zahlt eine Menge Geld für diese Reise nach Westaustralien.«

Schon seit Tagen war sie äußerst missgelaunt. Malachi versuchte gar nicht erst, mit ihr zu diskutieren. Er kannte seine Issy. Stattdessen zwinkerte er Mara zu und ließ die Landschaft auf sich wirken, bis seine Frau sich etwas gesammelt hatte. Dann besprachen sie, was sie in Melbourne noch zu erledigen hatten.

Dans Erbe hätte er beinahe vergessen, doch dank Issys Erinnerung statteten sie auch der Bank einen Besuch ab. Dort erfuhren sie, dass ihr alter Freund und Weggefährte ihnen fünfhundert Pfund hinterlassen hatte, mehr als genug, um den Laden in Rossall doch kaufen zu können.

Sofort gaben sie einen Brief an Mark in die Post, in dem sie von ihrem unerwarteten Geldsegen erzählten und ihn baten, Samuel Grove auszurichten, es gebe einen Käufer für sein Geschäft, er solle es also bitte nicht verkaufen, ehe sie wieder da wären. Schließlich begaben sie sich auf den Küstendampfer nach Perth. Für eine postalische Vorwarnung an Keara hatte die Zeit nicht gereicht, doch Malachi war überzeugt, dass sie schon einen Weg finden würden, zu ihr zu gelangen – vielleicht würden sie ein Pferdegespann mieten.

»Es geht wirklich aufwärts, nicht wahr?«, stellte Mara fest, als sie an der Reling standen und Melbourne in der Ferne verblassen sahen.

»Warte lieber erst einmal ab, wie es in Westaustralien läuft«, entgegnete Ismay kurz angebunden. »Man soll den Tag nicht vor dem Abend loben.«

»Also wirklich, manchmal bist du so ein Sauertopf!«, rief Mara aus und suchte sich einen anderen Platz an der Reling.

»Es ist doch wahr!«

Verschmitzt lächelte Malachi seine Frau an. »Mara hat allerdings auch recht. Du bist wirklich ein Sauertopf – oder ein Igel vielleicht, furchtbar stachelig. Aber ich liebe dich trotzdem.« Dann wurde er ernster. »Ich weiß, du bist nervös, Liebste. Aber Keara ist immer noch deine Schwester, und so sehr wird sie sich nicht verändert haben.«

»Du bist zu gut zu mir«, murmelte sie unwirsch und starrte auf die See hinaus, obgleich sie durch den Tränenschleier kaum etwas erkennen konnte.

»Ich liebe dich«, wiederholte er schlicht.

27

Januar 1867

Einen Großteil der Reise über hatte Lavinia zwar aufgedunsen und kränklich ausgesehen, sich jedoch relativ normal verhalten. Als das Schiff sich jedoch Fremantle näherte und die Temperaturen wieder stiegen, gewöhnte sie sich an, fast den gesamten Tag an Deck zu verbringen. Wortkarg lag sie dann auf einer der hölzernen Liegen ausgestreckt und rührte sich nur, wenn es unumgänglich war. Die rasch entstehende Sonnenbräune wirkte auf ihrer Haut wie stümperhaft aufgetragene Schminke und vermochte die ölige Blässe ihres besorgniserregenden Gesundheitszustands nicht zu übertünchen.

Bald war Dick so weit, dass er daran dachte, den Schiffsarzt hinzuzuziehen, doch als er das Bess gegenüber erwähnte, unterband sie den Vorschlag sofort, indem sie erklärte, ihre Herrin wolle nicht »malträtiert« werden und würde sich schon erholen, sobald sie wieder an Land wären. Und auch wenn er wusste, dass es aus reinem Eigennutz geschah, konnte er an ihrer Fürsorge für Lavinia nichts aussetzen, und so beließ er es dabei.

Eine weitere wachsende Sorge war Hal Bowler. Unweigerlich sah er den Kerl hier und da bei der Arbeit auf dem Schiff und bemerkte, dass er viel Zeit mit einem grobschlächtigen Mann verbrachte, dem ein Großteil eines Ohrs fehlte. Die beiden schienen wie Pech und Schwefel zu sein, was Dick sehr beunruhigte. Was, wenn Hal für nach der Ankunft bereits wieder Pläne schmiedete? Manchmal hatte er das Gefühl, sowohl Hal als auch Bess würden ihn mit einer Art verschlagener Erheiterung mustern, als wüssten sie etwas, das er nicht wusste. Als fühlten sie sich ihm überlegen.

Eine kleine Befragung des Oberstewards verriet ihm, dass der Einohrige sich Bin nannte und ebenfalls nicht gern gesehen wurde. Er galt als faul und wurde des Diebstahls verdächtigt, auch wenn ihm bislang niemand etwas hatte nachweisen können.

Weit besorgniserregender war die Statur des Burschen. Bin wirkte ebenso massig und muskelbepackt wie Hal, und Dick wusste, dass er es mit zwei solchen Brocken nicht würde aufnehmen können.

Selbst Clemmy mit ihrem sonnigen Gemüt blickte der Ankunft langsam mit Unbehagen entgegen, denn neuerdings raunte Hal gern etwas von »Leuten, die noch ihr Fett abbekommen«, wann immer er ihr über den Weg lief.

Wieder wandte Dick sich an den Kapitän, doch während der an Bord für ihre Sicherheit garantieren konnte, musste er zugeben, dass ihm die Hände gebunden sein würden, sobald sie das Schiff verließen. Immerhin versprach er, Bin und Hal nicht von Bord zu lassen, bis die anderen Gelegenheit gehabt hatten, nach Perth zu gelangen.

»Mit Bess im Schlepptau werden wir unseren Aufenthaltsort niemals geheim halten können«, stellte Dick niedergeschlagen fest. »Ach, Clemmy, was heiratest du nur für einen armseligen Kerl. Ich sollte zu mehr in der Lage sein.«

»Du bist genau die Art von Kerl, die ich mag«, entgegnete sie.

Doch obgleich ihn das freute und für eine Weile seine Stimmung hob, konnte es seine Sorgen nicht verjagen.

* * *

Voller Vorfreude blickte Keara zu Theo empor. »Lange kann es nicht mehr dauern, bis Mara in Westaustralien eintrifft. Ich kann es kaum erwarten, sie wiederzusehen. Sie muss unheimlich gewachsen sein. Mittlerweile ist sie ja schon fast eine Frau.«

Er legte einen Arm um sie. »Ich freue mich für dich, mein Liebling. Aber auch um meinetwillen bin ich froh. Es fühlt sich an, als würden wir endlich damit beginnen, Wiedergutmachung zu leisten für das, was Lavinia deinen Schwestern angetan hat. Und ich werde die Suche nicht aufgeben, bis wir auch Ismay gefunden haben, das verspreche ich dir.«

Am folgenden Tag traf ein Eilbote mit einem Brief aus Perth ein – eine so außergewöhnliche Art der Kommunikation, dass Theo sofort wusste, dass etwas im Argen lag. Hastig riss er den Brief auf und überflog das Geschriebene, fluchte und las noch einmal gründlicher.

»Was ist denn?«, wollte Keara wissen, und als er sie nicht zu hören schien, schnappte sie ihm das Blatt aus der Hand und las selbst. Theo indessen begann unruhig auf und ab zu gehen.

Mein lieber Theo,

es wird zweifellos ein großer Schock für dich sein, aber ich bin hier in Westaustralien und musste Lavinia mit herbringen.

Vor einigen Monaten ist Nancy gestorben, hat mich jedoch vor ihrem Tod noch gewarnt, dass Lavinia in die Fänge einer ruchlosen neuen Zofe geraten war. Bess mag zwar Nancys Nichte sein, ist aber an Dreistigkeit kaum zu überbieten – zudem habe ich den Verdacht, dass sie Lavinia nicht nur bestiehlt, sondern auch quadenlos zu ihrem eigenen Vorteil manipuliert. Unter ihrem Einfluss ist deine liebe Gattin in ernste finanzielle Schwierigkeiten geraten, hört jedoch auf niemanden mehr als auf diese Bess.

Letztlich habe ich keinen anderen Ausweg gesehen, als Lavinia hierher zu dir zu bringen, denn einen Umzug nach Irland hat sie strikt verweigert. Ich war schon fast so weit, sie zu entführen, doch dann stellte sich heraus, dass Bess aus Lancashire verschwinden wollte, und so hat sie Lavinia an meiner Stelle zu der Reise überredet.

Zwar habe ich noch versucht, Bess am Antritt der Fahrt zu hindern, und sogar einen Ersatz für sie eingestellt, der nach dem Ablegen den Dienst an Lavinia übernehmen sollte, doch Bess hat mich überlistet. Ein Spießgeselle von ihr, ein skrupelloser Bursche, muss ihr geholfen haben, den Mann zu überwältigen, den ich dafür bezahlt hatte, sie vom Schiff fernzuhalten. Erst als wir längst auf See waren, habe ich herausgefunden, dass sowohl Bess als auch ihr Verbündeter Hal ebenfalls an Bord waren.

Lavinia klammert sich weiterhin an die Frau, und mir graut vor dem, was Bess und dieser Hal womöglich planen. Schon während der Überfahrt hat jemand versucht, mich über Bord zu werfen.

Bitte komm so schnell wie nur irgend möglich nach Perth, Theo, und bring eine Waffe mit. Lavinia sieht nicht gut aus, und ich fürchte nicht nur um meine Sicherheit, sondern auch um die von Clemmy. Sie ist diejenige, die als Lavinias Zofe einspringen sollte, und nun meine Verlobte.

Es schmerzt mich, dass ich in meinem Dienst für dich so versage, lieber Bruder, und noch mehr bedaure ich, dein Glück mit Keara auf diese Weise zu stören. Doch es gab keinen anderen Ausweg: Du bist der Einzige, der noch die Autorität besitzt, Lavinia in ihre Schranken zu weisen.

Dick

Stumm sahen sie einander an, und schließlich schüttelte Theo hilflos den Kopf. »Ich werde einen Moment brauchen, bis das wirklich zu mir durchgedrungen ist, Keara.«

»Lavinia – hier!« Purer Abscheu klang aus ihrer Stimme, und schon jetzt war ihr die Vorstellung zuwider, Theos Frau in diesem ihrem Heim zu sehen, das sie wie selbstverständlich an sich reißen würde. Doch so erging es einem nun einmal, wenn man ein Leben in Sünde führte, deshalb würde sie sich kaum beklagen können.

»Nein. Zumindest das werde ich zu verhindern wissen.«

»Irgendwo wird sie unterkommen müssen, und sie ist immer noch deine Ehefrau.«

»Du bist für mich weit mehr meine Ehefrau, als sie es je war. Ach, Keara, komm her.« Er schloss sie in die Arme und spürte umso mehr, wie steif und angespannt das alles sie machte. »Für uns wird sich nichts ändern, das verspreche ich dir.«

Sie seufzte nur, denn das konnte sie unmöglich glauben.

»Ich will zu Caley und Noreen hinüberreiten. Vielleicht erklären die sich bereit, Lavinia bei sich unterzubringen, bis ich eine andere Lösung für sie gefunden habe – und was mir dabei am ehesten vorschwebt, ist eine postwendende Rückreise nach England abzüglich dieser Zofe.«

Auch sie legte die Arme um ihn und bemühte sich, ihn durch ihren inneren Aufruhr nicht noch zusätzlich zu belasten. Nach einem kurzen Ringen um Selbstbeherrschung gelang es ihr, ruhiger zu sprechen: »Wenn sie wirklich krank ist, kannst du sie nicht einfach wieder zurückschicken. Und deinen Verwandten kannst du sie auch nicht aufhalsen. Du weißt selbst, wie anstrengend Lavinia ist. Und, Theo – sie ist deine Ehefrau und du bist für sie verantwortlich, ganz gleich, was du für sie empfindest. Oder für mich.«

Er seufzte schwer. »Trotzdem werde ich nicht zulassen, dass sie dich und unsere Kinder aus unserem gemeinsamen Heim verdrängt. Ach, verflucht, Keara – was soll ich nur mit diesem törichten Weib anstellen?«

Noch am selben Abend besuchte er Caley und Noreen und konnte bei seiner Rückkehr berichten, dass die beiden Lavinia aufnehmen würden. Wenn sie allzu anstrengend würde, könnte man sie mit ihrer Zofe in das Haus des Vorarbeiters verlegen, da die Familie derzeit keine Hausangestellten zur Verfügung hatte.

Keara nickte, fragte sich jedoch im Stillen, wie lange Lavinia sich das wohl würde gefallen lassen. Als Theos rechtmäßig angetraute Ehefrau hatte sie auch das Recht, in seinem Haus zu leben, wohingegen Keara keinerlei Ansprüche stellen konnte. Würde Theo etwas zustoßen, wüsste sie nicht, was sie tun sollte. Zwar sagte er, er habe ein Testament verfasst, in dem er ihr und den Kindern Geld hinterließ, doch das bedeutete gar nichts. Sie liebte ihn so sehr. Er war der Mittelpunkt ihres Lebens.

* * *

Hal beobachtete, wie die anderen das Schiff verließen, und als ein Offizier auf ihn zukam, um ihn zur Arbeit anzutreiben, schlenderte er pfeifend davon. Nicht mehr lang, dann wäre er aus diesem verfluchten Gefängnis befreit. Er wusste nur zu gut, wem er seine Herabstufung vom Steward zum einfachen Matrosen zu verdanken hatte, und hatte auch das der wachsenden Liste an Dingen hinzugefügt, für die er diesen verfluchten Pearson würde bezahlen lassen.

Bin hatte gesagt, die Truppe in Perth wieder aufzuspüren würde ein Leichtes sein, auch wenn der Ort sich als Stadt betitelte. Als er endlich seinen Lohn erhalten hatte, wartete er nur noch auf Bin, ehe sie gemeinsam den Raddampfer flussaufwärts nach Perth bestiegen.

An jenem ersten Abend betranken sie sich erst einmal, denn das war schon viel zu lange her. Tags darauf brachten sie in Erfahrung, wo die Lumpen abgestiegen waren, und Hal ging in das Hotel hinein, um nach Mrs Mullanes Zofe zu fragen.

Die Frau am Empfangstresen entgegnete: »Und Sie sind?«

»Das geht Sie gar nichts an.«

Missbilligend straffte sie die Schultern. »Dann kann ich ihr wohl kaum mitteilen, dass Sie hier sind.«

»Hal Bowler.«

Sie schaute auf eine Liste. »Tut mir leid. Mr Pearson hat ausdrücklich darum gebeten, Sie von seiner Gruppe fernzuhalten. Ich muss Sie nun bitten, freundlichst das Hotel zu verlassen, Mr Bowler.«

Krachend fuhr seine Faust auf den Tresen nieder, und zufrieden sah er die Frau zusammenzucken und in plötzlicher Angst zu ihm emporschauen. »Ich gehe hier nicht weg, bis ich Bess gesprochen habe.«

Die Empfangsdame läutete eine Glocke, und kurz darauf trat ein Mann durch die Tür hinter ihr – ein Bursche, der mindestens so massig war wie Hal selbst.

»Das ist der Mann, vor dem Mr Pearson uns gewarnt hat. Er weigert sich, das Hotel zu verlassen.«

In gespannter Erwartung musterte der andere Hal. »Gehen Sie jetzt, oder muss ich Sie erst zwingen?«

Der Mann sah so kraftstrotzend und energiegeladen aus, dass Hal sich entschied, es nicht darauf ankommen zu lassen. Er mochte zwar selbst ein großer Brocken sein, doch dieser Mann war größer. Also schlenderte er wieder zur Tür hinaus und bezog Stellung auf der gegenüberliegenden Straßenseite.

An jenem Tag wartete er vergebens, und so kehrte er am folgenden zurück und wurde damit belohnt, dass Bess aus dem Haupteingang des Hotels trat.

Als er ihren Namen rief, lief sie sofort über die sandige Straße zu ihm hinüber, erleichtert, wieder auf seine Unterstützung zurückgreifen zu können – ganz gleich, wie sehr er sie bisweilen zur Weißglut brachte.

»Lass uns irgendwo hingehen, wo wir uns unterhalten können«, verlangte er.

»Lange kann ich nicht fortbleiben. Es geht ihr nicht gut.«

»Der geht es nie gut.«

»Aber sie ist unsere Fahrkarte in ein sorgloses Leben, deshalb werde ich sie bestmöglich versorgen. Wenn ich zu lange auf mich warten lasse, gerät sie nur in Unruhe.«

»Wie lange will Pearson in Perth bleiben? Auf dem Land haben wir leichteres Spiel mit der Truppe. Mein Freund Bin hat gesagt, im Busch geht so einiges vor sich, wovon die Städter keine Ahnung haben, und Polizei gibt es da auch nicht, die einem ins Handwerk pfuschen könnte. Klingt für mich nach einem guten Ort, sich niederzulassen.«

»Mr Pearson hat gleich nach der Ankunft einen Brief an ihren Ehemann geschickt. Jetzt warten sie darauf, dass er kommt, um sie abzuholen.«

»Der lässt sich ja reichlich Zeit.«

»Von dort nach hier ist es ein Zweitagesritt. Es gibt nicht einmal eine richtige Eisenbahn.« Voller Abscheu sah Bess sich um. »Dir mag es hier gefallen, aber ich kann das Land schon jetzt nicht ausstehen. So habe ich mir das nicht vorgestellt. Diese Straßen sind eher versandete Trampelpfade, und diese Hitze ist unerträglich. Eine Handvoll anständiger Gebäude mögen sie ja haben in diesem Kaff – wie sie dazu kommen, das als Stadt zu bezeichnen, ist mir ein Rätsel –, aber die meisten Häuser hier sind kaum mehr als Hütten.«

»Tja, ob's dir gefällt oder nicht – nun bist du hier.«

»Aber wir gehen doch zurück nach England, sobald wir das Geld haben, oder?« Als sie ihn mit den Schultern zucken sah, fiel ihr die Kinnlade herunter. »Hal, du kannst hier doch unmöglich bleiben wollen!«

»Als Matrose heuere ich jedenfalls nicht noch mal an. Die reinste Sklavenarbeit ist das. Ich hasse es, in dieser Takelage herumzuklettern.«

»Du kannst dich für die Rückfahrt doch als Passagier einbuchen und auf der faulen Haut liegen«, entgegnete sie ungeduldig. »Ich bin diejenige, die sich um die Mullane wird kümmern müssen. Wenn wir dann erst wieder daheim sind, knöpfen wir ihr das Geld ab und machen uns ein schönes Leben.«

»Hoffen wir also, dass der gute Mr Mullane seine Frau schnell wieder loswerden will.«

»Selbst wenn er es anfangs nicht sein sollte, werde ich schon dafür sorgen, dass sich das ändert. Die tut alles, worum ich sie bitte, und sie mag es, Unfrieden zu stiften.«

»Du bist ein echtes Miststück, meine Liebe.«

Lächelnd fasste Bess das als Kompliment auf – und so war es auch gemeint gewesen.

Trotzdem musterte er sie abwägend und überlegte, ob sie vorhatte, ihn um seinen Anteil zu bringen, wenn sie erst wieder daheim wären. Nun, er hatte schon ihre ersten beiden Fluchtversuche vor ihm vereitelt, also würde er auch einen weiteren zu verhindern wissen. Noch ein Grund, warum er darüber nachdachte, hierzubleiben. Auch wenn sie recht hatte – es war ein armseliger Ort.

Der Rum allerdings war billig und floss in Strömen – darauf würde er jederzeit das Glas erheben.

* * *

Lavinia lag auf dem Bett und fand die Hitze unerträglich. Kurz fächelte sie sich Luft zu, dann ließ sie die Hand sinken und den Fächer neben das Bett fallen, denn sich zu bewegen war zu anstrengend. Warum nur hatte sie sich von Bess dazu überreden lassen, herzukommen? Schon die Überfahrt war furchtbar gewesen, in höchst unerquicklicher Gesellschaft und gekrönt von mehreren Anfällen von Seekrankheit bei besonders rauer See. Doch selbst das würde sie noch einmal über sich ergehen lassen, solange sie nur wieder nach Hause käme. Hier würde sie definitiv nicht bleiben, auf keinen Fall! Wenn sie Theo erst das Geld abgepresst hatten, würde sie auf der Stelle zurück nach England reisen und es nie wieder verlassen.

Abrupt wandte sie den Kopf zur Seite, als sie glaubte, Nancy hereinkommen zu sehen. Das war in letzter Zeit öfter vorgekommen. Wieder vergoss sie Tränen beim Gedanken daran, dass ihr geliebtes altes Kindermädchen nun tot war. Anfangs war es mit Bess sehr vergnüglich gewesen, doch mittlerweile hatte sie ihre neue Zofe satt. Bess war kein Trost, wenn es einem nicht gut ging. Stattdessen versuchte sie, einen aufzumuntern, während man im Grunde nur noch schlafen wollte, und ständig wollte sie Geld – Geld, das man nicht hatte.

Bei diesem Gedanken drehte Lavinia sich seufzend auf die Seite, schob die Decke mit dem Fuß zur Seite und suchte vergebens nach einer kühleren Stelle auf dem Bett.

Was sollte sie Theo erzählen? Bess hatte gesagt, sie müsse mehr Geld von ihm fordern und dürfe sich nicht abwimmeln lassen, doch Theo war ein Geizhals – schon immer gewesen. Erst hatte er all das viele Geld ihres Vaters eingeheimst und dann Lavinia mit einem Hungerlohn abgespeist. Niemand würde sie je davon überzeugen, dass er sich nicht ihre Mitgift unter den Nagel gerissen hatte.

* * *

Theo wählte sein schnellstes Pferd und führte ein weiteres an der Leine dahinter, um regelmäßig wechseln zu können. Beide Tiere trieb er so hart an, wie er gerade noch wagte, und sein Cousin Caley tat es ihm gleich. Theo wollte einfach nur Perth erreichen und die Auseinandersetzung mit Lavinia hinter sich bringen. Der arme Dick! Lavinia Mullane würde selbst den geduldigsten Menschen auf eine harte Probe stellen, doch dass er um sein Leben fürchtete, war doch sicher eine Übertreibung? Warum sollte irgendjemand einem freundlichen Gesellen wie Dick etwas antun wollen?

»Lass die Pferde lieber noch einmal etwas rasten«, rief Caley hinter ihm. »Du reitest ja, als sei der Teufel persönlich hinter dir her.«

Theo zügelte sein Reittier. »Entschuldige. Ich bin etwas aufgewühlt.«

»Das weiß ich doch.« Als sie sich über einem rasch entfachten Lagerfeuer einen Feldtee kochten, wiederholte Caley, was er bereits mehrfach gesagt hatte: »Ich kann immer noch nicht glauben, dass Lavinia diesen weiten Weg auf sich genommen und die Beschwerlichkeiten einer so langen Reise erduldet hat. Ausgerechnet Lavinia!«

»Mir geht es ebenso. Da steckt diese neue Zofe dahinter. Dicks Worten nach hört meine Frau auf niemand anderen mehr. Als Erstes werde ich diese Frau entlassen.«

Zweifelnd sah Caley ihn an. »Das ist vielleicht nicht unbedingt ratsam. Du weißt doch selbst, wie schwierig Lavinia zu händeln ist.«

Theo ließ die Schultern sinken. »Und ob. Wie könnte ich das je vergessen? Ach, zur Hölle damit, was für ein Dilemma.«

* * *

Der Küstendampfer erreichte die Mündung des Swan River am selben Tag, als Theo aus Bunbury aufbrach. Malachi, der viel von den anderen Passagieren gelernt hatte, geleitete Ismay und Mara von Bord und in die Hafenstadt Fremantle – auch wenn sie für ihn mehr wie ein Dorf aussah. Sie suchten sich eine saubere Herberge und machten sich daran, alles für die Weiterreise zu arrangieren.

Da weder die Schwestern noch Malachi erfahrene Reiter waren, hatten sie bereits im Voraus entschieden, einen kleinen Wagen zu kaufen und damit nach Bunbury zu fahren. Der Weg klang simpel: Man folgte einfach der Küste bis zu einer Kleinstadt namens Mandurah, ehe man ins Inland abbog und nach Pinjarra fuhr, von wo aus es in südwestlicher Richtung nach Bunbury ging. Als Malachi sich gesorgt hatte, sie könnten die falsche Abzweigung nehmen, war der Mann, der ihnen die Strecke erklärt hatte, in schallendes Gelächter ausgebrochen. Wie es schien, waren die einzigen Abzweigungen von diesen Straßen die Zufahrten einzelner Gehöfte.

»Andere Städte gibt es hier nicht«, hatte sein Mentor schlicht erklärt, als er sich wieder gefangen hatte.

Es begann recht gut. Mittlerweile kannte Malachi sich gut genug mit Pferden und Wagen aus, um sich nicht über den Tisch ziehen zu lassen, und die Schwestern besorgten einigen Reisebedarf, Decken und Kochgeschirr. Auf den Rat einer Ladenbesitzerin hin kauften sie dazu noch Strohhüte mit breiter Krempe und schickten auch Malachi noch einmal los, sich ein Modell zu besorgen, das ihm passte.

Binnen zwei Tagen waren sie auf der Straße. Sie pflegten frühmorgens aufzubrechen, sich und den Pferden während der heißesten Zeit des Tages eine Pause zu gönnen und dann bis zum Einbruch der Dunkelheit weiterzufahren. Zu dieser Jahreszeit regnete es nur selten und die Hitze stellte ein größeres Problem dar als nächtliche Kälte.

Am ersten Abend hatten sie das Glück, auf einem Hof Obdach angeboten zu bekommen, und der junge Sohn ihrer Gastgeber zählte Mara in schüchterner Bewunderung die Namen der heimischen Vogelarten auf. Alles um sie herum erfüllte sie mit Faszination, denn bislang hatte sie sich in Australien ausschließlich in der Stadt aufgehalten.

Auch Malachi lauschte den Erzählungen des Jungen und kam zu dem Schluss, dass Westaustralien sich zwar ein wenig von Victoria unterschied, aber auch wieder nicht so sehr. Papageien flogen umher, deren glänzendes grünes Gefieder in der Sonne schillerte. Kragensittiche nannte der Junge sie – wegen des leuchtend gelben Rings um ihren Hals. Dann gab es die zierlichen kleinen Honigfresser in einer Vielzahl von Färbungen und seine persönlichen Lieblinge: die kecken schwarz-weißen Fächerschwänze, deren breite Schwanzfedern unablässig auf und ab wippten und die herrlich sangen.

Tags darauf beobachtete er schmunzelnd, wie Mara beim Anblick ihres ersten Kängurus mit einem Jungen im Beutel ein erstaunter Ausruf entfuhr, und lächelte über ihre Verwunderung angesichts der ausgebleichten Landschaft. Jetzt im Hochsommer glich das Gras auf den Wiesen eher trockenem Stroh.

Bisweilen zogen sie an riesigen Bäumen vorbei, um die die Straße stets einen weiten Bogen machte. Hier und da passierten sie auf ihrem Weg nach Süden kleine Gehöfte und wurden herzlich empfangen, wann immer sie an einem hielten, um nach Wasser, Eiern oder Milch zu fragen.

»Ich wünschte, es wäre nicht so heiß«, grummelte Ismay. »Wenn das so weitergeht, schmelze ich noch.«

»Mir gefällt es.« Zufrieden hob Mara das Gesicht in die Sonne, das schon auf der Fahrt mit dem Küstendampfer Farbe bekommen hatte.

»Gut, dass ihr diese Hüte gekauft habt, Issy«, sagte Malachi und drückte sie kurz an sich. Als auch das sie nicht aus ihrem Missmut riss, fragte er unverblümt: »Warum bist du denn so griesgrämig?«

»Griesgrämig? Ich? Ich bin doch nicht griesgrämig, oder, Mara?«

Ihre Schwester musste lächeln. »Doch, ein wenig schon.«

Finster blickte Ismay zwischen den beiden hin und her. »Nun ja, ich wollte gar nicht erst herkommen, da habe ich wohl jedes Recht, griesgrämig zu sein.«

»Oder liegt es daran, dass der Gedanke, Keara wiederzusehen, dich nervös macht?«, hakte Malachi behutsam nach.

»Natürlich nicht!«

Doch genau so war es. Sie wusste nicht, was sie zu ihrer älteren Schwester sagen sollte, wie sie über das Geschehene reden sollten – ob sie es überhaupt versuchen wollte.

Als sie Bunbury erreichten, sah sie sich empört um. »Das ist ja kaum mehr als ein Dorf!«

Malachi erkundigte sich nach dem Weg zu Theo Mullanes Besitz, der offenbar noch ein Stück landeinwärts lag.

»Wenn ich mich recht entsinne, ist er gerade nach Perth geritten«, erzählte ihm sein Gesprächspartner. Seine Haut war so tiefbraun, dass sie wie gegerbtes Leder wirkte, und die Sonne schien so hell, dass die Augen, aus denen er ihnen entgegenblinzelte, in einem tiefen Faltenkranz ruhten. »Ihre zwei Damen hier sind nicht zufällig mit seiner Frau verwandt, oder? Sehen ihr erstaunlich ähnlich. Nette Frau ist das. Hat immer ein freundliches Wort für einen übrig.«

»Doch, das sind ihre Schwestern.« Malachi schüttelte dem Mann die Hand und ließ die Pferde wieder antraben. Wenigstens gab es hier in der Gegend einige Brücken, sodass sie nicht durch unbekannte Furten holpern mussten, in denen er jedes Mal fürchtete, sie könnten im Schlamm steckenbleiben – auch wenn die Flüsse, die sie überquerten, nur wenig Wasser führten, da es schon seit Monaten nicht geregnet hatte.

Als die Sonne langsam tiefer rückte und lange Schatten über die Straße warf, entdeckten sie eine Abzweigung, die mit einem Schild nach »Ballymullan« versehen war. Ismay umklammerte Maras Hand und richtete sich kerzengerade auf. Ihr ganzer Leib verströmte pure Anspannung.

»Das wird schon, Liebste«, sagte Malachi sanft.

Diesmal versuchte sie nicht, ihre Nervosität herunterzuspielen. »Wie soll ich denn wissen, was ich zu ihr sagen soll?«

Die anderen beiden wechselten einen Blick.

»Es ist immer noch Keara«, sagte Mara.

Ismay schnaubte und funkelte ihre jüngere Schwester frustriert an.

»Wenn dir nichts einfallen will, drück einfach meine Hand, dann gebe ich dir ein Stichwort«, versprach Malachi.

Auch darauf stieß sie nur einen erstickten Zorneslaut aus, und das war der letzte Ton, den sie von sich gab, bis am Ende einer langen, staubigen Allee junger, in der Hitze welkender Bäume das Haus in Sicht kam.

* * *

In Perth angekommen fuhr Theo geradewegs zu dem Hotel, das Dick ihm genannt hatte. Als er sich nach seinem Bruder erkundigte, wurde er in den Gästesalon verwiesen. An der Tür hielt er inne, als er Dick im Zwiegespräch mit einer drallen jungen Frau mit blondem Haar sah. Das musste die erwähnte Verlobte sein, wenn er den Ausdruck auf den Gesichtern der beiden richtig deutete. Einen Augenblick machte Theo sich noch nicht bemerkbar, sondern studierte aufmerksam die Frau. Er wollte nicht, dass sich irgendeine Dienstbotin nur deshalb an seinen Halbbruder hängte, um ein sorgenfreies Leben zu führen. Doch zu seiner Erleichterung war ihre Miene voller Zuneigung, ein Gesicht, dem man instinktiv vertrauen wollte.

Als er sich räusperte, wandten beide sich zur Tür und Dicks Augen leuchteten auf. Sofort kam er herüber, um Theo fest zu drücken und dann auf Armeslänge von sich zu halten. »Sieh dich nur an! Wie braun du geworden bist! Und ich könnte schwören, du bist gewachsen.«

»In die Breite vielleicht. Die meiste Zeit arbeite ich draußen auf dem Gestüt und genieße es in vollen Zügen.« Theo lachte. »Für ein Leben des Müßiggangs in der gehobenen Gesellschaft war ich einfach nicht gemacht. Hier bin ich so viel glücklicher.«

Da huschte ein Schatten über Dicks Gesicht. »Und nun bringe ich dir Ärger her, auf den du gut hättest verzichten können.«

»Nicht nur Ärger. Willst du mir deine Begleiterin nicht vorstellen?«

Dick wandte sich um und winkte die junge Frau her.

»Clemmy, mein Schatz, bitte entschuldige, dass ich dich so vernachlässige. Das ist Theo.«

»Einen Bruder zu begrüßen, den du seit bald zwei Jahren nicht gesehen hast, ist doch keine Vernachlässigung.« Ohne jeden Anflug von Nervosität kam sie zu ihnen und reichte Theo die Hand. »Es freut mich, Sie kennenzulernen, Mr Mullane.«

»Theo.«

»Also gut: Theo.« Sie wandte sich an ihren Verlobten. »Unterhaltet ihr zwei euch erst einmal in Ruhe. Ich denke, nun, da die Mittagshitze überstanden ist, gönne ich mir einen Spaziergang.«

Als sie den Raum verlassen hatte, merkte Theo an: »Sie macht einen sehr freundlichen Eindruck.«

»Sie ist wundervoll. So ruhig und vernünftig und dabei trotzdem unterhaltsam. Aber wir sollten über Lavinia sprechen.«

»Ja.«

Sie setzten sich und Dick seufzte schwer. »Auch wenn es ihr nicht gut geht, ist sie so schwierig und nervtötend wie eh und je.«

»Diesem Wiedersehen blicke ich wahrlich nicht mit Freude entgegen, muss ich gestehen.« Theo schob die Hände in die Taschen und streckte die Beine von sich. »Aber ich lasse nicht zu, dass sie meiner Keara wehtut.«

Reuig blickte Dick auf seine Schuhe hinunter, denn wie er Lavinia kannte, würde sie nicht nur Keara wehtun. Dafür besaß sie ein echtes Talent.

Theo stand auf, als könne er nicht stillsitzen. »Bringen wir diese erste Begegnung hinter uns.«

Gemeinsam gingen sie nach oben und Dick klopfte an eine Zimmertür. Als Bess ihnen öffnete, erklärte er: »Das ist Mr Mullane. Er möchte seine Frau sehen.«

»Das wurde aber auch Zeit.«

Verblüfft über einen derart impertinenten Empfang musterte Theo die Frau. Was er sah, gefiel ihm gar nicht. Mit ihren blitzenden dunklen Augen wirkte sie wie eine Karikatur einer jungen Nancy, hatte jedoch etwas Listiges an sich, das ihrer Tante völlig gefehlt hatte.

»Ich werde mich erkundigen, ob Mrs Mullane Sie empfangen kann«, sagte Bess und wollte schon die Tür wieder schließen.

Gereizt streckte Theo die Hand aus, um das zu unterbinden, und wies sie scharf zurecht: »Sie können sich rarmachen! Ich brauche kein Publikum, wenn ich mit meiner Frau spreche.«

»Lassen Sie mich nicht allein, Bess!«, drang eine zittrige Stimme aus dem Zimmer.

Schon trat Bess zurück, als Theo – verärgert, dass sie keinerlei Anstalten machte, zu tun, was er ihr befohlen hatte – sie auf den Korridor zog und selbst rasch ins Zimmer trat, ehe er sowohl ihr als auch Dick die Tür vor der Nase zuschlug.

Finster blickte die Zofe zu Dick hinüber, dann beäugte sie kalkulierend die Tür.

Dick konnte sich denken, dass sie binnen Sekunden an der Tür lauschen würde, sollte er sich entfernen, also blieb er, wo er war. »Sie können woanders warten, bis Ihre Herrin Sie rufen lässt.«

»Pah, für Mullane sind Sie doch nichts als ein Schoßhund«, stieß sie hervor und machte ausnahmsweise einmal keinen Hehl aus ihrer Verachtung. »Ein Jammer, dass Sie auf dem Schiff nicht über Bord gegangen sind! Vielleicht ja auf der Rückreise …«

Mit einem hässlichen Lachen schritt sie davon, während Dick erschüttert stehen blieb. Einen Augenblick später ging er zu einem Sessel am Ende des Korridors, um von dort aus sicherzustellen, dass sie nicht doch zurückkäme, um zu lauschen. Wie erwartet spähte sie wenig später um die Ecke und verzog das Gesicht, als sie ihn noch immer dasitzen sah.

Er nickte ihr nur mit einem trockenen Lächeln zu.

* * *

Im Zimmer ging Theo langsam zum Bett hinüber, zutiefst erschrocken über das, was er sah. Lavinia war furchtbar fett geworden, und ihre Gesichtsfarbe hatte einen ungesunden, schlammigen Ton.

»Wenn du mich anrührst, schreie ich mir die Seele aus dem Leib!«

»Und warum sollte ich dich anrühren wollen?«

Sie rümpfte die Nase. »Ich bin deine Frau und habe ein Anrecht darauf, mit dir in einem Haushalt zu leben. Trotzdem verspreche ich dir: Legst du auch nur eine Hand an mich, schreie ich.«

Das Ganze klang, als hätte sie es auswendig gelernt. »Du magst zwar meine Frau sein, und selbstverständlich werde ich dafür sorgen, dass man sich um dich kümmert, aber von Keara und den Kindern wirst du dich fernhalten. Hier in Australien wirst du ohnehin nicht lange bleiben, wenn es nach mir geht.«

Schon öffnete sie den Mund, um ihm entgegenzuschleudern, dass keine zehn Pferde sie länger in diesem furchtbaren, heißen, staubigen Land halten könnten als unbedingt notwendig – dann fiel ihr wieder ein, was Bess ihr eingeprägt hatte, und wechselte den Kurs. »Vielleicht möchte ich ja bleiben.«

»Warum zum Teufel bist du hergekommen, Lavinia? Von all den Torheiten, die du hättest begehen können! Warum hast du mir nicht einfach geschrieben?«

»Weil du bloß Nein gesagt hättest. Ich brauche mehr Geld, viel mehr. Ohne geht es nicht, sonst verlässt mich Bess. Ich habe ein Recht auf höheren Unterhalt. Es ist das Geld meines Vaters.«

»Der einen Großteil seines Vermögens verloren hat. Viel ist nicht mehr übrig, Lavinia. Ein wenig kann ich sicher noch für dich auftreiben, aber du wirst gut damit haushalten müssen, wenn du heimkehrst.«

»Wusste ich's doch, dass du nur wieder gemein wirst! Du bist ein furchtbarer Mensch. Aber wie dem auch sei: Ich gehe nicht, ehe ich mein Geld habe.«

»Und wie viel hast du im Sinn?«

Sie bemühte sich wirklich, sich zu erinnern, welche Summe Bess ihr immer wieder genannt hatte, doch es wollte ihr nicht einfallen. Schließlich flüchtete sie sich in einen Tränenausbruch und schluchzte: »Frag Bess. Die weiß Bescheid.«

Als Theo ans Bett trat, wollte sie wimmernd vor ihm zurückweichen, doch beim Aufsetzen wurde ihr schwindlig. Mit einem erstickten Ausruf fiel sie zurück auf die Kissen.

»Du siehst gar nicht gut aus. Ich glaube, wir sollten erst einmal einen Arzt rufen, ehe wir weiterreden.«

»Ich brauche keinen Arzt. Ich will doch nur mein Geld und dann nach Ha-a-ause!«

Dann griff sie sich ächzend an die Brust und wurde so kreidebleich, dass er Angst um sie bekam. Er betätigte den Klingelzug, und als die Zofe erschien, blaffte er: »Kümmern Sie sich um Ihre Herrin. Ich rufe einen Arzt.«

* * *

Im Anschluss an die Untersuchung kam der Arzt in das Zimmer, in dem Theo sich mit Caley einquartiert hatte.

»Und?«, hakte Theo ungeduldig nach, als der Mann zögerte.

»Ich fürchte, Ihre Frau ist schwer krank.«

»Das sehe ich selbst.«

»Sie hätte die Überfahrt nach Australien gar nicht erst antreten sollen, und von nun an müssen Sie dafür sorgen, dass sie sich in keiner Weise anstrengt. Zudem müssen Sie jegliche Aufregung vermeiden. Übermäßige Erregung könnte für sie tödlich enden. Doch wenn Sie mich fragen, wird sie auch bei größter Fürsorge nicht alt werden.«

Theo bezahlte den Arzt, nahm die Medikamente entgegen und lauschte aufmerksam den Anweisungen, wie sie zu verabreichen waren. Dann begleitete er den Mann aus Höflichkeit noch nach unten in den Empfangsbereich. Als er endlich wieder in seinem Zimmer war, schlug er mit der Faust aufs Bett, dann noch einmal.

Eine sterbende Ehefrau versorgen zu müssen war das Letzte, was er jetzt gebrauchen konnte! Und in diesem Gesundheitszustand konnte er Lavinia unmöglich Caley und Noreen aufhalsen. Was bedeutete, dass er vorerst Keara und die Kinder an einem anderen Ort würde unterbringen müssen, bis es ihm gelänge, zu einer dauerhaften Lösung zu kommen.

Stöhnend ließ er den Kopf in die Hände sinken und murmelte: »Teufel, Keara, so weit wollte ich es nie kommen lassen. Wer hätte je damit gerechnet, sie könnte hierherkommen?«

28

Januar 1867

Keara hatte schon den ganzen Tag über nicht stillsitzen können. Ihre Unruhe übertrug sich auch auf die Kinder, die sich beide nicht zum Mittagsschlaf bewegen lassen wollten. Schließlich legte sie beide trotzdem in ihre Betten. Als sie einen Wagen heranrollen hörte, runzelte sie die Stirn. Theo konnte es nicht sein, nicht so schnell. War es womöglich Mara? Einen Augenblick war sie wie erstarrt, eine Hand wie zum Schutz an ihre Kehle gehoben. Dann schüttelte sie den Kopf. Nein, Mark würde ihr noch schreiben, wann sie mit ihrer Schwester rechnen konnte.

»Sei nicht albern«, schalt sie sich leise. »Nun geh schon hin und sieh nach, wer es ist. Raten wird dich nicht weiterbringen.« Doch aus unerfindlichen Gründen konnte sie sich nicht zu mehr als einem zögerlichen Schlurfen aufraffen, sodass sie erst an der Tür ankam, als das Gefährt bereits auf dem Hof zum Stehen kam.

Als sie schließlich öffnete, geriet sie ins Wanken und musste sich an einem Stützpfeiler der Veranda festhalten, ehe sie ihren Augen trauen konnte.

Niemand sagte etwas, nicht ein Wort.

Niemand rührte sich.

Die Zeit selbst schien den Atem anzuhalten.

Schließlich war es Nell, die den Bann brach, als sie durch die offene Tür nach draußen getapst kam und sie alle mit ihrem vertrauten sonnigen Gemüt anstrahlte. »Ferd.« Ohne jede Scheu steuerte sie auf die zwei erschöpft wirkenden Zugtiere zu, bis Keara plötzlich wieder zu sich kam und ihre kleine Tochter auf den Arm nahm. »Entschuldigt, bitte. Ich war nur so … überrumpelt. Wie schön, euch wiederzusehen. Kommt doch herein, ja?«

Mara plumpste in ihrer Hast beinahe von der Ladefläche, ehe sie losrannte und ihre Schwester und Nichte in die Arme schloss, lachend und weinend zugleich.

»Siehst du«, raunte Malachi seiner Frau zu und stieß sie leicht an, »so schwierig ist es nicht. Nun geh schon hin.«

Doch Ismay konnte sich nicht rühren, konnte Keara nur anstarren. Bis auf die gebräunte Haut hatte sie sich kaum verändert. Es war einfach nicht gerecht. So vieles war geschehen. Irgendwie hätte sich das doch auch im Gesicht ihrer Schwester widerspiegeln müssen?

Malachi schnalzte ungeduldig mit der Zunge, warf die Zügel über den Haltepfosten und sprang vom Bock, ehe er zur anderen Seite herumkam und auch seine Frau hinunterzuziehen versuchte.

»Ich kann nicht!«, zischte Issy.

»Doch, du kannst!«

Mittlerweile hatte Keara sich lange genug von Mara gelöst, um zu Ismay hinüberstarren zu können, die ihr mit finsterer Miene entgegenblickte.

»Grundgütiger, du bist ja eine erwachsene Frau!« war das Einzige, was ihr einfiel. Sie schob Mara zur Seite, setzte Nell ab und ging die Verandatreppe hinunter auf ihre zweite Schwester zu. Als sie Ismay in die Arme schloss, spürte sie, wie sie sich versteifte, dann erschauerte und sie schließlich kurz drückte, ehe sie sich wieder von Keara löste. *Sie ist es also, die den größten Schaden davongetragen hat,* dachte sie, während sie sich mit fragendem Blick dem jungen Mann zuwandte. Nun, gelitten hatten sie alle unter Lavinias Machenschaften, so viel war sicher.

»Ich bin Ihr Schwager«, eröffnete er ihr leise. »Malachi Firth.«

Er streckte ihr die Hand hin, doch Keara zog ihn daran zu sich und drückte ihm einen Kuss auf die Wange. »Dann gehörst du zu eng zur Familie für einen bloßen Handschlag.« Nach einem kurzen Seitenblick zu Ismay sah sie wieder ihn an und freute sich über sein offenes, freundliches Lächeln.

»Das hoffe ich doch.«

»Und das ist meine Tochter Nell. Einen kleinen Sohn habe ich auch – Devin –, aber der schläft. Zumindest hoffe ich das.«

Malachi lächelte das kleine Mädchen an, das ihn mit ihren dunklen Locken sehr an ihre Mutter und seine Frau erinnerte. Nun war Nell plötzlich schüchtern, hielt sich am Rock ihrer Mutter fest und verbarg das Gesicht darin. »Ein hübsches Mädchen.«

»Du klingst ein wenig wie unsere Mutter«, stellte Keara fest.

»Ich komme auch aus Lancashire.«

»Schön, dass du dich noch an sie erinnerst«, bemerkte Ismay mit einem scharfen Unterton, der ihre Stimme schriller klingen ließ als sonst.

Malachi warf ihr einen warnenden Blick zu, doch sie hob nur störrisch das Kinn.

Erneut entstand ein unbehagliches Schweigen, bis Keara so leichthin wie möglich sagte: »Ich glaube, die Knechte sind alle unterwegs. Würde es dir etwas ausmachen, eure Pferde selbst nach hinten in den Stall zu bringen und zu versorgen, Malachi? Am Futter kannst du dich einfach bedienen.«

»Kein Problem.« Mit einem weiteren warnenden Blick in Ismays Richtung stieg er wieder auf den Wagen und ließ die Pferde ein letztes Mal angehen.

»Wollen wir uns einen Tee machen?«, wandte Keara sich an ihre Schwestern. Ohne auf eine Antwort zu warten, legte sie jeder einen Arm um die Schultern, um mit ihnen ins Haus zu gehen. Ismay jedoch schüttelte ihren Arm ab, und so ging Keara mit Mara voran und scheuchte dabei auch Nell wieder hinein. »Theo ist gerade unterwegs. Er musste unverhofft nach Perth reiten.« Kurz schloss sie die Augen, als sich ihr wieder einmal die Vorstellung aufdrängte, wie es wäre, wenn er bei seiner Heimkehr Lavinia mitbrächte und Keara das Haus räumen müsste – und was all ihre Nachbarn wohl sagen würden, wenn sie erführen, dass sie gar nicht wirklich verheiratet waren. Dann bemerkte sie, dass Mara etwas erzählte.

»Wir sind von Fremantle aus hergefahren. Die Menschen waren alle unheimlich gastfreundlich. Bei einer Familie durften wir auf der Veranda schlafen, und sie haben sogar für uns gekocht. Was für eine schöne Reise.«

»Ihr müsst müde sein, auch wenn man es euch nicht ansieht. In dieser Hitze ist das Reisen anstrengend. Kommt mit und machte es euch auf der hinteren Veranda gemütlich – oder wollt ihr euch lieber erst waschen?«

»Waschen«, antwortete Mara sofort. »Meinst du nicht auch, Ismay? Ich komme mir vor, als würde der Staub überall an mir kleben.«

Keara brachte die beiden in das Zimmer, das sie für Mara vorbereitet hatte. »Für dich und deinen Mann werde ich ein anderes herrichten, Ismay.« Sie bekam keine Antwort. Langsam bereitete dieses aufgeladene Schweigen ihr wirklich Sorge. Ihre Schwester glaubte doch nicht etwa, dass Keara sie wissentlich im Stich gelassen hatte?

In der Küche sah Keara sich nach etwas um, womit Nell sich beschäftigen könnte, während sie den Tee aufsetzte, doch ihre Tochter jammerte, weil sie zu den Besuchern zurückwollte. Schließlich setzte Keara sie auf einen Stuhl, von dem das kleine Mädchen gleich wieder hinunterrutschen wollte, woraufhin ihre Mutter sie anblaffte, sie solle stillsitzen. Besser fühlten sie sich dadurch beide nicht.

Im Gästezimmer sah Mara ihre ältere Schwester vorwurfsvoll an. »Du könntest auch einmal etwas zu ihr sagen! Jedes Mal, wenn sie dich ansieht, wirst du unnahbar wie ein Holzklotz. Gib ihr doch wenigstens eine Chance.«

»Ich … kann nicht. Ich kann einfach nicht.«

In der Küche machte Keara alles bereit und horchte dann auf Schritte auf dem Holzboden des Korridors, die die Rückkehr ihrer Schwester ankündigen würden. Als es endlich so weit war, wandte sie sich um, entschlossen, reinen Tisch zu machen. »Was ist los?«

Ismay atmete tief und bebend durch. »Du wusstest, dass es Mam nicht gut ging. Warum bist du nicht heimgekommen, um sie zu besuchen?«

»Mrs Mullane ging es ebenfalls nicht gut.«

»Was spielt denn die für eine Rolle?«

»Ich hatte gehofft, Mam würde noch ein wenig durchhalten. Sie war schon so lange so krank gewesen und hatte wider alle Erwartung stets durchgehalten, dass ich mir nie ganz sicher war, wie schlecht es ihr wirklich ging.« Keara warf das Geschirrtuch auf die Arbeitsfläche und barg das Gesicht in den Händen. »So wahr mir Gott helfe, ich dachte, sie kommt irgendwie zurecht und ihr würdet es mich schon wissen lassen, solltet ihr mich brauchen.«

»Das haben wir. Vater Cornelius hat dir geschrieben – mehr als einmal! Auch deiner alten Freundin Arla wegen hat er dir geschrieben.«

»Diese Briefe hat Mrs Mullane abgefangen. Ich selbst habe sie nie zu Gesicht bekommen. Sie war – ist – eine unglaublich selbstsüchtige Frau.«

»*Ich* glaube, du warst viel zu sehr damit beschäftigt, ihrem Mann schöne Augen zu machen, um an uns oder Mam zu denken!«, schrie Ismay sie an. »Und das werde ich dir nie verzeihen.«

In diesem Moment kam Malachi in die Küche und ergriff

seine Frau beim Arm. »Sag nichts, was du später bereuen wirst, Issy. Du hast keine Ahnung, wie das alles für deine Schwester war.«

»Aber ich weiß, wie es für uns war – gewaltsam von zu Hause fortgerissen zu werden, nach Australien verfrachtet und dann auch noch getrennt!«

Mittlerweile schluchzte sie haltlos und geriet so außer sich, wie er sie noch nie erlebt hatte. Er zog sie in seine Arme und versuchte, sie zu beruhigen, doch sie weinte immer weiter, sichtlich übermannt von ihren Gefühlen. »Kann ich sie irgendwo hinbringen?«, fragte Malachi.

Keara, die schockiert und wie erstarrt dagestanden hatte, nickte und setzte sich in Bewegung, um ihm das zweite Gästezimmer zu zeigen. Ismay schien derweil nichts mehr von ihrer Umgebung wahrzunehmen und schluchzte so herzzerreißend, dass sie am ganzen Leib bebte. Als Keara die Tür öffnete, hob Malachi seine Frau auf seine Arme und trug sie zum Bett.

Leise wollte Keara sich zurückziehen, doch in seinem zügigen, zielsicheren Gang kam er noch einmal an die Tür und erklärte sanft: »Sie konnte nie wirklich trauern. Musste stets stark bleiben, sich durchbeißen. Zuerst für Mara und dann um ihrer selbst willen. Sie war mutterseelenallein, hatte niemanden um sich, dem sie etwas bedeutet hätte. Ich weiß nicht, ob sie heute Abend noch weit genug ihre Fassung zurückgewinnen wird, um mit dir zu reden. Aber ich bin froh, dass wir mit hergekommen sind, glaube mir.«

Dann tätschelte er ihr die Schulter, schloss die Tür und ging zurück zu seiner Frau. Es war furchtbar gewesen, die Qual in Kearas Augen zu sehen, doch Ismay kam zuerst, und ihr Schluchzen zerriss ihm das Herz.

Auch ihm rannen jetzt Tränen über die Wangen angesichts dessen, was sie erlitten hatte – was sie noch immer erlitt –, denn sie war seine Issy und er liebte sie mehr, als er je für möglich gehalten hatte.

Bis sie sich ein wenig beruhigt hatte, war bereits die Abenddämmerung angebrochen. Als er den Eindruck hatte, sie könne vielleicht wieder sprechen, strich er ihr das feuchte Haar aus der geröteten Stirn und drückte einen Kuss darauf.

»Ich hole uns rasch etwas zu essen und zu trinken, Liebste.«

»Ich will nichts.«

»Aber ich schon.«

»Ich will niemanden sehen.«

»Das weiß ich. Heute Abend bleiben wir ganz für uns, und wenn du dich noch einmal ausweinen willst, bin ich für dich da.«

»Ich hätte nie geglaubt, dass ich einmal jemanden so sehr lieben würde wie dich.« Als sie zu ihm aufsah, öffnete sie erstaunt den Mund. »Du hast ja auch geweint.«

Es fiel ihm schwer, weitere Tränen zurückzuhalten. »Natürlich. Dein Schmerz ist mein Schmerz, und die letzten Jahre waren eine harte Zeit für dich. Aber ich werde dafür sorgen, dass es dir nie wieder so schlimm ergeht. Und jetzt lass mich etwas zu essen besorgen, ehe ich vor Hunger vergehe und dir zu nichts mehr nütze bin.«

Sie brachte ein wackliges Lächeln zustande und blieb liegen, eingehüllt in seine Liebe wie kurz zuvor noch in seine Umarmung. Etwas Hartes in ihrem Inneren begann sich leicht zu regen.

* * *

Als Keara in die Küche zurückkam, sah sie hilflos Mara an. »Glaubst du, sie wird mir je verzeihen? Mir war wirklich nicht klar, wie schlecht es Mam ging. Eine solche Untat hätte ich nicht einmal Lavinia Mullane zugetraut.«

»Natürlich wird sie dir verzeihen. Sie ist bloß ein wenig … angespannt. Aber Malachi geht ganz wundervoll mit ihr um.

Wenn irgendjemand sie wieder glücklich machen kann – wahrhaft glücklich –, dann er.«

»Erzähl mir, wie es dir ergangen ist ...«

Mit Bestürzung verfolgte Keara die Geschichte ihrer jüngsten Schwester. Keine von ihnen hatte ein leichtes Los gehabt, wurde ihr aufs Neue klar.

* * *

Bis Malachi wieder zu ihnen in die Küche kam, hatten sie gegessen, Nell und Devin gefüttert und beide ins Bett gebracht – und mit jeder Minute wuchs das Gefühl, wieder zu Schwestern zu werden.

Angespannt blickte Keara zu ihm auf. »Wie geht es ihr?«

»Sie ist völlig ausgelaugt. Heute wird sie sicher mit niemandem mehr reden. Aber ich stehe kurz vor dem Hungertod, und wenn ich etwas zu essen mit aufs Zimmer nehme, isst sie vielleicht auch einen Happen.«

»Ich mache euch etwas zurecht.«

Während sie die letzten Sachen auf das Tablett stapelte, stellte sie Malachi dieselbe Frage wie zuvor Mara. »Wird Ismay mir je verzeihen?«

»Das hoffe ich. Denn wenn sie es nicht tut, wird sie niemals wirklich glücklich werden.«

Er ging zurück zu Ismay und plauderte leichthin darüber, wie müde und hungrig er war. Ismay trank zwei Tassen Tee und nahm auf sein Drängen hin auch ein paar Bissen zu sich. Sie sah so blass aus, dass er nach seinem Mahl das Tablett auf dem Ankleidetisch abstellte und sich noch einmal zu ihr auf die Matratze setzte. »Ich hole jetzt unsere Sachen, und dann gehen wir zu Bett.«

»Wird sie das nicht verärgern?«

»Sie weiß, wie erschöpft du bist.« Schon wandte er sich zum Gehen, drehte sich dann aber noch einmal zu ihr um.

»Sie hat mich gefragt, ob du ihr je verzeihen wirst. Ich habe geantwortet, dass ich das hoffe, denn wenn du es nicht tust, Issy, wird dich das innerlich verhärten. Ich wünsche mir aber ein glückliches gemeinsames Leben für uns.«

»Ich kann mich damit jetzt nicht auseinandersetzen«, brachte sie kaum hörbar heraus.

Als er zurückkam, schlief sie bereits, und so zog er sich nur rasch aus und stieg zu ihr ins Bett. Er rechnete damit, noch stundenlang voller Sorge wach zu liegen, schlummerte jedoch beinahe sofort ein.

* * *

Erst spät in der Nacht gelang es Bess, sich aus dem Hotel zu stehlen, um sich mit Hal zu beraten. Er wartete bereits auf sie, strich ungeduldig auf der anderen Straßenseite auf und ab.

»Und?«, wollte er wissen, noch ehe sie die Straße ganz überquert hatte.

»Der Arzt hat ihr etwas gegeben, damit sie einschläft, aber sie hat mir noch erzählt, was Mr Mullane gesagt hat: Es ist kaum noch Geld da – das muss er alles für seine Hure zum Fenster hinausgeworfen haben – und er kann es sich nicht leisten, ihr mehr zu geben als bisher.« Mit verärgerter Miene blickte Bess ins Leere und überlegte fieberhaft. »Irgendwie müssen wir ihn dazu bewegen, mehr herauszurücken. Das Problem ist bloß, dass es ihr wirklich nicht gut geht. Die Überfahrt hat stärker an ihren Kräften gezehrt, als ich dachte.«

»Teufel, ich hoffe, die stirbt uns nicht weg! Damit wäre alles dahin.«

»Ich weiß, das habe ich auch schon gedacht.«

»Wo lebt seine Hure denn?«

»Auf seinem Besitz bei Bunbury. Ballymullan hat er das Stück Land getauft, nach seinem Anwesen in Irland.«

»Ist sie da allein?«

»Zwei Kinder hat sie. Ich habe gehört, wie er Pearson davon erzählt hat. Ganz der stolze Vater und vernarrte Liebhaber! Die muss gut im Bett sein.«

Hal schnippte mit den Fingern. »Das ist es!«

»Was meinst du?«

»So kriegen wir ihn. Wenn Bin und ich vor euch da runterfahren, können wir uns die drei schnappen, irgendwo verstecken und ihn damit erpressen. Vielleicht müssen wir die Ehefrau nicht einmal mit zurück nach England nehmen.«

Bess sah ihn an und biss sich auf die Lippe, während sie diesen Plan durchdachte. »Oder er hetzt uns die Polizei auf den Hals.«

Hal lachte. »Bin hat mir erzählt, wie es hier zugeht. Polizisten gibt es nicht viele, schon gar nicht auf dem Land. Er hat gesagt, wenn man sich draußen in den Busch schlägt, ist immer irgendwo eine verlassene Hütte zu finden, in der man für eine Weile unterkommen kann. Allerdings weiß von uns dreien nur Bin, wie man so einen verfluchten Pferdekarren fährt, wir werden ihn also mit ins Boot holen und ihm einen Anteil geben müssen. Aber ich glaube, am Ende kommen wir trotzdem noch gut dabei weg. Und eins von den Bälgern nehmen wir dann mit nach England. So wird er nicht wagen, irgendetwas zu unternehmen. In Liverpool können wir das Balg dann immer noch loswerden.«

»Sollen wir das wirklich wagen?«, hauchte sie, höchst angetan von der Idee.

»Entweder das, oder wir sitzen hier für immer fest.«

»Ich dachte, dir gefällt es hier.«

»Tut es auch – aber daheim ist es noch immer am schönsten. Vor allem, wenn man ein bisschen Geld in der Tasche hat.«

»Das müssen wir uns gut überlegen.«

»Du denkst zu viel nach. Jetzt braucht es Taten. Kümmere

du dich nur weiter um das törichte Weibsstück, wir fahren euch voraus. Er kann gar nicht anders, als seine liebe Gattin nach Bunbury zu bringen, denn das nächste Schiff in die Heimat legt erst in zwei Monaten in Fremantle ab, und irgendwo muss er sie bis dahin unterbringen. Auf seinem Land werden wir ihn dann schon erwarten – nur seine Hure und seine Kinder werden verschwunden sein.«

»Also gut, aber seid bloß vorsichtig. Und bei der Arbeit rührt ihr keinen Tropfen Alkohol an!«

Bess machte sich auf den Rückweg zum Hotel und grübelte über Hals Plan nach. Oft genug überstürzte er die Dinge. Andererseits kannte Bin sich hier aus, vielleicht würde es also tatsächlich funktionieren. Ihre Miene hellte sich auf. Und selbst wenn nicht, konnte sie immer noch abstreiten, irgendetwas von Hals Vorhaben gewusst zu haben. Ja, so würde sie es machen. Sie hatte also nichts zu verlieren.

Beim Überqueren der Straße hätte sie schwören können, ein Stück weiter unten ihre Tante Nancy bei einem erleuchteten Hauseingang stehen zu sehen, und hielt erschrocken inne. Dann blinzelte sie und die Gestalt verschwand. »Jetzt fängst du schon an, dir Sachen einzubilden, du Närrin«, schalt sie sich und ging zurück ins Hotel.

Doch schlafen konnte sie nicht, denn ein ungutes Gefühl wollte sie einfach nicht loslassen. Hal neigte zur Gewalttätigkeit. Sie wollte nicht, dass er jemanden umbrachte, am allerwenigsten ein Kind. Sie mochte Kinder, das hatte sie schon immer getan. Lustige Wesen waren das, vor allem die Kleinen. Und was wussten sie eigentlich über Bin? Womöglich heckte der Mann bereits aus, wie er sie beide töten und sich mit dem Geld aus dem Staub machen könnte.

* * *

Am Morgen darauf fühlte Ismay sich völlig ausgelaugt, doch

Malachi überredete sie, trotzdem aufzustehen und zu den anderen in die Küche zu gehen. Schließlich könne sie sich nicht den ganzen Tag in ihrem Zimmer verstecken.

Zaghaft lächelte sie ihre Schwestern an und setzte sich zu ihnen an den Tisch. Sofort kam das kleine Mädchen zu ihr.

»Du bist meine Tante Ismay.«

»Ja.«

»Ich hab jetzt auch noch eine Tante Mara.« Zufrieden spazierte sie zur anderen Seite des Raums, ließ sich auf den Hintern fallen und begann, mit einem Kätzchen zu spielen.

»Was kann ich dir zum Frühstück bringen?«, fragte Keara.

Ismay antwortete nicht, deshalb ergriff Malachi das Wort. »Was immer du hast, aber ich warne dich: Ich bin ein Vielfraß.« Dann sah er zu seiner Frau hinüber. »Was ist mit dir, Issy?«

»Mir reicht ein Stück Brot.«

»Und vielleicht eine Scheibe Schinken dazu?«, schlug Keara hoffnungsvoll vor.

Ismay hob nur die Schultern.

Die gesamte Mahlzeit über verlief das Gespräch nur stockend. Keara war schon wieder der Verzweiflung nahe, als sie einen Wagen heranrollen hörte. Als sie aus dem Fenster sah, trat ein Lächeln auf ihr Gesicht. »Das ist Noreen, die Frau von Theos Cousin Caley. Die wird euch gefallen. Die Gallaghers wohnen ganz in der Nähe.«

Mit Noreens Ankunft entspann sich eine angeregte Unterhaltung. »Ich hatte nur gehört, dass du Besuch hast – aber nicht, dass gleich beide deiner Schwestern wieder da sind!« Überschwänglich schloss sie zuerst Mara, dann Ismay in die Arme, ehe sie vor Malachi zögernd stehenblieb.

»Mich können Sie ruhig auch umarmen, wenn Sie wollen«, neckte er sie.

Und so tat sie es, bat ihn aber, sie zu duzen.

Nach Noreens Abschied ging Mara fleißig Keara und dem

eingeborenen Dienstmädchen zur Hand, Ismay jedoch verbrachte beinahe den gesamten Tag auf der Veranda. Bisweilen leistete Malachi ihr Gesellschaft, teils blieb sie jedoch auch allein. Ihr gebrochener Arm schmerzte und sie war so müde, dass sie kaum die Augen offenhalten konnte. Am Nachmittag schlief sie sogar für ein oder zwei Stunden ein. Sie verstand nicht, was mit ihr los war.

Keara war dankbar, dass ihr Schwager beim Abendessen mithalf, ein Gespräch aufrechtzuerhalten. Noch dankbarer war sie, als Ismay früh zu Bett ging.

»Sie war schon einmal in einem ähnlichen Zustand«, vertraute Malachi ihr an, nachdem seine Frau gegangen war. »Beinahe wäre sie gestorben – ohne die Hilfe einer eingeborenen Heilerin wären wir verloren gewesen.« Nach einer kurzen Pause fragte er: »Euer Knecht muss morgen mit einer Stute zu den Gallaghers hinüber und hat gefragt, ob ich ihn begleiten möchte. Wäre dir das recht?«

»Ja, natürlich.«

»Ich glaube, es könnte helfen, wenn ich Issy ein wenig mit euch alleinlasse.« Dann lächelte er schief. »Andererseits könnte es natürlich auch alles noch komplizierter machen. Bei meiner Issy kann man nie wissen.«

»Was immer sie auch anstellt, sie ist immer noch meine Schwester.«

* * *

Die Fahrt nach Bunbury begann schon nicht gut. Von einem alten Bekannten in Fremantle hatte Bin sich einen Pferdekarren geliehen, allerdings hatten sie etwas Geld als Sicherheit hinterlegen müssen, das sie erst bei Rückgabe des Viehs zurückbekommen würden.

»Traut dein verfluchter Freund uns etwa nicht?«, fragte Hal ungehalten.

Bin grinste ihn bloß an. »Nein. Würdest du das an seiner Stelle?«

»Wenn ich mich als Freund bezeichnen würde, dann schon. Wie lange dauert die Fahrt bis zu diesem … Bunbury?«

»Zwei Tage.«

»Merkwürdiges Land – dass die hier keine Eisenbahn haben! Da ziehe ich England definitiv vor.«

»Dann hättest du wohl nicht herkommen sollen. Und wenn du nicht bald mit deiner Nörgelei aufhörst, bin ich raus aus der Sache. Dieses ewige Gezeter geht mir auf den Geist.«

»Bin froh, dass ich mir dieses Schießeisen gekauft hab.« Misstrauisch blickte Hal sich um.

»Ich hab mein Messer, das reicht mir.« Wieder grinste Bin. »Gut, dass wir ordentlich Rum dabeihaben. Auf so einer langen Reise braucht man schließlich auch mal eine Erfrischung, stimmt's?«

Darin waren sie sich vollkommen einig.

Dank des Rums dauerte die Fahrt statt zwei Tagen drei.

In Bunbury besorgten sie sich noch einige weitere Flaschen und ließen sich eine Wegbeschreibung zu Mr Mullanes Grundbesitz geben. Sie beschlossen, ihr Lager für eine Nacht vor der Stadt aufzuschlagen und dann am frühen Morgen aufzubrechen. Hier unten wurde es abends kühler als zuvor in Fremantle, deshalb gönnten sie sich ein paar Schlucke, um sich aufzuwärmen.

Als Hal seinen Komplizen am nächsten Morgen schon wieder aus einer der Flaschen trinken sah, blickte er Bin finster an. »Finger weg von dem Zeug, bis wir die Hure und ihre Brut haben.«

»Ach, sei nicht so, nur ein, zwei Schluck zum Warmwerden.«

»Na gut, aber dann her mit der Flasche. Du säufst mir nicht alles allein weg.«

Ballymullan zu finden war ein Leichtes, denn ein großes Schild wies den Weg dorthin.

Grübelnd starrten die Männer den staubigen Pfad an, der sich in die angezeigte Richtung davonschlängelte.

»Lass uns lieber noch ein Stück weiterfahren«, sagte Bin, nachdem er eine Weile nachdenklich an einem Loch in einem Backenzahn gesaugt hatte. »Dann schlagen wir erst einmal unser Lager auf und kommen zu Fuß wieder her.«

Nicht weit entfernt fand sich ein guter Ort an einem Wasserlauf, wo sie Pferd und Wagen abstellten. Stirnrunzelnd beobachtete Bin, wie Hal die Waffe einsteckte. »Bist du dir sicher, dass du weißt, wie man damit umgeht?«

Hal zuckte nur mit den Schultern. »Was gibt's da groß zu wissen? Man zielt und drückt den Abzug.« Gleich darauf ließ er Worten Taten folgen und ein Schuss hallte über das Gelände. Unter dem Rückstoß stolperte er einige Schritte zurück.

»Was machst du denn für einen Unsinn! Jetzt musst du nachladen. Und was ist, wenn jemand kommt, um nachzusehen, wer da geschossen hat?«

»Es ist niemand außer uns in Hörweite.«

»Man kann nie wissen.«

»Und nachladen muss ich das verfluchte Ding auch nicht, weil es sechs Kugeln hat. Außerdem erschieße ich ohnehin keinen. Tote können nicht zahlen.«

Da keiner von ihnen sich im Busch besonders auskannte, nahmen sie die Straße zurück zu dem Schild, ehe sie sich seitlich des Pfades ins Unterholz schlugen. Hinter den Bäumen waren sie gut verborgen. Als sie zwei Männer mit einem zusätzlichen Pferd zur Straße reiten sahen, tauschten sie zufriedene Blicke aus.

»Sieht aus, als würde das Glück uns lächeln«, raunte Bin.

* * *

Keara hörte in der Ferne einen Schuss und runzelte die Stirn. »Wer schießt denn hier, wenn Theo nicht da ist? Ich hoffe, wir haben es nicht mit Herumtreibern zu tun, die Unfrieden stiften wollen. Ist von deinen Leuten jemand in der Gegend, Milack?«

Das Dienstmädchen schüttelte den Kopf. »Nein, Missus.«

»Schade. Sonst hätten wir sie bitten können, sich einmal umzusehen.« Nach kurzem Überlegen sagte sie abrupt: »Ich glaube, ich hole lieber die Flinte. Solange keine Männer da sind, kann man gar nicht vorsichtig genug sein.«

Das riss selbst Ismay aus ihrer Lethargie. »Bist du etwa unter die Schützen gegangen, Keara?«

»Hier auf dem Land muss man lernen, mit der Waffe umzugehen. Außer einem selbst ist niemand da, um einem zu helfen.« Damit ging sie ins Schlafzimmer und holte die bereits geladene Flinte von ihrem Platz oben auf dem Schrank. Manche Leute stellten ihre Waffe sogar neben die Haustür, doch mit der neugierigen Nell wagte sie das nicht. Stirnrunzelnd blickte sie auf ihre lebhafte kleine Tochter hinunter und sagte leise zu ihren Schwestern: »Ich stelle die Flinte in die Speisekammer. Haltet bloß die Tür geschlossen. Nell steckt überall ihre Nase hinein.«

Als das erledigt war, lächelte sie in die Runde. »Na also. Wahrscheinlich stelle ich mich bloß an, aber so fühle ich mich deutlich besser.«

29

Januar 1867

Zu Theos großer Frustration würde das nächste Schiff gen England erst in einigen Wochen ablegen, und Lavinia zeigte keine Anzeichen der Besserung. Der Hotelbesitzer hatte bereits angemerkt, er führe hier kein Hospital, und heute hatte er – deutlich weniger höflich als zuvor – gefragt, wie lange sie noch zu bleiben gedächten. Kurz darauf beschwerte sich Bess, dass die Dienstmädchen des Hotels ihr nur äußerst widerwillig bei der Versorgung ihrer Herrin halfen und jede zusätzliche Arbeit als Zumutung zu empfinden schienen.

»In dem Zustand kann ich nicht von Noreen verlangen, dass sie sich um Lavinia kümmert«, stellte Theo beim Abendessen verbittert fest. »Ich fürchte, ich werde sie mit heimnehmen müssen.«

Caley stieß einen Pfiff aus und riss die Augen auf.

Dick schwieg, doch die Schuldgefühle standen ihm ins Gesicht geschrieben.

Beruhigend klopfte Theo ihm auf die Schulter. »Es war richtig, Lavinia zu mir zu bringen – schließlich hat sie sich sämtlichen Alternativen verwehrt. In dieser Lage gibt es keinen einfachen Ausweg, und ich bin für sie verantwortlich. Aber ich sorge mich um Keara. Wenigstens vorwarnen muss ich sie.« Damit wandte er sich an seinen Cousin. »Würdest du vorausreiten und ihr erzählen, was geschehen ist – warum mir keine andere Wahl bleibt –, wenn wir nah genug sind?«

Caley nickte. »Natürlich. Und wenn sie mit den Kindern zu uns ziehen will, ist sie herzlich willkommen. Da muss ich

Noreen gar nicht erst fragen, die wird sich über den Besuch freuen.«

Theo nickte. »Ich danke dir. Gott sei Dank ist Kearas Schwester noch nicht hier, für Gästezimmer ist also gesorgt. Mark hat geschrieben, er würde uns noch Bescheid geben, mit welchem Dampfer sie kommt. Damit werden wir gute zwei Wochen Vorlauf haben.«

»Und wenn du jemanden brauchst, der die Kleine in Empfang nimmt, kann ich das gern übernehmen«, bot sein Cousin an.

»Du bist ein guter Mann. Auch dafür danke.«

Nach dem Essen ging Theo zu seiner Frau.

Missmutig starrte Lavinia ihm von ihrem Bett entgegen. Sie hatte versucht, ihm den Besuch zu verweigern, doch er war einfach ins Zimmer marschiert. Ausnahmsweise jedoch schickte er wenigstens Bess nicht fort, sodass Lavinia sich ein wenig sicherer fühlte.

»Ich habe entschieden, dich mit nach Hause zu nehmen, bis das nächste Schiff nach England fährt«, verkündete er ohne Einleitung. »Dieses Hotel ist kein Ort für eine Kranke. Daheim können wir dich weit besser versorgen.«

»Wir?«, fragte sie, plötzlich aus ihrer Lethargie gerissen. Sie barg das Gesicht in der Decke und begann zu schluchzen. »Ich bin deine Ehefrau! Mich in das Haus deiner Mätresse zu bringen ist eine Beleidigung!«

Augenblicklich war Bess bei ihr, tätschelte und besänftigte sie. »Schhh, schhh. Sie wissen doch, wie viel schlechter es Ihnen geht, wenn Sie sich aufregen.«

»Aber Sie haben doch gehört, was er gesagt hat!«

»Ich weiß, ich weiß. Aber ich glaube, es bleibt Ihnen nicht wirklich eine Wahl, liebe Mrs Mullane. Australien ist nicht wie England. Und dieses Hotel ist nicht gut genug für Sie, wirklich nicht.«

»Ach, Bess, ich will nicht schon wieder irgendwohin verfrachtet werden.«

Ihr Flehen klang so inständig und sie sah so bleich und krank aus, dass selbst Theo Mitleid hatte. »Diesmal können wir es dir so angenehm wie möglich machen, Lavinia. Wir mieten einen großen Wagen und stellen darin ein Bett für dich auf. Es wird wie dein persönliches fahrendes Schlafzimmer sein. Und bei dieser trockenen Witterung dauert die Fahrt nur zwei Tage, wenn wir uns gute Pferde besorgen und zeitig aufbrechen.«

Zur Antwort warf sie ihm nur einen weiteren mürrischen Blick zu und bedeckte mit einem Arm ihre Augen.

Bess musste ein Lächeln verbergen. Genau darauf hatte sie hingearbeitet, und wenn alles so lief wie erhofft, würde die Mätresse nicht einmal zu finden sein, wenn sie einträfen. *Wie wird dir das wohl schmecken, du Geizhals?* Dieser knauserige Teufel verdiente, was ihm bevorstand, wenn man bedachte, wie er mit Bess umsprang – und das nach allem, was sie für seine Frau getan hatte. Jeder andere hätte sie längst mit Geld überhäuft und ihr tausendfach gedankt, aber nicht Theo Mullane. Der rückte keinen Farthing heraus. Zum Lohn dafür würde sie ihm alles abknöpfen, was sie nur bekommen konnte.

Nun, vielleicht war Hal bereits dabei, das für sie in die Wege zu leiten. Sie hoffte es. Und dass Bin ihn vom Schnaps fernhielt.

* * *

Milack wusch gerade einige Stücke Kinderwäsche in einer Reihe Holzbottiche, die sie draußen auf einer grob zusammengezimmerten Bank aufgereiht hatte. Als sie ein unerwartetes Geräusch vernahm, drehte sie sich stirnrunzelnd um, denn es schien aus einem nahegelegenen Flecken Unterholz zu kommen. Als es zum zweiten Mal erklang, wusste sie, dass kein Tier dahintersteckte. Da sie wusste, dass die Herrin sich stets wegen möglicher Eindringlinge sorgte, wenn der Herr fort war, schlüpfte sie ins Haus, um sie zu warnen. »Ich glaube, da draußen versteckt sich jemand im Busch, Missus.«

Keara spürte ihre Schultern herabsinken, richtete sich jedoch rasch wieder auf. Noch mehr Schwierigkeiten konnte sie wirklich nicht gebrauchen, doch wenn sie sich nun einmal anbahnten, war sie die Einzige, die sich damit befassen konnte.

»Milack, glaubst du, du könntest ungesehen hinausgelangen und herausfinden, wer da ist?«

Das Dienstmädchen nickte und streifte die weiße Schürze und den Unterrock ab, sodass sie nur noch in einem dunklen Oberteil und Rock dastand.

Sobald Milack sich in den Busch schlug, schien sie unsichtbar zu werden, als wäre sie eins mit den Bäumen und der Erde. Das hatte Keara schon öfter beobachten dürfen und staunte jedes Mal aufs Neue über ihr Können.

Wenige nervenaufreibende Minuten später kam das Mädchen zurück und berichtete: »Da hocken zwei Weiße im Busch. Sonst scheint niemand dabei zu sein.«

»Ich danke dir.« Keara biss sich auf die Lippe, dann wandte sie sich ihren Schwestern zu und sagte betont fröhlich: »Wie unpraktisch, dass Malachi ausgerechnet heute zu den Gallaghers hinübergeritten ist, was? Sieht aus, als müssten wir uns selbst helfen.«

Mara erschauerte.

Schützend legte Ismay einen Arm um sie. »Wir lassen nicht zu, dass dir jemand etwas tut.« Dann sah sie Keara an. »Sag mir, was ich tun soll.«

Und so wies Mara ihre Truppen ein und hoffte, dass drei Frauen und ein Mädchen genügen würden.

* * *

Hal und Bin schlichen sich näher zum Haus. Immer wieder stachen sie winzige Insekten, und in der Hitze schwitzten sie beide in Strömen.

»Verfluchter Kontinent«, murrte Hal.

»Ach, man gewöhnt sich dran«, entgegnete Bin.

»Warum redest du dann die ganze Zeit davon, hier wegzugehen?«

Sein Komplize zuckte mit den Schultern. »Mich hält es nirgends lange. Vielleicht versuche ich's als Nächstes in Sydney.«

Erschrocken packte Hal seinen Freund beim Arm, als sich eine dünne braune Schlange an ihnen vorbeischob, doch das Tier schenkte ihnen keine Beachtung. Als es verschwunden war, stieß er angewidert den Atem aus. »Ich mag keine Schlangen.«

Bin schlug vergebens nach einer hungrigen Mücke. »Ich kann Spinnen nicht ausstehen. Manche von denen können fies beißen. Daran kann man sogar sterben.«

Hal schluckte schwer. »Davon hast du nie etwas gesagt.« Besorgt blickte er von seinen Füßen nach oben, blökte bestürzt und rückte von einem Spinnennetz ab, das über ihm im Geäst eines Baumes hing.

»Eine Sorte gibt's, die hat ein rotes Mal auf dem Rücken. Haust in Ritzen und unter Sachen. Solange du nicht in irgendwelchen Ritzen herumfingerst, wirst du schon überleben.« Beim Anblick der entsetzten Miene seines Begleiters lachte Bin in sich hinein. »Hier, nimm noch einen Schluck. Dir geschieht schon nichts. Mich hat noch nie eine gebissen, nicht ein einziges Mal.«

Dankbar stürzte Hal einen Schluck Rum hinunter, dann gleich noch einen.

»Und, wie sollen wir es anstellen?«, fragte Bin.

»Du bist derjenige, der weiß, wie die Leute hier leben. Sag du's mir.«

Bin verzog angestrengt das Gesicht, während er sich mit der Aufgabe befasste. »Ich würde sagen, wir sollten uns aufteilen und durch unterschiedliche Fenster ins Haus einsteigen. Bei einem so großen Schuppen können sie unmöglich alles gleichzeitig im Auge behalten.«

Darüber dachte Hal einen Moment nach. Der Rum verlieh ihm ein Gefühl warmer Zuversicht, wie gewöhnlich. Ach, er und Bin würden das Kind schon schaukeln, gleich wie sie es anstellten. Schließlich hatten sie es bloß mit ein paar Frauen zu tun. Hatten sie nicht vorhin zwei Kerle davonreiten sehen, und nirgends eine Spur von sonst einem Mann? »Also gut.«

Schwitzend und nach Insekten schlagend blieben sie noch einen Moment sitzen, um sich jeder einen weiteren Schluck Rum zu genehmigen, bevor sie sich daranmachten, die Hure und ihre zwei Bälger aufzustöbern.

* * *

Nachdem die Frauen sämtliche Türen abgeschlossen hatten, bezog Ismay einen Beobachtungsposten am einen Ende des Hauses und Keara am anderen. Milack erklärte, sie werde zwischen ihnen im Korridor warten und zu Hilfe eilen, sobald jemand nach ihr rief.

Mara indes war mit den Kindern in einen Abstellraum gegangen, wo sie mit ihnen spielte und dafür sorgte, dass sie leise blieben. Kearas Anweisungen waren unmissverständlich gewesen: Sie sollte alles den drei Älteren überlassen. Ihre Aufgabe war es, die Kinder – vor allem Nell – aus jeglichem Ärger herauszuhalten.

Als der erste Mann aus dem Unterholz trat, verfolgte Ismay erstaunt durchs Fenster, wie er einfach so auf das Haus zuging, ohne auch nur zu versuchen, in Deckung zu bleiben. Bildete sie es sich ein oder schwankte der Kerl etwas? Eilig holte sie Keara und Milack herbei, die den Mann ebenso verblüfft anstarrten.

»Der Kerl ist betrunken«, stellte Milack fest.

»Am liebsten würde ich ihn auf der Stelle erschießen«, murmelte Keara und drückte die Flinte an ihre Brust, wobei sie jedoch sorgfältig darauf achtete, dass der Doppellauf zur Decke wies.

»Vielleicht wollen die zwei nur etwas zu essen?«, überlegte Ismay.

»Hungrig sieht der mir nicht aus«, entgegnete Milack missbilligend. »Ein Fettwanst ist das.«

Keara musste ein Schmunzeln verbergen. Sie hatte es aufgegeben, Milacks Ausdrucksweise zügeln zu wollen, die vor allem unter Anspannung rasch ins Derbe abrutschte. Abrupt erlosch Kearas Lächeln, als sie auf der anderen Seite des Hauses Glas klirren hörten. »Himmel, das muss der andere sein. Ich gehe auf der Küchenseite nachsehen. Ihr zwei behaltet den da draußen im Auge.«

Schussbereit hielt sie die Flinte im Arm, als sie die Küchentür aufstieß. Doch in dem Raum war niemand zu sehen, noch hörte sie auch nur den kleinsten Laut im Haus. Doch während sie lauschte, schlich sich Bin – der weit leichtfüßiger war als sein Komplize – über den Korridor an sie heran und versuchte, ihr die Flinte zu entreißen.

Unwillkürlich schrie sie auf und konnte die Waffe gerade eben festhalten, doch im Handgemenge löste sich ein Schuss und machte sie so gut wie taub. Miteinander ringend taumelten sie in die Küche, und es fiel ihr immer schwerer, die Flinte im Griff zu behalten. Gegen einen so kräftigen Burschen würde sie nicht viel länger durchhalten.

Plötzlich ertönte hinter ihnen ein scharfer Ruf: »Lass meine Schwester los!« Im nächsten Augenblick stürzte Ismay sich auf Bin und schwang dabei eine Bratpfanne, die sie sich als Waffe auserkoren hatte. Obgleich sie keine große Frau war, brachte ihre wutentbrannte Miene Bin für einen Moment so aus der Fassung, dass ihn die eiserne Pfanne an der Schläfe traf. Hastig wich er zurück und blinzelte schockiert.

Diese Gelegenheit ergriff Keara, um den Schaft der Flinte gegen seine andere Schläfe krachen zu lassen, denn jemanden zu erschießen brachte sie nicht über sich. Schmerzerfüllt brüllte er auf, ehe Mordlust in seinen Augen aufflackerte.

Doch Ismay hatte sich bereits einen Besen gegriffen, dessen Stiel sie ihm nun geschickt zwischen die Beine schob. Immer noch brüllend vor Zorn und Bestürzung wollte er auf Keara zustürzen und ging stattdessen zu Boden, die Füße verheddert im Besenstiel.

Keara nahm allen Mut zusammen und trat nach ihm, sodass sein Kopf dumpf gegen das massive Tischbein prallte. Endlich verdrehte er die Augen und blieb reglos liegen.

In der plötzlichen Stille starrten die Schwestern einander an, dann flüsterte Ismay: »Ich kann den anderen nicht hören. Lass uns den hier besser schnell fesseln und dann nach seinem Komplizen suchen.«

Am anderen Ende des Hauses hatte Milack derweil beobachtet, wie Hal zum Fenster des Zimmers neben ihrem Beobachtungsposten geschlendert war und mit einem kräftigen Ruck daran gezerrt hatte. Der verrostete Hakenverschluss hatte beinahe sofort nachgegeben, sodass er den unteren Flügel hochschieben und ein Bein über das Sims schwingen konnte.

Einen Weißen anzugreifen machte sie nervös, erst recht, wenn er so viel massiger war als sie, und so versteckte sie sich lieber hinter der Tür. Durch einen schmalen Spalt sah sie zu, wie er über den Korridor schlich, noch immer leicht wankend. Grinsend zückte der Fremde einen Revolver und wollte ihn drohend erheben, ließ ihn stattdessen jedoch laut polternd zu Boden fallen.

Fluchend versuchte er die Waffe wieder aufzuheben, gab es jedoch nach einigen erfolglosen Versuchen auf und holte stattdessen eine Rumflasche hervor. Nach einem kräftigen Schluck straffte er die Schultern und machte sich wieder auf den Weg – der Revolver war anscheinend vergessen.

Leise schlüpfte Milack aus ihrem Versteck, schnappte sich die Waffe und rannte zurück, um sie oben auf dem Schrank zu verstecken.

»Bloß 'n paar Frauen«, lallte Hal. »Ich bin stärker als die. Brauch gar kein Schießeisen.«

Unbeholfen stolperte er weiter über den Korridor und hielt vor der Tür am anderen Ende inne, um leicht schwankend zu lauschen. Doch von der anderen Seite war nichts zu vernehmen. Vielleicht hatte Bin schon kurzen Prozess gemacht mit den Miststücken. Anständiger Kerl, dieser Bin. Hal holte tief Luft, stieß die Tür auf und stürmte hindurch. Er hatte so viel Schwung, dass er bei Keara war, ehe sie die Flinte auf ihn richten konnte.

»Argh!« Er packte sie und wollte ihr die Waffe abnehmen, schaffte es dabei jedoch irgendwie, sich selbst ein Bein zu stellen und sie mit zu Boden zu reißen.

Mit dem Schrei einer Todesfee ließ sie die Pfanne auf seine Schulter herniederfahren, und dieses beherzte Eingreifen verschaffte Keara die Gelegenheit, sich davonzurollen. Auch Ismay sprang flink außer Reichweite, und tumb stierte er sie beide an, grunzte etwas und setzte an, sich aufzurappeln.

»Was für'n Seegang heute Nacht«, murmelte er und wappnete sich für einen erneuten Versuch.

Doch unter den erstaunten Blicken der beiden Frauen scheiterte er selbst daran, seinen Kopf zu heben, wälzte sich stattdessen zur Seite und rollte sich zusammen, als würde er es sich im Bett gemütlich machen. Keine Minute später schnarchte er bereits.

Auf Zehenspitzen schlich Milack sich mit einer dünnen Seilschlinge zu ihm hinüber und schob sie über sein rechtes Handgelenk. Er schnaubte, zuckte ein wenig und ließ dann ein zufriedenes Seufzen hören. Mit pochendem Herzen ging Keara auf die Knie und fasste nach seiner anderen Hand – jeden Moment rechnete sie damit, er werde aufwachen. Falls er überhaupt wirklich schlief. Falls er ihnen nicht bloß etwas vorspielte.

Doch selbst das weckte ihn nicht, und rasch hatten sie seine Hände sicher verschnürt, um sich anschließend seinen Füßen zuzuwenden.

»Puh, stinkt der nach Rum!«, bemerkte Ismay, als sie das Seil um seine Knöchel festzog und an den schweren Tisch band.

Triumphierend strahlte Keara die anderen Frauen an. »Wir haben es geschafft, Mädels!«

Ismay fiel ihr um den Hals, und unter Lachen und Tränen verfielen sie in einen selig wiegenden Freudentanz, in den sie kurz darauf auch Milack hineinzogen.

Schließlich blieben sie stehen, das Dienstmädchen trat einen Schritt zurück, und Keara blickte ihre Schwester an.

Ismay lächelte, ein echtes, strahlendes Lächeln, und warf erneut die Arme um ihre Schwester. »Ich dachte, er tut dir etwas an. Das hätte ich nicht ertragen!«

Dankbar drückte Keara sie an sich und hielt sie fest umschlungen. Auf wundersame Weise hatte das Scharmützel mit den Eindringlingen all die Jahre der Trennung und Wut fortgewischt. »Mir geht es gut, Liebes.«

Blinzelnd sah Ismay sie an und gestand mit zitternder Stimme: »Ich hab dich nicht wirklich gehasst.«

»Das weiß ich doch.«

»Oh, du hast mir so gefehlt!«

Und wieder weinten sie miteinander, ein Strudel aus Trauer und Freude.

Interessiert beobachtete Milack das Schauspiel. Doch als die Schwestern sich nach einer Weile noch immer in den Armen lagen und einander zusammenhanglose Dinge zumurmelten, beschloss sie, die Kinder holen zu gehen und sich wieder an die Arbeit zu machen.

Die dritte Schwester fiel sofort in die Umarmung mit sein, und mit einem nachsichtigen Kopfschütteln sah Milack noch einmal nach den beiden Männern, die weiterhin friedlich schnarchten. Sie nahm die Kinder zum Spielen mit nach draußen, während sie die Wäsche zu Ende brachte.

* * *

Als Malachi und der Stallknecht eine Stunde später wieder auf den Hof ritten, lagen die Eindringlinge noch immer in Fesseln. Hal lächelte im Schlaf und schnarchte mannhaft, während Bin wütende Blicke abschoss – Keara hatte ihn geknebelt, nachdem er abrupt zu sich gekommen war und begonnen hatte, sie wüst zu beleidigen. Mehr als das ließen seine Fesseln jedoch nicht zu. Außerdem hatten diese Weiber eine Flinte, und die Ältere wusste offensichtlich damit umzugehen.

Malachi blieb wie angewurzelt stehen, als er das Chaos in der Küche erblickte, den ordentlich zusammengefegten Scherbenhaufen in einer Ecke und die Blutergüsse in Kearas und Ismays Gesichtern. »Was zum Teufel ist hier denn geschehen?«

Doch als er den verschmitzten Blick sah, den alle drei Schwestern austauschten, interessierte ihn nicht mehr, was vorgefallen war, denn er sah, dass das Eis, in dem Ismays tiefste Emotionen gefangen gewesen waren, endlich geschmolzen war.

»Nun rede schon, Weib!«, verlangte er in gespieltem Zorn von seiner Ehefrau und setzte sich zu ihnen an den Tisch. Alle drei Schwestern zugleich versuchten, es ihm zu erklären.

Erst als Ismay und er an jenem Abend in ihrem Zimmer allein waren, hatten sie Gelegenheit, auch über die andere Sache zu sprechen. Schüchtern sah sie ihn an, als sie zu ihm ins Bett schlüpfte. »Du hattest recht, Keara hatte keine Ahnung. Und sie hat selbst einiges durchgemacht.« Sie schmiegte sich an ihn. »Ich hätte nie geglaubt, ich würde einmal froh sein, dass zwei betrunkene Holzköpfe versucht haben, uns auszurauben.«

Er hauchte Küsse auf ihre Lider, dann auf ihre weichen, bebenden Lippen. »Ach, mein Liebling.« Die Küsse wurden hungriger, und schließlich gab er das Reden auf, um ihr auf die älteste aller Weisen zu zeigen, wie sehr er sie liebte.

30

Januar – Februar 1867

Zwei Tage später gegen Mittag traf Caley auf dem Gehöft Ballymullan ein, im Gepäck einen Brief von Theo. Seit seinem Aufbruch am frühen Morgen hatte er sich den Kopf zerbrochen, wie er es Keara beibringen sollte.

Sie stürzte aus dem Haus, noch ehe er abgestiegen war. »Wo ist Theo?«

Als er die nackte Angst in ihren Augen sah, beruhigte er sie rasch: »Es geht ihm gut, versprochen.«

Erleichtert ließ sie den Atem entweichen, dann lächelte sie ihn schelmisch an. »Mir geht es auch gut. Du wirst nie erraten, was hier geschehen ist.« Sie wartete gar nicht erst auf Nachfragen, sondern platzte heraus: »Meine Schwestern sind hier – beide! Ist das nicht wundervoll?«

»Hier?« *Teufel*, dachte er, *dann ist das Haus voll.* Er stieg ab und reichte die Zügel seines kostbaren Reittiers dem Stallknecht, obgleich für gewöhnlich nur er selbst diese Stute versorgte, ehe er Keara einen Arm um die Schulter legte und sie aufhielt. »Wir müssen reden, nur du und ich. Es hat sich etwas ergeben. Es geht um Lavinia … Theo muss sie mit herbringen.«

Schockiert starrte sie ihn an. »Hierher?«

»Ja.« Er bedeutete ihr, mit ihm über den Stallhof zu gehen, wo sie sich an den Zaun stellten und auf die Koppel blickten. Das spärliche Gras war von der Sonne ausgedörrt, und in schimmernden Wellen stieg die Hitze vom Boden empor.

»Was ist geschehen?«, fragte sie.

Er reichte ihr den Brief. »Lies erst einmal den hier, dann können wir reden.«

Meine geliebte Keara,

alles in mir sträubt sich dagegen, diese Worte zu schreiben, doch es geht nicht anders. Lavinia ist schwer krank, und das nächste Schiff nach England legt erst in knapp zwei Monaten ab. Selbst wenn es eine frühere Überfahrt gäbe, könnte sie die in diesem Zustand nicht antreten.

Du weißt, wie sie ist. Sie in einem Hotel zu versorgen ist unmöglich, ebenso wenig kann ich von Noreen verlangen, sie zu pflegen. Also muss ich sie mit heimbringen.

Grundgütiger, dass ich wahrhaft dich und die Kinder bitten muss, auszuziehen! Doch es ist nicht für lange, das verspreche ich dir. Sobald sie sich etwas erholt hat, bringe ich sie bei der ersten Gelegenheit zurück nach Perth und sorge dafür, dass sie das Land verlässt.

Keara musste den Brief sinken lassen und starrte blicklos über die Koppel. Erst als Caleys Stimme in ihre Gedanken drang, wandte sie den Kopf, warf ihm ein kleines Lächeln zu, das rasch in Tränen zu entgleisen drohte, und befasste sich wieder mit dem Papier in ihrer Hand.

Ich weiß, ich verlange ohnehin schon zu viel von dir, aber könntest du ein Zimmer für sie und ihre Zofe herrichten? Nicht unseres, niemals das! Dort werde ich allein schlafen. Anschließend kann Caley dich und die Kinder mit zu sich nehmen und Noreen nach Ballymullan bringen, damit sie die Rolle der Gastgeberin oder Haushälterin übernimmt, wie auch immer man es nennen will.

Eine andere Lösung will mir nicht einfallen. Diese neue Zofe ist unausstehlich, und ich traue ihr nicht über den Weg, aber wenigstens kümmert sie sich aufopferungsvoll um Lavinia – wenn auch aus reinem Eigennutz.

All meine Liebe gilt – wie immer – nur dir.

Keara sah zu Caley auf. »Was für ein furchtbares Dilemma, nicht wahr?«

Er nickte.

»Und es kommt noch schlimmer.«

Überrascht starrte er sie an. »Als ihr in Perth wart, sind hier zwei Männer aufgekreuzt. Wie es scheint, hatten sie vor, mich und die Kinder zu entführen, um ein Lösegeld von Theo zu erpressen.«

Caley entfuhr ein erschrockener Ausruf. »Was ist geschehen?«

»Stattdessen haben wir die beiden gefangengenommen. Betrunkene Holzköpfe waren das, aber beängstigend war es trotzdem. Mittlerweile hat mein Schwager Malachi sie verhört – und zwar nicht gerade freundlich – und sie haben gestanden, dass diese Bess auch in den Plan verwickelt war.« Sie hielt einen Moment inne, damit er seiner Empörung Luft machen konnte, ehe sie fortfuhr: »Ich werde also nicht mein Heim verlassen. Ich werde hierbleiben und den Haushalt führen. Lavinia bringen wir im Zimmer am anderen Ende des Hauses unter und sehen dann, wie es weitergeht.«

»Lavinia sagt furchtbare Sachen über dich. Damit solltest du dich nicht abgeben müssen, Keara.«

Sie zuckte mit den Schultern. »Ich bin Theos Mätresse, nicht seine Frau. Aber ich bin mir seiner Liebe gewiss, deshalb wird nichts, was sie sagt, mir etwas anhaben können.«

»Theo wünscht sich etwas anderes.«

»Nichts von alledem hat irgendetwas mit unseren Wünschen zu tun.«

Er schüttelte den Kopf, wusste nicht, was er tun sollte. Schließlich fragte er stirnrunzelnd: »Was habt ihr denn mit den Möchtegern-Entführern gemacht?«

»Malachi und John haben sie gestern nach Bunbury geschafft. Der Friedensrichter hat bereits Anklage erhoben.«

»Gute Arbeit von diesem Malachi, dass er die zwei allein mit Johns Hilfe zur Strecke gebracht hat.«

Da musste sie lächeln. »Zur Strecke gebracht haben meine Schwestern und ich die Halunken, mit Unterstützung von Milack. Malachi und John waren drüben bei euch, als die zwei hier eingefallen sind.«

Ungläubig starrte er sie an, dann breitete sich auch auf seinen Zügen ein Lächeln aus. »Du bist unbezwingbar, liebe Keara. Wenn du so etwas fertigbringst, dann kannst du vielleicht sogar Lavinia händeln.«

Sie seufzte und wurde wieder ernst. »Ich kann mir nur redliche Mühe geben.« Wenigstens hätte sie dabei ihre Schwestern um sich. Auf unerklärliche Weise gab ihr das weit mehr Mut.

* * *

Theo lenkte den großen Wagen hinters Haus und brachte ihn dicht bei der Treppe zur Küchentür zum Stehen. Erleichtert seufzte er auf. Endlich daheim. Dick neben ihm seufzte ebenfalls.

Hinten im Wagen beobachtete Clemmy, wie Bess ihrer Herrin die Hand tätschelte und sie dann in ihre nahm. Angewidert presste Clemmy die Lippen aufeinander. Diese Frau kannte keine Scham und Lavinia Mullane war eine Närrin, allerdings eine sehr kranke Närrin. Kränker, als Theo klar zu sein schien, denn er redete noch immer davon, seine Frau weit genug aufzupäppeln, dass er sie nach England zurückschicken könnte.

Als Caley und Malachi herauskamen, um ihre Hilfe bei Lavinias Geleit ins Haus anzubieten, sprang Theo vom Kutschbock und fragte mit leiser Stimme: »Geht es Keara gut? Hatte sie Verständnis?«

Caley deutete mit dem Kinn zum Küchenfenster. »Sieh selbst.«

»Ich habe dir doch gesagt, du sollst sie hier fortschaffen! Ich setze sie nicht Lavinias Beleidigungen aus.«

»Sie wird das Haus nicht verlassen, auch wenn sie die Kinder zu Noreen hinübergeschickt hat. Und sie hat Neuigkeiten für dich.« Caley blickte hinüber zum Wagen. »Aber bevor wir irgendetwas anderes tun, sollten wir wohl erst einmal Lavinia ins Haus schaffen.«

Gemeinsam halfen die Cousins der Kranken vom Wagen. Als sie aus eigener Kraft zu stehen versuchte, begann sie zu schwanken, wurde kreidebleich und sackte in sich zusammen.

»Wir werden sie tragen müssen«, stellte Caley fest. »Nimm du ihre Schultern.«

Als Lavinia im Bett des hintersten Schlafzimmers lag und Bess sich um sie kümmerte, ging Theo in die Küche und nahm Keara in die Arme. »Grundgütiger, warum bist du nur hiergeblieben? Sie wird furchtbar respektlos sein.«

Sie löste sich von ihm und ging zum Tisch, denn wenn er ihr so nah war, konnte sie kaum einen klaren Gedanken fassen. »Von dieser Frau brauche ich keinen Respekt. Außerdem ist etwas geschehen, das …«

An der Tür ertönte ein Räuspern, und als Keara sich umwandte, sah sie Bess auf dem Korridor stehen – ein hässliches Lächeln spielte um die Lippen der Zofe. Dass Theo ebenfalls im Raum war, schien sie von ihrer Position aus bislang nicht bemerkt zu haben.

»Sie müssen die Mätresse sein«, sagte sie zu Keara. »Meine Herrin wünscht einen Tee, am besten machen Sie sich also gleich an die Arbeit.« Damit kam sie herein, ließ sich auf einem der Stühle nieder und verschränkte die Arme.

Als Theo den Mund öffnete, schüttelte Keara den Kopf.

Dann sah sie Bess geradeheraus an und erklärte leise: »Hal und Bin sind im Gefängnis, und wenn Sie den beiden nicht im Handumdrehen Gesellschaft leisten wollen, hüten Sie besser Ihre Zunge und tun, wofür man Sie bezahlt – Lavinia pflegen.«

Schockiert starrte Bess sie an, ehe sie aus dem Augenwinkel endlich Theo bemerkte und bestürzt Luft holte. »Ich weiß nicht, wovon Sie reden«, murmelte sie, während die Bitterkeit sie zerfraß wie Säure. Wie hatte Hal es geschafft, das in den Sand zu setzen? Doch sie wusste es längst. Der Alkohol. Er musste sich wieder einmal zum falschen Zeitpunkt betrunken haben. Und nun hatte er alles zunichtegemacht, all ihre Hoffnungen auf ein sorgenfreies Leben zerstört.

»Und ob Sie das wissen. Die beiden haben der Polizei alles gestanden.« Das ließ Keara einen Moment zu Bess durchdringen, ehe sie energisch fortfuhr: »Wenn Sie also von nun an diese Küche betreten, werden Sie warten, bis ich oder meine Schwestern oder unser Dienstmädchen Ihnen helfen kann. Ohne meine Erlaubnis rühren Sie nichts an, geschweige denn lassen Sie sich nieder wie ein Gast. Haben wir uns verstanden? Dies ist mein Haus, und das werden Sie respektieren.«

Bess suchte ihren Blick, erkannte die Unerbittlichkeit darin und erhob sich. Als sie den Zorn auf Theos Zügen sah, lief ihr ein Schauer über den Rücken. Er musste diese Frau wirklich sehr lieben. »Verzeihung«, murmelte sie.

»Danke. Und nun können Sie mir helfen, Mrs Mullane einen kleinen Imbiss zusammenzustellen. Verraten Sie mir, was ihren Appetit erwecken könnte. Und bis sie in der Lage ist, ihr Zimmer zu verlassen, werden Sie meine Anwesenheit hier mit keinem Sterbenswort erwähnen. Ist das klar?«

Abermals spürte Bess sich nicken.

Bewundernd sah Theo seine Geliebte an. Keara war nicht nur das Licht seines Lebens, sondern auch eine fantastische

Frau. Dann wurde ihm bewusst, was sie da eben gesagt hatte. »Deine Schwestern?«

»Das war es, was ich dir erzählen wollte, als sie uns unterbrochen hat. Nicht nur Mara, sondern auch Ismay.« Mit Tränen in den Augen blickte sie ihn an. »Ach, Theo, es wird endlich alles wieder gut. Endlich.«

Er nahm sie in die Arme und hielt sie zärtlich umfangen. »Ich freue mich für dich, mein Liebling. Und Lavinia werden wir auch irgendwie händeln.« Schmunzelnd schob er sie auf Armeslänge von sich und setzte hinzu: »Beziehungsweise du. Bess hast du gerade hervorragend gehändelt.«

»So jemanden lasse ich nicht in einem solchen Ton mit mir reden, schon gar nicht in meinem eigenen Haus. Außerdem haben wir sie in der Hand.«

Er gab ihr einen raschen Kuss. »Nun sag schon, wie geht es deinen Schwestern?«

Lachend nahm sie seine Hand. »Ich habe sie gebeten, draußen zu warten, bis ich dir alles erklärt habe. Komm mit, dann kannst du sie aufs Neue kennenlernen. Ach, sie sind so erwachsen geworden … Du wirst es kaum glauben können.«

* * *

Lavinia verließ ihr Zimmer nicht, erfuhr also auch nichts von Kearas Anwesenheit. Die meiste Zeit über lag sie reglos im Bett und starrte ins Leere, selbst mit Bess zu reden raffte sie sich kaum mehr auf.

Besorgt ließ Theo den Arzt aus Bunbury rufen und zerbrach sich den Kopf, wie er dem Mann erklären sollte, wer Lavinia war.

Nach einer kurzen Unterredung mit Bess sagte Keara: »Sag dem Arzt, sie sei die Frau eines Cousins von dir, die zur Genesung hergereist ist. Derlei Fälle werden ihm schon öfter begegnet sein – ebenso wie ein Mangel an Erfolg bei diesem Plan.«

Ernst sahen sie einander an. »Sie liegt im Sterben, nicht wahr?«, fragte er.

»Ja. Dieser Anblick ist unverkennbar. Wir sollten es ihr so angenehm wie möglich machen und sie in Frieden sterben lassen.«

»Das ist sehr großherzig von dir.«

Sie zuckte mit den Schultern. »Ich kann mir deiner Liebe gewiss sein, habe deine Kinder zur Welt gebracht – das ist es, was für mich von Bedeutung ist. Dahingegen kann ich mich nicht entsinnen, Lavinia jemals glücklich gesehen zu haben. Dazu ist sie einfach nicht gemacht. In gewisser Weise tut sie mir leid.«

Als der Arzt Lavinia untersuchte, schenkte sie ihm kaum Beachtung und schien in Gedanken ganz woanders zu sein. Anschließend ging er zu Theo und erklärte unverblümt: »Ich glaube nicht, dass Ihre Verwandte die nächsten zwei Tage überlebt.«

»So schlimm steht es um sie?« Damit hatte Theo nicht gerechnet.

»Leider ja. Sie hat ein Problem mit dem Herzen. Es schlägt nur noch äußerst schwach und unregelmäßig. Da hätte keine Seereise der Welt etwas genutzt.«

»Vielleicht hat sie ihr wenigstens für eine Weile etwas Hoffnung geschenkt.«

»Vielleicht. Wer weiß?«

»Danke.«

Als der Arzt wieder fort war, kam Bess in die Küche und sah Keara an. »Ich habe gesehen, wie der Kerl dreingeschaut hat. Sie hat nicht mehr lang, nicht wahr?«

»Leider nicht.«

»Was geschieht danach mit mir?«

Darüber hatten Keara und Theo bereits gesprochen. »Wir werden Ihnen die Rückreise nach England bezahlen und Ihnen etwas Geld geben, damit Sie nach der Ankunft eine Weile über die Runden kommen, bis Sie sich ein neues Leben aufbauen können. Oder wir schicken Sie nach Sydney, zu denselben Bedingungen.«

Sprachlos starrte Bess sie an. »Das würden Sie wirklich tun?«

»Ja. Wir sind Ihnen wahrlich nicht wohlgesonnen, aber ich weiß, wie anstrengend es ist, Lavinia zu betreuen, und immerhin haben Sie sich anständig um sie gekümmert. Sollte uns allerdings je zu Ohren kommen, dass Sie uns oder unsere Angelegenheiten mit nur einer Silbe erwähnen, könnten wir uns jederzeit der Aussagen von Hal und Bin entsinnen.«

Bess unterdrückte ihre Wut und versprach mit geheuchelter Demut: »Ich sage kein Wort.« Sie fragte sich, ob die beiden Wort halten würden, und überlegte bereits, wie viel Geld sie ihnen wohl würde abknöpfen können.

* * *

An jenem Abend saß Bess noch spät an Lavinias Bett, erschöpft nach einem aufreibenden Tag, als die Lampe flackerte und erlosch. »Da ist bestimmt das verflixte Öl leer«, murmelte sie und stand auf, um die Lampe hochzunehmen. Zum Glück war beinahe Vollmond, sodass sie sich auch ohne zusätzliches Licht zurechtfand.

Doch der Öltank war noch beinahe voll.

»Dann liegt es wohl am Docht.«

Als sie sich umwandte, um die Lampe in die Küche zu tragen und dort zu ergründen, wo der Fehler lag, schien die Dunkelheit sich in einer Ecke des Zimmers zu verdichten. Bess schrak zusammen und wich zurück in Richtung Fenster, eine Hand vor den Mund gehoben. Hastig stellte sie die Lampe auf der Kommode ab.

Lavinia, die den ganzen Tag über zwischen Schlafen und Wachen geschwebt hatte, hob den Kopf und lächelte. Es war das fröhliche, unschuldige Lächeln eines Kindes, ein fremdartiger Anblick auf diesem aufgedunsenen Gesicht. »Nancy!«, rief sie mit kräftigerer Stimme, als sie seit Tagen zustande gebracht hatte.

Bess lief ein kalter Schauer über den Rücken. Sie sah die Finsternis – eine schwarze Präsenz, die in diesem mondbeschienenen Zimmer nichts zu suchen hatte –, konnte jedoch nichts erkennen, das nach ihrer Tante Nancy ausgesehen hätte. Doch das wollte sie auch gar nicht. Ihre Knie begannen zu zittern und schließlich sank sie zu Boden, wollte um Hilfe rufen und bekam keinen Laut heraus.

Derweil redete Lavinia eifrig auf die Dunkelheit ein, die nun näher zum Bett glitt und die Sterbende verdeckte.

Bess stöhnte auf und spürte, wie das Zimmer sich um sie drehte, bis sie nichts mehr wahrnahm.

Als sie wieder zu sich kam, war da keine dunkle Präsenz, und die Lampe stand hell leuchtend auf der Kommode, sodass sie deutlich das Gesicht der Frau auf dem Bett sehen konnte. Lavinia lächelte noch immer, war jedoch definitiv tot.

Entsetzt kreischend floh Bess aus dem Zimmer in die Küche, wo sie kein verständliches Wort herausbrachte, sondern nur grauenerfüllt schluchzen und stöhnen konnte.

Theo packte sie bei den Schultern und schüttelte sie, doch es dauerte noch eine Weile, ehe sie sich so weit gefasst hatte, dass sie das Geschehene in Worte fassen konnte.

Sofort lief Keara in das Zimmer. Keine dunkle Präsenz weit und breit. Nichts, wovor man sich fürchten müsste. Es war unmöglich, dass die Lampe erloschen war und sich dann von selbst wieder entzündet hatte. Doch Lavinia war unbestreitbar tot.

Keara bekreuzigte sich und sprach ein Gebet für die Seele der Verstorbenen. Als sie sich umwandte, sah sie Theo neben sich stehen.

»Sie hat es also wirklich hinter sich?«, fragte er, brauchte jedoch keine Antwort. Er trat ans Bett. »Sie sieht glücklich aus.«

»Ja. Ich hoffe, das ist sie auch.«

* * *

Erst als sie Lavinia begraben hatten, nahm Theo seine Geliebte beiseite und fragte: »Willst du meine Frau werden, mein Liebling?«

Sie lächelte gelassen. »Das sollte ich wohl. Schließlich erwarte ich das nächste Kind von dir. Hast du es dir nicht längst gedacht?«

»Doch, aber es ist wundervoll, es aus deinem Munde zu hören.« Pures Glück und Liebe leuchteten in seinem Gesicht, und als er die Arme ausbreitete, kam sie zu ihm und schmiegte sich an ihn. Mit etwas ernsterer Miene trat er schließlich ein Stück zurück und sagte: »Wir werden einen Weg finden müssen, heimlich zu heiraten. Ich lasse nicht zu, dass man dich wegen unseres Zusammenlebens als Sünderin schmäht.«

»Mir ist es gleich, was andere Leute über uns sagen.«

»Mir ganz und gar nicht. Dein guter Ruf ist mir lieb und teuer.«

»Es führt kein Weg daran vorbei, Theo. Heiraten werden in den Kirchenbüchern festgehalten, und ich will eine ordentliche Trauung.« Sie legte ihm eine Hand auf den Arm. »Aber wir werden es klein halten, und ich glaube nicht, dass irgendjemand etwas sagen wird – zumindest nicht die Menschen, die uns am Herzen liegen. Anschließend fahren wir heim und feiern mit meinen Schwestern, deinem Bruder und deinem Cousin.«

»Das wird die schönste Feier, die ich je ausrichten werde.«

* * *

Hell und sonnig brach der Tag der Hochzeit an, und früh machten sie sich auf den Weg. Caley fuhr den Wagen, den Theo gekauft hatte, um seine wachsende Familie darin befördern zu können.

Keara, strahlend schön in einem schlichten blauen Seidenkleid, das zu ihren Augen passte, saß neben Theo, nicht weit von Clemmy und Dick, die ebenso glücklich aussahen, denn auch sie würden sich heute das Ja-Wort geben. Der Rest der Familie drängte sich auf dem Wagen, wie es eben ging – Nell auf Tante Maras Knie, Klein Devin in Noreens Armen und die Söhne der Gallaghers still und brav am hinteren Ende.

Die Trauzeremonie war kurz und bündig, und trotzdem war Theo so gerührt, dass seine Antworten heiser klangen. Keara sprach klar und voller Zuversicht. So lange hatte sie mit ihrem Leben in Sünde gegen alles verstoßen, was ihr beigebracht worden war, um mit diesem ihrem geliebten Mann zusammen sein zu können – im Wissen, wie sehr ihre Mutter darunter gelitten hätte. Doch nun war all das vorüber und Mam würde in ihrem viel zu frühen Grab endlich zur Ruhe kommen. Und ach, was für einen wundervollen Mann sie da gefunden hatte!

Als sie hinter Clemmy und Dick aus der Kirche traten, wurden sie von strahlendem Sonnenschein empfangen. Bei der Planung des Ganzen hatte Theo gehofft, die unvermeidlichen Schaulustigen würden sich auf das andere Paar konzentrieren und ihn und Keara nicht weiter beachten. Doch als die Zeremonie vollzogen war, hatte er das völlig vergessen und nahm alles nur durch einen Nebel der Glückseligkeit wahr, in dem nur seine geliebte Ehefrau von Bedeutung war.

Für das Hochzeitsfest fuhren sie zum Haus der Gallaghers, da Noreen sich kategorisch geweigert hatte, Keara ihr eigenes Hochzeitsmahl ausrichten zu lassen. Doch um ehrlich zu sein hatten weder Theo noch seine frischgebackene Ehefrau großen Hunger, stießen dafür jedoch umso freudiger mit dem

Wein aufeinander an, den Caley eigens für diesen Anlass besorgt hatte.

»Sei glücklich«, flüsterte Ismay ihr zu, als Keara und Theo sich bereit machten, vor den anderen heimzufahren.

»Das bin ich. Oh, das bin ich!«

Sie sahen einander an und umarmten sich noch einmal. Innig wiegten sie sich dabei hin und her.

Ismay und Malachi würden bald nach Victoria zurückkehren müssen, um ihren Laden von Samuel Grove zu übernehmen. Wenigstens blieb Keara der Trost, dass Mara sich entschieden hatte, bei ihr im Westen zu leben. Und Ismay würde regelmäßig schreiben und sie auf dem Laufenden halten, vielleicht sogar ab und an zu Besuch kommen, wenn der Laden sich gut machte. Oder, schlug Theo vor, sie könnten alle auf einen Besuch nach Victoria reisen. Wozu hatte man schließlich Geld, wenn nicht, um es für seine Familie auszugeben?

Mara kam zu ihnen und umarmte mit tränennassem, überglücklichem Gesicht wahllos immer wieder beide Schwestern.

Theo, der das Ganze beobachtet hatte, sah den Zeitpunkt gekommen, einzugreifen, und befahl mit gespielter Strenge: »Keine Tränen an meinem Hochzeitstag, junge Dame! Und nun, mein Eheweib, ist es doch sicher an der Zeit, heimzufahren?«

Alle drei Schwestern wandten sich ihm lächelnd zu.

»Pass gut auf sie auf«, sagte Ismay.

»Mach sie glücklich«, setzte Mara hinzu.

Als Theo und Keara in ihrem Wagen davonfuhren, drehte Mara sich mit einem noch immer tränenumflorten Lächeln zu Ismay. »Er hört gar nicht mehr auf, das Wort ›Eheweib‹ zu sagen.«

»Er liebt sie sehr.« Ismay hakte sich bei ihrer Schwester unter. »Hättest du je gedacht, dass wir einmal alle in Australien landen?«

»Nein. Aber mir gefällt es hier.« Malachi kam auf sie zu und lächelte seine Frau an. Seine Liebe zu ihr war ebenso unübersehbar wie die zwischen Theo und Keara. Plötzlich wünschte Mara, ihre Mam hätte an diesem Tag bei ihnen sein und all das Glück sehen können.

Dann kam Nell auf Mara zugetapst, mit klebrigem Gesicht und ausgestreckten Armen, die nach Kuscheln riefen.

»Was hast du denn wieder getrieben, junges Fräulein?«, fragte Mara in gespielter Strenge.

»Kuchen essen.« Mit einem gurgelnden Lachen ließ das kleine Mädchen sich hochheben und legte den Kopf an die Schulter ihrer Tante.

Ismay an Malachis Seite nahm seine Hand und sah ihn freudestrahlend an. »Hast du so viel Glück gesehen wie heute in Kearas Augen?«

Er lächelte. »Ja, in deinen. Du bist ebenfalls endlich glücklich, nicht wahr, Liebste?«

»Oh ja, das bin ich. Über die Maßen.« Dann stellte sie sich auf die Zehenspitzen und flüsterte ihm etwas ins Ohr. Als sie endete, starrte er sie ungläubig an, ehe er sie in einem wilden Tanz umherwirbelte, der alle anderen innehalten und zu ihnen herüberschauen ließ.

Er blieb stehen und machte eine Verbeugung vor ihrem versammelten Publikum. »Soeben habe ich erfahren, dass ich Vater werde.«

Ismays Wangen röteten sich. »Malachi Firth!«

Doch ihre Verlegenheit war bald vergessen, als die Festgesellschaft sie umringte und mit Glückwünschen überhäufte.

Ein Jammer, dass heute keine Chance auf einen Regenbogen besteht, dachte Mara beim Blick in den klaren blauen Himmel. Dann lächelte sie. Jetzt brauchten sie keine Regenbögen mehr, auch wenn sie den Anblick immer lieben würde. Sie und ihre Schwestern waren wieder vereint, ganz gleich, wo sie lebten.